日 光 流 年

일광유년

옌롄커 장편소설   김태성 옮김

일광유년

日 光 流 年

자음과모음

삼가 이 책을 나를 살아 있게 한 인류와 세계,

그리고 대지에 바친다.

삼가 이 작품을 내가 인류와 세계,

그리고 대지에 남기는 유언으로 삼고자 한다.

존경하는 한국 독자 여러분.

책 한 권의 글쓰기와 번역, 출판이 때로는 봄이 오면 파종을 하는 것처럼 그렇게 자연스럽고 천성적일 수도 있지만, 때로는 몹시 거대하고 힘든 고통의 작업이 되기도 합니다. 그 과정의 마디마디가 엄청난 인력과 물자와 시간을 필요로 하게 되지요. 『일광유년(日光流年)』 한국어판의 출판도 후자의 경우처럼 돈으로 환산할 수 없는 힘든 노력과 수고의 과정을 거쳤습니다. 저는 이 작품을 쓰는 데 4년이라는 시간이 들었습니다. 그리고 이 4년이라는 시간은 제가 심각한 요추 부상과 경부 질환을 겪어야 하는 시간이었습니다. 저는 이 소설의 전반부를 침대에 엎드려서 써야 했고 후반부는 특수 제작한 글쓰기용 선반에서 완성했습니다. 그것은 장애인들을 위한 가구 및 설비를 전문적으로 생산하는 베이징의 한 공장에서 저의 몸 상태에 맞게 특별히 제작한 선반으로, 누워서도 글을 쓸 수 있고 자유로운 이동도 가능한 책상과 의자의 결합체였습니다. 매일 글쓰기용 선반에 엎드려 글을 쓰다 보면 팔이 거의 제 얼굴과 평행을 이룬 채 안정적으로 글쓰기용 판자와 함께 허공에 걸려 있었습니다. 너무나 고통스러웠던 그 4년의 글쓰기를 지금은 감히 되돌아보지도 못합니다. 다시 기억하고 싶지도 않은 시간이지요. 하지만 다행히 『일광유년』은 중국에서 출판된 뒤로 제 일생의 글쓰기에서 비교적 쟁의가 적은 책, 많은 사람들로부터 칭송을 받는 책이 되었습니다.

오늘날 적지 않은 사람들이 저를 고난 서사의 '고수'라고 얘기하고 저의 몇몇 작품들을 '걸작'이라고 칭하곤 합니다. (이런 세평 속에는 약간의 풍자와 조롱의 의미도 담겨 있을 것이라고 생각합니다.) 저는 이러한 평가가 바로 이 작품 『일광유년』과 중편소설 『연월일』에서 비롯되었다고 믿습니다. 하지만 저는 『일광유년』이 좋은 작품 혹은 걸작이라고 생각하지는 않습니다. 이 작품은 그저 평생에 걸친 저의 글쓰기 가운데 가장 큰 전환점이자 가장 기념할 만한 글쓰기 프로젝트의 구축이었을 뿐입니다. 하지만 한 권의 소설이 한 작가의 일생에 걸친 프로젝트에서 가장 힘들고 괴로운 항목이 되었을 때, 그 소설은 제가 믿는 역자와 한국의 출판사에게도 무척 힘든 항목이 된다는 사실을 미처 생각지 못했습니다. 역자 역시 저의 글쓰기와 마찬가지로 이 소설을 번역하느라 엄청난 노고와 시간을 들여야 했을 것이고 자음과모음 출판사도 이 책의 출판을 위해 여러 해에 걸친 기다림과 더 많고 힘든 수고와 시간을 들여야 했을 것입니다.

책 한 권의 글쓰기와 번역, 출판에는 거대한 공사의 기공과 건설 그리고 최종적인 완공의 과정이 그대로 담겨 있습니다. 한국의 독자분들이 중국과 다른 언어권 지역의 독자들처럼 이 책 『일광유년』을 좋아해주실지 모르겠습니다. 하지만 분명히 말씀드릴 수 있는 것은 출판사와 역자 그리고 이 책을 사랑해주시는 모든 한국 독자들에 대해 제가 진심으로 감격하고 있다는 사실입니다. 『일광유년』은 읽으면 누구나 좋아하게 되는 베스트셀러가 아닙니다. 독자들이 이 책을 선택할 때, 이 책 역시 독자를 선택하게 되는 그런 책이지요. 이 책을 다 읽은 독자들 중에는 읽을 만한 책이었다고 말하지 못하는 분들도 있을 것입니다. 하지만 모든 독자들이 이 책을 읽은 뒤에는 눈을 감은 채 깊고 조용한 사유에 빠지게 될 것입니다.

그것만으로 족합니다. 한국에 이런 독자가 단 한 분밖에 존재하지 않는다 해도 저는 만족할 것입니다.

2020년 9월, 베이징에서 옌롄커 올림

일러두기

옮긴이의 주는 *로, 원주는 번호를 넣어 표시했다.

1부
천의(天意)에 주석을 달다

부처가 말했다.

"대혜(大慧)시여! 무릇 소리를 듣는 자들은 생사의 고통을 두려워하여 열반을 추구합니다. 그들은 생사와 열반의 경계를 알지 못합니다. 전부가 자성(自性)의 변질된 형상일 뿐이지요. 모든 분별이 망상과 같아서 자성이 없는 것과 같습니다. 그들은 그저 현재의 염멸(念滅)을 흘려보낼 뿐이라 미래의 심신의 모든 뿌리가 아무런 작용도 하지 못합니다. 그저 휴식의 경지에 머물러 있으면서 이를 열반의 경지로 착각하고 있는 것이지요. 그들에게는 스스로 깨달을 수 있는 성스러운 지혜도 잠재된 인식을 근본적으로 전환시킬 수 있는 능력도 없습니다. 때문에 어리석고 무지한 범부들은 불법(佛法)에 크고 작음과 삼승(三乘)의 구별이 있다고 말하면서 심량(心量)만이 무소유와 무심(無心)의 경지로 들어설 수 있다고 믿지요."

1장

쿵 하는 소리와 함께 쓰마란(司馬藍)이 죽음을 맞게 되었다.

마을 촌장인 쓰마란은 무려 서른아홉 살까지 살았다. 죽음이 기왓장처럼 쿵 하는 소리를 내며 자기 머리 위로 떨어지자 그는 죽음이라는 것이 예정된 대로 찾아온다는 것을 알게 되었다. 그는 선명하고 생동감 넘치는 이 세상을 떠나야 했다. 바러우(耙耬)산맥의 깊이 파인 주름 안에서 죽음은 예나 지금이나 산싱촌(三姓村)[1]만을 편애했다. 사흘 동안 밖에 나갔다가 돌아오면 소리 소문 없이 누군가 죽었다는 것을 알게 되었다. 어쩌다 집을 떠난 지 보름이나 한 달이 지났는데도 죽은 사람이 아무도 없으면, 서쪽 하늘을 바라보며 해가 서쪽에서 뜬 건 아닌지, 파란색이나 진한 보라색으로 변한 것은 아닌지 어리둥절해하며 한참을 두리번거리며 놀라곤 했다. 비가 오는 것처럼 죽음은 1년 내내 주룩주룩 산싱촌에 내렸고 무덤은 비 온 뒤의 버섯처럼 왕성하게 자랐다. 묘지를 새로 덮은 흙의 냄새와 진하고 선명한 붉은 색깔이 봄부터 여름까지, 또 가을부터 겨울까지 1년 사계절 내내 산마루 위에서 톡톡 소리를 내며 흘러내렸다.

겨울이 끝나고 봄이 시작될 무렵 개천 바닥 물가에 있는 버드나무의 가지 끝마다 벌써부터 알알이 초록빛을 띠고 있었고 마을에 있는 백양나무와 홰나무, 느릅나무들은 작년에 새로 나온 가지마다 올해도 연두색으로 새롭게 몸을 단장하고 있었다. 거리에는 축축한 온기가 돌고 있었다. 산마루 위의 해는 옅은 황금빛으로 흐릿하게 대지를 비추고 있었다. 겨울을 깨우는 밀 이삭은 산마루에 가득 걸린 채로 윤기가 흐르는 검은 머리가 땅에 떨어질 듯이 바람에 휘날리며 일렁이고 있었다. 싹이 틀 무렵은 바로 죽음이 한창 왕성한 시기였다. 매년 이맘때가 되면 마을에 사는 란(藍), 두(杜), 쓰마

---

1) 산싱촌은 란(藍)씨, 두(杜)씨, 쓰마(司馬)씨의 세 성을 가진 주민들로만 구성된 마을이다. 지리적으로는 바러우산맥의 깊은 주름 사이에 위치하고 있다. 그들 조상들의 말에 따르면, 란씨는 명말청초(明末淸初)에 산둥(山東)에서, 두씨는 산시(山西)에서, 쓰마씨는 산시(陝西)에서 각각 기근을 피해 이곳에 도착하여 인가가 많지 않은 것을 보고는 곧바로 천막을 치고 장기적으로 거주하게 되었다고 한다. 처음에는 이 마을도 다른 마을처럼 사람과 가축이 전부 번성했고 수명 또한 예순까지, 심지어 여든까지 길게 이어졌으나 세대마다 출생과 죽음을 거듭하면서 수명이 점점 줄어들게 되었다. 오래전부터 마을 사람들 대부분이 치아가 검게 변하는 병에 걸리기 시작하더니 관절염과 곱사병, 골다공증, 지체 변형, 심지어 중풍으로 침상에 눕는 사람이 갈수록 많아졌다. 100년이 넘는 세월이 흐르면서 산싱촌 사람들 대부분이 목구멍이 막히는 증상으로 죽어갔다. 사람들의 수명이 예순에서 쉰으로 줄어들기 시작하더니 또다시 쉰에서 마흔으로 줄어들었고 결국에는 모든 사람들이 마흔 살을 넘기지 못하게 되었다. 이리하여 세상 전체가 산싱촌과 관계를 끊게 되었고 산싱촌 사람들은 스스로 자멸의 사지로 빠져들게 되었다.

(司馬) 성을 가진 사람들은 가축과 마찬가지로 목구멍이 아프기 시작했고 곧이어 죽어가기 시작했다. 죽으면 곧장 매장을 했고 일단 매장을 하면 이 세상에서 완전히 사라졌다. 마을에는 수십 년 전 촌장 두과이즈(杜拐子)를 제외하고 지금까지 마흔 살 넘게 산 사람이 아무도 없었다. 서른아홉 살이 된 쓰마란도 해가 동쪽에서 떠서 서쪽으로 지는 한, 이제 곧 죽어야 할 차례가 되었다. 지금 그는 다섯째 아우 쓰마루(司馬鹿)와 여섯째 아우 쓰마후(司馬虎)를 데리고 함께 새끼줄로 쓰마 집안 묘지의 크기를 재고 있었다. 왼쪽으로 당겨보기도 하고 오른쪽으로 밀어보기도 하면서 열심히 땅의 크기를 쟀다. 땅바닥에 나무 막대기로 숫자를 써가며 계산도 해보고 흰 석회 가루로 바닥에 선도 그려봤지만 도무지 그들 세 형제의 무덤 세 기(基)를 만들 만한 면적은 나오지 않았다.

양지 바른 언덕이었다. 무덤은 산비탈의 정상에서부터 자갈처럼 산비탈 바닥을 향해 범람해 있었다. 파도가 일렁이듯 항렬과 연배의 질서에 따라 들쑥날쑥하게 펼쳐져 있었다. 맨 위에 듬성듬성 들어서 있는 것은 아주 오래전 쓰마씨 선조들의 무덤이고, 순서대로 아래로 내려갈수록 무덤은 배로 늘어났다. 그들이 한 번도 만난 적 없는 고조부와 증조부, 조부와 그리고 어렸을 적 그들을 부양하느라 집 안팎으로 미친 듯이 돌아다니다가 장렬하게 돌아가신 아버지 쓰마샤오샤오(司馬

笑笑)의 무덤이었다. 아버지 무덤 왼쪽 아래로는 열넷, 열셋, 열두 살의 나이로 같은 날 죽은 큰형 쓰마선(司馬森)과 둘째 형 쓰마린(司馬林), 셋째 형 쓰마무(司馬木)의 무덤이 있었다. 세 형은 키가 석 자 여덟 치도 안 되었지만 묘지는 하나같이 성인과 똑같이 집 절반 크기의 면적을 차지하고 있었다. 이제 자신들의 묏자리를 구획할 차례가 된 그들의 아우들은 댕그랑 소리와 함께 위는 넓고 아래는 좁은 이 묘지로는 무슨 수를 써도 자신들 세 사람을 안장할 수 없다는 사실을 깨닫게 되었다. 세 사람 모두 선, 린, 무의 무덤가에 멍하니 서서 한참 동안 아무 말 없이 발아래 자신들을 매장할 수 없는 묘지를 내려다보고 있었다. 형제들은 첫 삽을 떠서 이제 막 공사를 시작하려는 순간, 마당이 집을 지을 수 없을 정도로 협소하다는 사실을 깨닫기라도 한 듯이 서로를 한참이나 쳐다보다가 긴 한숨을 내쉬었다. 여섯째 쓰마후는 서쪽에서 동쪽으로 나란히 서 있는 선과 린, 무의 세 무덤을 향해 이를 앙다물고 발길질을 세 번 해대고는 넷째 형 쓰마란에게 말했다.

"젠장, 큰형과 둘째 형, 셋째 형만 큰 혜택을 보고 있잖아. 어린애들 무덤이 우리보다 더 크단 말이야."

쓰마란은 아무 말도 하지 않고 다섯째 쓰마루와 함께 다시 새끼줄을 들고 이리 저리 잡아당기고 손가락을 꼽아가며 계산을 해보았다. 사람이 죽으면 보통 일곱 자 정도의 묘혈만 있으면 충분한데 선과 린, 무는 두 장(丈)*하고도 다섯 자로 너무 넓은 땅을 차지하고 있었다. 게다가 나머지 땅이 한 장 여덟 자 일곱 치밖에 안 되는 데다 무덤과 무덤 사이에 한 자 다섯 치의 간격을 유지해야 하니 다 합쳐서 여섯 자의 땅이 모자라는 셈이었다. 동쪽으로 좀 더 가면 두씨네 묘지였고, 그 바로 앞은 깎아지른 절벽이라 그들 세 사람의 묘혈이 들어설 자리가 없다는 것은 두말할 필요도 없었다. 그렇다면 이 한 장 여덟 자밖에 안 되는 땅에 세 기의 무덤을 안장하는 수밖에 없었다. 쓰마란이 서쪽 끝 묏자리에 서서 말했다.

"여기가 바로 내가 잠들 곳이네."

그러고는 중간의 묏자리를 가리키며 말을 이었다.

"다섯째야, 여기가 네 집이다."

이어서 동쪽 끝 두씨네 묘지와 이웃해 있는 묏자리를 가리키면서 말했다.

"여섯째야, 저기가 네 집이다."

쓰마란이 이렇게 묏자리를 정하는 모습이 마치 마을 사람들에게 한 푼 가치도 없는 콩대와 건초, 고구마 줄기를 무더기로 나눠 주는 모습 같았다. 정오가 가까워질 무렵이라 햇빛이 눈이 부실 정도였다. 세 형제가 각자 비좁은 묏자리에

---

* 한 자(尺)의 열 배로 약 3미터.

서 있는 모습이 서로 이웃해 있는 작은 집 안에 나란히 서 있
는 것 같았다. 형제는 자신들이 죽은 뒤에 들어갈 비좁은 묏
자리에 몹시 낙담했다. 묏자리 테두리에 흰 석회로 그은 선
이 목을 졸라매는 새끼줄처럼 느껴졌다. 그 순간, 햇빛은 아
주 따사롭고 튼실하게 비치고 있었다. 묘지의 끝없는 적막
속에 쇄은(碎銀)*이 땅에 떨어지는 소리가 들리는 것만 같았
다. 맞은편에 개간한 밭에서는 밀 모종이 청자 빛으로 윤기
를 띠고 있고 햇빛은 꼿꼿하게 자란 밀의 허리와 목 부분에
서 요동치고 있었다. 쓰마란의 손위 처남인 두바이(杜柏)가
마침 저 건너 가파른 산비탈 경사진 밭에서 양을 치고 있었
다. 음메— 양 울음소리가 쉴 새 없이 산맥 전체를 가득 메
웠다. 두바이는 그 양 울음소리 속에서 햇볕을 쬐면서 반듯
한 자세로 드러누워 의학서를 읽고 있었다.『황제내경(黃帝內
徑)』이었다. 얼마 후 몸을 일으킨 그는 건너편에서 묏자리를
놓고 말다툼을 벌이고 있는 쓰마씨 형제들을 바라보았다.

두바이는 어렸을 때 아버지 두옌(杜岩)을 따라『백가성(百
家姓)』을 읽었고『황제내경』을 공부했다. 두옌도 어렸을 때
아버지 두과이즈를 따라『삼자경(三字經)』을 읽고『황제내경』
을 공부했다. 어쨌든 두씨네는 그 마을의 서향세가(書香世家)

* 마제은(馬蹄銀)을 부순 은 부스러기로 청나라 시기에 화폐로 사용했다.

21

이자 의학자 가문인 셈이었다. 두바이는 젊었을 때 향(鄕) 정부에서 통신원으로 일하다가 나중에 정부의 사무직으로 승진했다. 산싱촌은 바러우산맥 가장 깊숙한 곳에 자연적으로 생겨난 작은 마을인 데다 산싱촌 사람들이 최근 100년 동안 점차 평균 수명이 마흔 살을 넘기지 못하게 되었고 죽음이 해가 뜨고 지는 것처럼 바람이 불면 비가 오는 것처럼 예사롭지 않게 보편화되고 있는 터라 역병이 돌듯 세상과 완전히 단절되어 있었다. 두바이는 산싱촌 사람이지만 마을 밖으로 파견되어 정부와 산싱촌 사이를 이어주는 연결 고리가 되고 있었다. 마을 사람들은 가끔씩 그를 연락책이라고 부르곤 했다. 마을로 돌아온 두바이가 한 일은 양을 쳐서 생계를 유지하는 것과 익수탕(益壽湯)을 달이는 것이었다. 두바이의 익수탕은 주요 재료가 구기자와 오디, 천문동, 대추즙, 호두 알맹이, 국화 등이었다. 때로는 회산약(淮山藥)과 검정 참깨를 첨가하기도 했다. 이런 약방문은 두바이가『황제내경』을 읽고서 스스로 배합해 만들어낸 것이었다. 두바이는 매일 붉은 탕약을 한 솥 달여 자신도 먹고 아내에게도 먹였다. 약은 무척이나 썼다. 산싱촌에서의 괴로운 삶을 보내다 보니 그의 아내가 먼저 앞으로 다시는 탕약을 먹지 않겠다고 선언했다.

"내일 목구멍이 막혀 죽는다 해도 저는 더 이상 이 탕약을 먹지 않겠어요."

그의 아내는 란바이수이(藍百歲)의 일곱째 딸이자 란쓰스(藍四十) 바로 아래 막내 여동생인 란싼지우(藍三九)였다. 그녀가 탕약을 먹지 않자 어린 두류(杜流) 역시 덩달아 탕약을 먹지 않기로 했다. 하지만 두바이는 계속 탕약을 먹었다. 그는 자신이 직접 이 탕약을 조제한 뒤로 지금까지 15년 동안 계속 마시고 있었다. 약 한 재를 아침저녁으로 두 번 달여 꾸준히 복용하고 있는 것이었다. 매일 밖에 나가 양을 치는 것처럼 한 번도 거르지 않고 꼬박꼬박 약을 마셨다. 두바이가 나가서 양을 치는 것은 사실 양을 치기 위해서가 아니라 산에 가서 천문동과 김정 들국화를 찾기 위해서였다. 겨울이면 산에 올라가 드러누운 채 햇볕을 쬐면서 『황제내경』을 반복해서 읽고, 여름이면 바람 부는 곳에 드러누워 『황제내경』에 나와 있는 약방문에 관해 깊이 사유하기 위해서였다. 그는 이미 『황제내경』을 거의 다 외울 정도였지만 아무리 읽어도 싫증이 나지 않았다. 두바이는 15년 동안 마셔온 익수탕에 대해서도 질리지는 않았지만 이제 전과 같지는 않았다. 그의 처방에 따라 마찬가지로 10여 년 동안 익수탕을 마셔온 사촌형 둘이 올해 초 3월과 4월에 각각 세상을 떠났기 때문이다. 한 사람은 서른여덟까지 살았고 또 한 사람은 서른일곱 반까지 살았다. 두말할 것도 없이 두 사람 모두 목구멍이 막혀 죽었다. 두 사촌형의 죽음으로 두바이는 『황제내경』에 대해 먹

23

구름 같은 회의를 갖게 되었다. 의심이 들기 시작하면서 두 바이는 마을 사람들이 가을이 오면 나뭇잎이 떨어지듯이 죽어가는 상황과 『황제내경』에 적혀 있는 갖가지 수명을 연장시키는 장수의 비방에 대해 더 큰 관심을 갖게 되었다. 그리고 촌장인 쓰마란이 18년 전에 마을 사람들을 데리고 80리 밖에 있는 현성(縣城) 남쪽으로 가서 전체 길이가 60리에 달하는 링인거(靈隱渠)를 건설했던 사실에 대해 생각하기 시작했다. 몇 년 전에 그렇게 갑자기 작업을 중단하지만 않았더라면 지금쯤 이 수로를 통해 물이 공급된 지 5년도 넘었을 것이다. 그랬다면 마을 사람들과 사촌형들도 링인수(靈隱水)[2]를 마시거나 논에 댈 수도 있었을 것이고, 그랬다면 울며불며 그를 찾아와 사정하는 일도 없었을지 모른다.

"며칠만 더 살게 해줄 수 없겠어? 나를 며칠만 더 살게 해줄 수 없겠냐고."

하지만 이 말이 땅에 떨어지기 무섭게 사촌형들은 비참하게 죽어갔다. 링인수가 정말로 마을 사람들을 쉰이나 예순,

---

[2] 산싱촌에서 서쪽으로 60리쯤 떨어진 허난성 서쪽의 수계(水系)의 물이다. 이곳 수려한 산세와 무성한 나무, 빼어난 잎새들 사이에 링인사라는 절이 있다. 그 절 입구에서 발원하는 이하의 한 지류가 바로 링인하(靈隱河)다. 링인하 양쪽 강가에는 수많은 주민들이 살고 있고 백 세가 넘은 노인들도 아주 많았다. 쓰마란은 10여 년 전부터 산싱촌의 주민들을 인솔하여 산을 깎고 수로를 놓기 시작했다. 링인수를 끌어들여 마을 사람들의 수명을 연장하고 장수를 실현하기 위해서였다. 이는 대단히 큰 공사로 전체 60리 가운데 이미 40여 리를 파내었다.

일흔, 여든까지 살 수 있게 했을지는 아무도 모를 일이었다.

두바이는 『황제내경』을 천으로 싼 다음 서둘러 양을 몰고 쓰마씨네 묘지를 향해 걸음을 재촉했다.

여전히 수심이 가득한 모습으로 각자 자신들의 무덤 테두리 안에 서 있던 쓰마씨 형제들은 산비탈 가득 쓰마씨 가문 조상들의 광활한 묘지를 바라보면서 모든 무덤들이 제각기 확 트여 있는데 어째서 자신들 차례에 이르러서는 무덤들이 서로 어깨가 부딪혀 아프고 목구멍이 조이는 듯이 빼곡하게 들어서 있는 것인지 못마땅해하고 있었다. 쓰마후는 손으로 자기 묏자리 너비를 잰 다음 다시 다섯째 형 쓰마루의 묏자리 너비를 재보았다. 이내 다섯째 형의 묏자리가 자기 묏자리보다 세 치나 더 넓다는 사실을 알게 된 그가 말했다.

"다섯째 형, 형 집이 내 묏자리를 반 자나 차지하고 있어."

쓰마루가 말을 받았다.

"그야 나와 네 형수 두 사람 몫이니까 그렇지."

쓰마후가 눈을 부라리며 말을 받았다.

"며칠만 더 지나면 내 마누라도 죽을 텐데, 그럼 내 마누라는 나랑 같이 묻힐 수 없단 말이야?"

쓰마루가 말했다.

"여섯째야, 너와 네 처는 둘 다 몸집이 작지 않니. 나와 네 형수는 너희보다 덩치가 크고 말이야."

쓰마후는 갑자기 화를 내면서 발길질로 황토를 다섯째 형 쪽으로 날려 보냈다.

"덩치가 작은 게 어째서? 덩치가 작으면 사람도 아니란 말이야? 큰형, 둘째 형, 셋째 형은 다 합쳐도 여덟 자가 안 되는데다 세 사람 모두 마누라를 얻지 못했는데 다들 묘지는 널찍하게 차지하고 있잖아. 왜 그 형들을 파내서 한 구덩이에 묻고 우리 무덤을 넓히면 안 되는 거야?"

쓰마후는 몹시 화를 내면서 그 자리에서 왔다 갔다 했다. 천지를 혈기로 채운 목소리가 햇빛을 때려 땅바닥으로 떨어뜨리고 있었다. 선과 린, 무 세 사람의 묘지 앞을 지나면서 그는 또다시 무덤마다 세 차례씩 발길질을 퍼부었다. 자기 묏자리가 작은 이유가 오로지 그들의 묘지가 지나치게 크기 때문이라고 여기는 것 같았다. 넷째 형 쓰마란 앞으로 되돌아온 그는 또다시 사방으로 침을 튀기면서 말했다.

"넷째 형, 말 좀 해봐. 형이 고개만 끄덕이면 내가 큰형이랑 둘째 형, 셋째 형의 유골을 파내 한 구덩이에 묻을 테니까."

쓰마란은 아무 말도 하지 않았다.

쓰마후가 고개를 돌려 쓰마루에게 말했다.

"다섯째 형, 형은 찬성이지?"

쓰마루가 대답하려고 입을 열기도 전에 쓰마란이 순식간에 손을 위로 쳐들어 쓰마후의 얼굴에 은백색 따귀를 한 대 후려갈겼다. 찰싹 하는 소리와 함께 드넓은 묘지에 번쩍 하고 금이 갔다. 순간 넋이 나간 쓰마루는 나무로 만든 닭처럼 멍하니 서 있었다. 쓰마후는 손으로 얼굴을 감싼 채 눈길이 곧고 뻣뻣해졌다. 바싹 말라버린 나무토막 같았다. 바들바들 떨리는 그의 입술에 불만이 잔뜩 걸려 있었다. 입가에 원망과 분노가 푸른 나뭇가지와 잎처럼 무성했다. 누군가 꺾어다 걸어놓은 포도송이 같았다. 눈물이 맺혀 있는 눈은 금방이라도 터질 듯한 제방의 물 같았다. 그 제방 물속을 들여다보면 그의 두 눈에 가득한 원한이 청석판 같은 그의 망막에 눌려 있는 것을 알 수 있었다. 묘지 안에는 더할 수 없이 기이한 정적이 흐르고 있었다. 발밑에서 싹을 틔우고 있는 묘지의 잔디가 지면을 뚫고 나와 지난해의 마른풀들과 서로 부딪치고 있었다. 멀리서 휘청거리는 마을 사람들의 발자국 소리가 고적하게 들려왔다가 다시 쓸쓸히 사라져갔다. 쓰마후가 말했다.

"넷째 형, 형은 곧 죽잖아. 나는 형이랑 말다툼하고 싶지 않아. 형이 넷째이긴 하지만 사실상 맏형인 데다 산싱촌의 촌장이지. 그래서 내가 평생 나귀처럼 형의 잔소리를 그대로 들어줬던 거야. 형이 죽기 전까지 나는 계속 형 말에 따를 거란 말이야. 그러니 제발 말 좀 해봐. 이 부족한 묏자리를 어떻게 하는 게 좋을지 말이야. 제대로 살지도 못하고 단명한 것도 억울한데 죽어서도 반 칸짜리 묘지밖에 못 갖게 생겼잖아."

쓰마란이 말했다.

"이 한 장 여덟 자짜리 묏자리에 무덤을 두 개만 파도록 해라. 나 쓰마란은 무덤이 필요 없으니까."

말을 마치고 그는 곧장 몸을 돌려 가버렸다. 선과 린, 무 세 형의 무덤 앞에서 잠시 발걸음을 늦추는 것 같더니 이내 무덤들 사이를 가로질러 가버렸다. 숲속에 난 좁은 길을 지나가는 것 같았다. 그 커다란 몸집이 순식간에 한 토막으로 줄어들었다. 문짝 같은 어깨마저 연약하게 활처럼 굽어 있었다. 햇빛이 그의 어깨 위로 물처럼 끝없이 흘러내리고 있었다. 발밑에 걷어차인 황토와 마른풀은 허공에서 둔탁한 빛깔의 소리를 만들다가 다시 그의 발밑으로 떨어졌다.

쓰마루와 쓰마후는 어떻게 하는 게 좋을지 알 수 없었다. 묘지 한가운데를 지나가는 쓰마란을 보고는 두 사람이 이구동성으로 형을 불렀다.

"넷째 형, 사람이 죽었는데 어떻게 묏자리를 안 쓴단 말이야? 우리는 살아 있는 삼형제잖아. 형이 먼저 죽을 테니까 죽기 전에 자기 묘지 크기를 먼저 정하면 되잖아."

쓰마란은 듣고도 대답을 하지 않았다. 고개도 돌리지 않은 채 아무런 망설임 없이 곧장 앞을 향해 걸어갔다. 루와 후는 하는 수 없이 그의 뒤를 쫓아가면서 입으로 계속 했던 말을 되풀이했다. 묘지를 지나가고 있는 넷째 형을 거의 따라잡으려는 순간, 산비탈 길가에서 양 떼를 몰고 있는 두바이의 모습이 눈에 들어왔다. 모두들 잠시 걸음을 멈추자 수십 마리의 양들이 그들을 에워쌌다.

두바이가 말했다.

"묏자리를 보고 오는 길이야?"

쓰마란이 말했다.

"내가 죽을 차례가 됐거든."

약방문을 옆구리에 끼고 있는 두바이의 눈길이 떨어진 꽃이 물 위를 흘러가듯 뒤에 있던 루와 후에게로 향했다. 그러고는 두 사람을 위아래로 훑었다. 길을 묻는 낯선 사람들을 바라보는 것 같았다. 꺼져가는 불씨 같은 눈길이 두 사람의 검정색 상의 위로 미끄러져 내렸다. 두 사람의 상의와 얼굴에 칼로 찌르고 자르는 듯한 소리가 남았다.

"내가 진즉에 자네들 묏자리가 부족하리라는 것을 알고 있었네."

두바이가 말했다.

"자네 형제 둘이 묏자리를 놓고 촌장과 다투다니, 그러고도 자네들이 촌장의 동생이라 할 수 있겠나?"

두바이는 두 사람의 얼굴을 빤히 쳐다보면서 말을 이었다.

"자네들이 촌장의 형제라면 성내에 가서 피부를 벗겨 팔아서라도 형을 병원에 데려다 수술을 받게 해야 옳은 일이지. 그를 1년 반쯤 더 살게 할 수 있을지 장담할 수는 없겠지만, 그가 살아 있는 동안 링인수를 마을로 끌어들이지 못하면 마음에 울화병이 생기고 말 걸세."

두바이는 말을 끝내는 것 같더니 이내 다시 이어갔다.

"물론 자네들이 그의 형제가 아니라면 그가 눈앞에서 와르르 죽게 놔둬도 그만이지."

두바이는 이미 고령으로 서른일곱 하고도 반이 넘었다. 두바이는 중국 의술을 잘 알고 있었다. 게다가 두바이는 1년 내내 향(鄕)과 마을을 오가면서 일하는 사무원이었다. 두바이가 쓰마란처럼 대소를 불문하고 마을 일을 전부 도맡아 처리하는 것은 아니지만, 그래도 산싱촌의 문화와 정책을 상징하는 인물이었다. 게다가 어느 집이든지 병자가 생기면 그를 찾아갔고, 설날이 되어 대련(對聯)을 쓸 때도 그를 찾아갔다. 어느 해인가 두바이가 향에 갔다 돌아와서는 향에서 모든 전답을 각 가구가 책임지게 하기로 결정했다고 말했다. 정말로 하룻밤 사이에 각 세대에 토지가 분배되었다. 또 한번은 두바이가 농한기에 장사를 해도 좋다고 하자, 많은 가구들이 호두나 붉은 대추를 진(鎭)으로 가져다 팔았다. 이 마을에서 쓰마란이 황제라면 두바이는 재상이고, 쓰마란이 대장군이라면 두바이는 대장군 휘하의 참모였다. 두 사람은 묵계에 따라 함께 일을 도모했지만 모든 것이 천의무봉(天衣無縫)이었다. 게다가 쓰마란이 두바이의 누이동생 두주추이(杜竹翠)를 아내로 맞게 되자 마을 사람들은 두바이의 입만 보고도 곧 쓰마란의 의중을 알아차릴 수 있었다. 이제 루와 후를 바라보면서 얘기하고 있는 두바이의 목소리는 점점 부드러워지고 있었다. 그 모습이 마치 두 사람을 상대로 뭔가 상의하는 것 같기도 하고 두 사람의 형인 쓰마란을 위해 뭔가를 부탁하는 것 같기도 했다.

쓰마루와 쓰마후는 두바이의 얘기를 들으면서 눈길을 돌려 쓰마란의 얼굴을 바라보다가 형 쓰마란 역시 자신들을 바라보고 있는 것을 발견했다. 묘지에서 격분하던 쓰마란의 눈빛은 어느새 사라지고 지금은 얼굴에 묘지처럼 쓸쓸한 잿빛만 가득했다. 메마른 눈빛은 겨울날 시들어 마른 잎이 햇빛과 비를 갈구하는 것 같았다. 목화솜이 밖으로 삐져나온 그의 저고리 깃 위로 쌀알만 한 검은 점 하나가 기어가고 있었다. 그것이 이인지 아니면 따사로운 햇빛에 굴 밖으로 나온 날파리인지는 알 수 없지만, 날아오르는 밀 껍질 그림자 같은 소리를 내면서 땅바닥 쪽으로 천천히 이동하고 있었다. 기어가는 그 작고 검은 점을 주시하던 쓰마루가 입을 열었다.

"형, 정말 죽고 싶지 않은 거지? 형이 죽고 싶지 않다면 내가 성내에 나가 다리 피부를 팔아서 병원에 입원시켜줄게. 하지만 돈을 쓰고도 오히려 더 빨리 죽지나 않을까 걱정이야. 요 몇 년 동안 마을에 집 팔고 땅 팔아서 수술받았던 사람들이 한둘이야? 수술을 받고서 석 달도 못 가서 죽는 바람에 사람도 돈도 다 잃었잖아. 우리도 돈과 목숨을 다 잃고 나서 후회하게 될까 봐 그래."

쓰마란은 아무 말도 하지 않았다. 얼굴의 잿빛만 점점 더 짙어져갔다. 두바이는 눈길을 돌려 쓰마란의 얼굴을 한 번 쳐다보고 나서 말을 이었다.

"후야, 친형제도 한 번뿐이고 주마간산처럼 이생에 사는 것도 한 번뿐이야. 말이 죽어도 어떻게든 살려보려고 수의사를 찾아가지 않니. 게다가 성내의 의원에 새로운 기계가 들어왔대. 조금 비싸긴 하지만 우리 같은 사람을 전문적으로 수술할 수 있는 장비라는구나."

이에 쓰마루는 한참 동안 입을 열지 못했다.

쓰마후는 양 떼를 한 번 쳐다보고 다시 두바이를 바라본 다음, 파박 하는 소리와 함께 자로 잰 듯한 눈길을 쓰마란에게 돌렸다. 그러고는 일자무식인 사람이 책을 들여다보듯 그의 얼굴을 쳐다보다가 두바이의 말이 허공을 날다가 땅에 떨어지기 무섭게 야무진 목소리로 원망하듯 말했다.

"넷째 형은 죽기 싫다고 진작 말하지 그랬어? 뭣 때문에 우리를 묘지로 데려가 반나절 동안이나 묏자리를 나누게 한 거야? 안 그랬으면 차라리 교화원(敎火院)³)에 가서 다리 피부나 한 조각 떼다 팔았을 텐데 말이야. 내 왼쪽 다리에는 피부가 없지만 오른쪽 다리에는 아직 손수건만 한 피부가 남아 있단 말이야."

쓰마후는 이렇게 말하면서 손바닥으로 자신의 오른쪽 넓적다리를 한 대 쳤다.

"넷째 형, 형이 한마디만 했으면 됐을 거 아냐? 그랬다면 묘지에서 내 따귀를 갈길 필요도 없었을 테고. 형이 목구멍이 막히는 병에 걸린 게 나랑 다섯째 형 탓은 아니잖아. 우리가 형을 사지로 내몬 것도 아니고 말이야. 그냥 오른쪽 다리 피부만 한 조각 떼어내 팔았으면 될 일 아니야?"

쓰마후는 잠시 입을 닫았다가 이내 다시 말을 이었다.

"우리 내일 가서 피부를 팔도록 하자, 어때?"

쓰마란은 아주 오랫동안 입을 굳게 다물고 있었다. 어둡고 무거운 침묵 속에서 몸을 돌린 그는 하얀 양 떼를 따라 마을 쪽으로 걸어갔다. 이미 정오가 지난 터라 마을에서는 밥 짓는 연기가 모락모락 피어오르고 있었다. 인간세계의 숨결과 향기가 뜨겁게 그의 콧구멍을 파고들었다. 바로 그 순간, 천

<hr />

3) 1892년 영국 선교사가 세운 교회 병원이다. 1942년 이후, 일본군이 허난(河南)에 진주하면서 입원해 있는 모든 환자들이 대부분 전장에서 화상을 입은 병사들이었으므로 교회 병원은 전장 화상 병원으로 바뀌었다. 일본군이 항복한 뒤에도 환자에게 타인의 피부를 이식하는 병원의 수술법은 명성이 높았다. 교화원은 교회 병원과 화상 병원을 합쳐서 지은 이름이다.

지가 뒤흔들 정도로 엄청난 생각이 다시 한번 성벽이 무너지는 듯 우르릉 쾅쾅 요란한 소리를 내고 있었다. 구름이 걷히고 해가 솟듯이 핏빛으로 얼룩진 인간세계의 거대한 비극의 막이 오르고 있었다.

2장

때마침 점심시간이라 마을 사람들 모두 자기 집 문 앞에 나와 햇볕을 쬐면서 한담을 나누고 있었다. 바로 그때, 마을 어귀에서 쓰마란의 아내가 돌아오고 있었다. 몹시 수척하고 어두운 모습이었다. 길을 걷는 모습이 마치 바람 속에 휘날리는 것 같았다. 어느 해 겨울, 마을 사람들이 링인거에서 돌아오는 길에 거센 바람을 만난 적이 있었다. 다른 사람들은 기껏해야 몸을 좀 비틀거렸을 뿐이었지만 그녀는 아예 바람에 날아가 수로 바닥에 굴러떨어지고 말았다. 갈빗대가 두 대나 부러졌었다. 사람들은 그토록 가냘픈 그녀가 어떻게 침대 위에서 키가 다섯 자 여덟 치나 되는 촌장 쓰마란의 몸을 감당할 수 있었는지 몹시 궁금해했다. 하지만 그녀는 쓰마란에게 순조롭게 세 딸 텅(藤)과 거(葛), 완(蔓)을 낳아주었다. 두바이의 조부인 두과이즈가 아직 살아 있었을 때, 마을에는 난산하는 여자들이 쇠털처럼 많았다. 거의 매년 아이를 산 채로 낳지 못하다가 아파서 죽는 여자들이 나타났지만, 이 가냘픈 여인은 텅과 거, 완 세 아이를 무사히 낳았다. 그것도 자신도 모르게 저절로 낳았다. 17년 전, 마을에는 임신한 여자들이 산과 들에 가득했다. 종일 출산을 도우러 돌아다니는 두과이즈의 발걸음 소리가 끊임없이 길가를 울렸다. 하지만 그날 오후, 배가 이상하다고 말한 그녀는 문가에 있다가 집 안으로 들어오자마자 큰아이 텅을 낳았다. 한 해가 지나 다시 여름이 되었을 때 밀을 베던 그녀가 밀단 위로 가서 잠시 몸을 눕히자마자 둘째 거의 우렁찬 울음소리가 온 천지에 울렸다. 또 어느 해인가는 물통을 메고 집으로 돌아오는 길에 완을 낳았다. 물 한 통을 어깨에 메고 핏덩이인 셋째 완을 품에 안은 채 집으로 돌아왔다. 그녀의 수척한 몸과 강인한 근성은 마을의 기적이었다. 마을 사람들은 말라비틀어진 나뭇가지를 보면 곧바로 그녀의 벌거벗은 몸을 떠올렸다. 질긴 가죽 끈을 봐도 역시 그녀의 벌거벗은 몸이 생각났다. 어디론가 걸어가고 있는 그녀의 모습은 세워져 있는 채찍 같았다. 이날 오후 햇볕을 쬐며 한담을 나누고 있는 마을 사람들 곁을 지나 마을로 들어오던 그녀는 팔에 끼고 있던 대나무 바구니를 일부러 가슴 앞으로 옮겨 들었다. 대나무 바구니 안에 담겨 있는 수많은 약초들은 이제 막 땅에서 캐낸 것들이라 뿌리가 여전히 붉었고 신선한 약초 냄새와 흙냄새가 진했다. 밥을 먹느라 정신이 없던 마을 사람들은 아무도 그녀가 하늘하늘 바람에 나부끼듯 걸어오는 것을 알아채지 못했다. 다소 유감스러운 듯한 표정으로 그녀가 마을 사람들 앞에 서서 말했다.

"식사들 하셨어요? 텅이 아빠는 가망이 없을 것 같아요. 며칠 못 살 거예요. 물만 마셔도 목구멍이 아프대요."

쾅 하는 소리가 났다. 사람들이 밥그릇을 허공에 든 채 물었다.

"정말이야?"

"묏자리도 이미 봐두었어요."

"바구니에 담긴 건 뭐지?"

"약초예요. 생지황과 말린 황기도 있어요. 우리 오빠가 특별히 남편한테 맞게 지은 약이지요. 황기가 기와 혈을 보충해준다고 해서 제가 10리 밖에 가서 겨우 캐 온 거예요. 그 죽을 귀신이 저한테는 아주 모질었지요. 평생 란쓰스만 마음에 담고 있었으니까요. 하지만 우리 두씨 집안은 그를 홀대하지 않아요. 우리 오빠가 이 약을 처방하기 위해 밤새 한 잠도 못 자고 『황제내경』을 책장이 닳도록 뒤적였다니까요. 지금 그 사람은 죽어가면서도 여전히 마흔을 넘기고 싶은지, 저더러 강 끝자락에 있는 골짜기까지 가서 황기를 캐다가 자기 기혈을 보충해달라는 거예요. 저는 두말하지 않고 가서 캐 왔지요. 거기까지 오가느라 몇십 리 길을 걸었더니 다리가 끊어질 것 같네요."

쓰마란의 아내 주추이는 청산유수처럼 유창하게 설명을 마치고 나서 마을 어귀를 지나 마을 안으로 들어섰다. 사람들이 멈췄던 식사를 계속하면서 "쓰마란은 서른아홉까지 살았으니 화려하고 찬란한 생을 보낸 셈인데 죽으면 죽는 거지 무슨 여한이 있겠어"라고 말하는 소리가 후퉁(胡同)* 안으로 들어서는 그녀의 등 뒤로 스쳐 지나갔다. 후퉁 안에는 세상의 번화함을 드러내주듯 화려한 모습을 드러낸 새 기와의 유황 냄새가 강물처럼 마을 전체에 흘러넘치고 있었다. 그녀는 새로 지은 남의 집에서 나는 유황 냄새를 좋아했다. 유황 냄새는 그녀에게 남편 쓰마란을 떠올리게 했다. 그는 평생 긴 세월을 건강하게 살았음에도 남들처럼 그녀에게 방 세 칸짜리 새 기와집을 지어주지 못했다. 이것이 바로 그에 대해 가장 화나고 원한이 사무치는 일이었다. 여러 해 동안 가슴속에서 이런 원한이 치밀어 오를 때마다 그녀는 온몸에 한없이

---

* 주택가의 작은 거리나 골목.

힘이 솟는 것을 느낄 수 있었다. 거세게 분출되는 분노와 원한이 여름철 바람처럼 빠르게 그녀의 온몸에 퍼졌다. 저 앞에서 또 세 칸짜리 청벽돌 기와집이 빠른 속도로 그녀에게 다가왔다. 벽돌 가마에서부터 따라온 황갈색 냄새가 익어가는 옥수수나 좁쌀처럼 그녀를 향해 엄습해 왔다. 그녀는 길게 숨을 들이마셨다. 긴 황색 명주 천을 들이마신 것 같았다. 도저히 토해낼 수 없는 뭔가가 목구멍을 꽉 막아버린 것 같았다. 그녀는 남편이 곧 죽을 것이고, 마침내 이 세상으로부터 사라지게 될 것이라고 생각했다. 그녀 역시 나무 그늘 안에서 걸어 나와 밧줄 같은 구속에서 빠져나오려 몸부림치게 될 것이었다. 저 앞에 친정인 두씨와 동족인 쓰마씨 사람들이 사거리 입구에 벌 떼처럼 모여 연자방아 받침돌 위에 앉아 식사를 하고 있었다. 먹고 마시며 떠드는 소리가 몹시 시끌벅적했다. 그녀는 사람들 앞에서 걸음을 늦추며 얼굴에 가벼운 미소를 떠올린 채 슬픈 목소리로 말했다.

"다들 아시죠. 제 남편이 목구멍이 아파요."

사람들은 몹시 놀라며 얼굴이 전부 창백하게 굳어졌다.

"며칠밖에 살지 못할 것 같아요. 묏자리도 이미 다 봐뒀어요. 관을 준비해야 할 것 같아요."

그녀가 말했다.

"여러분들도 다 아시다시피 그 사람은 제게 아주 모질게

굴었어요. 평생 동안 란쓰스 그 화냥년보다 제게 잘해준 게 없다고요. 하지만 저는 그를 모질게 대할 수 없어서 그가 저더러 황기를 캐 오라고 하기에 아침 일찍 일어나서 몇십 리 길을 다녀왔어요."

그녀는 다른 팔로 대나무 바구니를 바꿔 들고 바구니 안에 있는 약초들을 꺼내 보이며 말을 이었다.

"그 사람은 서른아홉 살까지 살았으니 충분히 장수한 셈인데도 마흔이나 쉰까지 더 살고 싶어 한다니까요."

말을 마친 그녀는 놀라서 멍한 표정을 짓고 있는 사람들의 눈길을 뒤로한 채 경쾌한 걸음으로 앞을 향해 나부끼듯이 걸어갔다. 발걸음이 물을 따라 흘러가는 두 장의 판자 같았다. 그녀는 사거리 입구를 지나 쓰마씨 가족들이 사는 후퉁으로 가지 않고 곧장 란씨 후퉁을 끼고 지나갔다.

후퉁에서 한 줄기 바람이 밀려왔다. 초봄의 가느다란 향기가 바람 속으로 반짝이며 뻗어나가고 있었다. 그곳에서 란쓰스네 닭들이 주변을 돌아다니며 란쓰스가 식사를 하기만 기다리고 있었다. 닭들은 꼬꼬댁 꼬꼬 따스하고 달콤한 소리를 내면서 후퉁 절반을 촉촉한 봄날의 습기로 채우고 있었다. 주추이가 그 따스하고 달콤한 울음소리를 발로 걷어차면서 다가와 란쓰스를 힐끗 쳐다보았다. 이내 그녀는 얼굴에 자줏빛과 붉은빛이 돌면서 흥분하기 시작했다. 곧 죽을 사람은 그녀의 남편 쓰마란이 아니라 란씨 집안의 그 혈육인 것 같았다. 란쓰스에게 눈길을 던지면서 잰걸음으로 앞으로 다가간 주추이는 그녀 바로 앞에 쾅 하고 멈춰 서서 "이봐!" 하고 소리쳤다. 그러고는 란쓰스가 황급히 고개를 쳐들자 서두르지 않고 차분한 어투로 다시 입을 열었다.

"쓰마란은 곧 죽을 거야. 목구멍이 아프거든. 묏자리도 이미 다 봐놨어. 관을 준비해야 한다고."

병아리나 새끼 돼지가 병에 걸렸다고 말하는 것 같았다. 전염병에 감염되어 며칠밖에 살지 못하게 됐다고 말하는 것 같았다. 얼굴은 무척 차가우면서 평온했다. 물에 젖은 헝겊 같았다. 란쓰스는 자기 집 문 앞에 장작으로 쓰려고 가져다 놓은 느릅나무 뿌리 위에 걸터앉아 식사를 하고 있었다. 삶은 국수 안에 듬성듬성 잘게 썬 채소와 계란이 눈에 띄었다. 수놓은 오색실처럼 참기름 냄새가 화려하게 허공을 휘감고 있었다. 얼굴을 향해 쏟아지는 햇빛이 그녀의 넓은 이마를 비춰주었다. 마치 식사를 하고 있는 시골의 보살 같았다. 붉은 스웨터가 연꽃처럼 그녀의 얼굴을 받치고 있었다. 그러나 바로 그 순간, 그녀의 얼굴에 빛이 사라지더니 보살처럼 차분하던 모습도 함께 사라져버렸다. 천천히 고개를 든 그녀는 발그레하게 윤기가 흐르던 얼굴이 창백하게 변해 있었다. 손에 쥐고 있던 그릇은 금방이라도 땅바닥으로 떨어질 것처럼 흔들리고 있었다. 그녀는 바로 눈앞에 있는 두주추이를 쳐다보면서 무슨 말을 하는 거냐고 따져 묻고 싶었지만 끝내 입을 열지 않았다.

두주추이가 말했다.

"네 애인 목구멍이 아프다고. 그럼 사나흘 안에 죽을 거야. 내 남편이 평생 밖에서 땀 흘려 일한 것을 네가 누렸으니 이제는 네가 그를 위해 가서 황귀를 캐는 게 마땅한데도 오히려 내가 아침 일찍 일어나 황귀를 캐러 갔다가 이제야 돌아오는 길이라고."

눈 깜짝할 사이에 란쓰스는 온몸에 힘이 빠졌다. 잠시 부주의한 사이에 눈앞에 있는 누렇게 깡말랐지만 강단이 있는 여자가 자신의 머리를 몽둥이로 내리친 것만 같았다. 그녀는 손에 들고 있던 국수 그릇을 그대로 발밑에 있는 닭들을 향해 쏟아버리고는 한마디 말도 하지 않고 집으로 돌아와 천천히 대문을 잠갔다. 타오르던 불꽃이 꺼져버린 것처럼 그녀가 주추이의 면전에서 사라져버렸다. 두주추이는 문을 단단히 잠그는 그녀의 모습을 바라보면서 반 토막짜리 벽돌을 들어 그녀의 집 마당 안으로 던졌다. 그러고는 눈앞에 있는 닭들을 향해 몇 번 발길질을 해댔다. 놀란 닭들이 사방으로 흩어져 도망치면서 울어대는 소리가 요란했다. 그제야 속이 후련해진 그녀는 란쓰스의 집 문 앞에서 몸을 돌려 자기 집으로 향했다. 그리고 입을 크게 벌려 목청껏 소리치는 것을 잊지 않았다.

"쓰마란은 곧 죽을 거야. 란쓰스 너도 서른일곱이지. 너희 둘 다 곧 내 눈앞에서 죽고 말 거라고."

두주추이는 싸움에서 크게 이겼다는 승리의 쾌감을 가슴 가득 느끼면서 개선장군처럼 집으로 돌아왔다.

그녀는 그해 나이 서른여섯이었다. 서른여섯이면 산싱촌 사람들에게는 이미 인생의 끝자락이었다. 하지만 두주추이는 자신에게도 죽는 날이 있다는 것을 한 번도 생각해본 적이 없었다. 오히려 쓰마란이 먼저 죽게 되었다. 곧 죽을 쓰마란 덕분에 그녀는 당당하게 사람처럼 살 수 있는 시절이 왔다는 생각을 하게 되었다. 집으로 돌아오는 길에 그녀는 또다시 고개를 돌려 란쓰스의 집 대문을 바라보았다. 검은 칠이 벗겨진 두 쪽 대문이 여전히 굳게 닫혀 있었다. 적군이 성 밑까지 쳐들어왔지만 대항할 힘이 없어 하는 수 없이 닫아건 성문 같았다. 말로 다 표현할 수 없는 승리의 쾌감에 도취된 주추이는 이른 아침에 집을 나서 정오가 될 때까지 산길을 몇십 리나 걸었는데도 전혀 배가 고프지 않았다. 배 속의 흥분이 닭고기와 오리고기, 소고기처럼 그녀로 하여금 몸에 무궁무진한 힘을 느끼게 했다. 그녀는 이마로 흘러내린 머리칼을 귀 뒤로 넘겨 매만지고는 팔에 끼고 있던 약초 바구니를 위로 올렸다. 발밑에 밟히는 길이 흙으로 짠 천처럼 그녀의 등 뒤로 뽑혀 나왔다. 란쓰스의 얼굴에 침을 뱉어주지 못한 것이 후회스러웠다. 란쓰스 집에 있던 회색줄무늬닭을 발로 한 대 걷어차지 못한 것이 후회스러웠다. 생각해보니 란쓰스의 집 마당에 던진 반 토막짜리 벽돌도 너무 작았다. 이런 생각들이 그녀의 끓어오르는 가슴속에서 좋은 기회를 다 놓치고 일을 그르쳤다는 자괴감이 되어 밀려왔다. 그러다 보니 곧 다가올 남편의 죽음이 가져다주는 즐거움이 약간 줄어드는 듯한 기분이었다. 가슴을 쭉 펴고 자기 집 문 앞에 도착한 그녀는 끝없는 흥분과 격정에 땀이 흘러나와 몸이 끈적끈적해진 것을 느꼈다. 바람에 말리려는 듯 목 바로 아래 단추를 풀었다. 란쓰스의 집 앞을 우회하여 돌아오다 보니 그녀는 하는 수 없이 시동생 루와 후의 집 앞을 지나게 되었다. 쓰마루와 쓰마후 모두 문 앞에서 점심을 먹고 있었다. 그들에게 가까이 다가간 그녀는 일부러 가슴을 곧게 펴면서 약초 바구니 안을 드러내 보이려 애썼다. 그녀가 말했다.

"묏자리는 잘 보고 왔어요? 저는 형님에게 줄 황기를 캐러 갔다 오는 길이에요. 죽을병인 것을 잘 알면서도 죽은 말을 치료해서 산 말로 만들어보려는 거지요. 하루라도 더 살게 하려고 말이에요."

쓰마후가 문지방 위에서 몸을 일으켰다. 알고 보니 그는 문지방 위에 앉아 밥을 먹고 있었다. 쓰마후가 말했다.

"형수님, 요 며칠 형수님이 밀 한 바구니를 빻아다가 저랑 다섯째 형에게 비상식량으로 쓸 요우모(油饃)*를 만들어주셨잖아요. 우린 그걸 가지고 교화원에 다녀올까 해요. 넷째 형을 위해 피부를 팔려고요."

몸에 못이 박히기라도 한 듯 두주추이가 걸음을 멈췄다.

"피부를 판다고요, 뭐 하려고요?"

쓰마후가 넷째 형을 현 의원으로 데려가 수술을 받게 해주려 한다고 대답했다. 피부를 좋은 값에 팔아 좋은 의사를 만나고, 거기에 병원의 신식 기계가 더해진다면 어쩌면 넷째 형을 1년이나 2년쯤 더 살게 할 수 있을지도 모른다는 것이었다.

주추이의 가슴께에 걸려 있던 바구니가 아래로 흘러내렸다. 갑자기 허리가 쑤시고 다리가 아파 왔다. 허기진 배에서는 꼬르륵 소리가 났다. 그녀가 말했다.

"죽을병을 고칠 수 있다는 건가요? 서방님들도 집이 있고 가족이 있는데, 형님을 위해 피부를 벗기고 살을 판다 한들 열흘이나 보름 더 살게 할 수 있을 뿐이에요. 그러다 죽으면 그때는 사람도 돈도 다 사라지고 만다고요. 차라리 형을 하

* 밀가루 반죽을 다양한 형태로 만들어 기름에 튀긴 것으로 허난 지방의 대표적인 음식이다.

루라도 일찍 죽게 하는 게 고통을 줄이는 방법이에요."

옆에 있던 쓰마루가 형수를 노려보면서 말을 받았다.

"어쩌면 일이 년 더 살 수 있을지도 몰라요. 형수님은 요우모나 더 구워주세요. 형수님 오라버니인 두바이 형님도 저희랑 같이 가기로 했거든요."

주추이는 집으로 돌아왔다. 갑자기 그녀의 가슴속에 일었던 맹렬한 불길이 후와 루에 의해 확 꺼져버리고 흥분 때문에 얼굴에 일었던 붉은빛도 흐릿해져버렸다. 다리 아래쪽에서 가느다란 냉기가 생겨나더니 천천히 그녀의 몸 전체로 퍼져나갔다.

마당 안으로 들어선 그녀는 손에 들고 있던 약초 바구니를 땅바닥에 내던지며 안채에 대고 소리를 질렀다.

"텅, 거, 완, 이 뒈질 놈들아. 뒈져야 할 놈들이 아직 뒈지지 않았으면 당장 이 어미에게 밥이라도 내와봐!"

3장

쓰마란의 집은 마을 앞 쥐엄나무 아래에 있었다. 밀짚을 엮어 지은 세 칸짜리 초가집과 산백초(山白草)를 엮어 지은 곁채 두 칸 그리고 오동나무로 지은 집 한 칸으로 구성되어 있었다. 넝쿨을 엮어 만든 등받이의자가 하나 놓여 있는 마당 안에 누렇고 밝은 햇빛이 가득 쏟아지고 있었다. 마당 담장 아래에는 흙을 빚어 만든 돼지도 한 마리 있었다. 그는 넝쿨 의자에 앉아 황기 탕약 그릇을 의자 곁에 둔 채 햇볕을 쬐면서 눈을 꼭 감고 미동도 하지 않고 있었다. 죽은 사람과 조금도 다르지 않았다. 파리 두 마리가 집 뒷간 쪽에서 날아와 그의 얼굴에 내려앉았다. 햇볕에 널어놓은 수세미 위에 앉는 것 같았다.

우당탕 퉁탕 소리와 함께 쓰마란은 몸이 너무나 수척해졌다. 솜저고리를 벗어버리고 얇은 홑저고리만 걸친 그의 모습이 마치 구부러진 멜대 같았다. 두바이가 루와 후를 데리고 현성에 있는 교화원으로 피부를 팔러 간 지 벌써 여드레나 지났다. 이치대로 하자면 닷새나 엿새 정도면 돌아와야 했지만 그들은 한 번 간 뒤로 감감무소식이었다. 요 며칠 쓰마란은 아침 식사를 마치면 곧장 마당으로 나와 그들을 기다렸다. 기다리다가 조바심이 나면 마을 입구까지 나가 수시로 다리와 도로 쪽을 내다보았다. 마을 사람들이 촌장에게 물었다.

　"루와 후는 아직도 안 돌아왔나요?"

　촌장은 그들을 기다리고 있는 것이 아니라고 대답했다. 마을 사람들이 입원하기로 결정했느냐고 다시 물었다. 그가 대답했다.

　"모든 것이 루와 후의 형제로서의 정리 때문이라오. 마을에 어디 이 목구멍 병이 나은 사람이 있었나요? 두 세대 전에 살았던 두과이즈를 제외하고 그 뒤 두 세대에 마흔을 넘긴 사람이 없지 않소?"

　그는 칼처럼 마르고 누렇게 병색이 짙은 얼굴을 하고서 편안하고 담담한 어투로 말했다. 삶과 죽음을 아주 냉담하게 바라볼 뿐만 아니라 심지어 거의 도외시하는 단계로 접어든 것 같았다. 하지만 그러다가 누군가 다리를 건너오는 모습이 보이기만 하면, 목을 길게 빼고 한참을 바라보았다. 다리를 건넌 사람이 루와 후, 두바이가 아니라는 것이 분명해져도 눈길을 돌리지 않았다. 다리를 건넌 사람이 그가 있는 곳으로 가까이 다가왔다가 다른 방향으로 멀어져 모습이 완전히 사라지고 나서야 그는 긴 탄식을 내뱉으며 눈길을 거둬들였다.

이날도 쓰마란은 마을 어귀를 벗어나 정처 없이 다리까지 걸어가 멀리서 오는 사람들을 바라보고 있었다. 가까이 다가와서야 그들이 현성으로 약재를 되팔러 갔던 다른 마을 사람들이라는 것을 알 수 있었다. 일면식도 없는 행인들이 멜대를 메거나 보따리를 든 채 웃고 떠들면서 지나가기도 했다. 그는 사람들이 자기 곁을 지나갈 때는 아무 말도 하지 않고 있다가 사람들의 모습이 멀어진 뒤에야 큰 소리로 부르면서 쫓아가 물었다.

"혹시 현성에서 루와 후, 두바이를 보지 못했소?"

사람들이 루와 후, 두바이가 누구냐고 되물었다.

"루와 후는 내 동생이고 두바이는 내 손위 처남이에요. 나를 현 의원에 데려가 수술을 받게 해주겠다며 교화원으로 피부를 팔러 갔지요."

사람들은 그를 한참 동안 자세히 쳐다보다가 말했다.

"혹시 머리가 어떻게 된 것 아니오? 누가 당신 아우이고 처남인지 우리가 어떻게 안단 말이오?"

이렇게 한마디 던지고 사람들이 떠나자 혼자 남겨진 그는 넋이 나간 채 산마루에 서 있었다. 한 마을의 촌장인 자신이 이렇게 죽음을 두려워하면서 추태를 부리는 지경까지 이르렀다는 사실에 헛웃음이 나오면서 눈가에 그렁그렁 눈물이 맺혔다. 아무 말 없이 잠시 서 있다가 마을로 돌아가려고 몸을 돌리는 순간, 바로 뒤에 서 있는 란쓰스의 모습이 눈에 들어왔다. 그녀는 여전히 붉은 스웨터에 주름진 은회색 일자바지를 입고 목에는 네모난 녹색 목도리를 두르고 있었다. 얼굴에는 짙은 회색빛 우수가 드리워져 있었다. 그녀는 고개를 푹 숙인 채 자기 집 뒤쪽에 있는 작은 밀밭으로 김을 매러 가는 길이었다. 쓰마란이 자신을 향해 다가오는 것을 본 그녀는 호미를 들고 다리 쪽으로 내려갔다. 그가 그녀를 불러 세웠다. 그러고는 쑥스러운 듯 큰 소리로 말했다.

"나 곧 죽어. 요 며칠 쓰스를 보러 가지 못했군."

밭 가장자리 좁은 길 위에 서서 그를 등지고 있던 그녀는 몸을 돌리지 않았다. 아무 말도 하지 않았다. 쓰마란이 그녀에게 다가가 다시 목청을 높여 말했다.

"정말이야. 쓰스, 나 정말로 며칠밖에 못 살아."

그녀가 말을 받았다.

"누가 죽음을 막을 수 있겠어요. 죽으면 죽는 거지. 오라버니는 이미 서른아홉이니 충분히 장수한 셈이에요."

이렇게 고개도 돌리지 않은 채 얼음을 머금은 서리처럼 차갑게 한마디를 던지고 그녀는 곧장 다리 아래로 내려갔다.

원래 있던 자리에 한참을 서 있던 그도 그녀를 따라 밭으로 들어갔다.

그녀가 작은 밀밭에서 호미질을 하는 동안 그는 내내 밭머리에 앉아 있었다. 늦겨울의 마지막 한 가닥 한기도 이미 찾아볼 수 없었다. 해가 누런 떡처럼 머리 위에 걸려 있었다. 산맥 사이에 소 등허리처럼 부드럽게 이어져 굴곡을 이루고 있는 산등성이가 햇빛 속에서 다갈색으로 빛나고 있었다. 광활한 들판에서 일을 하는 사람은 거의 없었다. 대부분 초봄의 농한기를 보내느라 게으름을 피우고 있었다. 들판에는 쓰마란과 란쓰스 두 사람밖에 없었다. 밀밭에서 호미질을 하는 그녀는 연신 땅속에서 나온 돌멩이와 기와 조각들을 주워 도랑으로 내던졌다. 도랑에서는 적막하고 황량한 소리가 났다. 쓰마란은 밭머리에 있는 바위에 걸터앉아 햇볕을 쬐면서 그녀가 일어섰다 앉았다 해가며 열심히 호미질하는 모습을 바라보고 있었다. 그녀가 호미질을 하면서 가까이 다가오자 그가 다시 입을 열었다.

"물이 흘러 나가지 못하도록 밭 둘레에 둑을 쌓아야 해. 안 그러면 빗물이 전부 밀밭 밖으로 흘러가버린다고."

그러고는 잠시 멈췄다가 다시 말했다.

"내 한평생 가장 미안한 사람이 바로 쓰스야. 제대로 마음을 놓을 수 없는 사람도 쓰스고 말이야."

그녀는 몸을 돌려 다시 밭 반대쪽 끝을 향해 호미질을 해 갔다. 그녀의 호미 아래서 빠각빠각 붉고 검은 소리가 규칙적으로 튕겨져 나왔다. 소리는 잠시 멈췄다가 다시 밭 주변 사방을 가득 메우며 흩어져갔다. 그는 한참이나 늘어놓던 얘기를 멈췄다가 그녀가 다시 밭 이쪽을 향해 호미질을 하면서 가까이 다가오자 다시 입을 열었다.

"내가 쓰스보다 먼저 죽으면 안 되는데. 쓰스가 나중에 아들딸도 없이 쓸쓸히 죽어 뒤를 보살펴줄 사람이 없을까 봐 걱정이군……."

그녀는 또다시 몸을 돌려 밭이랑 몇 개를 갈고 있었다. 그는 또다시 말을 멈추고 그녀가 다시 자기가 있는 쪽으로 호미질을 하여 가까이 다가오기를 기다렸다가 말을 이었다.

"보름이 지나면 밀밭에 거름을 줘야 할 거야. 인분이 부족하면 볏짚 거름이라도 주도록 해. 내가 죽거든 얼마간의 양곡이랑 나무 몇 그루를 팔아 돼지 한 마리를 키우라고. 내가 루와 후에게 당부해놓을 테니까 돼지가 다 크면 녀석들과 함께 집무시장(集貿市場)*에 가서 팔아다가 직접 당신 수의와 관을 준비하도록 하구려……."

이렇게 한 사람은 호미질을 하고 한 사람은 말을 하고 있었다. 말하는 사람은 혼잣말을 중얼거리는 것 같고 호미질을 하는 사람은 아무것도 듣지 못하는 것 같았다. 그가 뱉은 말은 가볍게 그녀의 밀 모종 사이를 피해 다니고 있었고, 빠각 빠각 그녀의 호미 소리는 수시로 땅을 들락거리면서 그의 말을 파묻고 있었다. 해는 머리 위에서 점점 뜨거워지고 있었다. 밭에서는 새로 간 흙냄새가 따스한 날씨 속에서 양털처럼 비린 냄새를 풍기며 덩어리가 되어 떠다녔다. 저 아래 도랑 근처에서 이따금씩 산토끼나 족제비가 피처럼 붉은 울음소리를 내면서 이 산등성이를 더욱더 공허하고 적막하고 아득하게 만들었다. 언제부턴지 나중에는 아무 말도 들리지 않았다. 할 말을 이미 다 한 것 같았다. 세상에는 오로지 그녀의 흙빛 호미 소리만 남아 있을 뿐이었다. 그는 조용히 자리에 앉아 남쪽 하늘에 평평하게 걸려 있는 해를 바라보면서 혼자 담배를 말아 피웠다. 그러다가 몸을 일으켜 그녀 뒤로 가서는 그녀가 김을 매면서 골라놓고 치우지 않은 돌들을 들어다 도랑에 버렸다. 이렇게 그는 조용히 마을로 향하는 길로 걸어갔다.

그녀가 마침내 호미질을 멈추고 말했다.

---

* 일정한 시간과 장소에 서는 시장으로 전문 기관이 관리한다.

"란 오라버니, 제가 보기에 오라버니가 여름은 무사히 날 수 있을 것 같아요."

그는 몸을 돌려 그녀를 정면으로 한참이나 쳐다보다가 문득 그녀가 이미 서른일곱 살이고 온갖 풍상을 겪긴 했지만 눈가에 몇 가닥 주름이 있는 것만 빼면 여전히 오륙 년 전과 마찬가지로 젊고 아름답다는 사실을 발견하게 되었다. 그녀의 얼굴에도 시골 여자들의 봄기운이 초봄의 숨결처럼 가득 넘실대고 있었다. 그녀 몸에서 나는 맑고 옅은 향기를 맡은 그는 목을 길게 빼고 그녀의 향기를 빨아들였다. 그가 말했다.

"피를 토했어. 그저께 한 번 토하고 어제 또 토했어. 이젠 정말 며칠밖에 못 살 것 같아."

그녀가 그의 얼굴을 한참이나 뚫어져라 쳐다보았다. 죽음의 기색을 찾기라도 하려는 것 같았다. 결국 죽음의 모습을 발견했는지 그녀가 나지막한 목소리로 말했다.

"가세요. 가서 관을 준비해야 할 것 같네요. 저희 집에 가서 그 오동나무를 베어 가세요. 먹고 싶은 게 있는데 해줄 사람이 없으면 저희 집으로 오세요. 곧 죽을 사람이 두려울 게 뭐가 있겠어요?"

이 한마디가 그녀의 목에서 처량하게 흘러나왔다. 마치 목구멍에서 끄집어낸 눈물 젖은 푸른색 비단 같았다. 촉촉하고 매끄러웠다. 말을 마친 그녀는 다시 자신의 밀밭을 매기 시

54

작했다. 검붉은 소리가 다시 허공에 메아리쳤다. 햇볕이 기복(起伏)하는 그녀의 호미 위에서 연질(軟質)의 유리처럼 위로 올라갔다 내려오기를 반복했다. 올라갔다 내려왔다 하는 호미를 바라보며, 호미를 따라 기복하는 그녀의 눈물 젖은 얼굴과 땀에 젖은 이마 위 검은 머리칼을 바라보면서 그가 말했다.

"루와 후가 교화원에 피부를 팔러 간 지 여드레가 지났어. 좋은 값에 팔아야만 내가 현 의원에 가서 수술을 받을 수 있을 거야. 다 죽은 말을 산 말처럼 치료해보려는 거지. 피부를 팔아 돈을 구하지 못하면 나는 올봄에 곧 죽게 될 거야. 병들지 않았을 때는 주추이가 빨래도 해주고 밥도 잘 차려주더니 지금은 큰 소리로 야단만 치고 있어. 한 대 쥐어박고 싶다가도 오히려 내가 그 여자 힘을 당해내지 못할까 봐 두렵더라고."

말을 마친 그는 체념한 듯 다리 위로 올라가 곧장 마을 밖 동쪽으로 걸어갔다. 다시 고개를 돌려 그녀를 바라보지는 않았다. 몇 리를 걸어간 그가 다리 끝에 이르렀지만 루와 후, 두 바이의 모습은 여전히 보이지 않았다. 그는 잠시 그 자리에 앉아 쉬기로 마음먹었다. 그러다가 죽은 듯 잠이 들고 말았다.

쓰마란은 점심때가 훨씬 지나 딸 텅이 찾으러 와서야 집으로 돌아갔다. 집에 돌아오니 루와 후, 두바이가 함께 식사를 하고 있었다. 밥상 위에는 네 가지 음식이 차려져 있었다. 계란과 고기도 있고 기름에 튀긴 만터우(饅頭)*도 있었다. 이 모든 것들이 예전에 피부를 팔아 큰돈을 벌었을 때 축하의 의미로 먹던 음식이었다. 돈을 벌지 못하고서는 결코 이렇게 푸짐한 음식을 차릴 수 없었다. 하지만 대문 앞에는 예전에 피부를 팔던 사람들을 싣기 위한 들것이나 인력거가 없었고 마당도 텅 비어 있었다. 순간 그는 가슴이 얼어붙는 것 같았다. 루와 후 그리고 두바이는 모두 아주 건강했다. 완전무결했다. 마지막 희망을 품고 마당의 벽 한구석을 쳐다보았다. 예전에 피부를 팔고 왔을 때면 들것이나 지팡이를 그쪽 구석에 세워놓곤 했다. 하지만 이번에는 그 자리에 삽과 곡괭이만 비스듬히 세워져 있었다. 들것이나 지팡이는 보이지 않았다. 그는 거래가 실패했음을 직감했다. 운명을 하늘에 맡기고 죽기를 기다리는 수밖에 없었다. 그는 얼굴에 감격스러운 표정을 지으며 집 안으로 들어가 웃으면서 말했다.

"다들 돌아왔니?"

루와 후, 두바이는 어색한 표정으로 식탁 앞에서 일어섰다. 그러고는 일을 그르치고도 남의 집 밥을 얻어먹는 사람처럼 부끄러운 표정으로 말했다.

---

* 밀가루 반죽을 주먹 크기로 성형하여 소를 넣지 않고 찐 음식으로 중국인들의 주식 가운데 하나다.

"넷째 형, 여드레나 돌아다녔지만 거래를 한 건도 못 했어. 가는 길에 꼬박 사흘을 보내고 교화원에 도착해서 닷새를 계속 기다리면서 한시도 자리를 뜨지 않았는데도 정말 닷새 내내 화상을 당해 병원에 실려 온 환자가 하나도 없더라고. 바깥세상의 세태가 정말이지 예전 같지 않아. 요즘 성내의 크고 작은 공장들이 전부 휴업을 해서 노동자들의 월급이 나오지 않다 보니 진료비도 정산하지 못하고 있더라고. 노동자인 성내의 부부가 채소 시장에 가서 채소 잎이랑 줄거리를 줍는 모습도 보았어. 우리 시골 사람들보다 생활 형편이 더 빠듯한 모양이야. 듣자 하니 현장이나 현위 서기 같은 사람한테도 설에 월급이 나오지 않았대. 그러니 누가 감히 화상을 당했다고 피부를 사서 이식하려 하겠어? 화상을 입은 환자들이 없는 것은 아니지만 모두들 예전처럼 돈이 넉넉하질 않더라고. 끓는 물에 가슴이 데여 손바닥만 한 피부가 떨어져 나간 국가기관 사람 하나가 교화원에 입원해 있기에 거래가 될 것 같다고 생각하고는 피부이식을 하겠느냐고 물었어. 그 사람이 한 치에 얼마냐고 묻더라고. 그래서 국가기관에서 일하니까 비용을 청구할 수 있을 테니 가슴의 피부를 이식하는 비용으로 3천 위안을 달라고 했지. 그랬더니 망설이지도 않고 3천 위안을 주겠다고 하더라고. 그러고는 쓰마루에게 목욕을 하고 병원에 가서 피검사를 하라고 했어. 오른쪽 다리 안쪽의 손바닥만 한 피부를 떼어내 그 사람의 가슴에 이식해주고 나서 돈을 받으러 갔더니 글쎄, 그 사람이 어느 해 몇 월에 산싱촌 사람들이 교화원에 와서 피부이식 장사를 많이 하고도 세금을 한 푼도 내지 않았다고 그러는 거야. 그러면서 늦게 신고를 하면 세금을 얼마나 내야 하는지 말해주더라고."

그 사람은 현의 세무국 국장이었다.

세 사람은 돈은 한 푼도 못 받고 보양 식품만 한 자루 받아 돌아왔다. 쓰마란은 과연 집 안 탁자 위에 병원 침상에서나 볼 수 있는 온갖 주전부리와 통조림, 비릿하면서도 달달한 맛이 나는 맥아유까지 놓여 있는 것을 발견했다. 루와 후, 두바이는 정말로 쓰마란에게 면목이 없었다. 쓰마루는 오른쪽 바지통을 내려 쓰마란에게 피가 배어 있는 흰 붕대도 보여주었다. 쓰마후가 말했다.

"피부를 안 팔고 싶었던 게 아니야. 하지만 며칠 더 있다가는 먹을 것도 떨어지고 여비마저 다 쓰고 나면 바러우산맥으로 돌아오지 못할 것 같더라고."

쓰마란은 담담한 얼굴로 긴 의자에 앉아 텅이 가져다준 젓가락을 받아 들고는 볶은 계란을 집어 천천히 먹으면서 말했다.

"너희 모두 앉아서 천천히 들도록 해. 피부를 파는 데 실패했으면 그만이지 뭐. 어차피 내 병은 고치기 어렵기 때문에 애당초 너희 피부를 팔지 말았어야 했어. 몸도 상하고 재물도 허사가 되었으니 내가 죽어도 마음이 편치 않을 것 같구나."

모두들 탁자에 가까이 다가가 앉아 살고 죽는 것은 운명인 것 같다고 얘기하고 있을 때, 텅과 거, 완은 삼촌들이 허벅지 피부와 바꿔 온 통조림을 따고 있었다. 두바이가 통조림을 먹으면서 말했다.

"거래가 실패하긴 했지만 그 국장이 앞으로 산싱춘의 누구든 허벅지 피부를 팔더라도 세금을 물리지 않겠다고 했어."

때마침 주추이가 부엌에서 누르스름한 계란탕면이 담긴 양푼을 들고 들어왔다. 거래가 실패한 때문인지 주추이는 공공연하게 얼굴에 찬란한 미소를 지으면서 말했다.

"드세요. 모두들 어서 드세요. 피부를 파는 데는 실패했지만 성의는 다했잖아요."

그러면서 그녀는 그릇 몇 개를 들고 와 오빠인 두바이에게 탕면을 담아주고, 또 시동생 루와 후에게도 각각 한 그릇씩 담아 탁자 위에 놓아주었다. 마지막으로 쓰마란의 차례가 되었을 때 양푼이 바닥을 드러냈다. 그녀가 국자로 양푼 바닥을 긁으면서 말했다.

"텅 아버지, 텅 아버지도 미련을 버리세요. 서른아홉까지 살았으면 만족할 줄 아셔야죠. 우리 모두 텅 아버지만큼 오래 살 수 있을지 장담할 수 없다고요."

이렇게 말하면서 겨우 반 그릇도 안 되는 계란탕면을 탈탈 털어 그릇에 담았다. 쓰마란이 그릇을 받으려 하자 그녀는 과자를 먹느라 잔뜩 목이 메어 있는 세 딸들에게 탕면을 건네주며 말했다.

"완, 천천히 먹어. 탕면을 반 그릇 먹으면 목이 안 멜 거야."

이때 하늘이 무너지고 땅이 꺼지는 일이 벌어졌다. 비바람이 불고 천둥이 치는 것 같은 상황이 되고 말았다. 탕면을 받으려고 내민 쓰마란의 손이 허공에서 굳어졌다. 말라비틀어진 참죽나무 가지처럼 딱딱하게 굳어졌다. 와르르 소리와 함께 그의 말라비틀어진 얼굴에 창망한 잿빛이 가득했다. 흰 구름에 잿빛이 스며들고 있는 것 같았다. 그가 이를 앙다물고 말했다.

"텅이 엄마, 나도 탕면 한 그릇 퍼 주구려."

주추이가 과장되게 입을 크게 벌리면서 말했다.

"다 떨어졌어요. 당신은 곧 죽을 사람이면서 딸들과 손님들을 상대로 탕면을 다투려는 거예요?"

쓰마란이 그녀를 노려보면서 호령하듯 말했다.

"떨어졌으면 부엌에 가서 다시 끓여 와."

주추이는 그의 날카로운 눈길을 피하면서도 오히려 얼굴에는 편안한 기색을 보이며 어린아이 장난 같으면서도 사뭇 진지한 표정으로 말했다.

"오늘 오전에 당신 어디 갔었어요? 란쓰스의 밭머리에 한

나절이나 개처럼 쭈그려 앉아 있었잖아요. 배고프고 목말라 돌아오면 내가 언제든지 먹고 마실 것을 해다 바쳐야 하는 거예요? 왜 란쓰스에게는 탕면을 끓여달라고 말하지 못하는 거예요? 예전에 당신이 촌장인 데다 건강하고 힘이 넘칠 때는 걸핏하면 내게 손찌검을 했었죠. 한밤중에 자다가 깨서도 나를 때려 침대 아래로 끌어 내리고는 등불을 들고 란쓰스네 집으로 가서 나는 절대로 안 된다고 말했잖아요. 당신이 곧 죽게 된 지금까지 너무나 힘들게 당신을 모셨단 말이에요. 난 평생 당신을 모실 만큼 모셨으니 이제 탕면을 먹고 싶으면 그 해진 신발* 집에 찾아가봐요."

주추이는 목청을 돋우어 바락바락 대들었다. 마음속에 맺혀 있던 응어리와 살점이 한데 섞여 쏟아져 나오는 것 같았다. 말도 점점 빨라지면서 사방으로 침이 튀었다. 우박이 떨어지는 것처럼 목소리가 폭발하기 시작했다. 쓰마란이 국자를 집어 그녀를 내리쳤다. 주추이는 오빠와 시동생과 딸들이 놀란 틈을 타 마당으로 도망치면서 목이 찢어져라 소리를 질러댔다.

"이웃사람들, 어서 와서 이 주추이 좀 살려주세요. 쓰마란이 저를 때려죽이려고 해요. 곧 죽을 목숨이면서도 이 세상

* 정조가 없는 여자를 비유하는 속어.

61

에 제가 살아 있는 걸 참지 못하겠나 봐요."

이어서 그녀는 몸을 돌려 안채를 향해 소리쳤다.

"오빠, 오빠는 동생 일에 좀 끼어들면 안 되는 거야? 내가 쓰마씨 집안에서 평생 얼마나 학대를 받았는지 알아? 루, 후, 너희들도 전부 증인이잖아. 평생을 너희 형님을 받들어 모시느라 나는 마소처럼 지냈다고 너희들 입으로 말했잖아. 그런데도 너희 형은 오늘 아침에도 그 더러운 여자를 찾아갔었단 말이야. 곧 죽을 목숨이면서 아직도 그 여자를 찾아가다니……."

마을 전체가 주추이의 고함 소리에 요동쳤다. 눈이 부실 정도로 흰빛이 나며 공기가 흔들렸다. 마당의 닭들도 목을 길게 빼고 담벼락 구석에 숨거나 담벼락 위로 올라가 밖을 향해 날아갔다. 집 안에 있던 사람들은 어찌해야 좋을지 몰라 멍하니 서 있었다. 마을 사람들의 발걸음 소리가 콸콸 소리를 내며 이곳으로 몰려왔다. 두바이는 집에서 뛰쳐나와 발길질을 해대며 여동생을 대문 밖으로 내쫓았다. 그 뒤로 식칼을 허공에 쳐들고 쫓아 나오는 쓰마후를 다섯째 쓰마루가 꼼짝 못하게 붙잡았다. 너무 놀란 텅과 거, 완도 어쩔 줄 모르고 방문 앞에 서 있었다. 손에는 통조림과 과자가 그대로 들려 있었다. 커다란 소란이 벌어졌다. 사방에 우당탕 하는 소리가 가득했고 공중에는 사방으로 침이 튀었다. 도처에서 울부짖고 고함치는 소리와 욕하고 싸우는 소리가 끊임없이 들려왔다.

하얀 피가 뚝뚝 떨어지듯 솥과 그릇이 바닥에 떨어져 깨졌고 마당에 있던 신발과 돌멩이가 춤을 추듯 날아다녔다. 오빠인 두바이한테 걷어차여 밖으로 쫓겨난 주추이는 단단히 묶인 장작처럼 바닥에 내동댕이쳐졌지만 곧바로 다시 일어나 먼지를 털면서 밀려오는 마을 사람들을 향해 소리쳤다.

"모두들 보세요. 쓰마란이 다 죽어가면서도 여전히 발길질을 해서 저를 문밖으로 쫓아냈어요. 시동생들마저 식칼을 들고 저를 찔러 죽이려 한다니까요. 말 좀 해보세요. 제가 쓰마씨 집안에 시집와서 단 하루라도 순탄하게 보낸 날이 있었나요? 그가 촌장이니 여러분이 그를 말리지 않는다면 누가 그를 말릴 수 있겠어요. 이렇게 인정머리 없고 패악무도한 사람인데 아직도 하늘이 눈을 크게 뜨고서도 그를 데려가지 않네요!"

마을 사람들이 파도처럼 밀려왔다. 여자들은 마당 밖에서 얼굴이 온통 눈물과 콧물 범벅이 된 두주추이를 부축해주었고 남자들은 쓰마란네 집 마당으로 들어갔다. 촌장 쓰마란이 여러 가지 음식이 놓인 안채의 식탁 아래 드러누워 있는 모습이 눈에 들어왔다. 커다란 몸집이 마치 모래사장에 좌초된 새우처럼 경련을 일으키고 있었다. 입에서 토해낸 하얀 거품에는 붉은 피와 가래가 선명하게 섞여 있었다.

4장

며칠 동안 비가 내렸다.

보슬보슬 내리는 첫 봄비가 바러우산맥을 흠뻑 적셔주었
다. 며칠 동안 내내 침대에 누워 있던 쓰마란은 물 한 모금도
제대로 삼키지 못했다. 끊어졌다 이어지기를 반복하는 호흡
이 동강 난 삼끈처럼 어두운 방 안에서 그의 마른 잎 같은 생
명을 붙잡아주고 있었다. 공기 중의 눅눅한 습기가 검고 무
겁게 그의 침상 앞을 뒤덮고 있었다. 마을 사람들이 그의 침
상 앞으로 병문안을 하러 찾아왔지만 그는 도무지 누가 누군
지 알아보지 못했다. 두말할 필요 없이 그는 결국 죽음의 문
턱에 다다라 있었다. 마을 사람들은 이미 그의 장례를 준비
하기 시작했다. 집 뒤에 있는 커다란 오동나무를 베어 두 치

정도 두께의 나무판으로 켠 다음 불에 말렸다. 목수들은 그의 집 마당에 장막을 치고 관을 짜기 시작했다. 나무 향이 사방으로 흩어졌고 톱질 소리와 대패질 소리가 끊이지 않고 울려 퍼졌다. 관에 칠할 옻 통을 창가 아래에 두자 거무스름하고 서늘한 관 냄새가 창틈을 통해 방 안으로 스며들어와 죽음을 향해 다가가는 쓰마란을 습격했다.

쓰마란의 죽음을 위해 아내 주추이는 쓰마씨 집 마당에 불꽃처럼 붉고 띠꽃처럼 새하얀 열정을 이리저리 흩뿌리고 있었다. 목수들이 관의 앞면에 쓸 널빤지를 백양나무로 할 것인지 아니면 측백나무로 할 것인지 물었다. 그녀는 측백나무를 쓰라고 했다. 어쨌든 그는 촌장이었고 자신에게 세 딸아이를 낳게 해주었다는 것이 이유였다. 수의를 짓는 여자들이 물었다.

"비단을 쓸까요, 아니면 검은 능직을 쓸까요?"

그녀가 말했다.

"비단을 쓰도록 해요. 하루를 부부로 살았어도 백일의 은덕이 쌓인다고 하잖아요."

주추이는 며칠 사이에 갑자기 젊어진 것 같았다. 그녀는 비를 가려주는 갈모를 쓰고서 여기저기 돌아다니면서 관을 짜는 목수들에게 담배를 건네주기도 하고 수의를 짓는 여인들에게 실패를 가져다주기도 했다. 그러면서 날아다니는 참새처럼 쉴 새 없이 재잘댔다. 관을 합봉하고 다 지은 수의를 상자에 넣던 대길일에는 마침 비가 그치고 날이 개었다. 마을 어귀에 싱싱하고 말랑말랑하게 걸려 있던 아침 해는 산으로 오르는 등성이 길과 마을, 집, 거리와 후통, 나무를 전부 노란빛으로 신선하게 비추고 있었다. 길가에 고인 물도 거울처럼 흰빛을 내고 있었다. 수의를 짓는 여인들은 집집마다 한 겹 한 겹 잘 쌓아놓았던 수의를 쓰마란의 집으로 가져왔고 관을 짜는 사람들은 아교가 찐득찐득해질 때까지 가마에 넣고 끓인 다음 관의 이음새를 바늘구멍 하나 없게 봉합했다. 한가한 마을 사람들은 쓰마란의 집 마당에서 관을 둘러싸고 앉아 이음새가 느슨하니 아교가 더 필요하다는 둥 평평하지 않으니 대패질을 더 해야 한다는 둥 말참견을 했다. 여인들은 수의를 둘러보면서 누구의 바늘땀이 크고 누구의 바늘땀이 작으며 누구의 바늘땀이 더 고른지 품평을 하고 있었다. 왁자지껄하게 떠들고 있는 사이에 굳게 닫혀 있던 안채의 문이 하늘과 땅이 흔들릴 정도로 요란한 소리를 내면서 열렸다. 화들짝 놀란 마을 사람들은 아무 말도 못 한 채 촌장 쓰마란이 문 한쪽을 붙잡고 문지방 안에 서 있는 모습을 바라보았다. 문지방 안에 말라버린 시체 한 구가 상감되어 있는 것 같았다. 하지만 그의 솜저고리와 바지는 이상할 정도로 단정했고 단추도 전부 반듯하게 채워져 있었다. 햇빛이 녹슨 칼처럼 야윈 그의 얼굴을 향해 정면으로 비추었다. 유난히 거칠고 성긴 수염이 까끄라기처럼 번뜩거렸다. 순간 사람들은 그의 머리칼이 온통 백발이 되어 있는 것을 발견했다. 며칠 동안 혼자 침상에 누워 있다 보니 그에게서 더 이상 강인하고 위엄이 넘치며 신비한 모습은 찾아볼 수 없었다. 수천 리나 되는 검은 죽음의 후통을 지나느라 이미 기진맥진해져 죽음에 가까이 다가갔으나 마침 그 순간 후통의 막다른 지점에 이르러 햇빛을 볼 수 있게 된 것 같았다. 힘없이 가는 눈을 뜨고서 마지막으로 아귀를 합봉하던 하얀 관을 바라보다가 여인들이 이리저리 옮기고 있는 비단 수의 쪽으로 시선을 낙엽처럼 떨어뜨렸다. 그가 말했다.

"텅, 거, 완, 너희는 이 아비가 더 살았으면 좋겠느냐?"

세 딸들은 사람들 틈에서 눈물을 머금고 한목소리로 "아버지" 하고 불렀다. 쓰마란이 말했다.

"다들 이리 오너라. 이 아비를 부축해서 문밖에 한번 나갔다 오자꾸나."

부엌에 있던 세 딸들은 사람들을 헤치고 밖으로 나갔다. 텅이 황급히 그의 왼쪽 팔을 부축했고 거와 완은 그의 오른팔을 부축했다. 그는 허리까지 차는 물을 건너기라도 하듯 힘들게 사람들의 하얗게 질린 시선을 지나 문밖으로 나갔다. 그는 극도로 천천히 걸었다. 밧줄을 끊는 것 같았다. 목수들 앞에 이르자 그가 말했다.

"자네들은 자네들 일을 하게나. 내가 죽지 않고 살아 있다 해도 겨우 하루 정도일 걸세."

수의를 짓는 곳에 이르러 그는 또 입을 열었다.

"그렇게 잘 만들 필요 없어요. 아무리 잘 만들어봐야 흙 속에 묻힐 텐데 뭘."

쓰마후는 아교를 끓이고 있었다. 그가 아교 가마를 받쳐들고 말했다.

"넷째 형, 그렇게 몸을 움직여도 돼?"

쓰마란이 되물었다.

"네 다섯째 형 다리가 곪지는 않았느냐?"

쓰마후가 말했다.

"물도 지어 나르고 장작도 팰 수 있어."

쓰마란은 대문을 나섰다.

쓰마란이 대문을 나서자 사람들은 그가 오늘 밤을 넘기기 어려울 거라고, 해가 지기 전에 잠시 반짝이는 거라고 생각했다.사람들은 죽기 전에 한 가닥 마지막 남은 기력을 자신의 인생에서 미련이 남는 곳에 모조리 써버리기 마련이다. 쓰마후의 등 뒤에 있던 목수가 작은 목소리로 말했다.

"두바이에게 토공들을 데리고 가서 무덤을 파라고 말해야 겠네."

쓰마후가 말했다.

"우리 형 눈빛에 여전히 생기가 돌고 있는데요."

목수가 말했다.

"곧 죽을 사람 눈에서 푸른빛이 번뜩이면 곧바로 입관을 해야 하는 법일세."

쓰마후가 문밖으로 몇 걸음 가다가 다시 되돌아와서 말했다.

"여러분, 우리 형 좀 보세요. 형이 부축을 받지 않고도 걸을 수 있다고요."

사람들은 먹구름처럼 문밖으로 몰려 나가 바람이 불면 곧장 일어나는 옥수수처럼 쓰마란이 허리를 곧게 펴고 한 걸음 한 걸음 흔들거리며 란씨네 후퉁을 걸어가는 모습을 바라보았다. 텅과 거, 완이 그의 등 뒤에서 천천히 따라 걷고 있었다. 그가 한 걸음 내디딜 때마다 한 걸음씩 따라갔다. 언제라도 쓰마란이 땅바닥에 넘어지면 딸들이 허공에서 그의 몸을 받아 다시 일으켜줄 수 있을 것 같았다. 마을 사람들은 이들 부녀 넷이서 마을 입구에 서서 한참 얘기를 나누는 모습도 보았다. 쓰마란이 무언가를 묻자 세 딸들이 대답하는 것 같았다. 세 딸들은 고개를 숙인 채 잠시 아무 말도 하지 않고 있다가 결국 고개를 끄덕였다. 그러고 나서 네 사람은 앞뒤로 나란히 서서 후퉁 깊은 곳으로 걸어 들어갔다.

주추이가 마을 사람들을 향해 말했다.

"다들 할 일 하세요. 저 사람이 죽기 전에 사람들과 작별 인사라도 몇 마디 나누려나 보네요."

모두들 부녀 네 사람이 흙탕물을 밟으며 란쓰스의 집을 향해 가는 모습을 바라보았다.

이 마을 사람들은 란, 두, 쓰마씨 집안의 세 갈래 큰 길 외에도 여기저기 작은 후퉁에 흩어져 살고 있었다. 부녀 네 사람은 란씨네 거리를 걷다가 본가의 형제 하나가 막 출상(出喪)하는 광경을 목격했다. 온통 효건(孝巾)을 쓴 사람들이 한 겹 눈처럼 쌓여 있었다. 쓰마란은 사람들에게 물어보고서야 이틀 전에 자신의 먼 친척 형제 하나가 죽었다는 사실을 알게 되었다. 향년 서른네 살이라고 했다. 그는 딸들을 데리고 길 입구에 잠시 서 있다가 또다시 어느 후퉁을 향해 모퉁이를 돌았다. 뜻밖에도 그 후퉁에 사는 두씨 성을 가진 여자가 어젯밤 갑자기 목구멍이 아파 오자 목을 매어 죽었다고 했다. 딸들은 하늘이 흐려지고 땅이 어두워지도록 울었다. 후퉁이 마른 구석이 없을 정도로 눈물에 젖었다. 이로 인해 쓰마란 얼굴에 도는 푸른 죽음의 빛도 짙어지기 시작했다. 그가 말했다.

"난 이제 정말 살 수 없을 것 같구나. 사방에 온통 죽은 사람들을 만나게 되니 말이다."

이렇게 말하고는 이리저리 에돌아 마침내 란쓰스의 집 앞에 이르렀다.

새로 지은 이 세 칸짜리 기와집은 빗물에 씻겨 짙푸른빛을 띠고 있었다. 벽돌과 기와의 유황 냄새마저 짙푸른 빛깔 속에서 또렷하게 보이는 것 같았다. 란쓰스는 마침 마당에 고인 물을 도랑으로 밀어 치우고 담장 밑에 쌓여 있던 누런 모래로 벽돌 길을 메우고 있었다. 그녀가 고개를 들자 마당에 서 있는 사람들이 눈에 들어왔다. 귀신처럼 푸른빛이 도는 쓰마란의 얼굴을 본 그녀는 깜짝 놀라 손에 들고 있던 삽을 떨어뜨리고 말았다. 삽이 떨어지면서 그녀의 얼굴과 선홍색 스웨터 위로 흙탕물이 튀었다. 놀란 그녀의 낯빛이 한순간에 새하얗게 변했다. 그녀는 얼굴에 튄 물이 저절로 후두둑 바닥에 떨어지도록 두고 죽음 같은 고요함 속에서 쓰마란을 바라보았다. 그 뒤로 세 포기의 풀처럼 나이 순서대로 서 있는 텅과 거, 완을 바라보았다. 밤안개 같은 적막이 마당을 엄습했다. 그녀가 텅에게로 시선을 돌려 뭔가 물어보려는 순간, 갑자기 몇 걸음 앞으로 나선 텅이 연극을 하듯 쿵 하는 소리를 내며 빗물 속에서 무릎을 꿇었다. 거와 완도 함께 무릎을 꿇었다.

세 자매는 흙탕물 위에 무릎을 꿇은 채 고개를 들고는 애걸하듯 란쓰스를 쳐다보았다. 신상(神像) 앞에 무릎을 꿇고서 고개를 들어 쳐다보는 것 같았다. 슬프고 간절한 눈길이 먹구름처럼 마당을 가득 메웠다. 머리 위로 새어 나온 햇빛이 열일곱, 열여섯, 열다섯 살의 여린 얼굴들을 비추고 있었다. 얼굴에는 하염없이 눈물이 흘렀다. 처절하고 낮은 울음소리가 마당 전체에 퍼지자 땅바닥마저 오열하는 것 같았다. 만이인 텅이 울면서 흙탕물 속에 머리를 조아린 채 난생처음으로 그녀를 쓰스 고모라고 부르며 부들부들 떨리는 목소리로 말했다.

"우리 아버지 좀 살려주세요. 고모 말고는 우리 아버지를 살릴 수 있는 사람이 아무도 없어요. 다섯째 삼촌과 여섯째 삼촌이 피부를 팔러 갔지만 실패하고 돌아왔어요. 우리 아버지를 병원으로 데려가 수술시켜줄 수 있는 사람은 고모밖에 없어요. 제발 지우두(九都)로 가서 인육 장사(人肉生意)⁴⁾를 한 번만 해주세요. 네, 쓰스 고모. 아버지가 반년이나 1년만이라도 더 살 수 있게 해주신다면 저희 자매는 무슨 일을 시키든다 할게요……"

이렇게 울부짖으면서 쓰마텅이 부탁하자 둘째 거와 셋째 완도 휘청거리는 몸으로 란쓰스를 향해 머리를 조아리며 이구동성으로 텅이 했던 말을 반복했다. 찰싹 소리가 나도록 흙탕물에 머리를 조아리던 소녀들이 고개를 들자 앞머리를 적신 흙탕물이 눈과 입으로 마구 흘러내렸다. 자신에게 인

⁴⁾ 바러우산맥에서 대대로 가족을 부양하기 위해 선택하는 매춘을 이해하는 입장에서 붙인 별칭이다.

육 장사를 하러 가달라고 애원하는 소리에 란쓰스의 망연자
실했던 얼굴이 한순간에 차갑게 굳어버렸다. 이어서 청자색
으로 물든 얼굴은 잿빛 구름 색깔로 바뀌었다. 그녀는 울부
짖으며 애원하는 소리에 떠밀려 궁지에 몰린 듯이 미동도 하
지 않고 그 자리에 그대로 서 있었다. 조금만 움직여도 낭떠
러지 아래 깊은 심연으로 떨어져 죽을 것만 같았다. 마침내
텅을 일으켜 세운 그녀는 내밀려던 손을 살그머니 거두고는
나무처럼 허공의 대기 속에 뻣뻣이 선 채 소녀들 뒤에 서 있
는 남자를 주시하기 시작했다. 실 한 가닥을 옮기듯 아주 조
금씩 눈길을 옮겨 갔다. 눈길이 빗방울을 지나고 진흙더미
를 지났다. 누런 모래를 지나 다시 그의 신발과 바지, 솜저고
리로 조금씩 위를 향해 옮겨 간 시선은 마침내 깊은 물에 박
혀 있는 듯한 그의 푸른 얼굴에서 멈췄다. 그녀는 마른 우물
같은 그의 눈구멍 속에서 붉게 달아오른 바늘 다발 같은 빛
줄기를 보았다. 빛줄기는 눈구멍에 고인 눈물 속에서 흐릿한
명암을 만들며 가물거리고 있었다. 흐릿한 불빛 속에서 살아
있다가 불이 꺼지면 곧 죽을 것만 같았다. 그녀는 그 두 다발
의 바늘 같은 눈빛이 반짝거리며 흔들리는 것을 바라보았다.
어떤 갈망으로 인한 두려움이 그녀를 사로잡았다. 그녀의 얼
굴에 보일 듯 말 듯 희미하게 서려 있던 수치와 원망이 이제
보이지 않았다. 대신 의연함이 얼굴에 가득했다. 눈을 반쯤

흘기면서 그녀가 물었다.

"그렇게도 살고 싶은 거예요? 반년이나 1년을 더 사는 게 그렇게 좋은 일인가요?"

쓰마란이 눈가에 맺힌 눈물을 훔치면서 말했다.

"병원에 입원해 수술을 한다 해도 실패할 수 있다는 걸 잘 알아. 예전에 수술을 받으러 갔던 마을 사람들 중에도 몇 달을 넘기지 못한 사람이 있었지. 하지만 최근에 현 의원에 새로운 기계가 들어왔다는 소식을 들었어. 내가 수술을 받으면 반년 이상 더 살 수 있을 테고, 그렇게 되면 링인거를 수리해 링인수를 마을로 끌어올 거야. 마을 사람들 모두 마흔이나 쉰, 예순, 일흔, 심지어 여든까지 살 수 있게 만들 수 있다고."

란쓰스는 듣고 싶은 말을 듣지 못한 것처럼 죽은 사람 같은 그의 얼굴에서 눈길을 돌려 멀리 마당 동쪽을 바라보았다. 아득히 끝이 보이지 않는 메마른 산맥을 바라보는 것 같았다. 갑자기 눈빛과 표정이 없어지면서 풀이 죽은 모습이었다. 이때 텅과 거, 완이 무릎을 꿇은 채 반걸음 앞으로 다가와 여섯 개의 겨드랑이로 란쓰스의 두 다리를 감싸 안고는 더욱 거친 소리로 울부짖으며 자신들의 처지를 봐서라도 인육 장사를 한 번만 해달라고 애원했다. 쓰마란의 목숨을 살려달라고 애원했다.

마당에 울음소리와 애걸하는 소리가 가득 찼다.

한참 동안 정적이 흐르고 나서야 란쓰스가 차가운 눈빛으로 쓰마란을 쳐다보면서 쾅 하는 소리와 함께 물었다.

"텅, 거, 완, 너희가 내게 지우두나 정저우(鄭州)에 가서 인육 장사를 열 번을 하라고 해도 좋아. 그 대신 나는 너희 아버지와 엄마가 한 이불을 덮고 자지 못하게 할 거야. 그래도 되겠니? 어서 대답해봐."

순간 마당을 가득 메우고 있던 울음소리가 멈췄다. 세 소녀는 아무 말도 하지 못했다.

칠흑 같은 밤이 뒤덮은 듯이 고요했다. 햇빛이 고인 물 위로 떨어지면서 나뭇잎이 모래밭에 떨어지는 것처럼 메마른 파열음을 냈다. 텅과 거, 완의 치켜든 얼굴들이 란쓰스의 몸에 나무판처럼 박혀버렸다. 눈빛이 겨울 풀처럼 움츠러들어 멍하기만 했다. 고개를 돌리던 쓰마란의 눈길이 란쓰스의 눈길과 마주치면서 쿵 하고 굉음이 울렸다. 마당은 눈길이 맞부딪치는 소리로 가득했다. 하얗게 불타는 그 소리 속에서 쓰마란은 무너지는 집처럼 아이들과 똑같이 란쓰스 앞에 무릎을 꿇었다.

하늘이 무너지고 땅이 꺼지듯이 무릎을 꿇었다.

5장

비가 내리고 나서 사나흘 날이 개자 봄이 온 천지를 뒤덮었고 산맥이 완전히 깨어나 생동하기 시작했다. 적갈색의 산 등성이는 초록빛 나무와 밀로 물들어 원래의 색이 보이지 않았다. 푸르른 햇빛 속에도 봄날의 진액이 가득했다. 란쓰스가 쓰마란을 위해 인육 장사를 하러 바러우산맥을 떠난다는 사실은 마을 전체가 다 알고 있었다. 지우두로 가든 정저우로 가든 아주 먼 도시로 가는 게 분명했다. 그녀는 누구에게도 언제 출발할 것인지 말하지 않았지만 마을 사람들은 전부 그녀가 오늘 떠날 것이라고 확신했다. 날이 갠 지 이미 사흘이 지난 데다 이틀 전에 그녀가 서둘러 신식 분홍색 테릴렌 블라우스를 수선했기 때문이다. 게다가 오늘은 마침 음력 초아흐레였다. 초이레에는 문을 나서지 말아야 하고 초여드레에는 집에 돌아오지 말아야 하지만 초아흐레는 황도길일(黃道吉日)이었다.

아침 식사를 마친 사람들은 후퉁 어귀의 딱딱하게 굳은 진흙땅을 밟고서 모두들 입으로는 오늘 일을 얘기하고 있었지만 눈으로는 하나같이 란쓰스 집 대문을 기웃거렸다. 그녀가 집에서 나오기를 기다리고 있는 것이었다. 그녀는 새로 수선한 분홍색 블라우스를 입고 있었다. 멀리서 바라보니 활활 타오르는 불덩이 같았다. 검정 비단 같은 머리칼이 어깨 위로 흩날렸고 푸른빛이 도는 복숭아나무 머리핀이 꽂혀 있었다. 하얀 햇빛 아래 옥처럼 성결해 보였다. 그녀는 몸을 돌려 대문을 잠근 다음 열쇠를 문틀 상단 틈새에 쑤셔 넣었다. 그러고는 범포로 된 여행 가방을 들고 후퉁 입구를 향해 걸어오고 있었다. 여행 가방 안에는 갈아입을 옷과 가는 길에 먹을 마른 음식들, 수건, 나무 빗, 산싱촌에서 조상대대로 전해져 내려오는 자궁출혈 지혈용 물약 두 병도 들어 있었다. 남자와의 잠자리를 끝내고 나서 하반신을 씻을 때 이 물약을 사용하면 약해진 비장을 보충해주고 빈혈을 예방해주었다. 또한 하혈이나 부정출혈 그리고 대하(帶下)나 자궁하수 등의 부인 질환도 방지해줄 수 있었다. 이는 두바이의 조부인 두과이즈가 『태평성혜방(太平聖惠方)』과 『성제총록(聖濟總錄)』에서 알아낸 여성용 비방이었다. 인육 장사를 하러 갈 때마다 여자들은 항상 이 영약을 가지고 갔다.

하늘은 너무나 맑고 깨끗하여 마을 후통도 물로 씻어놓은 것처럼 투명했다. 허공에 날아다니는 미세한 먼지들이 보일 정도였다. 란쓰스가 다가오자 길 한복판에 있던 사람들은 일제히 양옆으로 비켜서서 마을의 영웅호걸이 다가오기라도 하는 것처럼 그녀를 바라보았다. 순간 사람들은 정성껏 화장한 란쓰스의 얼굴에서 5년 전 혹은 10년 전의 모습을 보았다. 발그스름한 얼굴에는 윤기가 흘렀고 이마에는 주름 하나 없었다. 겉으로 드러난 피부에도 봄날의 정취가 가득했고 우물물처럼 깊고 맑은 눈에는 우수가 드리워져 있었다. 하지만 이처럼 우울한 표정은 오히려 그녀의 매력이었다. 그녀는 절대 서른일곱 살로 보이지 않았다. 길을 걸을 때 사타구니가 흔들리지 않았다면 살짝 주저앉기 시작한 엉덩이만 아니었더라면 정말로 십 몇 년 전 처음 인육 장사를 하러 갔을 때와 마찬가지로 날씬하고 매혹적인 분위기를 풍겼을 것이다. 어쩌면 그녀가 이렇게 지나칠 정도로 날씬하고 풍만하기 때문에 그 나이에도 여전히 사람들의 마음을 흔들고 있는 것인지도 몰랐다. 누군가에게 살짝 미소를 지어 보이거나 눈빛을 보내기만 하면 그 사람은 당장 숨이 막히고 심장이 요동칠 것 같았다. 하지만 그녀의 얼굴이 발그레해진 것이 수치심 때문이라는 것은 누구나 다 알고 있었다. 고개를 숙인 그녀는 양쪽 귀밑머리를 자유로이 풀어 헤쳤다. 그러고는 자신이 문밖으로 나오는 게 산싱촌 사람들의 존엄을 더럽히기라도 하는 일이라는 양 머리가 가슴에 닿도록 푹 숙인 채 사람들을 향해 천천히 걸어갔다. 그녀는 이날 마을 거리에 한가한 사람들이 이렇게 많을 줄 몰랐다. 그녀는 자신의 행동이 마을에 일으킨 파도로 인해 얼마나 많은 집의 남자들이 침상에서 밤새 한숨을 내쉬고 얼마나 많은 집의 여자들이 밤새 허무해할지 전혀 예상하지 못했다. 그녀는 마을 사람들의 눈앞에서 스스로 침착하게 행동하려고 노력했던 것도 잊은 채 가랑비처럼 작고 조용한 목소리로 "다들 한가하세요?" 하고 물었다. 이렇게 묻고 나자 수치심 때문에 발갛게 상기되어 있던 그녀의 얼굴이 노을처럼 한 겹씩 벗겨져 나가고 반대로 마을 사람들의 마음을 빛과 색으로 반영했다.

마을 여인들은 원래 길 양옆에 서 있었지만 이제는 다시 길 한가운데로 가까이 다가서며 말했다.

"쓰스 언니, 어서 가세요. 집안일은 걱정 안 하셔도 돼요. 닭과 돼지는 우리가 대신 잘 보살피고 있을게요. 밀밭도 남자들이 가서 김을 매줄 거예요."

이렇게 말하자 길가에 있던 남자들도 일제히 걸음을 한 발짝 앞으로 옮기면서 그녀를 쓰스 큰누님 혹은 쓰스 고모, 쓰스 이모라고 부르면서 말했다.

"일단 가시면 여기 일은 생각하지 마세요. 밭에 물을 대야 할 때가 되면 저희가 알아서 물을 대줄 것이고, 거름을 줘야 하면 저희가 알아서 줄 테니까요."

란쓰스도 감격하여 눈가가 촉촉해져 걸음을 멈추고 서서 말을 받았다.

"다른 것은 바라지 않아요. 마을 사람들이 저를 무시하지 않고 뒤에서 손가락질하면서 욕하는 일만 없으면 돼요."

사흘 전, 비가 그치고 날이 개었던 그날 정오에 주추이는 란쓰스가 쓰마란이 자신과 갈라서서 한 이불을 덮고 자지 않는 조건으로 인육 장사를 하러 가겠다고 했다는 얘기를 들었다. 주추이는 우물터에 가서 물을 길러 오는 그녀를 기다리고 있다가 통곡을 하면서 세상에서 가장 더러운 해진 신발이자 세상에서 제일가는 육왕(肉王)이라고 욕을 퍼부었다. 그녀의 사타구니가 성문보다 넓어서 마차도 지나다닐 수 있다고도 했다. 그때 물을 길러 온 쓰마후가 주추이의 입술에서 피가 나도록 뺨을 후려치면서 말했다.

"이런 망할 년, 란쓰스는 우리 형을 위해서 그러는 거라고."

하지만 뺨을 맞은 그녀가 점점 더 심하게 욕을 내뱉으리라고는 생각지도 못했다. 그녀의 가랑이 사이로 마차만 지나갈 수 있는 게 아니라 바깥세상의 모든 차들이 지나다닐 수 있다고 했다. 그녀는 사방으로 침을 튀기며 하늘과 땅이 흐리고 어두워지도록, 땅과 산이 흔들리도록 욕을 퍼부었다. 갑자기 산싱촌 사람들의 시야가 확 트이면서 마치 노래를 듣기라도 하는 것처럼 한데 모여들었다. 란쓰스 혼자만 우물가 둔덕 옆에 서서 미동도 하지 않은 채 백랍처럼 새하얗게 변한 얼굴을 하고 있었다. 이로 아랫입술을 깨물어 입술에서 한 줄기 피가 흐르고 있을 뿐이었다.

이때 주추이의 오빠 두바이가 집에서 걸어 나와 우물가 둔덕 쪽으로 와서는 마을 사람들을 향해 말했다.

"저는 주추이의 오라비입니다. 란쓰스가 장사를 마치고 돌아오면 제가 직접 나서서 쓰마란과 제 여동생을 서로 갈라서게 하고 란쓰스가 그와 결혼하게 할 겁니다. 제 여동생인 주추이는 촌장의 아내로 어울리지 않아요. 반평생을 살았는데 아직도 서로 잘 맞지 않는단 말입니다. 쓰마란은 살아서도 란쓰스의 남편이고 죽어서도 란쓰스 무덤 속의 귀신이 될 겁니다."

이 한마디가 끝나자마자 우물가의 주추이는 욕설을 그쳤다. 자신의 친오빠를 전혀 모르는 사람처럼 한동안 말없이 쳐다보고 있었다. 오랜 정적이 흐르면서 우물 벽에서 떨어지는 물소리가 점차 우물가 둔덕을 넘어 굴러가는 소리로 바뀌고 있었다. 그 정적 속에 서 있던 란쓰스는 물을 길어 짊어지는 사람들 틈을 빠져나왔다. 바로 그 순간 두주추이가 맹렬하게 자신의 오빠 두바이의 배를 향해 돌진하여 그를 멀리 나가떨어지게 한 다음 자신도 입에 흰 거품을 물고 혼절해버렸다. 순간 사람들은 당혹과 혼란에 빠져 빨갛고 하얀 비명을 지르며 이러지리 흩어졌다. 이런 혼란 속에서 란쓰스는 차분한 얼굴로 가슴을 펴고 고개를 들었다. 그리고 마침내 인육 장사를 하러 가기로 마음을 굳혔다. 두바이의 승낙을 받았기 때문인지 쓰마씨 부녀가 자신 앞에 무릎을 꿇었기 때문인지 그녀 자신도 단정하기 어려웠다. 어쨌든 세인의 질타의 대상이 되는 인육 장사를 하기 위해 바러우 산맥을 떠나기로 했다.

마을 저 앞 사거리에 있는 오래된 쥐엄나무는 세 사람이 팔을 벌려도 못 껴안을 정도로 굵었고 거대한 녹색 우산으로 허공을 떠받치고 있는 것 같았다. 촘촘하게 자란 쥐엄나무의 이파리는 허공에 새로 생장한 콩나물처럼 햇볕을 받아 부드럽고 노랗게 빛나고 있었다. 나무 위에는 어린아이 하나가 쥐엄나무의 이파리를 훑으며 따고 있었고, 나무 아래에는 쓰마씨와 두씨 성을 가진 사람들이 새까맣게 몰려와 있었다. 쓰마후와 쓰마루, 류건(柳根), 양건(楊根) 등이 맨 앞줄에 서 있고, 그들의 아내와 아이들이 옆에 서서 수풀처럼 빼곡한 눈으로 새까만 눈빛을 던지고 있었다. 그녀는 이런 눈길들이 차가운

지 따스한지 분간할 수 없었다. 그녀는 사람들 틈에서 이 마을의 두 주재자인 쓰마란과 두바이의 모습을 보지는 못했다. 두주추이도 보이지 않았다. 어쩌면 그녀는 여전히 흰 거품을 물고 침상에 누워 있는지도 몰랐다. 아니면 독수리처럼 어디엔가 움츠리고 숨어 있다가 눈앞에 후닥닥 날아들지도 모를 일이었다. 란쓰스는 자기 인생의 막바지에 어떤 은밀한 일들이 기다리고 있을지 알지 못했다. 그녀는 몸을 돌려 쥐엄나무 뒤에 있는 두씨네 후퉁으로 꺾어 들어갔다.

두씨네 후퉁은 인가가 드물어 조용했다. 담요처럼 두터운 햇볕이 솜털처럼 따뜻하게 발밑을 덮어주고 있었다. 그녀는 그 따스함 속을 잰걸음으로 빠르게 지나쳐 갔다. 그 낯익은 집들과 벗겨진 담장, 나무, 돌절구, 양 우리, 습속, 음식, 공기, 닭과 돼지 등 모든 것들이 그녀의 귀 뒤로 스쳐 지나갔다. 그녀는 등 뒤로 마을 사람들의 눈길이 자신을 좇아오며 숨을 헐떡이는 소리를 들었다. 그녀는 더욱 빠른 걸음으로 눈 깜짝할 사이에 산등성이의 드넓은 들판에 이르렀다. 산등성이에서 뒤를 돌아보니 마을이 바러우산맥의 깊은 주름 사이 비탈에 아무렇게나 던져져 있는, 옅은 남색과 새까만 빛깔이 뒤섞인 홑옷처럼 보였다. 참지 못하고 마을을 향해 눈을 흘기던 그녀는 가슴 밑바닥에서 알 수 없는 서글픔이 밀려와 눈가에까지 스며들었다. 바로 이때 길가에서 두 사람이 걸어왔다. 한 사람은 두바이였고 또 한 사람은 쓰마란의 큰딸 텅이었다. 외삼촌과 조카딸인 두 사람은 길가에서 그녀를 삼사 년 동안이나 기다리고 있다가 마침내 만나게 된 듯 바라보았다.

두바이가 란쓰스에게 말했다.

"텅 아버지는 자네를 배웅하러 나오지 못했지만 텅에게 자네를 따라가서 시중을 들라고 했다네."

그러고는 조용히 텅을 란쓰스 쪽으로 떠밀었다. 보따리를 하나 든 텅이 그녀 앞으로 걸어 나와서는 또다시 그녀를 고모라고 불렀다.

란쓰스는 약간 감격했다. 그제야 그녀는 쓰마텅이 다 큰 데다 이미 자신만큼이나 키가 자라 있는 것을 알아보았다. 그녀가 쓰마텅에게 물었다.

"네 엄마가 너더러 가도 된다고 했니?"

"엄마는 몰라요."

"넌 내가 몸을 팔러 간다는 걸 알잖니. 너처럼 이제 곧 시집 갈 나이의 규수들은 이런 꼴을 봐선 안 돼."

쓰마텅이 말을 받았다.

"저희 아버지를 위해 가시는 거잖아요. 고모도 아버지를 위해 가는데 제가 안 갈 수 있겠어요?"

한참 동안 말이 없던 란쓰스가 다시 입을 열었다.

"가보는 것도 나쁘지 않겠다. 아직은 젊으니까 몸을 버리지 않고도 날 위해 손님들을 찾아줄 수 있을 테니까.”

두바이의 손에서 구운 만터우와 건량이 담긴 자루를 건네받은 두 여자는 남자들이 교화원으로 피부를 팔러 가는 것처럼 그렇게 길을 떠났다. 한참을 가다가 갑자기 몸을 돌린 란쓰스는 가던 길을 되돌아와서는 마을로 다시 돌아가고 있는 두바이를 불러 세워 낮은 목소리로 물었다.

“사흘 전에 우물가에서 했던 약속 꼭 지키셔야 돼요.”

두바이는 앞에 있는 조카딸 텅을 힐끗 쳐다보았다. 그녀가 두 사람의 말을 들을까 봐 두려운 모양이었다.

“그 건량 자루에는 마을에서 자네에게 집 밖에 나가 일을 할 수 있도록 써준 편지가 들어 있네. 직인도 찍혀 있지. 그리고 내가 내 여동생을 쓰마란과 갈라서게 한다는 각서도 들어 있어. 역시 마을 직인이 찍혀 있지.”

그러고 나서 두 여자는 떠났다. 바러우산맥의 3월 풍경 속으로 걸어 들어간 그녀들은 끝없이 펼쳐진 산등성이 속에 자신들을 녹였다. 산 바깥으로 통하는 도로는 햇볕을 받아 따뜻했다. 지면은 북방 구릉지 특유의 황갈색 흙 사이로 하얀 자갈들이 섞여 있었다. 날이 어둑해질 무렵 현성에 도착한 두 여자는 가장 싼 여관에서 하루를 묵은 다음 이튿날 장거리 버스를 타고 가서 본격적으로 인육 장사를 시작했다.

6장

두 사람은 지우두 기차역 서쪽에 위치한 진구라오위안(金谷老園)이라는 곳에 작은 단층집을 세내어 장사를 시작했다. 진구라오위안은 한때 시골이었지만 기차역 서쪽이 갑자기 번화해지기 시작했다. 시골의 모습은 눈 깜짝할 사이에 사라지고 높은 서양식 빌딩들이 땅 위로 솟아 생선 비늘처럼 먼 곳을 향해 확장되어갔다. 처음부터 집을 갖고 있던 사람들은 수중에 있던 돈을 다 털어 지우두에 어울리는 개인 빌딩을 짓기 시작했다. 길가에 있는 점포들은 대부분 상점이나 음식점이었고 큰길에 인접하지 않은 집들은 도시로 장사를 하러 들어온 시골 사람들에게 세를 내주는 작은 집들이었다. 채소를 파는 사람이나 막노동을 하러 온 사람, 폐품이나 고물을 수매하는 사람, 과일을 파는 사람, 쌀이나 밀가루를 잡곡으로 바꿔주는 사람, 정부의 처벌을 피해 도망친 시골 사람 등이 전부 이 샹양(向陽) 2호대로에 살고 있었다. 샹양 2호대로는 지우두 안의 시골 마을인 셈이었다. 란쓰스가 살게 된 곳은 이 가운데 9호원(院)이었다. 이 집에는 그녀가 과거에 장사를 할 때 집주인이었던 사람이 살고 있었다. 하루 종일 장거리 버스를 타고 몇 번 길을 물어서야 간신히 샹양 2호대로를 찾을 수 있었다. 두 사람은 거리를 여기저기 두리번거렸다. 텅이 눈알을 굴리는 소리가 거리의 점포와 인파 그리고 알록달록 화려한 미용실 위로 돌아다녔다. 새봄의 붉은 새싹과 초록 잎이 출렁대며 간판 위로 떨어지는 것 같았다. 조금만 걸어도 눈이 찌르는 듯이 아파 왔다. 신기한 느낌과 위축된 마음이 텅의 몸 위를 마구 뛰어다녔다. 9호원 마당에 도착하자 좌우를 정신없이 두리번거리면서 란쓰스 뒤를 바짝 따라오던 텅이 말했다.

"고모, 남들에 비하면 우리는 사는 게 죽는 것만 못한 것 같아요."

란쓰스가 텅의 손을 잡아끌자 텅은 그다음에 이어서 하고 싶었던 말을 삼켜버렸다. 쉰이 넘어 보이는 노파가 2층에서 내려오면서 말했다.

"누굴 찾는 거요?"

란쓰스가 말했다.

"저 못 알아보시겠어요? 쓰스예요."

잠시 어리둥절해하던 집주인은 이내 그녀가 누구인지 알아보고서 얼굴에 온화한 미소를 지으며 말했다.

"방값이 올랐어. 자네가 몇 년 동안 집 밖에 나오지 않는 사이에 바깥세상에서는 바늘이나 단춧값까지 다 올랐네. 자네들의 그 장사는 값이 더 올랐고 말이야."

방을 얻자마자 그녀들의 장사가 시작되었다. 이 집에 들어와 살게 된 란쓰스는 몇 년 동안 집에 돌아간 적이 없었던 것처럼 모든 게 편하고 익숙했다. 두 사람은 방을 치우고 침대보를 깔았다. 난로를 피우고 주인에게서 부엌세간도 빌렸다. 그런 다음 기름과 소금, 간장, 식초 등 기본적인 식품을 사다가 저녁을 해 먹었다. 텅은 밖에 나가 번화한 거리를 구경하고 싶어 했다. 텅을 데리고 기차역으로 간 란쓰스는 교통이 혼잡한 광장으로 비집고 들어가서는 그녀에게 말했다.

"지우두의 동서남북은 바러우의 동서남북과 달라. 집에서의 동쪽이 지우두에서는 남쪽이고 집에서의 북쪽이 지우두에서는 동쪽이 되지."

란쓰스는 설명을 계속했다.

"기차역과 버스 정거장은 원래 같이 있지 않았는데 나중에 길이 나면서 한곳에 있게 된 거야. 이 장사는 사람들의 눈을 피해가면서 도둑질하듯이 몰래 하다가는 오히려 의심을 사게 돼. 마치 차에 올라 사람을 찾는 것처럼 대범하게, 누가 봐도 정거장에 남자를 찾으러 왔다는 의심을 사지 않게 해야 해."

한마디도 빠뜨리지 않고 귀를 기울이던 쓰마텅은 감격에 겨워 반짝이는 눈길로 란쓰스의 몸을 한 번 훑었다. 마침내 쓰스의 몸에서 범상치 않은 모습을 발견한 것 같았다. 밤인데도 기차역의 등불은 환하게 밝혀 있었다. 대낮처럼 밝았다. 다만 사람들의 얼굴에 죽음의 푸른빛이 감돌고 있을 뿐이었다. 텅이 사람들 얼굴이 왜 저 모양이냐고 물었다. 란쓰스는 별것 아니라고, 등불 아래에선 누구든 얼굴에 그런 빛을 띤다고 말했다. 텅은 그들이 하는 말을 못 알아듣겠다고 말했다. 란쓰스는 처음에는 생소하지만 두 번째에는 익숙해질 것이고, 며칠이 지나면 다 알아들을 수 있을 거라고 말했다.

두 사람은 광장 동쪽에서 서쪽으로 아주 높은 호텔을 지나 볶음국수를 파는 작은 식당을 지나쳤다. 그리고 버스 정거장에서 기차역 대합실까지 걸었다. 두 사람은 사람들이 많은 곳이면 어디든지 갔다. 길을 잃을까 봐 두려운 쓰마텅이 란쓰스의 팔을 꼭 붙잡고서 한 번에 얼마나 벌 수 있느냐고 물었다. 란쓰스는 아주 작은 목소리로 텅의 귓가에 대고 말했다.

"10년 전에는 한 번에 10위안이었지만 지금은 모든 게 값이 올라서 가격을 모르겠어."

텅은 물어도 되는지 주저하다가 자리에 멈춰 서서, 그럼 고모는 대체 얼마나 나가느냐고 물었다. 란쓰스는 목소리를 좀 낮추라고 하면서 벌 수 있을 것 같은 만큼 부르면 된다고, 50위안이든 100위안이든 최대한 높게 부르는 게 좋다고 말해주었다.

텅이 갑자기 걸음을 멈췄다.

"고모, 그렇게 비싸게 불러도 돼요?"

란쓰스는 잠시 멍한 표정을 짓다가 이내 냉정을 되찾고 웃으면서 말했다.

"네 질문은 내가 처음 했던 질문과 똑같구나. 나도 처음에 두씨네 샹예(香葉)를 따라 이 장사를 하러 왔을 때 그렇게 물었었지."

두 사람은 즐겁게 이야기를 나누며 걸었다. 대합실에서 다시 광장 맞은편에 있는 호텔 앞까지 걸었다. 란쓰스가 텅의 귀에 대고 말했다.

"가장 훌륭한 장사는 바로 호텔 안에서 하는 거야. 호텔에 묵는 사람은 대부분 돈이 많은 사람들이거든. 침대도 부드럽고 뜨거운 물로 씻을 수도 있지. 텔레비전도 볼 수 있다니까. 너 텔레비전 본 적 없지? 텔레비전도 영화랑 똑같아. 아, 맞다. 넌 아직 영화도 못 봤겠구나. 시간 나면 내가 데리고 가서 영화도 보여줄게. 영화에서는 모든 일이 실제와 똑같아."

텅이 말했다.

"저 영화 본 적 있어요. 아버지가 교화원에 피부를 팔러 가셨을 때, 저희들을 데리고 가서 영화를 봤었어요. 백화점에서 텔레비전도 봤고요. 텔레비전은 영화에 비해 엄청 작더군요."

두 사람은 기차역에서 들려오는 기적 소리 속에 있다가 다시 깊은 밤의 인기척 없는 9호원으로 돌아왔다.

텅은 밤새 잠을 자지 않았다. 도시의 번화함과 손님을 받는 일 때문에 밤새 흥분해 있었다. 붉게 반짝이는 유혹과 깊이를 알 수 없는 검은 두려움이 그녀의 온몸으로 피가 콸콸 소리를 내며 거세게 흐르게 했다. 이곳에는 앞뒤로 마당이 딸린 작은 집들이 있었다. 앞줄의 집 두 칸은 안후이(安徽) 화이허탄(淮河灘)에서 온 가족이 세들어 살고 있었다. 그들은 술병과 유리, 종이 상자, 신문지를 수거해서 먹고살았다. 사람들이 먹다 남긴 밥과 반찬도 모았다. 방 두 칸 중 한 칸은 그들이 사들여 가게로 사용하는 곳이고 다른 한 칸은 식구들의 삶과 운명을 담아두는 곳이었다. 뒷줄에 있는 집은 집주인과 그녀들이 거주하는 곳이었다. 란쓰스가 침상에 누워 텅에게 수많은 장사의 종류에 관해 이야기해주었다. 그러고는 몸이 따뜻해지자 이리저리 몇 번 뒤척이다가 곧 잠이 들었다. 텅은 다른 침대에 누워 있었다. 커튼 사이를 비집고 들어온 달빛이 그녀의 얼굴을 비췄다. 가늘게 빛나는 끈이 그녀의 얼굴 위를 가볍게 스쳐 지나가는 것 같았다. 밤은 신기할 정도로 고요했다. 달빛이 그녀의 얼굴 위에서 움직이는 소리를 들을 수 있을 것 같았다. 하얀 화장지 한 장이 침대 이쪽 끝에서 저쪽 끝으로 날아가는 것 같았다. 내일 낮이나 혹은 밤에 낯선 남자가 이 방에 와서 쓰스 고모가 자는 침대 혹은 자신의 침대에서 고모의 몸 위에 엎드리는 순간을 생각하니 몸이 천천히 달아오르면서 숨이 막히기 시작했다. 누군가 갓 꽃망울이 맺히기 시작한 자신의 몸을 짓누르고 있는 것만 같았다. 약간 두렵기도 하면서 더 이상 기다릴 수 없을 것 같았다. 그 순간이 좀 더 일찍 왔으면 하면서도 그 순간이 쾅 하는 소리와 함께 갑자기 눈앞에 닥칠까 봐 두렵기도 했다. 침대 위를 이리저리 뒤척이던 그녀는 이불 속에서 불안하게 몸을 움직이다가 손으로 자신의 가슴을 가볍게 쓰다듬어보았다. 작은 젖가슴 두 개가 갑자기 부풀어 오르더니 다 익었지만 아직 터지지 않은 두 개의 뜨거운 만터우처럼 딱딱해졌다. 은은한 통증이 젖가슴 안에서 꿈틀대는 게 느껴졌다. 온몸에 땀이 난 그녀는 머리를 가린 채 잠들었다.

옷을 입은 채로 달콤하게 자고 있는 그녀를 란쓰스가 흔들어 깨웠다. 힘들게 눈을 떠보니 한 줄기 햇살이 쏟아져 들어오고 있었다. 몸을 돌려 일어나 앉은 그녀는 잠이 덜 깨 게슴츠레한 눈으로 문밖에서 새어 들어오는 찬란한 황금빛이 집

안 전체를 투명하게 비추고 있는 모습을 보았다.

란쓰스가 다소 당황한 표정으로 말했다.

"어서 일어나. 일어나서 마당에 나가 서 있다가 누가 오면 큰 소리로 기침을 한 번 해."

그녀는 한순간에 잠기가 싹 가셨다. 꿈속에서 있었던 모든 일들이 예상했던 대로 일어나고 있었다. 그녀가 황급히 침대에서 기어 나와 옷을 제대로 갖춰 입기도 전에 쓰스가 이불을 침대 위에 대충 개어놓았다. 텅이 눈을 비비면서 집 밖으로 나와 보니 과연 사내 하나가 마당에 서 있었다. 서른이나 마흔쯤 되어 보였다. 나이의 경계선이 아직 잠에서 완전히 깨어나지 못한 그녀의 느낌처럼 모호하기만 했다. 사내는 손에 네모반듯한 검정 가죽 가방을 들고서 그녀를 힐끗 쳐다보고는 급히 안으로 들어갔다.

그 순간 쓰마텅은 심장이 오그라들었다. 물을 가득 담은 적갈색 두레박이 밧줄이 끊어져 우물 아래로 빠른 속도로 떨어져 내리는 것 같았다. 그제야 그녀는 쓰스 고모가 손님을 받기 시작했다는 것을 알아차렸다. 남자와 여자의 그런 일을 시작한 것이다. 그녀는 마당에 한참이나 넋을 잃고 멍하니 서 있었다. 해가 이층집 한구석에서 잘려 나가면서 담장 그림자와 건물 그림자가 마당 절반을 어둡게 가려주었다. 집주인은 어디 갔는지 알 수 없고 앞집 가족들도 전부 집에 없었다. 대문은 허술하게 닫혀 있어 문틈으로 이리저리 자유롭게 왕래하는 거리의 행인들과 자동차들을 엿볼 수 있었다. 세상이 시끌벅적한 소리로 가득 차 있었다. 길 위의 아스팔트는 햇빛 속에서 까맣게 빛나면서 누르스름한 탄내를 풍겼다. 휘발유 냄새가 담홍색으로 거리를 떠다니다가 푸른 벽돌 담장을 넘어 조용한 마당 안으로 내려앉았다. 그 순간이 되어서야 텅은 이 마당의 앞집과 뒷집이 모두 2층 건물이고 2층의 방들은 전부 굳게 잠겨 있는 것을 똑똑히 보게 되었다. 마당은 넓지 않았고 시멘트 바닥은 매끄럽고 평평했다. 벽돌로 쌓은 화단 안에는 두께가 팔뚝만 한 오동나무가 한 그루 자라고 있고 나무 아래에는 수도관이 있어 1년 사계절 내내 똑똑 물방울 떨어지는 소리가 났다. 담장 밑에는 꽃이 심어진 화분 몇 개가 놓여 있었다. 화초들은 뿌리가 깊고 잎이 무성하여 초록빛이 선명했다. 붉은 꽃봉오리 하나가 가지 사이에 감춰져 있었다. 화분들을 바라보면서도 그녀는 꽃들의 이름을 하나도 알지 못했다. 그저 시멘트 바닥과 이름 모를 꽃들, 수도꼭지가 바로 도시 사람들의 정원이려니 생각할 뿐이었다. 쓰마텅은 아무 말도 없이 막막한 표정으로 마당에 서 있었다. 방 안에서 벌어지고 있는 일에 대한 상상을 피하고 싶었다. 하지만 방안에서 얘기를 주고받는 소리가 흘러나와 여름철 날파리처럼 그녀의 귓전을 맴돌면서 기어코 그녀의 마음속으로 뚫고 들어오려 했다. 결국 그녀는 생각의 맥이 끊기면서 하는 수 없이 가만히 숨을 죽이고서 마음을 자극하는 소리에 귀를 기울였다.

사내가 말했다.

"여긴 너무 지저분하군."

쓰스가 말했다.

"이제 막 와서 미처 치우질 못했어요."

"너무 더러워. 구역질이 날 것 같아. 10위안 더 깎아줘야 할 것 같네."

"오빠, 이미 50위안에서 30위안으로 깎았잖아요. 30위안이면 오빠 같은 남자들 담배 두 갑이나 술 한 잔 값밖에 안 되잖아요."

"사과를 사려고 돈을 꺼냈다 치자고. 그런데 가격을 흥정하고 나서 보니 사과가 썩었어. 그럴 경우 아가씨는 값을 깎지 않겠어?"

"제 친오빠가 불치병에 걸렸어요. 제 오빠를 불쌍하게 여기신다면 그깟 10위안 가지고 실랑이를 벌이진 말아주세요. 제가 전문적으로 이런 일을 하는 사람이 아니라는 걸 못 믿으시겠다면 제가 오빠 앞에서 무릎이라고 꿇을게요."

이어서 죽음 같은 정적이 흘렀다. 수도꼭지에서 떨어지는 물방울 소리가 굉음처럼 들렸다. 짧은 순간이 지나고 사내가 내키지는 않지만 어쩔 수 없다는 듯이 한마디 물었다.

"올해 나이가 어떻게 되지?"

"갓 서른이 넘었어요."

"옷 벗어. 서두르자고. 기차 시간에 늦으면 안 된단 말이야."

매끄러운 피부에 옷이 스치는 소리가 단속적으로 흘러나와 분홍빛 나비처럼 한 마리 한 마리 텅의 눈앞과 귓가를 스쳐 날아갔다. 쓰마텅은 갑자기 목구멍이 건조하고 가렵게 느껴졌다. 이제 열일곱 살인데 마음속에 남녀의 일이 이미 거울처럼 분명했다. 단지 이상하고 야릇한 놀라움과 두려움에 갑자기 몸이 심하게 떨리고 머리가 어지러울 뿐이었다. 찬란한 햇빛에 먼지가 한 줄 한 줄 눈앞에서 금빛 참새처럼 생생하게 춤추는 것 같았다. 침대에서 소리가 났다. 말라 갈라진 그 소리는 장작을 패고 대나무를 쪼개는 것처럼 점점 더 커져만 갔다. 쓰마텅의 몸이 쉴 새 없이 떨리면서 두 다리가 금방이라도 땅바닥에 주저앉을 것처럼 후들거렸다. 조심스럽게 걸음을 옮긴 그녀는 수도꼭지가 있는 곳으로 기다시피 다가가 냉수를 몇 모금 마셔 자신의 뜨거워진 여인의 몸을 진정시킨 다음 대문 바깥쪽으로 몸을 숨겼다. 거리의 소란스러움이 등 뒤의 새빨갛게 말라서 갈라진 소리를 삼켜버렸다. 그녀는 굳게 닫혀 있는 문 앞에서 낯선 표정으로 샹양 2호대로를 바라보았다. 자전거와 삼륜차들이 그녀의 눈앞으로 무질서하게 몰려왔다가 몰려갔다. 갈 길 급한 검정색 승용차 몇 대가 뒤쪽에서 마구 고함을 쳐댔다. 기사가 밖으로 고개를 내밀고서 천지가 뒤집어질 것처럼 소리를 질러대도 누구 하나 기사의 고함 소리를 거들떠보지 않았다. 때때로 기차역에서 기적 소리가 울려왔다. 기적 소리는 가늘고 긴 청룡처럼 텅의 머리 위를 날아다녔다. 그녀는 기적 소리를 따라 바러우산맥으로 돌아가고 싶었지만 목구멍이 막히는 아버지의 병이 생각나 다시 조금씩 평정을 되찾았다.

그녀는 물을 마시고 싶었다.

그녀는 여태 얼굴도 씻지 않은 상태였다.

시간은 늙은 소가 황혼의 일광 속으로 수레를 끌고 가는 것처럼 아주 천천히 움직이고 있었다. 그녀는 늙은 소가 어서 산등성이 아래로 지나가기를 바랐지만 소가 끄는 수레는 삐거덕삐거덕 그녀의 귓가에서 쉬지 않고 소리를 내고 있었다. 누군가 바로 앞에서 말다툼을 하고 있었다. 가까이 가서 구경하고 싶었지만 갑자기 이 9호원의 대문을 밀고 들어올까 봐 두려웠다. 그녀는 그렇게 문 앞에 서서 저 앞에서 길을 다투느라 벌 떼처럼 몰려든 사람들을 바라보고 있었다. 한참을 그렇게 바라보고 있을 때 그녀 등 뒤의 대문이 요란한 소리를 내면서 열렸다.

몸이 잠시 떨리더니 그대로 굳어져 움직이지 않았다. 여러 해가 지난 뒤에도 그녀는 그 순간 왜 감히 뒤를 돌아보지 못했는지 확실한 이유를 알 수 없었다.

사내는 자신의 검정색 가방을 들고 걸어 나와서는 허둥대지 않고 느긋하게 사람들 속으로 섞여 들어갔다. 어서 와서 얼굴을 씻으라고 부르는 쓰스의 말을 듣고 조심스럽게 방으로 돌아온 그녀는 우유와 피가 섞인 듯한 비릿한 냄새를 맡았다. 속이 메슥거리면서 즙액이 목을 타고 올라왔지만 황급히 도로 삼켜버렸다.

란쓰스는 침대를 정리하고 작은 플라스틱 대야에 더운물을 절반 정도 따른 다음 자신이 직접 달인 한약을 풀었다. 자궁출혈을 예방하는 약이었다. 아무 일도 없었던 것처럼 모든 것이 그렇게 지나가버렸다. 다만 란쓰스는 원망하듯 서글픈 목소리로 중얼거릴 뿐이었다.

"내가 정말 늙었나 봐. 이렇게 늙지만 않았어도 가격을 더 올릴 수 있었을 텐데 말이야. 이런 식으로는 손님 100명을 받아도 네 아버지 입원비를 마련하는 게 쉽지 않을 것 같아."

열흘이 지나 란쓰스는 텅을 산싱촌에 다녀오라고 보냈다. 아버지 쓰마란에게 돈 2천 위안을 전해주기 위해서였다. 이 열흘 동안 텅은 기차역이나 호텔에 가서 사내들을 유인하는 법을 배웠다. 때로는 텅이 집을 지키는 동안 쓰스가 밖에 나가 손님을 찾기도 하고 때로는 쓰스에게 집에서 쉬라고 하고 텅이 밖으로 나가기도 했다. 기차역 대합실에서 기다리는 손님들을 주로 물색했다. 대부분 나이가 서른에서 쉰 사이의 손님들이었다. 차표를 손에 든 사내들은 기차역에서 무척이나 무료한 표정으로 동쪽을 바라보았다가 다시 서쪽을 바라보곤 했다. 이럴 때 텅이 그들 앞에 나타나 몇 시 기차를 타느냐고 물었다. 사내들은 의심의 눈초리로 그녀를 쳐다보면서 무엇 때문에 그러느냐고 되물었다. 그러면 그녀는 혹시 쉬었다 갈 만한 곳을 찾고 있지 않느냐고 물은 다음 값도 비싸지 않고 기차역에서 가까워 절대 기차 시간에 늦지 않을 수 있는 곳이 있다고 말했다. 경험이 있는 사람은 눈치껏 알아듣고는 다가오면서 "너랑 하는 거야?" 하고 물었다. 그녀가 자신보다 훨씬 예쁜 언니라고 말하면 그들은 곧바로 가격을 흥정했다. 이렇게 손님을 샹양 2호대로의 9호원 마당으로 데려올 수 있었다. 쓰스는 발걸음 소리를 들으면 곧바로 나와 남자를 방으로 들이면서 텅에게는 문밖에서 망을 보게 했다. 알고 보니 장사가 그렇게 어려운 것도 아니었다. 박리다매로 가격을 조금 내리면 무수한 사내들이 쓰스를 원했다. 돈은 이렇게 한 남자 한 남자 거치면서 차근차근 모아졌다. 한 번에 50위안 혹은 30위안씩 번 돈을 란쓰스는 전부 손수건에 싸서 텅도 알지 못하는 벽 모퉁이의 통조림 깡통 속에 숨겨두었다. 그날 밤, 두 명의 손님이 가고 나서 밤이 깊어 인기척이 없어질 무렵에야 집주인은 대문 빗장을 걸었다.

란쓰스가 텅에게 말했다.

"집에 가서 우선 이 2천 위안을 아버지한테 드려. 곧장 입원하시라고 해."

놀랍기도 하고 기쁘기도 하여 눈을 크게 뜬 텅은 2천 위안을 상의 가슴 안쪽에 달린 주머니에 넣고 꿰맨 다음 서둘러 산싱촌으로 돌아갔다.

보름이 채 안 되는 시간이 지나는 동안 마을에서는 수많은 일들이 벌어졌다. 무덤 두 기가 더 생겨났다. 망자는 두씨 성과 란씨 성의 남자와 여자였다. 한 사람은 서른여섯에 죽었고 또 한 사람은 갓 서른넷이 되어 죽었다. 말할 것도 없이 목구멍이 막히는 병 때문이었다. 계절은 이미 중춘(仲春)이라 밀이 왕성하게 자랐고 수목들이 푸른빛으로 천지의 절반을 뒤덮었다. 사방이 온통 푸르고 촉촉한 숨결로 넘치고 있었다. 마을 사람들은 모두 밭에 나가 거름을 주거나 무덤에 가서 묘혈을 팠다. 텅은 적막한 푸르름을 밟으며 집으로 돌아왔다. 집 안에서는 한차례 전쟁이 일어나고 며칠 지나지 않은 터라 어수선한 상태였다. 집 안팎이 텅 빈 채 아무도 없었고 깨진 세숫대야는 문 앞에 팽개쳐져 있었다. 부러진 멜대는 처마 밑에 걸려 있고 반짇고리는 문 뒤에 엎어져 있었다. 헝겊 조각과 엉킨 실들이 벽 위에서 나부끼고 있었다. 온통 난장판이 된 처량함 속에 혼자 외롭게 서 있다 보니 자신이 파괴와 실패의 한가운데 서 있다는 느낌이 들었다. 텅은 지우두의 고층 건물들과 꼬리를 물고 이어지는 인파를 생각했다. 나뭇잎 던지듯이 돈을 침대 위로 던지고 야릇한 웃음을 지으며 옷매무새를 고치고서 쓰스 곁을 떠나던 남자들을 생각했다. 마음속으로 다양한 감정들이 밀려왔다. 그녀가 무력한 기분으로 반짇고리를 주워 정리하고 있는 사이 두 여동생이 들어왔다. 동생들은 그녀를 보자마자 "언니!" 하고 부르면서 곧바로 눈물을 펑펑 쏟았다. 세상 전체가 슬픔에 젖는 것 같았다. 두 여동생 가운데 하나는 열여섯 살이고 하나는 열다섯 살이었다. 야위고 허약한 몸으로 서 있었지만 가슴과 엉덩이가 적당히 튀어나와 충분히 어른 모습을 갖추었다. 두 여동생은 그녀를 부둥켜안고 세상 전체를 슬퍼하듯 하염없이 울었다. 그녀와 쓰스가 떠난 뒤로 천지가 뒤집히기라도 하듯이 집안이 엉망이 되었다고 말했다. 먼저 아버지가 맑은 죽을 먹고 싶다고 하자 엄마는 일부러 아버지에게 딱딱한 만터우를 가져다주었고, 그다음 날에는 아버지가 기름에 지진 만터우가 먹고 싶다고 하자 엄마는 옥수수 가루로 만든 맑은 죽을 가져다주었다고 했다. 셋째 날에는 엄마가 가늘고 흰 국수로 탕면을 만든 다음 소금을 잔뜩 뿌려서 아버지에게 가져다주자 아버지가 곧바로 그 뜨거운 탕면을 엄마 몸에 던져버렸다고 했다. 엄마는 몸에 온통 뜨거운 국수를 뒤집어쓰고도 그 자리에 그대로 서서 아무 말도 하지 않고 아버지가 화내는 모습을 한참이나 바라보고 있다가 몸을 돌려 나와서는 옷을 벗어 빤 다음 햇볕에 말렸다고 했다. 밤이 되어 아버지가 막 잠이 들려고 하자 엄마가 갑자기 침대로 달려들어 아버지의 목을 조르면서 욕을 해댔다고 했다.

"그 해진 신발이랑 합칠 수 있게 해주지. 당신이 그 해진 신발이랑 합칠 수 있게 해주겠다고!"

쓰마란의 두 손이 공중에서 계속 허우적거렸다. 악몽을 꾼 줄 알았는데 잠에서 완전히 깨고 나니 원래 병든 몸에 기운이 하나도 없었다. 이미 주추이를 어떻게 할 수 없는 상태가 되었다. 거는 자신이 아버지의 목에서 엄마의 손을 풀어냈다고 했다. 목이 풀리자 아버지는 숨을 몰아쉬고 나서는 여전히 아무 말도 하지 않고 화를 내지도 않았다고 했다. 아무 일도 없었던 것처럼 벽을 짚고 문을 나서서는 여섯째 삼촌 쓰마후의 집 대문을 두드렸다고 했다. 잠시 후 쓰마후가 집으로 달려와서는 다짜고짜 엄마의 뺨을 앞니가 흔들거릴 정도로 세게 연속으로 두 대나 후려쳤다고 했다. 날이 밝자 엄마는 친정인 두바이의 집으로 가서 지내고 있다고 했다. 거와 완 자매는 울면서 얘기를 계속했다. 천하가 눈물로 뒤덮인 것 같았다. 하늘이 무너지고 땅이 꺼진 것처럼 처량했다. 이 집안의 문제는 절대로 수습되지 못할 것 같았다.

쓰마텅이 말했다.

"아버지는? 아버지는 어디 가셨어?"

완이 대답했다.

"아버지는 다섯째 삼촌 댁에 계셔. 다섯째 숙모가 매일 아버지에게 맛있는 음식을 해드리고 있어."

텅이 말했다.

"너희는?"

완이 대답했다.

"집에 밀가루도 없고 옥수수 가루도 없어. 우리는 여섯째 삼촌 댁에 가서 밥을 얻어먹고 있어."

이때 쓰마텅은 창졸간에 한 집안의 가장이 된 것 같았다. 엄마나 아버지를 찾아가려는 듯 대문 앞에서 잠시 서성이던 그녀는 다시 마당으로 가서 멍하니 서 있었다. 생각을 바꾼 그녀는 몸을 돌려 깨진 대야와 부러진 막대기를 깔끔하게 치우고는 밀 한 소쿠리와 옥수수 한 소쿠리를 챙겨 두 여동생을 데리고 마을 뒤쪽에 있는 연자방아로 가서 밀을 갈고 옥수수를 빻았다. 밀과 옥수수를 다 갈고 빻은 다음 다시 집으로 돌아와 동생들에게 밥을 해준 그녀는 주머니에서 2천 위안을 꺼내 거에게 건네면서 아버지를 즉시 병원에 입원시키라고 당부했다. 그러면서 자신은 해가 지는 대로 곧장 떠나야 한다고 말했다.

텅이 말했다.

"나는 다시 지우두로 돌아가야 해. 이 집에 단 하루도 머물고 싶지 않아."

거가 말했다.

"언니, 아버지 만나러 안 갈 거야? 아버지는 날마다 언니를 보고 싶어 하시는데."

"아버지는 내가 보고 싶은 게 아니야. 아버지가 보고 싶은 건 아버지를 살릴 수 있는 돈이라고."

"엄마랑 외삼촌도 만나러 가지 않을 거야?"

"안 만나. 내게는 그런 엄마 없어."

텅은 다시 지우두로 돌아왔다. 지우두로 돌아온 그녀는 더이상 이전의 쓰마텅이 아니었다.

텅이 지우두로 돌아온 때는 사흘째 되는 날 황혼이 질 무렵이었다. 황혼 속의 지우두는 온통 눈부신 색과 빛으로 가득 차 있었다. 머리 위로 저녁노을이 빨갛게 내려앉자 크고 작은 거리와 후퉁이 전부 핏빛으로 물들었다. 9호원 마당으로 들어선 그녀는 마당 한가운데 서서 기침 소리를 냈다. 집 안에서 다급하게 옷을 챙겨 입는 소리가 들렸다. 그녀가 또다시 집 안을 향해 소리쳤다.

"저예요. 저 텅이라고요. 저 돌아왔어요."

그녀는 안에서 뭐라고 말하는 소리는 정확하게 듣지 못하고 바람과 파도가 멈추듯 옷 입는 소리가 잠잠해지는 것만 들었다. 옷을 천천히 주워 입는 것 같았다. 마당에는 여전히 아무도 없었다. 집주인 할머니는 어딘가에서 마작을 하며 시간을 보내고 있었다. 앞쪽에 사는 안후이 사람은 폐품을 주우러 밖에 나가서는 아직 돌아오지 않았다. 텅은 수도꼭지를 비틀어 열고는 얼굴을 씻었다. 신기하게도 포근하고 따스한 친밀감이 느껴졌다. 마치 자기 집으로 돌아온 것 같았다. 그녀는 조금도 촌스럽지 않은 마당과 이 도시의 하늘을 힐끗 쳐다보고는 집 안으로 들어가보았다. 방 안에 있던 사내는 이미 옷을 다 입은 상태였다. 나이는 쉰 남짓으로 양복 차림에 구두를 신고 있었다. 은백색 넥타이가 반짝거렸다. 텅은 왠지 이 사내가 눈에 익었다. 단골손님인 것 같았다. 단골손님은 50위안짜리 지폐 한 장을 쓰스에게 건네면서 흥이 덜 찼는지 아직 만개하지 않은 산비탈의 꽃을 살피는 듯한 눈길로 텅을 쳐다보았다. 그런 그의 눈에서 불꽃이 활활 타는 소리가 멈추지 않았다. 사내가 물었다.

"아가씨 몇 살이야?"

텅이 짐을 바닥에 내려놓으면서 말했다.

"열여덟이요."

그 남자는 다시 침대로 가서 걸터앉으며 물었다.

"남자 상대해본 적 있나?"

"없어요."

사내의 눈이 반짝였다.

"나랑 같이 가지. 하룻밤에 200위안 줄 테니까."

텅은 고개를 돌려 단추를 채우고 있는 쓰스 고모를 쳐다보았다. 그녀의 몸에서 나는 열기가 방 전체를 흠뻑 적시고 있었다.

사내가 말했다.

"정말로 노란 꽃*이라면 500위안도 줄 수 있어."

텅의 눈이 천천히 빛나기 시작하더니 복숭앗빛과 살굿빛으로 물들었다. 란쓰스를 바라보는 그녀의 눈길이 마치 해도 되는 일인지 해서는 안 되는 일인지 몰라서 엄마의 얼굴을 쳐다보는 어린아이 같았다.

란쓰스는 받은 돈을 집어넣고 나서 고개도 들지 않고 그저 손으로 이마의 헝클어진 머리카락을 잘 빗어 넘기면서 한마디 던졌다.

"저 애는 병이 있어요. 간염이요. 얼굴이 누렇게 뜬 거 안 보여요?"

이 말에 사내는 텅의 얼굴을 한참 쳐다보더니 두말하지 않

* 숫처녀를 비유하는 속어.

106

고 가죽 가방을 들고 문을 나섰다. 손님을 내보낸 쓰스가 몸을 돌리기도 전에 텅의 화난 목소리가 들려왔다.

"고모도 간염이잖아요. 하룻밤에 500위안이라고요. 왜 날 못 가게 하는 거예요?"

네모난 문틀 위에 서 있던 란쓰스는 하늘 밖에서 울리는 소리를 들은 것 같았다. 쓰마텅을 쳐다보면서 그녀는 텅의 눈빛 속에 낯설고 차가운 냉기를 발견했다. 녹지 않은 두 개의 하얀 얼음 조각 같았다. 쓰스가 텅에게 말했다.

"남자 생각이 나서 자신의 몸을 망치고 싶은 거야, 아니면 500위안이 벌고 싶은 거야?"

텅이 말했다.

"500위안이요. 고모는 그 돈을 버는 데 며칠이 걸리겠지만 저는 단번에 벌 수 있단 말이에요!"

쓰스는 천천히 말했다.

"며칠이 걸리면 걸리는 거지. 너의 몸만 다치지 않으면 돼."

그러고는 텅에게 마을의 일을 물었다. 텅은 한참이나 입을 다문 채 앉아 있다가 간신히 입을 열었다.

"두씨 집안에서 또 한 사람이 죽었어요. 쓰마 집안의 쓰마홍(司馬洪) 아저씨도 목구멍이 부어올랐고요. 금년 여름을 넘기기 어려울 것 같아요."

란쓰스가 다시 물었다.

"너희 아버지는?"

텅이 되물었다.

"고모, 정말 우리 아버지랑 합치실 거예요?"

그녀는 미동도 하지 않고 텅을 바라보았다.

"집을 나서기 전에 얘기를 끝내지 않았니. 내 보따리 안에 너희 외삼촌이 써준 각서도 들어 있어."

그녀는 정 못 믿겠다면 각서를 보여주겠다고 했다. 텅은 여전히 무뚝뚝한 표정으로 입을 굳게 다물고 앉아 있었다. 란쓰스는 플라스틱 대야를 들고 문밖에 있는 변소로 가서 하혈을 멎게 하는 한약을 탄 물로 아랫도리를 씻었다. 변소에서 몸을 씻고 온 그녀는 텅이 침대에 누워 이불을 머리까지 뒤집어쓰고 있는 것을 보고는 더 이상 아무 말도 하지 않았다. 텅이 피곤해서 그러는 것이려니 생각했다. 하지만 그녀는 이때 쓰마텅이 이미 다 자라 성인이 되어 있었고 세상 물정도 잘 알고 있으며 집안의 가장 역할을 할 만큼 성숙하다는 사실을 상상도 하지 못했다.

란쓰스는 어두운 밤이 다가오고 있는 것처럼 이 순간 자신에게 재난이 이미 시작되고 있었다는 사실을 알지 못했다. 그녀는 텅을 그렇게 자도록 내버려두었다. 자는 텅에게 이불을 덮어주기도 했다. 문득 자신은 하반신이 좀 가렵다고 느꼈다. 벌레가 기어 다니는 것 같았다. 밖에 나가 몸을 씻은 그녀는 또 한 손님을 받았다. 날은 곧 어두워졌다. 그녀는 갑자기 밥도 하기 싫었고 다시 정거장이나 여관 입구에 나가 밤손님을 맞는 것도 내키지 않았다. 이미 중춘이라 저녁 바람이 솔솔 불었다. 황혼이 진 뒤에도 수많은 사람들이 기차역 광장에 나와 한가롭게 산보를 즐기고 있었다. 이치대로라면 지금이야말로 장사를 하기에 가장 좋은 시기였다. 하지만 그녀는 도무지 흥이 나지 않았다. 이불 속에서 잠들지 않고 있던 텅이 갑자기 이불을 젖히고 일어서며 말했다.

"쓰스 고모, 우리 아버지랑 합치지 않으면 안 돼요?"

란쓰스가 말했다.

"그래도 돼. 나는 곧 죽을 사람이야. 내 나이 서른일곱인데 살면 얼마나 더 살겠니? 하지만 너희 아버지랑 합치는 일만 아니라면 굳이 이렇게 자신을 망치고 싶지 않아. 나는 해진 신발도 아니고 그렇게 천박한 여자도 아니야. 사내들이 내 몸 위를 기어오를 때 나는 아무런 쾌감도 느끼지 못해. 매번 더러운 물건이 내 몸 안으로 들어올 때마다 구역질이 날 것 같단 말이야. 매번 아랫도리를 씻을 때마다 손톱으로 아랫도리를 꼬집고 싶을 정도라고. 이런 일을 할 때 즐거운 건 사내들뿐이야. 여자는 오로지 자신이 좋아하는 남자를 즐겁게 해줬다고 느꼈을 때에만 약간의 흥분을 누릴 뿐이지."

쓰스의 설명이 계속되었다.

"텅, 너는 아버지의 병을 더 이상 고칠 수 없다고 말하고 싶겠지. 죽으면 죽는 거지 뭐. 너희 아버지가 죽으면 나는 한밤중에라도 산싱춘으로 돌아갈 거야. 아무리 젊고 멋진 손님이 찾아와도, 한 번에 만 위안을 준다고 해도 나는 더 이상 손님을 받지 않을 거야."

그날 밤, 두 사람은 밥도 먹지 않고 잠이 들었다. 불도 켜지 않았고 옷도 벗지 않았다. 텅 역시 더 이상 아무 말도 하지 않았다. 그 뒤로도 두 사람의 생활은 여느 때와 다름없었다. 그럭저럭 장사를 해나갔다. 그사이에 쓰스는 또다시 텅에게 몇백 위안 혹은 몇천 위안을 쥐여주면서 산싱춘으로 돌아가 돈을 전달하게 했다. 한번은 산싱춘에서 돌아온 텅이 말했다.

"아버지가 입원했어요."

또 한번은 돌아와서 이렇게 말했다.

"저희 삼촌과 외삼촌이 고모네 땅에 김을 매주고 퇴비를 뿌려준 덕에 마을에서 농사가 가장 잘됐대요."

마을의 또 다른 일들에 대해서도 텅은 물처럼 담담하게 말했다. 나중에 란쓰스는 이때의 일상을 떠올리면서 텅이 빚고 있는 일상 속에 비바람이 감춰져 있었다는 사실을 깨닫게 되었다. 이러한 일상은 비바람이 몰아치기 직전의 순간적인 조용함이었다. 어느 날 아침 일찍 란쓰스가 침대에서 눈을 떴을 때 텅이 일상의 조용함을 깨듯 흔적도 없이 어디론가 사라지고 없었다. 침대 위의 이불은 반듯하게 개켜져 있었다. 파란 침대보 위에 단정하게 쌓여 있는 붉은 이불은 가마에서 갓 꺼낸 흙벽돌 같았다. 주인집 마당도 사람 그림자 하나 없이 텅 비어 있었다. 집주인은 거리 어디론가 마작을 하러 갔고 앞집의 화이허탄 출신 사람들은 삼륜차를 몰고 거리와 후통을 돌아다니며 폐품을 수집하고 있었다. 란쓰스는 문밖으로 나와서 얼굴을 씻고 전에 없이 요우탸오(油條)*를 두 개 사다 먹은 다음 어젯밤에 더러워진 자신의 속옷을 빨았다. 그때까지도 텅의 모습은 보이지 않았다. 여름이 가까워지자 햇볕은 담장을 넘어 마당으로 넘어왔고 따스한 기운이 사람들을 나른하게 만들었다. 텅이 그 시각에 정거장이나 여관을 돌아다니며 손님을 찾고 있을 리는 없었다. 사내들은 밤새 바쁘게 움직였기 때문에 오전에는 수요가 없었다. 이런 장사를 하는 여자들 역시 오전에는 전날 밤의 극심한 피로 때문에 휴식을 취해야 했다. 또 다른 밤을 맞기 위해서라도 체내의 정력을 회복해야 했다. 란쓰스는 외진 곳에 자신의 미색 나일론 팬티를 널어놓았다. 팬티 앞면에는 하얀 부용화가 수놓아져 있었다. 이 팬티는 그녀가 처음으로 여관에서 나이 예순의 남방 손님을 맞았을 때, 사내가 그 일을 끝내고 주고

* 밀가루 반죽을 길쭉하게 만들어 기름에 튀긴 음식으로 중국인들이 아침 식사로 주로 먹는다.

111

간 것이었다. 사내가 가방 안에서 이 팬티를 꺼내 그녀에게 던져주면서 말했다.

"다음에 내가 또 찾아오면 이걸 입도록 해. 나는 이 팬티 앞면의 부용화를 보기만 하면 온몸에 힘이 나거든."

그녀는 이 팬티를 입고 나이 예순의 그 남방 손님을 세 번이나 맞았다. 그 뒤로는 모든 사내들을 이 팬티를 입고 맞았다. 과연 사내들은 그녀가 옷을 벗으면서 이 나일론 팬티 앞면의 순결한 부용화를 드러낼 때면 불길이 활활 타오르듯이 눈이 붉게 반짝이며 빛났다. 하지만 일을 마친 사내들은 하나같이 이렇게 말했다.

"남방에 가서 기술을 좀 배워야 할 것 같군. 침대 위에서의 재주가 별로야. 재주가 없으니 단골손님이 없지."

란쓰스는 몹시 미안해하며 말을 받았다.

"저는 시골 사람이에요. 오라버니가 불치병에 걸렸지요. 그런 일만 아니었다면 이렇게 천한 일을 하지는 않았을 거예요."

매일 마지막 손님을 배웅하고 나면 그녀는 몸을 꼭 조이고 있던 꽃이 수놓아져 있는 팬티를 벗어 침상 머리 요 아래에 쑤셔 넣은 다음 자신이 가지고 온 느슨한 속잠방이로 갈아입고서 밤새 편안하게 잠을 잤다. 다음 날 이 시각이 되면 그 팬티를 빨아 후미진 곳에 널어놓고는 어수선하고 지저분한 방으로 돌아와 정리를 한 다음 침대에 앉아 어제 손님을 몇 명

112

이나 받았고 얼마를 벌었는지, 치료비 8천 위안을 다 채우려면 얼마나 더 필요한지를 셈하곤 했다. 셈을 마치고 나면 그녀와 텅은 각자 자기 침대에 앉아 창문으로 새어 들어오는 햇빛을 바라보았다. 그러다가 그녀가 밥을 해 먹자고 말하면 그제야 침대에서 일어나 옷을 주워 입었다.

하지만 오늘은 이 시각에 갑자기 텅이 보이지 않았다. 란쓰스는 마음이 허전하고 적적하기만 했다. 불안하기도 하고 걱정이 되기도 하면서 줄곧 무슨 일이 일어난 것 같다는 느낌이 들었다.

과연 일이 터지고 말았다.

정오가 가까워질 무렵 텅이 밖에서 사내를 하나 데리고 돌아왔다. 마흔 살 남짓 되어 보이는 사내는 깡마른 몸집에 머리가 헝클어져 있었지만, 그래도 양복에 넥타이를 매고 회사원이 출장 다닐 때 가지고 다니는 번호키가 달린 서류 가방을 들고 있었다. 명함도 갖고 있었다. 명함에 찍힌 그의 직함은 부장이었다. 이때 란쓰스는 이미 남자를 분별하는 눈을 갖추고 있었다. 한 번 척 보기만 해도 상대의 신분을 알 수 있었다. 사실 그는 부장이 아니라 향진(鄕鎭) 기업에 소속되어 천지사방을 돌아다니는 영업사원에 지나지 않았다. 돈이 있으면 곧바로 써버리고 여자가 있으면 쫓아다니다가 언제든 떠나버리는 그런 인물이었다. 9호원에 들어선 그는 절대로

방에 들어가는 걸 서두르지 않았고, 그 일을 하는 것도 서두르지 않았다. 그냥 그렇게 마당에 서서 앞쪽과 뒤쪽에 있는 집들을 가늠하며 이상한 점은 없는지 살피고 있었다. 오히려 텅이 조급해하는 것 같았다. 그녀의 야윈 얼굴이 붉은 혈색을 발산하고 있었다. 눈가가 촉촉하게 젖어 있었다. 두 개의 깊은 우물 같았다. 코끝도 소리가 날 정도로 심하게 움직였다. 몸 전체에 부풀어 터질 것 같은 불안과 초조가 가득했다. 사내를 마당에 혼자 남겨두고 그녀는 정의감에 불타는 사람처럼 조금도 망설이지 않고 동쪽 방으로 들어가서는 입구의 밝은 쪽에 섰다. 그러더니 봄기운에 잔뜩 들뜬 짐승처럼 방 안에 들어서자마자 차갑고 생경하면서도 붉은빛으로 왕성하게 활활 타오르며 말했다.

"고모, 나 손님 받아야 하니까 이제는 고모가 밖에 나가서 망 좀 봐줘요."

옷을 개키고 있던 란쓰스는 고개를 돌려 멍한 눈빛으로 텅을 쳐다보았다.

"사람이 와서 마당에서 기다리고 있단 말이에요. 어서 밖으로 좀 나가줘요."

그녀는 텅의 얼굴에서 열흘 넘게 유지되고 있던 평온함을 찾을 수 없었다. 이를 대신한 것은 붉은 윤기 아래 감춰진 다갈색 격분이었다. 10년, 20년을 버티고 망설이다가 마침내

114

내린 군은 결심처럼 절대로 되돌릴 수 없을 것 같았다. 그녀는 다소 갑작스럽다고 여기면서도 또한 예상했던 일이기도 했던 터라 잠시 아무 말 없이 텅을 쳐다보다가 손에 들고 있던 옷을 침대에 내려놓으며 말했다.

"텅, 잘 생각해야 해."

"충분히 잘 생각했어요. 보름이나 생각했다고요. 전 절대로 우리 아버지가 고모랑 합치도록 그냥 놔둘 수 없어요."

"그가 너에게 얼마나 주겠다고 했니?"

"상관하지 마세요. 오늘 이후로는 제 일에 관여하지 마세요. 고모는 고모 돈이나 버세요. 저는 제 돈을 벌 테니까요. 저도 곧 열일곱 살이니까 돈을 벌어 아버지의 병을 고쳐드릴 수 있어요. 고모가 우리 아버지에게 준 돈은 제가 나중에 모두 갚을게요. 전 절대로 우리 아버지랑 엄마가 갈라서게 할 수 없어요. 우리 아버지가 세상을 떠나도 고모와 함께 매장되도록 내버려둘 수 없어요. 우리 엄마만 외롭게 다른 무덤에 묻을 수 없단 말이에요."

이렇게 말하는 텅의 얼굴색이 붉은빛에서 옅은 푸른빛으로 변했다. 손도 조금씩 떨리기 시작했다. 그녀는 억제할 수 없을 정도로 흥분하고 있었다. 방금 한 말들이 아주 오랫동안 가슴속에 축적되어 있었던 것 같았다. 한차례 반격으로 엄마를 대신해 복수하려는 것 같았다. 말을 하는 그녀의 눈빛 역시 점점 더 차갑고 생경한 푸른빛으로 변해갔다. 아울러 점점 더 집요하게 상대방을 물고 늘어지고 있었다. 순간 란쓰스는 이 아이가 낯설게만 느껴졌다. 심지어 조금 무섭기까지 했다. 텅은 멍하니 침대 가장자리에 앉아서 모르는 사람 대하듯 란쓰스를 쳐다보고 있었다. 그렇게 한참 동안 서로 대치하고 있던 두 사람의 눈빛은 활활 타오르는 불덩어리처럼 탕탕 소리를 내며 맞부딪친 뒤 바닥으로 떨어졌다. 방 전체가 뜨겁게 달아오르기 시작했다. 마당에 있던 사내의 재촉하는 기침 소리가 휘발유처럼 뿜어져 나왔다.

텅이 말했다.

"나가 계세요, 고모. 저도 이제 다 큰 어른이란 말이에요."

그녀의 어투는 잔잔하면서도 힘이 실려 있었다. 말을 마친 그녀는 곧장 자신의 침대를 정리했다. 먼저 전등을 켜고 커튼을 친 다음 이불을 잘 깔았다. 그러고는 다시 이불을 젖혀 베갯잇을 몸 아래에 깔았다. 이 모든 동작을 하는 내내 텅의 두 손이 가볍게 떨렸다. 때문에 침대 위의 베개가 비스듬하게 놓였다.

한 걸음 한 걸음 방 입구 쪽으로 밀려나다가 텅 가까이 이르자 란쓰스가 말했다.

"처음이라 아프겠지만 그래도 절대로 소리를 지르면 안돼. 이 집은 길가에 인접해 있으니까."

116

그런 다음 텅의 몸을 지나쳤다. 순간 그녀는 갑자기 텅이 자신에 비해 머리가 절반 정도나 작은 데다 어깨도 자신의 어깨보다 훨씬 아래에 있다는 것을 알게 되었다. 바러우 산 등성이의 나뭇가지처럼 말라 있었다. 하루 종일 물기라고는 구경도 하지 못해 완전히 시들어버린 홰나무나 느릅나무 같았다. 바로 그 순간 그녀의 발걸음이 느려지면서 가슴이 물에 젖은 듯 서늘해졌다. 텅이 이제 겨우 열일곱 살이지만 평생 마흔을 살지 못할 것이라는 생각 때문이었다. 단 한 번의 인생이고 아직 어린아이라는 생각 때문이었다.

마당으로 나오자 햇빛은 이미 평평해져 있었다. 약간 동쪽 하늘에서 비추는 햇볕이 마당 전체를 따스하게 데우면서 그녀의 몸을 감싸주었다. 사내는 이미 마당 안을 다 둘러보고 주변에 대해 충분히 안심한 뒤였다. 그는 짐을 수돗가 귀퉁이에 내려놓고 수도꼭지를 비틀어 열고는 콸콸 쏟아지는 물에 손을 씻고 있었다. 두 사람은 잠시 서로를 쳐다보았다. 남자가 옷에 손을 문질러 닦으면서 말했다.

"내 친척 중에 공안이 있어. 감히 날 농락했다가는 이곳 지우두를 영영 못 떠나게 될 줄 알라고."

란쓰스는 이런 말을 하는 사내들을 한두 명 받아본 것이 아니었다. 그녀는 그 남자가 자신감이 없고 의지할 데가 없기 때문에 이런 말을 하는 것이라는 걸 잘 알고 있었다. 란쓰스가 눈을 가느다랗게 뜨고서 그를 쳐다보며 물었다.

"저 애한테 얼마 주기로 했나요?"

사내가 말했다.

"처녀면 200위안을 주겠지만 처녀가 아니면 한 푼도 못 줘."

"저 앤 처녀 맞아요."

"정말 처녀라면 어째서 이렇게 싼 거지? 남방에서는 천 위안이 아니라 만 위안까지도 올릴 수 있을 텐데 말이야!"

그는 가방을 들고 방 안으로 들어가다가 고개를 돌리며 말했다.

"아가씨는 평상복을 입고 팔을 아주 높이 휘두르며 걷는 사람이 있는지 잘 살피라고."

사내가 이런 지시를 내리고 있을 때 방 정리를 끝낸 텅이 밖으로 나왔다. 방에서 나온 그녀는 사내에게 어서 안으로 들어오라고 말했다. 그가 정말로 텅에게 다가가려는 순간, 그녀의 얼굴에서 붉게 불타오르던 홍분과 시퍼런 의문은 어느새 사라지고 없었다. 두껍고 단단한 흰빛이 그녀의 얼굴에 얼음처럼 맺혀 있었다. 그녀가 사내에게 어서 들어오라고 말했다. 말을 마친 그녀는 현기증이 났는지 문틀을 붙잡고 멈춰 섰다가 란쓰스가 아직 나가지 않고 있는 것을 보고는 더 이상 이것저것 따지지 않겠다는 듯한 강경한 눈빛을 보냈다.

란쓰스가 고개를 돌렸다. 그녀는 문가에 흩어지지 않는 구

118

름처럼 뭉쳐져 있는 텅의 창백한 얼굴을 보았다. 텅의 눈빛
은 조금 전처럼 그렇게 불타듯 이글거리지 않았다. 그녀의
마음속에서 또 한 번 모든 것이 무너져 내렸다. 또다시 텅이
이제 겨우 열일곱 살인 데다 몸이 살집 하나 없이 비쩍 말랐
다는 게 생각났다. 게다가 텅을 데리고 목욕을 하러 갔을 때
그녀의 가슴이 이제 막 평평한 상태를 벗어나 몽긋 솟아오르
기 시작한 걸 보았던 게 떠올랐다. 갑자기 텅이 너무 가엽다
는 생각에 가슴이 아려왔다. 흰 소다 가루 같은 텅의 얼굴에
서 눈길을 거둔 그녀는 방으로 들어가려는 사내에게 잠깐 멈
춰 서라고 말했다.

"저기요. 사실대로 말하자면 저 애는 제 조카예요. 간염에
걸린 데다 남자를 처음 맞는 것도 아니에요."

사내가 걸음을 멈췄다.

"차라리 제가 모실게요."

"얼만데?"

"얼마를 주든지 상관없어요."

"올해 몇 살이지?"

"제가 몇 살로 보이나요?"

"서른은 넘었겠지?"

"제대로 보셨네요. 서른 조금 넘었어요."

"나는 원래 저 애가 젊어서 한번 하려고 했던 거야. 서른

넘은 여자는 길거리에 널렸다고."

"저는 입으로 즐겁게 해드릴 수도 있어요."

그는 완전히 몸을 돌려 그녀를 찬찬히 살펴보았다. 옥기(玉器)를 관찰하는 것 같았다.

"가격은 알아서 정하세요. 주머니가 넉넉하면 50위안 주시고 좀 부족하면 30위안이나 20위안도 괜찮아요. 제가 즐겁게 해드리지 못하면 한 푼도 주지 않으셔도 돼요."

이때 텅의 얼굴에 가득 맺혀 있던 창백함은 싹 사라지고 한순간에 푸른빛을 띠고 있었다. 이 계절의 무성한 초원 같았다. 말을 하기도 전에 입이 덜덜 떨리고 있었다. 사방에 온통 그녀의 떨리는 입술에서 떨어진 푸른 분노가 가득했다. 동쪽 방 입구에 서서 란쓰스를 쳐다보고 있는 그녀의 모습은 문틀을 붙들고 있지 않으면 금방이라도 쓰러질 것만 같았다. 두 여자 사이에 서 있던 사내는 슬그머니 고개를 돌려 텅을 한 번 쳐다보고는 다시 고개를 돌려 란쓰스를 쳐다보았다. 란쓰스는 텅의 얼굴에서 미끄러지듯이 눈길을 돌려 더 이상 텅을 쳐다보지 않았다. 대신 풍만한 자신의 가슴을 가볍게 흔들면서 타오르는 듯한 눈빛으로 남자의 얼굴을 바라보았다.

"우리 둘 다 여기 있을 거예요. 원하신다면 저는 입으로 오빠를 즐겁게 해드릴 수도 있고 침대 가에 몸을 기대고서 오빠가 제 뒤에서 할 수 있게 해드릴 수도 있어요. 오빠가 해달라고 하는 걸 다 해드릴 수 있다고요. 원하시는 대로 다 해드리고 10위안만 받을게요. 오빠의 요구를 만족시키지 못하면 한 푼도 안 받겠어요. 그때 가서 저 애를 다시 찾아도 늦지 않을 거예요."

란쓰스는 아주 빨리 말했다. 해 질 무렵 채소 시장의 농민들이 시든 채소 몇 근을 서둘러 팔아치우려는 모습 같았다. 사내는 반신반의하는 눈빛으로 란쓰스를 쳐다보았다. 세상에 이렇게 좋은 일이 일어난 것을 믿지 못하겠다는 듯한 눈치였다. 그가 눈을 깜빡거리면서 떠보듯이 물었다.

"정말 방금 말한 대로 하는 거지?"

란쓰스는 가슴을 잔뜩 세워 앞으로 내밀고 입술 꼬리를 위로 치켜올리면서 말했다.

"먼저 돈부터 달라고 하지 않을게요."

"그럼 아가씨랑 하는 걸로 하지."

말을 마친 사내가 쏜살같이 방 안으로 들어갔다.

란쓰스는 얼른 몸을 돌려 대문을 굳게 닫아걸었다. 더 이상 텅에게 망을 보라고 하지 않았다. 마당에서 동쪽 방으로 걸어가면서 그녀는 시선을 애써 문틀의 다른 쪽으로 향했다. 하지만 텅은 처음부터 끝까지 계속 그녀를 주시하고 있었다. 거칠고 차가운 눈길이었다. 껍질을 벗기지 않은 나무 막대기 같았다. 텅의 곁을 지나 동쪽 방으로 들어가는 동안 텅의 시선이 란쓰스의 몸을 따라 움직였다. 두 어깨가 스치는 순간, 텅이 갑자기 란쓰스의 얼굴에 침을 뱉으면서 말했다.

"전에는 당신을 내 고모로 생각했는데, 사실 당신은 정말 해진 신발이었어. 진짜 매춘부, 진짜 육체의 왕*이라고!"

텅은 욕을 하면서 허공에 대고 주먹을 휘둘렀고 하늘과 땅이 뒤집어져라 이를 앙다물었다. 란쓰스가 뭐라도 한마디하면, 갑자기 달려들어 그녀의 머리칼을 쥐어뜯고 어깨를 물어뜯을 작정을 하고 있었다. 하지만 란쓰스는 그녀를 쳐다보지도 않고 담담하게 걸음을 옮겼다. 얼굴에 묻은 침을 닦고 그녀 곁을 스쳐 문틀을 지나 방 안으로 들어갔다.

텅은 문지방 위에 나무처럼 굳어서 꼼짝도 하지 않았다. 란쓰스의 몸이 그녀의 눈앞 밝은 곳에서 멀어져 방 안의 어두운 곳으로 들어가버리자 텅은 갑자기 란쓰스의 머리카락을 잡아채지 않고 머리를 밀어 맞은편 문틀에 부딪치게 하지 않은 것이 후회되기 시작했다. 텅은 맞은편 문틀에 튀어나와 있는 대못을 뚫어져라 쳐다보았다. 눈가에 남은 빛 사이로 한 송이 마름꽃이 피어났다. 그녀는 꽃이 수놓인 쓰스의 팬티가 변소의 철사 위에 걸려 있는 것을 보았다. 그곳에 진짜 부용화 한 송이가 피어 있는 것 같았다. 하얀 우윳빛 신선

---

* 해진 신발보다 더 심한 표현.

한 비린내를 맡은 것만 같았다. 텅은 굶주린 늑대처럼 변소로 달려가 꽃이 수놓인 팬티를 잡아채서는 미친 듯이 찢어버렸다. 팬티와 팬티 위에 수놓인 부용화를 갈기갈기 찢어버렸다. 잘 찢어지지 않는 부분은 이로 물어뜯은 다음 다시 두 손으로 힘껏 찢었다. 하얗게 찢어지는 소리가 너무나 절박하고 격렬했다. 도시의 여름날 자동차 바퀴가 기름에 젖은 아스팔트 위를 질주하는 것 같았다. 텅은 팬티를 찢으면서 이빨 사이로 끊임없이 똑같은 말을 반복해서 내뱉었다.

"제가 황홀하게 해드릴게요!"

"오빠를 황홀하게 해드릴게요!"

"오빠를 황홀하게 해드릴게요!"

쓰마텅의 얼굴이 온통 푸른빛이 되어 신경질적으로 발작을 부리자 자고 있던 별들도 놀라서 떨어지고 파리들도 놀라 깨어 변소 안을 이리저리 날아다니다가 여기저기 몸을 부딪쳤다. 은백색과 황금빛이 웅웅거리며 사방을 가득 메웠다. 조용한 곳이 한 군데도 없었다. 팬티를 다 찢은 그녀는 손에 남은 천 조각들을 똥통에 던졌다. 발아래 떨어져 있던 천 조각들도 전부 발로 차서 똥통에 빠뜨려버렸다. 똥통 안의 걸쭉한 액체 위로 낙화처럼 흩날리는 파란색과 흰색을 더 이상 발로 찰 수도 찢을 수도 없게 되었는데도 아직 흥분이 가시지 않았다. 그녀는 사방을 둘러보다가 벽돌담 사이에 놓여 있는 질

123

세척제 두 병을 발견했다. 그녀는 조금도 주저하지 않고 한걸음에 다가가 고무 마개로 닫아놓은 포도당 병 두 개를 차례로 떨어뜨려 깨뜨려버렸다.

란쓰스는 집 밖의 다갈색 폭발음을 들으면서 침대 아래 쪼그려 앉아 입을 멈춘 채 잠시 넋을 잃었다. 침대 가에 걸터앉아 있던 사내가 말했다.

"빨리 해. 절대 입을 멈추지 말라고."

그러자 그녀는 밭에서 김을 매거나 밀을 베듯이 한 번 또 한 번 고개를 숙였다가 다시 힘껏 들어 올렸다. 시간은 느리게 흘러갔다. 응결되어 더 이상 움직이지 않는 먹구름 같았다. 방 안의 어둠은 비 오는 날의 빛과 색 같았다. 방 안이 온통 눅눅한 검은빛이었고 오랜 시간 그늘지고 습기 찬 벽에는 하얀 곰팡이가 가득했다. 그녀는 있는 힘을 다해 사내에게 봉사했다. 바러우산 깊은 곳을 떠나 고생 끝에 이 도시에 온 것만큼이나 오랫동안 봉사했다. 마침내 사내가 두 손으로 그녀의 머리를 마구 잡아당기고 쓰다듬었다. 쾌감이 절정에 이르러 거의 미칠 것 같았던 사내는 바지를 집어 들고 100위안짜리 지폐 한 장을 던지고는 바닥에 녹초가 된 채 입을 크게 벌리고 토악질을 하고 있는 란쓰스의 머리를 다독이면서 말했다.

"내가 안 가본 데가 없이 전국을 다 돌아다녀봤지만 아가씨처럼 이렇게 끝내주게 해주는 여자는 처음 보는 것 같아."

이 한마디를 남긴 후 사내는 계산을 끝내고 문을 나섰다.

란쓰스는 여전히 바닥에 앉아 오래된 찻물처럼 누런 액체를 토해냈다. 그러고는 아득하게 혼자 멍하니 앉아 있었다. 기차역의 기적 소리가 지붕 위를 스치고 지나가자 그제야 그녀는 무슨 일이 일어났는지 깨달은 듯 천천히 몸을 일으켜 마당을 둘러보았다. 햇볕과 자궁출혈 방지약이 마르면서 나는 고약한 냄새만 마당에 가득했다. 쓰마텅은 마당에 없었다. 변소에도 없고 문밖에도 없었다.

그녀는 혼자 먼저 바러우산맥으로 돌아갔다.

7장

　란쓰스가 바러우산의 깊은 주름에 해당하는 산싱촌으로 돌아온 것은 한여름인 5월 중순의 일이었다. 그녀는 이번 장사가 이렇게 한없이 길어지리라고는 생각지 못했다. 쓰마란에게 필요한 수술비 8천 위안만 마련하면 그만이었지만 뜻밖에도 쓰마란이 수술대에 오르기 하루 전 성 소재지에서 의사가 와서는 각 병원들을 순시하다가 쓰마란의 진료 기록을 보게 되었다. 의사는 목구멍이 막히는 이 병을 자신이 직접 수술하면 얼마간 더 살 수 있을 것이라고 말했다. 더 살게 된다는 그 얼마간이 도대체 얼마나인지는 말해주려 하지 않았다. 말을 안 해주자 사람들의 마음은 갈수록 타들어갔고 혈맥도 부풀어 올랐다. 이때 란쓰스는 이미 마을로 돌아갈 준비를 하면서 9호원을 찾는 단골손님들마저도 맞아들이지 않고 있었다. 그녀는 자신을 충분히 짓밟았기 때문에 아무리 많은 돈을 준다 해도 더 이상은 남자를 받지 않을 거라고 말했다. 이렇게 말하고 떠날 채비를 하는 차에 쓰마란의 둘째 딸 거가 온통 흙먼지를 뒤집어쓴 채 9호원 마당에 들어섰다. 거는 아버지가 현성에 있는 병원 의사한테 수술받고 싶어 한다고 말했다. 수술만 받으면 아주 오래 더 살 수 있고, 어쩌면 쉰이나 예순까지도 살 수 있다는 것이었다. 정말 그럴지도 모르는 일이라면서 어쨌든 고모에게 얼마간 더 9호원에서 지내달라고 하더라고 전했다.

물론, 란쓰스는 떠날 수 없었다. 다시 9호원에 머물면서 남몰래 인육 장사를 계속했다. 텅이 그녀의 부용화가 수놓인 팬티를 찢어버리고 약병 두 개를 깨뜨리고는 그날로 혼자 바러우산맥으로 돌아간 뒤로는 거가 지우두에서 란쓰스와 함께 지내면서 닷새에 한 번씩 마을로 돌아가 현 의원의 수납 창구로 가서 돈을 냈다. 거는 집으로 돌아올 때마다 항상 새로운 소식을 가지고 왔다. 그녀가 란쓰스에게 말했다.

"정말로 그 신식 기계를 사용하고 있어요. 통처럼 생긴 그 새 기계는 노란 칠이 되어 있어 밝은 빛이 나더라고요. 아버지가 그 안에 들어가면 바깥에 있는 사람들이 아버지의 뼛속 틈새까지 다 볼 수 있다니까요."

거가 또 말했다.

"아버지는 그저께 수술을 받으셨어요. 목을 칼로 절단했는지 칼자국이 목을 한 바퀴 두르고 있더라고요."

또 이런 말도 했다.

"큰언니 텅이 시집을 갔어요. 외삼촌 댁 장남, 그러니까 제 사촌오빠 두류(杜流)에게 갔지요."

마지막으로 지우두에 왔을 때는 문 안에 들어서자마자 이렇게 말했다.

"아버지가 곧 퇴원한대요. 저더러 고모를 모시고 오라고 했어요."

이리하여 그녀는 거와 함께 마을로 돌아왔다.

두 사람을 마중 나온 사람은 두바이였다. 두바이는 자신의 의약서를 옆구리에 끼고 양 무리를 산비탈로 몰면서 산등성이 길을 따라 유유자적하게 산 바깥쪽을 향해 걷고 있었다. 여름은 이미 바러우산맥의 하늘과 땅을 잔뜩 뒤덮고 있었다. 황혼의 혹독한 더위가 산등성이에서 출렁이고 있었다. 밀은 이미 꽃가루를 흩날리고 있었고 밀 줄기와 잎사귀 모두 황갈색을 띠고 있었다. 산등성이 길을 지나갈 때면 밀 향기와 푸른 비린내 때문에 두바이는 딸꾹질이 날 것만 같았다. 요 며칠 곡식이 무르익고 창고가 가득 차 있는 듯한 느낌이 두바이의 혈액 속에 흘러넘치고 있었다. 그는 산등성이 길을 걸으면서 자신도 모르게 길가의 돌과 기와 조각들을 한 번씩 길 아래쪽으로 걸어찼다. 걸으면서 노래도 했다. 빈 나무 상자를 산등성이 이쪽 꼭대기에서 저쪽 꼭대기까지 발로 차면서 갔다. 그렇게 말없이 3리나 되는 길을 갔다. 날아올랐다 다시 떨어지는 나무 상자 소리는 공허한 산맥에서 현을 타며 창을 하는 민간의 쭈후(墜胡)* 소리처럼 울려 퍼졌다. 여동생 주추이가 친정에서 지내면서 속을 끓이던 시절도 바람이 불자 구름이 흩어지듯 지나가버렸다. 그가 주추이에게 말했다.

"너 이 세상에서 몇 년이라도 더 살고 싶지 않은 거냐?"

주추이가 말했다.

"짐승도 죽는 것이 두려운 법이에요. 하지만 몇 년 전 텅 아빠가 란쓰스와 엮이면서 해마다 그녀의 밭을 갈고, 밀을 베어주고, 콩을 심어주고 있다는 사실을 알았을 때는 정말 살고 싶지 않아서 목을 맸었지요."

두바이가 말했다.

"이게 끝이 아니야. 쓰마란이 그러더군. 자기가 병원에 입원하는 이유는 살아 돌아와 링인거를 완공하기 위해서라고 말이야. 그 수로가 완공되어 물을 끌어들이게 되면 마을 사람들이 마흔 넘어서까지 살 수 있다고 하더라고. 어쩌면 쉰이나

* 얼후(二胡)와 비슷한 현악기의 일종.

129

예순, 일흔, 여든까지 살 수 있게 될지도 모른다더구나."

두주추이가 멍한 표정으로 두바이를 쳐다보며 말을 받았다.

"오라버니, 사실 그 사람은 쓰스와 합치기 위해 수술을 받으러 간 거예요."

두바이가 잠시 생각에 잠겼다가 다시 입을 열었다.

"그냥 둘이 합치게 놔둬. 그 사람과 합치는 일이 아니라면 그 여자가 인육 장사를 하러 갔겠니? 그 여자가 가서 인육 장사를 하지 않았다면 그는 살 수 없었을 거야. 그렇게 되면 누가 그 수로를 완성해서 물을 끌어올 수 있겠어? 오래 사는 게 더 낫겠니 아니면 너희가 반년을 더 부부로 살다가 그 사람이 확 죽어버리고 네가 생과부로 남는게 더 낫겠니?"

그가 여동생을 뚫어져라 쳐다보면서 말을 이었다.

"이 어리석은 계집애야, 그 사람한테 쓰스와 합쳐도 좋으니 먼저 수로를 완성해 물을 끌어다 놓고 모든 사람들이 그 물을 먹고 마흔이 넘게 살게 한 뒤에 재혼을 하라고 말하면 안 되는 거야?"

주추이는 친정집을 나와 자기 집으로 돌아갔다. 부부 관계를 생각해 그녀는 계란전병을 부친 다음 딸을 시켜 수술을 마친 쓰마란에게 가져다주게 했다. 이때 란쓰스는 이미 지우두에서 마을로 돌아와 있었다. 쓰스가 마을로 돌아오고 며칠 지나지 않아 쓰마란이 퇴원했다. 그는 퇴원하자마자 마을 사

람들을 이끌고 링인거 수로 공사를 계속 진행하기 위해 달려
갔다. 쇠사슬처럼 한 마디 한 마디 관을 연결하여 수로를 개
통하고 물을 끌어오게 하면 정말로 마을 사람들 모두가 장수
하게 될지도 모를 일이었다. 두바이도 더 이상 매일 죽을지
도 모른다는 두려움에 그 검붉고 쓴 한약을 달일 필요가 없
게 될 것이었다. 괴로운 우기가 지나고 마침내 산등성이에
해가 떠오르기라도 한 것처럼 두바이는 마음이 가볍고 홀가
분했다. 오늘처럼 이렇게 편안한 적이 없었다. 그는 발밑으
로 덜그럭덜그럭 그 작은 나무 상자를 굴리면서 민요를 흥얼
거리며 산 밖을 향해 걸었다. 정수리 위의 해가 사람이 말라
붙을 정도로 센 볕을 내리쬐기 시작할 무렵, 그의 눈에 산비
탈 아래쪽에서 올라오고 있는 두 사람의 모습이 보였다. 한
명은 앞에, 한 명은 뒤에 서서 올라오고 있었다. 앞에 선 사람
은 어린아이였고 뒤에 선 사람은 어른이었다. 앞에 선 사람
이 어깨에 붉은 스웨터를 걸치고 있는 것을 본 그가 목청껏
외쳤다.

"쓰스랑 거로구나? 내가 여기서 너희를 반나절이나 기다
리고 있었어."

"원래 주추이와 텅도 같이 나온다고 했는데 내가 늑대를
잡으러 가는 것도 아닌데 뭐 하러 그렇게 많은 사람이 가느
냐고 했어."

이렇게 말하는 두바이의 목소리가 절벽에서 바위로 떨어지는 맑은 물처럼 시원하고 상쾌하게 드넓은 산맥을 울렸다. 란쓰스는 산 아래에서 기어 올라오느라 얼굴이 온통 땀에 젖어 있었다. 그녀는 반가운 기색을 보이며 두바이 앞에 이르러서는 뭔가 얘기를 하려다 말고 몸을 돌려 보따리를 뒤지더니 지우두에서 생산된 필터 담배를 한 갑 꺼내 건넸다.

두바이가 환한 미소를 지으며 말했다.

"나 주는 건가?"

란쓰스는 지우두 사람들 모두 이 상표의 담배를 피운다고 말했다. 곧바로 포장을 뜯어 한 개비를 입에 물고 불을 붙인 두바이가 란쓰스의 짐을 들어주면서 낮은 목소리로 말했다.

"보름쯤 지나면 촌장이 돌아올 거라고 하더군."

그 말을 듣고 놀란 란쓰스가 고개를 숙였다.

두바이가 말했다.

"촌장이 돌아오는 대로 둘이 합치도록 하게. 주추이는 내 친동생이니 그 애는 내가 알아서 잘 처리할 테니까."

란쓰스는 고개를 돌려 길가의 농지를 바라보았다.

두바이가 짐을 어깨에 메고서 란쓰스를 힐끗 쳐다보았다.

"합치고 나면 촌장은 마을 사람들을 데리고 수로를 놓으러 갈 거야. 그 사람은 자네나 우리 모두를 버려두고 혼자서 마흔 넘게 살 사람이 아니야."

두바이는 그렇게 생각나는 대로 담담하게 말을 하면서 마을을 향해 큰 걸음으로 걸어갔다. 큰 연극의 마지막 막이 올랐다. 란쓰스는 가장 중요한 배역을 맡게 되었다. 산싱촌 마을 사람들 모두 집집마다 나와 자신도 모르게 하늘을 찌를 듯한 기세로 북과 꽹과리를 치면서 삶과 죽음의 가극을 연출하게 되었다.

마을 사람들은 모두 란쓰스가 번화한 도시에서 돌아왔다는 사실을 알고 있었지만 누구도 그녀가 집 밖으로 나오는 모습을 보지 못했다. 사흘 내내 란쓰스는 집 밖으로 나오지 않았다. 그녀의 집 대문은 늘 그렇게 잠기지 않은 채 허술하게 닫혀만 있었다. 란쓰스는 마을에서 철저하게 사라져버린 것만 같았다. 혹은 그녀는 애초부터 지우두에서 여태 돌아오지 않은 것 같기도 했다. 하지만 그녀가 돌아온 것은 분명한 사실이었다. 그녀가 마을로 돌아온 지 이틀째 되는 날 누군가 이른 아침에 일어나 문 앞으로 나와 그녀를 기다렸다. 빗자루로 땅바닥을 쓸기 시작하여 그녀의 집 앞까지 쓸어나가다가 문 앞에 이르러 문틈으로 안을 들여다봤지만 그녀가 요강을 들고 방에서 나와 변소로 향하는 모습은 보지 못했다. 아침 일찍 일어나 마당을 쓸었지만 아침밥 먹을 때부터 정오가 될 때까지 그녀가 대문을 열고 나오는 모습은 보이지 않았다. 어느 날 아침 정오가 다 될 무렵, 누군가 대문을 두드린 다음 란쓰스의 집 안으로 들어가고서야 마침내 그녀가 막 침상에서 일어나 옷을 입고 세수를 하고 머리를 빗으면서 도시에 사는 사람처럼 단아하게 꾸민 모습을 발견할 수 있었다. 게다가 그녀의 몸에서는 은은한 향기가 뿜어져 나와 세상 전체로 퍼져나가고 있었다. 그제야 모든 걸 확실히 알 수 있었다. 그녀는 지우두에서 오랫동안 사내들을 맞느라 밤에는 잠을 자지 못하다가 이튿날 대낮까지 곤하게 잠을 자던 습관을 아직 고치지 못하고 있었던 것이다. 이리하여 마을 사람들이 그녀와 함께 밤을 새기로 약속을 잡자 방 세 칸이 마을에 사는 남자와 여자들로 가득 찼다. 아이들은 그녀가 가지고 온 사탕을 먹고 울긋불긋한 사탕 껍질을 한데 모아 가지런히 쌓아 올리면서 누가 더 많은지 시합을 하고 있었다. 어른들은 지우두의 상황에 관해 물었다. 남자들은 지우두에 성문이 있는지, 담배는 한 갑에 얼마나 하는지, 대로변에 깨엿과 양 내장탕을 파는 가게가 있는지 물었다. 여자들은 바늘과 골무의 가격과 품질이 교화원 근처에서 파는 것과 같은지, 자수를 내다 팔기도 하는지, 지우두 여자들의 구두 뒷굽이 현성에 사는 여자들보다 높은지 물었다. 란쓰스의 장사에 관해 묻는 사람은 하나도 없었다. 그녀가 접대한 사내들의 장단점에 관해 묻는 사람도 없었다. 쓰마 집안의 형제들도 와 있었다. 쓰마루는 벽 한쪽 구석에 앉아 담배를 피우고 있었고, 쓰마후는 문 앞에서 별로 중요하지도 않은 질문을 쉴 새 없이 해댔다. 란쓰스는 자기가 보고 들은 대로 마을 사람들의 물음에 대답해주었다. 마지막으로 지우두의 할머니들은 손주를 돌보면서 한 달에 100위안이 훨씬 넘는 돈을 요구한다고 하자 산싱촌 사람들은 서로 얼굴을 쳐다보면서 불가사의한 일이라고 중얼거렸다.

쓰마후가 말했다.

"에이, 그럴 리가? 자기 손자 손녀인데도 그런단 말이야?"

란쓰스가 말했다.

"제가 살던 그 집 여주인이 바로 그랬다니까요. 월말에 아들이 돈을 주지 않으면 그 할머니는 곧장 손주를 데려다주고는 더 이상 돌보지도 않고 신경도 쓰지 않았다니까요. 그러고는 매일 마작을 하러 다녔지요."

산싱촌 사람들은 도시에서의 괴상한 일들에 감탄하면서 도시 사람들이 수명이 길다 보니까 오히려 손자 손녀를 소중히 여기지 않고 돈만 밝히는 거라고 말했다. 그러면서 산싱촌 사람들은 하나같이 손자 손녀를 아끼는데도 할아버지 할머니가 되는 나이까지 살기가 어려운 것을 한탄했다. 또 다른 화제로 이야기를 나누는 사이에 밤이 깊어지고 달과 별이 밝게 빛났다. 문지방 너머로 마당을 내다보면 호수의 물속을 들여다보는 것 같았다. 물결이 파문을 만드는 소리가 들릴 정도로 고요했다.

갑자기 쓰마후가 또 물었다.

"지우두 그곳에 아홉 개의 조정(朝廷)이 있었다면서?"

란쓰스가 말했다.

"잘 모르겠어요. 어쨌든 사람들 모두 아홉 개의 조정이 있었기 때문에 지우두라고 부른다고 하더군요."

마을 사람들은 조정이 하나 더 있었으면 훨씬 좋았을 것이라며 아쉬워했다. 조정이 하나 더 있었다면 산싱촌 사람들 역시 천자(天子)의 발밑에 있게 되어 아직까지 링인거 수로를 놓지 못해 걱정할 일은 없었을 것이고, 장에 한번 가려면 80리 길을 가느라 고생하지 않아도 됐을 거라는 게 사람들의 생각이었다. 마침내 사람들이 란쓰스의 집에서 나와 흩어지기 시작했다. 흩어지는 발걸음들은 배가 누런 흙탕물 위로 노를 저어 가는 것 같았다. 마을은 가까운 곳에서 먼 곳으로 점점 아무런 기척도 없는 고요 속으로 돌아갔다. 란쓰스의 방 세 칸과 곁채 두 칸 그리고 마당도 또다시 고요 속으로 돌아갔다. 이렇게 밤이 되어서야 마을 사람들은 갑자기 란쓰스가 쓰마란과 합치는 일에 대해서 입을 다물고 말하지 않았다는 것을 깨닫게 되었다. 가을이 되었는데도 농부들이 수확하는 일에 대해서 입을 다물고 말하지 않는 것과 같았다. 사람들은 이게 어떻게 된 일인지 의아해했다. 란쓰스는 쓰마란

136

과 함께 지내기 위해 그가 마흔이 넘도록 살게 해주려 했던 것이 아니었던가? 그래서 지우두로 사내들을 상대하는 인육 장사를 하러 갔던 게 아니었던가? 사람들은 정말 이해할 수가 없었다. 그러자 이튿날 누군가 마을 어귀에서 란쓰스를 기다리다가 그녀가 물통을 어깨에 메고 우물 쪽으로 다가오는 모습을 보자마자 재빨리 집으로 돌아가 빈 물통을 메고 따라와서 물었다.

"듣자 하니 더 이상 주추이가 촌장과 쓰스 사이를 갈라놓지 않을 생각이라면서?"

"……"

"언제 촌장과 합칠 작정이야?"

"며칠 있다가 다시 얘기하지요."

마을 전체가 어서 쓰마란이 퇴원하여 남녀 주인공이 함께 무대에 오르기만을 기다리고 있는 상황 같았다. 쓰마란이 현 병원에서 돌아온 때는 바로 밀을 수확해야 하는 시기였다. 날씨는 대들보에서 연기가 나고 땅속에 내린 뿌리가 성냥이 될 정도로 푹푹 쪘다. 거대한 화재를 잉태하고 있는 것 같았다. 무더운 날씨 탓에 며칠 전 목구멍이 막히는 증상을 앓던 사람들은 목구멍에 불이 나는 것처럼 목이 마른데도 물한 모금 넘길 수 없자 아예 목을 매어 죽어버렸다. 죽은 사람을 매장하고 나니 또 어느 집 외양간에 불이 나 소가 산 채로 타 죽었다. 두바이가 앞에 나서서 촌장의 책무를 수행하면서 집집마다 소고기를 몇 근씩 나눠 주었다. 그러고는 집집마다 아이들이 절대 불장난하는 일이 없도록 잘 단속해달라고 신신당부하며 말했다.

"먼저 사람이 죽은 것으로도 모자라 소까지 한 마리 타 죽었으니 어떻게 땅을 간단 말입니까? 이 세월을 어떻게 견뎌야 하겠습니까?"

이렇게 성냥 한 개비가 땅바닥에 떨어지자 콰르릉 하는 소리가 나며 온 세상이 불붙은 세월을 보내게 되었다. 밀이 타닥타닥 소리를 내면서 익어가고 있었다. 바깥세상과 마찬가지로 밀은 각자 알아서 수확해야 했다. 여러 해 동안 산싱촌은 바깥세상을 따라 하는 법을 배운 터라 사람들은 땅을 나누기 시작했다. 두바이가 향 정부에 가서 회의를 하고 돌아와서는 쓰마란이 그릇을 내던져 깨뜨리며 분개했지만 땅은 분배되었다고 말했다. 땅이 분배되었으니 하는 수 없이 이 농번기에 각자 알아서 자기 일을 해야 했다. 집집마다 길가에 두 칸짜리 집 모양으로 맥장(麥場)*을 벌여놓고 각자 자기 밀을 수확해서 타작해야 했다. 이 계절에 산등성이에 올라서면 작고 어수선한 맥장들이 이리저리 흩어져 마치 산마루 위에 오른 사람들의 이마처럼 빛나고 있었다. 사람들은 앞다투어 작물을 수확하고 파종했다. 한가한 분위기는 이미 사라진

지 오래였다. 아무도 더 이상 남의 집안일에 관해 묻지 않았다. 란쓰스도 잠시 사람들에게서 잊혀갔다. 심지어 쓰마란이 현 병원에서 돌아왔을 때에도 사람들은 그저 '어' 하고 잠시 멍한 표정을 보이고는 곧바로 서둘러 지나쳐 갔다.

날씨가 무척이나 좋은 날이었다. 바러우산맥이 온통 누런색과 갈색으로 물들어 있었다. 10여 미터나 되는 곳까지 햇빛을 받아 연기와 먼지가 땅바닥에서 구르고 있는 모습이 희미하게 보였다. 이때 루와 후, 텅이 덜그럭덜그럭 요란한 소리를 내면서 짐수레에 쓰마란을 태우고 바러우산맥으로 돌아왔다. 석 달이나 입원해 있던 그의 몸은 아내 주추이만큼이나 말라 있었다. 실내에만 있어서인지 피부는 옅은 누런색을 띠고 있었다. 원래 문짝 같았던 어깨 역시 앙상하게 뼈만 남아 흰색 셔츠를 옷걸이에 걸어놓은 것 같았다. 쓰마루가 그를 수레에 태우면서 깜짝 놀랄 정도로 몸이 가볍다고 느꼈다.

"형, 너무 말랐네."

"한 번 죽었던 몸인데 살이 안 빠질 수 있겠냐?"

하지만 그의 정신은 아주 멀쩡했다. 푹 꺼진 두 눈에서는 생기와 함께 광채가 나고 있었다. 3월의 햇볕과 풀밭이 두메산골 깊숙이 파고드는 것 같았다. 80리나 되는 흙길을 흔들

---

* 수확한 밀이나 보리를 타작하거나 쌓아두는 마을의 공동 공간.

리면서 오는 동안 그는 줄곧 눕지 않고 꼿꼿하게 앉아 있었다. 바러우 산등성이를 타고 흘러가는 30리 정도 떨어진 강가를 지나 마을로 가까워지면서 밀밭에 흩어져 열심히 일하는 산싱춘 사람들의 모습이 벌 떼처럼 새카맣게 보였다. 어느 집 밀밭 어귀를 지나면서 그는 목청을 돋워 큰 소리로 말했다.

"어이, 텅이 삼촌, 나 퇴원했네. 의사 선생님이 적어도 쉰까지는 살 수 있다고 했네. 이번에 내가 링인거 수로를 마을로 끌어오지 못하면 우리 어머니 가랑이 사이로 난 자식이 아닐세."

또 누군가를 만나서는 기침을 한 번 한 다음 말라서 단단해진 땔나무처럼 목을 길게 빼고는 머리를 공중에 쳐든 채 소리쳤다.

"조카, 밀을 다 베고 나서 초가을부터 수로를 놓는 일을 시작하세. 이번에는 누구든 또 물건을 팔러 나간다는 핑계로 일하러 나오지 않으면 내가 그 집에 불을 질러버릴 거라고."

조카라고 불린 젊은이가 멀리 밀밭에 서서 말했다.

"아저씨가 마흔 넘게, 쉰 넘게 살아서 란쓰스와 행복한 가정을 꾸릴 수 있게 되니까 이제 마을 사람들까지 마흔 넘게 살게 해주시려고 애쓰시는군요."

쓰마란이 말했다.

"민병(民兵)을 조직할 생각이네. 누구든 공사장에 나오지 않으면 민병들이 찾아가 그 집 조상들을 욕보이게 될 걸세. 그래도 범법 행위가 아니니 때가 되면 자네도 민병에 참여하라고."

이렇게 외치고 다니자 산등성이 전체가 그의 망망한 고함 소리로 가득 찼다. 짐수레는 쏟아지는 햇볕 속에서 서두르지 않고 여유 있게 움직였다. 그의 목소리가 수레바퀴를 따라 산등성이의 양쪽 밀밭 사이로 굴러갔다. 다리를 지날 때, 그가 갑자기 수레에서 내리더니 수로 아래를 내려다보았다. 희고 누런 밀 이삭이 가지런히 허공에 일렁이고 있는 모습이 마치 연기에 그을린 하얀 구름이 밀밭 위를 오르락내리락하면서 나부끼고 있는 것 같았다. 황금빛과 자줏빛으로 뒤섞인 진한 밀 냄새가 날아와 코를 자극하고는 다시 날아가지 않았다. 저쪽에서 란쓰스가 가끔씩 몸을 일으켜 허리를 펴면서 밀을 베는 모습이 눈에 들어왔다. 초록색 같기도 하고 파란색 같기도 한 옷자락이 찬란한 금빛 물결 사이에서 너울거렸다. 아주까리 잎처럼 시원해 보였다. 땀이 흐르면 초록빛 푸른 샘물이 될 것만 같았다. 쓰마란의 시선이 그 초록빛에 멈춰 있는 동안 그의 등 뒤에서는 텅이 아버지를 한참 동안 뚫어져라 바라보고 있었다. 텅이 물었다.

"아버지, 정말로 엄마랑 헤어질 작정이세요?"

앞으로 길게 빼고 있던 쓰마란의 목이 갑자기 뻣뻣해졌다. 그의 얼굴은 보이지 않았다. 어디다 두어야 좋을지 모를 그의 손만 바지로 옮겨 갈 뿐이었다. 그는 손바닥에 찬 땀을 바지에 닦았다. 다리 위에 한순간 적막이 흘렀다. 머리 위에 떠있는 해가 지지직 소리를 냈다. 주위의 산과 다리로 막혀 있는 밀밭에서는 밀을 베는 소리가 울려 퍼지고 있었다. 불이 타오르는 소리 같았다. 이처럼 후텁지근한 난처함 속에서 쓰마란은 고개조차 돌리지 않고 말했다.

"텅아, 쓰스 고모가 없었더라면 네가 네 몸을 망치고 평생 누구한테 시집이나 갈 수 있었겠느냐."

텅은 곧바로 머리를 가슴까지 수그리고는 아무 말도 하지 않았다. 한도 끝도 없는 침묵이었다. 모든 것이 그렇게 지나갔다고 생각했는데 뜻밖에도 쓰마루가 쭈뼛거리면서 말했다.

"갈라서지 않을 수 있다면 갈라서지 않는 게 좋지요."

쓰마후가 루를 향해 눈을 흘기며 말을 받았다.

"형수 같은 여자라면 나 같아도 진즉에 헤어졌을 거야. 옆에 데리고 있어 봤자 제 수명만 갉아먹는다고."

쓰마란은 더 이상 아무 말도 하지 않고 감격에 겨운 표정으로 여섯째 아우 쓰마후를 쳐다보았다. 마침내 지원군을 얻은 것 같았다. 그는 채 익지 않은 밀밭 밭두렁을 끼고 아무런 생각 없이 혼자 다리 밑으로 재빨리 지나가버렸다.

극의 서막을 알리는 북과 징이 요란하게 울리기 시작했다.

란쓰스의 밀밭은 뾰족한 삼각형 모양이었다. 가장 뾰족한 구석의 밀은 이미 수확을 마친 상태였다. 벤 밀은 한 다발씩 가지런히 엮여 바닥에 늘어서 있었다. 하얀 밀 향기와 누런 밀 이삭 냄새가 안개처럼 진하게 밭 사이를 뒤덮고 있었다. 베어져 누워 있는 밀 이삭들 사이로 약쑥과 쇠비름도 강렬하게 내리쬐는 햇볕 속에서 지치고 쪼그라든 모습으로 고개를 떨구고 있었다. 원래 나뭇잎이 많지 않은 밭 가장자리에 자라 있던 능수버들 한 그루는 드문드문 난 가지와 엉성한 잎새마저 강렬한 햇볕에 전부 둥글게 말려 있었다. 다리와 산비탈 그리고 산맥 전체를 통틀어 오로지 란쓰스의 옷자락만 짙푸른 빛을 내고 있는 것 같았다. 쓰마란은 온통 푸른빛인 옷자락을 응시하며 앞으로 걸어갔다. 큰 병을 치료한 지 얼마 되지 않아 뿌리 내릴 땅도 없는 고목처럼 기력이 쇠잔해 있었지만 밀밭 몇 뙈기와 흙 제방 하나를 지나 걸어갔다. 숨을 헐떡이며 란쓰스의 밭 가장자리까지 걸어온 그는 그곳에서 걸음을 멈추고 능수버들에 몸을 기댄 채 저 앞에 란쓰스가 허리를 구부려 밀을 베고 있는 뒷모습을 바라보았다. 커다란 개구리 한 마리가 밀밭 속에서 발버둥 치며 튀어 오르는 것 같았다.

"쓰스."

란쓰스는 여전히 밀밭 속에서 허리를 구부렸다 일어서기를 반복하고 있었다.

"나 퇴원했어."

그가 다시 소리쳤다.

"쓰스, 나 퇴원했다고."

허리를 펴서 몸을 반쯤 돌린 란쓰스는 낯선 사람을 보듯이 물끄러미 그를 쳐다보다가 갑자기 눈언저리가 붉어졌다. 쓰마란은 더위에 땀으로 축축하게 젖은 란쓰스의 얼굴을 한참 동안 뚫어져라 쳐다보았다. 두 사람은 그렇게 산과 물로 가로막혀 있는 것처럼 서로를 쳐다보고만 있었다. 해가 두 사람의 눈빛에서 하얗게 작열하면서 작지만 또렷한 소리를 내고 있었다. 이렇게 한 방울 한 방울 시간이 말라가고 있을 때 갑자기 매미 한 마리가 능수버들 가지 사이에서 말라비틀어진 소리를 냈다. 그제야 그는 앞으로 몇 걸음 더 걸어가 능수버들의 옅은 나무 그늘 안에 멈춰 서며 말했다.

"자네가 진까지 나와 나를 맞아줄 줄 알았어."

그녀가 말했다.

"한창 바쁠 때잖아요. 오빠에겐 동생들도 있고 딸도 있는데 제가 마중 나가서 뭐 하게요?"

그가 잠시 어리둥절한 표정을 짓다가 그녀에게로 다가갔다.

"마음을 정했어. 밀 수확철만 보내고 우리 합치자고."

그녀는 허리를 펴고 선 채 미동도 하지 않았다. 얼굴이 옅은 잿빛으로 변했다.

"우선 몸부터 추스른 다음에 다시 얘기해요."

쓰마란이 그녀 바로 앞에서 고개를 쳐들며 말했다.

"내 목에 있는 상처를 좀 보라고. 뱀처럼 목을 휘감고 있는 게, 누가 봐도 무서울 거야."

그녀가 그를 잠시 바라보다가 눈을 비비며 말했다.

"무섭긴 뭐가 무서워요? 저도 죽음의 문턱 가까이 와 있는데 뭐가 무섭겠어요."

그가 무언가에 홀린 듯 그녀를 뚫어져라 쳐다보았다.

"자네만 두렵지 않다면 난 오늘 집에 돌아가지 않을 작정이야. 오늘 밤 자네 집에 가서 잘 거라고."

쿵 하는 소리와 함께 그녀는 또다시 어리둥절해졌다. 그녀가 손에 들고 있던 밀을 밀 다발이 쌓여져 있는 곳으로 던지며 말했다.

"가세요. 그렇게 큰일을 어떻게 서둘러 대충 처리할 수 있어요. 저도 꼭 오빠랑 함께 살고 싶어서 지우두로 갔던 건 아니에요."

그는 의구심 가득한 눈빛으로 한참 동안 아무 말도 하지 않았다.

"나랑 합치기 위해서가 아니라면 무엇 때문에 지우두로

갔던 거야?"

란쓰스가 말했다.

"가세요. 주추이와 그녀 오빠가 집에서 기다리고 있을 거예요. 저는 지금 남자 생각이 전혀 나지 않아요. 남자는 꼴도 보기 싫다고요. 누가 제게 찾아와 남자와 여자 얘기만 해도 속이 매스껍고 위가 뒤집혀 똥을 먹기라고 한 것처럼 안에 있는 걸 다 토해내고 싶다고요."

놀라 넋이 나간 쓰마란은 쇠처럼 파란 얼굴의 살갗 아래에 남아 있던 희미한 붉은 기운마저 사라져버렸다. 그녀가 자신은 더 이상 남자를 보고 싶지 않고 남자를 보기만 해도 똥을 삼킨 것 같다고 말하는 순간, 그녀의 손에 들려 있던 낫도 함께 떨리면서 날 위에 붙어 있던 밀알 즙이 햇빛 속에서 눈부시도록 푸른빛을 띠었다. 쓰마란은 무슨 말을 해야 좋을지 알 수 없었다. 하지만 이 모든 것이 그를 위한 것이라는 사실은 다시 설명할 필요가 없었다. 그는 뒤로 반걸음 물러나 한참 동안 멍하니 그녀를 바라보다가 차분한 어투로 말했다.

"자네가 지우두에서 너무 많은 손님을 받은 건 아닌지 두렵군. 자네 마음이 그렇게 혼란스럽다니 난 이만 먼저 집으로 돌아가겠네. 퇴원한 오늘 이후로 나 쓰마란은 이제 자네 거야. 자네가 나더러 오늘 당장 주추이와 갈라서라면 그렇게 할 것이고 내일 갈라서라고 하면 내일 갈라설 거야. 그 여자

146

가 나와 헤어지지 않으려 한다 해도 나는 그 집에 한 발짝도 발을 들여놓지 않을 거라고. 하늘 끝 땅 끝처럼 멀어서 안 된다 해도 나는 자네 집에서 함께 살 거야."

그가 두 손을 가슴 앞에 휘저으면서 손짓하는 모습이 가슴에서 심장을 꺼내려는 것처럼 보였다. 점점 목소리가 커지더니 나중에는 말을 약간 더듬었다. 마지막으로 그가 더듬더듬 말했다.

"나, 나 쓰마란이 조금이라도 거짓말을 하거나 조금이라도 진실하지 못하다면 나는 자네 쓰스가 낳아서 키운 자식일세."

이렇게 서서 맹세하며 시선을 그녀의 얼굴에 고정하고 있으면 그녀의 마음이 결국 움직일 거라고 생각했지만 오히려 그녀는 여전히 아무 말도 하지 않았다. 게다가 조금 전 얼굴에 드러났던 격동적인 풍랑도 잦아든 채 그의 말을 아예 듣지 않은 것처럼 무뚝뚝하고 고요한 표정을 짓고 있었다. 멀리 산등성이에서 사람들이 밀단을 짊어지고 웅성거리며 지나갈 때가 되어서야 쓰마란은 먼저 집에 가서 주추이는 안 보더라도 거와 완은 봐야겠다며 천천히 몸을 돌려 도랑가의 밭두렁을 따라 멀리 날아가는 바짝 마른 이파리처럼 휘청대면서 천천히 걸어갔다. 란쓰스는 갑자기 한참이나 늘어난 그의 목과 목에 난 뱀처럼 붉게 빛나는 상흔을 바라보았다. 그가 점점 멀리 걸어가 사라질 때까지 바라보았다. 그가 갑자기 고개를 돌려 소리쳤다.

"내일 루와 후를 시켜 자네 대신 밀을 베어줄게. 자네는 개들한테 물 한 주전자만 끓여다 주면 돼."

그 순간 그녀는 자신이 아직 밀을 베야 한다는 사실이 생각난 것 같았다. 이곳에 있는 것이 바로 밀을 베기 위해서라는 사실을 기억해낸 것 같았다. 그리하여 그녀는 또다시 허리를 구부리고 한 번 또 한 번 낫질을 해나가기 시작했다.

하지만 그녀는 기력을 잃었다. 단번에 힘을 다 써버린 것 같았다. 낫질을 할 때마다 그녀는 머리끝에서부터 발끝까지 있는 힘을 전부 끌어내야 했다.

결국 그녀는 일사병에 걸리기라도 한 듯 녹초가 되어 밀밭에 주저앉고 말았다. 한동안 눈물이 얼굴 위로 마구 흘러내렸다. 온 세상을 소리 없이 그 눈물 안에 가라앉힐 것만 같았다.

8장

밀을 거두고 다른 작물을 파종하는 가을이면, 시골의 삶은 어지러우면서도 질서 있는 모습이었다. 눈 깜짝할 사이에 보름이 지나갔다. 여전히 폭염이 계속되고 있었다. 여름은 바루우산맥처럼 한없이 길기만 했다. 사람들의 기억 속에 올해만큼 더웠던 적은 없었다. 비가 한차례 내리긴 했지만 옥수수 싹을 지면으로 조금 올려 보내고는 더 이상 한 방울도 내리지 않았다.

이런 폭염 속에서 산싱촌은 한가해졌다. 한가해졌다는 것은 여러 가지 일들을 돌볼 시간이 생겼다는 뜻이다. 과연 쓰마란은 사람의 모습으로 살아 돌아왔다. 목에 난 뱀 모양의 흉터도 원래 피부색으로 돌아왔고, 햇밀 덕분에 몸에 살도

149

붙기 시작했다. 몸에 힘도 생겼다. 우리를 벗어나려는 토끼처럼 기력이 팔다리에서 밤낮으로 펄떡거렸다. 저녁 식사를 마치면 텅은 시댁으로 가고 거와 완은 란씨 후퉁 여기저기를 돌아다녔다. 휘영청 밝은 달빛이 쓰마란의 집 마당에 물처럼 쏟아져 내렸다. 그는 마당 한구석에 앉아 더위를 식히고 있었다. 돼지우리 쪽에서 남쪽으로 향해 부는 가벼운 바람을 타고 그의 아내 주추이가 돼지들에게 먹이는 따뜻한 음식의 냄새가 날려 왔다. 그쪽으로 눈길을 돌리니 산언덕의 거친 땅 같은 주추이의 머리칼이 보였다. 이제 겨우 서른 대여섯인 그녀가 여름만 되면 저고리 앞섶을 풀어 헤쳐 가슴을 드러내는 모습을 다시 보니 마음속으로 살의가 올라왔다.

사실 그는 며칠 전부터 그녀에 대해 살의를 느끼고 있었다. 그 살의는 지난 며칠 동안 비 온 뒤 거름 더미 위에 자라나는 들풀처럼 미친 듯이 자라고 있었다. 그는 종종 그녀가 어떻게 서른대여섯이 되도록 살아 있는 건지, 서른이 갓 넘어 목이 막혀 죽은 그 많은 사람들 가운데 어째서 그녀는 빠져 있는 건지 생각하곤 했다. 그는 그녀를 향했던 눈길을 힘없이 거둬들였다. 그의 생각은 시간의 궤적을 따라 계속 앞으로 뻗어나갔다. 그는 자신이 병원에서 돌아온 뒤로 이 비쩍 마른 여자가 지금까지 자신에게 말을 한마디도 하지 않았고 밥 한 번 차려준 적도 없다는 사실이 생각났다. 뭔가 먹고 싶은 게 있으면 그는 늘 거를 불렀고, 뭔가 마시고 싶은 게 있으면 완을 불렀다. 한 침대에서 잠을 자면서도 서로 몸을 부딪친 적이 한 번도 없었다. 그는 그녀가 옷을 벗고 침대에 오르는 것만 봐도 구역질이 날 정도로 변해 있었다. 그는 란쓰스가 '어서 이혼해요'라고 하거나 '오세요, 우리 집에 와서 살아요'라고 말해주기를 기다리고 있었다. 하지만 란쓰스는 끝내 말이 없었다. 하루 종일 몹시 바빴다. 하지만 바쁜 날들이 지난 뒤에도 란쓰스는 여전히 아무 말이 없었다. 며칠 전 그가 마을 어귀를 산책하고 있을 때, 란쓰스는 우물에 물을 길러 가고 있었다. 그가 그녀를 후통 입구에서 가로막고 말했다.

"쓰스, 이젠 나랑 같이 살고 싶지 않은 건가?"

란쓰스가 말했다.

"저는 이제 서른일곱이에요. 더 이상 고통스럽게 살고 싶지 않아요. 이제 남자라면 지긋지긋해요."

이렇게 말하면서 그녀는 그의 곁을 스쳐 지나가버렸다. 얼굴 위의 차가운 표정이 벽돌만큼이나 두꺼웠다. 그는 그녀가 왜 지우두에서 돌아온 뒤로 이 모양이 되었는지, 어째서 전혀 다른 사람이 되었는지 알 수 없었다. 지우두에 가기 전에 쓰마씨 집안과 아무런 약속도 없었고, 심지어 평생 쓰마란과 어떤 생사의 은원도 없었던 것 같았다. 그는 그녀가 빈 물통을 지고 우물 쪽으로 걸어가는 모습을 바라보면서 자신을 버리는 것은 아주 멀쩡한 사람을 버리는 것이라고 중얼거렸다. 그의 마음속에 뭐라고 이름 붙일 수 없는 불길이 일었다. 길든 짧든 그녀가 한마디만 해주기를 원했다. 생명의 빚을 진 것에 대해서는 목숨으로라도 갚을 테니 이 쓰마란을 남에게 책임질 줄 모르는 사람으로 대하진 말아달라고 말하고 싶었다. 이런 생각을 하면서 쓰마란이 몸을 돌려 보니 그의 아내 주추이가 바로 뒤에 서 있었다. 주추이는 그를 바라보다가 또 란쓰스를 쳐다보았다. 그가 몸을 돌려 발길을 옮기려 하자 그녀가 땅바닥에 짙은 가래를 뱉으면서 한마디했다.

"평생 암퇘지를 쫓아봐. 암퇘지는 너한테 콧방귀도 뀌지 않을 거다."

말을 마친 그녀는 잠자리처럼 곧바로 떠나버렸다. 그때 그는 그녀의 뒷모습을 죽일 듯이 노려보고 있었다. 마음속에서 쿠르릉 광음이 울리면서 살의가 올라왔다. 살의는 씨앗처럼 그의 마음에 뿌리를 내리기 시작했다. 그는 란쓰스의 냉담한 태도가 주추이가 아직 이 세상에 살아 있기 때문이 아니라는 걸 잘 알고 있었지만 매일 머릿속에서 그녀를 죽여버리고 싶다는 생각이 문득문득 고개를 들었다. 그녀만 죽으면 란쓰스가 더 이상 그렇게 알 수 없는 차가움으로 자신을 대하진 않을 것 같았다. 지난 며칠 동안 그에게 보여준 주추이의 행동 하나하나가 그의 마음속 살의에 자양을 공급하고 있었다. 그의 이런 생각은 갈수록 크게 자라 풍성한 수확을 눈앞에 두고 있었다. 돼지우리 담 위에 걸터앉아 가슴을 다 드러낸 채 먹이통에 돼지 먹이를 쏟아주고 있는 주추이를 보자 살의가 몸속 깊이 숨겨진 강물에서 솟아 나와 얼음처럼 차가운 바위를 때리듯 그의 귓전을 울렸다. 달빛이 오동나무 쪽에서 부드럽고 은은하게 쏟아져 우윳빛으로 빛나면서 사방을 향해 퍼져나갔다. 몸속의 뜨겁고 매운 살기가 그의 모든 모공에서 끓어오르면서 두 손이 근질거리기 시작했다. 뜨거운 물을 쥔 것처럼 두 손에 땀이 흘렀다. 주추이는 돼지 먹이가 담긴 바구니를 들고 담에서 내려와 그의 앞을 지나 부엌으로 들어갔다. 잡다하게 뒤섞인 돼지 먹이 냄새와 먹이를 먹는 돼지들의 요란한 소리가 마당 안에 와르르 부딪쳤다.

쓰마란이 차가운 목소리로 부엌에 대고 소리쳤다.

"나 목말라! 물 한 사발만 달라고!"

그가 이렇게 외치는 소리가 함정을 파고 있었다. 그녀가 물을 떠다 주면 그만이겠지만, 만일 물을 떠다 주지 않으면 곧장 그녀에게 달려들어 목을 조른 다음 물독에 빠뜨려 죽게 하려는 것이었다. 그는 이미 물속에서 조롱박처럼 떠오르는 사람의 머리를 보고 있었다. 물독에서 넘쳐흐르는 차가운 물이 달빛처럼 부엌에서 마당으로 흘러나왔다. 그는 그녀가 물 한 사발을 떠서 얌전히 자신에게 가져다주기를 기다리고 있었다. 하지만 기다리는 그의 마음은 타들어가는 것만 같았다. 그녀가 끝내 물을 가져다주지 않을 것을 두려워하며 기다리고 있었다. 그가 목청을 조금 낮추고 목소리도 부드럽게 하여 다시 말했다.

"나 목말라. 물 한 사발만 떠다 줘."

그는 아내가 정말로 자신을 완전히 무시하고 부엌에서 빈손으로 나오리라고는 생각지 못했다.

그는 그녀를 죽이지 않을 수 없었다. 그녀가 그의 살인을 재촉한 것이나 다름없었다. 그가 바닥에서 몸을 일으켰다.

"물 한 사발 떠다 달라고 했잖아. 내 말을 들은 거야, 못 들은 거야?"

가냘픈 여자가 그의 앞에 못처럼 섰다.

"그 창녀한테 떠다 달라고 해. 난 평생 우리 아버지를 모시듯 당신을 모셨지만 당신 마음속에 나 두주추이는 없고, 그 창녀뿐이었어. 하지만 그 여자가 몸을 만지게 해준 적이 있었어? 같이 자게 해준 적이 있었냐고? 그년을 거쳐 간 남자가 수백수천이야. 늘어놓으면 줄이 되고 쌓으면 산이 되고도 남을 거라고. 하지만 쓰마란 당신은 그년 손을 한번 잡아봤어 아니면 배를 한번 만져봤어? 그년의 몸은 하얗고 보드라워 마을 전체를 통틀어 그년만 한 여자가 없지. 천 명 만 명이 올라탔을 그 몸을 쓰마란 당신은 눈으로 보고 잠깐 만져본

154

것 말고 오랫동안 마음껏 바라보거나 만져본 적이 있느냔 말이야?"

주추이의 손에는 돼지우리에 부어줄 솥을 씻은 더러운 물이 반쯤 찬 대야가 들려 있었다. 여기까지 말한 주추이는 쓰마란이 갑자기 풀 위에 똑바로 서 있는 모습을 보게 되었다. 그가 그녀를 향해 바람처럼 돌아섰다. 발밑으로 비단을 밟듯 정신없이 달빛을 걷어차고 있었다. 그녀는 대야에 반쯤 담긴 물을 그의 발밑에 확 끼얹어버리고는 얼른 땅바닥에 웅크리고 앉아 더러운 물이 대문 쪽으로 흘러가는 것을 쳐다보고 있었다.

"텅이 아버지, 나는 당신 목의 병이 다 나아 몸에 기력이 생겼고, 매가 병아리를 잡듯이 날 때릴 수 있다는 것도 다 알아."

그녀가 또 말했다.

"오늘 밤 날 때리고 싶으면 때려죽이라고. 날 때려죽이지 않으면 당신은 사람도 아니야. 내가 아프다고 소리를 지르면 나도 사람이 아닐 거야. 만일 아프다고 소리를 지르면 나는 어미 돼지나 어미 개, 어미 두꺼비야."

그녀는 다시 흘러가는 물과 대야에서 눈길을 돌려 눈앞에 있는 쓰마란을 쳐다보았다. 봄을 맞은 고목을 바라보는 것 같았다. 그녀는 정말로 그가 예전과 같아진 것을 발견했다. 여전히 말랐고 목에 난 상처도 여전히 붉은 새끼줄 같았

155

지만 물처럼 넘실거리는 달빛 속에서 누렇게 시들었던 모습은 보이지 않았다. 그는 누군가를 욕하거나 때리고 싶을 때면 두 손을 엉덩이 뒤로 가져가곤 했다. 얼굴은 여전히 예전처럼 다듬지 않아 울퉁불퉁한 석판 같았다. 그 석판 같은 얼굴에 들풀이 땅 위에 무성하듯이 검푸른 살기가 번지고 있었다. 그녀는 몸을 웅크리면서 조용히 뒤로 반걸음 물러섰다.

"텅이 아버지, 어서 날 때려. 왜 그러고 서 있는 거야? 예전에 당신은 한 달이 멀다 하고 내게 그릇을 내던지거나 보름이 멀다 하고 나를 죽도록 때리곤 했잖아. 오늘 밤에도 당신은 내 남편이니까 전처럼 날 죽도록 때리라고. 아니면 날이 밝을 때까지 밤새 그렇게 서 있든가. 당신은 텅과 거, 완이 내가 당신한테 낳아준 딸들이라는 걸 염두에 두고서도 내게 그릇을 내던지고 싶으면 내던지고 때리고 싶으면 내 머리를 질질 끌고 문이나 벽에다 박았잖아. 평생 란쓰스 곁을 떠나지 못하겠다면 당장 부엌에 가서 칼을 가져다 날 죽여. 죽여도 난 소리 한 번 지르지 않을 테니까. 날 죽여도 되고 때려도 되니까 제발 내 앞에 그렇게 죽이지도 않고 때리지도 않으면서 미동도 없이 서 있진 말란 말이야. 당신을 쳐다보는 것이 탕약을 한 사발 먹는 것보다 더 힘들단 말이야."

그녀는 눈알조차 굴리지 않고 그를 뚫어져라 쳐다보고 있었다. 그의 얼굴 위에 서려 있던 살기가 달빛 속에서 구름이 옅어지는 것처럼 희미해졌다. 엉덩이 뒤로 쥐고 있던 그의 두 주먹도 풀어졌다.

그녀가 말했다.

"텅이 아버지, 날 안 때릴 거야?"

또 말했다.

"내가 가서 물 한 그릇 떠다 줄게. 목을 축인 다음에 날 때리고 욕해도 늦지 않아."

그렇게 말하면서 그녀는 한 마리 닭처럼 푸드득거리며 땅바닥에서 일어섰다. 조용히 몸에 묻은 먼지를 털어낸 그녀는 그의 곁을 떠나버렸다. 이때 쓰마란은 누군가 자신을 심하게 놀렸어도 그게 어린아이라 노발대발하지는 못하지만, 그렇다고 가만히 있을 수는 없어서 멍하니 서 있는 것만 같았다. 그는 아내 주추이가 자기 옆을 지나쳐 부엌으로 들어가는 것을 보았다. 손에 쥐고 있던 새 한 마리가 날아가버린 것 같았다. 그는 남은 밥을 볶듯이 남아 있는 분노를 배 속에서 목으로 끄집어내 한바탕 욕을 퍼부었다.

"주추이, 네년의 조상들을 전부 욕보이고 말 거야. 네년이나 쓰마란이 평생 란쓰스와 가정을 꾸려 잘 살 수 있도록 그냥 놔두지 않았으니까 말이야."

그러고는 후다닥 주추이를 향해 달려갔다. 그는 주추이가 이미 방비하고 있으리라고는 미처 생각지 못했다. 그녀가 몸을 구부려 그의 팔을 피해버린 것이었다. 하지만 참새처럼 대문을 향해 뛰어가던 그녀는 땅바닥에 깔려 있는 멍석에 걸려 넘어지고 말았다. 결국 그가 화살처럼 날아와 그녀의 몸 위에 올라타서는 두 손으로 목을 짓누르기 시작했다. 그가 힘주어 그녀를 목 졸라 죽이려 하는 순간, 그녀가 한마디 던졌다.

"날 목 졸라 죽여도 좋아. 하지만 날 죽이면 목숨으로 대가를 치러야 할 거야. 당신은 란쓰스와 단 하루도 같이 살 생각 하지 말라고."

그의 두 손이 부르르 떨리더니 그녀의 목 위에서 굳어져버렸다. 이제 어찌해야 좋을지 알 수 없었다. 그의 손이 굳어진 순간, 그녀가 말했다.

"란쓰스가 조금 예쁜 것 말고 나랑 뭐가 다른지 모르겠네. 그년이 지우두에 가 있는 동안 같이 놀았던 남자가 500명은 안 되어도 300명은 될걸. 300명이나 되는 남자들이 즐겼던 여자는 좋아하면서 평생 마른 암탉 같은 몸으로 소나 말처럼 당신 한 사람만 받들어 모신 나 두주추이와는 하루도 함께 보내지 않으려 하다니, 정말 양심도 없군. 우리 두씨 집안이 없었으면 당신이 촌장이 될 수 있었을 것 같아? 나 두주추이 가 없었다면 당신에게 양파 같은 세 딸이 어떻게 생겼겠어?"

그녀가 그의 몸 아래 깔린 채 계속 말하는 바람에 그의 얼굴에 침이 탁탁 튀겼다. 그는 아무 말도 하지 않고 그녀의 두 뺨을 거칠게 내리쳤다. 그녀의 눈길이 무력하게 나무 아래로 떨어졌다. 그녀는 맞으면서도 몸을 조금도 움직이지 않았다.

"때려. 몇 달 동안 안 때렸잖아. 그러니 때리고 싶은 만큼 실컷 때려보라고."

그녀의 배 위에 올라탄 채 이 말을 들은 그가 다시 그녀의 뺨을 내려치려는 순간, 팔에 기력이 떨어져 때릴 수 없게 되었다. 이때 갑자기 마당이 조용해졌다. 나뭇잎 하나가 공중에서 떨어져 땅 위의 달빛을 때렸다. 얇은 나무판 같은 꽃들이 수면 위로 떨어져 흘러가는 것 같았다. 탁탁탁 마을에서 들려오는 발걸음 소리가 손으로 나뭇가지를 두드리는 것 같더니 멀리서 가까이 또 가까이에서 멀리 달빛 아래서 조그맣고 하얀 꽃처럼 사라져갔다. 쓰마란은 그렇게 아내의 배 위에 올라탄 채 앉아 있었다. 원래 그녀의 목을 조르려던 두 손에 더 이상 힘이 생기지 않았다. 주추이의 호흡이 가빠지면서 배가 심하게 오르내렸다. 쓰마란은 그녀의 붉고 거친 호흡 속에서 배(船)에 올라타 있는 것처럼 가볍게 흔들리고 있었다. 그는 그녀가 흔들리는 소리를 들었다. 담장 위의 풀이 흔들리는 것 같았다. 그는 어찌해야 좋을지 몰랐다. 어떻게 해야 할지 모르는 가운데, 그는 자신들 부부의 호흡이 두 가닥의 연기처럼 서로를 하나로 얽는 것을 느꼈다. 두 사람이 서로 구분되지 않았다. 몹시 난감했다. 그 순간 뭔가 하지 않으면 안 될 것 같다는 생각이 들었다. 그녀를 때릴 수도 없었고 온몸 가득한 원한을 스스로 떨쳐버릴 수도 없었다. 이리하여 그는 계속 욕을 해댔다.

"두주추이, 내가 네년의 조상들까지 욕보이고 말 거야. 평생 너는 나를 하루도 즐겁게 해주지 않았어."

그러고는 그녀를 때리려고 치켜든 손을 허공에서 내리고 그녀의 상의 단추를 거칠게 뜯었다. 그녀는 서양 천으로 된 블라우스 하나만 달랑 걸치고 있었다. 작고 빨간 단추가 오디 열매처럼 앞쪽에 달려 있었다. 원래도 단추가 하나 떨어져 나가 모자라던 차에 그가 앞섶을 잡아당기자 남아 있던 단추 몇 개가 전부 떨어져 나가버렸다. 순간 그녀의 젖가슴이 겨울 내내 굶어 야윈 토끼가 풀숲에서 튀어나오듯 겉으로 드러났다. 그녀는 재빨리 두 손으로 가슴을 가리면서 그에게 욕을 퍼부었다.

"짐승 같은 놈, 뻔뻔하기도 하지. 자기 집 솥에 있는 걸 다 먹고 나서 남의 집 밥그릇까지 넘보다니. 남의 떡이 더 커 보이나 보지. 당신이 뜯어버린 단추가 전부 멍석 밑으로 들어가버렸잖아. 1마오(毛)로도 세 개를 살 수 없는 귀한 단추란 말이야."

마지막으로 그녀는 대문을 잠갔는지 아니면 대충 닫아두

기만 했는지 물었다. 밖에서 놀던 딸들이 갑자기 돌아오면 큰일이라는 것이었다. 쓰마란은 아무 말도 하지 않았다. 끝까지 한마디도 하지 않았다. 캄캄한 후통 안으로 들어선 것 같은 완전한 침묵 속에서 노기등등한 표정으로 그녀를 멍석 위에 앉힌 채 다 자라지 않은 닭의 껍질을 벗기듯 그녀의 옷을 벗겨버렸다. 그녀가 자신을 받아들이지 않으면 반쯤 죽도록 두들겨 팬 다음 억지로 강간할 생각이었다. 병든 뒤로 그녀에 대해 가졌던 모든 원한과 안 좋은 감정을 강간을 통해 그녀에게 고스란히 돌려줄 작정이었다. 그러나 그녀의 말이 물처럼 부드러워지더니 가슴을 가리고 있던 손이 아래로 옮겨 가 스스로 바지를 벗는 것이었다.

이 작은 여인과 그는 병이 나기 전처럼 부드럽고 편안해졌다.

그는 그녀로 하여금 울고불고 소리 지르다가 온몸에 피를 흘리면서 고통스러운 표정으로 자신에게 용서를 구하게 하고 싶었다. 그의 가슴속에는 시커먼 악의와 원한이 가득했다. 그는 정신없이 그녀 몸 위에서 폭풍이 나무 한 그루를 뽑아버리듯이 거세게 움직였다. 마당 가득 비린내 나는 물소리가 가득했다. 머리 위로는 나무 그림자가 아름답게 드리워져 있었다. 그녀는 그의 몸 아래에서 온몸이 뒤틀렸고 얼굴이 부풀었다. 목에서는 벌레 우는 소리처럼 괴상한 소리가 났다. 병에 걸린 것처럼 가늘고 미약하게 울부짖는 소리도 났다. 그로 인해 고통을 당하다가 죽어가기라도 하듯이 커다란 눈을 동그랗게 뜨고서 계속 신음 소리를 토하고 있었다. 그녀가 나뭇잎 사이로 하늘을 바라보니 별들은 더 이상 동그랗지 않고 계란처럼 타원형이었다. 푸른빛으로 떨어지는 별들이 그녀를 촉촉하게 적셔주었다. 우리 안의 돼지들은 언제부터 조용해졌는지 깊게 잠든 듯 아무 소리도 내지 않았다. 벽의 갈라진 틈에서 행복하게 노래하는 귀뚜라미 소리만 들려왔다. 강렬한 젖비린내를 담은 하얀 숨결이 달빛에 섞이면서 물속에 떨어진 분말처럼 퍼져나갔다. 잃어버린 시간이 째깍째깍 빠르게 흘러갔다. 마침내 그는 몸이 노곤해지면서 누군가 끈으로 졸라매는 것처럼 목의 상처가 아파 왔다.

그녀의 몸에서 내려와 몸을 일으킨 그는 대문을 바라보면서 옷을 주워 입었다.

그녀는 미동도 하지 않고 진흙처럼 멍석 위에 누워 있다가 갑자기 소리 내어 울기 시작했다. 울음소리가 물 흐르는 소리처럼 작고 가늘었다.

그녀가 울었다.

그녀가 울었다는 사실 때문에 그는 무척이나 흡족하고 즐거웠다. 마침내 원하던 대로 원한을 분출한 것 같았다. 그는 어쨌든 그녀가 울었으니 다시는 그가 병에 걸렸을 때처럼 그렇게 기세등등하진 않을 것이라고 생각했다. 날카로운 울음

소리가 그의 마음속에 음악처럼 퍼지면서 기력을 다 소진함으로써 생겨난 즐거움을 한없이 연장시켜주었다. 그는 그녀를 쳐다보지 않았다. 그녀가 몸을 일으켜 떠나버리길 기대했다. 하지만 아직 일어나지 못한 그녀가 울면서 말했다.

"텅이 아버지, 내가 당신한테 시집 온 지 19년이 되었고 텅이도 이미 시집을 갔는데, 오늘에야 여자에게도 이렇게 즐거운 일이 있다는 걸 알았네요. 알고 보니 난 반평생을 헛살았던 거야. 오늘처럼 짜릿했던 적은 없었어. 온몸의 뼈가 다 삭아드는 것 같았어. 나는 이제까지 이런 일이 여자가 남자를 떠받들어 남자가 황홀경에 도취하게 하면 되는 것이라고만 생각했어. 오늘에서야 여자도 황홀경에 빠질 수 있다는 걸 알았네. 사람이 살아 있다는 게 그리 나쁘지 않다는 걸 이제야 알았어. 그리고 당신이 곧 죽을 운명이면서도 왜 세 딸을 데리고 란쓰스를 찾아가 무릎을 꿇고서 당신을 한두 해만 더 살 수 있게 도와달라고 애걸했던 것인지 알겠어."

이렇게 말하면서 그녀는 힘들게 몸을 일으켜 앉아 쓰마란의 손에 찢겨져 한쪽에 내던져진 옷을 주워 입었다. 그 모습이 처음 결혼했을 때처럼 고분고분하기만 했다. 그녀는 방금 했던 말을 계속 반복했다. 살아 있다는 것이 이렇게 좋은 것인 줄 몰랐다고, 지난 35년을 헛산 것 같다고, 잠꼬대하듯 말했다.

"텅이 아버지, 모레가 내 서른다섯 번째 생일이야."

그녀가 자리에서 일어난 쓰마란을 쳐다보며 말을 이었다.

"나랑 헤어지고 싶으면 헤어져. 당신이 왜 죽어도 란쓰스와 같이 지내려 했는지 알겠어. 방금 한 그런 일을 위한 거였잖아. 그녀는 방금 그랬던 것처럼 당신을 미친 듯 황홀하게 해줄 수 있잖아. 난 그렇게 못 하는데 말이야. 나는 몸도 비쩍 말랐고 남편에게 잘해주지도 못하잖아. 매일 남편을 미친 듯이 황홀하게 해주지 못하잖아. 당신이 나랑 헤어지면 나는 거와 완을 데리고 이 낡은 집에서 살 테니까 당신은 가서 란쓰스와 살아. 그 대신 한 가지 조건이 있어. 열흘이나 보름에 한 번씩 나한테 돌아와 방금 한 것처럼만 해줘. 그리고 내가 병이 나서 목이 부어오르면 어떻게든 방법을 마련해서 나를 현에 있는 병원으로 데려가 당신이 받은 수술을 받게 해줘. 내가 서른여덟아홉에 그냥 죽게 해선 안 돼. 당신은 마흔이나 쉰까지 살 수 있잖아. 나도 마흔이나 쉰까지 살고 싶어. 가능하다면 일흔이나 여든까지도 살고 싶다고."

여기까지 말했을 때 그녀는 이미 옷을 다 주워 입고 멍석 밑에 떨어진 단추도 다 주운 상태였다. 그녀는 머리를 가다듬고 남편의 몸에 눌려 아팠던 젖가슴을 문질렀다. 그러고는 그 자리에 벽처럼 서 있는 쓰마란을 따스한 눈빛으로 바라보며 물었다.

"아직 물이 마시고 싶어?"

그는 아무 말도 하지 않고 눈길을 대문 위로 던졌다.

그녀가 또 입을 열었다.

"내가 가서 계란부침을 해다 줄게."

그는 여전히 말이 없었다.

그녀가 또 물었다.

"이제 목 안 말라?"

그는 몸을 돌려 천천히 문밖으로 걸어 나갔다.

그녀가 말했다.

"란쓰스네 집에 가려는 거 다 알아. 가고 싶으면 가. 내가 말한 대로 해주겠다고 약속하면 나도 당신이랑 헤어지기로 약속할게."

그는 그녀를 거들떠보지도 않고 대문을 확 열었다. 맑고 순결한 달빛이 얇은 나무판처럼 그의 얼굴을 눌렀다. 그는 아주 가볍게 몸을 떨고는 발로 문을 걷어차고 밖으로 나갔다.

9장

쓰마란은 란쓰스네 집으로 갔다.

란쓰스의 집에 도착한 그는 주추이가 한 말이 조상 대대로 전해져 내려온 비법처럼 영험하다는 생각이 들었다. 밤은 아직 깊지 않아 모기가 극성을 부리는 시각이었다. 마을 사람들은 바람이 드는 곳에 모여 앉아 봄 파종과 추수에 관해 얘기를 나누고 있었다. 내리지 않는 비와 가뭄에 관해 얘기하고 있었다. 하지만 란쓰스는 이미 문과 창문을 굳게 닫아걸고 있었다. 쓰마란이 한참 동안 문을 두드리고 나서야 그녀가 안에서 말했다.

"아무도 대답하지 않으면 그냥 갈 것이지, 왜 막무가내로 문을 두드리는 거예요."

그가 말했다.

"문 안 열면 난 이 문을 두드리다 그대로 죽을 거야."

그녀가 말했다.

"이웃집 사람들이 보고 듣는 게 두렵지도 않아요?"

"나는 내가 너의 집 문을 두드리고 한밤중에 안으로 들어 간다는 걸 온 마을 사람들이 다 알게 된다면 더 바랄 게 없겠 어."

"그럼 지난 몇 년 동안은 왜 밤중에 문을 두드리지 않았나 요?"

"문 좀 열어봐. 꼭 할 말이 있어서 그래. 나는 마흔이나 쉰 까지 살게 되고 넌 병도 재난도 없이 좋은 날들을 보게 될 거 야. 이제 막 빛을 보기 시작했다고."

그녀는 말이 없었다. 한동안 정원이 조용하더니 이윽고 문 이 열렸다. 안으로 들어간 그는 대문을 걸어 잠갔다. 그녀가 돌아가 문을 활짝 열면서 다시는 낯부끄러운 짓은 하지 않겠 다고 말했다. 귀신이 볼까 두렵다고 했다. 쓰마란은 문밖에 서 새어 들어오는 빛을 바라보면서 잠시 멈칫하더니 그녀를 따라 마당 한가운데로 들어섰다. 그곳에는 대나무로 만든 긴 의자가 하나 있고, 의자 위에는 베개와 부채, 거친 천으로 지 은 격자무늬의 붉은 이불이 하나 있었다. 의자 옆에는 항아 리 모양의 커다란 쇠 대야가 놓여 있고, 그 안에는 새빨간 물

167

이 반쯤 담겨 있었다. 뜨거운 열기와 한약 냄새가 마당 안에 희미한 담황빛으로 흩어졌다. 그가 대야에 반쯤 담긴 물을 쳐다보며 어디에 쓰는 거냐고 물었다. 그녀는 모기를 쫓는 약이라고 대답했다. 그가 효력이 있느냐고 묻자 그녀는 아직도 모기가 무는 것 같으냐고 되물었다. 쓰마란이 조용히 귀를 기울여보았다. 과연 마당 안은 고요하기만 했다. 모기가 앵앵거리는 소리가 전혀 들리지 않았다. 문밖을 지나가던 사람이 고개를 안으로 들이밀고는 이리저리 두리번거렸다. 쓰마란이 말했다.

"그렇게 살필 거 없네. 나는 쓰마란이고, 며칠 후면 란쓰스와 합치게 될 걸세. 그때 자네를 불러 한잔 대접하지."

길 가던 사람은 종종걸음으로 마을로 돌아갔다. 란쓰스는 멍한 표정으로 쓰마란을 쳐다보았다. 달빛을 빌려 책을 읽고 있는 것 같았다. 쓰마란은 란쓰스를 쳐다보지도 않고 긴 의자에 앉아 반쯤 담긴 약초 물을 바라보며 말했다.

"주추이도 동의했어. 우리가 같이 사는 데 동의했다고."

그녀는 책에서 눈길을 떼고 대문 밖을 바라보았다. 대문 밖에는 또 다른 사람이 지나가고 있었다. 그 발걸음 소리가 마치 배가 물 위에서 노를 저어 가는 소리 같았다. 그녀는 그 소리가 사라지길 기다려 다시 눈길을 아래로 향했다. 그러고는 땅 위에 흥건한 물을 바라보며 말했다.

"그 여자가 정말 동의한 거예요? 당신이 그 여자랑 그 짓을 한다는 데에 동의했다는 건가요?"

쓰마란의 가슴이 덜컥 내려앉았다. 란쓰스가 담장을 넘어뜨리고 모든 것을 가리는 것 없이 다 본 것 같았다. 그는 발 앞에 놓인 벽돌을 대야 쪽으로 밀어 자신의 양발을 편히 놓을 수 있게 했다.

"그 여자랑 내가 뭘 했다는 거야? 지금까지 집 문 앞에 앉아 있다가 마을 사람들의 발길이 잦아들기를 기다려 곧장 이리 달려온 거라고."

란쓰스는 물에 흠뻑 젖은 천 같은 눈빛으로 쓰마란의 얼굴을 쳐다보면서 무덤덤하게 말했다.

"두 사람은 부부잖아요. 나는 당신과 살 생각이 없어요. 당신들은 뭘 해도 다 떳떳하겠지요. 게다가 당신은 내가 마을의 창녀라는 걸 잊은 모양이군요. 내 몸을 거쳐 간 남자가 수백수천 명이에요. 난 당신이 들어올 때 발을 내딛는 것만 보고도 당신이 방금 주추랑 그 짓을 한 지 반시간도 안 됐다는 걸 알아봤단 말이에요."

그녀가 얘기를 계속했다.

"이번에 내가 지우두에서 같이 잔 남자가 179명이에요. 그런데도 당신이 날 속일 수 있을 것 같아요?"

그는 시선을 거둬들여 멍석 옆에 놓인 대야에 반쯤 담긴 물을 내려다보았다. 누군가가 자신을 꿰뚫어 보는 것 같은 기분에 화가 난 그가 원망스러운 어투로 말했다.

"그래서 나랑 합치겠다는 거야, 말겠다는 거야?"

그녀가 말했다.

"안 합쳐요. 남자는 보는 것만으로도 지겨워요. 이젠 남자가 싫다고요."

그는 정말로 몸을 일으키더니 화가 난 듯 대문 쪽으로 걸어가면서 말했다.

"나랑 합치지 않겠다는 거지, 나 쓰마란이 양심 없는 사람이라는 얘기는 아니로군."

말을 마친 그는 걸음을 점차 빨리 하더니 부끄러울 게 전혀 없다는 듯이 뒤도 돌아보지 않고 걸어갔다. 한 번에 몇 자씩 걸음을 크게 내딛었다. 발걸음 소리가 땅을 뒤흔들었다. 그녀는 얼른 그의 뒤를 따라갔다. 그를 보내고 나서 문을 걸어 잠그려는 것이었다. 그러나 대문 가에 이르러 한 발은 문 안에, 한 발은 문밖에 딛고 있던 쓰마란이 갑자기 문밖에 있던 왼발을 다시 마당 안으로 들여놓더니 대문을 닫고는 그녀의 허리를 안아 올렸다. 반은 안고 반은 끄는 상태로 마당의 대나무 의자를 걷어차고 방으로 끌고 들어갔다. 그의 품 안에서 발버둥 치던 그녀가 그의 머리를 밀어내면서 화난 목소리로 소리쳤다.

"쓰마란, 날 내려놔. 날 내려놓으라고. 지난 몇 년 동안 당신이 뭘 했는데 그래? 날 위해 보리만 베어주면서 우리 집 대문 한번 넘지 못하더니 이제 와서 갑자기 남자가 되기라도 한 것처럼 나를 가질 생각을 하다니."

그녀는 같은 말을 반복하면서 그의 손을 뿌리쳤다. 하지만 그의 손은 게의 집게처럼 그녀를 놓아주지 않고 더욱 거세게 끌어당겨 긴 의자 위에 넘어뜨렸다. 대야에 담긴 붉은 약물도 걷어차버린 그는 그녀를 안채의 침대 위에 눕히고는 손으로 몸을 더듬어 단추를 찾으면서 뜨겁게 떨리는 목소리로 말했다.

"쓰스, 그 짓을 하지 않으면 되잖아. 난 그저 널 만지고 바라볼 수 있으면 그만이야. 만지고 바라볼 수만 있으면 평생 만족할 수 있다고. 그것만으로도 널 마음에 둔 것이 헛되지 않을 거야. 널 만지고 바라볼 수만 있다면 네 앞에 무릎을 꿇어도 좋아. 지금 당장 무릎을 꿇을 수도 있어."

이어서 그는 정말로 산이 무너지고 땅이 갈라지듯이 그녀 앞에 무릎을 꿇었다.

그가 정말로 다시 한번 무릎을 꿇자 방 안의 어둠이 쾅 하고 폭발하며 갈라지는 것 같았다.

폭발 후에는 이내 고요해졌다. 아무 소리도 들리지 않았다. 그는 무릎을 꿇고 있었다. 그녀는 침대 위에 서 있었다.

두 사람은 지척에 있으면서도 하늘과 땅만큼 멀리 떨어져 있는 듯이 침묵했다. 그 어두운 침묵 속에서 그녀가 먼저 깨어나서는 몸을 돌려 책상 위에서 쿵쿵거리며 뭔가를 찾기 시작했다. 곧 전등이 켜졌다. 팍 하고 전등 불빛이 방 안을 미황색으로 비췄다. 서랍과 옷장, 책상과 침대 다리의 그림자가 선명해졌다. 방 안의 밝음 속에서 란쓰스는 침대 한쪽에 앉아 있었다. 차분하고 엄숙한 분홍빛이 구름처럼, 노을처럼 그녀의 얼굴 위에 피어올랐다. 그녀는 무릎을 꿇고 있는 쓰마란의 얼굴을 쳐다보았다. 책상을 한 번 닦았던 천이 불빛 아래 펴져 있는 것 같았다. 하지만 서른아홉 살의 두 눈은 두 개의 불덩이처럼 빨갛고 목의 상처는 가쁜 호흡 속에서 움직이는 한 마리 뱀처럼 또렷했다. 서랍을 열어 가위를 꺼낸 그녀는 탁자 끄트머리에 내려놓았다. 댕그랑 소리에 그의 회색빛 얼굴이 창백해졌다. 하지만 바로 그때, 그녀가 자신의 상의 단추를 풀기 시작했다. 하나하나 부드럽게 단추를 풀 때마다 목에서 가슴까지 백옥 같은 피부가 햇빛 아래 구름처럼 펼쳐졌다. 툭 소리와 함께 하얀 젖가슴이 팽팽하게 잠겨 있던 블라우스 밖으로 드러나자 공기가 파르르 떨렸다. 그 순간 부풀어 오르기 시작한 쓰마란의 눈빛이 그녀의 몸을 꽉 조이기 시작했다. 온몸이 찢어지는 것 같았다. 그는 고개를 반쯤 들고 그녀의 가슴을 바라보았다. 뜨거운 불에 타는 듯한 고통이 두 눈에 어른거렸다. 방 안의 고요함 속에서 소리 내며 타오르는 광점들이 마구 움직였다. 날아다니던 모기들이 그 광점에 부딪쳐 피를 흘리며 바닥으로 떨어져 방 전체가 금세 붉은 피 냄새로 가득했다. 그녀는 콩을 까듯이 차분히 단추를 다 풀고 상의를 벗었다. 그런 다음 평소 잠들 때처럼 연한 남색 블라우스를 침대 머리에 내려놓았다. 그녀가 몸을 비틀자 그 백옥 같은 피부가 방 안에 사르르 한 줄기 빛을 더했다.

쓰마란의 눈이 찢어지는 듯이 아팠다. 목을 감고 있는 한 마리 뱀 같은 상처도 피가 한데 몰리면서 새빨개졌다. 수문을 열 수 있을 정도로 물이 한데 몰린 것 같았다. 그는 갑자기 정말로 목이 마르기 시작했다. 목에서 불꽃이 타닥타닥 타고 공기 중에도 연기와 화염 냄새가 났다. 그의 나이 이미 서른아홉이고 큰딸 텅은 시집을 간 터이지만 보름달처럼 한 치의 결점도 없는 쓰스의 풍만함과 부드러움을 본 것은 이번이 처음이었다. 문득 말라 죽은 대나무 같은 주추이의 몸이 생각났다. 누렇게 마른 장작 같아 모든 뼈마디들이 언제든지 삐져나올 것 같은 몸이었다. 그의 몸이 나른해졌다. 비바람에 흔들리듯 떨렸다. 금방이라도 쓰러질 것만 같았다. 더 이상 무릎을 꿇고 있는 몸을 지탱할 힘이 생기지 않았다. 일어나고 싶었지만 무릎이 돌에 찍힌 듯이 아팠다. 하지만 그녀는 그를 돌아보지 않았다. 옷을 벗으면서 창문을 바라보고 있었

173

다. 그에게 일어나라고 말하지도 않았다. 그는 감히 일어나지도 못하는 것 같았다. 그는 아랫입술을 꽉 깨물고 불꽃의 열기를 견디는 것처럼 혀 아래에서 나오는 침을 꿀꺽 삼켜 목을 조금 부드럽게 했다. 덕분에 몸의 떨림도 덜해졌다. 그러다가 발에 힘을 주면서 눈길이 그녀의 몸에서 얼굴로 옮겨가는 순간, 그녀의 시선이 창문에서 이동하는 것을 보았다. 물처럼 잔잔한 눈빛이었다. 미친 듯이 타오르는 열기도 없고 뭔가를 갈구하는 애틋함도 없었다. 진에서 산채(山菜)를 파는 사람처럼 그를 쳐다보다가 산채를 사는 사람에게 말하듯이 담담하게 물었다.

"바지도 벗을까요?"

산채를 사려는 사람에게 더 살 것이 없느냐고 묻는 것 같았다.

그는 아무 말도 하지 않았다. 그렇게 물으면서 그녀의 눈빛이 그의 얼굴에서 천천히 아래로 내려가는 소리가 따귀를 때리는 것처럼 요란했다. 그는 얼굴의 피가 뜨거워지는 것을 느꼈다. 따귀를 맞은 듯 부풀어 올랐다. 그녀의 옅은 색 종이 같은 얼굴에서 눈길을 거두는 순간 눈앞이 흐려지는 것 같았다. 방 안은 무덤처럼 고요했다. 바지 허리춤에 갖다 댄 그녀의 두 손이 허공에서 무너져 내리는 건물의 들보 같았다. 쿵하는 소리가 귀가 멍멍해질 정도로 요란하게 울렸다. 그녀는 그가 뭔가 말하기를 기다리는 게 아니었다. 그의 대답은 필요하지 않은 것 같았다. 그의 마음을 다 아는 것 같았다. 그녀가 약간 굽은 상체를 곧게 펴자 광활한 들판에 하얀 산양 두 마리가 작물 사이에서 갑자기 튀어 오르는 것 같았다. 그녀의 드러낸 가슴에 그의 눈가의 잔광이 쾅 하고 진동하는 것 같았다. 그는 그녀가 붉은 비단으로 된 허리띠를 푸는 모습을 보았다. 산싱촌 사람들은 액땜과 장수를 위해 남녀노소 할 것 없이 전부 붉은 허리띠를 맸다. 이미 100년이 넘은 관습이었다. 허리띠는 그녀의 옅은 남색 블라우스 위에 놓였다. 풀밭 위로 붉은 피가 흐르는 것 같았다. 대문 밖으로 또 발걸음 소리가 들렸다. 바람을 쐬러 나온 마을 사람들이 집으로 돌아가는 길이었다. 얘기를 주고받는 소리가 명주실처럼 가늘고 길게 이어져 들려왔지만 무슨 말인지 정확히 알아들을 수는 없었다. 그는 그녀의 얼굴을 쳐다보았다. 이어서 곁눈질로 그녀의 옥 같은 목과 가슴, 가슴 사이를 흐르는 고운 모래알 같은 따스함을 바라보았다. 요즘 도시 여자들처럼 튀어나오지도 않고 시골 아낙들처럼 쑥 들어가지도 않은 그녀의 배도 바라보았다. 그의 눈동자는 조금도 움직이지 않았지만 갑자기 눈앞이 희미해지면서 잘 보이지 않았다. 그녀가 일어서서 남색 바지를 벗었다. 바지를 무릎까지 벗었을 때, 방 안의 적막함 속에서 타닥타닥 요란한 소리가 울렸다. 등불이 깃발처럼 펄

175

럭이며 흔들리고 있었다. 쓰마란은 결국 부끄러움을 견디지 못하고 온몸의 열기가 차갑게 굳어져버렸다. 혈관 속을 내달리던 피의 흐름도 멈춰버렸다. 그는 일어서고 싶었다. 일어서서 '쓰스, 옷을 벗을 필요 없어'라고 말하고 싶었다. 그가 말을 하려는 순간 란쓰스가 먼저 입을 열었다.

"란 오빠, 무릎 꿇을 필요 없어요. 일어나서 날 봐요. 일어나서 편안하게 날 실컷 구경하라고요. 나를 볼 수 있게 해달라고 했으니 실컷 보게 해줄게요. 이게 바로 오빠가 그토록 오래 아내로 맞고 싶었지만 그러지 못한 란쓰스예요. 평생 방탕하게 살아온 해진 신발 같은 여자예요. 서른아홉이 되어서야 오빠는 나를 정말로 사랑하기 시작했어요."

그녀는 그를 다시 한번 "란 오빠"라고 부르며 말을 이었다.

"날 사랑하는 건가요, 아니면 내 몸을 사랑하는 건가요? 일어나봐요, 란 오빠. 오빠가 사랑한 것이 내 몸이라면 일어나서 실컷 봐요. 실컷 구경하고 나면 또 실컷 만질 수 있게 해줄게요. 돈은 한 푼도 받지 않아요. 내가 정거장이나 여관에서 데려온 손님들에게 그랬던 것처럼 나를 맘껏 구경하고 만질 수 있게 해줄게요. 이 팬티만 빼고 머리부터 발까지 내가 입고 있는 모든 걸 다 벗고 오빠에게 보여줄게요. 오빠가 하나도 몸에 걸치지 말고 다 벗으라고 하면 팬티도 벗을 수 있어요. 어차피 여름이라 날씨도 춥지 않으니까요. 말해봐요, 오빠. 벗을까요, 말까요?"

그녀는 말을 멈추지 않았다.

"이번에 지우두에서 몸 장사를 하는데, 어떤 남방 손님 하나가 내게 벗은 몸을 보여달라는 거예요. 그는 눈 한 번 깜빡이지 않고 반나절이나 나를 쳐다봤지요. 한 시간은 넘었을 거예요. 나는 미동도 하지 않고 그에게 몸을 보여줬어요. 그는 앞을 보고 나서는 뒤를 보여달라고 하더군요. 그러고는 내게 200위안을 주었어요. 그 200위안을 둘째 거를 통해 병원에 보냈지요. 그 사람 말로는 자신이 평생 동안 천 명이 넘는 여자들을 보았지만 몸이 나보다 좋은 여자는 하나도 없었대요. 내 몸을 보는 순간 전신에 힘이 빠져 그 짓을 할 힘도 없었대요. 란 오빠, 오빠에게는 200위안을 달라고 하지 않을게요. 2마오나 2편(分)*도 필요 없어요. 내게 필요한 건 오빠의 단 한마디 말뿐이에요. 무슨 일이 있어도 이 말 한마디만 해주면 돼요."

그녀가 또 말했다.

"오빠는 마흔을 넘어서도 살 수 있게 됐잖아요. 장수할 수 있게 됐잖아요. 하지만 난 곧 서른여덟이 된단 말이에요. 사나흘만 지나면 목이 간지럽고 아파올 거라고요. 내가 이렇게

---

* 10편에 1마오.

177

죽는 걸 그냥 보고만 있을 건가요?"

그가 고개를 들어 그녀를 바라보았다.

그녀가 말했다.

"이제 오빠는 마흔이 아니라 쉰까지 살 수 있게 되었지만, 나는 어떡해요? 오빠랑 합쳐도 우리에게 남은 시간이라곤 1년이나 반년밖에 안 된단 말이에요. 1년이나 반년이 지나면 오빠 쓰마란은 이곳 산싱촌에 꼿꼿이 서 있겠지만 나 란쓰스는 황토에 묻힐 거라고요. 오빠는 살아 있고 나는 죽는데 내가 겁이 나겠어요, 안 나겠어요? 오빠도 자신에게 아직 10년, 20년의 시간이 남아 있다는 걸 알잖아요. 하지만 내가 이 세상에 있을 시간은 길어야 1년이라고요. 지난 10년, 20년 동안 란 오빠는 나와 잘 생각을 한 번도 하지 않다가 이제 와서 나를 즐기고 싶은 거잖아요. 오빠는 또 링인거라는 걸 놓겠다고 하지 않았어요? 반년 안에 링인수를 마을까지 끌어올 거라고 하지 않았어요? 왜 가서 물을 끌어오지 않는 거예요? 왜 자신은 마흔이나 쉰까지 살 수 있게 됐지만 나 란쓰스는 이미 서른일곱이라 죽을 날이 얼마 남지 않았다는 걸 생각하지 못하는 거냐고요?"

여기까지 말하고 나서 그녀는 그를 잠시 노려보다가 다시 물었다.

"나를 즐기고 싶긴 한 거예요? 날 원하면 침대로 가요. 어차피 나는 창녀예요. 남자라면 구역질이 나긴 하지만 고작해야 당신 하나잖아요."

그녀가 그에게 또 물었다.

"뭐 하러 아직도 무릎을 꿇고 있는 거예요? 정말 그렇게 날 즐기고 싶은 거예요? 즐기고 싶으면 나를 창녀라 생각하고 마음껏 즐겨요."

그는 여전히 아무 말도 하지 않았다.

한마디도 하지 않던 그가 갑자기 자신의 얼굴을 한 대 세게 후려쳤다. 한 번 더 후려쳤다. 그렇게 무릎을 꿇은 채로 자신의 뺨을 열 번 넘게 후려쳤다. 얼음처럼 하얀 소리가 방 안을 가득 메웠다. 한참을 그러다가 충분하다고 생각했는지 바닥에서 일어나 말 한마디 없이 방 밖으로 나갔다. 문 앞에 이른 그는 다시 걸음을 늦췄다. 이때쯤 그녀가 자신에게 몇 마디 더 할 거라고 생각했다. 예컨대 좀 더 있다 가라는 한마디쯤 던질 것 같았다. 하지만 그녀는 말이 없었다. 나뭇잎이 바람에 날리는 소리처럼 그녀가 옷을 주워 입는 소리가 들려왔다. 결국 그는 발걸음을 재촉해 나와버렸다.

마당에서 그는 두 발로 한약의 붉은 냄새를 밟았다.

이날 밤이 쓰마란의 인생에서 가장 풍성하고 값진 밤이 되었다.

란쓰스의 집에서 나왔지만 아직 10리나 되는 긴 밤이 남아 있었다. 조용하고 황량한 마을에는 아무 소리도 들리지 않았다. 그가 자기 집 대문 앞에 이르러 손잡이를 밀었지만 안쪽이 성문처럼 굳게 잠겨 있었다. 그는 잠시 가만히 있다가 혼자 마을 어귀로 가서 갓 가을 파종을 한 어느 집 밭을 아무런 목적도 없이 빙글빙글 맴돌다가 몸이 피곤해지자 사람들이 바람을 피하는 작은 굴 안으로 들어갔다.

다음 날 그를 잠에서 깨운 건 뜨거운 해와 머리 위로 들리는 요란한 이야기 소리였다. 눈을 뜬 그는 놀라움을 금할 수 없었다. 눈앞의 땅은 말이 밟고 지나간 듯 자신의 무수한 발자국으로 맥장처럼 평평하게 다져져 있었다. 그날 밤 자신이 이 밭을 몇 바퀴나 돌았는지 알 수 없었다. 잠을 잤는지 안 잤는지도 기억나지 않았다. 두 눈은 너무 떫어서 씹다가 뱉어버린 딱딱한 감처럼 굳어 있고 얼굴은 통증이 느껴질 정도로 불그스름하게 부어 있었다. 그는 자신의 오른쪽 얼굴을 만져 보았다. 두껍게 부풀어 오른 것이 마치 얼굴에 밀가루 반죽을 붙여놓은 것 같았다. 문득 어젯밤 란쓰스의 집에서 무릎을 꿇은 채 자신의 뺨을 수없이 후려치던 광경이 눈앞을 스쳐갔다. 모든 생각이 어젯밤과 뿌리가 연결되어 있었다. 해는 이미 장대 너덧 개 높이로 떠올라 눈앞에 찬란한 황금빛을 뿌리고 있었다. 그가 밟아서 평평해진 넓은 땅은 햇빛 아래 혼탁한 얼음처럼 펼쳐져 있었다. 머리 위로 시끄럽게 떠드는 소리가 비처럼 우수수 떨어졌다. 눈을 비비고 저 멀리 있는 밭두렁을 향해 몇 걸음 다가가자 열 명 내지 스무 명가량의 마을 사람들이 산마루 나무 아래에서 뭔가를 둘러싸고 있는 모습이 눈에 들어왔다.

쓰마란은 그쪽을 향해 다가갔다.

그곳은 10년 전에 계획했던 링인거의 맨 끝자락이었다.

가까이 다가가기도 전에 누군가 "저거 촌장님 아니야? 촌장님이 오신다"라고 말하는 소리가 들렸다. 마치 오래전부터 그가 오기를 기다리고 있었던 것 같았다. 그가 다가오자 마을 사람들은 얼른 길을 터주었다. 두바이와 그의 아들 두류, 며느리 쓰마텅이 사람들 한가운데 서 있었다.

두바이는 이미 마을에 있지 않은 지 여러 날이 된 것 같았다. 진에 나가 뭔가를 하고 돌아온 것 같았다. 쓰마란은 큰길을 걸어 사람들 쪽으로 다가갔다. 거리가 가까워지자 사람들은 핏발이 선 쓰마란의 눈과 부어오른 오른쪽 뺨을 보았다. 텅이 놀란 얼굴로 물었다.

"아빠, 어딜 다녀오시는 거예요? 얼굴이 왜 그래요?"

쓰마란은 텅을 거들떠보지도 않고 사람들 한가운데로 다가갔다. 햇빛이 그의 얼굴을 강하게 내리쬤다. 경직된 얼굴이 창백해 보였다. 사람들은 촌장에게 뭔가 놀라운 일이 일어났다는 것을 알아챘다. 하늘과 땅을 뒤흔들 일이거나 하늘이 무너지고 땅이 꺼질 일임에 틀림없었다. 사위 두류가 텅과 마찬가지로 "아버님!" 하고 불렀지만 쓰마란이 그를 힐끗 쳐다보기도 전에 얼른 텅 뒤쪽으로 물러섰다. 한마디라도 말을 했다가는 쓰마란이 따귀를 후려칠 것만 같았다. 두바이만 사람들 한가운데 남아 쓰마란을 맞이했다. 얼굴에 근심 어린 표정이 가득했다.

쓰마란이 물었다.

"자네 요 며칠 어딜 갔었나?"

두바이가 얼른 몸을 비키자 뒤에 아직 다 파묻지 않은 파란 비석이 하나 눈에 들어왔다. 그가 대답했다.

"이걸 만들러 갔었다네."

쓰마란이 비석 위로 눈길을 옮겼다. 수레와 삽, 곡괭이가 아직 비석 한쪽에 흩어져 있었다. 방금 바러우산맥에서 가져온 비석임에 틀림없었다. 너비가 석 자, 높이가 여섯 자, 두께가 다섯 자나 되는 커다란 비석이었다. 기단의 흙은 아직 다져지지 않은 상태였다. 비석에서는 차갑고 비릿한 숨결이 새어 나오고 있었다. 산마루에 먼지 내려앉는 소리가 잔잔하게 울렸다.

쓰마란의 눈길이 비석에 새겨져 있는 두 줄의 주발만 한 문구에서 멈췄다. 그가 물었다.

"뭐라고 쓰여 있는 건가?"

두바이가 손가락으로 한 자 한 자 가리키며 읽어 내려갔다.

링인수가 생명을 더해주니
쓰마란의 공덕이 끝이 없네

다 읽고 나자 마을 사람들의 눈길이 일제히 쓰마란에게로 옮겨 가 평소처럼 붉은빛이 섞인 푸른 나무판 같은 그의 왼쪽 얼굴에 멈췄다. 부어오른 오른쪽 얼굴에는 아직 얼얼한 통증이 남아 있었다. 쓰마란은 한참 동안 말없이 그 두 줄의 문구를 바라보았다. 오른쪽 뺨에서 붉은 기운이 사라지고 다시 창백한 얼굴로 돌아왔을 때쯤 그가 흥 하고 콧방귀를 뀌는 건지 웃는 건지 알 수 없는 소리를 내면서 입을 열었다.

"무슨 공덕이 끝이 없다는 거야? 살아 있는 것보다 좋은 게 어디 있나!"

두바이가 가볍게 웃었다.

"촌장께서 링인수를 마을로 끌어오기만 하면 마을 사람들 모두 마흔을 넘겨 살 수 있게 되는데 어찌 공덕이 무량하지 않겠나."

쓰마란의 눈길이 그 자리에 서 있는 마을 사람들을 한 번 쭉 훑었다. 그는 아직 가을 파종을 하지 않은 집이 있는지 물었다. 마을 사람들 모두 파종한 지 며칠이 지났다고 말했다.

그는 외지에 나가 장사를 해서 돈을 벌던 사람들도 전부 집에 와 있는지 물었다. 마을 사람들은 서로 얼굴만 쳐다볼 뿐, 아무 말이 없었다. 쓰마란은 말 없는 마을 사람들의 얼굴을 훑어보고는 몸을 돌려 사람들 사이를 빠져나왔다. 발걸음이 딱딱한 땅바닥만큼이나 안정되어 있었다. 남은 사람들은 아무 생각 없이 그의 뒷모습을 바라보다가 잠시 후 다시 비석을 땅에 세우기 시작했다.

비석은 산마루에 태산(泰山)처럼 우뚝 세워졌다.

점심을 먹을 때쯤 쓰마란이 다시 마을에 나타났다. 그의 눈에 흐릿하게 초록빛이 어렸다. 눈 속 깊은 곳에 시퍼런 감 두 개가 빠져 있는 것 같았다. 하지만 그의 뺨에는 푸른빛과 자줏빛이 뒤섞여 있었다. 진한 분노가 서려 있었다. 두 손 모두 빈손이었고 팔은 가슴 앞쪽에 모아져 있었다. 왼쪽 팔은 오른손에, 오른쪽 팔은 왼손에 끼워져 있었다. 그의 등 뒤에는 여섯째 동생 쓰마후가 데려온 산싱촌의 건장한 젊은이들이 서 있었다. 란씨 집안의 바보 란다바오(藍大豹)와 란얼바오(藍二豹), 란창강(藍長杠), 두씨 집안의 두류와 두톄수(杜鐵樹), 쓰마씨 집안의 쓰마산마이(司馬山脈)와 쓰마창칭(司馬常靑), 쓰마구이칭(司馬龜慶), 쓰마구이뎬(司馬龜典), 쓰마구이샹(司馬龜祥), 쓰마구이지(司馬龜吉) 등이었다. 나이가 가장 많은 사람은 스물여섯이고 가장 어린 사람은 열일곱이었다. 이들은 쓰마란의 그림자를 따라 손에 버드나무 몽둥이와 백양나무 막대기를 들고 있었다. 밧줄이나 삽을 든 사람도 있었다. 이들은 위풍당당하게 마을 입구를 지나 마을 안으로 들어와서는 란씨 후퉁 한가운데 서 있는 쥐엄나무 앞에 멈춰 섰다. 쓰마란이 걸음을 옮기자 열 명이 넘는 건장한 청년들 모두 깃발처럼 그의 뒤를 따랐고 쓰마란이 걸음을 멈추면 일제히 양옆에 서서 지시를 기다렸다.

"종을 쳐라."

오래된 쥐엄나무 아래서 쓰마란이 좌우로 늘어선 건장한 청년들을 훑어보고는 미지근한 목소리로 한마디 던지자 벽돌을 쥐고 있던 청년 하나가 식탁으로 쓰던 바위 위에 올라서서 댕 댕 댕! 나뭇가지에 걸려 있던 소달구지 바퀴로 된 종을 쳤다. 오랜 세월 그 자리에 걸려 있다 보니 잔뜩 녹이 슨 쇠 종은 지는 해처럼 붉고 얼룩덜룩했다. 갑자기 종을 쳐대자 붉은 녹이 진흙 껍질처럼 떨어져 내렸다. 맑고 깨끗한 종소리에 붉은 녹이 떨어져 내리는 가운데 소리에 소리가 이어지며 마을 상공에 울려 퍼졌다. 막 식사를 하려던 마을 사람들 중에는 이미 손에 밥그릇을 들고 있는 사람들도 있었다. 이때 갑자기 맹렬하게 종이 울리자 밥그릇을 든 손이 떨리면서 하마터면 그릇 안의 음식물을 다 쏟을 뻔했다.

"뭐 하는 거야?"

누군가가 소리를 질렀다. 쓰마란이 아무 말이 없자 자연스럽게 젊은이들이 후퉁을 향해 큰 소리로 대답했다.

"지금 산싱촌에서 마을 회의가 열립니다. 우리는 민병들입니다. 어느 집이든 감히 회의에 참석하지 않으면 우리는 인정사정없이 행동할 겁니다. 그때 가서 우릴 탓하지 마세요."

마을 사람들이 일제히 집에서 나왔다. 와글와글 서로 뭔가를 묻고 대답하는 소리가 빗방울처럼 마을 안으로 쏟아져 내렸다. 고목 아래 이르자 쓰마란이 가슴 앞에 양손을 엇갈리게 꼬고 있는 모습이 눈에 들어왔다. 얼굴이 붉으락푸르락하고 눈알이 불룩 튀어나와 있었다. 두 개의 푸른 과일 같았다. 목도 쉬었는지 아무 말도 하지 못했다. 밥그릇을 들고 있던 사람들은 더 이상 밥을 입에 넣지 못했고 빈손인 사람들은 은근히 두려움을 느끼기 시작했다. 여자들은 슬그머니 남자들 등 뒤로 숨어 품 안에서 막 울려고 하는 아기에게 젖꼭지를 물렸다. 햇볕은 맵고 뜨거웠지만 나무 그늘 안에는 서늘한 한기가 돌았다. 쓰마란은 몸을 돌려 새까맣게 모여 서거나 앉아 있는 사람들을 한 번 훑어보고는 다시 고개를 돌려 옆에 있던 다바오에게 말했다.

"아직 안 나온 집이 있나?"

"쓰스 아주머니와 루 아저씨가 안 나왔습니다."

"모두 나오라고 해. 안 나오는 집이 있으면 그 집 밥솥을 부숴버리도록 해라."

쓰마후가 다바오와 얼바오에게 가서 쓰마루를 데려오게
했다. 두수이(杜水)와 두장강은 란쓰스를 부르러 갔다. 이리
하여 마을 사람들이 거의 모두 한자리에 모였다. 란쓰스는
사람들 무리 밖에 서 있었다. 조용한 얼굴에는 붉은빛이 서
려 있고 이마 위로 흘러내린 머리칼이 검게 빛나고 있었다.
그녀가 쓰마란을 쳐다보았지만 쓰마란은 그녀를 힐끗 보고
는 곧장 시선을 옮겨 자기 동생 쓰마루의 얼굴에서 멈췄다.
사람들 모두 조용했다. 쓰마루만 바위에 앉아 사람들을 등진
채 후룩후룩 소리를 내면서 국밥을 먹고 있었다. 이때 쓰마
란이 쓰마루를 쳐다보자 청년 셋이 그의 밥그릇을 빼앗아 바
위 위에 내려놓았다. 쓰마루는 일어나 뭔가를 말하려 했지만
쓰마란의 눈빛과 마주치는 순간, 다시 힘없이 자리에 주저
앉고 말았다. 개 한 마리가 쓰마란의 다리 쪽에서 왔다 갔다
하자 그는 말없이 개를 발로 차버렸다. 날카로운 개 울음소
리에 마을 사람들의 발아래로 하얀 두려움이 가득 내려앉았
다. 쓰마란은 땅 위에 한 겹 내려앉은 두려움을 밟고 서서 사
람들 사이에서 튀어나온 개를 노려보고는 몸을 돌려 종 아래
사방 두 자쯤 되는 바위 위로 올라서서 목청을 가다듬고 말
했다.

"사흘 뒤면 링인거 수로 굴착이 시작됩니다. 나와서 일하

고 싶지 않은 사람은 지금 일어나 직접 쥐엄나무에 목을 매어 죽어도 좋습니다. 나무에 묶인 채로 죽도록 매를 맞는 것도 괜찮겠지요. 수로 공사에 나오지 않을 사람 있습니까?"

그는 바위 위에서 소리쳐 물으면서 눈길로 사람들의 얼굴을 매서운 바람처럼 훑고 지나갔다. 한 무리의 동년배 젊은이들이 한마음으로 그의 뒤에 숲처럼 곧게 선 채 버드나무 방망이를 들고서 마을 사람들을 노려보고 있었다. 사람들은 쓰마란의 퍼런 눈빛과 그의 뒤에 보이는 나무 몽둥이에 놀라 숨소리조차 내지 못했다.

쓰마란이 말했다.

"마흔 넘어서까지 살고 싶지 않은 사람 있습니까? 아직 뒷산 산등성이에 물길이 뚫리지 않았는데도 수로 굴착에 참여하지 않고 외지로 장사를 하러 나가는 사람이 있으면 내가 다바오와 얼바오를 시켜 다리를 부러뜨려버릴 겁니다. 어느 집 여자든 제때에 공사장으로 참을 내오지 않으면 그 집의 책임 경작지를 몰수해서 공사장에 나와 일하는 사람들에게 포상으로 나눠 주어 3년 동안 무상으로 경작할 수 있게 할 겁니다."

말을 마친 그는 몸을 돌려 마을 사람 가운데 한 명을 가리키며 물었다.

"이봐요, 그래도 진으로 장사하러 갈 겁니까?"

188

"안 갑니다. 수로를 닦기 시작하면 안 갈 거예요."

"거기, 그 집 짐수레를 수로 공사에 사용할 수 있게 하겠습니까?"

"그럼요. 어찌 감히 안 된다고 하겠습니까?"

"이봐요 거기, 집에 모아놓은 돈을 수로를 닦는 데 투자할 수 있겠습니까?"

"나중에 돈을 돌려받지 못하는 일이 있더라도 그렇게 해야지요. 수로를 닦는 건 우리 모두를 위한 일이니까요."

"그 집은 돼지를 팔아 폭약 100근과 도화선 50미터, 뇌관 80개를 사 오도록 해요, 알겠소?"

"거기 그 집은 문 앞의 나무를 전부 베어내 진에 가서 팔도록 하시오. 그 돈으로 쇠 삽과 강철 끌을 사 오도록 하시오."

회의가 시작되고 나서 겨우 밥 한 끼 먹을 시간에 아주 많은 일들이 결정되었다. 쓰마란은 폐회를 선포하고 모두들 집에 돌아가 각자 준비할 것들을 준비하라고 말했다.

"어느 집이든 링인거 건설에 돈을 내거나 노동력을 제공해야 합니다. 돈도 내지 않고 노동력도 제공하지 않고서 링인거가 개통된 뒤에 감히 그 물을 한 모금이라도 마셨다가는 그 집 문을 부숴버릴 테니 그리들 아시오."

말을 마친 그는 바위 위에서 뛰어 내려와 다바오와 얼바오에게 몇 가지 사항을 당부하고는 두류를 집으로 보내 붓 한

189

자루와 공책 한 권을 가져오게 했다. 마을 사람들 모두 고개를 숙이고 흩어져가는 것을 보고서 그는 젊은이들을 이끌고 회오리바람처럼 첫 번째 후퉁을 향해 갔다. 첫 번째 집에 이르러 직접 문을 열고 마당으로 들어간 그는 다시 집 안으로 들어가 쭉 둘러보다가 새 광주리 두 개를 발견하고는 링인거 건설을 위해 징발하겠다고 말했다. 뒤에 있던 청년 하나가 앞으로 나서서 광주리를 집어 들었다. 두류가 작은 공책에 징발 내역을 적었다.

두가오셔우(杜高壽) : 광주리 두 개

두 번째 집에 이르러 말했다.

"이 새 삽을 징발하도록 하겠소."

두바이녠(杜百年) : 새 삽 한 자루

세 번째 집에 이르러 말했다.

"망치를 꺼내 오시오."

두부뤄(杜不落) : 큰 망치 한 개

네 번째 집에 이르러 말했다.

"이 집에서는 우선 밀 100근을 내놓도록 하시오."

두칭예(杜靑葉) : 밀 100근

열일곱 번째 집에 이르러 말했다.

"이 집은 돈 100위안을 내서 폭약을 사 오도록 하시오."

두바이가 자기 며느리에게 말했다.

"집에 있는 돈을 전부 내놓도록 해라."

두바이 : 현금 180위안

스물아홉 번째 집에 이르러 말했다.

"5월 5일에 이 돼지를 잡아 공사장으로 가져오도록 하시오."

서른 번째 집에 이르러 말했다.

"기회가 생기는 대로 교화원에 가서 피부를 좀 팔도록 하시오."

서른네 번째 집에 이르러 말했다.

"아줌마는 보름 뒤에 지우두에 가서 열흘 동안 몸을 팔도록 하시오."

여자가 물었다.

"저 혼자 가나요?"

쓰마란이 말했다.

"과부들은 전부 가야 합니다!"

두류가 공책에 적었다.

과부들은 20일 동안 지우두에 가서 몸을 팔아야 함.

사흘 뒤, 산싱촌은 한차례 강도를 당한 것 같았다. 집집마다 열여섯 살 이상 남자들이 전부 마을 한가운데 있는 고목 아래 모였다. 아이들이 이미 다 자라서 집을 비울 수 있는 몇몇 여인들도 그 안에 끼어 있었다. 햇빛은 흐리고 어두웠다.

구름도 잿빛으로 하늘에 떠 있었다. 집집마다 개들도 나와 문 앞에 나란히 서서 출정을 앞두고 있는 마을 사람들을 바라보고 있었다. 앞뒤로 모두 스물두 대나 되는 짐수레가 하나의 부대로 편성되어 순서대로 마을 후통 안에 긴 줄을 이루었다. 수레 세 대에는 침구와 의류, 두 대에는 잡곡과 밀가루, 쌀, 한 대에는 솥과 냄비, 그릇, 수저, 세 대에는 삽, 곡괭이, 망치, 정, 한 대에는 폭약과 뇌관 등이 실려 있었다. 다른 수레에는 어른과 떨어질 수 없는 아이들과 잡다한 물건들이 실려 있었다. 긴 줄이 후통 안에서 움직이기 시작했다. 수레를 모는 사람들은 하나같이 건장한 청년들이었고 배웅하는 사람들은 전부 부녀자나 아이들이었다. 마을 전체가 시끌벅적하고 떠들썩했다. 울긋불긋 온갖 화려한 말들이 사람들과 집들을 집어삼켜버렸다. 여자들이 남자들을 따라가며 옥수수가 익으면 어떻게 하느냐고 물었다. 남자들은 익으면 돼지에게 먹이고 집에서 하고 싶은 대로 하라고 말했다. 아이들도 뒤를 따르며 물었다.

"아빠, 언제 돌아오세요?"

아버지들은 수로만 뚫리면 바로 돌아올 거라고 말하면서 링인거의 물을 마실 수 있게 되면 아이들도 일흔이나 여든까지 살 수 있게 될 거라고 말했다. 시간이 한참 지나면서 구름은 흩어지고 햇빛이 마을의 크고 작은 거리와 후통, 집들을 비추고 있었다. 쓰마루와 쓰마후도 대오 한가운데에서 수레를 몰다가 목을 길게 빼고 마을 쪽을 바라보았다. 쓰마란의 모습이 보이지 않자 용기를 내서 집사람에게 말했다.

"수로 굴착을 하면서 목이 아파 죽지 않으면 넷째 형이 우리를 수로 위에서 지쳐 죽게 할 거야. 정말로 이번에 죽으면 가난해서 버드나무를 사다 관을 만들 수도 없을 테고, 땅에 묻으면 보름도 안 되어 벌레들이 갉아먹을 거라고. 그러니 집을 팔아서라도 오동나무 관을 하나 사도록 해."

아내들이 그들을 나무랐다.

"아직 출발도 안 했는데 그런 불길한 소리를 하다니, 지금 나이가 몇이에요? 서른아홉, 마흔이 되려면 아직 몇 해가 남았잖아요. 두씨 집안과 란씨 집안에는 나이가 서른여덟이라 목이 아프기 시작한 사람들이 여럿 있는데도 모두들 함께 출정하고 있잖아요."

이때 쓰마란이 후퉁 어귀에서 걸어 나왔다. 나날이 작아지고 있는 목의 뱀 같은 상처가 햇살 속에서 비단 끈처럼 붉그스름한 빛을 띠고 있었다. 그의 얼굴에는 며칠 전의 살기는 온데간데없고, 대신 벌겋게 달아오른 홍분이 여름날의 땅처럼 굳어 그의 코 양쪽 옆에 엉겨 붙어 있었다. 그 한 덩이 한 덩이 붉은 열기 위로 창망한 두 눈은 여전히 푸른 채소 빛깔을 띠고 있었다. 미친 듯이 뛰어다니는 맹수의 눈 같았다. 그는 다바오와 얼바오 등을 이끌며 두바이와 함께 걷고 있었다. 두바이가 그의 옆에서 조용히 한 걸음 한 걸음 걷다가 잠시 후 그에 의해 뒤쪽으로 끌려갔다. 그는 두바이를 신경 쓰지 않고 자신만 생각하면서 유성처럼 걸어갔다. 발걸음 소리가 산등성이 밖에서도 어렴풋하게 들렸다. 마을 사람들은 그가 어떻게 며칠 사이에 눈이 초록빛이 되었고 어떻게 갑자기 미쳐버린 것인지 알지 못했다. 어디를 가든 그는 비적(匪賊)의 우두머리처럼 다바오와 얼바오, 장강 등 세상물정 모르는 젊은이들을 이끌고 다니면서 수시로 마을 사람들 가운데 몇몇을 불러내 매질을 했다. 누군가 촌장이 온다고 말하면 사람들은 일제히 후퉁 쪽으로 고개를 돌렸다. 마을은 곧 고요해졌다. 햇살이 비치는 소리만 남아 있었다. 마을 밖 밀밭의 향기는 이미 강렬하고 진해지기 시작했다. 나무에 매달린 벌레 주머니가 마을 허공에서 쓰마란의 발걸음에 한 번씩 가볍게 흔들렸다. 그가 어디를 가든지 마을 사람들은 얼른 길을 터주어 그들 무리가 수레처럼 삐걱거리며 지나갈 수 있게 해주었다. 그들은 거대한 수레처럼 삐걱삐걱 지나갔다. 이때 사람들 사이로 들어온 쓰마란이 고개를 치켜들더니 혹독하게 휜 하늘빛을 쳐다보고는 몸에 걸치고 있던 거친 천으로 지은 저고리를 벗어버렸다. 원기를 회복한 자홍색 몸이 그대로 드러났다. 그는 사람들에게 집으로 돌아가라고 소리쳤다.

가서 여름 파종과 가을걷이에 힘쓰되 어려움이 있으면 누구든 두바이를 찾아 집안일을 전부 그에게 넘겨주라고 말했다. 이어서 그는 사람들 사이를 뚫고 나와 수레를 모는 사람들을 향해 소리쳤다.

"갑시다!"

산싱촌 사람들은 다시 한번 바러우산맥 맨 끝 산등성이를 향해 출발했다. 수레바퀴 소리와 말소리, 수레에 실린 물건들이 부딪히는 소리가 찬란한 햇빛 속에서 따사롭게 춤추며 흩날렸다. 수레가 마을 담벼락을 스치면서 진흙 조각과 가루가 떨어져 내렸다. 수레의 대오는 빠르게 마을을 벗어났고 어느새 건장한 장정들이 대오의 맨 끝에 위치하게 되었다. 수레에서 주걱이 하나 떨어졌다. 쓰마란이 몸을 구부려 이를 주워 높이 쳐들고는 고개를 돌려 손을 흔들며 대오를 따라 걷고 있는 여자들과 아이들을 향해 소리쳤다.

"젠장, 모두들 돌아가요. 우리는 가서 수로를 닦아 여러분들 모두 마흔, 쉰, 예순까지 살게 해주려는 것이지, 마을 사람들에게 무덤을 파주려는 게 아니란 말이오. 모두가 함께 힘을 합쳐 일을 할 거라고요."

배웅하는 사람들 모두 마을 어귀에 서 있었다. 누군가 소리쳤다.

"아버지, 집에 소금 살 돈 좀 남겨두신 게 있나요?"

누군가 대답했다.

"암탉 세 마리가 있지만 매일 계란을 낳지는 못할 게다."

여자들은 더 이상 소리치지 않았다. 대오는 산등성이를 걷고 있었고 여인들은 마을 어귀에서 이들을 지켜보고 있었다. 아이들은 무슨 일이 일어난 건지도 모른 채 멀리 가는 사람들을 가만히 바라보고 있었다. 엄마들이 갑자기 아이들의 엉덩이를 때리며 말했다.

"울어! 울어! 아버지가 널 더 오래 살게 해주려고 먼 길을 떠나시는데 울지 않고 뭐 해!"

갑자기 아이들이 정말로 울기 시작했다. 울음소리가 날카롭게 여인들의 귀를 찌르면서 은백색 바늘로 변해 산등성이를 오르고 있는 수많은 사람들을 향해 날아갔다. 아이들의 울음소리를 들은 남자들이 대오 속에서 고개를 돌려 손을 허공에 높이 흔들었다. 그리고는 다시 사람들과 수레가 한 걸음이 되어 앞으로 나아갔다.

10장

남자들이 8년 전의 공사를 이어 링인거의 마지막 구간을 연결하러 간 뒤로 마을은 철저하게 조용해졌다. 낮에 마을 거리에는 담배를 피우는 사람 하나 없었고 식사 때가 되면 밥 먹는 자리에 여인네들과 아이들만 드문드문 흩어져 있었다. 밤하늘의 별자리 같았다. 남자들이 전부 군대에 가는 바람에 마을에 차가운 냉기만 모여 있는 것 같았다. 참새들도 기운이 없는지 좀처럼 재잘대지 않았다. 어쩌다 마을 거리와 후통 몇 개를 연달아 돌아다녀봐도 사람 하나 만나기 어려웠다. 후통 입구의 그늘 아래 있는 개집만 눈에 들어왔다. 개는 고개를 들어 지나가는 사람을 보고도 본체만체하며 다시 누워 혀를 빼고 잠을 청했다. 마을에는 적막이 썩어 퀴퀴한 곰팡이 냄새가 가득했고 밥 지을 때 나는 희미한 연기만 빼면 거의 인기척이 없었다. 저녁이 되면 밥을 먹자마자 모두들 집 대문을 걸어 잠갔다. 날이 덥든 춥든 모두들 자기 집 마당 밖으로 나오지 않았다. 가끔씩 두바이가 자신의 의약서를 옆 구리에 끼고 마을을 돌아다니지 않았다면 마을에는 정말로 양곡 자루 하나 들어 옮길 수 있는 사람조차 남아 있지 않 을지도 모른다.

매번 마을에 큰일이 있을 때마다 혼자 남아 마을을 지키는 것은 항상 두바이였다. 모두들 성내에 나가 피부를 팔 때도 두바이는 마을에 남아 있었기 때문에 외지에서 굶주림과 추 위에 시달릴 필요가 없었다. 처음 수로를 닦을 때도 쓰마란 이 그에게 말했다.

"텅이 외삼촌, 자네는 수로를 닦는 데 나올 필요 없네."

두바이는 마을에 남아 매일 자신의 의약서를 뒤적이면서 한약 처방을 연구할 수 있었다. 이번에는 쓰마란이 그를 텅 이 외삼촌이라 부르지 않았다.

"사돈도 공사장에 나갈 생각인가?"

두바이는 마을에 남자 하나쯤은 남아 있어야 할 것 같다고 말했다. 이렇게 두바이는 또다시 마을에 남게 되었다. 한번 은 란씨 집안 여자 하나가 밀가루를 빻다가 당나귀가 놀라는 바람에 연자방아 축이 뽑히는 일이 생겼다. 예전 같았으면 사내 둘이 상판을 어깨에 짊어져 연자방아를 고칠 수 있었겠지만 이번에는 여자 다섯이 덤벼들어도 상판을 움직일 수가 없어 결국 두바이를 불러오게 되었다. 두바이는 나귀 두 마리를 엇갈린 방향으로 움직여 연자방아를 돌렸다. 상판은 이내 제자리를 찾았고 계속 밀을 갈 수 있게 되었다.

사실 두바이는 마을의 또 다른 힘이었다.

대부분의 경우 두바이가 하는 말은 바깥 세계의 모든 것을 집행하는 당(黨)과 같은 것이었다. 당의 정책에 관해 두바이가 최근에 가장 많이 한 말은 진에서 우리 마을에 촌위원회를 구성할 것을 재촉하고 있다는 것이었다.

누군가 그에게 촌위원회가 뭐냐고 묻자 그가 말했다.

"촌위원회에는 촌장과 부촌장도 있지만 따로 두 명의 위원을 두어 무슨 일이 생기면 항상 함께 상의하여 처리하게 하지."

두바이가 이렇게 며칠을 이야기하자 집집마다 양곡과 채소를 걷어 나귀 수레에 싣고 서둘러 바러우 깊은 곳으로 갔다. 수레에 실린 채소와 국수, 콩나물, 옥수수 등이 작은 산을 이루어 아침부터 해 질 녘까지 흔들렸다. 바러우 깊은 곳의 푸뉴봉(伏牛峰)에 이르자 산허리에 진한 갈색 줄이 눈에 들어왔다. 선지를 넣어 만든 순대가 산맥 위에 둘러져 있는 것 같았다. 그 줄 뒤로 산싱촌 사람들이 두 명 혹은 세 명씩 한 조를 이루어 20미터 간격으로 서 있었다. 어떤 이는 곡괭이로, 어떤 이는 삽으로 부서진 돌과 흙을 퍼내고 있었다. 단순하고 기계적인 파내기 작업이었다. 수로에 이르러 두바이는 잠시 멍한 표정을 지었다. 뜻밖에도 모든 남자들이 겉옷을 전부 벗어 던지고 속옷 바람으로 일을 하고 있었다. 온몸에 붉은 흙과 돌가루가 묻어 있었다. 치아마저도 진흙빛이었다. 쓰마루와 쓰마후는 함께 한 구간에서 작업을 하고 있었다. 쓰마루는 커다란 꽃무늬가 있는 속옷을 입고 있고 쓰마후는 속옷조차 입지 않은 알몸으로 허리를 구부렸다 펴기를 반복하면서 열심히 곡괭이질을 하고 있었다. 몸을 펼 때마다 물건 하나가 두 다리 사이에서 거세게 흔들렸다. 영원히 손을 떠나지 않는 망치 같았다. 몸을 구부릴 때마다 그는 "어후" 하고 신음 소리를 냈다. 그 소리를 따라 곡괭이질 한 번에 멀리 떨어진 곳까지 산이 흔들리는 것 같았다. 하지만 곡괭이가 퍼낸 흙은 반삽 정도밖에 되지 않았다. 산맥 위 저 아득한 곳에서부터 찐득찐득한 흙 비린내가 졸졸 흘러 내려오고 있었다. 곡괭이질 소리와 삽질 소리 그리고 돌과 흙을 퍼서 수풀과 싸리나무 사이로 내던지는 소리가 더해져 산맥 전체가 진동하고 있었다. 두바이가 나귀 수레를 수로 앞에 세우자 가까이 있던 마을 사람들이 다가와 이것저것 물어대기 시작했다. 아주 긴 시간 동안 마을과 가족들의 근황을 물었다. 그

는 일일이 다 대답해주었다. 그를 둘러싸고 있는 예닐곱 명
의 사람들 손에 하나같이 천이 감겨 있었다. 천 안쪽으로부
터 땀과 피가 배어 나와 검붉은색을 띠고 있었다. 누군가 몹
시 목이 말랐는지 수레 위에 실려 있던 채소를 통째로 입에
쑤셔 넣었다. 또 어떤 사람은 소가 여물을 씹듯이 콩나물을
한 줌 집어 씹으면서 투덜댔다.

"네미 씹할, 이게 어디 사람이 할 짓인가! 서른 넘어 목구
멍이 아파 죽는 한이 있어도 이 짓은 더 못 하겠네."

그러고는 머리 위에서 이글거리는 해를 올려다보았다. 그
열기에 눈썹이 다 타버릴 것만 같았다. 이때, 두바이의 아들
두류가 공사장 쪽에서 걸어오면서 말했다.

"아버지, 이 산에서 지쳐 쓰러질 것 같아요. 모든 사람들이
매일 잠을 평소의 절반밖에 못 자고 있어요. 텅이 아버지한
테 얘기해서 마을로 돌아가 며칠만 좀 쉴 수 있게 해주세요."

두바이가 수레 옆에 서서 아들을 쳐다보며 말했다.

"지금 무슨 소릴 하는 게냐?"

두류가 대답했다.

"마을로 돌아가 며칠만 쉬고 싶다고요."

두바이가 번개처럼 발을 들어 아들의 정강이를 걷어찼다.
두류는 풀 더미 위에 주저앉고 말았다.

"이런 나약한 놈 같으니라고!"

마을 사람들 모두 넋이 나가버렸다. 두바이가 자기 아들, 그것도 결혼한 지 얼마 되지 않은 다 큰 아들을 때리는 모습을 처음 보았기 때문이다.

두류는 그 들풀 더미 위에서 막막한 표정으로 아버지를 쳐다보다가 울면서 말했다.

"그냥 한번 말해본 것뿐이에요. 하지만 언젠간 정말로 돌아가게 되겠지요. 오래 사는 것과 이렇게 힘든 일을 하는 것 중에 어떤 게 더 중요한지 모르겠어요. 정말 오래 살 수 있을는지도 모르겠고요."

두류는 이내 아버지 곁을 떠나 다시 일을 하러 갔다.

다른 마을 사람들도 모두 일을 하러 갔다.

쓰마란이 헐린 산지의 도랑을 따라 걸어왔다. 진흙빛 수로는 너비가 2미터에 깊이가 50센티미터라 목까지 수로에 잠기고 머리만 밖으로 드러났다. 검은 머리 하나가 허공을 따라 내려오는 것 같았다. 그는 내려오면서 지나는 모든 구간마다 잠시 멈춰 뭔가 지시를 내렸다. 때로는 직접 곡괭이를 들어 몇 번 내려찍기도 하고 삽으로 이미 파낸 수로를 찔러보기도 했다. 그렇게 그는 식량을 실은 두바이의 수레 앞에 이르렀다. 너무나 마른 그의 모습에 두바이의 눈이 휘둥그레졌다. 몇날 며칠 잠을 제대로 자지 못한 것 같았다. 하지만 목을 휘감고 있던 붉은 상처는 햇볕에 그을려 옅은 담황색의 상처가 원래의 피부색과 별 차이가 없었다. 두바이가 말했다.

"상처가 많이 좋아졌나 보군."

쓰마란이 말했다.

"두류가 울면서 집에 가고 싶다고 하더군. 다음에는 그를 집으로 보내 양곡과 채소를 가져오게 할 생각이네. 텅이랑도 한번 만날 수 있게 해줘야지."

두바이가 말을 받았다.

"집에 가고 싶어서 그러는 게 아니라네. 촌위원회가 구성되면서 마을 간부 한두 명을 뽑을 예정인데, 나한테 부촌장이 되고 싶다고 하기에 정강이를 걷어차준 거야."

쓰마란은 누가 뒤에서 어깨를 밀치기라도 한 것처럼 잠시 멍한 표정을 짓더니 두바이를 한참이나 쳐다보았다.

"그걸 또 추진한다는 건가?"

"그런가 봐."

쓰마란이 말했다.

"부촌장을 뽑긴 해야지. 일이 생기면 달려가 처리할 사람이 필요할 테니까 말일세."

두바이가 말을 받았다.

"나도 그렇게 생각해. 수로가 개통되면 사람들이 더 오래 살게 되고 삶이 정상으로 돌아가겠지. 형님도 쓰스랑 합쳐 오래오래 살아야 하고. 그때가 되면 큰일은 형님이 처리하고 작은 일들은 다른 사람들에게 맡기는 것도 나쁘지 않을 거야."

나무 그늘이 두 사람 쪽으로 다가왔다. 나귀 수레를 그늘 아래로 끌고 가 나귀에게 풀을 먹이면서 두 사람은 소곤소곤 얘기를 나누기 시작했다.

쓰마란이 말했다.

"정 안 되면 두류에게 부촌장을 시키지 뭐."

두바이가 말했다.

"그게 어떻게 가능하겠어? 그 애는 형님 사위야. 마을 사람들이 뒤에서 뭐라고 하겠어!"

쓰마란이 말했다.

"그것도 안 되면 마을 사람들에게 알아서 뽑으라고 하지 뭐. 젠장, 아무나 하면 될 게 아니겠나."

"내가 진에 가서 수로가 개통된 뒤에 마을 간부를 뽑자고 얘기해볼게. 그때 가서 물이 마을까지 들어오면 형님이 지명한 사람을 대상으로 사람들에게 투표를 하게 하면 될 거야. 형님이 지명한 사람을 부촌장으로 뽑는 것이지."

"두류도 결국 우리 사람이 아니겠나."

"녀석을 지명한다 해도 당선될 수 있을지 모르겠어."

쓰마란이 잠시 생각에 잠겼다가 풀밭에서 일어나 몸에 묻은 흙을 털면서 말했다.

"내가 두류를 지명하기만 하면 정말로 선출되지 못한다

해도 아이들한테 면목이 없지는 않을 걸세."

공사장에서 돌아온 두바이는 마을 사람들에게 더욱더 공을 들였다. 매일 회진을 하듯이 의약서를 옆구리에 끼고 이 집에서 저 집으로, 저 집에서 그다음 집으로 돌아다니면서 마을 사람들과 접촉했다. 마을 사람들 집을 방문할 때마다 그는 집주인 여자에게 무슨 문제가 있는지 물어보고, 촌장이 없는 상황이니 어려운 일이 있으면 자기에게 얘기하라고 말했다. 그러고는 그 집 사람들에게 몸에 이상이 없는지 물으면서 혹시 병이 생기면 처방전을 써주겠다고 했다. 그리고 마지막으로 한마디 덧붙였다.

"에, 그리고…… 진의 원로들께서 우리 마을에도 촌위원회를 구성할 것을 요구하고 있습니다. 보아하니 마을 간부 한두 명을 더 뽑지 않으면 안 될 것 같아요. 때가 되어 부촌장을 뽑게 되면 꼭 투표하셔야 합니다."

여주인이 말했다.

"저는 여자인데 투표할 수 있나요?"

"여자는 사람이 아닌가요? 18세 이상이면 누구나 다 투표할 수 있습니다."

"제가 누구를 뽑아야 하나요?"

"두류도 다 자라 의젓한 모양을 갖추었지요."

여주인이 곧장 말을 받았다.

"그럼 두류에게 한 표 줄게요."

두바이는 처방전을 써주면서 병세가 심하지 않으니 약을 한 번만 먹으면 곧 나을 거라고 말하고는 다음 집으로 건너 갔다. 며칠 동안 두바이는 이렇게 거의 모든 집을 돌아다녔다. 집집마다 여인들이 이구동성으로 말했다.

"역시 글을 아는 사람과 모르는 사람은 확실히 달라. 마을 남자들 가운데 두바이처럼 세심한 사람은 없을 거야."

물처럼 흐르는 세월이 두바이의 세밀함 속에서 천천히 흘러가면서 마을 곳곳에 맑고 투명한 울림을 남겼다. 남자들이 떠난 지 두 달 남짓 되어 보리를 수확하고 가을 작물을 심었다. 웃자란 옥수수도 이미 기다란 몸을 드러내기 시작했다. 밤마다 작물들이 자라는 따뜻하고 미세한 소리가 들려왔다. 스슥 사삭 가는 빗소리 같았다. 이때 집에서 나온 두바이는 두씨 후통을 벗어나 란씨 후통을 거쳐 다시 쓰마씨 후통을 찾았다. 그가 모든 여인들에게 말했다.

"옥수수는 호미질을 한 번 더 해줘야 해요. 세 번째 호미질을 해야 합니다. 네 번째 호미질을 해야 합니다."

그가 재촉하는 소리를 들으면서 옥수수는 허리춤까지 자랐다. 그의 아내 란쌴지우가 갑자기 병으로 드러누웠다. 차도 마시지 않고 눈물만 계속 흘렸다. 목이 아프다고, 목이 막혀 물도 넘기지 못하겠다고 소리를 질러댔다. 아내를 문 앞

밝은 곳으로 데려가 입을 벌리게 한 다음 젓가락을 집어넣고 혀를 누르자 그녀가 아! 하고 소리를 질렀다. 두바이의 가슴이 쾅 하고 내려앉았다. 그녀의 목 깊은 곳이 푸른 벌레처럼 부어오르는 것을 발견했다. 두바이의 눈가가 천천히 눈물로 젖었다. 그러자 그의 아내도 서럽게 울면서 말했다.

"난 이제 겨우 서른여섯인데 어째서 벌써 내 차례가 된 거죠? 적어도 서른여덟까지는 살아야 하는 거 아닌가요?"

두바이가 밥그릇을 그녀의 손에 쥐여주며 말했다.

"당신 운명이 정말 기구하구려. 링인거가 개통되면 당신 아들이 부촌장이 될 것이고, 당신과 나는 링인수를 마시면서 노인이 될 때까지 살 수 있을 텐데 말이야. 쓰마란의 촌장 자리는 우리 아들이 물려받게 될 것이고, 그때가 되면 산싱촌 전체가 우리 두씨 마을이 될 텐데 당신에게 복이 없는 게 안타깝구려!"

그러고는 또 말했다.

"다시 말하지만 서른여섯이 많은 나이는 아니야. 하지만 마을에는 스무 살도 안 되어 목이 막혀 죽는 사람도 있잖아? 그런 사람들에 비하면 당신은 그나마 괜찮은 편이지. 당신에겐 아들딸도 있고, 두류는 결혼까지 했잖아."

잠시 생각에 잠긴 그의 아내는 더 이상 울지 않았다. 대신 마당에 대고 소리쳤다.

"텅아, 점심 때 닭국을 먹고 싶구나. 내 평생 여태 닭국 한 번 못 먹어봤지 뭐냐."

점심때 며느리 텅은 알을 낳지 못하는 암탉을 한 마리 잡았다. 고기가 다 익자 뼈를 발라내고 하얀 국을 끓여 시어머니에게 바쳤다. 시어머니는 반 그릇을 먹고 나서 정말 맛있다고 말했다. 남은 반 그릇은 저녁 때 마저 먹겠다고 했다. 하지만 저녁 식사 때가 되어 텅이 남은 닭국 반 그릇을 데워 시어머니 침상으로 가져가 세 번이나 시어머니를 불렀지만 아무런 대답이 없었다. 손으로 흔들어보니 나무토막을 흔드는 것 같았다. 손을 살그머니 코에 가져다 대자 차가운 기운이 느껴졌다. 텅은 뒤로 한 걸음 물러나 한동안 멍한 표정으로 서 있다가 밖으로 나와 문지방에 섰다. 지는 해가 상방(上房)을 비추고 있었다. 요염하게 붉고 뜨거운 해였다. 그녀는 천천히 눈을 감고서 마당에 있는 시아버지를 불렀다.

"아버님, 어머님이 돌아가셨어요."

두바이는 마당 외진 곳 나무 그늘 아래서 『황제내경』을 뒤적이고 있었다. 손에는 연필을 한 자루 쥐고 있었다. 자신을 부르는 소리에 그가 고개를 들었다. 한 손은 책 위에 굳어져 있고 한 손은 연필을 쥔 채 허공에 멈춰 있었다. 며느리 텅을 잠시 바라보던 그가 입을 열었다.

"이렇게 빨리? 아직 한약 처방도 내리지 못했는데."

"정말 돌아가셨어요. 한번 와서 보세요."

두바이는 연필을 책 사이에 끼워두고는 마당 안을 마구 뛰어다니던 양 몇 마리를 조용히 우리 안으로 들여보냈다. 우리 문을 닫고 신발에 묻은 양 똥을 털어낸 뒤 집 안으로 들어가보니 정말로 아내가 죽어 있었다. 호흡이 없을 뿐 아니라 얼굴이 온통 푸른빛이었다. 그가 긴 한숨을 내뱉고는 텅에게 말했다.

"가서 밥을 하거라. 네 남편 류가 곧 부촌장이 될 텐데, 네 시어머니는 링인수를 마시고 촌장 어머니가 되는 복도 못 누리는구나. 시어머니는 죽었지만 우리는 살아야 한다. 밥을 먹고 나서 마을 사람들을 불러 옥수수에 다섯 번째 호미질을 하라고 일러야겠다. 널 도와 장례를 치를 사람들도 구해보마. 남자들이 없으니 장례를 간단히 하는 수밖에 없겠구나."

이렇게 말하면서 그는 밖으로 나가 상방 문턱에 앉았다. 가만히 앉아 서쪽으로 가라앉는 해를 바라보니 또 눈물이 흘러내렸다. 텅이 남은 닭국 반 그릇을 다시 데워 그에게 가져다주었다. 그가 갑자기 입을 크게 벌리며 말했다.

"텅아, 와서 내 목 좀 살펴보거라. 갑자기 목이 뻣뻣해지는 것 같구나. 나도 곧 죽는 게 아닌지 모르겠다."

텅은 시아버지의 아래턱을 손으로 받친 다음 젓가락으로 혀를 누르고 햇빛을 빌려 목 안을 살펴보고 나서 말했다.

"목이 붓지도 뻣뻣해지지도 않았어요. 어머님이 돌아가셔서 마음이 아프다 보니 그렇게 느껴지시는 걸 거예요."

그제야 그는 마음을 놓고 그릇을 받아 반쯤 남은 닭국을 먹었다. 해는 서산마루에 걸려 있었다. 대문을 통해 멀리 밖을 내다보니 산언덕 한쪽 구석에 옥수수가 푸르고 왕성하게 자라면서 적동색 빛을 내뿜는 풍경이 눈에 들어왔다. 모기떼가 옥수수 가지 끝을 맴도는 모습도 희미하게 보이는 것 같았다. 두바이는 그릇을 문기둥 받침돌 위로 밀어놓고는 나가서 장례 준비를 하겠다고, 무서우면 방에 들어가지 않아도 된다고 말했다. 텅이 부엌에서 얼굴을 내밀면서 무엇이 무섭겠냐고, 어느 달에고 사람이 죽는 것을 경험하지 않은 적이 있었느냐고 말을 받았다. 그러면서 어느 집으로 가느냐고 물었다. 두바이는 어쨌든 란쓰스가 시어머니의 언니이니 먼저 그녀에게 말해야겠다고 했다.

그제야 텅은 자신의 시어머니가 란씨 가문의 사람으로 란바이수이의 작은딸 란싼지우이자 란쓰스의 유일한 동생이라는 사실이 생각났다. 그녀는 잠시 넋이 나간 채 멍하니 문틀 사이에 서 있다가 시아버지 두바이를 쳐다보며 말했다.

"어머님은 평생 자기 언니를 인정하지 않았어요."

두바이가 말했다.

"그녀가 없었다면 너희 아버지 쓰마란은 벌써 돌아가셨을

210

게다. 그랬다면 어떻게 그 공덕비를 수로에 세울 수 있었겠니."

텅이 말했다.

"그 여자는 창녀이고, 해진 신발이었어요. 아주 불길한 사람이라고요. 그 여자가 없었더라면 우리 아버지 목이 막히지도 않았을 거예요."

두바이는 입을 굳게 다물고 더 이상 한마디도 하지 않았다.

다음 날, 란싼지우를 조용히, 소리 없이 땅에 묻었다.

마을에는 청년들이 없었고 악기를 만질 줄 아는 사람도 없었다. 관을 멜 사람들도 없어서 관을 수레에 실어 두 집안의 묘지까지 끌고 가야 했다. 여름이라 시신이 썩기 쉬워 급하게 땅에 묻고 볜파오(鞭炮)* 같은 건 전부 생략했다. 곡소리는 몇 자락 있었다. 구례십이고(九禮十二叩)의 장례 의식을 면하기 위해서였다. 텅과 두씨 집안의 사람들이 몇 차례 곡을 하고 나자 두바이가 말했다.

"됐다. 운다고 죽은 사람이 다시 살아나는 것도 아니잖니. 더 울 거 없다."

또 한 사람이 이 세상에서 사라졌다. 물거품처럼 조용히 사라졌다. 참새가 집을 옮겨 간 것처럼 더는 볼 수 없게 됐다. 시간이 흘러 옥수수에 다섯 번째 호미질을 할 때, 두바이

* 연발 폭죽으로 주로 명절 축제나 혼례 때 터뜨리지만 지역에 따라서는 장례 때 터뜨리기도 한다.

는 걸음이 닿는 대로 마을 어귀로 갔다. 작은 옥수수밭에 잡초가 미친 듯이 자라 있고 작물은 가을날 버들나무 가지처럼 말라 있었다. 이웃집 옥수수는 전부 허리와 어깨 위로 자라 짙은 흑색을 드러내고 있는데, 오로지 이 1무(畝) 하고 2분(分)밖에 안 되는 작은 밭에만 잡초가 무성하고 작물은 비쩍 말라 있는 것이었다. 밭 가장자리에 서서 발밑의 나무 팻말을 내려다보니 보일 듯 말 듯 희미하게 란쓰스의 이름이 드러났다. 갑자기 마을 남자들이 전부 바러우산맥 뒤로 수로 공사를 하러 간 후로 지금까지 한 번도 란쓰스를 보지 못한 것 같다는 생각이 들었다. 란싼지우가 죽었을 때, 마을의 수많은 여자들이 죽은 사람을 보러 왔지만 싼지우의 친자매인데도 그녀에게는 싼지우가 죽었다는 사실을 알리지 않았던 것이 생각났다. 마음이 초조하고 조급해진 두바이는 더 참지 못하고 길을 에돌아 쓰스네 집으로 향했다.

쓰스는 집에 있었다.

쓰스는 대낮에는 대문을 굳게 걸어 잠그고 있었다.

두바이가 몇 차례 밀었는데도 열리지 않자 옆집 여자와 아이들이 나와서는 쓰스 고모네 집 대문은 그렇게 며칠 동안 잠겨 있었다고 말했다. 쓰마란이 남자들을 데리고 마을을 떠난 후로 그녀가 저 문을 나서는 것을 본 적이 없다고 했다. 그 말에 두바이의 얼굴은 놀라 하얗게 질려 쓰스 역시 서른일곱

212

이고 죽을 때가 가까웠다는 생각이 들어 급하게 계속 소리쳐 댔다. 몇 번 다시 부르고 나서도 답이 없어 문을 부수려는 찰나에 란쓰스가 소리를 내며 확 문을 열었다. 붉은빛이 도는 중약 냄새가 마당을 얕게 오르내리며 흘러나왔다. 란쓰스는 그 냄새 사이에서 여전히 수수한 꽃무늬 옷을 입고 있었고 단추는 별과 달처럼 빨갛게 빛났다. 단지 가을 국화의 흰빛이 그녀의 얼굴에 떠 있을 뿐이었다. 그녀는 두바이를 바라보다 또 마을의 여자들을 바라보다 양손을 열린 문틀로 가져갔다. 마을 사람들이 들어오지 못하게 막는 것 같았다.

두바이가 말했다.

"쓰스, 자네 집 옥수수가 병이 든 거 같네."

그녀가 말했다.

"병들었으면 병든 거지요 뭐."

두바이가 또 말했다.

"자네 동생 싼지우가 죽었네."

그녀의 눈빛이 쿵 하고 무너졌다. 곧바로 그 눈빛이 다시 무력해지더니 얼굴에 가득하던 연노랑빛이 완전 하얗게 변하고 입가의 주름이 바람에 날리는 머리카락처럼 파르르 가볍게 떨렸다.

"무슨 말씀을 하시는 거예요?"

"자네 동생이 죽었다고."

213

"언제요?"

"죽은 지 두 주가 지났네."

"말도 안 돼요. 제가 서른일곱인데도 아직 살아 있는데 그 애가 어떻게 서른여섯에 죽었다는 거예요?"

"목이 아프다고 하더니 곧바로 죽었네. 이미 두 주가 지난 일이야."

란쓰스는 더 이상 말을 하지 않았다. 말을 하는 두바이의 입만 멍하니 바라보고 있었다. 그의 말을 도저히 믿지 못하겠다는 것 같았다. 그러자 두바이는 원래 막 죽었을 때 알려야 했지만, 생전에도 자매가 서로 왕래가 전혀 없다는 걸 잘 알기 때문에 일부러 알리지 않았다고 설명했다. 그러면서 싼지우도 서른여섯이면 충분히 오래 산 편이니 너무 상심하지 말라고 말했다. 여기까지 말했을 때, 란쓰스가 갑자기 미끄러지듯 흐느적거리며 다가와서는 문턱 위에 주저앉아 눈물을 뚝뚝 흘리며 말했다.

"두바이, 두바이, 이 란쓰스가 당신에게 뭘 그렇게 잘못했기에 생전에 우리 자매가 화목하지는 못했지만 그래도 어떻게 그 애가 죽었는데 그 애를 만나보지 못하게 한 거예요."

그러면서 한탄하듯 말했다.

"불쌍한 내 동생 싼지우야. 링인거가 곧 완성될 터인데, 1년 반만 더 살았으면 링인수를 마시고 마흔까지, 아니 쉰이

214

나 예순까지도 살 수 있었을 텐데, 넌 어째서 이렇게 운명이 지지리도 사나운 거냐? 네가 죽으면 내가 지우두에 가서 창피하게 인육 장사를 한 일도 다 헛수고가 되고 말잖니?"

그녀는 혼자 중얼거리듯이 말했다. 여동생을 눈앞에 두고 혼자 말하는 것 같기도 했다.

"싼지우, 이 언니 쓰스는 한평생 우리 란씨 가문에 먹칠을 했는데 그런 나는 아직 살아 있고 어째서 너는 그렇게 가버린 거니? 왜 내가 죽고 네가 살지 못한 거니? 내가 아직 세상에 있는 동안 다시 지우두로 가서 또 한차례 인육 장사를 해서 너를 현에 있는 병원에 데려가 수술을 받게 했어야 했는데 왜 그렇게 하지 못한 걸까?"

이렇게 말하면서 쓰스의 눈길이 두바이에게서 벗어나 아주 먼 곳을 바라보았다. 눈에서는 눈물이 끊이지 않고 천천히 흘러내렸다. 흰자위가 점점 커지면서 멍한 표정을 짓던 그녀는 푸른빛이던 입술마저 검게 변하더니 짙은 자주색이 되었다. 그렇게 땅바닥에 쓰러져 아무 말도 하지 않았다.

두바이는 땅바닥에 쓰러져 있는 란쓰스를 보고는 침착하게 그녀를 문밖으로 끌어내 마당 담장 근처 바람이 통하는 곳에 눕히고는 손으로 그녀의 인중혈과 태양혈을 눌렀다. 얼굴의 몇 군데 혈 자리에 희미하게 손톱자국이 남았을 때가 되어서야 쓰스의 눈에 흰자위가 물러갔다. 하루 종일 몹시 피곤해 한잠 자고 난 듯 천천히 눈을 뜬 그녀는 눈길을 여전히 자신의 호지혈을 누르고 있는 두바이의 얼굴로 향했다.

"일어났군. 옥수수에 호미질을 좀 해야 하네. 한철 양곡을 망칠 수는 없지 않은가. 동생이 보고 싶으면 무덤에 한번 가보도록 하게. 장례는 제법 신경을 써서 잘 치러주었네. 관재는 두께가 한 치 반이나 되는 나무판을 썼고 관 뚜껑은 측백나무 판자 세 개를 이어 붙여 만들었지. 나중에 내가 죽어도 그렇게 좋은 관을 쓸 수 있으려나 모르겠네. 우리 아버지도 평생 좋은 관을 꿈꾸셨는데 정작 돌아가셨을 때는 멍석에 말아 묻어드렸지."

쓰스가 땅바닥에서 몸을 일으켜 앉자 두바이는 쓰마란이 사람들을 이끌고 공사 현장으로 가서 밤낮없이 일하고 있다고 말했다. 가을이 지나고 겨울이 올 때쯤 마을에 물길이 트이면 사람들의 목숨 길도 트일 거라고 했다. 목숨 길이 트이면 쓰마란은 곧 수로에서 돌아올 것이고, 그가 돌아오면 자기 여동생 두주추이가 두 사람이 합칠 수 있게 해줄 거라고 했다. 두바이는 쓰스에게 많은 이야기를 했지만 그녀는 한마디만 물었다.

"제 동생이 죽기 전에 뭐라고 했나요?"

두바이가 말했다.

"싼지우가 죽기 전에 한 말을 함부로 입 밖에 내서는 안 되네. 나도 그 여자가 죽기 전에 내게 그런 말을 하리라고는 생각지도 못했거든. 그 여자는 아들 두류에게 촌 간부를 맡게 하고 싶다고 하더군. 언젠가 쓰마란이 촌창을 그만두면 두류가 그 자리를 이어받아 마을 일을 주재하게 했으면 좋겠다는 거야. 쓰스, 자네는 동생이 죽기 전에 왜 그런 마음을 먹게 됐는지 알겠어?"

말을 마친 두바이는 곧장 자리를 떴다.

며칠 후, 란쓰스는 아버지 란바이수이와 어머니 메이메이의 무덤을 찾아가 한나절이나 멍하니 서 있었다. 쉬지 않고 봉분만 바라보고 있었다. 그녀가 그 황량한 무덤 앞에서 무슨 생각을 했는지 아는 사람은 아무도 없었다. 부모의 일생을 추억했는지 아니면 자기 인생의 결말에 대해 사유했는지 알 수 없었다. 마을의 자잘한 일들을 생각했는지 아니면 세상사 전체에 대한 자신의 관점을 사유했는지 알 수 없었다. 어쨌든 이번이 그녀가 부모의 무덤을 찾아가 조용히 보낸 마지막 시간이었다. 이어서 그녀는 큰언니 란지우스(藍九十)와 둘째 언니 란바스(藍八十), 셋째 언니 란치스(藍七十), 넷째 언니 란우스(藍五十)의 무덤을 찾아가 잠깐씩 서 있다가 해 질 녘이 되어서야 동생 란싼지우의 무덤 앞에 이르렀다. 두씨 집안의 묘지는 마을 서쪽 산비탈에 자리 잡고 있었다. 석양이 비스듬히 비쳐 묘지에는 붉은 핏빛이 흘렀다. 온통 만터우 모양의 무덤들이 항렬에 맞춰 들쑥날쑥 늘어서 있고 무덤마다 쑥과 도롱이풀, 강아지풀이 자라나 있었다. 무덤 사이의 빈 공간에는 띠풀이 바다를 이루고 있고 구름 같은 안개가 자욱했다. 여기저기 한두 마리 산토끼나 족제비가 구멍을 뚫고 무덤 안을 드나들었고 구멍 입구가 띠풀 사이에 드러나 있었다. 사방의 옥수수밭이 푸르른 옥수수 새싹의 비린내로 소용돌이치고 있고 햇빛이 그 비린내를 눈부시게 비춰 밝은 빛을 내면서 산등성이 전체를 뒤덮고 있었다. 너무나 조용했다. 쌀보리 냄새가 흘러다니는 소리가 물처럼 졸졸 귀에 들려왔다. 란쓰스는 이런 소리의 흐름 속에서 외롭게 떨어져 있는 새 무덤 앞에 멍하니 서 있었다. 메뚜기들이 무덤 위를 뛰어다니고 있고 여치 한 마리가 작은 대추나무 위에서 울어대고 있었다. 그 즐겁고 우렁찬 울음소리는 그칠 줄 몰랐다. 동생 란싼지우의 무덤을 바라보면서 란쓰스의 얼굴은 잿빛으로 굳어졌다. 수천 년 동안 일구지 않은 산등성이 같은 빛깔이 한 겹 덮여 있었다.

쓰스는 마음속으로 동생에게 말했다.

'싼지우, 내가 우리 란씨 집안의 얼굴에 평생 먹칠을 했구나.'

부드러운 목소리가 차갑고 음산하게 전해져왔다.

— 나는 끝내 언니의 돼지 같은 일생을 눈 뜨고 볼 필요가 없게 됐네.

'나도 이미 응분의 벌을 받은 셈이지.'

— 그럼 언니도 어서 죽어. 내가 여기서 기다리고 있을게. 언니도 죽어야 비로소 란씨 집안 사람이고 내 언니인 셈이니까 말이야.

'하지만 내가 죽으면 쓰마란은 어떻게 하니? 그는 지금 나를 위해 수로를 뚫고 있단 말이야. 나는 그가 수로를 완성하고 돌아오면 그와 함께 살겠다고 약속했어. 평생 내 몸을 그에게 주고 그와 함께 세월을 보내면서 그에게 아들을 하나 낳아주고 싶어. 그를 위해 밥을 짓고 그를 위해 솥과 그릇을 씻고 그를 위해 세수할 물과 발 닦을 물을 떠다 주고 싶어. 밤에 그와 한 침대에서 잠을 자고 같은 베개를 베고 잘 수만 있다면 나는 소나 말이 되어도 좋아.'

— 언니, 너는 아직도 돼지나 다름없구나. 아직도 해진 신발에 창녀이고 육왕이네. 너 란쓰스는 죽어도 나 란싼지우의 언니로 적합하지 않아.

쓰스는 더 이상 말을 하지 않았다. 그녀의 두 눈이 흐릿해졌다. 굳어 있던 창백한 얼굴이 동생 싼지우의 말에 부들부들 떨렸다. 시퍼런 가죽 채찍으로 얼굴을 팍팍 후려갈기는 것 같았다. 지는 해의 붉은 물이 휙 하고 그녀의 얼굴에 뿌려졌다. 무덤은 곧 붉은 혈장(血漿)으로 변했다. 그렇게 나무처럼 서 있었다. 발걸음 소리가 노를 젓는 것처럼 귀에 들려오는 것 같았다. 그녀가 미처 고개를 돌리기도 전에 야윈 그림자 하나가 정신없이 그녀의 시야 안으로 들어왔다.

쓰마란의 아내 두주추이였다.

주추이는 겨울을 보내고 푸른빛을 띠는 대나무처럼 그녀의 눈앞에 섰다. 얼굴에는 억누를 수 없는 기쁨과 햇살이 가득했다. 이마에 새겨진 계곡 같은 주름이 아니었다면 그곳 역시 아주 좋은 밭으로 느껴졌을 것이다.

그녀가 란쓰스를 바라보았다. 실눈을 떠서 그런지 두 눈이 가느다란 줄 같았다. 그녀가 말했다.

"우리 오빠가 당신이 무덤에 왔다고 하더군요. 싼지우에게는 아들도 있고 딸도 있어요. 게다가 시어머니가 되었으니 죽었다고 해서 너무 크게 상심할 것 없지요."

그녀가 이어서 말했다.

"쓰마루가 식량을 가지러 마을로 돌아와 알려주더군요. 남은 10리 남짓 구간 가운데 이미 1리 반을 팠대요. 이제 곧 마을 사람들의 목숨이 트이게 되었는데 아쉽게도 싼지우는 링인수를 마시고 장수할 운명이 아니었나 봐요."

그녀가 또 말했다.

"한 가지 얘기를 해주러 찾아왔어요. 쓰마란이 수로를 완공하고 나면 당신과 합치는 걸 막을 수 없다는 거 잘 알아요. 수로 공사를 위해 떠날 때 하루빨리 당신과 합치고 싶어 눈

220

동자가 초록색이 되어 있더군요. 당신에게 미혹되어 이미 영혼이 없다는 걸 알았지요. 영혼이 없는 눈이라야 초록색이 될 수 있거든요."

한 걸음 앞으로 다가간 그녀는 잠시 멈췄다가 말을 이었다.

"사실 나 두주추이도 인지상정을 잘 아는 사람이에요. 그 수로가 개통되기만 하면, 내가 정말로 그 링인수를 마시고 목이 막히는 병에 걸리지 않게만 된다면, 그래서 마흔이나 쉰까지 살 수 있게만 된다면 나는 기꺼이 쓰마란과 헤어져 당신과 그가 합칠 수 있게 해주고 싶어요. 오늘에서야 나는 살아 있다는 것이 얼마나 좋은 건지 알았어요. 내가 텅과 거, 완 세 딸을 낳고서도 예전까지는 여자로 산다는 게 그렇게 즐거울 수 있는 일인 줄 몰랐어요. 쓰마란이 수로 공사를 위해 떠나기 며칠 전에야 알게 되었어요. 여자들이 왜 두꺼운 얼굴로 남자들을 보살펴야 하는지 말이에요."

그녀가 또 말했다.

"나는 얼마 전까지 정말 헛살았어요."

다시 말했다.

"당신 둘이 합치게 되면, 나는 쓰마란에게 보름에 한 번씩만 집에 돌아와 나와 밤을 보내게 할 생각이에요. 이전까지도 헛살았는데 앞으로도 독수공방할 것이 두렵거든요. 그가 보름에 한 번씩만 돌아와주면 돼요. 우리 오빠가 당신한테 뭐라고 하든 상관없어요. 우리 오빠는 내 일에 관여할 수 없으니까요. 우리 오빠가 두류에게 촌장 자리를 잇게 하려는 건 나와 상관없는 일이에요. 나는 그저 당신이 쓰마란이 보름에 한 번씩 집으로 돌아와 나와 밤을 보내는 데 동의해주길 바랄 뿐이에요. 내가 한때 그의 아내였다는 걸 잊지 않으면 그것으로 만족해요. 나는 더 이상 당신을 육왕이라고 욕하지 않을 거예요. 나는 생김새가 추한 데다 늙었어요. 나도 당신처럼 예뻤다면 틀림없이 육왕이 되고도 남았을 테고, 육왕이 된다는 게 우리 여자들에게는 큰 복이라는 걸 깨달았을 거예요. 당신과 쓰마란이 내가 마흔이나 쉰까지 살 수 있도록 보장해준다면, 그리고 보름에 한 번씩 집에 돌아와 나와 하룻밤을 보내주기만 한다면 나는 당신네 두 사람이 길 한복판에서부터 한 집으로 들어갈 수 있도록 길을 내줄 거예요."

말을 마친 그녀의 얼굴에 경쾌한 표정이 날아다녔다. 나비 몇 마리가 그녀의 이마 위를 날면서 올라갔다 내려오기를 반복하는 것 같았다.

란쓰스는 내내 조용히 그녀의 말을 듣기만 했다. 그녀가 하는 말을 다 들었지만 아무것도 듣지 않은 것처럼 몸을 반쯤 돌려 그녀를 매섭게 노려보았다. 뭔가 말을 하고 싶은 것 같았지만 혀로 입술을 한 번 핥기만 할 뿐, 아무 말도 하지 않고 두주추이와 쌴지우의 무덤 사이로 몸을 빼내 가버렸다.

그런 쓰스를 바라보면서 두주추이는 몸을 한쪽으로 기울여 쓰스가 지나갈 수 있게 해주었다. 그러고는 눈으로 그녀의 그림자를 좇으며 소리쳐 말했다.

"내 목숨이 막혀서 마흔이나 쉰까지 살지 못하면, 그가 보름에 한 번씩 집에 돌아오게 해주지 않으면, 당신네 두 사람은 절대로 좋은 세월을 보낼 수 없을 줄 알라고."

11장

링인거가 마을 어귀까지 이어진 때는 가을로 접어든 다음
달 초아흐레였다.

제3차 공정에서는 반년 남짓 되는 시간에 원래 예정됐던
1년 반 치 공사량을 완성했다. 공사 전체를 정리해보면 수로
의 너비가 2미터, 깊이가 1.5미터였고 전체 길이가 60여 리
에 달했다. 마을 전체 30여 가구에서 차출된 수십 명의 노
동력이 3교대로 작업을 하면서 이전까지 합치면 무려 16년
이라는 시간 동안 크고 작은 토사 붕괴 사고를 1010회나 겪
었다. 부드러운 흙 3만 입방미터와 돌 만 천 입방미터, 단단
한 흙 2만 천 입방미터를 파냈고 전체 공사에 시멘트 250톤
과 백회 58가마, 폭약 3.2톤, 도화선 900여 미터가 사용되었

다. 발파에 사용된 뇌관은 수를 헤아릴 수 없을 정도로 많았다. 공사 도중에 망가진 강철 끌이 2천 개가 넘었고 쇠망치 500여 자루, 짐수레 200여 대, 광주리 2100여 개, 삽 900자루, 괭이 800자루, 삼끈 수천 킬로그램이 사용되었다. 공사로 인해 목숨을 잃은(목구멍이 막혀 사망한 경우는 포함하지 않음) 사람이 18명에 달했고 팔이 부러지거나 손가락이 절단되는 등의 상해를 입은 부상자가 31명이나 됐다. 링인거의 물을 끌어대는 작업에 참여한 사람들 가운데 피를 흘리거나 뼈가 부러지지 않은 사람은 하나도 없었다. 수로 공사의 자금을 모으기 위해 산싱촌 사람들 가운데 연 인원 197명이 교화원에 가서 907평방의 피부를 팔았다. 이 가운데 피부를 파는 과정에서 사망한 사람이 6명이고 중병에 걸린 사람이 9명이나 됐다. 쓰마란의 강요에 의해 란쓰스가 이끌고 지우두로 가서 인육 장사를 한 마을의 과부와 여자들도 30명이 넘었고, 이 가운데 산부인과 질병에 걸린 사람이 11명이나 됐다. 가장 힘든 시기에는 마을의 모든 관과 나무 그리고 처녀들의 혼수와 총각들의 장가 밑천까지 전부 팔아야 했다. 심지어 마을의 돼지와 닭, 양까지 한 마리도 남기지 않고 전부 팔았다. 밭을 갈 때 쓸 늙은 소 두 마리만 간신히 살아남았다.

마침내 그들은 링인거 수로가 개통되는 날을 맞이했다.

그때 산등성이에는 수풀이 많지 않았다. 옥수수는 이미 집집마다 전부 수확하여 마당 안으로 거둬들인 터였다. 온 마을의 처마 밑과 나뭇가지에 매달린 황금색 옥수수 열매가 가을날 짙은 향기를 발산하면서 거리와 후퉁을 찬란하게 비춰주었다. 닭과 참새들은 입만 벌리면 하루 종일 배를 채울 수 있었다. 길상의 시기였다. 마을에는 어느 집에도 목구멍이 붓는 사람이 없었고 다른 질병에 걸린 사람도 없었다. "오늘 이승을 떠나 천당에 올랐으니, 내일이 오면 곧 백 세를 누리리라"라는 문구가 쓰인 하얀 대련을 문틀에 붙인 집은 더더욱 없었다. 산등성이에서 내려다보면 쟁기가 지나간 땅이 염색 공방의 물감을 푼 수조에 담기기라도 한 것처럼 붉은빛을 띠고 있었다. 아직 갈아엎지 못한 들판은 회백색을 띠고 있고 옥수수 그루터기는 하나같이 화살처럼 밭에 박혀 있었다. 한 번도 햇빛을 쬐어본 적이 없는 풀 넝쿨들은 한 해 가운데 마지막 며칠만 주어지는 생존의 기회를 놓치지 않고 미친 듯이 위로 기어올라 초록색 자태를 뽐내고 있었다. 이 시절의 일상에서는 밭을 가는 사람은 밭을 갈고 밀을 파종하는 사람은 밀을 파종했다.

갑자기 누군가 쓰마후를 들것에 싣고 산등성이에서 큰 소리로 외쳤다.

"쓰마네 여섯째 숙모, 쓰마네 여섯째 숙모, 후 삼촌이 피부를 팔고 돌아왔어요. 집에 가서 문을 열어두고 후 삼촌에게

226

뜨거운 국 한 그릇 끓여주세요."

쓰마루의 아내와 쓰마후의 아내가 산등성이에 수숫대를 묶어놓고 함께 산비탈을 내려와보니 얼바오와 두류가 쓰마후를 실은 들것을 옮기고 있었다. 재빨리 들것 위의 얇은 이불을 들춰보니 졸고 있는 쓰마후의 불그레한 얼굴이 보였다. 눈을 뜨자 흥분이 천 조각처럼 눈가에 펄럭였다. 아내가 물었다.

"얼마나 넓은 피부를 팔았어요?"

쓰마후가 대답했다.

"상태가 좋은 두 허벅지의 넓은 피부를 전부 팔았어."

아내가 말했다.

"피부를 팔아서 우리 집에서만 쓸 수 있는 것도 아닌데 다 팔아버리면 나중에 집에 급전이 필요할 때는 어떻게 하려고 그래요?"

쓰마후가 아내를 노려보며 말했다.

"곧 링인거가 개통되면 마을에 촌위원회가 설립될 것이고, 그러면 넷째 형이 나를 마을의 민병 대대장으로 임명할 거라고. 나를 마지막으로 보내 피부를 팔게 한 것도 링인거의 개통을 축하하기 위한 건데 허벅지 피부를 전부 팔지 않을 수 있겠어?"

아내가 생각해보니 그의 말이 맞는 것 같았다.

"민병 대대장이 부촌장도 겸직할 수 있나요?"

하지만 부촌장 자리는 두류가 노리고 있었다. 쓰마후가 잠시 대답을 피하고 생각에 잠겼다가 다시 입을 열었다.

"두 직책은 담당하는 일이 서로 달라. 채소를 따고 파를 벗기는 것이 다르듯이 각자 업무가 다르기 때문에 서로 참견하는 일 없이 한 가지 직책만 맡아야 한다고."

아내가 들것의 이불을 완전히 걷어 젖혔다. 정말로 쓰마후의 양쪽 허벅지가 두 개의 한백옥(漢白玉) 기둥처럼 온통 하얬고 커다란 거즈로 덮여 있었다. 거즈 위로 점점이 붉게 배어난 피가 설원의 매화처럼 선명하고 아름다웠다. 그의 바지는 발밑에 놓여 있고 바지의 양쪽 발목 부분이 가는 끈으로 묶여 있었다. 한쪽 바지통에 1만 발짜리와 5천 발짜리, 2만 발짜리 볜파오가 채워져 있고 엄지 폭죽 여러 다발과 반 자 길이의 폭죽 두 발, 세 발짜리 다이너마이트도 들어 있었다. 반대쪽 바지통에는 볜파오 외에도 각종 알록달록한 사탕이 들어 있었다. 그리고 두 다리 주위에는 열 병이 넘는 백주(白酒)와 붉은 천 한 조각 그리고 둥글게 말린 붉은 종이 한 다발이 놓여 있었다. 새해를 경축하는 것 같은 분위기가 김을 내뿜는 증롱(蒸籠)처럼 이불 아래 덮여 있었다. 이런 경축의 분위기에 취해 덩달아 얼굴이 붉어진 아내가 물었다.

"내 옷도 샀어요?"

쓰마후가 못마땅한 표정으로 아내를 한 번 쳐다보고는 머리에 베고 있던 두루마리 종이를 펼쳐 회색 천을 한 뭉치 꺼냈다. 묵직하면서도 매끄러운 천이었다.

"이건 당신 바지감이야. 1미터에 20위안이 넘더라고. 순모가 절반이나 섞여 있다나."

이어서 붉은색 바탕에 파란 꽃무늬가 있는 천을 꺼내며 말했다.

"이건 우리 딸내미 거. 원하는 대로 만들어주구려."

여인들은 마을 어귀에서 천을 이리저리 몸에 대고 잡아당겨보면서 말했다.

"아주 튼튼하네요. 색깔도 예쁘고요."

그러고는 다시 들것 한편에 놓인 비닐봉지 속 사탕을 가리켰다.

"이건 우리 거예요, 마을 거예요?"

쓰마후가 말했다.

"이런 젠장, 그렇게 싹수없는 소리 하지 말라고."

아내는 화를 내지 않았다. 그 사탕이 자기 집 것이라는 것을 알고는 얼른 쓰마루의 아내에게 절반을 나눠 주었다.

"다섯째 형님, 가져가서 조카들이나 나눠 주세요."

두 여자는 신바람이 나서 이불을 다시 덮어주고 들것을 메고 거리를 지나 집으로 향했다.

마을 사람들이 밭에서, 집에서 쏟아져 나와 이들을 겹겹이 에워싸고는 두류와 얼바오에게 이것저것 물어댔다. 순식간에 온 마을이 3월과 4월 사이의 봄비 내리듯 도처에 떠들썩한 말소리로 가득했다.

"수로가 정말 곧 개통되나요?"

"수로의 한 구간이 청석(靑石)으로 되어 있어서 이걸 폭파하여 뚫기만 하면 곧 개통될 겁니다."

"사람들은 언제 마을로 돌아오나요?"

"곧 돌아오게 될 거예요. 열흘이나 보름쯤 지나면 올 거예요."

"요 며칠 사이에는 어째서 마을로 돌아오는 사람을 볼 수가 없는 건가요?"

"촌장이 미쳤어요. 누가 마을로 돌아가겠다고 하면 그 사람의 삽을 내팽개치고 끌을 망가뜨려버린다니까요."

"수로가 개통되면 다들 마흔이나 쉰, 예순까지 살 수 있고, 손자 손녀가 넘쳐나서 집집마다 방이 모자라게 되지 않나요?"

"더 지으면 되겠지요."

"돈이 어디서 나요?"

"벌면 되잖아요."

"또 피부를 팔아야 하나요?"

"장사를 할 수도 있겠지요."

쓰마후의 아내가 앞서서 가다가 다른 사람들의 얘기를 들고는 갑자기 몸을 돌려 남편에게 물었다.

"수로가 개통되면 넷째 형님이 정말로 란쓰스와 합치게 될까요?"

쓰마후가 들것을 거칠게 탁 치면서 호통을 쳤다.

"어서 가던 길이나 가라고. 형 일은 우리가 상관할 것 없어."

누군가 인파 속에서 란쓰스를 찾아보았지만 그녀의 모습이 보이지 않자 눈길을 후통 안쪽 작은 기와를 얹은 문루로 옮겨 바라보았다. 이미 여자아이 하나가 기쁜 소식을 전하기 위해 달려가 문을 몇 번 밀어봤지만 열리지 않았다. 아이가 돌아와 말했다. 쓰스 고모 집에는 아무도 없어요. 그러고는 다시 폴짝폴짝 인파 속으로 뛰어들어가 사라졌다.

그 뒤로 한 주가 넘는 시간이 지나는 동안 산싱촌의 여인들과 아이들은 일제히 설을 지내는 듯한 커다란 즐거움에 푹 빠졌다. 링인거가 곧 개통될 예정이었다. 무려 16년의 시간을 들인 공사가 마무리되는 것이었다. 때로는 밥을 먹다가 폭발음이 들리면 마을 사람들은 쾅 하는 소리에 재빨리 밥그릇을 내려놓고 산등성이로 달려가서는 하늘의 구름 같은 연기가 완전히 흩어질 때까지 오랫동안 바라보곤 했다. 아이들은 기뻐서 폭발음이 나는 곳을 향해 자기 아버지를 맞으러 달려가기도 했다. 하지만 산등성을 넘었다가는 길을 찾지 못할까봐 두려워 다시 되돌아왔다. 되돌아온 아이들은 길거리에서 고무줄놀이를 하거나 참새를 잡으며 놀았다. 여인들이 아버지랑 삼촌을 보지 못했느냐고 물으면 아이들은 폭발음이 들린 곳은 너무 멀다고 대답했다. 고개를 몇 개는 넘어야 갈 수 있는 곳이라고 했다. 여인들은 참지 못하고 길고 긴 세월처럼 아주 오래 눈길을 바러우산 깊은 곳으로 던졌다. 밥먹을 때가 되면 밥그릇을 나르면서 말했다. 수로가 빨리 개통되어야 해. 그래야 사람들의 명줄도 통하게 되고 사람들 모두 장수하게 될 테니까 말이야. 그러고는 누가 너무 일찍 죽었는지, 아깝게 죽었는지, 어느 과부가 먼저 재가하게 될지, 누구에게 시집을 가게 될지 끝없는 의론을 늘어놓았다. 화제는 밤이고 낮이고 쉬지 않고 이어졌다. 담장과 나무, 들판 곳곳에 이런 한담과 즐거움이 매달리고 걸려 있었다. 이렇게 끝없이 이야기를 이어가다 보면 또 너무나 단조로워 더이상 얘기해봤자 쓸데없는 수다라는 생각이 들기도 했다. 그리하여 바람이 잦아들듯 모두들 마음을 가라앉히고 차분하게 각자 할 일을 했다. 격정과 기쁨이 조금 무뎌지기 시작할무렵, 두바이가 공사 현장엘 한 번 다녀왔다. 첫날 떠났다가 사흘 만에 돌아왔다. 돌아올 때는 날이 아직 흐릿하고 달빛마저 해 질 녘처럼 희미해졌다. 마을에는 짙은 어둠이 한 겹 두껍게 내려앉았다. 가을밤의 한기가 한겨울처럼 가득 들어차 있었다. 두바이는 아내의 무덤 곁에 앉아 잠시 쉬면서 죽은 아내에게 말했다.

"곧 수로가 개통될 거야. 그러면 우리 아들이 부촌장이 될 거라고. 일단 부촌장이 되면 나중에 촌장이 될 수도 있지. 앞으로 산싱촌 사람들이 일흔이나 여든까지 살게 되면 모두들 우리 두씨 집안의 말을 따르게 될 거라고. 당신은 먼저 갔으니 어쩔 수 없지. 남은 날들은 내가 당신 대신 아주 잘 살아줄게."

휴식도 충분히 취하고 얘기도 충분히 한 그는 무덤을 떠나 마을로 돌아왔다. 먼저 마을 어귀에 잠시 서서 생각에 잠기더니 손이 닿는 대로 첫 번째 집 대문을 두드리며 소리쳤다.

"이봐요, 닭을 잡아야 하는 사람들은 닭을 잡고 고기를 사야 할 사람들은 고기를 사도록 하세요!"

두 번째 집 대문을 두드렸다.

"닭을 잡아야 하는 사람들은 닭을 잡고 고기를 사야 할 사람들은 고기를 사세요!"

세 번째 집 대문을 두드렸다.

"닭을 잡아야 하는 사람들은 닭을 잡고 고기를 사야 할 사람들은 고기를 사세요!"

서른일곱 번째 집 대문을 두드렸다.

"주추이야, 쓰마란이 곧 돌아올 거야. 닭을 잡을 거면 닭을 잡고 고기도 사야 할 것 같으면 고기를 사도록 해. 제발 그에게 좀 잘해주도록 하라고!"

이어서 란쓰스의 집 대문을 두드리던 그는 문득 쓰스가 혼자 몸이라 산등성이로 수로 준설 공사에 차출된 남편이나 아이가 없다는 사실을 떠올리고는 손을 문에 댄 채 잠시 멈췄다. 문틈으로 이상한 한약 냄새가 새어 나오자 코로 한 번 들이마시고 이내 몸을 돌렸다. 해가 동쪽 산등성이에 떠오르자 마을 어귀의 길 위에 황금빛이 가득 깔렸다. 그 황금빛 사이로 한 무리의 사람들이 마을을 향해 돌아오는 모습이 희미하게 보였다. 온갖 공사 장비가 어지럽게 실린 차량 몇 대와 어지럽게 뒤엉킨 사람들이었다. 그는 고개를 돌렸다. 얼굴에 기쁨이 가득해지면서 금세 붉은빛이 번지기 시작했다. 그가 황급히 손나팔을 만들어 입에 대고 목이 찢어져라 소리쳤다.

"주민 여러분, 잘 들으세요. 링인거 수로가 산등성이 저쪽까지 준설됐어요. 마을 사람들이 산등성이로 돌아왔어요. 다들 그만 자고 일어나 사람들을 맞아주세요."

그는 미친 사람처럼 이 후퉁에서 소리치고 저 후퉁에 가서 외쳤다. 검붉은빛으로 쉬어버린 목소리가 햇빛이 상서로운 구름을 비추는 것처럼 마을을 덮었다. 그의 외침을 따라 산싱춘의 모든 대문이 잇달아 소리를 냈다. 문기둥이 삐걱거리는 소리가 10리, 20리 밖까지 길게 이어졌다. 이어서 여인들의 발걸음 소리와 즐거움에 겨운 아이들의 아빠와 오빠를 부르는 소리가 잿빛과 흰빛, 붉은빛으로 뒤섞여 수많은 후통 안을 우르릉 쾅쾅 요란하게 울려댔다. 사람들은 옷의 단추를 잠그고 졸린 눈을 비비면서 마을 어귀로 몰려 나왔다. 말소리가 비바람 소리처럼 요란하고 발걸음 소리가 천둥 번개처럼 우렁찼다. 새롭게 불붙은 기쁨과 즐거움이 뜨거운 불길처럼 문 안팎과 거리, 마을 어귀와 허공을 가득 뒤덮었다. 침대를 붉은 이불로 따뜻하게 데우는 것처럼 하늘 전체를 뒤덮었다. 아이들은 몸부림치며 엄마 품을 벗어나 가까이 다가온 아빠를 향해 달려갔다. 달려가다가 넘어져도 다시 일어나서는 울지도 않고 앞을 향해 폴짝 뛰어올랐다. 아이들 뒤에 따라오던 여인들의 즐거운 웃음소리가 은빛으로 낭랑하게 떨어져 발밑에 깔렸다. 여인들은 주위에 있는 다른 여자들을 비웃으며 말했다.

"황급히 뛰어나온 꼴 좀 봐. 남편이 돌아왔다니까 얼굴도 씻지 않고 달려 나온 모양이네."

그러면서 다른 사람들의 비웃음 대상이 되기도 했다.

"자기 꼬라지나 제대로 좀 보라지. 누구보다도 신바람이 나서는 신발도 제대로 못 신고 질질 끌면서 달려 나온 주제에!"

마을 전체가 부글부글 끓었다. 기쁨과 즐거움이 요염하게 모든 사람들의 마음속에서 금방이라도 터질 듯이 부풀어 올랐다. 가을 날씨도 이상할 정도로 좋았다. 해는 황금 대야처

럼 둥글었고 온 세상이 붉은 구리 경통(經筒)을 두드리는 것
같은 소리로 가득했다. 하늘은 더없이 밝고 깨끗했다. 가을
아침의 덥지도 않고 춥지도 않은 상쾌함이 모든 사람들의 몸
을 어루만져주었다. 소가 우리 안에서 음매 하고 우는 소리
는 우렁차면서도 둔탁했지만 사람들의 마음을 편안하고 따
스하게 해주었다.

이렇게 수로가 개통되었다.

남자들은 집을 떠난 지 반년 만에 온갖 고생을 다하고 지
친 모습으로 돌아왔다. 한 무리 사람들이 짐수레 행렬을 따
라 한 걸음 한 걸음 마을 입구를 향해 가까이 다가왔다. 여자
들이 말했다.

"내일이나 모레가 되어야 돌아온다고 하지 않았어요? 진
즉에 알았더라면 미리 닭을 잡아서 푹 삶았을 텐데. 마흔 살
넘게 살게 되면 다른 마을 사람들이 더 이상 우리 산싱촌을
깔보지 못할 거예요. 누가 뭐라고 하든 딸을 진으로 시집보
낼 수 있을 것이고 집을 나서면 장터에도 갈 수 있을 거예요.
가게 구경도 할 수 있고 밥을 다 지어놓고 다시 나가 식사 시
간에 맞춰 소금이나 후추를 사 올 수도 있을 거예요. 매달 마
을 밖으로 나가지 않아도 창극을 볼 수 있을 거예요. 한두 해
만이라도 그런 세월을 보낼 수만 있다면 이 세상에 온 것이
헛된 일은 아닐 거예요."

236

여자들이 이렇게 기뻐하면서 의론이 끊이지 않는 가운데 남자들이 마을 입구에 도착했다. 여자들은 이내 상황이 좀 이상하다는 것을 알게 되었다. 수레를 끄는 사람들의 발걸음이 전혀 빠르지 않고 맨 앞에 선 사람들은 걸음을 멈추려 애쓰는 것 같았다. 서두르거나 다급해하지 않으면서 때때로 고개를 돌려 빼곡하게 무리를 이뤄 뒤따라오는 남자들을 바라보다가 다시 옆에서 걷고 있는 쓰마란을 쳐다보았다.

　쓰마란의 눈은 집을 떠나기 전의 초록빛이 아니었다. 그의 두 눈에는 구름과 안개가 자욱했고 얼굴의 먼지와 때는 산등성이를 덮고 있는 두터운 흙 같았다. 3년이나 5년 심지어 10년, 20년 세면을 하지 않은 것 같았다. 거친 수염이 이 계절에 아직 갈지 않은 밭의 수수 그루터기 같았다. 그는 고개를 가볍게 숙였다가 다시 힘겹게 들기를 반복하면서 마을 입구에 서 있는 여자와 아이들을 곁눈질로 쳐다보았다. 젊고 건장하던 남자들이 많이 야윈 데다 백 년 넘게 물 구경도 못 해본 것처럼 더러운 옷차림으로 그의 뒤를 따르면서 한 걸음 한 걸음 마을을 향해 가까이 다가오고 있었다. 서로의 거리가 좁혀질수록 이상한 공기가 회오리처럼 사람들 사이에 흐르기 시작했다. 사람들의 억제되지 못한 숨소리가 억눌린 엄동설한의 풍상(風霜)처럼 쉭쉭 차갑고 하얀 소리를 냈다. 마침내 두 무리의 사람들이 가까워지자 서로의 시선이 쾅쾅 맹렬하게 부딪쳤다. 무겁던 발걸음 소리가 우박이 땅에 떨어진 것처럼 갑자기 마을 입구에서 얼어붙었다. 남자들이 끄는 수레가 전부 멈춰 섰다. 100명이 넘는 여자와 아이들도 마침내 도구를 실은 두 대의 수레와 어수선한 무리의 뒤를 따르는 일곱 대의 짐수레 위에 일곱 구의 시신이 관에 담긴 채 실려 있는 것을 분명히 볼 수 있었다. 일곱 개의 관은 검은 제방처럼 일렬로 늘어서 있었다. 햇빛이 관 위로 날카로운 빛줄기를 쏘아대자 일곱 개의 관 앞에 금색으로 둥글게 새겨진 '제(祭)' 자가 머리 위에 갓 떠오른 일곱 개의 해 같았다. 남자들은 모두 관 옆에 섰다. 여자들의 옷을 잃어버리고 나서 여자들에게 뭐라고 둘러대야 좋을지, 옷을 어떻게 잃어버렸는지 해명할 방법을 찾지 못해 난감해하는 사람들처럼 멍하니 서 있었다. 여자들은 길 입구에 모여 목화처럼 창백하고 아득한 표정을 짓고 있었다. 놀란 눈빛이 관 위를 거칠게 내리쳤다. 첫 번째 관 앞에 선 쓰마란의 얼굴을 내리치고 짐수레의 기둥과 짐칸에 실린 짐들을 내리쳤다. 햇빛은 노란빛을 한층 더했다. 옅은 불빛이 사람들의 머리 위에서 불탔다. 마을 안에서 마을 밖까지, 산속에서 산 밖까지, 인간세상 안에서 인간세상 밖까지 백리 천리가 소리 없는 적막에 휩싸였다. 햇빛이 땅에 떨어지는 소리가 사나운 불길처럼 거셌다. 산 저편에서 산토끼와 메뚜기가 뛰어다니는 소리가 선명하고 우

렁차게 들려왔다. 끝없는 고요 속에서 아이 하나가 기침을
한 번 하자 옆에 있는 홰나무에서 푸른 잎들이 우수수 흔들
려 떨어졌다. 공기 속에 하얀 멍청함과 놀라움이 가득 퍼져
있었다. 발밑 땅바닥에는 놀란 아이들의 떨림과 숨죽인 긴장
감이 가득했다. 남녀노소 마을 사람들의 눈길이 둔하고 무력
하게 관의 검은색에 잘려 나가 더 이상 먼 곳을 바라볼 수 없
었다. 모두가 천지를 뒤흔들 소리를 기다리고 있었다. 해가
머리 위에서 격렬하게 폭발하여 그 조각난 빛줄기를 산등성
이 안팎에 뿌려주기를 기다리고 있었다. 시커먼 시간은 한데
엉겨 붙어 흐르지도 못하고 움직이지도 않으면서 따뜻한 햇
볕이 내리쬐는 산싱촌을 싸늘하게 삼켜버렸다. 100쌍이 넘
는 눈길이 언제부터인지 모르게 서서히 관에서 벗어나 무겁
게 먼지를 잔뜩 뒤집어쓴 채 대들보처럼 서 있는 쓰마란의
얼굴로 조심스럽게 옮겨 가기 시작했다. 쓰마란은 굳어버린
듯한 사람들의 지저분한 얼굴에서 톡톡 가볍게 움직이는 소
리를 들었고, 가슴속에서 발생한 2월의 마른천둥처럼 멈추
지 않고 굴러다니는 굉음을 감지할 수 있었다. 그가 앞으로
몇 걸음 다가섰다. 발걸음 소리가 땅과 산을 뒤흔드는 것 같
았다. 첫 번째 관 앞에 선 그는 관을 두 손으로 짚고서 100명
이 넘는 마을의 여자와 아이들을 향해 말했다.

"다들 봤지요. 이번 수로 준설 공사 중에 마을 사람 일곱분

이 목숨을 잃었습니다. 대부분 서른일곱 살이 넘는 사람들로 목구멍에 병이 생겨 죽었어요. 내가 이들을 죽게 했습니다. 맨 처음 사망자가 발생한 것은 석 달 전이었어요. 하지만 여러분이 알게 되면 공사 현장으로 찾아와 소란을 피울 테고, 그러면 링인거를 마을까지 연결하는 데 문제가 생기리라 판단하여 일단 비밀에 부쳤던 겁니다. 내가 누구든 마을로 돌아간 남자가 수로 공사에서 사망자가 나왔다는 사실을 발설할 경우, 마을 전체 집집마다 염병할 조상 팔대까지 땅을 2무씩 양도하게 하겠다고 했습니다. 마지막 사망자는 어제 해질 녘 마지막 발파 작업 때 발생했어요. 저 뒤쪽에 있는 류쟈젠(劉家澗) 마을의 산등성이에 굴을 뚫어야 하는데 굴이 너무 깊고 공기가 부족해 질식사도 각오해야 했지만 그 굴이 뚫리지 않으면 링인거가 마을까지 연결되는 것은 평생 꿈도 꿀 수 없는 상황이었어요. 여러분이라면 어떻게 하겠습니까? 저는 서른일곱 살이 넘고 목구멍에 병이 생긴 사람들을 굴 안으로 들여보내는 수밖에 없었습니다."

여기까지 말하고 나서 쓰마란은 손바닥으로 관을 탁 쳤다.

"한 사람이 죽으면 산비탈에 가매장을 위한 봉분을 하나 만들었습니다. 오늘 저는 그들을 한 사람씩 오동나무 관에 넣어 싣고 왔어요. 관은 모두 두께가 세 치이고 몸체는 측백나무로 되어 있습니다. 관 하나의 가격이 200 내지 300위안이나 됩니다. 전부 진에 있는 관재상에서 외상으로 구입했지요. 나중에 장례를 성대하게 치를지 소박하게 치를지는 가족 여러분이 직접 결정하도록 하세요. 성대하게 치를 분들은 성대하게 치르시고 그럴 형편이 안 되는 분들은 소박하게 치르세요. 어쨌든 비용은 각자 집에서 지불해야 합니다. 이봐요, 다들 왜 그렇게 멍하니 서 있는 겁니까. 각자 자기 가족의 관을 신고 가도록 하세요."

회의에서 연설하듯이 큰 소리로 여기까지 말한 쓰마란은 까치발을 하고 목을 길게 빼고는 눈길을 여자들에게로 향했다. 왼쪽에서 오른쪽으로 탐색을 시작한 그는 마지막으로 란씨 집안의 한 여자에게 시선을 멈췄다. 순간 그 여자의 얼굴이 새파랗게 질리더니 땅 위에 그대로 얼어붙고 말았다.

쓰마란이 첫 번째 관을 탁탁 치며 말했다.

"싼니즈(三妮子), 여기 남편이 있습니다."

이어서 두 번째 관을 탁탁 쳤다.

"창껀(長根) 부인, 여기 남편이 있습니다."

세 번째 관을 탁탁 쳤다.

"두다타오(杜大桃), 이건 당신 남편이에요."

네 번째 관을 탁탁 쳤다.

"쓰마마훙메이(司馬紅妹), 남편이 여기 있습니다. 아직 젊으신데 수절을 하게 되다니 송구한 마음을 말로 다 할 수 없습니다."

다섯 번째 관을 탁탁 쳤다.

"쓰마주메이(司馬珠妹), 이걸 신고 가세요."

여섯 번째 관을 탁탁 쳤다.

"란예얼(藍葉兒), 이걸 신고 가세요."

일곱 번째 관 앞에 서서 그는 여전히 꼼짝하지 않고 멍하니 서 있는 마을 사람들을 바라보았다. 눈처럼 하얀 얼굴에서 눈물은 흐르지 않았다. 관 위의 하얀 흙먼지처럼 멍하니 서 있을 뿐이었다. 따라온 마을의 개 몇 마리가 슬픈 사정을 아는 듯 사람들의 다리 사이에 누워 미동도 하지 않았다. 머리 위를 날아가는 참새마저 침묵하며 소리를 내지 않았다. 쓰마란이 말했다.

"다들 관을 신고 가세요. 그렇게 멍하니 서 있으면 죽은 사람이 살아나기라도 합니까?"

그러고는 다시 고개를 돌려 등 뒤에 있던 남자들을 향해 소리쳤다.

"다들 집에 돌아가 좀 씻고 하루 푹 쉬었다가 내일 아침에 원래 인원 그대로 가서 무덤 일곱 개를 파도록 합시다. 누구든 꾀를 피우면서 빠진다면 마을에 수로가 연결됐을 때 물을 한 모금이라도 마셨다가는 혀를 잘라버릴 테니까 그런 줄 알아요."

말을 마친 그는 몸을 돌려 일곱 번째 관이 담긴 수레로 다가가 끌고 가기 시작했다. 그가 막 몇 걸음 내딛었을 때 갑자기 여자들 틈에서 쓰마루의 아내가 달려 나와서는 재빨리 수레를 가로채며 말했다.

"넷째 아주버니, 이거 루가 맞지요?"

그가 대답했다.

"그래요. 제수씨가 끌고 집으로 돌아가도록 해요. 어제 마지막 발파 작업에서 사고를 당했어요."

쓰마란은 이렇게 말하면 그녀가 관을 끌고 가리라고 생각했다. 하지만 그녀가 갑자기 크앙 울음을 터뜨리며 말했다.

"넷째 아주버니, 아주버니는 마흔, 쉰, 예순까지 살 수 있지만 아주버님의 다섯째 동생은 어떤가요? 그는 이제 겨우 서른일곱이에요. 누구 맘대로 그를 죽게 한 건가요? 누구 맘대로 수로가 뚫려도 물 한 모금 마실 수 없게 만들어놓았냐고요. 목구멍에 병도 안 난 사람을 왜 죽게 한 거예요?"

이렇게 울면서 계속 물어댔다. 쓰마루의 아내는 발을 구르고 머리를 흔들면서 미친 사람처럼 울부짖었다. 그녀의 울음소리가 채찍처럼 먼지로 뒤덮인 쓰마란의 얼굴을 한 대 한 대 내리쳤다. 조금 전까지 사람들을 호명하며 관을 싣고 가라고 하던 쓰마란의 차분함과 조용함이 우수수 부서져 땅 위로 떨어졌다. 쓰마란은 이내 얼굴이 창백해지면서 선명하게 원망이 서린 마을 사람들을 대할 면목이 없었다. 쓰마란은 잠시 어찌해야 좋을지 몰라 그 자리에 멍하니 선 채 쓰마루의 아내가 관 위로 달려들어 단단히 못질한 관 뚜껑을 열려 하는 모습을 바라보았다. 그녀는 머리칼이 산발이 되도록 관 뚜껑에 머리를 부딪치면서 세상이 떠나갈 듯 소리쳤다. 눈물과 콧물이 강물처럼 그녀의 얼굴을 적시고 관 뚜껑을 적셨다. 그녀가 관의 미세한 틈을 벌리면서 관 뚜껑을 열려고 하다가 쓰마란을 노려보며 큰 소리로 말했다.

"넷째 아주버니, 내 남편을 돌려줘요. 내 남편을 돌려달라고요! 그는 겨우 서른일곱 살인 데다 목구멍에 병도 없었다고요. 그런 그를 아주버니가 왜 맘대로 죽게 만든 거예요. 누구 맘대로 그를 죽게 한 거예요!"

해가 뜨겁게 관 위를 비추고 있었다. 어느 관에선가 풍겨 나오는 시체 썩는 냄새와 검은 피 냄새 그리고 진하고 뜨거운 백주 냄새가 쓰마루 아내의 울음소리와 뒤섞여 마을 어귀에 빗물처럼 스며들고 있었다. 다른 여자들도 쓰마루의 아내가 우는 모습을 쳐다보다가 갑자기 자신의 남편도 관 속에 누워 있고 자신도 남들과 마찬가지로 순식간에 과부가 되었다는 사실을 실감했다. 이리하여 회오리바람처럼 거센 소리를 내면서 일곱 개의 관을 에워싸고 소리 높여 울부짖으며 소란을 피우기 시작했다. 아내들은 남편을 부르면서 울고, 아이들은 아빠를 부르면서 울고, 형제자매는 오빠나 형을 부르면서 울었다. 아무 관련이 없는 사람들은 이웃의 이름을 부르며 울었다. 순식간에 온 산과 들판이 새하얀 울음소리로 가득 차고, 온 천지가 맑은 콧물로 가득 찼다. 음력 8월이라 버드나무와 홰나무, 참죽나무, 느릅나무, 오동나무가 아직 푸른빛을 간직하고 있었다. 그중 시들어 반쯤 노랗게 변한 잎이 푸른 잎을 물들였다. 하늘을 놀라게 하고 땅을 뒤흔드는 듯한 이 울음소리 때문에 노란 잎과 반쯤 푸른 잎들이 전부 허공을 빙빙 맴돌며 떨어져 내렸다. 들판의 짙은 향기와 따스함이 울음소리에 종적을 감췄고 골짜기에는 슬픔과 비통함이 가득 찼다. 남자들이 전부 다가가 여자들을 잡아끌며 말했다.

"그렇게 운다고 죽은 사람이 살아 돌아옵니까? 죽은 사람 처음 보는 것도 아닌데 이렇게 세상 무너진 것처럼 슬프게 울 필요가 있겠어요?"

남편을 잃은 여자들은 다른 집 남편들은 모두 멀쩡히 말도 하고 두 다리로 걷기도 하며 비록 몸은 더럽고 얼굴은 하나같이 녹슨 쇠처럼 불그죽죽하지만 어쨌든 살아 있는 것을 보고는 그 남자들의 옷을 잡아 뜯으면서 "내 남편을 돌려줘요. 내 남편을 돌려달란 말이에요!"라고 소리쳤다. 세상이 온통 붉은 울음과 하얀 외침으로 시끄러웠다. 개들마저 관 밑에 엎드려 요란하게 짖어댔다.

쓰마루의 아내는 다른 여자들이 남자들 옷을 잡아 뜯는 모습을 보자 갑자기 용기백배하여 쓰마란의 옷깃을 붙잡고 고함쳤다.

"넷째 아주버니는 내일이면 마흔 살이 되지만 제 남편 루는 겨우 서른일곱 살이에요. 병에 걸리지도 않았고 목구멍이 아프거나 가렵지도 않았는데 왜 폭발로 인해 죽게 만든 거예요? 왜 폭발로 죽은 사람이 아주버니가 아니라 우리 남편이냐는 말이에요. 아주버니는 란쓰스와 합칠 생각에 이렇게 살아서 돌아왔지만 루가 죽었으니 저와 딸들은 이제 어떻게 살아가야 하나요?"

소리를 지르면서 옷을 잡아 뜯자 쓰마란의 옷에 달려 있던 흰 단추들이 떨어져 나갔다. 쓰마란이 떨어져 굴러간 단추를 눈으로 좇다가 문득 제수씨에게 옷이 뜯겨 노출된 자신의 더러운 가슴팍을 내려다보고는, 갑자기 오른손을 들어 산바람이 불고 해일이 일듯 거세게 그녀의 따귀를 갈겼다. 제수씨는 충격을 받으며 멍한 표정을 짓더니 더 이상 울지 않았다. 눈물도 뚝 하고 흐름을 멈췄다. 얼굴에 다섯 손가락의 붉은 자국이 선명하게 꽃처럼 활짝 피었다. 이어서 이 따귀는 칼처럼 모든 울음소리를 잘라버렸다. 어른 아이 할 것 없이 전부 울음을 그쳤다. 하지만 입은 여전히 벌려져 있었다. 홍갈색의 목구멍들이 하늘에 매달려 있는 것 같았다.

마을 어귀는 다시 죽음 같은 적막을 회복했다. 머리 위의 해는 땅에 떨어지면서 호미와 써레가 부딪히는 것처럼 요란하게 쾅쾅 소리를 냈다. 이런 고요함 속에서 쓰마란이 사람들을 향해 큰 소리로 외쳤다.

"울어? 네미 씹할, 울긴 뭘 울어! 당신네 남편들은 마흔 살까지 살지도 못하고 죽었지만 당신들이랑 아이들은 앞으로 조상 대대로 마흔 살 넘게 살 수 있잖아. 누구나 쉰, 예순, 일흔, 여든까지 살면서 손자, 손녀 그리고 증손자, 증손녀까지 볼 수 있게 됐단 말이야. 혹시 아흔까지 살면서 일찍 애를 낳고 키우기만 하면 오세동당(五世同堂)*도 가능한 판에 도대체 이유가 뭐냔 말이야? 뭐가 그렇게 괴롭다는 거야?"

여기까지 말하고 나서 쓰마란은 뒤로 한 걸음 물러나 길가의 둔덕 위에 섰다.

"모두들 내 얘기 잘 들어요. 링인거 수로가 거의 다 완공되었습니다. 두류가 이미 다바오를 데리고 물을 방류하기 위해 수원지로 갔어요. 이제 마을에서는 세 살짜리 아이가 죽는 것도 호상이 될 겁니다. 조상 몇 대를 다 따져봐도 산싱촌에 지금보다 기쁜 날은 없었어요. 이제 다들 시신을 집으로 신고 가세요. 오늘 하루는 얼마든지 울어도 되지만 어느 집에

* 다섯 세대가 한집에 사는 것.

도 흰 대련을 붙여서는 안 됩니다. 흰 대련을 붙인 집에는 일률적으로 무덤 팔 사람을 보내지 않을 거예요. 내일이 되면 누구도 마을에서 울음소리를 내면 안 됩니다. 즐거운 마음으로 장례를 치러 죽은 사람들이 흡족한 마음으로 마을을 떠나 자신들의 복을 누릴 수 있도록 해줘야 합니다. 산 사람들은 수로가 개통되고 사람들의 명줄이 통하게 된 뒤에 사흘 밤낮을 미친 듯이 경축하도록 하세요."

말을 마친 쓰마란이 둔덕에서 내려왔다. 마을 사람들은 그의 얼굴에 비쳤던 죽음 같은 후회가, 말하는 사이 연기와 구름처럼 흩어져 사라지고 흔적도 남아 있지 않은 것을 확인했다. 대신 더러워진 얼굴로도 가릴 수 없는 옅은 분홍빛 불꽃을 보았다. 둔덕에서 내려온 그는 사람들 곁으로 걸어가면서 큰 소리로 쓰마후의 이름을 불렀다. 마을 사람들이 일제히 고개를 돌리자 쓰마후가 그제야 마을 안에서 졸린 눈을 비비며 목발을 짚고 걸어오면서 멀리서 쓰마란의 부름에 대답했다. 한 걸음 한 걸음이 강을 건너기라도 하듯이 힘겨워 보였다. 쓰마란이 큰 소리로 물었다.

"벤파오 샀어?"

쓰마후가 대답했다.

"샀지. 술도 샀고. 우리 다섯째 형이 죽은 거야?"

쓰마란은 쓰마후의 질문에 대답하지 않고 다시 고개를 돌려 여자들에게 말했다.

"울어요. 다들 실컷 울라고요. 오늘이 지나면 다시는 못 울 게 할 테니까요."

여자들은 오히려 입을 다물고 아무 소리도 내지 않았다. 울음소리가 전혀 들리지 않았다.

"울라고 하니까 오히려 울지를 않는군."

쓰마란이 혼자 중얼거리면서 사람들 사이에서 누군가를 이리저리 찾으며 말했다.

"두바이는 어디 있는 거야? 두바이는 안 왔나?"

그제야 남자와 여자들은 두바이가 마을의 여자와 아이들을 전부 불러 모아놓고는 정작 자신은 병든 닭처럼 네 번째 관 뒤 땅바닥에 앉아 두 손으로 얼굴을 가린 채 미동도 하지 않고 있는 모습을 보았다. 네 번째 관 안에 누워 있는 사람 역시 어제 마지막 발파 작업에서 화를 당한 그의 사촌동생이었다. 쓰마란이 그를 향해 걸어갔다. 두바이가 일어섰다.

"자네가 여자같이 굴 줄은 몰랐군."

두바이가 말했다.

"반년 사이에 우리 가족 중에 두 명이 죽었어."

쓰마란이 말했다.

"이제부터 좋아질 거야. 앞으로 며칠 동안 누가 와서 장례식 대련을 써달라고 부탁해도 한 글자도 써줘선 안 되네. 자네 실력은 아주 커다란 축하 대련을 써서 마을 입구 양쪽에 있는 커다란 나무 두 그루에 붙이는 데 써먹어야지. 이제부터 며칠 동안은 마을의 큰 경삿날이 될 걸세. 두류가 물을 방류하고 돌아오기 전까지 자네는 마을 일들을 잘 처리하도록 하게. 두류가 돌아오면 나머지 일들은 두류와 내 여섯째 동생이 처리할 걸세."

말을 마친 쓰마란이 고개를 들어 하늘을 쳐다보니 이미 시간이 한참 흘러 햇빛이 눈을 아프게 찔렀다. 그가 눈을 가늘게 뜨고 사람들에게 명령했다.

"각자 가족의 관을 신고 돌아가도록 해요. 내일 구덩이를 파고 관을 묻어야지요. 고인을 잘 안장하고 나서 살아 있는 사람들은 또 바쁘게 살아가야 합니다."

이렇게 말하면서 앞으로 걸어가던 그는 수레 앞으로 다가가 자기 집 삽을 집어 들고 커다란 망치 하나를 어깨에 메고는 혼자 마을 사람들 사이를 지나 뒤돌아보지 않고 쓰마씨네 후퉁으로 향했다. 등 뒤에 남은 마을 사람들은 그가 한 걸음 또 한 걸음 멀어지는 모습을 바라보고 있었다. 갑자기 적막 속에서 한 여자의 말소리가 튀어나왔다.

"첫째야, 둘째야, 와서 네 아버지 관을 신고 가거라. 네 아버지는 그냥 죽은 걸 보니 링인수를 누릴 운명이 못 되는가 보구나."

12장

주추이는 남편을 맞으러 나오지 않았다.

침대 위에서 오빠 두바이가 사람들에게 마을 입구에 모이라고 외치는 소리를 듣는 순간, 그녀는 마음속으로 놀라면서도 기쁨을 감추지 못했다. 서둘러 옷을 걸치고 신발을 구겨 신고 달려 나가던 그녀는 마당에 갑자기 멈춰 섰다. 그녀의 눈에 거와 완도 서둘러 방에서 나와 급히 마당 밖으로 달려 나가는 모습이 들어왔다. 그녀는 큰 소리로 두 딸을 불러 세우며 말했다.

"마중 나갈 필요 없다. 너희들 아빠가 마을에 돌아와서 육왕 집에 먼저 가는지 자기 집에 먼저 오는지 한번 보도록 하자꾸나. 육왕 집엘 먼저 가면 우리 모녀를 버리기로 마음먹은 것이고, 이리로 먼저 오면 그래도 우리 모녀를 버릴 생각은 없는 거지."

거와 완은 나무처럼 마당에 박혀버렸다.

주추이가 두 딸과 함께 마당에 서서 조용히 마을 입구에서 들리는 울음소리와 때로는 커졌다 때로는 작아지기를 반복하는 쓰마란의 말소리에 귀를 기울이고 있었다. 그렇게 귀를 기울이고 있는데 어느새 쓰마란이 삽과 커다란 망치를 멘 채 문을 밀고 마당에 들어섰다. 세 사람이 함께 멍하니 서 있다가 두 딸이 동시에 "아빠"하고 소리쳤다.

주추이가 말했다.

"왔어요? 아직 얼굴도 씻지 못했군요?"

쓰마란이 거와 완을 힐끗 쳐다보았다. 딸들이 조금 컸다는 생각이 들었다. 하지만 그는 아무 말도 하지 않고 삽과 망치를 마당에 던져둔 다음 곧장 안채로 들어갔다.

거가 말했다.

"아빠, 제가 세면할 물 떠다 드릴게요."

그가 말했다.

"필요 없다. 좀 자야겠다. 내가 일어날 때까지 아무도 깨우지 말도록 해라."

그러고는 방에 들어가 침대에 누워 잠이 들었다. 신발도 벗지 않고 옷도 벗지 않은 채 머리를 베개에 대자 졸음이 밥 짓는 연기처럼 피어올라 짙은 안개 같은 잠 속으로 빠져들었다.

잠에서 깼을 때는 이미 날이 어두워져 있었다. 꿈을 꿀 새도 없이 하루를 잠으로 보낸 것이다. 날이 몹시 더워 땀이 눈으로 흘러드는 바람에 잠에서 깼다. 눈을 뜨고 창문을 열어보니 밖은 어렴풋한 회색빛이었다. 마당과 마을 안은 산과 산등성이 너머의 귀뚜라미 울음소리가 들릴 정도로 조용했다. 그 울음소리 속에는 필시 일곱 집의 슬픈 울음소리도 섞여 있을 거라는 생각이 들었다. 하지만 울음소리는 밝은 달처럼 깨끗하고 아름답기만 했다. 털끝만 한 잡음도 없었다.

그가 몸을 일으켜 밖으로 나갔다.

아내 주추이가 곧바로 부엌에서 계란부침을 한 접시 들고 나왔다. 쓰마란은 계란부침을 삼키듯이 먹어치우고 나서야 문득 아내 주추이가 머리를 감고 목욕을 한 다음 흰 척량포(滌良布) 적삼을 입고 있는 것을 발견했다. 몸에서는 비누 향기가 풍겼다. 월초라 달빛이 한참이나 지상에 머물러 있었다. 마당 안 흰 달빛은 흐릿한 이슬비처럼 옅었다. 어슴푸레하고 매혹적인 분위기 속에서 반년 전 격렬한 추억이 있던 그 나무 그늘 아래 주추이가 다시 자리를 깔고 베개를 가져다 놓았다. 그녀가 자리 위에 앉아 간절한 눈빛으로 그를 바라보며 말했다.

"당신은 한 번 가면 반년이군요. 다른 집 남편들은 대부분

그사이에 마을에 한 번씩 돌아왔었는데 당신은 오지 않더군요. 거와 완은 둘 다 집에 없어요. 루 서방님 장례에 가서 하룻밤 관을 지키고 오라고 보냈어요. 집에 찾아올 사람도 없고요."

이렇게 말하면서 그녀는 계란 그릇을 받아 들고 다시 물었다.

"솥에 국수가 있어요. 찐 농면(籠面)*인데 가져다줄까요?"

쓰마란이 말했다.

"그럴 필요 없어. 배고프지 않아."

아내가 몸에 태엽을 감기라도 한 듯이 쓰마란은 잠깐 몸을 떨었다. 란쓰스의 그림자가 바람처럼 그의 얼굴 위로 불어왔다. 갑자기 이상한 느낌이 들었다. 마을을 떠나기 전에 그는 란쓰스 생각에 밤새 잠을 이루지 못해 두 눈은 초록색으로 변했었다. 링인거의 개통이 다가왔을 때에도 한가한 마을 사람들이 여자 이야기를 꺼내면 그는 란쓰스의 풍만한 가슴과 통통한 엉덩이를 떠올렸고, 심하게 피곤하지 않은 밤에는 란쓰스의 몸과 그녀의 침대를 꿈꾸기도 했다. 자신이 물처럼 부드럽고 매끄러운 란쓰스의 몸 위에서 기복하는 꿈을 꾸다가 깨어나면 속옷과 몸이 더러워져 있기도 했다. 그래서 란쓰스가 다른 남자들하고는 침대 위에서 어떻게 했을지, 어떤 이야기를 했을지 생각해보기도 했다. 이런 생각을 하다 보

* 채소와 고기 등으로 버무린 국수를 증롱에 넣고 찐 음식.

면 금세 몸이 뜨거워지고 가슴속에서 파박 불길이 이는 소리
가 났고, 그럴 때면 뜬눈으로 밤을 지새워야 했다. 그러나 링
인거의 개통을 앞둔 보름 동안 서너 명의 남자가 임시 가묘
로 쓰이는 토담집 안 서너 개의 관에 누워 있을 때, 그의 마음
속에서는 어느새 란쓰스가 깨끗이 물러가버렸다. 아주 깨끗
하게 물러갔다. 아무 흔적도 남기지 않았다. 그가 다시 여자
를 떠올리는 일은 극히 드물었다. 피로와 졸음이 그로 하여
금 모든 것을 잊게 했다. 오늘 아침 마을로 돌아올 때는 란쓰
스가 마을 어귀로 마중 나올까 하는 기대도 전혀 갖지 않았
고 그녀의 집 앞을 지나칠 때도 고개를 돌려 버드나무 대문
을 쳐다볼 생각조차 하지 않았다. 그는 이런 자신의 변화에
대해 란쓰스에게 약간 미안했다. 오랫동안 란쓰스를 깨끗이
잊을 수 있었다는 사실에 말로 다 표현할 수 없는 의아함과
괴로움을 느꼈다. 어떤 사람이 누군가를 위해 물건을 찾느라
온갖 고생을 다 해놓고는 막상 그 물건을 찾게 되자 누구에
게 줘야 하는지 잊어버린 것 같았다. 그는 달빛 속에 멍하니
서서 마을의 동정을 들으려고 노력했다. 반년 전 마을에 있
었을 때의 기억들을 포착하려 애쓰는 사람처럼 대문 위로 눈
길을 던진 채 아무 말도 하지 않았다.

"대문에 빗장을 걸어야죠?"

아내 주추이가 고양이 같은 목소리와 어투로 말했다.

그가 대문에서 눈길을 거둬들였다.

"일곱 집의 장례가 어떻게 진행되어가는지 가봐야 할 것 같아. 루네 제수씨도 만나봐야 하고."

그는 아내 주추이에게 눈길 한 번 주지 않았다. 그녀가 아예 눈앞에 있지 않은 것 같았다. 그렇게 말하면서 그는 그녀의 간절한 시선으로부터 벗어났다. 어금니 같은 달이 이미 마을 어귀에 걸려 있었다. 땅 위의 달빛이 훨씬 진해져 있었기 때문에 몇 장의 거리에 떨어져 있는 사람도 얼굴을 알아볼 수 있었다. 쓰마씨 후퉁을 지나 동생 루의 집 입구에 도착했지만 쓰마루의 집 앞에는 영붕(靈棚)*도 보이지 않고 마당에서 곡소리도 들리지 않았다. 가까이 다가가보니 쓰마루의 집 대문이 굳게 잠겨 있었다. 양쪽 이웃집 대문도 모두 잠겨 있었다. 마음속으로 의아하게 생각하면서 다시 두씨네 후퉁에도 가보고, 란씨네 후퉁에도 가보았지만 망자가 있는 집 대문들이 모두 굳게 닫혀 있고 마을 대부분의 마당이 텅 비어 있었다. 사람 그림자 하나 없는 세 후퉁이 밤 풍경 속에 누워 있었다. 세 개의 빈 마대자루 같았다. 고개를 들어 마을 입구를 바라보니 그제야 마을 밖 맥장 주변에 가득한 불빛이 보였다. 그곳에서 희미한 음악 소리가 딩동딩동 천천히 사방

* 매장하기 전까지 시신을 안치해두는 천막.

256

으로 퍼져나가고 있었다.

그는 마을 밖 맥장을 향해 걸어갔다. 맞은편에서 걸어오던 한 젊은이와 마주쳤다.

"마을 사람들은 다 어디 갔나?"

"촌장님이시군요. 사람들은 전부 맥장에 모여 있습니다."

"시신은?"

"시신도 전부 그곳에 있어요."

마을 입구에 이르자 드넓은 하늘과 땅의 어둠이 주위로 번지고 있었다. 저 멀리 있는 산맥이 달빛 속에서 흐릿한 모습을 드러냈다. 맑은 물이 온 세상을 호수면 위에 떠다니게 만들어놓은 것 같았다. 은밀하게 들려오는 밤의 숨소리가 가을밤의 벌레 울음소리와 어우러져 신의 논설처럼 쓰마란의 귓가를 울렸다. 그는 발걸음을 늦추면서 잠시 귀를 기울이고는 깨친 사람처럼 마을 밖을 향해 걸어갔다. 과연 두씨네 커다란 맥장 한가운데 일곱 개의 관이 나란히 늘어서 있었다. 검게 빛나는 관에서 나는 냄새가 밤하늘에 가득 넘쳤다. 관 앞에 놓인 일곱 개의 작은 탁자 위에 순서대로 일곱 망자의 초상화가 놓여 있고, 한 사람에 세 개씩 스물한 그릇의 튀긴 음식과 동여맨 일곱 쌍의 붉은 젓가락, 반쯤 익힌 병아리가 제물로 차려져 있었다. 제물 앞쪽에는 모래를 반쯤 담은 그릇에 꽂힌 세 가닥의 향에서 피어오르는 푸른 연기가 등불 아래 노랗게 물들며 공중에서 생동감 있게 움직였다. 황백색 냄새가 산뜻했다. 맥장 주변에 막 가을걷이를 하여 옥수수 그루터기만 남은 땅에 수많은 사다리와 대나무 장대가 세워져 있고 사다리마다 석유등이 하나씩 걸려 있었다. 저녁 바람이 솔솔 불고 등불이 반짝이는 가운데 온통 환한 빛 속에서 사람들의 모습과 관의 그림자가 가볍게 흔들렸다. 일곱 개의 관 아래쪽에 보릿짚과 멍석이 잔뜩 깔려 있었다. 망자의 아내와 딸들은 상복을 입고 상장(喪章)을 단 채로 보릿짚과 멍석 위에 앉아 있었지만 울음소리도 들리지 않고 슬퍼하는 표정도 없었다. 그녀들은 등불 아래 책상다리를 하고 앉아서 신발 밑창을 꿰매면서 다른 여자들과 이런저런 얘기를 주고받고 있었다. 신발 밑창을 꿰매면서 실을 잡아당기는 하얀 소리가 호악(胡樂)처럼 관과 관 사이에 울렸다. 이따금씩 사람들이 이야기를 주고받는 소리가 전해져오면서 듣는 사람들의 마음을 편안하게 해주었다.

"죽으면 죽는 거지 뭐. 수로 준설에 나서지 않았더라도 2년 이상 살지 못했을 거라고."

"목구멍이 아플 일은 없어졌으니 잘된 거야."

"그래도 조금 억울하긴 해. 목구멍만 안 아팠으면 수십 년은 더 살았을 텐데 말이야."

다른 얘기들도 오갔다. 딸의 출가를 얘기하기도 하고 아들의 혼인을 얘기하기도 했다. 신발 밑창의 크기를 비교하면서 젊은 사람들에게 바느질을 가르쳐주기도 했다. 관 앞의 석유등에 기름이 다 떨어지고 세 가닥 가느다란 향이 꺼져갈 때가 되자 사람들은 기름을 보충해 넣고 새로 향을 피운 다음 다시 제자리로 돌아와 앉았다.

"언제쯤 물이 마을까지 들어올 수 있을까요?"

남자들이 말했다.

"하루 이틀이면 될 거예요."

관 주변의 등불과 등불 사이마다 남자들이나 청년 몇몇이 앉아 있었다. 그들은 카드놀이를 하거나 장기를 두면서 왁자지껄 떠들고 있었다. 도시 사람들의 방법에 따라 진 사람은 신발 한 짝을 머리 위에 올리거나 종잇조각을 콧등에 붙였다. 보릿짚이나 풀 한 가닥을 콧구멍에 끼우기도 했다. 왁자지껄 사람들이 떠드는 소리에 가을바람이 떨리고 달빛이 흔들렸다. 심지어 누군가 패를 훔쳤다가 소란이 벌어지자 몇몇 사람이 그를 바닥에 눕혀 위에서 몸을 누르고 바지를 벗긴 다음 관 옆에 앉아 있는 여자들 사이로 던져버리거나 대나무 장대에 매달아놓기도 했다. 밤하늘에 온통 산싱촌 사람들의 각양각색의 즐거움이 가득했다. 아이들은 어른들 사이에서 대대로 전해져 내려오는 숨바꼭질놀이를 하면서 아버지나 삼촌의 관 뒤에 숨거나 관을 흔들어 삐걱삐걱 소리를 냈다. 링인거가 개통되면서 즐거움이 추운 겨울의 따스한 햇볕처럼 마을을 비춰 주위에 환희의 분위기가 가득했다. 웃고 떠드는 소리가 관 옆을 넘실대며 바러우산맥을 삼켜버렸다. 붉은 꽃처럼 웃고 떠드는 사람들의 소리가 검은색 관 사이에 섞여 있었다. 쓰마란은 맥장 옆에 서 있었다. 두바이마저 얼바오 무리와 함께 카드놀이를 하고 있는 모습이 그의 눈에 들어왔다. 쓰마루의 아내도 신발 밑창을 꿰매면서 때때로 바늘을 머리로 가져가 한 번씩 두피를 긁어댔다. 두바이가 쓴 대련은 정말로 거대했다. 붉은 종이에 검은 글씨로 쓴 대련은 맥장 입구의 느릅나무와 참죽나무에 붙어 있었다. 두 나무 위에는 커다란 붉은색 비단 등롱도 하나씩 걸려 있었다. 이 등롱은 마을에서 단체로 구매한 것으로 평소에 혼사가 있는 집에 빌려주어 사용하게 했는데 지금은 두 그루의 나무 위에 걸려 있었다. 두 개의 붉은 해가 몸을 낮춰 산싱촌으로 떨어진 것 같았다. 그가 구불구불한 밭두렁을 따라 나무 밑을 향해 다가갔다. 나무 위에 오래된 속담 두 구절을 수정한 대련이 눈에 들어왔다.

물을 끌어오면 수명이 남산의 불로송(不老松)에 견주게 되고
사람을 보내고 복을 떨쳐버려도 동해처럼 길게 흐르네

260

대구를 음미해보니 여러 가지 의미를 느낄 수 있었다. 쓰마란은 역시 공부를 많이 한 사람은 뭔가 다르다는 생각이 들었다. 수많은 의미를 열 자 남짓 되는 대련으로 써낼 수 있다는 것은 간단한 일이 아닌 것 같았다. 내년이나 후년에는 마을에 초등학교를 세워 아이들이 공부하러 타지까지 8리, 10리 길을 뛰어다니느라 중도에 학업을 포기해 마을에 문맹자가 풍년의 농작물처럼 많아지는 일은 없도록 해야겠다고 마음먹었다. 등롱 앞에는 열 명 남짓 되는 마을 청년들이 관한 귀퉁이에 어지럽게 흩어져 앉아 초청한 취주악대 사람들과 함께 술을 마시고 있었다. 석유등 아래 놓인 술병의 늘어진 그림자가 멜대처럼 길었다. 어지럽게 불어대는 음악 소리가 대야나 사발에 쏟아진 물처럼 우렁차면서도 무질서하게 리듬을 깨뜨려놓았다. 경쾌한 느낌을 주는 사람들의 낭랑한 웃음소리만 못했다. 리듬이 깨졌지만 취주악기를 불어대는 사람은 계속 불어댔고 현악기를 켜는 사람은 계속 켰으며 타악기를 두드리는 사람은 계속 두드렸다. 잠시도 멈추지 않는 음악이 조화로운 혼란을 이루면서 길도 경계도 없는 풀밭처럼 다소 자연스러운 느낌을 주었다. 그의 두 딸 거와 완도 다섯째 삼촌 쓰마루의 관 옆에서 쓰마루의 딸과 함께 카드를 한 장씩 들춰가면서 때때로 어떤 카드인지 확인하기 위해 석유등 아래 비춰 보기도 했다. 쓰마란은 동쪽에서 서쪽으로, 남쪽에서 북쪽으로 맥장 주변을 크게 반 바퀴 돌았지만 란쓰스를 찾지 못했다. 란쓰스는 찾지 못하고 자신의 여섯째 동생 쓰마후가 사람들과 떨어진 채 어느 나무 아래 보릿짚을 깔고 머리맡에는 라디오를, 발끝에는 크고 밝은 석유등을 놓고 누워 있는 모습만 발견했다. 쓰마후의 아내는 남편의 바지를 허벅지 아래까지 내린 다음 상처를 감싸고 있던 거즈를 벗기고 절개한 피부에서 노란 액체와 흰 고름을 솜으로 찍어내고는 곪은 다리에서 보릿짚으로 뭔가를 계속해서 땅바닥으로 떨어내고 있었다. 쓰마란은 마당가를 빙 돌아 여섯째 동생에게로 다가갔다. 쓰마후의 머리맡에 놓인 라디오에서 예극(豫劇)*의 상부조(祥符調)가 강물처럼 거세게 흘러나왔다. 그가 상부조 가락을 밟으며 라디오의 악곡 속으로 다가가보니 쓰마후가 오른발을 튕기며 악곡의 리듬을 좇고 있었다. 피고름의 비린내가 싱싱한 풀 냄새처럼 사방으로 퍼져나갔다. 제수씨는 새로 지은 모직 바지를 입고 한 번 또 한 번 정성껏 피고름 속에서 뭔가를 떨어냈다. 땅바닥에 떨어진 좁쌀 같은 물체는 몇 번 꿈틀거리다가 흙먼지를 뒤집어쓰고는 더 이상 움직이지 않았다. 쓰마란이 자세히 살펴보니 그녀가 남편의 몸에서 떨어낸 무엇은 생긴 지 얼마 안 되는 작은 구

---

* 허난 지방의 창극.

더기였다. 그가 말했다.

"곪아서 그런 건가?"

쓰마후가 몸을 일으켜 앉으며 말했다.

"괜찮아, 넷째 형."

쓰마란이 말했다.

"한약을 좀 달여서 씻어내도록 해."

쓰마후가 끄응 신음 소리를 내며 물었다.

"내가 민병 대대장을 맡는 일은 변함이 없겠지?"

쓰마란이 말했다.

"일단 물을 마을로 끌어와야지. 그리고 누가 내 말에 반대하겠어. 내가 그 자리를 네게 맡기겠다고 하면 너를 뽑지 않을 사람이 누가 있겠니?"

쓰마란은 잠시 서 있다가 다시 앞을 향해 걸어갔다. 상부조 선율이 뒤에서 그의 발꿈치를 따라왔다. 다시 마을로 돌아가는 그의 머릿속은 잠을 충분히 자지 못한 것처럼 텅 비어 있었다. 그러면서도 뭔가 잔뜩 뒤엉켜 있는 것 같았다. 맥장에서 영붕을 지키는 마을 사람들 때문에 망자에 대한 그의 한 가닥 슬픔마저 아득히 자취를 감추고 말았다. 그의 발걸음이 경쾌해지기 시작했다. 란씨네 후퉁을 향해 걸어가는 동안 점차 졸음이 가시고 피로도 사라졌다. 다시 마음이 흔들리면서 란쓰스에 대한 사랑의 마음이 일기 시작했다. 마을 동북쪽을 향해 걸어가던 그는 배를 흔들며 맥장의 영붕 쪽을 향해 달려오는 딸 텅과 마주쳤다. 텅의 부푼 배가 달빛 속에서 그의 눈앞에 돌태 같은 모습으로 선명하게 가로놓였다.

텅이 말했다.

"아버지, 어디 가세요?"

그가 말했다.

"아무 데도 안 가. 그냥 걷는 거야."

텅이 걸음을 멈추고 서서 자신은 영붕을 지키러 간다고 말했다. 가서 시댁의 숙부와 쓰마루 삼촌의 영전을 지켜야 한다는 것이었다. 그러고는 다시 모퉁이를 돌아 영붕이 있는 쪽으로 향했다. 멀어져가는 텅의 뒷모습을 바라보던 쓰마란이 딸의 뒷모습을 눈으로 좇으며 물었다.

"물을 방류하러 간 두류는 돌아왔니?"

텅이 말했다.

"아직 안 왔어요. 흐르는 물을 따라서 오고 있는지 모르지요. 새로 개설된 수로에서는 물이 천천히 흐르잖아요."

쓰마란은 집으로 가는 척하면서 후퉁 깊은 곳을 향해 얼마쯤 걸어가다가 마을에 사람이 없어 조용한 것을 확인하고는 다시 란쓰스의 집으로 가 대문을 밀었다. 대문은 잠겨 있지 않았다. 그가 밖에서 이름을 부르면서 한 번 세게 밀자 철커덩 하고 대문이 열렸다. 대문이 열리는 순간 그의 몸에서 혈류가 천천히 팽창하기 시작했다. 돌아서서 대문 빗장을 걸고 고개를 돌리는 순간, 반년 전 그날 밤에 맡았던 것보다 훨씬 더 붉고 진한 한약 냄새가 강렬하게 코끝에 감겼다. 걸음을 멈추고 서서 코로 숨을 한 번 들이마시고는 달빛에 의지해 살펴보니 마당 한가운데 커다란 용기가 놓여 있었다. 한약 물이 반쯤 채워진 용기 입구는 가죽으로 봉해져 있었다.

그가 커다란 대야 앞으로 다가가며 란쓰스를 불렀다.

"쓰스!"

아무런 대답이 없었다. 다시 불렀다.

"쓰스!"

여전히 반응이 없었다. 그가 목소리를 높였다.

"나 돌아왔어, 쓰스."

안채의 문은 닫혀 있고 불빛도 없었다. 창문은 무성한 나무 그림자 속에 두꺼운 검정 종이처럼 뭉쳐져 있었다. 그는 창문 아래 가서 섰다.

"쓰스!"

끝내 반응이 없자 다가가 안채의 문을 밀었다. 손가락으로 살짝 건드리기만 했는데도 뜻밖에 방문이 쉽게 열렸다. 동굴처럼 짙은 어둠이 그를 내리쳤다. 쓰스의 이름을 몇 번 연달아 불러봤지만 여전히 아무런 반응이 없자 다시 부엌의 부뚜막 쪽으로 돌아가 전등을 켰다. 어스레한 불빛이 부엌을 비쳤다. 눈으로 훑어보니 선반 위에 먼지가 두껍게 내려앉아 있었다. 벽에 걸린 부엌칼은 녹이 슬어 벽과 같은 색이 되어 있었다. 물 항아리에는 물이 가득 채워져 있었지만 물 위에 풀 몇 가닥이 떠다니고 있고 물속에는 죽어서 몸이 퉁퉁 붇고 하얗게 변한 쥐가 한 마리 들어 있었다. 순간, 쓰마란의 심장이 확 쪼그라들었다. 불길한 예감이 그의 목구멍을 틀어막았다. 그가 손으로 전등을 감싸 쥐면서 부엌을 나오는 순간, 부엌 입구에 짙은 노란색과 빨간색이 한데 어우러진 소여물 같은 한약 찌꺼기가 잔뜩 쌓여 있는 것이 눈에 들어왔다. 한약 찌꺼기 더미를 발로 한 번 차자 강렬한 쓴 냄새가 수문이 열린 듯 마당을 향해 출렁이며 흘러갔다. 땅바닥 위에는 그녀가 한약을 자주 쏟아붓는 바람에 핏빛 붉은 연못을 이룬 찰랑찰랑한 수면 위로 검은 침대보를 깔아놓은 것처럼 모기들이 잔뜩 꼬여 있었다. 그 순간, 그는 부엌 앞의 단층 돌계단 위에 선 채로 넋이 나가고 말았다. 방금 팽팽하게 부풀었던 혈맥이 차갑게 굳어버렸다. 이어서 안방을 향해 걸음을 재촉하는 그의 발에 힘이 빠졌다. 문지방을 넘을 때는 하마터면 걸려 넘어질 뻔했다. 사잇문 위의 문발을 걷어 올리자 먼지가 그의 얼굴을 덮쳤다. 시선이 방 안의 침대에 닿는 순간, 그의 머릿속에서 꽝 하고 폭발음이 울렸다. 그는 사잇문에 단단히 못 박힌 듯 미동도 하지 않았다. 공기 속에 가득한 놀라움과 피의 기운이 링인거 수로의 차가운 구덩이 속을 파고들 듯 그의 가슴과 눈을 압박했다.

란쓰스가 죽었다.

정말로 죽었다.

그녀는 침대에 누워 있었다. 평소 입던 파란 블라우스 차림이었다. 바지는 입지 않고 얇고 밝은 분홍색 팬티만 입고 있었다. 두 다리는 가을 추수 뒤에 반쯤 시든 수세미를 걸어 둔 것처럼 침대 아래에 걸쳐 있었다. 몸은 위를 향했고 머리는 벽 가까이 붙어 있었다. 멍하니 뜬 두 눈은 미동도 하지 않고 허공을 응시하고 있었다. 그녀의 하반신은 전에는 눈처럼 희었지만 지금은 푸른 채소처럼 변해 있었다. 두 다리 사이의 매혹적인 연한 색의 얇은 팬티는 그녀의 손에 들린 차가운 가위에 의해 대여섯, 일고여덟, 심지어 열 번, 스무 번 넘게 난도질되어 있었다. 팬티 앞부분은 붉은 벌집이 되었고, 그곳에서 흘러나온 살과 혈장이 그녀의 두 다리 사이에서 시든 모란처럼 눈부셨다. 그녀의 두 다리를 따라 흘러내리던 피가 절반은 태평양 그림이 그려져 있는 남색 침대보로 스며들었고, 절반은 침대 앞 방바닥에서 흥건히 진홍색 전병 모양을 이루고 있었다. 새카맣게 모여든 파리와 모기들이 윙윙 맑은 소리를 냈다. 쓰마란이 문발 아래 서 있는 것을 보고 파리와 모기 몇 마리가 란쓰스의 다리 사이로 날아가 숨을 돌렸다. 지금 그 역시 죽은 사람처럼 서 있었다. 단지 손의 떨림과 등불의 흔들림에 의해서만 자신이 아직 살아서 쓰스의 방 안에 있음을 알 수 있었다. 방 안의 고요가 성벽이나 산맥처럼 그의 몸과 마음을 짓눌러 종잇장처럼 납작하게 만들어버렸다. 호흡도 흔적 없이 사라졌다. 멈춰버렸다. 그는 등불 아래 괴이한 냄새가 검붉게 한 겹 깔리는 것을 보았다. 냄새는 퍼졌다가 다시 하나로 뭉쳤다. 괴이한 검붉은 피의 기운이 그의 목구멍을 찢고, 목구멍 깊숙한 곳에 빽빽하게 덩어리로 뭉쳐졌다. 연초에 목구멍에 나타났던 증상처럼 목 안이 건조하고 꽉 막혀 숨이 제대로 통하지 않았다. 흐릿하고 붉은 등불 빛 속에서 그는 절반은 청색이고 절반은 자주색인 냄새가 문틈과 방 가장자리를 따라 집 밖의 밤하늘을 향해 몰려가는 것을 보았다. 그는 생경하고 떫은 눈빛으로 그녀의 두 다리 사이를 바라보았고, 그녀의 손가락에 느슨하게 걸려 있는 가위를 쳐다보면서 천천히 앞으로 다가갔다. 그가 걸음을 옮길 때마다 요란한 발소리와 진동이 일어 방 안의 고요가 구겨졌다. 파리와 모기들이 놀라서 날아갔다. 윙윙 날갯짓 소리가 온통 갈색을 이루었다. 그가 침대 앞으로 다가가자 파리들은 전부 벽 위로 날아가 앉고 커다란 몇 마리만 여전히 쓰스의 눈 위를 맴돌고 있었다. 쓰마란이 손을 뻗어 그녀의 눈앞에서 부채질을 한 번 하자, 파리가 마지못해 침대 다리 위로 날아가 앉았다. 하지만 그녀의 눈은 여전히 생기라고는 전혀 없이 미동도 하지 않은 채 서까래를 응시하고 있었다. 그는 그녀가 죽은 게 분명하다는 것을 모르지 않았다. 그녀의 몸에 남은 한기가 바람처럼 불어왔다. 그는 다시 고개를 숙여 그녀의 두 다리 사이로 조금 더 가까이 다가가자 다리 사이에서 검은 악취와 함께 붉은 한약 냄새가 선명하게 졸졸 소리를 내고 있었다. 그는 그녀의 다리 사이 갈기갈기 찢긴 피와 살 사이에서 드문드문 여섯째 동생의 아내가 루의 몸에서 보릿짚으로 떨어내던 작은 쌀알 같은 물체가 움직이고 있는 것을 보았다. 그의 코를 자극했던 이상한 악취는 바로 그 희고 작은 알갱이에서 풍기는 것이었다. 하얗고 쌀알만 한 그 물체를 바라보면서 그는 놀라거나 이상하다는 생각이 들지 않았다. 모든 것을 예상했던 것처럼 태연했다. 시간도 죽어버렸다. 말라버린 강에 물의 흐름이 사라진 것과 같았다. 그는 그렇게 멍하니 서 있었다. 한참을 그렇게 서 있던 그가 손을 뻗어 그녀의 팬티를 벗기기 시작했다. 팬티는 연한 남색이었다. 하지만 그 남색 위로 무겁게 검정색이 응고되어 있었다. 팬티가 벗겨지면서 나무껍질이 벗겨질 때처럼 찌익 소리가 났다. 그 소리가 서서히 사라지고 나서야 그는 자세히, 아주 자세히 그녀의 다리 사이 팬티 밑을 살펴보았다. 무성히 자란 흰 알갱이들이 만개하여 부서진 흰 꽃 같았다.

그는 사타구니에 가득한 흰 꽃을 응시하면서 마침내 깨달았다. 그녀가 이번에 인육 장사를 하면서 치료가 불가능한 부인병을 얻은 것이었다.

그녀는 매일 대야에 절반쯤 담긴 한약 물로 몸 아래를 씻었었다.

애써 마음을 추스르면서 쓰마란은 방에서 나와 마당의 맑은 공기를 들이마셨다. 고개를 들어 어두운 밤을 바라보다가 다시 고개를 돌려 부엌 입구에 가득 쌓인 한약 찌꺼기를 쳐다보았다. 그러고는 갑자기 자신의 얼굴을 세게 후려쳤다. 맑고 우렁찬 소리가 났다. 얇은 얼음 같은 따귀가 가을밤에 깔리는 소리를 들으면서 그는 또 허공을 향해 긴 한숨을 토했다. 그는 다리가 풀린 듯 대야 옆에 있던 앉은뱅이 의자에 맥없이 주저앉았다가 이내 다시 몸을 일으켜 방으로 들어갔다. 란쓰스의 두 다리를 침대 위에 올려놓은 그는 붉게 물든 남색 태평양 침대보를 끌어내려 바닥에 내동댕이친 다음 이불로 그녀의 몸을 덮어주고는 다시 마당으로 돌아와 대야 옆 앉은뱅이 의자에 앉았다.

별이 무척 드물고 빛도 희미했다. 마당 안은 어슴푸레했다. 동쪽에서 불어온 밤바람 속에서 늦가을의 한기가 느껴졌다. 마을 어귀의 영붕을 지키던 사람들이 다 흩어져 돌아갔는지 아니면 아직도 모여 있는지 알 수 없었다. 여전히 울음

소리는 들리지 않았지만 웃고 떠드는 소리도 사라져버렸다. 그런 적막 속에 갑자기 악대의 음악 소리가 울리기 시작했다. 그들은 음식을 배불리 먹고 휴식을 취한 다음 밤이 깊어지면 취타악 연주를 시작해 영전을 지키는 사람들이 졸음을 쫓을 수 있도록 도와야 했다. 그들이 연주하는 음악 소리가 느렸다가 빨라지고 경쾌했다가 장중해지며 슬펐다가 즐거워지기를 반복했다. 강물이 상류의 모래땅에서 하류의 바위 계곡으로 흘러가는 것 같았다. 슬프고 애절하게 흐르던 음악이 갑자기 경쾌한 리듬을 쏟아내며 딩당딩당 빨라졌다 느려지고 조용했다 거세지면서 강줄기가 편안한 아름다움으로 가득했다. 마지막으로 연주한 일련의 악곡들은 전부 혼례 때에나 연주하는 〈백조조봉(百鳥朝鳳)〉이나 〈작교상회(鵲橋相會)〉 〈아녀약(兒女約)〉 〈보보고(步步高)〉 〈간집거(赶集去)〉 같은 요란한 민간의 악곡들이었다. 바러우산맥에서 남자들은 아내를 맞아들이고 여자들은 시집을 갔다. 산과 들, 하늘과 숲, 초원, 담 모퉁이와 문틈, 벽돌 뒤와 기와 아래 등 민간 악곡의 아름다움과 흥겨움이 머물지 않는 곳이 없었다. 나뭇잎은 음악 소리 속에서 가볍게 흔들리면서 잠을 잤고 화초들은 자신들의 콧숨 소리를 제외하면 대지 위에 어떤 생명도 존재하지 않는 듯 느꼈다. 밤꾀꼬리와 벌레도 이런 음악 속에서는 관중들이 무대 아래에서 악대의 연주를 관람하듯 나뭇가지 사이나 처마 밑에서 숨을 죽이고 있었다. 산맥과 인간 세상 전체가 이 부드럽고 축축한 장례 음악 속으로 젖어들었다. 산싱촌의 하늘 위에는 딩당딩당 유사 이래 한 번도 이토록 신나고 즐거운 적이 없었던 음악 소리가 흐르는 가운데 갑자기 징 소리와 북소리가 끼어들곤 했다. 마을 거리에는 영붕을 향해 바삐 달려오는 또 다른 발걸음 소리가 들렸다. 발걸음 소리는 멀어졌다 가까워지고 가까워졌다 다시 멀어지기를 반복했다. 고요한 밤에 한 잎 한 잎 활짝 피는 하얀 꽃잎 같았다. 쓰마란은 그 발걸음 소리를 들으면서, 그 즐거운 음악 소리를 들으면서 마음속이 천천히 평안하게 가라앉았고 공허해졌다. 계곡과 골짜기에 가득했던 자갈과 모래, 어지럽게 흩어져 있던 땔나무와 건초들이 전부 강물 같은 장례 음악에 씻겨 내려가고 깨끗한 강바닥과 양쪽 기슭 벼랑 위의 가시나무 풍광만 남아 아주 자연스러우면서도 단단한 모습을 드러내고 있는 것 같았다. 마음대로 돌아다니다가 적당한 곳에 이르렀을 때에만, 홀로 강가나 절벽 아래 있을 때에만 문득 광활함과 적막함, 단조로움과 공허함을 느낄 수 있는 법이었다. 쓰마란이 몸을 뒤로 기울이자 갑자기 목구멍이 약간 간지러운 듯한 느낌이 들더니 잔인하게 내리쬐는 햇볕 아래의 땅처럼 이내 목소리가 갈라지기 시작했다. 그는 자신의 목구멍에서 검푸른 담배 냄새를 맡았다. 처음에는 조금 화끈

거리더니 곧이어 타는 듯한 고통이 느껴졌다. 나중에는 아예 목구멍 안이 불타는 듯한 느낌이었다. 그는 물을 마시고 싶었다. 침을 한 번 삼켰지만 침이 목구멍 끝에 닿기도 전에 말라버렸다. 몸을 앞으로 약간 숙인 다음 혀로 아래 어금니를 누르고 몇 번 힘을 주었지만 여전히 혀끝과 잇새에서 미세한 습기도 짜낼 수 없었다. 그러자 그는 쓰스의 집 안방 입구 쪽으로 고개를 돌려 가만히 문틀의 캄캄한 어둠을 응시했다.

"쓰스, 얼른 내게 물 한 사발 갖다 줘."

마당은 묘지처럼 고요했다. 경쾌한 구릿빛 퉁소 소리만 담장을 넘어와 이리저리 맴돌며 울려댔다.

그는 정말로 쓰스를 보았다. 예전과 다름없는 옷차림에 예전과 다름없는 걸음걸이로 집 입구에 잠시 말없이 서 있다가 몸을 돌려 집 안으로 들어갔다. 그는 자신의 어린 시절이 생각났다. 무덤가에서는 이미 죽은 사람들이 여전히 산 사람처럼 묘지 안에서 햇볕을 쬐는 모습을 자주 볼 수 있었다. 보리밭에서는 죽은 남자가 보리를 베며 땀을 닦는 것을 볼 수 있었고 마을 어귀에서는 죽은 여자가 신발 밑창을 꿰매면서 웃고 떠드는 모습을 볼 수 있었다. 하지만 나이가 들면서 점차 이런 모습을 볼 수 없었다. 그런데 지금 이 모든 것들이 다시 그의 눈앞에 나타났다. 그는 전혀 두려움이 없었다. 가벼운 놀라움만을 느낄 뿐이었다. 수십 년 전에 잃어버린 물건이 갑자기 다시 눈앞에 나타난 것 같은 기분이었다. 그는 방으로 들어가는 쓰스를 바라보며 큰 소리로 외쳤다.

"마실 물 한 사발만 갖다 줘, 쓰스."

쓰스는 그의 시선에서 빠르게 사라져 사잇문 안으로 들어가버렸다. 그는 어렴풋이 쓰스가 몇 마디 말하는 것을 들었다. '밥은 솥 안에 있고 반찬은 그릇에 담아 덮어두었어요. 도마 위 그릇에 약간 식은 콩국이 있으니 드세요'라고 말하는 것 같았다. 그는 불안하게 흔들리는 그녀의 목소리를 따라 몸을 일으켰다. 마당에는 여전히 장례 음악이 졸졸 흐르고 있었다. 그 음악 위로 별빛이 이슬비처럼 뿌려졌다. 그는 음악 소리 속에 아주 잠깐 서 있다가 부엌으로 걸어 들어갔다. 사발을 하나 꺼내 항아리에서 물을 떠 몇 모금 마시자 목구멍의 메마른 갈증이 조금 나아졌다. 부엌에서 나오자 이번에는 쓰스가 문 앞에 서서 자신의 방으로 오라고 부르는 모습이 보였다. '밤이 깊었어요. 이제 잘 시간이에요. 하루 종일 열심히 일했으니 침대에 누워서 자야지요'라고 말하는 것 같았다. '링인거 공사장에서 반년이나 죽기 살기로 고생하면서 하루도 제대로 잔 적이 없잖아요. 곧 있으면 수로도 개통될 테니 이제 방에 들어가 편히 주무세요'라고 말하는 것 같기도 했다. 그는 정말로 잠을 자고 싶었다. 그녀의 말이 계속해서 수면이 극도로 부족한 그를 자극하자 그의 눈꺼풀 아래에서 맥장의 장례 음악보다 더 무거운 소리가 들렸다.

그는 석유등을 들고 방 안으로 걸어 들어갔다. 쓰스가 생생하게 살아 침대에 누운 채 실처럼 길고 고른 숨소리를 내면서 단잠에 깊이 빠져 있는 모습이 그의 눈에 들어왔다.

석유등을 탁자 한구석에 내려놓은 그는 옷을 벗고 침대에 올라 쓰스와 함께 잤다. 이날 쓰마란은 아주 길고 오래 잠을 잘 수 있었다. 링인거의 물줄기가 산등성이까지 흐르게 된 뒤에도 잠에서 깨지 않았다. 그때 가을 해는 따사롭기만 했고 광활한 산맥 도처에서 작고 아름다운 소리가 들렸다. 밤새 연주를 이어가던 악대도 휴식을 취하기 시작했고 영봉을 지키던 상주와 마을 사람들도 모두 분홍빛 달콤한 꿈과 짙은 자줏빛 무서운 꿈에 빠져들었다. 검은 관 위의 이슬방울과 끝없이 피어오르는 향만이 햇빛 아래서 점점 줄어들면서 연기를 토해내 마음을 편안하게 해주는 맑고 촉촉한 향기를 발산하고 있었다. 동쪽 산맥은 낙타 등처럼 높은 봉우리들이 이어져 있어 해가 어느 봉우리 사이에서 떠올라 언제 하늘 위까지 올라갔는지 알 수 없었다. 낙타 등 같은 산머리와 소 등 같은 산등성이가 햇빛 아래 짙은 갈색을 드러내고 있고, 그 사이로 갓 자란 보리가 녹색 물감을 잔뜩 뿌려놓은 것처럼 진한 초록빛을 뿜냈다. 마을은 고요하고 평온했다. 밤새 이어진 유쾌한 장례 음악이 끝나고 잠이 든 가축들마저 게으른 잠에서 아직 깨어나지 않았다. 닭장으로 돌아가지 않고 마을 어귀의 나무 위에 누워 밤을 지샌 어느 집 닭의 모습은 아침 일찍 마을 상공을 맴돌던 대머리독수리 같았다. 영붕 쪽에서는 장례 음악이 끝나자 남자들의 코 고는 소리가 나무 가장귀처럼 관 앞뒤에서 이리저리 춤을 췄고, 산맥 저쪽에서는 아이들의 잠꼬대와 알 수 없는 웃음소리가 들려왔다. 일을 마치고 돌아가는 사람들의 노래처럼 희미하면서도 친근했다. 모호하고 친근했다. 여자들은 늘 그렇듯이 남자와 아이들에게 잠자리를 양보하고 추위를 피할 이불도 덮지 않은 채 관을 받치고 있는 걸상 다리에 몸을 의지한 채 고개를 관 옆에 기대어 곤한 잠을 잤다. 바로 이때, 사촌동생의 관 옆에서 자다가 깬 두바이가 눈을 비비며 황급히 떠오르는 해를 쳐다보고 허둥지둥 옷을 챙겨 입고는 자고 있는 남자들을 일일이 깨우면서 말했다.

"이봐, 어서 일어나. 묘지에 무덤을 파러 가야지."

"어서 일어나라고. 촌장이 오늘 관을 묻으라고 했잖아."

"일어나! 일어나라고! 어서 무덤을 파러 가야 해."

남자들은 마지못해 기지개를 켜고 하품을 하면서 관 주위에 깔아놓은 보릿짚 자리에서 일어나 앉았다. 이러쿵저러쿵 의론이 분분했다.

"촌장도 그렇지, 뭣 때문에 이렇게 서두르는 거야."

"한여름도 아니고 시체를 하루 더 둔다고 꽉 썩는 것도 아닌데 말이야."

"염병할, 시신들을 묻고 나면 한 보름은 죽은 듯이 자야겠어."

"처녀가 홀딱 벗고 내 앞에 나타난다 해도 내가 눈을 뜨면 사람이 아니다."

바로 이때, 마을 안에서 우르릉 쾅쾅 엄청난 외침 소리가 폭발했다. 부처에게 비를 기원했더니 정말로 영험을 보여 머리 위에서 천둥이 치는 것 같았다.

"링인거 수로가 개통됐어요!"

"링인거 수로가 개통됐어요!"

"그 빌어먹을, 링인거가 정말로 뚫렸다고요!"

미친 듯이 외치는 사람은 얼바오였다.

그는 쇠 삽을 어깨에 멘 채 마을의 이 후통 저 후통으로 뛰어다니며 소리치고 있었다. 산의 메아리 같고 바다의 해일 같은 그 거친 외침은 길고도 단단했다. 그 소리가 팽팽하게 당겨진 가죽 끈처럼 거리의 무수한 나뭇잎과 담장 위의 진흙을 때렸다. 누군가 그를 쫓아오면서 물었다.

"얼바오, 대체 뭐라고 소리치는 거야? 뭐라고 떠들어대는 거냐고."

하지만 얼바오는 고개를 돌리지 않았고 대답도 하지 않았다. 그저 화살을 멘 듯 어깨에 멘 쇠 삽에만 신경을 쓰면서 이 후퉁에서 저 후퉁으로 쏜살같이 달리면서 목청을 잔뜩 돋우고 미친 듯이 소리쳤다.

"링인거 수로가 개통됐어요! 링인거가 개통됐다고요!"

마을의 모든 후퉁이 그가 쏟아낸 피 맺힌 외침으로 가득했다. 마을의 모든 포대자루가 양곡으로 가득 찬 것 같았다. 그는 계속 달리면서 외쳤다. 걸음이 나는 듯이 빨랐다. 그의 발길에 걷어차인 풀과 기와 조각이 거리에 어지럽게 흩어졌다. 마침내 영붕이 있는 곳에 이른 그는 관 주위를 돌면서 소리치기 시작했다. 단 한 번의 외침에 영붕 주변에 있던 모든 사람들이 이불 밖으로 빠져나왔다. 햇빛이 빠르게 날아가는 매를 뒤쫓듯이 그의 외침을 따라갔다. 그의 외침은 계속되었다.

"다들 어서 일어나요. 링인거가 개통됐어요. 물이 흘러오고 있다고요!"

두바이가 있는 곳에 이르자 두바이가 손을 뻗어 그의 팔을 붙잡았다.

"정말 물이 흘러오고 있나?"

"아침 일찍 아버지 무덤을 파러 갔었어요. 무덤을 좀 깊게 파드리고 싶은 데다 오늘 땅을 파고 안장까지 마쳐야 하니 서두르는 수밖에 없었죠. 무덤을 얕게 파면 아버지 뵐 면목이 없잖아요. 그런데 묏자리에 도착해보니 저 멀리서 상류의 물이 청룡처럼 하류를 향해 흘러오는 게 보이더군요."

두바이가 소리쳐 깨울 때는 게으른 모습을 보이더니 단번에 영붕 주위의 연기가 걷히기라도 한 것처럼 얼바오의 다급한 설명을 듣고는 마을 사람들 모두 황급히 옷을 주워 입었다. 옷을 다 벗고 잠을 자던 남자들은 몸을 가리지도 않고 이부자리 주위에 서서 자신들의 그 흉한 물건을 덜렁거리면서 느릿느릿 바지를 주워 입고 상의를 손에 든 채 산등성이 위로 달려갔다. 약혼은 했지만 아직 정식으로 아내를 맞이하지 못한 젊은 사내가 이불을 젖히고 벌거벗은 채로 형의 관 아래에 서서 옷을 찾고 있었다. 그가 옷을 찾는 동안 이불 속에 똑같이 알몸으로 숨어 있던 약혼녀의 몸이 황금빛 햇빛 속에서 빛났다. 희고 부드러운 살결을 지닌 그녀가 그와 함께 서 있는 모습은 마치 떠돌던 구름이 엄동설한의 나뭇가지에 걸린 것 같았다. 그는 수로를 준설하느라 온몸이 상처투성이였지만 실오라기 하나 걸치지 않은 그녀의 몸은 껍질을 벗긴 무 같았다. 마을 사람들은 두 사람의 모습에 잠시 넋을 잃었지만 이내 다시 수로가 개통되었다는 소식이 가져다 준 미친 듯한 환희에 빠져들었다.

젊은 사내가 물었다.

"내 바지 어디 갔지?"

아가씨가 말했다.

"당신 형의 관 머리맡에 있어요."

그는 관 머리맡에서 얼른 옷을 주워 입으면서 산등성이를 향해 달려갔다. 영붕이 있는 곳과 마을의 거리, 산등성이로 통하는 오솔길이 전부 순식간에 수로 개통의 미칠 듯한 환희에 빠진 마을 사람들로 붐볐다. 어젯밤 영붕을 지키는 곳에서 잠을 자지 않았던 두씨네 사람들은 집 안에 있다가 얼바오의 외침을 듣고는 정문까지 가는 게 너무 멀다는 생각에 뒷마당 담을 뛰어넘었다. 뛰어넘다가 흙벽으로 된 담장이 무너졌는데도 고개 한 번 돌리지 않았다. 어떤 여자는 물이 흘러오는 것을 빨리 보기 위해 바지를 앞뒤를 거꾸로 입은 채 몸을 비비 꼬면서 달려가다가 바지 재봉선이 뜯어지자 감나무 뒤로 몸을 숨겨 얼른 다시 고쳐 입었다. 그녀의 본가 형제하나가 그 나무 아래를 지나가다가 그녀의 엉덩이를 한 번 꼬집고는 재빨리 도망쳤다. 그녀는 본가 형제를 쫓아가면서 고약한 욕설을 내뱉더니 이내 또 자신이 큰 이득을 보기라도한 듯 시원하게 웃었다. 얼바오가 미친 듯이 외치고 다닌 덕분에 모든 게 바뀌었다. 세상이 얼바오의 외침 속에 있는 것같았다. 하늘이 구름 한 점 없이 높고 맑았다. 눈부신 햇빛은 산맥 위를 금빛으로 물들였다. 나무 위의 비둘기와 참새는 물론, 벼랑 끝의 까마귀까지 산등성이를 향해 괴성을 지르며 미친 듯이 달려가는 산싱촌 사람들을 바라보며 영문도 모른채 놀라 지저귀었다. 그 소리가 빗방울처럼 선명히 산과 들판에 떨어졌다. 농작물마저 고개를 돌리고 산등성이 길 위의 발걸음 소리에 귀를 기울였다. 바람은 공중에 멈춰서 움직이지 않았고 햇빛 속의 쌀알 같은 먼지는 어수선한 발걸음 소리 속에서 끊임없이 충돌했다. 그 순간, 조용하던 바러우산맥이 흔들리기 시작했다. 단단한 산등성이 길이 마을 사람들의 발걸음 소리로 진동하면서 길 위의 돌멩이들이 마을 사람들의 발에 차여 나뒹굴었다. 마을 사람들의 등 뒤로 바라본 산등성이 길은 누군가 팽팽하게 당겼다가 다시 주름을 만들어낸 한 폭의 천과 같았다. 란씨네와 두씨네, 쓰마씨네의 남자와 여자들이 어른 아이 할 것 없이 하나의 방향을 향해 굴러가는 대두와 완두, 녹두, 검은콩처럼 새까맣게 무리를 지어 그 천 위를 달려갔다. 여기저기에 발걸음 소리가 울렸다. 형체를 분간할 수 없는 아우성이 들렸다. 발밑으로 진한 먼지가 세차게 굽이치고 산맥의 맑은 새벽 공기마저 뒤섞여 온통 뒤죽박죽이 되어버렸다. 빨리 달리지 못하는 아이가 힘겹게 어른들을 쫓아가다 아예 길가에 주저앉아 울며 소란을 피우자 화난 부모가 되돌아와 손바닥으로 아이의 엉덩이를 몇 대 때리고는 품에 안고서 앞서가는 사람들을 쫓아갔다.

모든 것이 움직이기 시작했다.

모든 것이 소리를 내기 시작했다.

하늘은 겉으로 드러나지 않게 하나 또 하나, 한 조각 또 한 조각 이어지는 거친 소리들이 강렬한 햇빛 속에 감춰져 있었다. 한여름 끝없이 펼쳐진 콩밭 사이에서 들리는 파열음 같았다. 말 무리와 양 떼처럼 광분한 마을 사람들 뒤로 날아올랐던 먼지가 내려앉았다가 다시 솟아오르는 광경이 마치 산등성이 길 지하에 세차게 용솟음치는 강줄기가 흐르기라도 하는 것 같았다. 마을 사람들에게 버려진 마을만 순식간에 고요해졌다. 집들도 조용했고 거리도 침묵했다. 집집마다 대문이 열려 있었다. 영원히 다물어지지 않을 입처럼 네모나고 동그랗게 벌어진 대문의 적막이 한없이 깊고 길었다. 후통 안은 인적 하나 없이 고요했다. 닭과 돼지들도 대문 앞이나 마을 어귀에서 침묵했다. 나무에서 이따금 나부껴 떨어지는 반쯤 시든 나뭇잎이 회오리를 일으켰다.

마지막으로 마을을 나온 사람은 쓰마후였다. 그는 어젯밤 자정이 넘어 가을 추위가 깊어질 때까지 다섯째 형 쓰마루의 관을 지키다가 집에 돌아가 늦은 잠을 잤다. 단잠에 깊이 취해 있던 그는 아침에 얼바오가 외치는 소리를 듣고 침대에서 일어나 잠시 흥분했지만 수로의 개통이 자신의 예측과 계획 속에 있기라도 했던 것처럼 대수롭지 않다는 듯이 다시 침대에 누웠다. 그러다가 마을 사람들이 흔적도 없이 전부 마을을 떠나고 난 뒤에야 수로 개통의 희열을 억누르지 못하고 순서대로 옷을 주워 입고는 구더기가 난 다리의 상처 부위를 조심스럽게 바지통에 집어넣고 지팡이를 짚고서 대문을 나섰다. 대문 입구에 서서 하늘을 한 번 쳐다보고 서쪽 산등성이 길 위를 오르고 있는 사람들을 바라보고 나서 막 출발하려는 차에 어디선가 닭과 개 몇 마리가 나타나 그를 에워쌌다. 개는 그의 상처 난 다리 주위를 왔다 갔다 하면서 냄새를 맡았다. 닭은 대담하게 그의 바지통으로 달려들어 쪼아대기 시작했다. 그는 지팡이를 휘둘러 닭과 개를 쫓아버리고 욕설을 퍼부으며 마을을 나왔다. 맥장에는 일곱 개의 관이 열네 개의 걸상 위에 쓸쓸히 놓여 있었다. 햇빛이 쓰마후의 머리 위에 뜨거운 누런 국화 즙을 쏟아붓는 것 같았다. 그의 등 뒤에서 새 울음소리가 빗방울처럼 쓰스의 집 대문 앞에 떨어졌다. 그는 닫힌 대문을 쳐다보면서 걸음을 잠시 늦췄다가 다시 한동안 산등성이를 바라보았다. 그러고 나서야 산등성이를 향해 발걸음을 내디뎠다. 절뚝거리며 걸음을 옮길 때마다 두 개의 지팡이가 땅을 때리며 탁탁 소리를 냈다. 두 발을 땅에 디딜 때 이따금 쌀알만 한 구더기 몇 마리가 바지통 사이로 떨어지고, 잠시 멈춰 서면 고름이 신발 옆으로 흘러 바닥에 떨어졌다. 닭과 개, 참새들이 그의 뒤를 쫓으며 구더기를 주워 먹었고 두 다리에서 풍기는 비린내를 맡았다. 가축과 닭, 참새들을 쫓아내지 못한 그가 산등성이에 오른 사람들 사이에서 자신의 아내를 찾았다.

"이런 조상 팔대 씹할년아, 어서 나를 부축하라고!"

그의 아내가 인파의 맨 뒤로 나와 섰다.

"그냥 집 안에 죽치고 있지 뭐 하러 나와서 그래요!"

그러고는 이내 다시 인파 속으로 들어갔다.

쓰마후는 다시 욕을 하면서 앞으로 걸어가는 수밖에 없었다. 닭과 참새가 뒤에서 한 걸음 또 한 걸음 급하게 자신을 뒤쫓아 오자 그는 지팡이를 휘둘러 닭 한 마리의 다리를 부러뜨렸다. 닭과 참새, 개들이 겁을 먹고 다시 쫓아오지 않았다. 산등성이 길에 이르러 산 정상과 마을의 허리쯤 되는 지점을 바라보니 맥장의 영붕 안에 놓인 일곱 개의 관이 햇빛 속에서 일곱 조각의 새까만 빛으로 반짝였다. 검은빛 사이에 희미하게 흰빛이 섞여 있었다. 관 앞 익힌 제사 음식이 차려진 탁자 위에서 가늘게 피어오르는 하얀 김이 공중에서 금빛 보라색으로 바뀌고 노란색과 흰색, 붉은색과 푸른색이 뒤섞인 빛으로 변해갔다. 여러 갈래의 채색 실이 빙빙 돌면서 낮은 곳에서 높은 곳으로 점점 옅어지다가 마지막에는 하늘에 녹아드는 것 같았다. 그는 검은 관의 칠 냄새와 밤새 차려져 있던 익힌 음식 냄새를 맡았다. 자기 등 뒤의 저 닭과 참새, 개가 왜 이곳으로 먹이를 찾으러 오지 않는지 의아했다. 그리하여 고개를 돌려 더 자세히 살펴보니 어렴풋이 죽은 넷째 형과 창건, 란스터우(藍石頭)의 모습이 보였다. 그들은 제

사 음식이 차려진 탁자 주위에 앉거나 관 머리맡에 선 채로 목을 길게 뺀 채 산등성이 서쪽의 수로 끝머리로 시선을 던지면서 뭔가 이야기를 주고받고 있었다. 제각기 얼굴에 불그레한 빛이 반짝이고 붉은 비단 같은 즐거움이 걸려 있었다. 쓰마후는 입에서 나오는 대로 넷째 형을 불러보았지만 쓰마루는 그 소리를 듣지 못하고 관을 받치고 있는 첫 번째 걸상을 딛고 관 뚜껑 위로 올라서려다 취고수(吹鼓手)가 깜빡 잊고 관 뚜껑 위에 두고 간 생황에 부딪쳤다. 쓰마루가 허리를 구부려 쓰러진 생황을 바로 세운 다음 허리를 펴고 손가락으로 마을 사람들이 몰려간 방향을 가리키자 뒤이어 여섯 명의 망자들이 일제히 관을 밟고 수로의 서쪽 관도 쪽에 몰려 있는 마을 사람들을 바라보았다. 링인거 수로의 맨 끝 지점을 바라본 것이다. 그들은 주절주절 뭔가 이야기를 나누면서 몸에 걸친 수의의 푸른빛을 반짝이며 서로를 의지하여 발끝으로 섰다. 쓰마후는 그들의 발에 묶인 삼끈을 바라보았다. 그들이 개통된 링인거 수로를 바라보며 웃고 떠드는 모습을 바라보았다. 찬란한 미소를 띤 채 신바람이 나서 맥장에서 펄쩍펄쩍 뛰는 모습을 바라보았다. 그는 그들의 진한 웃음소리 속에서 보리의 단내와 맑은 물이 흐르는 듯한 축축한 습기를 맡았다. 그는 더 이상 링인거 수로의 맨 끝 입구를 향해 다가가고 싶지 않았다. 그의 다리는 피부를 생으로 잘라냈을 때와 다름없이 아팠다. 걸음을 걸을 때마다 다리의 살과 뼈가 으아악 하얀 비명을 질러댔다. 그는 그들 일곱 명과 함께 제사상이나 걸상 위에 서거나 아니면 관 뚜껑 위에 서서 마침내 흘러오는 링인거 수로의 물을 바라보고 싶었다. 하지만 그가 뒤로 몇 발짝 걸음을 옮기자 넷째 형 쓰마루가 그를 향해 몇 번 손짓을 하면서 자신들이 있는 곳으로 오지 말라는 암시를 주었다. 그는 손짓을 끝낸 쓰마루의 얼굴에서 찬란한 붉은빛이 사라지고 대신 희뿌연 구름 빛으로 변하더니 이윽고 눈처럼 흰빛으로 변하는 것을 보았다. 링인거 수로 건설 현장에서 죽은 다른 여섯 명의 남자들을 보니 그들 역시 쓰마루와 마찬가지로 얼굴에서 빛이 사라졌다. 더 이상 관 위에서 환희의 춤을 추지도 않았다. 한 줄기 옅은 냉기가 맥장 쪽에서 불어왔다. 젖은 상복의 결빙이 얼굴에 달라붙은 것처럼 그들의 얼굴 모두 얼음처럼 하얗게 변했다. 쓰마후는 더 이상 영붕 쪽을 향해 걸어가지 않고 방향을 돌려 산등성이 서쪽 길의 정상을 향해 절뚝거리며 걸어갔다. 그는 넷째 형과 망자들의 얼굴빛이 변한 것을 잘 알고 있었다. 서쪽의 마을 사람들한테 뭔가 일이 터진 게 분명했다. 그는 황급히 빠른 걸음으로 산 정상을 향해 뛰어갔다. 그 모습이 다리가 셋 달린 개 같았다. 해는 마을 어귀의 하늘에 금빛 대야처럼 걸려 있었다. 마을의 오래된 나무 몇 그루 위에 불이 붙은 것 같왔다. 마을의 힘 센 소 한 마리가 굴레를 벗어나려고 몸부림치다 코가 찢어지고 코피를 뚝뚝 흘리면서 단단하게 묶인 밧줄에서 벗어나 마을 후통 안을 달려가는 모습이 그의 눈에 들어왔다. 그리고 조금 전까지 자신의 뒤를 따라오던 두씨네 개가 갑자기 몸을 돌려 마을을 향해 달려가더니 그의 집 지붕에 올라가 서쪽의 링인거를 바라보았다. 그의 집 지붕 위에서 왕왕 울음소리가 들려오는 것 같았다. 이때 쓰마후는 얼굴 가득 땀을 흘리면서 껑충껑충 뛰어 산 정상에 도착했다. 산등성이 서쪽 산 아래가 한눈에 들어왔다. 수로 맨 끝의 계곡과 벼랑 주변에는 이미 산싱촌의 남자와 여자들이 가득 서 있었다. 사람들은 그와 서로 등진 채로 일대 혼란을 이루면서 하나같이 까치발을 하고 서서 목을 길게 빼고 수로의 상류에 시선을 고정시키고 있었다. 어떤 사람은 수로에서 파낸 흙더미 위에 서 있고 어떤 사람은 산등성이 길가의 바위 위에 서 있었다. 아이들은 어른의 어깨 위로 기어오르거나 아니면 절벽의 홰나무와 멀구슬나무 위로 기어오르기도 했다. 수로 끝에는 십수 년의 수령(守靈)을 자랑하는 오래된 감나무가 한 그루 있었다. 굵기가 큰 대접만 한 이 나무는 수로가 그 자리를 지나가게 되어 뽑혀야 했는데, 쓰마란은 이 나무가 가뭄이든 홍수든 풍년이든 흉년이든 관계없이 매년 정성껏 아이들을 위해 적어도 한 짐 이상의 홍시 열매를 맺어주었던 것을 떠올리고는 수로가 감나무를 우회하게 했다. 이때, 감나무 가지마다 가득 앉아 있는 아이들의 모습이 마치 감나무에 조롱박이 주렁주렁 달린 것 같았다. 검은 감이 허공에 달린 것 같기도 했다. 끓어오르는 사람들의 목소리와 온통 떠들썩한 웃음소리가 들렸다. 허공에는 침방울이 사방으로 튀면서 반짝였고 발아래에는 흙 알갱이가 발에 밟히면서 요란한 금속성을 냈다. 링인거 수로의 상류 쪽을 가리키며 뻗은 팔과 손들이 방금 베어냈다가 다시 일으켜 세운 수많은 나무들 같았다.

들떠 있던 쓰마후의 마음이 쿵 하고 내려앉았다.

그가 침착하게 마을 사람들을 향해 걸음을 옮기기 시작했다. 맞은편에서 불어오는 바람이 그의 얼굴을 어루만졌다. 썩고 문드러진 다리 위에서 꿈틀대는 한 무더기의 구더기 때문에 몹시 간지럽고 아팠다. 동시에 어린아이의 작은 손으로 상처를 긁어대는 것처럼 편안하면서도 참기 어려웠다. 검은 조롱박 같은 마을 사람들의 머리를 지나자 산허리에 배가 터져 내장을 드러낸 것 같은 모습의 링인거 수로가 나타났다. 멀수록 더 가늘게 보였다. 붉은 천을 잡아당기자 한 가닥 띠로 변하고, 띠는 다시 붉은 밧줄로 변했다가 마지막에는 산언덕과 논밭과 하나로 뒤섞였다가 다시 햇빛 아래 논밭 위의 붉은 연기 속으로 녹아드는 것 같았다.

쓰마후는 링인거의 맨 끝에 거의 다다랐다. 수로 맨 끝의 입구는 협곡으로 연결되어 있었고 협곡의 높이는 몇 장, 깊이는 몇 리에 달했다. 협곡의 절벽 위에는 잡목이 무성하게 자라 있지만 그 밑은 온통 모래와 자갈밭이었다. 옛날에는 이 협곡 안에 늑대도 살았지만 최근에는 검은 까마귀들밖에 없었다. 수로 입구가 그쪽으로 열려 있어 마치 계곡 초입에 거대한 아가리가 벌려져 있는 것 같았다. 쓰마후의 눈에 누군가 산등성이 길을 따라 상류를 향해 소리를 지르며 달려가는 모습이 들어왔다. 흘러 내려오는 물을 맞으러 달려가는 것 같았다. 바로 이때, 사람들 사이에서 갑자기 악대가 민간 음악을 연주하는 소리가 들려왔다. 장례 행렬을 따르는 악대가 사람들 사이에서 또다시 취주하는 건 〈보보고〉 악곡이었다. 붉은 음과 푸른 소리가 한데 어울려 경쾌하고 쟁쟁하게 울려 퍼졌다. 산의 틈새에서 절벽 아래를 향해 흘러내리는 것 같았다. 딩딩당당, 졸졸, 가볍게 흐르다가 한순간에 몇 개의 산이 모두 붉은빛과 흰빛이 뒤섞인 악대의 연주 소리로 물들었다. 이어서 〈희상봉(喜相逢)〉과 〈풍우광(風雨狂)〉이 연주되었고, 동시에 파바박 볜파오가 터지면서 주위가 온통 불꽃에 휩싸였다. 음악 소리와 볜파오 파편인 종잇조각들이 수로 위의 하늘을 가득 뒤덮으며 흩날렸다.

쓰마후가 욕을 해댔다.

"네미 씹할, 내 피부를 판 돈으로 벤파오를 샀으면서 나를 기다리지도 않고 지들끼리 터뜨린단 말이야."

마을 사람들이 덩실덩실 춤을 추면서 시끄럽게 외치는 소리가 파도처럼 굽이쳐 산등성이와 계곡을 따라 먼 곳으로 흘러갔지만 그의 외침이나 욕설을 들은 사람은 아무도 없었다. 남자와 여자들이 벤파오 주위를 에워싼 채 만 필의 말이 일제히 울부짖듯 소리를 질러댔다. 아이들은 나무에서 내려와 더 이상 터지지 않는 벤파오 불발탄을 다투어 주워 들었다. 어떤 여자는 수로 위에서 갑자기 미친 사람처럼 웃기 시작했다. 웃으면서 소리쳤다.

"물이 왔네. 이제 나는 마흔 살 넘게 살 수 있게 됐어. 마흔 살 넘게 살 수 있다고!"

그렇게 웃고 또 웃다가 갑자기 울기 시작했다. 울면서 말했다.

"나도 쉰, 예순, 일흔, 여든까지 살 수 있게 됐어. 우리 누가 더 오래 사는지 한번 두고 봅시다."

울다가 웃기를 반복하는 동안 붉은 웃음소리가 얼음처럼 차갑게 사방을 향해 날아갔다. 쓰마후는 그 여자가 바로 넷째 형수 두주추이인 것을 알아보고는 자신도 모르게 발걸음을 늦췄다. 또 몇 명의 여자들이 주추이와 마찬가지로 산등성이 길 위를 미친 듯이 뛰어다니고 있었다. 울다가 웃다가 소리를 지르고 발을 구르고 손을 흔들며 팔짝팔짝 뛰는 모습이 마치 정신병원의 광경을 보고 있는 것 같았다. 그의 다섯째 형수가 여자들 틈 속에서 울면서 말했다.

"루, 당신은 정말 운이 지지리도 없군요. 며칠만 더 버텼으면 장수할 수 있었는데 어째서 그렇게 황급히 떠난 건가요? 왜 며칠 더 살지 않았나요?"

그녀가 울자 거의 모든 과부들이 손발이 풀렸다. 여자들은 멍석 위에 앉아 아이들을 끌어안고 슬픔에 잠겼다. 눈 깜짝할 사이에 붉은빛과 자줏빛의 울음소리와 웃음소리가 파도치듯 산맥 위에 쌓여 앞에 보이는 산등성이와 뒤에 있는 마을, 좌우의 협곡과 계곡들을 삼켜버렸다. 드넓은 바러우산맥 전체가 여자들의 슬픈 울음소리로 가득 찬 것 같았다. 남자들은 여자들에게 신경을 쓰지 않았다. 남자들은 오로지 벤파오를 터뜨리는 데만 관심이 집중되어 있었다. 악기를 연주하고 까닭 없이 주먹을 공중에 휘두르고 쉴 새 없이 욕설을 내뱉는 데만 열중했다.

"이 염병할 조상님들아, 물이 왔다고!"

"이 씹할놈의 조상님들아, 물이 왔다고!"

"빌어먹을 놈의 팔대 조상님들아, 링인거에 마침내 물이 왔단 말이야!"

수로 입구까지 따라온 몇 마리 개들도 인파 속에서 기쁨과 두려움에 요란하게 짖어댔다. 오로지 세상일에 어두운 아이들만 조용히 침묵하면서 왜 물이 오자 마을 사람들이 전부 미쳐가고 있는 건지 영문을 몰라 놀랍고 이상하다는 듯한 눈빛으로 부모와 형제자매를 쳐다보았다.

쓰마후는 마침내 인파 뒤쪽에 도착했다. 그는 어디선가 가볍고 서늘한 물기가 날아오는 것을 느낄 수 있었다. 한 가닥 실처럼 가볍고 부드러운 물기는 햇빛의 따스함 속에서 담청색 박하 향기를 풍겼다. 햇빛 아래로 불어올 때, 있다가 없어지고 없다가 또 나타나는 푸른빛 연기 같았다. 해는 이미 하늘 꼭대기에 떠 있었다. 황금빛 쟁반에서 잘 익은 과일로 변한 모습이었다. 하늘에 매달린 모습이 몹시 헐거워 오래 쳐다보고 있으면 이리저리 흔들리다가 언제라도 쾅 하고 떨어질 것 같았다. 산맥의 산들은 빛나는 황금빛에서 붉은빛으로 변했다. 밭과 들판, 산등성이도 모두 같은 색으로 물들었다. 산싱촌 사람들은 흥분하여 팔짝팔짝 뛰면서 쉬지 않고 징과 북을 두드린 탓에 남자들은 모두 땀에 젖어 있었다. 옷깃과 등이 모두 흠뻑 땀에 젖었다. 어떤 사람은 윗도리를 벗어 던지기도 했다. 적나라하게 드러난 상체가 옻칠한 잣나무 같았다. 상류에서 흘러오는 물기는 깨진 창문으로 들어오는 바람처럼 갈수록 진해졌다. 더 많은 마을 사람들이 약속이나 한 듯이 수로 양쪽의 가파른 길을 따라 상류를 향해 걸어갔다. 사람들의 발에 밟힌 흙덩이가 계속해서 수로 아래로 떨어졌다. 두바이가 사람들을 쫓아가며 수로 밑으로 걸으라고 소리쳤다. 수로 위로 걸어 수로 양쪽 벽을 무너뜨리지 말라는 것이었다. 그러자 누군가 말을 받았다.

"수십 리 수로를 전부 돌로 쌓고 시멘트로 돌 틈을 메워놓고는 왜 입구 쪽 2리만 돌로 쌓지도 시멘트를 바르지도 않은 거요?"

수로에서 피를 흘려본 남자가 큰 소리로 말했다.

"빌어먹을 놈아, 사람들이 숨은 쉴 수 있게 해줘야 할 것 아니야. 다시 피부를 팔아서 시멘트를 사려면 허벅지 상처를 1년은 더 치료해야 한단 말이야."

아이들은 수로의 흙을 밟지 않기 위해 수로 안으로 들어가 수로 바닥을 따라 상류를 향해 달려갔다. 서늘한 바람이 상류에서 불어왔다. 촉촉한 물기가 비 오는 날의 눅눅함처럼 눈 깜짝할 사이에 수로 끝에 이르자 모든 마을 사람들이 코로 그 습기를 들이마셨다. 쓰마후는 지팡이를 짚고 사람들 뒤쪽 바위 위에 올라서서 폭이 2미터에 깊이가 1.5미터인 수로를 바라보았다. 산맥과 들판 위로 펼쳐진 이 구간의 수로는 끝없이 이어진 붉은 말구유 같았다. 물을 쓸 일이 없을 때는 물이 말구유 입구에서 폭포처럼 계곡 아래로 흘러가게 하면 됐다. 그래서 사람들은 계곡 앞 수로 끝에서 미친 듯이 날뛰면서 방금 파종한 두씨네 밀밭을 단단하고 편평하게 만들어 짙고 붉은 윤기로 반짝이게 했다. 잿빛 볜파오 폭발음이 계속 울려대고 붉고 푸르고 흰 음악 소리도 계속 울려댔다. 불그레한 울음소리와 웃음소리도 그치지 않았다. 햇빛은 이런 소란함 속에서 떨리듯 흔들렸다. 머리 위에는 계곡으로 돌아가려던 까마귀가 끊임없이 허공을 빙빙 맴돌다가 감히 낮게 날지 못하고 하는 수 없이 산 정상을 향해 날아갔다. 쓰마후가 수로 입구로 다가가 '링인수가 생명을 더해주니, 쓰마란의 공덕이 끝이 없네'라는 문구가 새겨진 석비(石碑)를 짚고 섰다. 두바이가 불을 붙인 종이 담배를 악기를 연주하는 사람의 손에 쥐여주는 모습이 그의 눈에 들어왔다. 악기를 연주하느라 손이 바쁜 대원에게는 담배를 입에 물려주었다. 두바이가 느긋하게 담배를 건네며 말했다.

"피워요! 피우라고! 수로가 개통됐으니 마을에 큰 경사잖아요."

그런 모습을 보니 물을 마을로 끌어와 공덕이 무량한 사람이 두바이 자신인 것 같았다. 이리하여 와락 하는 소리와 함께 속이 뒤집힌 쓰마후가 사람들을 몇 번 살피다가 버럭 소리를 질렀다.

"촌장은 왜 안 온 거야? 우리 형은 왜 안 왔냐고?"

하지만 주변이 너무 소란했다. 온통 시끄러운 소리로 가득한 터라 그가 소리치는 걸 듣는 사람이 없었다. 그가 손으로 석비를 쉴 새 없이 두드리며 큰 소리로 외쳤다.

"이런 염병할, 다들 뭐라고 떠들어대는 거야. 빌어먹을, 뭐가 이렇게 시끄러운 거냐고. 누가 마을에 가서 우리 형 좀 불러오라고. 우리 형이 없었으면 어떻게 링인거 수로가 있을 수 있었겠어?"

하지만 여전히 그의 말을 들어주는 사람이 없었다. 그가 짜증스럽게 바닥에 주저앉으면서 손바닥으로 석비의 글자를 두드렸다.

"얼바오, 텅, 완, 조상 팔대 씹할놈들아! 내가 민병 대대장인데 아무도 나를 거들떠보지 않는 거야? 내가 다리만 다 나으면 너희들을 어떻게 손봐주는지 똑똑히 보라고."

이때, 산맥 위의 물기가 맑은 푸른색에서 엷은 검정색으로 진해지고 서늘한 기운이 마을 사람들을 에워싸기 시작했다. 마침내 물이 가까운 곳까지 도달한 것이 분명했다. 어쩌면 이미 200미터 앞 수로가 굽어지는 지점에 이르렀는지도 모를 일이었다. 어쩌면 상류로 몰려간 마을의 큰 아이들이 링인거의 물을 가지고 놀면서 야단법석을 떨고 있을지도 몰랐다. 이쪽에 있는 사람들은 숨을 고르며 하늘에 대고 퉁소를 부느라 목에 핏대를 세웠다. 얼굴이 피처럼 붉게 부풀었고 이마에는 땀방울이 비처럼 조밀했다. 생황을 부는 사람이 고개를 흔들면서 손가락을 악기 위에 올렸다 내리기를 반복했다. 사내 하나가 낡은 북을 두드리면서 보리밭 안을 맴돌고 있었다. 그가 펄쩍펄쩍 뛸 때 발에 차이는 흙 알갱이가 계속해서 다른 사람들의 얼굴과 목으로 떨어졌다. 또 한차례 볜파오의 다급한 울음이 신부를 맞이하는 사람들이 이미 마을 어귀나 대문 앞에 이르기라도 한 것처럼 팡팡, 쾅쾅 금빛과 붉은빛의 소리를 토해내면서 끊임없이 허공을 울렸다. 볜파오 파편인 종잇조각이 춤추듯이 하늘에 흩날렸다. 수로 위에는 온통 한 치 두께의 마분지가 덮여 있었다. 이를 밟고 가다 보니 숲속의 낙엽을 밟는 것 같았다. 발밑에 흔들리는 잔뜩 깔려 있던 화약 냄새가 공중에 퍼지면서 순식간에 청량한 물기를 하얗게 태워버렸다. 또한 한순간에 타버린 물기가 땅에 가라앉으면서 불탄 자리에 물을 뿌린 것처럼 축축한 탄소 냄새를 풍겼다. 링인거 수로 공사에서 살이 벗겨지고 뼈가 부러진 남자들은 자신들의 존엄을 누리기 시작했다. 그들은 한쪽에 쭈그려 앉아 종이 담배를 피우면서 "우리가 없었으면 어떻게 이 물이 마을 어귀까지 흘러올 수 있었겠어?"라고 말하고는 흥분이 가득한 눈빛으로 마을의 여자들과 아이들을 바라보았다. 눈가에 걸려 있던 거만함과 득의만만함이 낙엽처럼 스르르 땅바닥으로 떨어졌다. 감나무와 멀구슬나무 위에 올라가 있던 아이들이 수로가 굽어지는 지점에서 콸콸 흐르는 하얀 물줄기가 아래로 쏟아져 내려가는 것을 가장 먼저 보고는 나뭇가지를 마구 흔들며 큰 소리로 와아 하는 탄성을 쏟아냈다. 때문에 햇빛이 좌우로 흔들리고 나무 그림자와 사람 그림자가 불안하게 떨렸다. 란씨 집안의 아이 하나가 한 길 높이의 나무 위에서 흔들리다 떨어졌다. 여자들이 놀라 소리를 질러대는 사이에 아이는 자제할 틈도 없이 벌떡 일어나 곧바로 다시 나무 위로 기어 올라갔다. 여자들은 이제 더 이상 예전처럼 울지 않았다. 서로 어깨를 맞대고 서 있었다. 뒤에 선 사람들은 앞에 선 사람들의 어깨를 밟고 오르고 싶은 마음이 간절했다. 상류의 물이 흐르는 곳까지 목을 빼 눈길을 뻗고 싶었다. 이렇게 사람들은 울거나 웃지는 않았지만 입을 크고 동그랗게 벌린 채 우우 하고 연신 괴상한 소리를 냈다.

쓰마후는 여전히 석비 옆에 서서 소리를 질러대고 있었다.

"누가 마을에 가서 촌장님을 좀 불러오라고! 나는 다리가 아파서 갈 수 없으니 누가 얼른 가서 우리 형 좀 불러오란 말이야."

두바이가 그에게 말했다.

"이봐 후, 촌장님은 지금 너무 피곤하시다고. 푹 주무실 수 있게 해드려."

말이 끝나기 무섭게 쓰마후가 뭔가 더 말을 하려고 했지만 두바이가 마치 자신이 촌장이라도 되는 것처럼 곧바로 수로가 있는 언덕 위의 사람들에게 다가가 큰 소리로 모두들 수로 안으로 뛰어들어가 수로 가장자리에서 무너져 들어간 흙덩이를 퍼내라고 명령했다. 두바이가 소리치면서 사람들에게 손짓 몸짓을 다 써가며 명령하는 모습을 바라보면서 쓰마후는 지팡이로 석비를 한 번 또 한 번 내리치며 중얼거리듯 욕을 해댔다.

"빌어먹을, 여편네가 미쳤나. 대체 어딜 간 거야. 주추이 형수는 가서 형을 좀 불러오지 야박하게 뭐 하고 있는 거야. 빌어먹을 놈의 사돈 같으니, 마을 사람들이 하나같이 인정머리 없는 돼지 새끼들이거나 은혜를 모르는 개가 아니면 양심도 없는 노새들이라 이럴 때 우리 형을 완전히 잊어버린다니까."

바로 이때 갑자기 수로가 굽어지는 지점에 상류로 물을 맞이하러 간 젊은이들이 다시 우르르 돌아오고 있었다. 맨 앞에서 뛰어오는 사람은 얼바오와 거, 완 등 제법 큰 아이들이었다. 뛰어서 돌아오는 아이들이 점점 가까이 다가왔다. 하나같이 허공에 손을 내젓고 있었다. 뭔가를 막으려는 것처럼 입으로는 연신 "큰일 났어요! 큰일 났어요!" 하고 외쳤지만 도대체 무슨 일이 터진 건지는 말하지 않았다. 그렇게 소리를 지르는 아이들의 얼굴빛은 파랗게 질려 있었다. 발걸음은 쉬지 않고 빠르게 움직였고 허공을 휘젓는 손은 겨울바람 속의 작은 나무들 같았다. 바닥에 쭈그려 앉아 있던 거만한 남자들이 아이들의 소리를 듣고 자리에서 일어섰다. 여자들의 입에서는 아무 소리도 나오지 않았고 나무 위의 아이들은 놀라서 아무 말도 하지 못했다. 악대는 연주를 멈췄고 볜파오 소리도 뚝 그쳤다. 산맥이 갑자기 조용해지고 햇빛과 바람도 쿵 하고 허공에 얼어붙었다. 마을 사람들은 각자 있던 자리에 멍하니 멈춰 서서 더욱더 진해지는 물의 촉촉한 기운 속 하얗고 붉은 비린 물의 악취를 맡았다. 모두들 근처까지 다가온 물 흐르는 소리가 콸콸콸 햇빛 속에 요란하게 울리는 것을 바라보았다. 지익지익 땅이 물을 흡수하는 소리도 들렸다. 산맥 가득 사람들이 들어앉아 담배를 피우고 있는 것 같았다.

두바이가 물었다.

"무슨 일이지?"

뛰어서 돌아오던 거와 완, 얼바오가 사람들 앞에 녹초가 되어 주저앉으며 연신 손가락으로 뒤에서 따라오는 수로를 가리켰다.

"저것 좀 보세요. 정말 큰일 났어요!"

모든 사람의 시선이 콰당탕 수로로 집중되었다. 모두들 수로를 따라 흘러오는 물을 바라보았다. 맨 앞 물머리의 싯누런 진흙이 햇빛 아래서 끊임없이 말리는 멍석 같아 보였다. 무수한 풀과 나뭇가지들이 반 자 높이의 물머리에서 위아래로 뒤집히기를 반복했다.

물머리가 점점 가까이 다가왔다.

정말로 한 줄기 얼음처럼 차가운 악취가 덮쳐 왔다. 짭짤하고 씁쓰름한 검은 악취가 여름날 집집마다 대문 앞에서 발효되고 있는 똥통 냄새 같았다. 마을 사람들은 일제히 코로 숨을 쉬면서 천지를 뒤덮은 냄새에 집중했다. 맨 처음에는 남자 하나가 물머리를 향해 달려가더니 수로 둔덕 위에 멍하니 멈춰 섰다. 검은 악취가 점점 더 강력하고 걸쭉해지면서 가을날 바러우산맥의 맑고 담담한 분위기를 검게 물들였다. 햇빛은 투명하면서도 흐릿했다. 투명한 하늘이 검고 강렬한 악취에 의해 흐릿해졌다. 마을 사람들 모두 더 이상 말을 하지 않았다. 온통 놀라서 하얗게 질린 시선들이었다. 온통 어쩔 줄 몰라 하는 멍한 흙빛 얼굴이었다. 가늘고 미세하게 억눌린 호흡이었다. 해는 머리 위로 솟아오르고 끝없이 넓은 산맥은 도처에 혼탁한 진흙의 빛깔이 가득했다. 오로지 바로 옆에 있는 말구유 같은 수로만이 여전히 그 본색을 유지하고 있었다. 흙 비린내가 링인거 물의 비린 악취의 도움을 받기라도 한 것처럼 더욱 선명해져 코를 자극했다. 흐르는 물은 점점 가까워지고 뒤집혀 말리면서 눈앞까지 다가왔다. 물의 깊이는 수로 깊이의 절반 정도 되었다. 물속으로 휩쓸려 들어간 수로 바닥의 무른 흙이 더욱 우렁차게 와와 비명 소리를 냈다. 물머리가 수로 양쪽 벽을 툭툭 두드리는 것이 마치 수십 쌍의 손이 불규칙하게 어느 집 담장을 두드리는 것 같았다. 수로 벽면의 원래 그다지 무르지 않았던 흙이 천년 동안 굶주림과 목마름에 시달리기라도 했던 것처럼 맹렬하게 수분을 흡입하여 수면 위의 나뭇가지와 막대기들을 탐욕스럽게 움켜잡았다. 흐르는 물이 흙을 한 덩이씩 수로 벽에서 깎아 내렸다. 쾅 소리와 함께 부서진 크고 작은 흙덩이가 수로 안으로 휩쓸려 들어가면서 비린 악취가 더욱 강렬하게 사람들의 얼굴을 향해 밀려들었다.

마을 사람들 누구도 말을 하지 않고 각자 수로 양옆에 서서 흐르는 물이 발아래로 쿵쾅쿵쾅 흘러가는 모습만 바라보고 있었다. 얼굴에 뭔가 이해가 되지 않는 듯한 표정이 희뿌연 먼지처럼 나부꼈다. 오염되어 검게 변한 풀과 물에 젖어 팽팽하게 부푼 죽은 쥐, 진흙탕이 잔뜩 들어간 비닐봉지와 낡은 치마와 모자, 죽은 가축의 붉은 배, 더러워진 모피가 수면 위에서 부딪히고 또 부딪혔다. 상류 쪽에서는 아까 그 까마귀인지 다른 새인지 모르지만 새 몇 마리가 호기심에 어쩔 줄 몰라 하면서 수면 위 상공을 오르락내리락했다. 수로의 하류 끝 말구유 모양의 입구에는 무너져 내린 흙이 이미 마을 사람들 손에 깨끗이 치워진 상태로 활짝 열린 문처럼 흐르는 물이 어서 빠져나가기를 기다리고 있었다. 수로의 물이 사람들의 발아래로 흘러가는 동안 양말이 벗겨지기라도 한 것처럼 발밑으로 밀려온 한기가 빠르게 온몸으로 퍼져나갔다. 조금 전까지 천지가 떠나가도록 떠들썩하게 소리치며 즐거워하던 아이들이 지금은 모두 몸을 웅크린 채 미동도 하지 않았다. 몇 명의 아이들만 엄마 아빠를 부르며 "물에서 왜 이렇게 냄새가 나요? 고약해 죽겠어요"라고 말했다. 하지만 아이들의 엄마 아빠는 아이에게 눈을 흘길 뿐 사태를 주시하며 아무 말도 하지 않았다. 움직임도 전혀 없었다. 여자아이들은 나무에서 내려와 말없이 엄마나 언니의 손을 잡고서 수로의 물이 자신들 때문에 시커멓고 비린 악취를 풍기게 된 것인 양 죄인처럼 고개를 숙였다.

온통 죽음 같은 적막이었다.

수로의 물이 거대한 굉음을 일으켰다.

햇빛은 오염된 물에 어둡고 뿌옇게 물들었다.

찌꺼기가 뭉친 흰 거품 밑으로 빠른 속도로 흐르는 링인거 수로의 물이 마침내 60리의 여정을 마치고 산싱촌 사람들의 발밑에 이르렀다. 물줄기는 미치지 않는 곳이 없었다. 말구유 같은 수로 입구에 이르자 더욱 기세를 떨치며 계곡 안으로 밀려든 물줄기는 갑자기 거대한 침묵 속에서 우렁찬 물소리를 냈다. 수로 양쪽의 가시나무가 물살에 거세게 흔들리더니 물줄기에 휩쓸려 온 풀과 나뭇가지, 블라우스, 뚱뚱하게 배가 부른 물주머니가 끊임없이 나뭇가지에 걸렸다. 마을 사람들 가운데 폭포수가 계곡 벽면을 타고 떨어지는 광경을 바라보는 사람은 하나도 없었다. 절벽 중간에 둥지가 있어 떨어지는 폭포수에 화들짝 놀라 급히 날아오르는 검은 까마귀 떼를 바라보는 사람도 없었다. 마을 사람들은 수로 양옆에 두 줄로 나란히 서서 흐르는 물줄기에 시선을 고정한 채 수면 위로 검은 천 조각과 썩어 문드러진 풀, 하얀 거품이 자신들의 발아래로 느리게 흘러가는 모습을 내려다보고 있었다. 두바이가 수로 옆으로 기어 올라가서는 검은 국수물을 뜨듯 수로의 물을 한 움큼 떠서 코에 갖다 대고 냄새를 맡더니 곧장 물을 다시 수로에 버렸다. 그러고는 다리가 풀린 듯 그 자리에 주저앉아 굳게 침묵했다. 수많은 사람들이 두바이가 했던 것처럼 물을 떠서 냄새를 맡고는 그 자리에 주저앉았다. 사람들의 얼굴에 두껍게 내려앉은 의혹과 불가해의 표정은 왜 산싱촌 사람들이 대대로 마흔 살 넘게 살 수 없는지를 이해할 수 없는 것처럼 진실했다. 수로 양쪽 벽과 산등성이의 위아래, 바러우산맥, 심지어 세상 전체가 침묵했다. 검고 걸쭉한 물소리만 들렸다. 끝없는 침묵이 산싱촌 사람들과 세상을 뒤덮었다. 아무도 말을 하지 않았다. 고개를 돌려 주위를 바라보는 사람도 없었다. 모든 사람의 얼굴에 단단한 푸른빛이 드러났다. 쭈그려 앉은 사람이나 서 있는 사람이나 모두가 주저앉은 시신들 같았다. 시간은 굳어버린 돌 같았다. 햇빛이 바닥에 떨어지는 소리와 흐르는 물의 비명 소리가 슬펐다. 마을 사람들의 호흡도 고르지 못했다. 이렇게 아주 오랜 시간이 지나서 갑자기 누군가 조심스럽게 한마디 물었다.

"어찌 된 일이지? 두류와 다바오는 왜 여태 돌아오지 않는 거야?"

뒤따라 똑같은 소리가 여기저기서 울려 퍼졌다.

"어찌 된 일이야? 두류와 다바오는 왜 여태 돌아오지 않는 거야?"

이어서 사람들의 눈빛이 서로 충돌하기 시작하더니 이내 모든 눈길이 두바이에게로 집중되었다. 두바이의 얼굴에는 잿빛이 한 겹 덮여 있었다. 그는 마을 사람들을 쳐다보지 않고 수로의 상류 쪽만 바라보았다. 뭔가 눈에 보이는 것 같았다. 물에 불어 하얗게 변한 죽은 돼지와 쥐가 털을 곤두세운 채 상류에서 떠내려오는 것이 보였다. 마을 사람들 앞을 지나가는 하얀 돼지와 쥐가 마치 밀가루가 담긴 큰 봉지와 작은 봉지가 수면 위를 떠가는 것 같았다. 누군가 구토를 하기 시작했다. 구토한 누런 물이 수로 둔덕 위에 흘렀다. 두바이가 손으로 그 사람의 목구멍 위쪽을 짚자 목구멍이 아픈 듯 얼굴이 일그러졌다. 주추이와 그녀의 두 동서들도 도랑에서 파낸 흙 위에 나란히 앉아 눈을 동그랗게 뜨고는 마치 아무것도 보지 못한 듯이 아득하게 수로의 물을 응시했다. 텅도 바닥에 앉아 상류 쪽 산등성이 길을 끝없이 바라보았다. 거와 완, 얼바오는 인파 속에서 가지 하나 없는 나무들처럼 꼿꼿하게 서 있었다.

누군가 쓰마후가 마을을 향해 걸어가는 것을 보았다. 그는 지팡이 두 짝을 내버리고 바람처럼 빠른 속도로 급히 걸어갔다. 두 다리에 고름이 생긴 적도 구더기가 생긴 적도 없는 것 같았다. 다리를 절었던 적도 없는 것 같았다. 하지만 그가 걸어간 길 위로 참새와 까마귀들이 끊임없이 내려와 그의 두 발을 쫓아가며 먹이를 쪼아댔다. 이때, 텅이 갑자기 땅바닥에서 일어섰다. 그녀가 뛰어오르듯 일어서는 순간, 부푼 배가 공중에 떠 있던 비린 악취를 밀어냈다.

그녀가 말했다.

"저기 봐요. 저 사람 다바오 아니에요?"

모든 시선이 그녀를 따라 상류의 수로 쪽으로 우르르 옮겨 갔다. 수로 안에 문짝 하나가 떠 있고, 문짝 위에 양곡 자루 같은 것이 놓인 채 흘러 내려오고 있었다. 떠내려오는 그것을 따라 수로 둔덕 위로 한 사람이 걸어오고 있었다. 얼굴을 알아볼 수 있을 정도로 가까워지자 정말로 마을에서 체구가 가장 건장한 얼간이 다바오인 것이 확인되었다. 어깨에 둥근 삽 두 개를 메고 있던 그는 마을 사람들을 보더니 삽을 팔사이에 끼고는 훌쩍 몸을 날려 수로로 뛰어들어 양곡 부대를 꺼안았다. 하지만 그가 안은 것은 양곡 자루가 아니라 두류였다. 곧 있으면 부촌장이 될 쓰마란의 큰사위였다. 그가 물에 흠뻑 젖어 팽팽하게 부푼 두류를 안고 수로를 건너 마을 사람들을 향해 걸어오자 순식간에 허공에는 온통 두껍고 무거운 놀라움과 아득함이 가득했다. 마을 사람들 눈앞의 해도 먹물처럼 어둡게 변했다. 사람들은 다바오가 몸을 내밀어 시신을 수로 둔덕 위에 올려놓는 모습을 보았다. 시신을 내려놓는 순간, 삽이 문짝 위로 떨어지자 그는 흐르는 물을 쫓아가 문과 삽을 건져 올리고는 자신을 쳐다보고 있는 마을 사람들을 한 번 바라보고 수로 둔덕 위에 서서 말했다.

"어서 와서 나 좀 잡아줘요. 두류 아우의 몸무게가 나보다 양곡 한 부대는 더 나간단 말이에요."

두류의 몸에서 흘러내린 물이 그의 바지를 타고 신발 속으로 흘러들어갔다. 그가 말을 하면서 걸음을 옮기자 발밑에서 찌익찌익 소리가 났다. 그는 아예 이쪽 발로 저쪽 신발을 벗기고, 저쪽 발로 이쪽 신발을 벗긴 다음 신발 두 짝을 휙 수로 안에 던져버렸다. 신발은 배처럼 물살 위를 떠내려갔다.

마을 사람들이 멍하니 앉아 있다가 자리에서 일어났다. 일어선 뒤에도 여전히 멍한 표정으로 감히 앞으로 나서서 다바오의 손에 들린 시신을 받으려는 사람은 없었다. 다바오가 두류를 안고 마을 사람들을 향해 다가갔다. 가까이 다가간 그가 말했다.

"여러분들은 나를 바보로 여기면서 젊은 여자들을 내게 시집보내려 하지 않았지요. 하지만 실제로는 이 두류 아우야말로 천지도 분간 못 하는 바보예요. 아마 이 세상 천지에 두류 아우보다 더한 바보는 없을 겁니다. 우리가 링인거 수로가 시작되는 지점에 도착해보니 그곳의 향성(鄕城)은 이미 경성(京城)으로 변했고[5] 양옥집과 공장들이 가득 들어서 있었어요. 산등성이의 양옥집이 산꼭대기보다 더 높더란 말이에요. 그곳 링인거 수로의 물은 대소변처럼 더러웠어요. 내 대소변이 그곳의 물보다 더 맑고 깨끗하더란 말입니다. 내가 목이 말라서 맑은 물 좀 찾아 마시려는 생각으로 다섯 집이나 찾아 들어갔지만 물 한 모금 마시게 해주는 집이 하나도

[5] 여기서 말하는 향성은 현성(縣城)을 가리키고 경성은 번화한 시가지를 가리킨다. 다바오는 지능이 약간 떨어지기 때문에 항상 현성을 향성으로 불렀고 현성보다 번화한 도시를 경성이라 불렀다. 18년 전, 쓰마란이 산맥을 따라 링인거 수로에 이르렀을 때, 동행한 사람이 란다바오의 아버지 란류꺼이었다. 란류꺼이 다섯 살 난 란다바오를 데리고 갔을 당시는 링인거의 물이 바닥이 보일 정도로 깨끗했기 때문에 현성 위쪽으로 5리 되는 지점에 돌을 쌓아 작은 제방을 만들고 수로에 석 자 깊이로 흙을 파내기만 하면 링인거의 물이 수로를 따라 산싱촌으로 흘러들어올 수 있었다. 하지만 16년이 지난 후, 그곳의 초가집과 사당은 사라지고 숲도 종적을 감췄다. 이를 대신한 현성이 시로 바뀐 뒤로 공장과 주택가가 상류를 향해 급속도로 확장되자 그곳 물가에는 새들이 사라지고 물속에 물고기들도 사라졌다. 오로지 강 수면 위로 국수 같은 점액질 섬유와 곰팡이 긴 초목, 검붉은 여인의 바지, 죽은 고양이와 돼지, 참새들의 사체만 남아 있었다. 그리고 강 양쪽에는 공장과 다층 건물이 가득 들어섰고 바로 그 위에 사람들의 생계가 있었다. 그래서 다바오가 향성이 경성으로 변했다고 말한 것이다.

없었어요. 결국 다시 돌아온 내가 두류 아우에게 내 대신 가서 맑은 물 좀 구해 오라고 할 생각이었는데 그가 갑자기 물속으로 뛰어들더니 빠져 죽고 만 거예요."

이어서 말했다.

"그는 자살을 한 겁니다. 절대로 내가 떠민 게 아니에요."

다바오가 또 말했다.

"물은 내가 방류했어요. 내 셔츠를 문짝 하나랑 바꿔 두류 아우를 싣고 오는 데 썼으니 두씨네 집안에서 내게 셔츠를 하나 사 줘야 합니다."

다바오가 또 말했다.

"내가 두류의 삽도 메고 왔어요."

다바오가 거의 고철에 가깝게 망가진 쇠 삽을 보며 또 말했다.

"앞으로 농사를 짓거나 수로를 수리할 때 이 삽을 쓸 수 있을 거예요."

마을 사람들은 전부 여전히 멍한 표정으로 아무 말도 하지 않았다. 텅은 두 손으로 임신한 배를 감싸 안고 땅바닥에 앉아 있었다. 죽은 물고기 눈처럼 아득하게 뜨고 있는 두 눈은 서쪽 어딘가를 바라보고 있는 것 같았지만 정확히 어딘지는 알 수 없었다. 두바이와 주추이의 눈에 두류를 안고 있는 다바오는 아무 일도 일어나지 않은 듯 멍하고 편안해 보였다. 이 상황을 예상하기라도 한 것 같았다. 시간이 소리 없이 조용하게 흘러갔다. 해가 가고 달이 가듯 긴 시간이 흐르고 나서 두바이가 길고 끝없는 탄식을 내뱉었다.

주추이가 말했다.

"어쩐지 어젯밤에 내가 루 삼촌의 관 옆에서 영붕을 지킬 때 밤새 가뭄이 드는 꿈을 꿨다니까요."

링인거의 더러운 물을 다 흘려보내고 두류의 시신을 마을로 옮기는 동안 산싱촌의 남자와 여자들은 한마디도 하지 않았다. 발걸음도 조용하기만 했다. 하지만 마을에 도착하고 얼마 지나지 않았을 때, 가장 먼저 집에 돌아갔던 쓰마후의 아내가 놀란 얼굴로 미친 듯이 소리를 지르며 집에서 뛰쳐나왔다. 그녀가 거리에서 소리쳤다.

"우리 남편이 목을 맸어요! 우리 남편이 목을 맸다고요!"

한 발은 문 안에 한 발은 문밖에 걸치고 있던 마을 사람들이 몸을 돌려 쓰마후의 집으로 들어가 시신을 풀어놓을 때에야 비로소 어젯밤부터 지금까지 내내 촌장이 보이지 않았다는 사실을 떠올렸다. 마을 사람이 주추이에게 물었다.

"촌장은 어디 갔나요? 마을에 하늘이 무너진 것처럼 큰일이 일어났는데 촌장이 아직 모르고 있다는 게 말이 됩니까?"

주추이가 이를 악물고 자신의 비쩍 마른 얼굴을 가로저으며 말했다.

"촌장은 지금 한창 재미를 보고 있을 거예요. 육왕의 집에 있을 거라고요."

이리하여 누군가는 쓰마후의 집에 가서 목을 맨 시신을 풀어놓았고 또 누군가는 촌장 쓰마란을 찾으러 갔다. 주추이가 마을 사람들을 이끌고 기세등등하게 란쓰스의 집으로 촌장 쓰마란을 찾으러 갔다. 사람들이 란쓰스네 집 문을 밀어젖히고 들어가보니 그녀의 집에 석유등이 아직 켜져 있고 옅은 노란빛 등불이 침대 위의 잠든 두 사람을 비추는 게 눈에 들어왔다. 주추이가 이불을 젖히자 자신의 남편 쓰마란이 쓰스의 침대 위에서 쓰스와 한 베개를 베고 고약한 냄새를 풍기는 쓰스의 썩은 시신을 안고 있는 모습이 보였다.

영원히 변치 않을 것처럼 잠들어 있었다.

촌장도 죽었다.

정말로 죽었다.

그는 마흔 살을 살고서 병도 없이 생을 마감했다. 이날이 마침 그의 마흔 살 생일이었다. 그의 얼굴은 수로의 개통으로 인해 마을 사람들이 장수할 수 있게 되어 안도하는 듯한 무척 상기된 표정이었다. 아주 깊이 잠든 사람처럼 누워 있었다. 이때 사람들은 쓰스의 침대 앞에서 고름이 묻은 두 개의 발자국이 있는 것을 발견했다. 검고 질척한 진흙으로 변한 고름 안에는 하얀 구더기가 고물대고 있었다. 두말할 것도 없이 사람들은 마을로 돌아온 쓰마후가 형과 쓰스의 참혹한 광경을 보고는 집에 돌아가 장렬하게 목을 맨 것이라는 사실을 짐작할 수 있었다.

목을 매는 것으로 모든 것이 끝이 났다.

하늘하늘 연기처럼 사라졌다.

두바이가 마을 사람들을 이끌고 아들 두류와 쓰마 형제, 란쓰스 그리고 다른 예닐곱 명의 마을 사람들을 매장했다. 그러고 나서 목구멍이 홍당무로 막아놓은 것처럼 부어오르기 시작했다. 그제야 그는 벼락처럼 몇 년 전에 양놈6)들이 산싱촌에서 보름을 거주했는데 보름을 머무는 동안 왜 모두들 말을 한마디도 하지 않았는지, 그러면서 왜 매 순간 탁탁 소리가 나도록 고개를 흔들고 다녔는지 알 것 같았다.

---

6) 서양인에 대한 속칭이다. 8년 전, 바러우에 10여 명의 서양 사람들이 온 적이 있었다. 목구멍 막힘 증상 다발 지역인 이곳에 대한 연구를 위해 유네스코에서 특별히 조직해서 보낸 연구 인력이었다. 그들의 첫 번째 근거지는 산둥(山東) 가오미현(高密縣)으로, 그들은 그곳이 전 세계에서 보기 드문 불소 피해 지역이라는 사실을 확인했다. 수중 불소 함량이 가장 높은 지역은 18mg/l나 됐다. 이는 중국의 음용수 규정 불소 함량을 17배나 초과하는 것으로 피해 인구가 40여만 명에 달했다. 보통 내지 중증 치아불소반점 환자 발병률이 90퍼센트를 넘었고 불소골증 환자 발병률도 30퍼센트를 넘었다. 두 번째 근거지는 허난 바러우산맥이었다. 바러우산맥에서 그들은 산싱촌 반경 수십 리 지역이 가오미현보다 심각할 정도로 수중 불소 함량이 높다는 사실을 발견했다. 정확한 측량과 계산이 불가능할 정도였다. 이 밖에 공기와 토양, 식물 속에는 일종의 혼합 독소가 들어 있다는 사실도 발견했다. 이 혼합 독소 안에는 126종 외에 신종 원소가 함유되어 있을 가능성이 있지만 어떤 원소인지는 확인할 방법이 없었다. 그리하여 그들은 그저 놀라고 망연해하는 수밖에 할 수 있는 것이 없었고, 고개를 가로저으면서 그 지역의 지형과 지세, 지질도, 농작물 재배 현황, 수자원 현황 등 온갖 통계 수치만 갖고 돌아가는 수밖에 없었다. 그들이 산싱촌에 남긴 것은 알 수 없는 궁금증과 신비함뿐이었다.

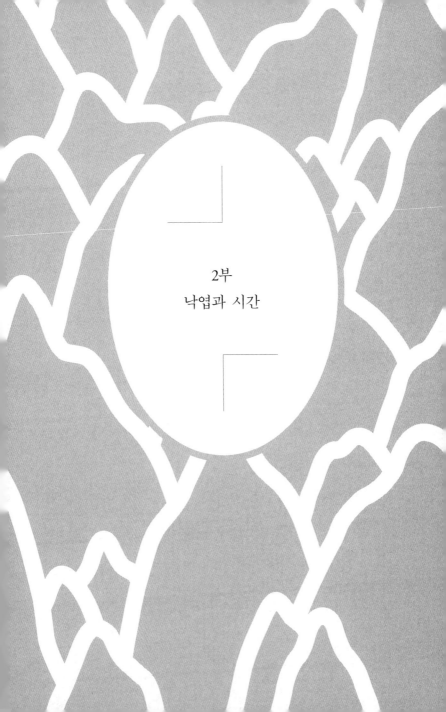

2부
낙엽과 시간

13장

요한이 에베소 교회에 보내는 편지:

"에베소 교회로 가는 사자(使者)에게 편지하여 말하라. 오른손에 일곱 개의 별을 붙잡고 일곱 개의 황금 촛대 사이에 다니시는 이가 가라사대, 내가 네 행위와 수고와 네 인내와 네 죽음을 알고 또 네가 악한 자들을 용납하지 아니하는 것을 아노라. 그러나 너를 책망할 것이 있나니 너의 처음 인애함을 버렸느니라. 그러므로 언제 어디서 떨어졌는지를 돌이켜보고 회개하여 맨 처음 행했던 것들을 행하라."

1

어느 겨울 끝자락 아침, 산싱촌은 산허리가 완전히 안개에 잠겨 있었다. 낡고 해진 거대한 옷자락이 축축하게 땅 위 풀밭에 붙어 있는 것 같았다. 쓰마란은 집 문을 당겨 여는 순간 거센 급류에 몸이 뒤로 확 밀리는 듯한 느낌을 받고는 잠시 주춤했다. 안개가 그의 그림자를 자르며 집 안으로 스며들어 왔다. 안개가 심하군. 그는 생각했다. 더없이 좋은 날씨야. 마당으로 걸어 나온 그가 고개를 들어 하늘을 쳐다보니 건너편 안개 속에서 처녀 하나가 튀어나오는 모습이 보였다. 처녀는 머리에 온통 회백색 물방울이 맺힌 채 그의 앞으로 다가와 섰다. 그러고는 두려움과 놀라움이 가득한 표정으로 말했다.

"쓰마란 오빠, 우리 아버지가 죽었어요."

쓰마란의 눈빛은 눈앞의 안개에 고정되어 있었다. 앞에 서 있는 란쓰스를 멍하니 바라보다가 번쩍 정신을 차렸다.

"지금 뭐라고 했어?"

"어젯밤에 우리 아버지가 죽었다고요."

안개가 마을을 물처럼 흐르고 있었다. 쏴아 차르르 물결이 일었다. 저 위에 있는 나뭇잎에서 떨어진 물방울이 쓰마란의 머리 위로 떨어졌다.

하지만 촌장이 목을 매 죽은 것은 오히려 온 산과 들을 깊숙이 한 번 뒤집은 이곳 땅이 마을 사람들의 목숨을 구할 수 없다는 사실의 명백한 증거가 되었다. 다시 말해서 쓰마란 세대에도 사람들은 여전히 마흔 살을 넘기지 못했다. 다시 말해서 이미 장성한 마을의 남자 쓰마란은 자신도 모르는 사이에 이미 반평생을 살았고, 죽음이 이미 맞은편에서 그를 향해 달려오고 있었던 것이다. 란쓰스의 새하얀 얼굴과 흠뻑 젖어 윤기 흐르는 검은 머리칼과 풍만한 몸매를 가까이 대하자 쓰마란의 몸이 쾅쾅 몇 번 떨렸다. 란쓰스의 손을 잡고 후통 모퉁이의 안개 자욱한 곳까지 끌고 간 그는 그녀의 다른 손을 꽉 움켜쥐었다. 그녀의 손이 안개 속에서 그를 뿌리치며 한참을 흔들리더니 이내 물에 갓 씻어낸 무처럼 차가워졌다. 하지만 그의 손은 오히려 더 뜨거워졌고 흠뻑 젖을 정도로 땀을 흘렸다. 그가 진정으로 남녀관계를 알게 된 뒤로 처음 잡아보는 여자 손인 데다 그 대상이 어릴 때부터 마음을 설레게 했던 란쓰스이기 때문이었다. 그녀는 그보다 두 살이 어렸지만 다른 자매들보다 몸매가 풍만했고, 아름다운 눈과 도톰한 입술 그리고 붉고 윤기 나는 피부를 지니고 있었다. 마을에서 그녀보다 두 뺨의 피부가 더 부드럽고 흰 사람을 찾아볼 수 없었다. 그는 그녀의 코끝솜털과 입술에 안개가 걸려 맺힌 작은 물방울을 보자 갑자기 목이 말랐다. 다가가 그 물방울을 마시고 싶어졌다. 그가 떨리는 손으로 그녀를 품 안으로 잡아당기며 간절한 어투로 말했다.

"쓰스, 너희 아버지가 돌아가시기 전에 뭐라고 말씀하셨지?"

그녀가 손을 뿌리치며 고개를 한 번 흔들었다.

그가 물었다.

"정말로 아무 말 안 하셨어? 쓰스더러 나한테 시집가라고 하지 않으셨어? 내게 촌장을 맡기실 거라고 하지 않으셨냐고."

그녀가 고개를 흔들며 뒤로 한 발 물러섰다.

"이 손 좀 봐요. 아프단 말이에요."

그는 손의 힘을 약간 풀긴 했지만 여전히 그녀의 두 손을 붙잡고 있었다.

"쓰스, 네가 나한테 시집오면 돼. 나한테 시집오면 평생 일도 안 하고 매일 집에서 쉴 수 있게 해줄게."

그녀가 힘껏 두 손을 뿌리쳤다.

"이것 좀 봐요. 오빠가 너무 세게 붙잡는 바람에 손이 새빨개졌잖아요."

그는 그녀의 손을 보지 않고 얼굴을 응시했다.

"쓰스는 마을 사람들에게 말만 하면 돼. 어젯밤에 쓰스 아버지가 쓰스를 침대맡으로 불러놓고 '나는 오래 살지 못할 것 같다. 마을 청년들 가운데 쓰마란이 나의 촌장 자리를 물려받기에 적합한 인물인 것 같다'라고 말했다고 말이야. 이렇게만 하면 내가 쓰스를 아내로 맞아 마흔 살이 넘도록 살게 해줄게. 평생 일도 안 하면서 살게 해줄게."

쓰마란은 줄곧 안개 속 한 그루 나무처럼 꼿꼿하게 선 채로 꼼짝도 하지 않았지만 그의 말은 너무도 강렬하고 절박했다. 글자 하나하나가 치아 사이에서 아주 빠른 속도로 씹힌 뒤에 내뱉어지는 것 같았다. 란쓰스는 줄곧 한 손으로 반대쪽 손목을 어루만지며 이야기를 듣고 있다 보니 어느새 두 손이 더 이상 움직이지 않고 안개 속에 뻣뻣하게 굳어 있었다. 가는 안개가 하얀 실처럼 그녀의 부드러운 손가락 끝에 걸려 있었다.

그녀가 말했다.

"쓰마란 오빠, 정말로 촌장이 되고 싶어요?"

그가 말했다.

"꿈속에서도 바라는 일이지. 철이 들면서부터 줄곧 생각해온 일이라고."

그녀가 말했다.

"촌장이 되어도 마흔 살 넘게 살지 못하는 건 변함이 없잖아요."

그가 말했다.

"촌장이 어떤 존재인지 알아? 촌장은 마을 전체의 어른이야. 누구든지 촌장이 하라는 대로 따라야 한다고."

그가 또 말했다.

"내가 촌장이 되면 마을 사람들을 이끌고 가서 60리 밖에 있는 링인사의 물을 마을로 끌어올 거야. 마을 사람들이 그 물을 마시면 다들 마흔 살 넘게 살 수 있도록 보장할 수 있거든."

그녀가 말했다.

"정말로 나를 아내로 맞고 싶은 거예요?"

그가 말했다.

"그럼, 정말이지."

그러고는 한마디 더 덧붙였다.

"링인사에는 120살까지 산 사람도 있대."

그녀가 말했다.

"나를 아내로 맞으면 정말로 평생 일을 안 하게 해줄 거예요?"

그가 말했다.

"물론이지."

이어서 한마디 덧붙였다.

"마을 사람들이 링인사의 물을 마시면 쉰이나 예순, 아니 일흔이나 여든까지 살 수 있게 될 거야."

그녀가 그에게 마지막으로 한마디했다.

"그러면 오빠 말대로 마을 사람들에게 얘기할게요. 내가 사람들한테 얘기한 뒤에도 나를 아내로 맞지 않으면 오빠는 이 세상에서 가장 양심 없는 사람이 되는 거예요."

말을 마친 그녀는 얼른 몸을 돌려 후퉁 모퉁이의 짙은 안개 속을 빠져나갔다. 안개 속을 빠져나가면서 그녀는 여동생 란싼지우가 문밖에 서 있는 것을 보았다. 그녀는 동생의 손을 잡아끌고 집 문 앞 대추나무 아래에 애번(哀幡)*이 세워진 곳을 향해 걸어갔다. 첫째 란지우스와 둘째 란바스, 넷째 란류스(藍六十), 다섯째 란우스 등 출가한 네 언니들이 시댁에서 돌아와 나무 아래에서 보릿짚에 불을 피우고서 마을을 향해 슬픔과 애도를 표하면서 부고를 전하고 있었다. 누렇고 왕성한 불빛이 해처럼 타올라 안개를 멀리 쫓아버렸다. 네 언니들이 불 앞에 무릎을 꿇고 앉아 쓰스와 싼지우를 기다리고 있었다.

자매는 순서대로 무릎을 꿇고 앉았다.

마을 안은 슬프고 낭랑한 울음소리로 가득 찼다. 눈물이 쏟아지는 빗물처럼 바러우산맥의 마을과 가옥, 거리 그리고 산싱촌의 모든 집 마당을 적셨다. 그리고 바로 이때, 해가 마을 동쪽에서 맹렬하게 솟아올라 찬란한 금빛으로 마을과 거리의 짙은 안개를 비추자 푸르스름하고 하얗던 안개는 조용히 어디론가 사라져버렸다. 눈 깜짝할 사이에 집집마다 대문이 활짝 열렸다. 쓰마란이 지난날 촌장 란바이수이가 급한 일이 있을 때만 두드리던 구리 징을 두드리면서 햇빛 아래 옅은

* 장례를 알리는 깃발.

안개 속에서 뛰어나왔다. 구릿빛 외침과 항아리가 깨지는 듯한 징 소리가 한데 뒤섞여 다급하지 않고 침착하게 세 갈래 마을 길 위에 울렸다.

"댕 댕 댕."

"이봐요. 두씨, 란씨, 쓰마씨 사람들은 모두 들으세요. 촌장님이 돌아가셨습니다. 목을 매 돌아가셨어요. 돌아가시기 전 저한테 마을 일을 맡아달라고 부탁하셨습니다. 여자들은 가서 수의를 짓고, 남자들은 가서 무덤을 파고 영붕을 세우도록 하세요."

"이봐요. 두씨, 란씨, 쓰마씨 사람들 모두 들으세요. 촌장님이 돌아가셨습니다. 목을 매 돌아가셨어요. 앞으로는 모두 제 말을 들어야 합니다. 여자들은 가서 수의를 짓고, 남자들은 가서 무덤을 파고 영붕을 세우도록 하세요."

"댕 댕 댕."

징 소리에 안개가 곧장 사라졌다. 쓰마란이 외치는 소리가 햇빛 속에서 금빛 찬란하게 울려 퍼졌다.

2

쓰마란이 촌장이 되었다.

산싱촌 사람들 모두 란바이수이가 죽으면서 쓰마란에게 촌장 자리를 맡으라는 유언을 남겼다는 사실을 알게 되었다. 촌장도 마흔 살 넘게 살지 못하니 누가 촌장이 되든 마찬가지였다. 란바이수이를 위해 장례를 치르던 둘째 날, 산싱촌의 노인 두옌이 돌아왔다. 두옌은 향 정부에서 조리사로 일하고 있었다. 산싱촌에게는 두옌이 곧 향 정부였다. 향 정부의 목소리는 전부 두옌이 산싱촌에 돌아올 때 그의 입을 통해 마을에 전해졌다. 과거 란바이수이가 촌장으로 있을 때, 어려운 문제에 부딪히면 곧장 진에 있는 두옌에게 마을로 한번 와달라고 부탁하곤 했다. 그러면 두옌이 여러 사람들 앞에 서서 향의 정책이 이러저러하다고 설명했고, 시비가 분명해지면서 문제가 쉽게 해결됐다. 이제 서른여덟 살의 란바이수이가 죽었으니, 서른일곱인 두옌이 향의 정책인 동시에 산싱촌의 최고령 노인이 되었다. 란씨네 집 마당에는 영붕을 세우는 사람들이 들락거리면서 곡괭이와 삽을 찾았다. 상복을 짓는 여자들은 최근에 장례를 치른 집을 찾아가 상복과 상모를 빌려오는 한편, 촌장 집에 있던 하얀 무명천을 가위로 오려 란쓰스와 란싼지우의 상복 두 벌을 지어 보충해야 했다. 란씨네 집안에는 딸이 일곱인 데다 모두 새하얀 상복을 입어야 했기 때문이다. 일곱 딸이 영구를 둘러싸고 대성통곡하자 마당을 가득 메운 곡소리가 호수와 바다를 이루었다.

쓰마란이 말했다.

"그만 울고 바이수이 아저씨께 옷을 입혀드리도록 해요."

일곱 딸이 일제히 울음을 멈추고 아버지에게 수의를 입혀
드렸다. 새것과 옛것을 합쳐 모두 네 겹이었다. 안팎으로 수
의를 다 입히고 나자 쓰마란이 말했다.

"곡을 계속하도록 해요. 돌아가신 아저씨께서 울음소리를
들을 수 있게 해드려야지."

또다시 곡소리가 하늘까지 이어졌다. 바로 이때, 두옌이
진에서 서둘러 마을로 돌아왔다. 그는 화살처럼 빠른 속도로
쓰마씨네 마당에 들어서면서 마을 사람들과 몇 마디 얘기를
나누고는 곧장 무릎을 꿇고 앉은 일곱 딸들 뒤에 가서 섰다.
눈물이 그렁그렁한 그녀들의 곡소리를 지나자 쓰마란이 삼
끈으로 란바이수이의 두 발을 묶으면서 뭔가 얘기하는 모습
이 눈에 들어왔다.

"바이수이 아저씨, 걱정 말고 가세요. 마을 일은 아무 걱정
마시고 저한테 다 맡기세요."

쓰마란은 소매 속 란바이수이의 손가락을 일일이 펴서 새
하얀 5펀짜리 동전 두개를 한 손에 하나씩 쥐여주면서 말했
다.

"손에 돈을 쥐고 있으면 저승길을 무사히 건널 수 있을 거
예요. 바이수이 아저씨, 사고 싶으신 것 있으면 다 사세요. 고

된 세월은 마을에 남겨두세요. 제가 마을 사람들 잘 이끌겠습니다."

마지막으로 쓰마란은 대나무 젓가락 한 짝으로 란바이수이의 꽉 다문 아관(牙關)을 비틀어 열고는 망자의 목구멍 안을 살피더니 누런 동전을 하나 꺼내 입에 물리면서 말했다.

"바이수이 아저씨, 산싱촌을 위해 평생 고생하셨으니 오늘은 은을 손에 쥐고 금을 입에 물고 아무 걱정 말고 가세요. 제가 촌장이 된 이상, 무슨 일이 있어도 마을 사람들을 마흔 살 넘게 살게 해주겠습니다. 그렇게 하지 못하면 언제든지 저를 데려가세요."

그가 말을 마치는 순간, 두옌이 란바이수이의 시신을 한쪽으로 밀어놓고 다짜고짜 란바이수이의 손에 쥐어져 있는 동전을 빼내고 커다란 다른 동전 두 개를 쥐여주었다. 이어서 입 안에 든 동전을 꺼내고 은화를 대신 집어넣었다. 또한 그의 발을 대충 묶은 삼끈을 풀어버리고 다시 세 번 둘러서 두 번 졸라매는 방식으로 단단하게 두 발을 고정했다.

약간 어리둥절한 표정으로 옆에 서 있던 쓰마란의 눈에 한 가닥 시퍼런 원망의 빛이 어렸다. 일곱 딸들의 울음소리가 갑자기 멈췄다. 억수같이 쏟아지던 비가 그치고 사람들 눈앞에 온 땅의 서늘함만 남은 것 같았다.

혹 하는 소리와 함께 모든 눈길이 시신이 누워 있는 짚 멍석 위로 쏠렸다. 놀라움과 의아함이 비 그친 뒤의 구름처럼 란씨네 집 안에 가득 찼다.

두옌이 말했다.

"바이수이 형님이 돌아가실 때 누가 침대맡에 있었지?"

란바이수이의 서쪽 구석에 무릎을 꿇고 앉아 있던 쓰스가 고개를 들었다.

"저요. 저희 아버지께서 돌아가시기 전날 밤에 저를 침대 맡으로 부르셨어요."

두옌이 물었다.

"뭐라고 하셨니?"

쓰스가 말했다.

"아버지께서는 마을 일을 쓰마란 오빠에게 맡긴다고 말씀 하셨어요. 쓰마란 오빠가 마을의 인물이라고 하시면서요."

두옌이 이제 열일곱밖에 되지 않은 란쓰스의 얼굴을 뚫어 져라 쳐다보았다.

"또 뭐라고 하셨지?"

"그것 말고는 아무 말씀도 안 하셨어요."

"정말 다른 말씀은 안 하셨다는 게냐?"

"쓰마란 오빠가 마을을 돌보는 일에 아저씨께서 많은 도움을 주셨으면 한다고 하셨어요."

두옌은 란바이수이의 시신 옆에서 아주 오랫동안 침묵했

다. 그의 얼굴에 난 짧고 거친 수염이 눈 깜짝할 사이에 거무스름한 색에서 지금 이 계절에 떨어질 듯 말 듯 달려 있는 감나무 잎처럼 반쯤 시든 붉은색으로 바뀌어 있었다. 마을 사람들의 눈길과 거친 숨소리가 바람 속에 떨어지는 마른 나뭇가지와 시든 이파리처럼 무력하게 나부끼며 어디로 가야 할지 모르는 것처럼 조심스럽게 서로를 바라보며 침묵했다. 이때 란쓰스가 일어나 걸상 하나를 두엔의 엉덩이 아래에 받쳐주며 말했다.

"아저씨, 앉으세요. 아버지께서 돌아가시던 그날 밤, 왜 아저씨께서 보름이 되도록 마을로 돌아오지 않는 거냐고 되풀이해서 말씀하셨어요."

두엔은 의자에 앉지 않았다. 그는 걸상을 한 번 힐끗 쳐다보고는 말없이 몸을 돌려 숲을 지나듯 란씨네 여자들 사이를 지나갔다. 마당을 통과하는 그의 발걸음 소리가 멀리 날아가 담장에 부딪치더니 다시 쿵 하고 땅바닥으로 떨어졌다. 나뭇잎이 허공을 맴돌다 흔들리면서 땅 위로 떨어졌다. 쓰마란이 멀리 걸어가는 두엔의 모습을 바라보더니 고개를 돌려 약간 충혈된 것처럼 이글거리는 눈빛으로 감격한 듯 란쓰스를 쳐다보고 말했다.

"울어요. 다들 울라고요. 모두 상복을 갖춰 입었는데 곡소리가 끊겨서야 되겠어요?"

일곱 자매가 다시 곡을 하기 시작했다. 가장 먼저 곡소리를 낸 것은 란쓰스였다. 그녀의 곡소리는 날카롭고 우렁찼으며 새벽 강가에서 들려오는 대숲의 파열음처럼 촉촉했다.

울음소리 속에서 위풍당당하게 밖으로 걸어 나온 쓰마란이 영웅의 기개를 뽐내기라도 하듯 마당에 우뚝 섰다.

"상복을 짓는 분들은 바느질 땀을 좀 더 촘촘하게 해주세요. 상복과 상모는 앞으로 마을에 장례가 있을 때마다 계속 사용해야 하니까요. 영붕을 세우는 일은 너무 꼼꼼하지 않아도 됩니다. 바람에 쓰러지지만 않으면 돼요."

곡을 해야 하는 사람은 다시 곡을 하고, 바느질을 해야 하는 사람은 다시 바느질을 했다. 일을 해야 하는 사람은 다시 일을 했다. 쓰마란의 말이 산싱촌에서 확실하게 소리를 내기 시작했다.

3

두씨네가 사는 집은 안채가 세 칸에 곁채가 두 칸으로, 새로 이엉을 얹은 초가집이었다. 안개에 씻기고 햇볕에 마른 적은 있지만 아직 장마에 곰팡이가 피거나 풀이 썩은 적은 없어서 여전히 찬란하게 누런빛과 풀 냄새를 뿜어내고 있었다. 점심을 먹은 두옌은 빈 그릇을 든 채로 처마 밑에 앉아 담배를 피웠다. 담배는 직접 기른 담뱃잎에 참깻잎 절반과 참깨 몇 알을 섞어 조제한 것이었다. 이렇게 하면 참깨가 불에 탈 때 곰방대 안에 눌어붙고 터지면서 진한 향기가 사라지지 않았다. 쓰마란보다 한 살이 어린 그의 아들 두바이가 곁채 입구에서 아버지가 담배 피우는 모습을 바라보았다. 산싱촌에서는 정부나 마찬가지인 아버지가 안개의 바다처럼 담배 연기를 뿜어대는 모습을 바라보고 있었다. 담배를 피우던 그가 갑자기 일어서더니 탁 하고 그릇을 내던졌다. 깨진 그릇 조각이 하얀 눈꽃처럼 청석이 깔린 마당의 길 위에 날렸다. 아들 두바이가 앞으로 몇 걸음 다가갔다.

"아버지, 저는 촌장이 되고 싶지 않아요."

두옌은 아무 말도 하지 않고 찌익 누런 소리를 짜내듯이 담배를 빨았다.

두바이가 다시 말했다.

"저는 의사가 되고 싶어요. 처방전 내는 법만 배우면 저는 마흔 살 넘게 살 수 있을 거예요."

두옌이 담뱃불을 끄고 발로 담뱃재를 비비면서 눈을 가늘게 뜬 채 아들을 유심히 쳐다보았다. 마치 옥기를 품평하는 것 같았다.

이때, 두옌의 딸 주추이가 곁채에 딸린 부엌에서 걸어 나와 풀로 만든 솔에 남아 있던 솥 씻은 물을 털어버리고는 미처 자라지도 못하고 시들어버린 새싹처럼 비쩍 마른 몸으로 마당 한가운데 섰다. 정오의 햇빛 아래 서 있는 그녀의 젓가락 하나 길이만 한 그림자가 그녀의 발 앞에 닿아 있었다. 그녀가 자신의 그림자를 밟고서 말했다.

"아버지, 오빠가 촌장이 되지 않아도 괜찮아요. 오빠가 촌장이 되지 않겠다고 하니 저도 산싱촌에서 결혼하지 않을 거예요. 이 마을을 떠나면 쉰이나 예순, 일흔, 여든까지 살 수 있어요."

주추이는 이렇게 말하면서 허리에 매고 있던 앞치마를 풀고 손에 든 솥 닦는 솔을 둥그렇게 말아 앞치마 속에 쑤셔 넣고는 오빠 두바이를 바라보았다. 누렇게 마른 얼굴에 분홍빛이 떠올라 말하는 사이에 당장 시집을 가기라도 할 것 같았다.

하지만 그녀의 말이 입 밖으로 나가자마자 아버지 두옌이 담뱃대를 입에 문 채 고개를 들고는 매서운 눈빛을 보였다. 그가 말했다.

"시집가도 너는 마흔 넘게 살지 못할 게다."

그녀는 아버지를 보지 않고 안채의 창문을 바라보면서 고집을 부렸다.

"저는 마흔을 넘기지 못하더라도 제가 낳는 아이들은 이 땅과 물을 떠나면 마흔 넘게 살 수 있을 거예요."

아버지가 흥 하고 코웃음을 쳤다. 그녀가 말했다.

"자식 세대가 마흔 넘게 살지 못하면 제 손자 세대에라도 마흔 넘게 사는 게 가능할지 모르지요."

아버지는 멍한 표정으로 그녀를 바라보았다.

그녀가 아버지를 차갑게 쳐다보더니 앞치마를 바닥에 내던지고는 몸을 돌려 부엌으로 들어가 솥 닦은 물을 들고 돼지와 양에게 먹이러 갔다.

두옌은 갑자기 칠을 한 것처럼 까맣고 반지르르한 담배쌈지를 담배설대 위에 내려놓고 담배를 몇 번 말더니 느긋하게 은은한 미소를 지었다. 그 소리 없는 웃음이 누르스름한 수증기처럼 마당 안을 맴돌았다. 그렇게 웃고 나서 그는 쓰마 씨 집안에서 촌장을 맡도록 하겠다고 하고는 다시 아들 두바이를 쳐다보며 말했다.

"너는 향 공소에 가서 내 일을 이어받도록 해라. 향에서 문을 지키고 마당을 쓰는 일이긴 하지만 그래도 향 정부의 간부라고 할 수 있지. 산싱촌과 쓰마란을 관리하는 일이기도 하고."

말을 마친 그는 다시 고개를 돌려 흰빛 속에서 눈을 가늘게 뜬 채 마당 모퉁이에서 돼지 사료를 섞고 있는 주추이를 바라보았다.

"주추이야, 네 엄마가 일찍 죽는 바람에 요 몇 년 동안 너를 무척 섭섭하게 했구나. 정말로 산싱촌을 떠나고 싶으면 바러우산맥을 떠나 먼 곳으로 시집을 가도록 해라. 그러면 너와 네 오빠는 마흔 살 넘게 못 살더라도 산싱촌의 죄과를 짊어질 필요 없이 남은 반평생의 세월을 살 수 있을 게다."

주추이가 몸을 돌려 아버지를 뚫어져라 쳐다보았다. 햇빛 속에 불그레한 기쁨이 마당 안을 가득 덮었다. 꽃이 피었다가 지는 것 같았다.

4

한 가지 사건이 터졌다. 집의 대들보가 무너지는 것처럼 사건이 마을 상공을 덮쳐 그 충격에 마을 전체가 어리둥절했다. 마을에 있는 참죽나무와 느릅나무, 백양나무, 홰나무, 늙은 쥐엄나무의 잎이 전부 흔들려 우수수 떨어졌다.

나무들이 전부 벌거숭이가 되어 멍하니 서 있었다.

두옌네 딸 두주추이가 뜻밖에도 공공연하게 바러우산맥 밖으로 시집을 가려고 한 것이다. 란바이수이는 이미 안장되었고 두옌은 하루 세 끼 밥 짓는 일을 계속하기 위해 향 정부로 돌아간 뒤였다. 가을이 삐거덕거리는 수레바퀴처럼 서둘러 산맥에 당도해 있고 야윈 붉은 수염이 옥수수 몸체 위에 몇 가닥 말라붙어 있었다. 마을 어귀에서 바라보면 하늘 아래 한층 한층 계단식 밭이 반쯤 시든 수수 줄기들 사이로 홍건한 피처럼 붉은 흙을 드러내고 있었다. 가을 결실의 달콤한 향기는 너무나 희박했다. 아이들이 먹다 물려 뱉어낸 사탕 냄새 같았다. 하지만 어쨌든 가을은 예정대로 찾아왔다. 낟알 몇 근조차 거둬들일 수 없는 흉년이 연달아 이어지는 가운데도 마을 사람들을 불러 모아 밭일을 하고 있을 때, 누군가 옥수수수염같이 생긴 주추이가 해 질 무렵 마을 밖에서 돌아오는 모습을 보았다. 전혀 다른 세상에서 돌아오는 사람처럼 새로 산 격자무늬 블라우스에 서양 옷감으로 지은 사선 무늬 남색 바지를 입고 있었다. 신발 또한 도시 사람들이나 신을 수 있는 붉은색 플라스틱 밑창을 댄 천 신발로 발등 부분에 손가락 굵기만 한 끈이 달려 있었다. 끈 매듭은 무척 붉고 반짝반짝 빛을 토했다. 시골의 햇빛 아래로 걸어가면 햇빛마저 무척 어두워 보였다. 게다가 그녀의 팔에는 붉은색 보따리가 하나 들려 있었다. 혼처가 정해진 신붓감이나 사윗감이 상점에 들어갔다가 나올 때 옷 보따리가 하나 늘어난 듯한 모습이었다. 석양을 밟으며 개선장군처럼 길을 걷는 그녀의 얼굴에 환한 빛이 가득했다. 발걸음은 경쾌하고 깡충깡충 둥지로 돌아가는 새처럼 가벼운 몸짓이었다. 가느다란 목은 마을 후통의 허공에 뻣뻣하게 쳐들고 있었다.

"주추이, 마을 밖에서 시집갈 데를 찾았어?"

"란 촌장님이 돌아가셨으니, 더 이상 여자들을 마을 밖으로 시집가지 못하게 할 사람도 없잖아요."

이때 쓰마란은 그의 동생 쓰마후를 비롯해 여러 마을 사람들과 함께 밭둑을 손보고 있었다. 빗물이 계단식 밭을 휩쓸어 꽤나 많은 계단을 무너뜨린 터라 마을 사람들이 돌을 날라다 다시 쌓아 무너진 제방을 정리하는 중이었다. 이때, 한 여자가 산등성이에서 목청을 높여 소리쳤다.

"두주추이가 마을 밖으로 시집을 가겠다고 하네. 쓰마란, 이제 자네가 촌장이 됐는데 이 일을 어떻게 처리할 건가? 상관 안 하겠다고 하면 우리 집 딸도 마을 밖으로 시집보낼 생각이네."

여자가 외치는 소리가 겨울바람처럼 매섭게 날아왔다. 사람들이 옥수수 줄기를 헤치고 보니 소리쳐 말하는 주인공은 쓰마란의 숙모였다. 옛날에 남쪽에서 온 어느 보따리장수를 따라 쉬저우(徐州)로 도망쳤다가 붙잡혀 와서는 늙은 쥐엄나무에 매달려 란바이수이에게 피부가 터지고 찢어지도록 맞은 뒤, 그날 밤 마을의 어느 건달에게 강제로 시집을 간 란샹샹(藍香香)이었다. 그 일이 있은 뒤로 갓 취임한 촌장 란바이수이의 위엄이 섰고 마을 사람들 모두 그의 말에 순순히 따르게 되었다. 쓰마란은 촌장이 된 지 겨우 보름밖에 되지 않앉기 때문에 바람만 조금 불어도 뿌리가 흔들리기 십상인 처지에 그와 비슷한 사건이 쾅 하고 눈앞에 펼쳐진 것이다. 산등성이에서 소리치던 란샹샹은 양손을 허리에 짚은 채 밭머리에 서 있었다. 란샹샹이 소리치는 것을 들은 마을 사람들의 시선이 일제히 쓰마란의 얼굴에 집중되었다. 자신의 얼굴이 뻣뻣하게 굳어지는 것을 느낀 쓰마란이 손바닥으로 얼굴을 한 번 훔치고 나서 입을 열었다.

"이런 염병할 두씨 집안 년 같으니라고!"

그러고는 곧장 마을 사람들을 이끌고 도구를 챙겨 마을로 돌아왔다. 마을로 돌아오는 그의 발걸음이 무척 빨랐다. 산싱촌 사람들이 무리를 이루어 그 뒤를 따랐다. 사람들의 행렬이 차가운 바람을 일으키고 있었다. 물론 맨 앞에서 걷는 사람은 쓰마란이었고, 약간 뒤에서 그의 두 동생 루와 후가 따라 걷고 있었다. 쓰마루가 형의 발자국을 밟으며 따라오다가 얼른 형을 따라잡아 어깨를 나란히 하고 걸으면서 떨리는 목소리로 말했다.

"넷째 형, 아무래도 매질을 하면 안 될 것 같아. 그 여자 아버지가 향에서 조리사로 일하고 있으니 향장과도 잘 알 거 아니야."

쓰마후가 말했다.

"그런 돼먹지 않은 년은 한차례 매질부터 하고 나서 얘기를 시작해야 돼."

쓰마란이 두 동생을 바라보며 파랗게 굳은 얼굴로 발걸음을 늦추고는 잠시 생각에 잠겼다가 입을 열었다.

"여섯째야, 다섯째는 겁을 먹은 것 같으니 네가 손을 쓰도록 해라."

쓰마후가 말했다.

"넷째 형, 형이 촌장이니까 명령만 내리면 곧장 움직일게."

쓰마란이 눈짓으로 암시를 던지자 소년 쓰마후는 곧장 마을로 달려가 밧줄과 채찍을 준비했다. 그를 바짝 뒤쫓아 쓰마란이 사람들을 이끌고 마을 어귀에 도착했다. 마을에서 놀고 있던 여자아이들이 늙은 쥐엄나무에 두주추이를 매달아 매질을 하려는 것을 알아차리고는 순식간에 마을 어귀에 새카맣게 모여들었다. 하나같이 창백하고 상기된 표정이었다. 계단식 밭을 만들고 정리하는 것 말고는 몇 년 동안 마을에 큰 소란이 없어 몹시 조용했는데 이날 마침내 구경거리가 생겼다. 남자들은 온갖 도구를 손에 든 채 쥐엄나무 아래에서 조용히 기다리고 있었다. 여자와 아이들은 서로를 껴안고 두씨네 후통을 향해 걸어갔다. 두말할 것도 없이 두씨 성을 가진 사람들은 쓰마씨네 사람들을 도울 수 없었다. 누가 뭐라고 해도 주추이와 한집안 사람이기 때문이었다. 란씨 성을 가진 사람들은 이제 더 이상 마을의 사건과 사물을 마음대로 할 수 없었기 때문에 자연스럽게 구경꾼이 되어 있었다. 오로지 쓰마씨 성을 가진 몇몇 소년과 청년들만이 쓰마란의 뒤를 따라 쓰마후가 가져온 채찍과 밧줄을 받아 들거나 아니면 버드나무 막대기와 국수를 미는 홍두깨를 들고서 두씨네를 향해 몰려갔다. 두씨네 집 문 앞에 이르자 따라온 마을 사람들이 걸음을 멈추고 숨을 죽이고는 일제히 양옆으로 비켜 길을 내주었다. 쓰마란이 그 길 위에서 발걸음을 늦추면서 마음의 흥분을 가라앉히고 앞으로 나아가 두씨네 집 대문을 밀어젖혔다.

두바이가 마당에서 면양 한 마리를 붙잡고 털을 깎고 있었다. 주추이는 자신의 예물을 말리기 위해 줄에 널고 있었다. 붉은색과 푸른색의 꽃무늬 서양 천이었다. 먼저 천을 물에 적셔 약간 줄게 한 다음 이를 줄에 널어 말리는 것이었다. 붉은 천과 푸른 천이 깃발처럼 아름답게 바람에 날리고 있고 주추이는 그 깃발 아래서 사람들을 거들떠보지도 않고 줄에 넌 천의 주름을 펴고 있었다. 두씨 남매는 쓰마란이 마을 사람들을 이끌고 매질을 하러 오리라는 걸 진즉에 알고 편안한 마음으로 기다리고 있었던 것 같았다. 이미 여러 날 동안 오늘을 기다리고 있었던 것처럼 너무나도 태연하고 침착한 모습이었다. 쓰마란은 대문 앞에 잠시 멍하니 서 있다가 오히려 마당에 있는 두씨 남매의 침착함에 당황하며 어찌해야 좋을지 몰라 했다.

쓰마후가 한마디했다.

"넷째 형, 우선 저 여자를 끌어내 나무에 매단 다음에 다시 얘기합시다."

그제야 쓰마란은 정신을 차리고 고개를 돌려 사람들에게 말했다.

"내가 말하기 전에는 누구도 함부로 움직여선 안 돼."

그러고는 혼자 마당으로 들어가 대문을 닫고서 두바이를 향해 걸어갔다. 마당 안은 몹시 적막했다. 털이 반쯤 깎인 면 양이 두바이의 손을 빠져나와 도망쳤다. 발굽 소리가 북처럼 울리고 발에 차인 한 무더기의 양털이 마당 절반을 가득 채웠다. 두바이가 땅바닥에서 일어섰다.

쓰마란이 말했다.

"자네 여동생이 마을 밖으로 시집을 가려 한다고?"

두바이가 말했다.

"동생 일은 동생한테 직접 얘기해."

쓰마란이 말했다.

"오빠인 자네는 관여하지 않아도 될지 모르지만 촌장인 나는 그녀를 나무에 매달아야겠네."

두바이가 말했다.

"마을 여자들이 마을 밖으로 시집가선 안 된다는 공도(公

道)를 지키기 위해 내 여동생에게 매질을 하겠다면 아예 그 애를 죽여야 할 거야. 죽이지 못하면 그 애가 산싱촌 밖으로 시집가는 것을 아무도 막지 못할 거야."

말을 마친 그는 몸을 돌려 가버렸다. 깎은 양털을 갖다 두 러 안채로 가던 그가 방 입구에서 다시 고개를 돌려 말했다.

"우리 아버지가 향의 간부라는 사실을 잊지 마."

그러고는 방 안으로 들어가버렸다.

쓰마란이 멍하니 서서 말했다.

"주추이, 죽어도 마을 밖으로 시집을 가야겠어?"

주추이가 여진히 줄에 예물을 널어 말리면서 대답했다.

"혼인 날짜도 정했어요. 다음 달 초사흘 날이에요."

그가 말했다.

"내가 널 쥐엄나무에 매달아 매질을 하는 게 두렵지도 않 아?"

그녀가 말했다.

"감히 나를 때려죽일 수 있겠어요? 죽이지 못하면 나는 산 싱촌 밖으로 시집을 갈 거예요. 나를 죽이지 못하고 상처만 입히고 끝난다면 우리 아버지가 향 간부들을 이끌고 와서 오 빠를 촌장 자리에서 물러나게 할 거라고요."

그녀가 법랑 대야를 손에 들고 얼굴에 옅은 웃음을 흘리면 서 또 말했다.

"촌장 자리는 원래 아버지와 란바이수이 아저씨가 우리 오빠에게 물려주기로 약속했던 건데 란쓰스가 오빠랑 좋아 지내는 걸 보고 말이 바뀐 거잖아요. 마을 사람들 모두가 오빠가 열여섯 살 때, 몰래 란쓰스와 옥수수밭에 들어갔던 걸 알고 있다고요. 그래서 란쓰스가 자기 아버지가 죽으면 오빠에게 촌장을 맡기라고 말한 거잖아요."

햇빛은 이미 더없이 붉게 변해 있었다. 담장이 붉은빛 속에서 긴 그림자를 던졌다. 마당 밖에서 떠드는 소리가 시끄럽게 들려왔다. 쓰마후가 두씨네 대문을 쾅쾅 소리가 나도록 흔들었다. 두주추이가 문밖을 힐끗 내다보더니 가볍게 웃으면서 말했다.

"나를 때리면 오빠는 촌장 자리를 잃을 것이고, 나를 때리지 않으면 오빠는 촌장이지만 마을 여자들이 마을 밖으로 시집가는 일에 관여하지 못하게 될 거예요."

그녀는 얼굴이 새파래진 쓰마란을 쳐다보았다. 주먹을 꽉 쥔 그의 손등에 핏줄이 팽팽하게 부풀어 올라 있었다. 그녀는 갑자기 빈 대야를 곁채 창턱 위에 내려놓고는 몸을 돌려 그에게서 몇 걸음 떨어진 자리에서 고개를 숙인 채 자신의 옷차림을 살폈다. 그녀가 다시 고개를 들었을 때는 지는 해가 지지직 소리를 내며 물러가고 있었다. 하지만 그녀의 얼굴에는 석양의 핏빛이 가득했다.

340

이때, 갑자기 그녀가 또 "쓰마란 오빠!" 하고 그를 부르며 말했다.

"저는 시집을 안 갈 수도 있고 오빠가 아주 확실하게 촌장이 될 수 있게 해줄 수도 있어요. 우리 아버지한테 향 간부들을 마을로 초청하여 오빠가 촌장임을 공개적으로 선포하는 군중대회를 열어달라고 할 수도 있지요."

여기까지 말하고 나서 잠시 목청을 가다듬은 그녀가 쓰마란을 뚫어지게 쳐다보면서 다시 쇠처럼 단단한 목소리로 말했다.

"그렇게 하려면 오빠는 란쓰스와 결혼해서 함께 살 수 없어요."

그녀가 또 말했다.

"오빠는 나랑 살아야 해요. 오빠는 나를 아내로 맞아야 해요. 그해에 오빠랑 쓰스 언니가 옥수수밭에 들어가는 것을 보고서 나는 밭두렁을 지키면서 기다렸었어요. 밥 먹은 뒤부터 날이 어두워질 때까지 기다렸지만 두 사람이 밭에서 나오는 모습은 보지 못했지요. 그때 나는 밭두렁을 지키면서 외로움 속에서 생각했어요. 이생에서는 죽어도 쓰마란 오빠에게 시집가야겠다고 말이에요. 오빠에게 시집갈 수 없다면 마을 밖으로 시집을 가야겠다고 생각했지요. 란쓰스 언니는 얼굴이 예쁘니까 얼마든지 좋은 남자를 만날 수 있을 거예요. 하지만 얼굴이 예쁘다고 반드시 남자를 잘 보살피는 건 아니에요. 오빠가 나를 아내로 맞아준다면 나는 오빠를 위해 마소처럼 일할 거예요. 빨래며 밥 짓는 것은 물론이고, 세숫물에 발 씻는 물까지 떠다 줄 거예요. 내가 평생 오빠에게 싫은 소리를 한마디라도 한다면 내 혀를 잘라버려도 좋아요."

이때, 마당 담벼락에는 이미 그림자가 없었다. 석양의 마지막 잔광이 두주추이의 말 사이에서 등불처럼 꺼져버렸다. 문밖에서 떠드는 소리도 사라지고 없었다. 사방이 죽은 듯 고요했다. 부드러운 천이 미끄러지듯 해가 지는 소리까지 들을 수 있을 것 같았다. 쓰마란은 갑자기 두 다리가 풀리는 것을 느꼈다. 뭔가를 짚고서 땅바닥에 쭈그려 앉고 싶었다. 이때 새파랗게 질렸던 그의 얼굴에서 푸른빛과 자줏빛을 찾아볼 수 없었다. 굳게 쥐었던 두 손도 느슨하게 풀렸다. 목구멍이 마르고 팽팽해지는 것 같았다. 물을 한 모금 마시고 싶었다. 그가 말했다.

"주추이, 너는 이제 겨우 열여섯 살인데 입을 열었다 하면 해서는 안 될 말만 하는구나."

그녀가 말했다.

"열여섯 살이 어때서요? 정부에서 산싱촌 여자들은 열여섯 살이면 시집을 갈 수 있고 남자들은 열여덟 살이면 장가갈 수 있다고 규정하지 않았던가요?"

그가 말했다.

"그 얘긴 그만하자. 목이 너무 마르구나."

그녀가 말했다.

"제가 물 한 사발 떠다 드릴게요."

그가 말했다.

"필요 없다."

그래도 그녀는 우물에서 냉수를 한 사발 떠다 주면서 물에 귀한 백설탕까지 한 움큼 넣었다. 마을의 어느 집에도 백설탕은 찾아보기 어려웠다. 오로지 두씨네만 이런 좋은 물건을 가지고 있었다. 두엔이 향 정부의 조리사다 보니 설탕 단지 안에 설탕이 떨어진 적이 없었다. 쓰마란은 물이 담긴 사발을 받아 들고 채 녹지 않은 백설탕이 물의 절반을 채우고 있는 것을 보고는 다시 고개를 들어 주추이를 힐끗 쳐다보았다.

그가 말했다.

"주추이, 너는 이제 겨우 열여섯 살밖에 안 됐는데 마음은 아주 독하구나. 너의 이런 행동이 나 쓰마란의 일생과 쓰스의 일생을 망칠 수 있다는 걸 모르겠니?"

그녀가 말했다.

"쓰마란 오빠, 나랑 합쳐서 가정을 꾸려요. 내가 오빠를 제대로 모시지 못하면 언제든지 쫓아내고 원하는 사람과 다시 결혼하면 되잖아요."

5

　가을이 지나고, 쓰마란과 주추이는 결혼해서 가정을 이루었다.

14장

　요한이 서머나 교회에 보낸 편지:

　"서머나 교회의 사자에게 편지하라. 처음이며 마지막이요 죽었다가 살아나신 이가 이르시되, 내가 네 환난과 궁핍을 알거니와 실상은 네가 부요한 자니라. 너는 장차 받을 고난을 두려워하지 말라. 마귀가 장차 너희 가운데에서 몇 사람을 옥에 던져 시험을 받게 하리니 너희가 10일 동안 환난을 받으리라. 내게 죽도록 충성하라. 그리하면 내가 생명의 관을 네게 주리라."

온 세상이 눈으로 하얗게 변했다.
마을 사람들 모두 집에서 나와 마을 한가운데 있는 쥐엄나무 아래 섰다. 하나같이 우모(雨帽)를 쓰고 우산을 들고 눈을 막기 위한 삼베 자루를 어깨에 걸치고 있었다. 어느 집에서 장례를 치룬 지 얼마 되지 않아 그 달에 아직 상중인 사람들은 눈을 피할 물건이 없을 경우 아예 상복을 입고 나왔다. 눈밭에 녹아든 것처럼 더욱 하얗게 보였다.

쓰마란이 수레바퀴 종 아래에 있는 바위 위에 올라섰다. 동생 쓰마루와 쓰마후가 그의 옆에 함께 서 있었다. 각자 손에 쇠 삽을 한 자루씩 들고서 굳은 표정으로 마을 사람들을 매섭게 쳐다보고 있었다.

그제야 새카맣게 모여든 마을 사람들은 벌벌 떨면서 쓰마씨 형제들이 전부 장성하여 성인이 되었다는 사실을 깨달았다.

이 세상에 자신들밖에 없다고 뽐내는 모습이었다.

쓰마란이 종 아래에 있는 붉은 바위 위에 서서 쌓인 눈을 땅 위로 툭툭 차내고는 과거에 란바이수이가 군중회의를 열던 때의 모습을 흉내 내 사람들을 한 번 눈으로 쭉 훑어보고는 여섯째 동생 쓰마후를 시켜 눈밭에 삽으로 선을 하나 긋게 했다. 선을 내려다보던 그가 다시 군중을 내려다보며 큰소리로 말했다.

"산싱촌 주민 여러분, 두씨와 란씨 그리고 쓰마씨 여러분. 마흔 이상 살고 싶은 사람은 선 이쪽에 서시고, 마흔 이상 살고 싶지 않은 사람은 선 저쪽에 가서 서십시오. 우리 삼형제는 이번 달에 바러우산을 따라 수백 리를 걸어가면서 링인거 수로의 노선을 전부 확인하고 왔습니다. 60리 정도는 이미 수로가 닦여 있고 아직 닦이지 않은 구간이 80리에 달합니다. 일단 링인수를 끌어오기만 하면 마을 사람들은 마흔이 아니라 쉰이나 예순, 나아가 일흔이나 여든까지 살 수 있게 될 것입니다. 그리고 이는 전혀 특별하지 않은 일이 될 것입니다. 염병할, 링인사 부근에는 백스무 살까지 산 사람도 있다고 합니다. 백스무 살 노인이 무를 씹어 먹을 정도로 이가 튼튼하다고 합니다. 이제 여러분들이 말해보세요. 마흔 넘게 살고 싶지 않은 사람이 누구인가요? 마흔 넘게 살기를 원하는 사람은 선 이쪽에 와서 서시고, 마흔 넘게 살기를 원치 않는 사람은 선 저쪽으로 가서 서세요."

마을 사람들은 모두 그 자리에 서서 미동도 하지 않았다. 선 이쪽으로 와서 서면 마흔 넘게 살 수 있고, 선 저쪽으로 가서 서면 마흔 넘게 살 수 없다는 말을 믿지 못하는 듯 모두들 눈 위에 그어진 선을 응시하며 차갑게 침묵했다.

쓰마란이 또 마을 사람들을 힐끗 쳐다보고 나서 큰 소리로 말했다.

"이런 염병할, 다들 오래 살고 싶지 않다는 겁니까?"

쓰마후가 몇 걸음 자리를 옮겨 종 아래 있는 다른 바위 위로 올라가서는 삽을 총처럼 들고서 사람들을 향해 소리쳤다.

"도대체 마흔 넘게 살고 싶지 않은 거예요, 아니면 우리 넷째 형의 말이 듣기 싫은 거예요?"

쓰마란이 단 한마디로 그를 저지했다.

"여섯째야!"

쓰마후가 고개도 돌리지 않고 말을 받았다.

"형은 상관하지 말아요."

쓰마루는 멍하니 서서 여섯째와 마을 사람들을 번갈아 쳐다보고는 애걸과 해명을 절반씩 섞어 말했다.

"이쪽으로 와서 서시면 되지 않겠어요? 쉰이나 예순, 심지어 일흔이나 여든까지 살고 싶지 않은 사람이 누가 있겠어요."

새 신부 주추이가 군중들 사이에서 걸어 나와 눈 덮인 땅 이쪽에 가서 섰다. 두바이가 선 이쪽에 와서 섰다. 쓰스의 여동생 란싼지우도 두바이를 따라 걸음을 옮겼다.

사람들이 갑자기 극장 문이 열리기라도 한 듯 다들 눈을 밟으며 나무의 남쪽으로 우르르 몰려들었다. 눈 덮인 땅의 경계선 이쪽이 사람들로 가득 찼다.

쓰마란이 다시 한번 목청을 높여 소리쳤다.

"모두들 마흔 넘게 살고 싶은 것 같으니 내일부터 곧장 시작하도록 하겠습니다. 집집마다 비축해둔 것들을 전부 가지고 나오도록 하세요. 돈이 있는 집은 돈을 갖고 나오고 돈이 없는 집은 나무나 돼지, 양곡을 팔도록 하세요. 집에 환자가 있든 없든 관이 있는 사람은 전부 장에 내다 팔아야 합니다. 마을의 규정에 따라 앞으로 몇 년 동안은 마을에서 누가 죽든 간에 일률적으로 거적으로 말아 매장하도록 하고 관은 절대로 사용할 수 없습니다. 이렇게 해서 절약한 돈으로 집무시장에 가서 괭이와 망치, 폭약 등을 구입할 예정입니다. 내가 이미 사람을 시켜 계산을 해봤습니다. 이번에 3천 위안을 모으지 못하면 빌어먹을 수로를 준설하여 마을까지 물을 끌어오는 공사는 시작도 하지 말아야 합니다. 어느 집이든 돈이 있으면서 내놓지 않거나 집에 있는 도구를 사용하지 못하게 할 경우, 내가 촌장의 직위를 걸고 그 집을 불태워버리고 말겠습니다. 남자들 중에 혹시 집이 그립고 아내가 보고 싶다고 혹은 힘들게 땀흘리는 게 두려워서 공사 현장에 나가지 않는 사람이 있으면, 내가 건달들을 시켜 그의 아내를 겁탈하게 할 겁니다. 내가 지금 말한 것을 실행에 옮기지 않을 경우, 여러분들이 쓰마씨의 선산에 가서 우리 아버지 쓰마샤오샤오의 무덤을 파내 산둥성이에 내버려도 좋습니다. 여자들 가운데 누구든 남편의 다리를 붙잡고 공사 현장에 가지 못하게 하거나 사흘이 멀다 하고 공사 현장에 찾아와 밭일을 재촉하는 사람이 있으면 내가 반드시 그 집 아이를 잡아 죽일 겁니다. 그렇게 하지 않을 경우, 내 아내 주추이가 임신해 아이를 낳거든 여러분들이 아이를 잡아 죽여서 우리 집안의 대를 끊어버려도 좋습니다."

15장

요한이 버가모 교회에 보낸 편지:

"버가모 교회의 사자에게 편지하라. 좌우에 날선 검을 가지
신 이가 이르시되, 네가 어디에 사는지를 내가 아노니 거기는
사탄의 권좌가 있는 데라. 네가 내 이름을 굳게 잡아서 내 충
성된 증인 안디바가 너희 가운데 곧 사탄이 사는 곳에서 죽임
을 당할 때에도 나에 대한 믿음을 저버리지 아니하였도다."

수로 준설 공사를 시작하고 반년이 지나자 바러우산맥에
는 바람결에 비릿하고 신선한 밀 향기가 풍겼다. 아직 피지
않은 들꽃 봉오리들이 뒷산 비탈과 밀밭 사이에서 바삐 고개
를 흔들며 욕을 해댔다. 활짝 핀 들꽃과 마을의 살구나무 몇

그루가 함께 웃고 떠들어대는 소리가 붉은 물결을 이루어 후통 안을 분주히 오갔다. 말을 타고 달리듯 세상을 점령해버렸다.

란쓰스가 물을 길러 가면서 후통을 지날 때, 짙은 풀 냄새와 꽃향기가 그녀의 물통에 와서 부딪쳤다. 휘리릭 파박, 빈 통 안에 알록달록한 향기가 가득 담겼다. 두말할 것도 없이 지난 계절보다 열 근 남짓 더 무거웠다. 그녀가 마을의 우물가에 도착했을 때, 두주추이가 우물가에 서 있는 모습이 눈에 들어왔다. 이미 두 통의 물을 길어 어깨에 지고는 란쓰스를 향해 성큼성큼 걸어오고 있었다. 주추이가 물을 짊어지느라 허리를 굽혔다 펴는 순간 란쓰스의 눈길이 쿵 하고 주추이의 배와 부딪혔다. 주추이는 배 속에 아이를 갖고 있었다. 배가 산봉우리처럼 불러 10리 밖에서도 사람들의 눈길을 끌었다. 란쓰스가 길가에 서서 정말로 주추이의 배가 불렀다고 단정하는 순간, 날카로운 송곳이 찌르는 듯한 고통에 눈이 몹시 따끔거렸다.

주추이가 배를 앞으로 내밀고 걸어왔다. 물지게가 그녀의 왜소한 어깨 위에서 음악 소리처럼 울렸다. 란쓰스가 주추이의 배를 힐끗 쳐다보았다.

주추이가 말했다.

"쓰스 언니, 물 길러 왔어요?"

그렇게 묻는 주추이의 얼굴에 걸린 미소가 두텁게 쌓인 꽃잎처럼 한 조각 한 조각 아래로 떨어져 내렸다.

란쓰스는 아무 말도 하지 않았다.

란쓰스의 눈길은 줄곧 그녀의 배 위에 멈춰 있었다.

주추이가 멀어져가는 동안 그녀의 뒷모습을 바라보던 란쓰스는 주추이의 어깨와 등, 허리와 엉덩이가 활처럼 굽어 있는 것을 발견했다. 편안하고 부드럽게 걸음을 내딛을 때마다 엉덩이가 좌우로 흔들리면서 춤을 추듯 사람들을 감동시키고 유혹했다. 그러는 사이에 란쓰스가 어깨에 멘 빈 물통이 땅 위로 미끄러지면서 쌀보리 향기가 온 땅으로 퍼졌다.

며칠 뒤, 수로 준설 공사 현장에서 돌아온 쓰마란이 마을 입구에서 밀밭에 김을 매러 가는 란쓰스와 마주쳤다. 두 사람은 멍하니 서로를 바라보다가 쓰마란이 먼저 불쑥 말을 꺼냈다.

"쓰, 너와 결혼하기 싫었던 게 아니라 촌장이 되기 위해선 방법이 없었어. 게다가 너희 아버지와 우리 엄마 사이의 그 추악한 일을 잊을 수 없었지. 입에 담기조차 힘든 네 집안의 그 사건 말이야. 그 일만 생각하면 손에 저절로 힘이 들어가고 주먹이 불끈 쥐어지더라고. 누구든 한 대 치고 싶어지지."

하지만 란쓰스는 아무 말이 없었다. 말없이 쓰마란을 노려보던 그녀는 그의 면전에 침을 한 번 퉤 뱉고는 몸을 돌려 괭이를 메고 밭으로 향했다.

쓰마란은 그 자리에 멍하니 서 있었다. 벼락에 맞아 부러진 말뚝 같았다.

늦여름이 되어 쓰마란과 마을 사내들은 전부 공사 현장에서 바삐 일했고, 마을을 통틀어 남은 사람이라고는 여자와 아이들뿐이었다. 그러던 어느 날 밤, 갑자기 두주추이가 집에서 미친 듯이 비명을 질러댔다. 날카로운 비명 소리에 여자와 아이들이 전부 소리가 나는 곳을 향해 우르르 몰려갔다. 발걸음 소리가 놀란 파도 같았다. 비명 소리와 발걸음 소리에 놀라 잠에서 깬 란쓰스가 허둥지둥 옷을 입고 서둘러 문밖으로 달려 나가다 말고 갑자기 걸음을 멈췄다.

그렇게 그녀는 날이 밝을 때까지 줄곧 마당에서 소리 없이 서 있었다. 동쪽 산언덕이 짙고 무거운 은백색으로 변할 때가 되어서야 주추이의 비명 소리가 멈췄다. 온 마을이 조용해지고 나서야 쓰스의 여린 뺨 위로 두 줄기 눈물이 소리 없이 흘러내렸다.

이날은 그녀가 만 열여덟 살이 되는 날이었다.

만 열여덟이 되는 그날 새벽, 그녀는 깊은 상실감을 안고 대문을 나섰다. 두씨네 바보 거우얼(狗兒)의 모습이 눈에 들어왔다. 그는 나이가 스물일곱이었지만 키가 여전히 소 채찍만 했다. 손에 대바구니를 하나 들고 있었다. 대바구니 안에는 볏짚 몇 단이 담겨 있었다. 그는 귀신처럼 주추이 집에서 나와 펄쩍펄쩍 그녀 앞으로 뛰어왔다.

그녀가 물었다.

"거우얼 오빠, 어디 가요?"

바보 거우얼이 미소를 지으면서 바구니 가득 담긴 묵직한 볏짚을 한 번 가볍게 흔들면서 말했다.

"쓰마씨네 손자가 죽었어. 우리 동생 주추이의 첫아기가 죽어서 나왔다고. 사내아이였는데 말이야. 고추가 완두콩만 하더군. 너 그놈 고추 봤어?"

란쓰스는 놀라서 멍한 표정을 지었다. 방금 전까지 우물 속 차가운 물 같던 쓸쓸함이 갑자기 어디로 갔는지 알 수 없었다. 그녀는 눈앞에 있는 바구니에 담긴 볏짚의 향기를 맡았다. 볏짚 아래 죽은 영아가 흘린 비린내를 맡았다. 그녀는 볏짚을 한번 들춰보고 싶었다. 하지만 가까이 다가가 뻗었던 손을 다시 거둬들였다. 그녀가 물었다.

"쓰마란은 알아요?"

거우얼이 말했다.

"한 달이나 일찍 나왔어."

그녀가 물었다.

"주추이가 울지 않던가요?"

거우얼이 말했다.

"세상이 떠나갈 듯이 울지. 손으로 벽을 다 긁어놨다니까."

란쓰스는 아무 말도 하지 않고 그 자리에 조용히 서 있었다. 그렇게 잠시 서 있던 그녀가 갑자기 집으로 달려가서는 침대 머리맡에서 옷을 담아두던 작은 상자를 꺼냈다. 넓이가 한 자, 높이가 반 자, 길이가 두 자인 짙은 초록색 상자였다. 상자 안에는 녹색 바탕에 붉은 꽃무늬가 아로새겨진 서양 천으로 지은 블라우스가 들어 있었다. 그녀가 말했다.

"거우얼 오빠, 이 아기는 저 쓰스의 마음속 고통을 알았던 거예요. 그래서 저를 위해서 한 달 먼저 세상에 나와 죽은 거예요. 아기를 이걸로 잘 싸서 주추이 집 맞은편 산언덕에 묻어주세요. 아이를 묻고 오시면 제가 계란부침을 세 개 만들어줄게요."

두씨네 바보 거우얼이 멍하니 선 채 움직이지 않고 있다가 말했다.

"주추이가 최대한 멀리 갖다 버리라고 했어."

쓰스가 말했다.

"계란부침 다섯 개 만들어줄게요. 그 아기도 생명이잖아요. 마을 앞에 묻어줘야 해요."

거우얼이 미동도 하지 않고 멍하니 서서 말했다.

"주추이가 2마오를 주면서 10리밖에 내다 버리라고 했어."

쓰스가 말했다.

"계란부침 일곱 개 만들어줄게요. 마을 앞에 묻어줘요."

거우얼이 말했다.

"큰 사발로 하나 가득 만들어주면 마을 앞에 묻을게."

쓰스가 말했다.

"알았어요. 어서 가보세요. 주추이가 집을 나서면 바로 볼 수 있는 곳에 묻어줘요. 무덤은 어른 무덤처럼 크게 만들고, 무덤 앞뒤로 국화와 나팔꽃을 한 줄로 심어 붉은 줄이 되게 해주세요. 주추이가 집을 나서면 화초들 사이로 명랑한 무덤을 볼 수 있게 해주세요. 어서 가요, 거우얼 오빠. 다 묻고 오면 아주 큰 그릇에 계란부침을 가득 만들어주고 커다란 총화요우빙(葱花油餅)*도 두 개 구워줄게요. 그리고 돈 5마오도 줄게요."

이 말을 들은 두씨네 바보는 갑자기 잠에서 깬 듯한 눈빛으로 입맛을 다시며 후다닥 작은 바구니와 상자를 안고서 몸을 돌려 주추이의 집 문 앞으로 걸어갔다.

한 달쯤 지나 주추이가 침상에서 일어나 앉아 선홍빛 눈부신 향기에 이끌려 탁자와 벽을 짚어가며 창문 앞으로 다가갔다. 맞은편 산언덕에 만발한 꽃들이 보였다. 붉은 꽃, 노란 꽃, 하얀 꽃, 보라 꽃, 가지각색의 농염한 향기가 내내 그녀의

---

* 밀가루 반죽에 파를 썰어 넣고 기름에 지진 음식.

코끝과 입술 사이에서 딸랑거리며 울렸다. 무성한 꽃밭 사이로 황톳빛 둔덕이 하나 솟아 있었다. 무덤 꼭대기에 사발만하고 꽃술이 갈색인 흰 꽃이 한 송이 있었다. 흰 꽃은 가지도이파리도 없이 홀로 흙더미 위에 당당하게 피어 있었다. 주추이가 두 눈을 가늘게 떴다. 저 흰 꽃이 어떻게 홀로 눈부시게 피었는지, 잡초와 돌로 가득하던 곳이 어떻게 무성한 꽃밭이 되었는지 분명히 알아보려는 것 같았다. 그녀가 방에서걸어 나와 대문에 몸을 기대고 있을 때, 누가 보내기라도 한듯이 바보 거우얼이 소여물 한 단을 지고 들어왔다.

"거우얼 오빠, 맞은편 산언덕이 어떻게 꽃밭이 된 거야?"

거우얼이 말했다.

"내가 심었지. 쓰스가 심으라고 했거든."

주추이가 말했다.

"가운데 불룩 솟아 있는 건 뭐야?"

거우얼이 대답했다.

"네 아기야. 쓰스가 그 자리에 묻어주라고 했어. 네가 집에서 나오면 곧바로 볼 수 있는 자리에 묻어주라고 하더군."

거우얼이 말하면서 걸음을 옮겼다. 어깨에 진 소여물이 위아래로 움직였다.

"쓰스가 아주 큰 그릇 하나 가득 계란부침을 만들어주고돈도 5마오 줬는데 어떻게 말을 들어주지 않을 수 있겠어."

주추이는 더 이상 거우얼의 말을 받지 않았다. 그저 거우얼의 혼잣말을 듣기만 했다. 눈길이 다시 사발만 한 흰 꽃에 닿는 순간, 갑자기 머릿속이 아주 명징해졌다. 저것은 흰 꽃이 아니었다. 저 갈색도 흰 꽃의 꽃술이 아니었다. 저것은 그녀의 첫 사내아기의 무덤을 내리누르는 명지(冥紙)*였다.

바보 거우얼은 어디론가 가고 없었다.

주추이는 이 일로 인해 큰 병을 앓았다. 병상에 누워 내내 생각했다. 계속 아이를 갖기로 마음먹었다. 할아버지 두과이즈가 여자들에게 돼지가 새끼를 낳듯 애를 낳게 만들었던 것처럼 한 해에 하나씩 셋이고 다섯이고 열이고 줄줄이 낳아서 쓰스에게 보여주고 말겠다고 마음먹었다.

몸부림을 쳐서 병상을 털고 일어난 주추이는 한껏 치장을 하고서 시어머니에게 인사를 건넨 다음, 60리 밖의 공사 현장으로 가서 남편 쓰마란을 찾았다.

* 귀신이나 죽은 사람의 황천길을 위해 태우는 지전(紙錢).

16장

요한이 사데 교회에 보낸 편지:

"사데 교회의 사자에게 편지하라. 하나님의 일곱 영(靈)과 일곱 별을 가진 이가 이르시되, 내가 네 행위를 아노니 네가 살았다 하는 이름은 가졌으나 죽은 자로다."

1

두엔은 갑자기 관에 들어가 자야겠다는 생각이 들었다. 관바닥은 세 치 두께의 오동나무로 되어 있고 관머리는 두 치 두께의 측백나무로 되어 있었다. 관의 앞부분에는 대야만 한 크기로 '전(奠)' 자가 새겨져 있었다. 1년 넘게 이 관은 집 안에서 검고 빛나는 페인트 냄새와 젖은 판자를 구울 때 나는 담홍색 따스한 향기를 내뿜고 있었다. 향에서 반평생 조리사로 일하면서 매달 받는 월급에서 1위안 혹은 몇 위안씩 침대 머릿맡 벽 틈에 감춰둔 비닐봉지에 수십 년 동안 모은 돈으로 사둔 관이었다. 비록 가장 좋은 관은 아니지만 누구든 보면 부러워하면서 평생 헛살지는 않았다고 칭찬할 만한 그런 관이었다. 하지만 쓰마란은 기어코 사람을 시켜 이 관을 내다 팔겠다면서 링인거 공사 현장에 쇠로 된 정을 살 돈도 없다고 말했다.

겨울날의 햇빛은 따스하면서도 축축했다. 두옌은 마당에서 햇볕을 쬐면서 먹이를 모으는 암탉을 바라보고 있었다. 해가 떨어질 때 가는 빗소리가 들리는 것 같았다. 고개를 들어 하늘을 쳐다보는 순간 목 안에서 누군가 기관지를 잡아당기는 것처럼 찢어질 듯한 고통이 느껴졌다. 목구멍 안에 손을 넣어 만져보니 계란이 목구멍 한가운데를 막고 있는 듯 반질반질하게 부어오른 것이 느껴졌다. 죽을 때가 됐군. 그는 속으로 생각했다. 어쩌면 며칠 안에 죽을지도 모를 일이었다. 이렇게 자신의 목숨을 계산하면서 의자에서 일어난 그는 수수를 한 움큼 집어 닭들에게 뿌려주고 나서 다시 우리 안의 양 몇 마리에게 콩대를 한 뭉치 던져준 다음 거리로 나왔다.

마을의 거리는 햇빛 속 어느 것이 공기이고 어느 것이 날아다니는 먼지이며 어느 것이 사람들의 기척인지 분명히 구분할 수 있을 정도로 조용했다. 열여섯 살이 넘는 남자들은 전부 수로 준설 공사장으로 가고 여자들만 남아 집에서 밭을 일구고 마을을 보살폈다. 마을의 모든 거리가 땅바닥에 아무도 줍지 않을 허리띠를 던져놓은 것처럼 고요하기만 했다. 그가 거리 이쪽에서 저쪽으로 걸어갔다가 후통 여기저기를 드나들면서 마주친 것이라고는 개 한 마리를 제외하면 일곱 살인데도 아직 걷지 못하는 어린아이 하나가 전부였다. 그가 물었다.

"아직 똑바로 서지도 못하는 게냐?"

아이는 멍하니 그를 쳐다보다가 흰 종이로 접은 팔랑개비를 손에 들고서 말했다.

"팔랑개비가 아주 잘 돌고 있었는데 아저씨가 오니까 안 돌잖아요."

두옌이 움찔하며 뒤로 한 발 물러서자 정말로 팔랑개비가 돌기 시작했다. 다시 아이에게 한 발 다가서자 팔랑개비가 뚝 멈췄다. 바람의 흐름을 막은 탓이라고 생각했다. 아이에게 석 자 정도 거리로 가까이 다가가면 팔랑개비는 죽은 듯 멈춰서 돌지 않았다. 하지만 석 자 밖으로 떨어지기만 하면 그가 어디에 서 있든 팔랑개비는 신나게 돌았다. 그러니 걸음을 옮기는 수밖에 없었다.

그 자리를 뜨면서 생각했다. 이제 정말로 관에 들어가야겠어. 딸 주추이는 시집을 갔고 곧 있으면 둘째 텅이 태어나겠지. 큰아이 두바이는 아직 결혼을 안 했지만 인민공사에 자리가 난 덕에 정부 통신원으로 일하고 있지. 매일 우체국에 가서 신문 몇 장 가져오고 서기에게 물 한 주전자 끓여주면서 매달 17위안 5쟈오(角)의 월급을 받고 있으니, 이 정도 조건이면 진에 나가 며느리를 하나 구하는 것도 어렵지 않을 거야. 그렇게만 된다면 그에게는 더 이상 걱정할 일이 없었다. 단 한 가지 걱정이라면 마을에서 사람이 와서 관을 내다 팔려 한다는 것이었다.

집으로 돌아온 두옌은 먼저 변소에 갔다. 몸 안의 잡다한 것들을 깨끗이 정리하고 본채로 들어온 그는 관 양쪽을 받치고 있는 걸상을 조금씩 움직여 산장(山牆)* 아래에서 서쪽 곁채 한가운데로 옮겼다. 마지막으로 관 뚜껑을 열고 바닥에 종이 몇 장과 얇은 이불을 한 겹 깔았다. 두툼한 겨울옷과 가벼운 여름옷 몇 벌, 사발 하나, 젓가락 한 벌 그리고 그가 고향에서 퇴직하기 전에 향장이 보내준 작은 자명종 시계 하나

* ‘人’ 자형 지붕을 한 가옥 양측면의 높은 벽.

와 낡은 소형 라디오도 넣었다. 라디오는 이미 고장 난 것이었지만 향장은 손으로 한 대 탁 치면 소리가 날 거라고 말했다. 향장의 말대로 해보니 정말로 소리가 났다. 그는 감격하며 향장이 있는 쪽을 향해 고개를 숙여 절을 올렸다. 이 모든 행동이 끝나고 관 속에 막 누우려는 순간, 그동안 똑딱똑딱 잘만 가던 자명종 시계가 관에 들어가자마자 갑자기 더 이상 움직이지 않았다. 그가 아이에게 다가가자 팔랑개비가 더 이상 돌지 않았던 것과 같았다.

이상하다는 생각에 두옌이 손을 뻗어 자명종 시계를 관에서 꺼내 관 입구에 두자 다시 선명하게 소리를 내면서 가기 시작했다. 까끄라기 같은 초침이 한 걸음 한 걸음 균일하고 경쾌하게 움직일 때마다 시계를 든 두옌의 손이 가볍게 흔들렸다. 한동안 멍하니 시계가 움직이는 것을 응시하던 그는 다시 자명종 시계를 관 속에 집어넣었다. 시계는 관에 넣자마자 바늘이 멈춰 서고 꺼내면 다시 똑딱똑딱 소리를 내면서 움직였다. 이러기를 몇 차례 반복하고 나서 그는 결국 자명종 시계를 탁자 위에 놓아두고, 낡고 망가진 소형 라디오를 꺼내 전원을 켰다. 관 밖에서 라디오를 탁탁 치자 그제야 지지직 하고 두꺼운 서류봉투 찢어지는 듯한 소리가 났지만 이어서 들려오는 방송 내용은 거의 알아들을 수 없었다. 그러다가 관 안으로 옮기자 라디오는 금세 새것처럼 성능이 좋아졌다. 때리지 않아도 소리가 깨끗하고 또렷하게 들렸다. 음악 소리가 복숭아와 살구가 익는 계절의 푸른 강물 같았다.

이 라디오만 있으면 돼. 두옌은 라디오를 관 한쪽 구석 옷 밑에 끼워두었다. 마음속으로 한 가닥 달콤하고 따스한 위로 가 번졌다. 이어서 그는 관 뚜껑을 덮고 위쪽 입구만 살짝 열 어두었다. 그런 다음, 먼저 한 발을 깊이 집어넣고 이어서 다 른 발마저 들여놓고는 몸을 웅크려 관 속으로 파고들었다. 몸을 바로 눕힌 그는 관 뚜껑을 조금씩 움직였다. 마지막으 로 쾅 하는 청량한 소리가 울리면서 관 뚜껑이 닫혔다.

2

두옌은 관 속에서 한참을 자고 나서 깨어나 상반신이 아직 따뜻한 것을 느꼈다. 햇빛 속에 있는 것 같았다. 관 속에서 몸 을 뒤집어 다리를 웅크리면서 이런 풍경이 바로 입관하는 날 오후의 모습일지도 모른다는 생각을 했다. 오후가 되어야 석 양 빛이 창문을 통해 관 머리맡까지 닿았다. 그는 아직 햇볕 을 느낄 수 있는 게 다행이라고 생각하면서 다리와 발도 쬘 수 있도록 몸을 힘껏 더 웅크렸다. 그러나 바로 그 순간 대문 에서 소리가 났다. 마당 안에 아주 익숙한 발걸음 소리가 들렀다. 발걸음 소리는 작은 흰 꽃처럼 멀리서부터 점점 가까워지다가 관에 거의 다다라 갑자기 멈췄다. 아들 두바이가 그를 부르는 소리가 들렸다.

"아버지, 아버지, 어디 계세요?"

그가 기침을 한 번 하고 나서 말했다.

"바이냐? 애비 여기 있다. 관 속에 있어. 성실하게 정부에 출근하지 않고 여긴 뭐 하러 돌아온 거냐?"

문가에 서서 한동안 서쪽 곁채에 놓여 있는 관을 바라보던 두바이가 가까이 다가가 관 뚜껑을 열어젖히고는 소리를 질렀다.

"아버지, 미쳤어요?"

두옌이 말했다.

"너는 출근이나 잘하지 않고 여긴 뭐 하러 돌아온 거야?"

아들이 말했다.

"산언덕을 지나는 트랙터를 얻어 타고 옷 몇 벌이랑 책 몇 권 챙기러 왔어요. 향에서 조직시험을 치르거든요. 시험을 잘 보면 통신원에서 간부로 승진할 수 있대요."

그러면서 한마디 덧붙였다.

"간부가 되면 상부에 편지를 써서 마을을 바러우산맥으로 옮겨달라고 할 생각이에요."

두옌이 갑자기 관 속에서 벌떡 일어나 앉으며 말했다.

"밥그릇도 챙기지 못한 처지에 그런 얘기 작작해라. 이주를 하면 마을 사람들이 마흔 넘게 살 수 있을 것 같으냐. 조상들 중에 이사를 간 사람도 마흔을 못 넘기지 않았더냐. 마을을 옮기는 것이 개집이나 돼지우리 옮기는 것처럼 그렇게 간단한 일인 줄 아느냐? 세상에 인구가 이렇게 조밀한데 상부에서 똥 싸고 오줌 갈기듯 몇백 무의 땅을 산싱촌 사람들에게 나눠 주면서 먹고살 게 해줄 것 같으냐?"

그는 두바이의 얼굴을 쳐다보았다. 아들의 굳은 얼굴이 약간 누그러지는 것 같았다. 두옌이 다시 말했다.

"자기 자신이나 잘 돌보면 된다. 난 목구멍 안이 둑을 쌓은 것처럼 잔뜩 부어 있는 것을 보니 며칠 못 살 것 같구나. 이리와서 한번 봐라."

말을 마치자 그가 입을 쩍 벌렸다. 아들이 그의 아래턱을 손으로 받치고 햇빛을 향해 얼굴을 반쯤 돌리고는 말했다.

"아, 해보세요."

그는 아들이 하라는 대로 창문을 향해 입을 크게 벌리고는 아! 소리를 냈다. 햇빛이 목구멍 안으로 비쳐 들어오는 것이 느껴졌다. 불로 지지는 것 같았다.

땅에서 출토된 도자기를 살펴보듯이 한참을 들여다보던 두바이가 마침내 그의 아래턱에서 손을 내렸다.

그가 물었다.

"어떠니?"

아들이 대답했다.

"도자기처럼 부었어요. 눈이 부실 정도로 반질거려요."

그가 말했다.

"내가 며칠 못 살 것이라는 건 나도 잘 안다."

아들이 말했다.

"마침 앞으로 며칠은 무척 바쁠 거예요. 시험도 봐야 하거든요."

그가 말했다.

"너는 네 일이나 열심히 하도록 해라. 뒷일은 내가 다 준비해두었으니까. 네 매부 쓰마란이 며칠 내로 마을로 돌아와 관을 팔려고 할 게다. 가기 전에 관 뚜껑에 못을 박아 네 매부를 단념시키는 것이 효를 다하는 일일 게다."

여기까지 말했을 때, 갑자기 산언덕에서 트랙터의 경적 소리가 들려왔다. 두바이는 문밖으로 달려 나가 후통을 따라 산언덕에 대고 몇 마디 소리쳤다. 상대방에서 서두르지 말라고 당부한 것이다. 잠시 후 다시 돌아온 그가 아버지에게 말했다.

"트랙터가 절 재촉하고 있어요."

그러면서 급히 옷가지와 책들을 찾아 보따리에 담았다. 이때, 산언덕에서 트랙터의 경적 소리가 또다시 산과 바다가 떠나갈 듯이 울어대기 시작했다. 두옌이 아들에게 다섯 치짜리 대못은 문 뒤 가마 안에 있고, 장도리는 마당 닭장 옆에 있다고 알려주면서 애먼 기사를 애타게 기다리게 하지 말고 어서 관 뚜껑에 못을 박고 나서 트랙터를 타고 향으로 돌아가라고 당부했다. 이 말을 듣고 두바이는 몸이 굳어버린 채 한동안 어리둥절한 표정으로 서 있었다. 한참을 생각하던 그가 다시 문밖으로 나가 트랙터 기사에게 몇 마디 말하고는 장도리를 갖고 돌아와 못을 찾았다. 시퍼렇고 긴 대못을 응시하면서 그가 말했다.

"못이 커서 관이 갈라지지는 않겠지요?"

두옌이 대답했다.

"물 먹은 오동나무는 못이 잘 들어가니 그런 걱정 하지 말고 너는 박기만 하면 된다."

아들이 물었다.

"관에 더 넣을 물건은 없나요?"

두옌이 대답했다.

"많이 넣어봐야 좁기만 하지. 어서 못이나 박거라."

아들이 물었다.

"발은 차지 않으세요?"

두옌이 대답했다.

"내 침대 밑에 있는 솜 신발을 좀 넣어주렴."

두바이는 입동이 지나서 여동생 주추이가 아버지에게 만들어준 새 솜 신발을 관에 넣어준 다음 아버지의 낡은 신발을 벗기고 새 신발로 갈아 신겼다.

두바이가 말했다.

"아버지, 눈을 감으세요. 못질할 때 먼지나 나뭇조각이 눈에 떨어지면 안 되잖아요."

그러고는 관 뚜껑을 안고 관 쪽으로 움직였다. 관 뚜껑은 오동나무 판자로 되어 있어 안아보니 전혀 무겁지 않았다. 뚜껑을 관 입구의 홈에 맞추자 쾅 소리와 함께 물 샐 틈 없이 꼭 닫혔다.

두바이가 말했다.

"아버지, 못을 박을까요?"

두옌이 대답했다.

"그래, 박거라."

두바이가 말했다.

"그럼 박겠습니다."

두옌이 대답했다.

"어서 박아. 산언덕에서 사람이 기다리고 있잖니."

그렇게 머리가 네모반듯한 쇠못 한 움큼을 딸그랑 관 뚜껑 위에 내려놓았다. 세어보니 모두 열세 개였다. 관 뚜껑 양쪽으로 다섯 개씩 박고 머리 쪽에 두 개 그리고 다리 쪽에 한

개를 박으면 딱 맞을 것 같았다. 두바이는 우선 긴 못을 하나 골라 침으로 적시면서 죽은 사람을 입관하기 전에 염을 하는 것처럼 중얼거렸다.

"아버지, 조심하세요. 관을 덮을게요. 못을 잘 피하세요. 이제 왼쪽에 못을 박을 테니까 오른쪽으로 피하세요."

탕탕 소리와 함께 못질이 시작되었다. 두바이는 한 번 또 한 번 장도리를 내리쳤다. 네 번째 못을 박으면서 그가 아버지에게 물었다.

"혹시 하실 말씀이 있으세요?"

아버지는 빨리 가정을 꾸리고 직장에서 성공하라고 말했다. 그는 자신이 국가 간부가 되고 난 뒤에 다시 얘기하자고 말했다. 그러고는 관을 향해 장도리를 탕탕 내려치기 시작했다. 못 열세 개를 다 박고 나니 관 속에 있는 두엔의 목소리가 항아리 안에서 말하는 것처럼 웅웅거렸다. 목소리에서 곰팡이 냄새도 약간 났다. 그가 말했다.

"아들아, 장도리는 문 뒤에 두도록 해라. 그래야 다음에 쓸 때 찾느라고 애쓰지 않아도 될 테니까."

두바이가 장도리를 문 뒤에 놓아두었다.

산언덕에서 다시 명을 재촉하는 듯한 트랙터 경적 소리가 들려왔다.

두바이가 말했다.

"아버지, 저 갈게요."

두옌이 말했다.

"그래 가거라. 문 잘 닫는 것 잊지 말고."

두바이가 말했다.

"별일 없겠지요?"

두옌이 말했다.

"시험 잘 보도록 해라. 국가 간부가 되면 마을을 관리할 수 있을 테니까."

두바이가 말했다.

"다른 일 없으시면 저는 갈게요. 며칠 동안 바쁜 일 좀 처리하고 돌아와 장례를 치러드릴게요."

이렇게 말하면서 그는 집 문을 닫고 나왔다.

잠시 후 그의 발걸음 소리가 점점 멀어졌다. 지는 해처럼 완전히 사라졌다.

3

산싱촌의 링인거 공사 현장에서는 사면팔방에서 공구와 자재가 추가로 필요했다. 전부 돈을 주고 사 와야 하는 것들이었다. 삼끈을 쓰는 데도 돈이 없으면 안 된다는 사실을 누구도 생각지 못했다. 마을에서 관 네 개와 대들보 두 개, 혼수용품 한 벌, 돼지와 양 몇 마리를 팔아 조달한 공사 자재가 눈깜짝할 사이에 바닥을 드러냈다. 쓰마란은 마을 사람 두 명을 데리고 식량을 구하러 마을로 돌아갔다. 물론 마을에 남은 마지막 관을 팔고 그 돈으로 진에 가서 정과 장도리, 삽, 삼끈을 구해 공사 현장으로 가져가야 했다.

날이 밝자 서둘러 마을로 돌아온 쓰마란은 수레를 마을 어귀에 세워두고, 한 사람당 밀 열 근과 옥수수 알갱이 다섯 근, 고구마 스무 근씩을 거둬 수레에 가득 실었다. 그런 다음 마을 사람들을 이끌고 관을 가지러 장인어른인 두씨네 집으로 갔다. 해는 이미 높이 떠올라 마을 전체에 옅은 온기를 불어넣었다. 후퉁 이쪽 끝에서 저쪽 끝을 바라보니 몇 리 밖 산언덕의 밀 싹이 바람에 일제히 동쪽으로 기우는 것까지 다 눈에 들어왔다. 가늘고 약한 밀 뿌리들이 땅 위에서 눈썹처럼 부드럽게 움직였다.

쓰마란이 아내에게 물었다.

"아버님 집에 계셔?"

아내 주추이가 대답했다.

"아마 계실 거예요. 나도 보름 동안 친정에 못 가봤어요."

쓰마란은 아내와 함께 두씨네 집으로 향했다.

마당을 지나 방문 안으로 들어서는 순간, 모두들 넋이 나가버렸다. 관이 방 한가운데 놓여 있고 햇빛이 관 뚜껑에 박힌 못 위에서 반짝이고 있었다. 관의 머리 쪽에 새겨진 '전'자도 금빛으로 찬란하게 빛났다. 방 안 전체가 아주 환했다. 주추이는 배가 또다시 불룩 솟아 있었다. 그녀는 손으로 배를 받친 채 허둥지둥 관 옆으로 다가가 "아버지, 아버지!" 하고 두엔을 소리쳐 불렀다. 관 뚜껑 틈새로 손을 넣어 열어보려고 했지만 소용없었다. 눈물이 장도리처럼 관 뚜껑을 내리쳤다.

방 안이 온통 죽음 같은 정적이었다.

쓰마란이 말했다.

"언제 돌아가신 거지?"

영문을 모르는 두 사람은 서로의 얼굴만 쳐다보았다.

고개를 돌려 주위를 살펴보던 쓰마란이 문 뒤에서 장도리를 가져다가 거꾸로 들고는 갈라진 부분을 이용해 관에 박힌 못을 빼내려 했다. 뜻밖에도 못은 관에 박힌 채로 이미 녹이 슬어 있었다. 힘겹게 하나를 빼내자 오동나무 부스러기가 함께 묻어 나왔다. 못 하나를 빼내자 관에 틈이 생겼다. 두 번째, 세 번째 못도 차례로 뽑혔다. 시신이 부패하면서 생긴 물이 극심한 악취와 함께 관 틈새로 흘러나왔다. 붉고 희고 진한 세계였다.

쓰마란이 한 걸음 물러서며 말했다.

"주추이, 가서 멍석을 하나 가져다가 장인어른을 말도록 해. 관은 깨끗이 씻어서 거리에 내다 팔아야겠어."

그러고는 다른 사람들에게 말했다.

"누구든 우리 장인어른이 돌아가신 사실을 발설했다가는 입을 찢어버릴 줄 알아. 향 간부들은 우리 장인어른이 돌아가신 사실을 모르고 있어. 우리는 예전처럼 장인어른의 월급을 받아다가 링인거 수로 공사를 위해 폭약과 뇌관을 사야 한다고."

두옌을 땅에 묻고 얼마 지나지 않아 그의 아들 두바이가 진에서 돌아와 말했다.

"곧 국가 간부가 되면 현에 있는 당교(黨校)에 가서 반년 동안 교육을 받아야 해. 『황제내경』도 한 번 더 통독할 수 있겠지."

그러면서 문을 열고 들어가 방 안을 둘러봤지만 관은 이미 사라지고 없었다. 방에는 온통 거미줄이 쳐져 있고 탁자 위에 작은 자명종 시계만 덩그러니 놓여 있었다. 하루 종일 태엽을 감아주는 사람이 없었는데도 시계는 손발을 멈추지 않았고 시간도 아주 정확했다. 두바이가 말했다.

"아버지랑 관은 어디로 간 거지?"

뒤쫓아 들어온 동생 주추이가 등 뒤에서 말했다.

"아버지는 망석으로 말아서 묻었어요. 관은 진으로 가져다

374

180위안을 받고 팔았지요. 수로 공사에 쓰기 위해서요."

두바이가 몸이 뻣뻣하게 굳은 채로 서 있었다. 한참 동안 미동도 하지 않았다.

17장

요한이 두아디라 교회에 보낸 편지:

"두아디라 교회의 사자에게 편지하라. 그 눈이 불꽃 같고 그 발이 빛난 주석과 같은 하나님의 아들이 이르시되, 내가 네 사업과 사랑과 믿음과 섬김과 인내를 아노니 네 나중 행위가 처음 것보다 많도다."

1

링인거 준설 공사는 그해 겨울까지 계속되었다. 하늘은 매일 서리처럼 하얗기만 했다. 겨울 추위가 이파리처럼 떨어져 내리고 산맥 위에는 무수한 냉기가 엉겨 붙어 있었다. 새로 파낸 길이가 9리에 달하는 수로 구간 가운데 바위산이 6리이고 비탈이 3리나 됐다. 산비탈은 전부 황토 지질이라 곡괭이로 깎고 삽으로 파면 됐다. 하지만 산맥의 바위를 쪼개면서 수로를 파기 위해서는 정으로 구멍을 뚫고 망치로 내리치고 폭약을 터뜨려야 하기 때문에 매우 위험했다. 두씨네 청년 하나가 망치를 휘두르다 밑에서 떠받치고 있던 란씨 청년의 손을 내리치는 바람에 세 손가락 여덟 마디가 으스러졌고 철철 흐르는 피가 발파를 위해 정으로 뚫어낸 구멍 안으로 흘러들어갔다. 란씨 청년이 두 손을 받쳐들고 말했다.

"엄마야, 내 손가락 어디 갔어!"

고개를 숙여 뼈를 허옇게 드러낸 손가락이 피로 물든 것을 본 청년은 미련이 남았는지 바위 위에 손을 올려놓은 후 떨어져 나간 손가락을 집어서 상처 부위에 대고 자리를 맞추기 시작했다. 망치를 휘두른 청년이 말했다.

"떨어져 나간 손가락을 맞춰서 붙여보겠다고?"

손가락을 잃은 청년이 생각해보니 그의 힐문이 일리가 있다고 판단하고는 잘려 나간 손가락을 나뭇잎으로 싸서 주머니에 집어넣었다.

망치를 휘두른 청년이 물었다.

"그걸 싸가서 뭐 하게?"

부상당한 청년이 대답했다.

"어찌 됐든 내 살이잖아."

망치를 휘두른 청년이 웃으면서 말했다.

"그래봤자 구더기만 생길 거야"

손가락을 잃은 청년이 나뭇잎으로 싼 손가락을 다시 꺼내 보고는 멀리 획 던져버리고 자리를 떴다.

망치를 휘두른 청년이 물었다.

"어디 가는 거야?"

부상당한 청년이 손가락 세 개가 없는 왼손을 들어 올리자 세 줄기 수도관처럼 피가 허공에 솟구쳤다.

"쓰마란한테 가야지."

대답을 하면서 애써 통증을 참는 그의 얼굴에 창백한 미소가 번졌다. 그가 또 말했다.

"나는 이제 일을 할 수 없게 되었으니 올겨울은 산싱촌에 돌아가 있을 생각이야. 자네들은 이곳에서 계속 수로를 파도록 하라고."

망치를 휘두르던 두씨 청년이 수로 양쪽 기슭에서 부서져 내리는 돌가루 사이로 참새처럼 뛰어가는 란씨 청년을 바라보았다. 그의 손에서 망치가 떨어졌다. 그가 속으로 생각했다. 염병할, 또 한 놈이 마을로 돌아갔군. 나는 왜 그 친구 손가락을 부러뜨린 거지! 차라리 그 녀석이 내 손가락을 부러뜨렸다면 얼마나 좋을까!

공사 현장의 인원은 갈수록 줄어들었다. 첫서리가 내린 뒤로 폭약 폭발로 인해 세 명이 죽은 것 외에도 팔이 부러지거나 다리를 잃은 사람 다섯 명이 마을로 돌아가면서 순식간에 건장한 노동력의 4분의 1이 줄어들었다. 밤이 되면 마을 사람들은 인근 마을 맥장에 모였다. 원래는 아주 비좁았던 보릿짚 멍석이 갑자기 넉넉해졌다. 사람들이 뜨끈뜨끈한 보릿짚 멍석 위에 누워 있을 때 쓰마란의 동생 쓰마후가 문밖에서 들어오며 말했다.

"형, 주추이 형수가 또 병이 났어."

쓰마란이 자리에서 몸을 일으켜 앉으며 말했다.

"차라리 죽었으면 좋겠네."

쓰마후가 말했다.

"침대에 누워서 꼼짝도 못 하고 있어."

쓰마란이 말했다.

"주추이가 죽어야 쓰스랑 살 수 있을 텐데 말이야."

쓰마후가 말했다.

"하지만 형수가 아프니까 어머니를 모실 사람이 없잖아."

쓰마란은 더 이상 아무 말도 하지 않다가 방금 마을에서 식량을 거둬가지고 돌아온 동생 후가 방에 들어와 이불을 펴고 그 속으로 파고드는 것을 바라보며 물었다.

"어머니 몸이 어떠시기에 그래?"

쓰마후가 대답했다.

"목구멍에 껍질이 붉은 계란 같은 덩어리가 생겼어. 앞으로 기껏해야 석 달이나 반년밖에 못 사실 것 같아."

쓰마란이 일어나 벽 쪽으로 가서는 곤히 자고 있는 다섯째 동생 쓰마루를 깨우며 말했다.

"루야, 내일 마을로 돌아가서 어머니를 공사 현장으로 업고 오도록 해라. 어머니가 곧 돌아가실 것 같아."

쓰마루가 일어나 앉아 눈을 비비며 말했다.

"넷째 형, 나 정말 공사장 일은 못 하겠어. 돌아가서 겨울 동안 어머니를 모실 수 있게 해줘."

쓰마란이 쓰마루의 다리를 향해 발길질을 해댔다.

"집에 가서 어머니를 모시고 오라니까!"

그렇게 다들 잠이 들었다. 초겨울의 한기가 서리로 하얗게 변한 밤에 얼음처럼 푸른빛을 드러냈다. 다음날 잠에서 깨어 일어나보니 모든 산싱촌 사람들의 코에서 검붉은 선혈이 흘러내렸다. 모두들 코피를 닦고 세면을 한 다음 옥수수 가루를 고구마와 함께 넣고 끓인 국밥을 먹고 나서 4리 밖에 있는 링인거 공사 현장으로 갔다. 해가 지면서 날이 어두워지고 있었다. 해가 쿵 하고 내려앉을 때쯤 쓰마루가 산싱촌에서 어머니를 등에 업고 왔다. 아직 하루 공사를 마무리하지 않은 때라 사람들이 폭발로 붕괴된 돌덩이들을 한 덩이 한 덩이 정으로 깨서 언덕 위로 운반하고 있었다. 산에서 굴러 떨어진 바위들이 유리 위를 구르듯이 지는 해를 밀치며 내는 마른 소리가 폭죽처럼 산비탈 위에 울려 퍼졌다. 쓰마후가 절벽 위에서 오줌을 갈겼다. 붉은빛 가는 물줄기가 무지개처럼 허공에 활을 그렸다. 자신의 몸을 밧줄에 묶어 절벽에 원숭이처럼 매달려 바위를 깨고 있던 쓰마란의 눈에 멀리 쓰마루가 어머니를 등에 업고 오는 모습이 보였다. 지친 소처럼 낑낑대며 옮기는 걸음에 밟힌 길가의 풀들이 아이고아이고 고통스러운 신음을 토했다.

그가 절벽에서 기어 내려왔다.

"후야, 어머니 오신다."

그들 형제는 어머니를 향해 나아갔다. 산등성이를 하나 넘어 어머니를 보는 순간, 형제들 모두 갑자기 걸음을 멈추고 섰다. 3미터 남짓 되는 거리를 사이에 두고 있었다. 그 계곡은 골짜기처럼 좁았고 길은 벼랑에 걸린 새끼줄 같았다. 햇빛이 지지직 석벽을 스치고 내려와 불처럼 사람들의 얼굴을 비췄다. 쓰마란과 쓰마후는 그 자리에 선 채로 미동도 하지 않았다. 햇빛이 자신들의 얼굴 위에서 딱딱하게 굳어버리도록 내버려뒀다. 형제는 쓰마루의 왼쪽 어깨 위로 솟은 어머니의 얼굴을 보았다. 정말로 벌레 먹고 꼭지 떨어진 오이 같왔다. 옴 때문에 다 빠져 듬성듬성 몇 가닥 남은 머리카락이 목을 감고 있었다. 문드러진 상처에서 나는 악취가 골짜기의 맑고 신선한 공기 사이로 퍼져나갔다. 콩알만 한 똥파리가 조밀하게 늘어놓은 교자(餃子)처럼 어머니의 머리 위로 마구 몰려들었다.

쓰마란이 말했다.

"루야, 어머니가 돌아가셨니?"

쓰마루가 대답했다.

"살아 계세요."

2

어머니가 말했다.

"나는 아무래도 겨울을 나기 힘들 것 같구나."

쓰마란이 말했다.

"그렇지 않을 거예요."

어머니가 말했다.

"집에서 죽을 수 있게 해다오."

쓰마란이 말했다.

"집에 돌아가면 누가 어머니를 모시겠어요, 주추이가 모시겠어요?"

어머니가 말했다.

"너도 가서 주추이를 살펴야지. 네가 남편이잖니."

쓰마란이 말했다.

"주추이가 어머니한테 잘해드리나요?"

어머니가 말했다.

"주추이는 효부지."

쓰마란이 말했다.

"주추이가 나쁘다고 하세요. 주추이가 나쁜 며느리여야 제가 그 여자랑 헤어질 수 있거든요. 그 여자랑 헤어져야 쓰스랑 같이 살 수 있다고요."

어머니가 말했다.

"몹쓸 놈 같으니! 나를 당장 집으로 보내다오."

어머니가 또 말했다.

"나를 다시 업어다 주추이 곁으로 보내다오. 나는 죽어도 주추이와 함께 죽으련다."

쓰마란이 어머니 옆에서 일어섰다.

"집에서 돌아가시면 누가 어머니를 묻어드려요? 여기서 돌아가셔야 제가 멍석으로 말아서 묻어드리죠. 제가 갈대를 한 단 사다가 관을 하나 엮어드릴게요. 진짜 관보다 좋을 거예요."

여기까지 말하고 나서 쓰마란은 마을 사람들을 이끌고 공사 현장을 향해 떠났다.

3

세월은 번개처럼 빨랐다. 입동의 계절은 링인거 수로의 공사 현장에도 찾아왔다. 그날 눈꽃이 내렸다. 살을 에는 듯한 바람의 차가운 흰빛이 땅 위에 얼어붙어 있었다. 앞을 향해 2리를 뻗어나가던 수로가 산 위에서는 곧게 파여 들어갔다. 산싱촌 사람들이 바로 그 수로에서 조금씩 공사를 진행해나가면서 내뿜는 열기가 안개처럼 허공에 자욱하게 퍼져 있었다.

쓰마후가 수로 저쪽에서 걸어왔다. 그가 방금 불에 달군 정 몇 개를 땅바닥에 내팽개치고는 쓰마란 앞으로 다가가 말했다.

"형, 어머니가 곧 돌아가실 것 같아. 물도 제대로 못 드시고 마시는 족족 토해버리셔."

쓰마란은 수로 가장자리에서 망치질을 하고 있었다. 그가 망치를 휘두르던 손을 멈춘 채 말했다.

"그럴 리 없어. 내가 어제 살펴보니까 목구멍 안에 있는 부종이 많이 작아졌던걸."

쓰마후가 말했다.

"다른 사람도 아니고 우리 어머니가 돌아가시게 생겼는데 내가 형한테 거짓말을 하겠어? 어머니가 계속 형 이름만 부르고 계시다고."

쓰마란이 커다란 망치를 내던지고 공사 현장을 떠났다.

산기슭 아래 있는 맥장의 작은 집 안에서 그는 젓가락으로 어머니의 혀를 누르고 성냥을 그어 입가로 가져갔다. 눈길을 목구멍 안쪽을 아주 깊숙이 살펴본 그는 젓가락을 빼내고 성냥을 던져버리고서 말했다.

"어머니, 드시고 싶은 것 있으면 뭐든지 말씀하세요."

어머니가 쓰마란에게로 눈길을 던지며 말했다.

"나는 정말로 이 겨울을 넘기지 못할 것 같구나."

쓰마란이 말했다.

"머리의 옴도 좀 나아졌잖아요? 머리카락도 더 자랐고요."

어머니가 접이식 침상 위에서 몸을 한 번 뒤척이더니 기침을 하면서 힘겹게 일어나 앉아 뼈가 앙상하게 드러난 등을 벽에 기댔다.

"밖에 눈이 왔니?"

"입동하고도 며칠이 지났는데도 그런 말씀을 하세요?"

"겨울에 갈대로 관을 짜주겠다고 하지 않았니?"

그녀가 또 말했다.

"나는 이제 서른여덟이니 산싱촌에서는 고령인 셈이야. 주추이가 죽은 아이를 낳기는 했지만 그래도 나를 할머니를 만들어줬지. 마을에 할아버지, 할머니가 되어본 사람이 몇이나 되겠니? 하지만 나는 할머니도 되어봤고, 손녀도 안아봤어. 이제 명이 다했으니 죽어도 만족할 수 있을 것 같구나."

그녀가 이어서 말했다.

"지난 3년 동안 죽어서 관에 들어가 묻힌 사람이 없었지 않니? 내가 죽거든 갈대로 관을 만들어다오. 그렇게만 해줘도 평생 너를 키운 게 헛수고는 아닌 셈이지. 루와 후를 키운 것이 헛수고가 되지는 않을 것 같다."

쓰마란이 어머니의 머리에서 회백색 비녀를 뽑으며 말했다.

"이거 은이죠?"

어머니가 고개를 끄덕이면서 말했다.

"집에서 가장 값어치가 나가는 물건이지. 우리 외할머니가 시집갈 때 머리에서 뽑아 우리 엄마에게 주신 거야. 우리 엄마가 아버지에게 시집올 때, 이걸 다시 머리에서 뽑아서 내게 주셨지. 이 비녀 하나면 관 두 개를 짤 수 있는 판자를 살 수 있을 테니 갈대 한 묶음하고 바꾸는 건 아무래도 손해겠지."

쓰마란은 더 이상 아무 말도 하지 않고 그 은비녀를 손에 쥔 채 밖으로 나와 곧장 동쪽의 샤오마자이촌(小馬寨村)으로 갔다.

샤오마자이촌은 두말할 것도 없이 주민 대부분이 마(馬)씨

성을 갖고 있었다. 그들이 묵고 있는 맥장의 집도 바로 샤오마
자이촌의 건물이었다. 샤오마자이촌의 서남쪽에는 몇 무 크
기의 연못이 있어서 해마다 한 무더기의 갈대를 집집마다 제
공해주기 때문에 거의 모든 건물과 가옥 주변 혹은 변소 옆 한
귀퉁이에 항상 갈대 몇 묶음이 쌓여 있었다. 쓰마란이 마을 동
쪽으로 가서 집집마다 살펴보기 시작했다. 첫 번째 집은 대문
이 잠겨 있어 두 번째 집으로 갔다.

"댁에 있는 갈대를 좀 파실 생각 있으신가요?"

"팔지요. 사시겠어요?"

"이 은비녀랑 바꾸고 싶은데요."

쓰마란과 얘기를 나눈 사람은 젊은 부인으로 마당에서 물
로 양곡을 씻고 있었다. 보리와 콩이 절반씩 섞여 있었다.

그가 말했다.

"이 집은 정말 부유하군요. 평소에 밥을 먹나요, 아니면 밀
가루 음식을 먹나요?"

젊은 부인이 그를 향해 빙긋이 미소를 짓더니 비녀를 받아
들고 문밖으로 나갔다. 손가락 길이만 한 시간이 지나 다시
돌아온 그녀가 말했다.

"이 비녀는 진짜 은인데 갈대 몇 단하고 바꾸는 건 손해가
아닐까요."

그가 말했다.

"갈대 한 다발만 있으면 됩니다. 한 다발이면 충분해요."

그녀가 말했다.

"그러면 댁이 훨씬 손해인데요."

"그럼 밀 한 바구니를 얹어 주세요. 공사 현장 사람들은 석 달 동안 밀가루 음식을 먹지 못했거든요."

여자는 땅바닥에 놓인 씻다 만 밀을 바라보면서 잠시 침묵하더니 이내 고개를 들고 일어서 대문 빗장을 걸었다. 쓰마란은 대문 앞에서 걸어오는 그녀의 얼굴이 갑자기 붉게 변해 있는 것을 보았다.

그녀가 말했다.

"아저씨가 수로 공사 현장의 감독이자 마을 촌장이라는 걸 알고 있어요. 마을에서 아저씨를 본 적도 있습니다. 우리 마을은 토지를 분배했기 때문에 집집마다 각자 책임을 지면서 양곡을 심고 거두지요. 이 밀은 우리 집 밭을 갈아줄 인부들에게 줄 양식인데, 이걸 아저씨한테 주고 나면 어떻게 인부들을 부를 수 있겠어요?"

이렇게 말하는 그녀의 눈길이 쓰마란의 얼굴에 뜨겁게 쏟아졌다. 그녀가 물었다.

"몇 달 동안 집에 못 갔지요?"

그가 말했다.

"마을에 돌아가보지 못한 지 곧 2년이 됩니다."

그녀가 말했다.

"가정은 있으시겠지요? 장가를 갔다는 건 한눈에 알 수 있어요."

말을 마친 그녀는 그의 대답을 기다리지도 않고 그의 팔을 잡아끌고 방 안으로 향하면서 말했다.

"양곡을 줄 수는 없지만 아저씨의 은비녀는 갖고 싶어요. 대신 제 몸을 한 번 드릴게요. 그러면 아저씨도 그다지 큰 손해는 아니잖아요."

이렇게 말하면서 그녀는 방문을 잠근 다음 자신의 옷 단추를 풀었다. 너무 다급하게 허둥대다가 단추 하나가 바닥에 떨어졌다. 허리를 숙여 단추를 주우면서 그녀는 쓰마란이 창문으로 쏟아지는 햇빛 속에서 미동도 하지 않고서 있는 것을 보았다. 두 손은 주먹을 쥐고 있었고 눈빛은 방 안을 온통 시뻘겋게 태울 것처럼 이글이글 타오르고 있었다.

그녀가 말했다.

"나하고 그러는 게 싫어요, 아저씨?"

그가 손을 뻗더니 몸을 돌려 양손의 땀을 벽에 문질렀다.

그녀가 또 말했다.

"내가 좀 늙어 보이긴 하지만 사실은 서른하나밖에 안 됐어요. 남편은 재작년에 죽었고요. 아저씨네 산싱촌에 가서 관 몇 개 만들고 혼수품 몇 벌 만드는 걸 돕고 와서는 목이 아프다고 하더니 겨우내 앓다가 죽었지요. 아저씨네 마을에서는 마흔을 넘기는 사람이 없다면서요?"

갑자기 쓰마란의 손에서 땀방울이 떨어졌다. 한 가닥 냉기가 바람처럼 따갑게 그의 손바닥 한가운데를 파고들었다. 그녀가 말했다.

"정말이에요. 나는 며칠 전에 겨우 서른한 살이 됐다고요. 내가 서른한 살보다 많아 보여요?"

이렇게 물으면서 그녀는 떨어진 단추를 주머니에 넣고, 다시 단추를 풀었다. 이번에는 허둥대지도 않았고 손을 떨지도 않았다. 그녀가 단추를 풀면서 쓰마란에게 물었다.

"아저씨는 나이가 어떻게 되나요?"

쓰마란이 말했다.

"스물 조금 넘었습니다."

그녀가 갑자기 단추를 풀던 손을 또 멈추고 비녀를 그에게 건네며 말했다.

"이제 갓 스물이 넘었단 말이에요? 나는 아저씨가 서른은 된 줄 알았어요. 얼굴이 흙먼지투성이라 얼굴을 제대로 볼 수가 없어서 그랬나 봐요. 이 비녀 도로 가져가요. 그리고 다른 집에 가봐요. 이제 갓 스물이 넘었다니 내가 아저씨를 해할 수는 없잖아요. 나는 아저씨보다 나이가 자그마치 열 살이나 많아요."

쓰마란은 그녀가 건네는 비녀를 받지 않았다. 칼로 찌르듯이 시선을 그녀의 얼굴에 고정했다. 얼굴의 검정 사마귀가 눈에 띄었다. 그것에 시선을 멈추는 순간, 온몸의 피가 산사태처럼 쏟아지는 것 같았다. 머릿속에서는 우르르 쾅쾅 굉음이 울리면서 그는 그녀에게 달려들어 그녀를 안고 침대로 갔다.

그녀가 말했다.

"나는 아저씨보다 열 살이나 많다고요. 후회하지 않을 수 있겠어요?"

그녀가 말했다.

"우리 집에는 찾아오는 사람이 거의 없으니 걱정하지 않아도 돼요."

그녀가 또 말했다.

"남편이 죽은 지 1년이나 됐어요. 아저씨 이름이라도 좀 말해주면 안 될까요?"

그녀가 다시 말했다.

"왜 말을 안 하는 거예요? 나를 원수 대하듯 하는 것 같네요. 내 눈썹을 다 물어뜯을 것 같네요. 안 되겠어요. 비녀 돌려줄게요."

이렇게 말하는 그녀의 목소리가 미세하게 젖어 있었다. 목소리에서 달콤한 땀내가 풍겼다. 침대 다리가 울부짖는 소리를 냈다. 몹시 다급하고 거칠어져 있었다. 그녀의 얼굴에 그의 땀이 떨어졌다. 땀방울은 똑똑 그녀의 이마를 타고 아래로 흘러내려 검은 별 같은 사마귀를 씻어주었다. 공기 속에서 짙은 안개의 신선한 비린내가 느껴졌다. 헐떡이는 소리가 대나무 방망이처럼 단속적으로 그 신선한 비린내를 때렸다. 햇빛이 창문을 통해 빠른 걸음으로 아주 격렬하게 걸어 들어왔다. 시간은 한 마리 매처럼 날아가버렸다.

그가 말했다.

"어디로 시집가도 좋지만 산싱촌으로는 절대 시집오지 말아요. 산싱촌에는 마흔 살 넘게 사는 사람이 없거든요."

그가 말했다.

"하지만 링인거 수로가 개통되기만 하면 우리 산싱촌 사람들도 누님네 마을처럼 일흔이나 여든까지 살 수 있을 거예요."

그가 말했다.

"눈썹 위에 난 사마귀가 정말 예쁘네요."

그가 또 말했다.

"앞으로 누님이 보고 싶으면 빈손으로 또 보러 와도 될까요?"

그가 또 말했다.

"전 그럼 이 갈대 한 다발을 메고 가볼게요."

그녀가 그를 대문 밖까지 그리고 다시 마을 어귀까지 배웅했다. 모퉁이를 돌아 자기 마을로 가는 것 같던 그가 이내 다시 갈대를 메고 돌아와 그녀 앞에 섰다.

"조금 전에 뭐라고 했죠? 누님네 마을에서는 토지를 집집마다 분배했다고 했나요?"

그녀가 말했다.

"그래요. 집집마다 모두 장사를 할 수도 있지요."

그는 멍한 눈빛으로 그녀의 얼굴을 쳐다보면서 한참 동안 말이 없었다.

그녀가 말했다.

"그렇게 뚫어지게 쳐다보지 말아요. 민망하잖아요."

그가 말했다.

"집무시장에 가서 뭐든지 사고 팔 수도 있나요?"

그녀가 말했다.

"세상이 변했어요. 아저씨는 어째서 아무것도 모르고 있는 거예요?"

그가 물었다.

"사람의 피부도 팔 수 있나요?"

그녀가 눈을 가늘게 뜨고 그를 쳐다보면서 말했다.

"뭐라고요? 사람의 피부라고요?"

그가 말했다.

"아니에요. 며칠 뒤에 다시 누님을 보러 올게요."

그러고는 갈대 다발을 등에 지고 자리를 떴다. 검은 갈대

꽃 부스러기가 햇빛을 받으며 허공에 날렸다. 그리고 갈대 다발이 흔들리면서 풍기는 하얗고 퀴퀴한 냄새가 우수수 그의 등 뒤로 흩날렸다.

4

갈대 관은 어머니의 침대 아래서 짜여졌다. 그날은 진눈깨비가 내려 공사 현장의 바위들이 물고기처럼 미끄러웠다. 때문에 마을 사람들 모두 휴식을 취했다. 쓰마네 형제들은 갈대를 다듬고 물을 뿌렸다. 공사 현장 가장자리에서는 돌이 이리저리 굴러다녔다. 갈대 줄기가 가늘고 흰 국수 면발 같았다. 유백색 달콤한 냄새가 갈대 줄기 사이에서 풍겨 나왔다. 어머니의 작은 방에는 좁쌀 밥 같은 누런 갈대 향기가 가득했다. 날이 어두워졌을 때쯤에는 관 밑바닥이 완성되어 있었다. '인(人)' 자형으로 너비가 두 자, 길이가 여섯 자였다. 관 바닥에는 네모난 나무틀을 깔았다. 미지근한 물 몇 모금을 입에 머금어 갈대 위에 뿌리자 갈대 줄기 하나하나가 더욱 부드럽고 질겨졌다. 이렇게 갈대 관이 그럴듯한 모양을 드러냈다.

18장

요한이 필라델피아 교회에 보낸 편지:

"필라델피아 교회의 사자에게 편지하라. 거룩하고 진실하사 다윗의 열쇠를 가지신 이, 곧 열면 닫을 사람이 없고 닫으면 열 사람이 없는 그가 이르시되, 네가 나의 인내의 말씀을 지켰은즉 내가 또한 너를 지켜 시험의 때를 면하게 하리니 이는 장차 온 세상에 임하여 땅에 거하는 자들을 시험할 때라."

"엿 같은 말 몇 마디 하겠습니다. 어렵게 시장이 개방되고 교화원에서도 또다시 사람 피부를 사들이기로 했는데 여러분은 피부를 팔지 않겠다고 하니, 그렇다면 대체 뭘 팔겠다는 겁니까? 링인거 수로 20리의 바닥과 양쪽 가장자리를 시멘트로 바르지 않아도 된단 말입니까? 뒤쪽의 10리 남짓 되는 산길에 폭약을 사용하지 않아도 된단 말인가요? 어제 교화원에서 내 눈으로 직접 봤습니다. 배가 까맣게 탄 사람도 있었는데 다른 사람이 다리 피부를 팔아 그의 배에 이식하더군요. 손바닥만 한 크기였는데 가격을 물어보니 천 위안이라고 했습니다. 염병할, 천 위안에서 한 푼도 깎지 않고 10위안짜리 빳빳한 신권 지폐를 꺼내 피부를 판 사람에게 건네더라고요. 돈 다발은 은행의 봉인도 풀지 않은 상태였습니다. 다들 얘기를 해보세요. 여러분의 아버지들 중에 피부를 팔지 않은 사람이 있습니까? 여러분의 할아버지들 가운데 피부를 팔지 않은 사람이 있나요? 우리 산싱촌이 없었다면 교화원의 병원은 진즉에 문을 닫았을지도 모릅니다. 지금은 시장이 개방되고 피부를 팔 수 있게 되었는데도 여러분은 전부 겁쟁이 잡종들이 되었군요. 사람이 어떤 존재입니까? 사람은 가축이나 마찬가지예요. 사람의 피부는 나무껍질과 마찬가지로 한 조각을 떼어내면 다시 한 조각이 자라는 겁니다. 참죽나무, 백양나무, 오동나무, 느릅나무, 쥐엄나무, 홰나무 할 것 없이 어떤 나무든 껍질을 베어내면 다시 자라지 않나요? 게다가 절개하는 부위도 허벅지라서 흉터가 생기더라도 바지로 충분히 가릴 수 있어요. 수로 준설 공사는 이제 5분의 3이 완성됐는데 관은 전부 팔아버렸고 집집마다 처녀들이 시집갈 때 혼수도 가져가지 못하게 하고 있습니다. 그런데 지금 피부 조금 떼어 파는 게 그렇게도 겁이 난단 말입니까? 먼저 이 쓰마란의 허벅지 피부부터 팔겠습니다. 세 사람이 갈 거라고 말해주었는데 나머지 두 사람은 누군가요? 누가 가겠습니까? 지난 10여 년 동안 우리 산싱촌 사람들은 처음으로 대를 이어 피부를 팔아왔습니다. 기회를 놓쳐선 안 됩니다. 때는 다시 오지 않는 법이에요. 지금이 천재일우의 좋은 기회란 말입니다. 세 명이 가겠다고 말해뒀으니 반드시 세 명이 가야 합니다. 신뢰를 잃으면 앞으로 우리와 거래를 하지 않을 거예요. 이런 조상 팔대까지 염병할 사람들 같으니라고! 나랑 같이 갈 두 사람이 누군가요? 오늘 내가 촌장으로서 선포하는데, 피부를 파는 것은 빌어먹을 남자들 누구도 피할 수 없는 일입니다. 내일은 우리 형제 셋이 가겠습니다. 다음번에 여러분 차례가 되어서도 이렇게 눈치만 보면서 나서지 않으면 밧줄로 묶어서라도 여러분을 교화원으로 데리고 갈 겁니다. 나를 화나게 하면 여러분의 아내를 성도나 지우두로 보내 인육 장사라도 하게 할 겁니다. 과부들도 예외 없이 인육 장사에 나서야 할 겁니다!"

19장

요한이 라오디게아 교회에 보낸 편지:

"라오디게아 교회의 사자에게 편지하라. 아멘이시요 충성
되고 참된 증인이시요 하나님의 창조의 근본이신 이가 이르
시되, 볼지어다. 내가 문밖에 서서 두드리노니 누구든 내 음
성을 듣고 문을 열면 내가 그에게로 들어가 그와 더불어 먹고
그는 나와 더불어 먹으리라. 이기는 그에게는 내가 내 보좌에
함께 앉게 하여주기를 내가 이기고 아버지 보좌에 함께 앉은
것과 같이 하리라."

1

교화원의 화상과(火傷科) 환자들은 대부분 거동이 가능한 사람들이었다. 그들은 수십 년 전에 일본인이 지은 병실을 이리저리 오가고 있었다. 햇빛이 그들의 새하얀 거즈 위로 벌이나 나비 떼처럼 모여들었다. 새로 온 환자는 없었다. 이곳은 언제나 바람이 잔잔하고 조용했다. 대단히 평온하고 조용한 곳이었다. 쓰마란은 사흘 전에 현성에 폭약을 사러 갔다가 폭약 창고 관리인에게서 청관진(城關鎭)의 진장이 사람들을 데리고 저수지로 가서 폭약을 이용해 물고기를 잡다가 다른 두 사람과 함께 부상을 당했다는 이야기를 듣게 되었다.

"부상당한 사람들은 피부를 이식했나요?"

"그건 교화원에 가서 물어보세요."

재빨리 교화원으로 달려가 물어보니 교화원 의사는 그들 모두 2도 반의 화상을 입었기 때문에 당연히 피부이식이 필요하다고 말했다. 피부는 환자 본인들의 허벅지에서 떼어내거나 다른 사람의 허벅지 피부를 구매해서 사용해야 하는데 나중에 그 비용을 정산해주게 될지는 상황을 보고 결정해야 한다고 말했다. 사람의 피부는 금값과 같아 팔려는 사람은 어떻게든 속임수를 써서 흥정에 나서기 때문에 그 금액을 정산해서 지원받지 못한다면 누가 피부를 살 수 있단 말인가?

진장은 경도 화상이었지만 운이 안 좋아 왼쪽 얼굴에 상처를 입고 말았다. 나이가 이제 서른아홉밖에 되지 않았는데 피부 이식을 하지 않으면 얼굴 반쪽에 붉은 흉터가 남을 수밖에 없었다. 이리하여 쓰마란이 진장을 찾아갔다.

"맙소사, 폭발로 이렇게 되셨군요. 아무래도 피부이식을 하셔야 할 것 같습니다."

진장이 말했다.

"모레 세 사람이 함께 오도록 하세요. 정산 처리가 가능하면 우리 셋 모두 피부를 이식할 생각이니까요."

쓰마란은 약속한 날짜에 맞춰 다시 진장을 찾아갔다. 교화원에 막 도착했을 때는 마침 정오라 의사는 식사하러 식당에 가고 환자 가족들은 처마 아래서 밥을 짓고 있었다. 그는 쓰마후와 마을 사람을 교화원 입구에서 기다리게 하고, 자신은 3호 병실로 진장을 찾아갔다. 그는 진장인 데다 또 교화원이 청관진 관할 지역 안에 자리 잡고 있었기 때문에 자연히 특별하고 요란한 대우를 받았다. 병실을 혼자 사용하는 것은 물론이고, 병상에는 다른 환자들에 비해 요를 하나 더 깔아주었고 덮개도 새것이었다. 게다가 가족들은 의사와 마찬가지로 식당에 가서 병원이 비용을 보조해주는 식사를 할 수 있었다. 쓰마란이 병실에 들어섰을 때 진장의 가족들은 그 자리에 없었다. 간호사 하나가 식당에서 가져온 진장의 식사를 침상 앞으로 들고 가 진장에게 먹여주려는 순간, 쓰마란이 침상 앞으로 다가서며 말했다.

"다들 왔습니다."

진장이 일어나 앉아 얼굴에 둘둘 감은 흰 거즈를 손으로 밀어 올리며 말했다.

"가격을 말해보세요."

그러면서 침대맡에서 사과를 하나 꺼내 쓰마란에게 건넸다. 이때 쓰마란은 이미 충분히 촌장의 풍모를 갖추고 있었고 계산과 판단도 빨랐다. 그는 상대방에게 약점을 잡혔다가는 가격을 올리기 어렵다는 것을 잘 알고 있었다.

"음, 가격이 정해지면 목욕탕에 가서 좀 씻어야 할 것 같습니다. 집무시장에도 들렀다가 내일 서둘러 공사 현장으로 돌아가야 합니다."

진장이 간호사에게 물었다.

"과거에 교화원에서 피부를 살 때 센티미터로 계산했습니까 아니면 치로 계산했습니까?"

간호사는 마흔이 조금 넘어 보였고 몹시 야윈 체구였다. 흰 가운에는 먹물이 잔뜩 묻어 있었다. 간호사가 대답했다.

"센티미터로 계산하나 치로 계산하나 마찬가집니다. 물건을 살 때 근으로 계산하나 냥(兩)으로 계산하나 마찬가진인 것과 같지요. 많이 살 때는 치로 계산하고 적게 살 때는 센티미터로 계산하면 됩니다."

진장이 말했다.

"가로세로 한 치에 얼마나 합니까?"

간호사가 말했다.

"최근 10여 년 동안 피부를 판 사람이 없어서 확실한 가격을 말하기가 어려운 실정입니다."

진장이 쓰마란을 쳐다보면서 말했다.

"당신이 한번 얘기해봐요."

누군가 지나가다가 문틈으로 안을 들여다보았다. 쓰마란은 그가 쓰마후임을 알아보았다. 밖에서 초조하게 기다리다 참지 못하고 병실 문을 하나하나 열어보면서 자신을 찾고 있는 것이었다. 그가 문밖을 내다보다가 다시 고개를 돌리며 물었다.

"진장님, 기관에서 공금으로 정산 처리를 해주는 걸로 얘기가 되어 있지 않습니까?"

진장이 말했다.

"기관에서 정산 처리를 해줄지 말지는 신경 쓰지 말아요."

쓰마란이 말했다.

"이건 다른 물건이 아니라 사람의 피부입니다. 한 치에 천위안으로 하시죠."

진장이 눈을 부릅뜨고 말했다.

"얼마요?"

쓰마란이 말했다.

"천 위안이요."

진장이 가볍게 웃었다. 얼굴에 통증이 밀려와 웃다 말고 갑자기 웃음을 거두면서 말을 받았다.

"어찌 됐든 당신도 촌장이니까 천 위안이 얼마나 큰 돈인지는 알 거 아니오? 농촌에서는 방 세 칸짜리 기와집을 지을 수 있는 돈이란 말이오. 이런 식으로 하면 농민들은 진즉에 전부 부자가 됐겠네요. 한 치에 천 위안이면 열 치에 만 위안이니 다들 큰 부자가 되지 않겠소?"

쓰마란이 생각해보니 한 치에 천 위안은 확실히 너무 비싼 것 같다는 생각에 조금 깎았다.

"그럼 800위안으로 하지요."

진장은 말이 없었다. 얼굴을 싸고 있는 거즈 사이로 드러난 두 눈으로 갈대를 엮어 만든 병실의 가림막을 바라보고 있었다. 시간이 고여서 갇힌 물처럼 흐름의 흔적이 전혀 보이지 않았다.

쓰마란이 초조하게 답을 기다리다가 말했다.

"안 되면 500위안으로 하세요."

진장은 여전히 말이 없었다.

간호사가 말했다.

"400위안도 비쌉니다."

쓰마란이 말했다.

"그럼 350위안으로 하지요."

간호사가 말했다.

"그래도 비싸요."

쓰마란이 말했다.

"안 비싸요. 사람의 피부라고요. 베어낼 때 얼마나 아픈데 그래요."

간호사가 말했다.

"마취 주사를 놓잖아요. 마취 비용을 따로 요구하는 것도 아니고요."

쓰마란이 말했다.

"그럼 300위안으로 합시다. 그 이하로는 절대 안 됩니다."

간호사가 진장을 쳐다보았다. 진장이 갈대 가림막에서 시선을 거두며 단호하게 말했다.

"200위안으로 합시다."

쓰마란이 의자에서 일어서며 말했다.

"그럼 우리는 팔지 않는 걸로 하겠습니다."

진장이 말했다.

"안 파실 거면 그만 가세요."

쓰마란은 결연한 태도로 병실을 나왔다. 그는 자신이 문가에 도달하기도 전에 틀림없이 진장이 다시 자신을 부를 거라고 생각했다. 그가 지금까지 진에 와서 물건을 살 때도 항상 그랬었다. 흥정이 잘 되지 않을 때 먼저 자리를 뜨려고 하면 물건 파는 사람이 그를 다시 불러 세우곤 했다. 하지만 오늘은 그가 파는 쪽이었다. 오늘도 그는 의연하게 자리에서 일어나 병실을 나서기 위해 걸음을 옮기기 시작했다. 걸음을 옮길 때마다 진장이 자신을 불러주길 기다렸지만 진장은 황금처럼 귀중한 입을 열지 않았다. 밖으로 나와 병실 앞에 서는 순간, 남쪽에서 비쳐 오는 해가 그의 정수리 위로 암갈색 빛을 쏟아냈다. 창문을 통해 병실 안을 들여다보니 진장은 다시 그릇을 들고 식사를 계속하고 있었다. 이런 모습에 그는 긴 한숨을 내쉬고는 다시 병실 문을 밀어젖히는 수밖에 없었다. 그가 진장에게 말했다.

"가로세로 한 치에 200위안으로 하겠습니다. 기왕에 어렵사리 여기까지 왔는데 그냥 돌아갈 수야 없지요."

진장이 말했다.

"물건을 팔 때는 박리다매를 해야 하는 법입니다."

병실을 나와 교화원 입구로 돌아오니 루와 후 그리고 들것을 들고 온 사람들이 멀리서 쓰마란을 보고는 벌 떼처럼 달려들어 물었다.

"가격은 잘 이야기했어?"

그가 말했다.

"얘기는 잘됐어."

그들이 물었다.

"한 치에 얼마를 받기로 했어?"

그가 대답했다.

"한 치에 200위안."

사람들이 일시에 숙연해졌다. 황혼 직전에 하늘에서 내리는 적막 같았다. 사람들은 서로의 얼굴만 쳐다볼 뿐, 말을 잇지 못했다. 눈앞에 펼쳐진 모래톱을 흐르는 물소리가 너무나 아름답고 듣기 좋았다. 교화원 문 앞 길가의 철제 울타리가 쳐진 음식점에서 음식 볶는 소리가 사람들의 심장과 폐부를 파고들었다. 눈 깜짝할 사이 적막이 지나가고 얼음이 깨져 물이 땅 위로 넘치는 것처럼 사람들의 말소리가 폭발하기 시작했다.

"염병할, 가로세로 한 치에 200위안이라니!"

"우리가 팔려는 건 돼지가죽이 아니라 사람 피부라고!"

"십 몇 년 전에 란바이수이는 한 치에 500위안을 받고 팔았는데 지금은 200위안밖에 안 되다니! 당시에는 계란 한 개에 2편이었지만 지금은 한 개에 2마오나 한단 말이야."

쓰마후가 길가의 나무를 향해 발길질을 한 번 하고는 바닥에 쪼그려 앉으며 말했다.

"넷째 형, 팔려면 형이나 팔아. 나는 200위안에는 절대 못 팔겠으니까."

쓰마란이 소리쳤다.

"팔지 않으면 수로 공사를 중단하겠다는 거야? 수로를 준설하지 않으면, 염병할, 서른일곱이나 여덟이 되면 사람이 하나씩 죽어나갈 텐데, 그때가 되면 피부값이 1펀이나 나갈 것 같아?"

여기까지 말하자 사람들은 그의 말 속에 담긴 이치를 깨닫게 되었다. 죽고 나면 허벅지 피부가 1펀의 가치도 없게 된다는 것이다. 그리하여 모두들 기왕 여기까지 왔으니 1위안이든 10위안이든 파는 게 낫겠다고 말했다. 쓰마루는 옆에서 한마디도 하지 않았다.

쓰마후가 벌떡 일어서며 말했다.

"파는 거야 문제없지만, 해가 머리 꼭대기에 와 있으니 저들이 우리한테 한 끼 식사는 제공해야 하는 거 아닌가. 다들 음식점에 가서 제대로 한 끼 먹자고."

이에 모두들 고개를 들어 하늘을 바라보았다. 구름은 희고 하늘은 높았다. 찬란한 황금빛 동그라미가 교화원 상공에 걸려 교화원을 나른하게 비추고 있었다. 음식점에 가서 한 끼 제대로 먹을 수 있다면 이는 두말할 것도 없이 좋은 일이었다. 이런 생각에 모두들 서로에게 물었다.

"누가 가서 진장이랑 얘기하지?"

쓰마후가 말했다.

"내가 갈게."

그가 큰 걸음으로 진장의 병실로 향했다. 땅 위의 햇빛을 따라 걷는 것이 마치 매끄러운 노란색 천을 따라 걷는 것 같았다. 15분도 채 되지 않아 쓰마후가 미소가 가득한 얼굴로 병실을 나왔다. 조금 전에 진장을 도와 가격을 흥정하던 간호사가 뒤따라 나왔다. 멀리 서 있는 마을 사람들을 바라보며 쓰마후가 소리쳤다.

"넷째 형, 마을 사람들을 데리고 와. 다들 설날처럼 멋지게 먹어보자."

이렇게 외치는 쓰마후의 얼굴에 걸린 미소가 잘 익은 홍시 같았다. 그의 얼굴에서 떨어진 맛있고 달콤한 향기가 땅을 온통 붉게 물들였다.

2

쓰마란이 동생 둘과 마을 사람 다섯을 데리고 음식점에 도착했다. 음식점 건물은 교화원 서문 부근에 있는 방 세 칸짜리 기와집이었다. 한 칸은 음식을 만드는 주방으로 사용하고 있고 두 칸은 손님들을 받는 접대 공간으로 사용하고 있었다. 음식점 안으로 들어서자 간호사가 말했다.

"진장님께서 여러분들 원하는 대로 마음껏 드시라고 하셨습니다. 피부를 파는 분은 두 가지, 피부를 팔지 않는 분은 한 가지 음식을 주문하실 수 있지요."

이리하여 모두들 팔선탁(八仙卓)에 둘러앉았다. 쓰마란은 고추고기채볶음과 고기채콩깍지볶음을 주문했다. 쉰이 넘어 보이는 뚱뚱한 주인이 쓰마루에게 무얼 주문할 건지 물었다. 쓰마루가 처연한 어투로 말했다.

"저는 고기와 계란을 먹고 싶군요. 고기계란볶음 한 접시 주세요."

산싱촌 사람들에게 그다지 큰 관심을 보이지 않던 음식점 주인이 그들의 옷차림을 살펴보았다. 계절이 이미 가을로 들어섰는데도 그들은 여전히 흰색 홑옷 차림이었다. 옷은 흰색이지만 온통 벌겋고 누런 흙먼지로 뒤덮여 있었다. 사람들의 옷깃이 하나같이 머리를 밀 때 쓰는 면도칼을 닦는 천처럼 반질반질했고 땀내가 고약하게 풍겨 음식 냄새를 압도했다. 그래서 먼저 그들을 약간 깔보는 투로 말했다.

"고기계란볶음이라는 음식은 들어본 적이 없으니 다른 걸 주문하도록 하세요."

성격이 좋은 간호사가 재빨리 나서서 상황을 수습하며 말했다.

"그럼 계란볶음 한 접시랑 구육(扣肉)* 한 접시 주세요."

그러자 다들 맞장구를 쳤다.

"맞아요. 구육을 만들어주세요."

두거우거우(杜狗狗)의 아들 녀석이 쓰마란에게 물었다.

"촌장님, 흰 살이 맛있어요, 아니면 붉은 살이 맛있어요?"

쓰마란이 말했다.

"당연히 흰 살이 맛있지. 흰 살은 기름이 많지만 붉은 살은 좀 퍽퍽하고 밋밋하거든. 흰 살은 맛이 좋지만 붉은 살은 아무래도 좀 아쉽지."

두거우거우가 말했다.

"저는 피부를 팔지 않을 거니까 비계가 많은 고기로 한 접시 먹겠습니다."

음식점 주인이 말했다.

"비계 많은 고기를 어떻게 해드릴까요?"

거우거우가 말했다.

"그냥 비계가 많은 고기면 되지 왜 그런 걸 다 묻는 거요?"

음식점 주인이 말했다.

"물에 삶아드릴까요, 아니면 그냥 길게 잘라드릴까요? 그

* 저민 고기를 양념과 함께 찐 음식.

것도 아니면 갓을 잘라 넣고 함께 버무려드릴까요, 아니면
마늘에 버무려드릴까요?"

거우거우가 어떤 조리법으로 주문해야 좋을지 몰라 눈을
크게 뜨고 두루뭉실하게 대답했다.

"그냥 맛있고 양 많은 걸로 알아서 한 접시 갖다주세요."

음식점 주인이 주문서에 뭐라고 몇 자 적었다. 쓰마후가
주문할 차례가 되었다.

간호사가 말했다.

"육류가 충분할 테니까 채소 요리로 두 가지 주문하시지요."

쓰마후가 말했다.

"다들 기름진 음식을 주문해놓고 나만 채소 요리를 주문
하란 말입니까? 나도 피부를 팔 거란 말이에요."

간호사가 말했다.

"그럼 마음대로 주문하세요."

쓰마후가 말했다.

"통닭구이 한 마리 주세요."

음식점 주인이 받아 적었다.

쓰마후가 말했다.

"나머지 한 가지도 통닭구이로 주세요."

간호사가 말했다.

"다 드실 수 있겠습니까?"

쓰마후가 말했다.

"피부를 가로세로 한 치에 200위안에 팔기로 한 판인데, 다 못 먹으면 싸가지고 가면 되지요."

이렇게 음식 주문이 끝났다. 마지막으로 간호사는 푸른 채소 한 접시와 갈비 1인분을 주문했다. 조리사가 주방에서 고기를 썰고 익히는 동안 그들은 말없이 앉아 기다렸다. 간호사가 사람들에게 담배를 한 개비씩 건네며 말했다.

"피워보세요. 외국에서 수입한 담배입니다. 돈이 있다 해도 이곳 현성에서조차 사기 힘든 물건입니다."

담배를 피우는 사람이나 피우지 않는 사람이나 모두 한 개비씩 받아 담배에 새겨진 글자를 살펴보았다. 정말로 중국의 문자와는 어딘가 조금 달라 보였다. 가로세로로 곧게 그은 것이 아니라 구불구불한 것이 벌레가 기어가는 것 같았다.

쓰마후가 말했다.

"염병할, 외국 글자가 꼭 산속에 난 길 같군."

그러고는 다시 물었다.

"이 담배는 한 갑에 얼마나 합니까?"

"의사 선생님 말로는 환자가 치료가 무사히 끝나자 감사의 표시로 선물한 거랍니다. 한 개비에 4마오라고 하더군요."

모두들 약속이나 한 듯이 일제히 탄성을 내뱉고 나서 말을 이었다.

"담배 한 개비가 계란 두 개 값이군."

그러고는 또 약속이나 한 듯이 모두들 담배를 조심스럽게 주머니 안에 집어넣었다. 쓰마란만 곧장 음식점 주인에게서 불을 빌려 담배에 불을 붙였다.

주문한 음식이 나오기 시작했다. 음식이 나올 때마다 모두들 맹수처럼 달려들어 맛있게 먹었다. 음식 한 접시가 젓가락질 몇 번에 금세 바닥을 드러냈다. 병원 벽처럼 깨끗하게 비워졌다. 여덟 번째 음식인 삶은 비계가 상에 오르고서야 젓가락질이 느려지기 시작하는 것을 보고 놀란 간호사의 눈이 휘둥그레졌다.

쓰마란이 말했다.

"비웃지 마세요, 간호사 선생. 우리 산싱촌 사람들은 이렇습니다."

간호사는 아니라고 하면서 한 가지 일화를 얘기했다.

"화상학교를 졸업하던 해에 이곳 병원으로 배정받아 왔습니다. 그때도 이 집에서 피부를 팔러 온 사람과 식사를 하게 되었지요. 그 사람은 단숨에 삶은 비계를 세 그릇이나 먹어치웠습니다."

쓰마란이 말했다.

"어떤 사람이었나요?"

간호사가 말했다.

"키가 크지 않고 얼굴이 뾰족한 사람이었어요."

마을 사람들이 모두 웃으며 말했다.

"우리 마을의 옛 촌장님이군요. 존함이 란바이수이지요."

간호사가 물었다.

"그분은 왜 안 왔나요?"

마을 사람들이 대답했다.

"진즉에 돌아가셨지요. 돌아가신 지 몇 년 됐습니다. 뼈도 이미 재가 되었을 겁니다."

간호사가 한참이나 멍한 표정을 짓다가 입을 열었다.

"나이가 그렇게 많지 않으셨던 것 같은데요. 저보다 겨우 두 살 많았던 것 같습니다."

마을 사람들이 말했다.

"서른여덟까지 살았으면 충분히 장수한 셈이지요."

간호사는 더욱더 어리둥절했지만 문득 머릿속에 뭔가 떠올랐는지 이마를 탁 치면서 웃는 얼굴로 말했다.

"여러분들이 바러우산의 산싱촌 분들이라는 걸 깜빡했군요."

이때 통닭구이 두 마리가 상에 올랐다. 통닭구이는 이 음식점에서 조리한 것이 아니라 밖에서 사 온 것을 썰기만 해서 상에 올린 것이었다. 하지만 마을 사람들은 이미 배불리 먹은 뒤였다. 한 사람이 적어도 흰 밀가루 만터우를 세 개 넘게 먹은 상태에서도 커다란 쟁반 두 개에 담긴 통닭구이를 한 조각씩 집어 입에 넣었다. 확실히 맛은 있었지만 안타깝게도 배가 매우 불렀다.

쓰마후가 말했다.

"이건 내가 주문한 음식이니 다들 먹지 못하면 내가 싸가도록 할게."

마을 사람 하나가 말했다.

"쓰마후 이 녀석은 항상 마음이 쩨쩨하고 바르지 못하다니까. 애당초 통닭구이를 싸갈 심산이었던 거야."

쓰마후가 말했다.

"가져가고 싶으면 가져가요. 잠시 후에 여러분들 피부를 떼어내게 될 테니까요."

놀란 마을 사람들이 얼른 입을 다물었다가 이내 다시 웃기 시작했다.

3

음식점에서 나오니 해는 이미 서쪽으로 확연하게 기울어 찬란한 황금빛 속에 담홍빛이 연하게 번지고 있었다. 간호사가 계산을 하고 나오자 쓰마란이 물었다.

415

"얼마나 나왔어요?"

간호사가 98위안이라고 말해주었다. 쓰마후가 놀라움을 금치 못하며 말했다.

"100위안도 안 나왔단 말이에요? 정말 말도 안 되게 싸네요."

간호사가 말했다.

"시대가 예전과 많이 달라졌습니다. 고기가 싸고 채소가 오히려 비싸지요."

마을 사람들은 어떻게 채소가 고기보다 비싼지 이해가 되지 않아 서로 얼굴만 쳐다볼 뿐, 아무 말도 하지 않았다. 쓰마후가 손에 든 닭고기를 쳐다보며 후회하듯 말했다.

"꿩고기로 달라고 할 걸 그랬네."

병원 옆문에 도착해보니 마침 의사들이 출근하는 시간이었다.

쓰마란이 물었다.

"우리는 어디 가서 목욕을 하나요?"

간호사가 말했다.

"씻을 필요 없어요. 에틸알코올을 많이 써서 소독하면 됩니다."

쓰마란이 말했다.

"씻을 필요가 없다니 더 잘됐네요."

병원 수술실 문 앞에 도착한 그들은 긴 의자로 안내되어 기다리기 시작했다. 의사들이 모두 출근하여 흰 가운으로 갈아입은 다음 쓰마씨 형제들을 하나하나 불러 피부검사와 채혈을 진행했다. 햇빛이 유리창으로 스며들어와 부드러움과 따뜻함을 더해주었다. 의사와 간호사, 환자, 구경꾼들의 얼굴에 모두 옅은 빛이 비쳤다. 산싱춘 사람들의 얼굴만 약간 창백했다. 쓰마란과 쓰마루, 쓰마후 세 형제가 비쩍 마른 간호사를 따라 피부검사실을 나왔다. 다들 엄지손가락으로 손목을 누르고 있었다. 엄지손가락 아래로 솜이 드러났다. 그들이 피부검사실 문 앞에 섰다. 마을 사람이 복도 저쪽에서 걸어오며 물었다.

"합격했어?"

쓰마란이 말했다.

"조금 더 있어봐야 알아."

쓰마후가 말했다.

"통과 안 되면 당신들 피부를 팔면 되지. 우리 형제들이 팔기 싫어서 그러는 것도 아니니까 말이야."

마을 사람은 대꾸하지 않았다. 피부검사실에서 탁자를 두드리는 소리가 들렸다. 그 소리를 듣고 비쩍 마른 간호사가 안으로 들어가더니 붉은색과 푸른색이 섞인 명세서 세 장을 꺼내 와 먼저 한 장을 쓰마란에게 건넸다.

쓰마란이 명세서 위로 눈길을 던졌다.

"합격한 거지요?"

"네, 합격했습니다."

"합격했으면 됐지요 뭐."

쓰마루가 앞으로 한 걸음 다가가 걱정스러운 표정으로 물었다.

"저도 합격인가요?"

간호사가 말했다.

"세 분은 친형제니까 한 명이 합격이면 다른 분들도 전부 합격이에요."

이 말을 들은 쓰마루의 얼굴에서 서서히 핏기가 사라지면서 쌀알만 한 땀방울이 맺혔다.

쓰마란이 말했다.

"다섯째야, 왜 그래?"

쓰마루가 말했다.

"좀 어지러운 것 같아."

그러고는 손으로 머리를 짚으며 벽에 몸을 기댔다. 몸에 서서히 힘이 풀리면서 복도에 쓰러진 그는 한순간에 의식을 잃고 말았다. 갑자기 당황한 산싱촌 사람들이 한목소리로 소리쳤다.

"의사 선생님! 사람 좀 살려주세요, 선생님."

의사 두 명이 달려와 사람들을 비키게 한 다음 쓰마루를 복도 통풍구 쪽으로 들어 옮겼다. 의사가 손을 인중에 대고 가볍게 누르자 콩알만 한 시간에 쓰마루가 깨어났다. 비 오듯 흐른 땀이 얼굴 위에서 흩어지지 않고 남아 있을 뿐이었다.

쓰마란이 물었다.

"제 동생에게 무슨 병이 생긴 건가요?"

의사가 말했다.

"병이 아니라 그냥 놀란 겁니다."

쓰마란이 말했다.

"한심한 놈! 산싱촌 사람으로 태어나 피부 좀 잘라 파는 걸 두려워하다니 어떻게 남자라고 할 수 있겠나? 다섯째야, 너는 여기 누워서 바람 좀 쐬고 있도록 해라. 수술실에는 들어올 필요 없어. 나랑 여섯째가 허벅지 피부를 조금씩 더 잘라내면 돼."

쓰마루가 바닥에서 힘겹게 몸을 일으키며 말했다.

"나는 괜찮아. 여섯째는 여기 남아 있게 하자고. 여섯째는 아직 어리니 피부를 잘라내는 일은 우리 둘이 해야지."

쓰마후가 말했다.

"형은 가만히 있어. 얼굴에 땀 좀 봐. 허벅지 피부 조금 잘라내는 것가지고 뭘 그렇게 겁을 내는 거야."

그러고는 넷째 형 쓰마란과 함께 복도 맞은편의 수술실로 걸어갔다.

교화원의 수술실은 네 칸의 방이 서로 연결되어 있었다. 문을 하나 열고 들어가면 이어진 방 네 개가 나왔다. 동쪽 방 두 칸은 화상 환자를 위한 수술실이고 서쪽 방 두 칸은 피부 판매자를 위한 수술실이었다. 병원의 전문용어로 동쪽 수술실은 피부이식실, 서쪽 수술실은 피부절개실이라고 불렸다. 진장과 그의 부하 직원인 두 명의 화상 환자는 이미 피부이식실로 옮겨져 화상 부위의 거즈를 모두 제거하고 약물 소독을 마친 뒤 쓸쓸한 기분으로 서쪽 피부절개실에서 쓰마씨 형제의 피부를 자신들의 몸에 이식해주기를 기다리고 있었다. 수술실로 들어선 쓰마란과 쓰마후의 눈에 수술대에 누워 있는 진장의 모습이 들어왔다. 누군가 와서 안마해주기를 기다리는 사람처럼 얼굴에는 편안함이 묻어났다. 그때 누군가 동쪽 피부이식실에서 걸어 나왔다. 손에는 네 장의 흰 천 조각이 들려 있었다. 각 천 조각마다 지도를 그려놓은 듯이 감나무잎과 참죽나무잎, 느릅나무잎 모양의 기이한 도안이 그려져 있었다.

쓰마란이 물었다.

"이게 뭔가요?"

의사가 대답했다.

"절개할 피부의 모양입니다. 두 분의 몸에서 절개할 피부의 크기와 형태도 이것과 크게 다르지 않을 겁니다. 하나하나가 화상 환자의 상처 부위와 딱 맞지요."

쓰마란이 말했다.

"한나절을 고생했는데 네 조각이 이렇게 작단 말인가요?"

의사가 놀란 표정으로 말했다.

"이 정도면 작지 않은 크기입니다. 대체 얼마나 절개하고
싶으신 건가요?"

쓰마란이 말했다.

"여섯째야, 나 혼자 피부를 팔아도 될 것 같구나. 너까지 고
생할 필요 없다."

의사가 말했다.

"한 사람의 피부를 잘라내는 것으로는 어렵습니다. 가로세
로 여섯 치나 되거든요."

쓰마란이 말했다.

"괜찮습니다. 손바닥보다 별로 크지도 않은데요 뭘."

쓰마후가 말했다.

"넷째 형, 그럼 형 다리에서 전부 잘라내도록 해. 형은 촌장
인 데다 한사코 내가 피부를 팔지 못하게 하는 건 형이니까 말
이야. 아플 것이 겁나서 하는 말은 절대 아니야."

쓰마란이 말했다.

"너는 그만 가봐."

쓰마후가 피부절개실을 나왔다.

"빌어먹을 손바닥만 한 피부 팔겠다고 한나절을 허비했네. 넷째 형이 한사코 내가 내려가지 않으면 안 된다고 우기지 않았으면 수술대에 오를 뻔했잖아."

이렇게 말하면서 그는 마을 사람들과 함께 피부절개실 창문 앞을 에워쌌다.

피부절개실은 채광이 대단히 좋았다. 유리를 통해 쏟아져 들어온 햇빛이 하얀 석회벽을 비추는 덕분에 수술실 전체가 아주 환했다. 쓰마란이 들어와 수술대 위에 엎드렸다.

의사가 물었다.

"어느 쪽 다리의 피부를 절개할까요?"

그가 대답했다.

"왼쪽 다리로 해주세요. 아무래도 오른쪽 다리는 남겨둬야 걸을 때 편하겠지요."

의사가 말했다.

"양쪽 다리에서 골고루 절개하는 것이 가장 좋습니다. 그래야 부담이 적을 겁니다."

쓰마란이 황급히 손을 내저으며 말했다.

"한쪽 다리에서만 절개해주세요. 피부 조각 사이의 간격을 최대한 짧게 해주세요. 작은 조각을 절개하느라 큰 조각을 버리는 일은 없어야 하니까요."

의사가 말했다.

"앞으로 또 피부를 팔 생각인가요?"

쓰마란이 말했다.

"다리 피부는 나무껍질과 같습니다. 오래된 피부를 베어내면 새로운 피부가 돋아나지 않겠습니까."

이리하여 피부 절개가 시작되었다. 그의 하반신을 수술대 위에 묶고 다리에 소독약을 발랐다. 소독약을 바르고 또 발랐다. 그리고 네 개의 천 조각에 그려진 나뭇잎 도안을 오린 다음, 그의 허벅지 뒤쪽에 펜으로 도안을 따라 그렸다. 이어서 다리의 도안을 따라 마취 주사를 놓았다. 10분 남짓 지나 의사가 바늘로 허벅지를 한 번 찌르면서 물었다.

"아파요?"

쓰마란이 말했다.

"개미가 기어가는 것 같아요."

의사가 다시 다른 부위를 찌르면서 물었다.

"여기는요?"

그가 말했다.

"거기도 개미가 기어가는 것 같아요."

"시작합시다"라는 의사의 한마디에 가위의 금속성이 얼음처럼 차갑게 수술실 안을 울렸다. 비쩍 마른 간호사가 그의 앞에 앉아 아무것도 하지 않고 그와 이런저런 얘기를 주고받는 데에만 몰두했다.

간호사가 물었다.

"그쪽 마을은 토지도 분배하지 않고 소도 분배하지 않으면 농민들이 불만을 갖지 않나요?"

그가 쓰마란의 대답을 기다리지 않고 다시 농담처럼 말했다.

"사람들 말로는 바러우산 남자들은 아내를 얻기 어려워서 형제 몇 명이 한 명의 아내를 공유한다고 하더군요. 어느 집은 네 형제가 여자 하나를 공동 아내로 맞은 집도 있다더라고요. 결혼 전에는 네 사람이 차례대로 신부와 하룻밤을 지내기로 약속해놓고는 정작 결혼하는 날에는 서로 자신이 신부와 첫날밤을 보내고 싶다며 다퉜다고 하더라고요. 첫날밤에는 신부가 아직 처녀이기 때문이지요. 첫째는 내가 첫째이니 마땅히 자기가 첫날밤을 보내야 한다고 했고, 둘째는 예물을 보낼 때 자신이 가장 많은 돈을 썼으니 자신이 첫날밤을 보내는 게 마땅하다고 했지요. 셋째는 자신이 신부와 같은 해, 같은 달, 같은 날에 태어났으니 최고의 천생연분이라 당연히 자신이 첫날밤을 보내야 한다고 했고, 마지막으로 넷째 순서가 되자 그 역시 첫날밤은 누가 뭐라고 해도 자신의 몫이라고 우겼답니다. 직접 선을 본 사람이 넷째 자신이었으니 신부가 시집오리라 결정한 것도 자신이 마음에 들었기 때문이라는 논리였지요. 마지막까지 네 형제의 주장이 팽팽히 맞서

424

자 결국 형제는 아버지한테 물어 순서를 정하기로 하고 아버지를 찾아갔답니다. 아버지가 네 형제의 주장을 다 듣고 나서 말했다지요. 너희들끼리 그렇게 싸울 필요 없다. 너희들 모두 효자이니 내가 신부와 첫날밤을 보내면 되지 않겠느냐."

비쩍 마른 간호사의 우스갯소리에 수술대 옆에 있던 의사도 참지 못하고 웃음을 터뜨리고는 쓰마란에게 물었다.

"선생 마을에 정말로 이런 일이 있었습니까?"

쓰마란이 대답했다.

"우리 마을에서는 바보 멍청이도 아내를 얻을 수 있어요."

이렇게 말하는 순간 쓰마란은 허벅지 뒤쪽에서 피부가 한 조각 벗겨지는 것을 느낄 수 있었다. 먼저 칼로 허벅지에 칼집을 내고 핀셋으로 그 부분을 집은 다음 피부를 칼로 슥삭슥삭 베어나가는 것 같았다. 피부절개실 안은 비쩍 마른 간호사가 얘기하는 소리 외에는 아무 소리도 들리지 않았다. 창문을 스치는 바람 소리 같은 의사들의 억제된 숨소리까지 들을 수 있을 정도로 조용했다. 쓰마란은 칼이 피부를 절개할 때는 호흡을 억제해야 한다는 점을 잘 알고 있었다. 칼날의 방향이 조금만 비뚤어져도 살 속으로 파고들어갈 수도 있기 때문이었다. 그는 수술대 위에 엎드린 채 깨끗하게 닦인 시멘트 바닥의 검은 균열을 내려다보았다. 균열은 비쩍 마른 간호사의 의자 아래에서 시작하여 구불구불 수술대 아래로 이어졌다. 미세한 금이 실처럼 펼쳐져 있었다. 그는 자신의 다리 피부를 절개하는 의사의 기술이 대단히 훌륭하다고 생각했다. 의사는 그가 고통을 거의 느끼지 않게 하면서도 피부에 구멍 하나 내지 않았다. 그는 문득 방한용 귀마개를 만들기 위해 토끼가죽을 벗겨냈던 경험을 떠올렸다. 죽은 토끼를 대추나무에 매달고 두 사람이 양쪽에서 토끼 다리를 붙잡았는데도 가죽에 구멍을 두 개나 내고 살점도 약간 붙어 나왔었다. 그는 갑자기 고개를 돌려 의사가 어떻게 자신의 다리에서 얇은 막처럼 피부를 절개해내는지 보고 싶었다. 하지만 그가 고개를 약간 움직이자 비쩍 마른 간호사가 재빨리 그의 고개를 바로잡으며 말했다.

"움직이지 마세요. 움직이면 큰일 납니다."

그가 물었다.

"한 조각 절개했나요?"

간호사가 대답했다.

"세 조각 절개했고 마지막 한 조각 남았습니다."

그가 놀라움을 금치 못하며 물었다.

"그렇게 빨리요?"

비쩍 마른 간호사가 말했다.

"선생이 운이 좋아서 그래요. 진장에게 피부이식을 하게 됐으니까요. 진장과 우리 원장님이 각별한 사이라 오늘은 원장님께서 직접 선생의 피부를 절개하시는 겁니다."

쓰마란이 고개를 약간 기울이자 검은 가죽구두를 신고 있는 원장의 발이 보였다. 구두에는 얇은 비닐덮개가 씌워져 있고 덮개의 고무줄이 바지 위에 묶여 있었다. 쓰마란은 비쩍 마른 간호사의 지시에 따라 미동도 않고 수술대에 엎드려 토끼나 양의 가죽을 벗기는 것과는 판이하게 다른, 피부를 절개하는 소리를 듣고 있었다. 토끼나 양의 가죽을 벗기는 소리는 피가 뚝뚝 떨어지고 아주 뜨거웠으며 생경하고 비린 냄새가 딩동딩동 집 앞뒤로 흘러 다녔다. 반면에 피부를 절개하는 소리는 아주 얇은 종이 같았고 푸르스름한 흰색을 띠었으며 투명하고 얇은 얼음 같은 차가운 한기를 동반했다. 이런 한기는 원장의 손에서 천천히 시작되어 수술실 안의 허공을 이리저리 떠다녔다. 쓰마란은 이 소리가 이쪽 밭에 서서 저쪽 밭의 부추를 베는 소리를 듣는 것과 비슷하다고 생각했다. 슥삭슥삭 하는 소리 속에 푸른빛이 담겨 있었다. 이 모든 것이 이상하다는 생각이 들었다. 생생하게 살아 있는 사람이 수술대 위에 엎드려 있고 칼로 그의 다리 피부를 절개하고 있는데 어떻게 피가 한 방울도 나지 않을 수 있단 말인가. 쓰마란이 물었다.

"정말 피가 안 나나요?"

간호사가 말했다.

"피 냄새가 느껴집니까?"

그가 말했다.

"방 안에 온통 소독약 냄새뿐이에요."

"기술이 좋은 데다 약까지 발랐는데 어떻게 피가 나겠어요."

"이번에 절개하는 피부를 내게 좀 보여주세요."

"규정상 보지 못하게 되어 있습니다."

"내 피부를 잘랐는데 왜 내가 보면 안 된다는 건가요."

간호사가 마지막으로 절개한 피부 조각을 그의 앞에 내밀었다. 정말로 종이처럼 얇은 그의 다리 피부가 연한 분홍색을 띠면서 유리 접시 안 약물 속에 담겨 있었다. 피부가 아직 살아 있어서 그런지 약물 속에서 북 가죽이 떨리듯 미세하게 꿈틀거렸다. 감나무잎 반쪽 정도 크기의 피부에 약물이 아직 완전히 스며들지 않았기 때문인지 피부 위에 쌀알 같은 작은 물거품이 생겨났다. 그는 손을 뻗어 절개된 자신의 피부를 만져보고 싶었지만 마스크를 쓴 의사가 피부를 금세 동쪽 피부이식실로 가져갔다. 그는 잠시 후면 자신의 피부가 진장과 다른 몇몇 사람의 몸에서 자라게 될 거라는 생각을 했다. 피부를 가져가는 의사의 뒷모습을 바라보는 그의 가슴에 한 줄기 서글픔이 가는 비처럼 뿌려졌다.

그가 물었다.

"가도 될까요?"

428

의사가 말했다.

"움직이지 마세요."

그는 의사가 무얼 더 하려는 건지 알 수 없었다. 고개를 돌려보니 의사 하나가 계란을 한 쟁반 갖고 들어왔다. 그들은 그릇 안에 계란을 하나씩 깨뜨려 넣었다. 익힌 감 껍질을 벗기듯 계란 껍질 안쪽의 막을 벗겨내서는 한 조각씩 그의 허벅지 뒤 절개 부위에 붙인 다음, 무슨 약인지 모르지만 약을 바르고 거즈로 상처 부위를 감쌌다. 의사가 그의 허리를 손바닥으로 한 번 탁 치면서 말했다.

"환자를 옮기도록 하세요."

피부절개실에서 들려 나올 때 그는 마을 사람들이 문 앞에 있지 않고 모두 피부절개실 양쪽 창문턱에 바짝 엎드려 있는 것을 보았다. 지금 수술대에서 내려왔는데 저 사람들은 뭘 저렇게 보고 있는 거야? 속으로 이런 생각을 하는 순간, 그를 옮기던 사람이 마을 사람들을 향해 소리쳤다.

"여기요, 환자 여기 있어요."

그 유리는 안에서는 밖을 볼 수 있지만 밖에서는 안을 볼 수 없는 특수 유리였다. 환자를 옮기던 사람이 외치는 소리에 마을 사람들이 일제히 고개를 돌려 어리둥절한 표정을 짓더니 쓰마란이 이미 들것에 누운 채 입구로 옮겨져 있는 것을 발견하고는 일제히 몰려와 물었다.

"촌장님, 어때요? 아픈가요? 우리는 안을 볼 수가 없었어요. 겹겹이 검은 그림자가 흔들리는 모습만 보였지요."

쓰마란이 말했다.

"사람 피부를 절개하는 걸 남들에게 보여줄 수 있겠어?"

쓰마후가 이상하다는 듯한 어투로 말했다.

"이런 유리가 다 있었네. 안에서는 밖을 볼 수 있는데 밖에서는 안을 볼 수 없는 유리가 있다니!"

그러고는 쓰마란에게 물었다.

"넷째 형, 피부 절개할 때 아팠어?"

쓰마란이 말했다.

"전혀 안 아팠어. 몸에 붙였던 반창고를 떼어내는 것처럼 피부를 절개해서 벗겨내면 끝이야."

쓰마후가 또 물었다.

"형 몸에서 피부를 얼마나 절개한 거야?"

쓰마란이 대답했다.

"가로세로 여섯 치 석 푼이라고 하더군."

"돈은 얼마나 준대?"

쓰마란이 속으로 계산해보고 나서 말했다.

"2 곱하기 6은 12니까 1200위안에, 2 곱하기 3은 6이니까 60위안, 다 합치면 1260위안이네."

사람들이 말했다.

"1200위안이 조금 넘네요."

그가 말했다.

"한번 계산들 해봐. 가로세로 한 치에 200위안이니까."

사람들이 쓰마란을 병원의 철제 들것에서 그가 챙겨 온 들것으로 옮겼다. 그는 여전히 들것 위에 엎드린 채 얼굴을 바닥으로 향했다. 비쩍 마른 간호사가 다가와 반 치 두께의 10위안짜리 지폐 다발을 건네며 말했다.

"다 합쳐서 1260위안이에요. 세어보시고 영수증에 지장을 찍으시면 됩니다."

돈다발을 건네받은 쓰마란이 세어보았다. 10위안짜리 지폐 126장을 확인한 그는 오른손 손가락에 스탬프 잉크를 묻혀 영수증에 찍었다. 간호사가 그의 이름이 있는 자리를 가리키며 그곳에도 찍으라고 말했다. 그는 간호사가 가리키는 곳에 다시 한번 지장을 찍었다.

간호사가 말했다.

"이제 다 마무리됐으니 그만 가보셔도 됩니다."

쓰마란이 말했다.

"간호사 선생님, 감사합니다. 한나절이나 고생하셨는데 아직 존함도 여쭙지 못했군요."

간호사가 말했다.

"저는 류샹셴(劉尙賢)이라고 합니다."

쓰마란이 말했다.

"다음에 피부를 팔 때 또 선생님을 찾아와도 될까요?"

류 간호사가 말했다.

"병원에서는 항상 피부가 필요하니까 아무나 찾으시면 됩니다."

쓰마란은 들것에 실려 병원 정문을 나서면서 쓰마루에게 지시했다.

"200위안을 가지고 대장장이 리씨 가게에 가서 정 다섯 개와 삽 열다섯 개, 8파운드짜리 망치 두 개를 사 오도록 해라."

이어서 말했다.

"쓰마후, 너는 80위안으로 잡화점에 가서 굵은 삼끈을 살수 있는 만큼 사 오도록 해."

이어서 두거우거우와 나이가 좀 있는 사람에게 말했다.

"두 사람은 500위안을 가지고 폭약 창고에 가서 폭약과 뇌관을 사고, 지난번 외상값을 갚도록 해요."

이렇게 1200위안의 돈을 삼삼오오 나누고도 아직 370위안이 남았다. 쓰마란은 남은 돈을 가슴 안쪽에 잘 챙겨 넣으며 말했다.

"어서 가자. 모두들 해가 지기 전까지 서관(西關)에 집합하도록 하자고."

하지만 막 출발하려고 하는 순간, 요란한 자동차 경적이 날카롭게 서쪽으로 기우는 햇빛 속에서 늦여름의 산사태처럼 쏟아져 나왔다. 고개를 들어 살펴보니 대형 트럭 한 대가 빠른 속도로 달려오고 있고, 차 뒤로는 한 무리의 사람들이 기마대처럼 따라오고 있었다. 도로 가장자리를 차지하고 있던 노점상들이 조금 늑장을 부리자 트럭 화물칸에 타고 있는 젊은이가 거칠게 욕설을 퍼부었다.

"염병할, 빨리 옮기지 않고 뭐 하는 거야. 사람 목숨이 아슬아슬한 마당에 일이 잘못되면 당신이 책임져야 해!"

과일 노점상들이 황급히 길을 내주었다. 사과와 배 그리고 대부분 수입품인 바나나가 땅바닥에 마구 흩어졌다. 트럭이 사과와 배를 깔아뭉개고 지나가면서 달콤한 과즙이 허공에 날렸다. 이런 광경을 본 산싱촌 사람들은 쓰마란을 한옆으로 옮기고는 모두들 병원 담장 아래 멍하니 서서 미동도 하지 않고 자동차가 병원을 향해 덤벼들듯이 달려가는 광경을 바라보고 있었다. 트럭은 온 세상에 날카로운 울부짖음을 남기며 달려갔다. 햇빛은 이미 붉고 촉촉해져 있었다. 서쪽 끝에 가 있어 도저히 구제할 수 없이 곧 완전히 질 것 같았다. 말이 초원을 달리듯 어지럽게 이어지는 날카로운 비명소리에 교화원 문 앞에 있던 사람들은 한동안 영문을 몰라 어리둥절해했다. 트럭이 갑자기 문 한쪽 기둥을 들이받고 모퉁이를 돌아 교화원으로 들이닥쳤을 때, 자동차가 일으킨 먼지 사이로 한 무리의 인파가 뚫고 나왔다. 그들은 문짝과 사다리, 짐수레 틀 그리고 산싱촌 사람들보다 훨씬 더 엉성하고 간단하게 묶어 만든 들것을 들고 있었다. 그 들것마다 화상 환자가 누워 있었다. 옷이 마구 뒤엉켜 있고 얼굴과 손, 팔다리, 허리 할 것 없이 눌러붙은 피부가 검고 참혹한 모습을 드러내고 있었다. 검정색 액체가 뚝뚝 떨어져 길바닥을 흠뻑 적셨다. 공기 속에 뭔가 심하게 탄 탄소의 색깔과 피 냄새가 가득했다. 화상을 입은 남자와 여자들의 신음 소리가 하늘에서 먹구름이 내려앉듯이 땅을 가득 채웠고 비통한 울부짖음이 천지를 뒤덮었다. 들것을 든 사람들과 이를 구경하기 위해 뒤따르는 사람들의 발걸음이 빽빽하게 이어져 산싱촌 사람들을 길가로 내몰았다. 쓰마란을 호위하는 사람들은 인파의 발걸음에 그가 밟히지 않을까 조심하면서 하나같이 목을 길게 빼고 광경을 바라보았다. 갑자기 쓰마란 입에서 아이고! 긴 비명이 터져 나왔다. 마을 사람들이 고개를 돌려 바라보니 들것에 실린 쓰마란이 백지장처럼 하얗게 질려 땀을 뚝뚝 흘리고 있었다. 그는 쉴 새 없이 이불 모서리를 들어 올려 땀을 닦았다. 하지만 아무리 닦아내도 땀은 쉬지 않고 솟아났다. 손이 닿은 이불은 이미 땀에 젖어 검게 변했고 고통은 석양처럼 절정에 달했다. 들것 쪽을 자세히 살펴보니 쓰마란의 왼쪽 다리를 덮은 이불이 덜덜 떨리고 있었다.

사람들이 물었다.

"많이 아프신가 보군요? 통증을 멎게 해주는 물약을 가져다 뿌려드릴까요?"

쓰마란이 손으로 땀을 훔치며 물었다.

"방금 지나간 사람들 모두 화상 환자들인가요?"

"사람들 말로는 어느 백화점에 불이 났다고 하더군요."

쓰마란이 몸을 일으켜 앉으며 점점 희미하게 멀어져가는 인파를 바라보더니 교화원 정문 쪽으로 눈길을 던졌다. 그곳에는 들것이 한 무더기나 놓여 있고 울음소리가 건물보다 더 높이 쌓여 있었다. 불에 타 눌러붙은 피 냄새의 물결이 갈수록 높아지면서 지는 해의 빛살을 더 혼탁하고 끈적끈적하게 만들었다. 흰 가운을 입은 의료 요원들이 잔뜩 늘어선 들것 사이를 끊임없이 오가면서 환자들의 상처 부위를 들춰보며 말했다.

"어서 이 사람을 안으로 옮기세요."

들것을 든 사람이 황급히 안으로 이동했다. 의사가 환자의 화상 부위를 살펴보고 나서 말없이 자리를 뜨면 환자가 의사를 노려보면서 요란하게 울부짖으며 소리쳤다.

"아파죽겠어요. 아파죽겠다고요. 그냥 가면 나 죽어요."

의사가 고개를 돌려 차가운 눈초리로 노려보며 말했다.

"목소리가 그렇게 큰 걸 보니 병이 중하지 않은 것 같군요.

소리도 못 내는 사람이 열세 명이나 되는데 그중에 몇 명이나 살릴 수 있을지 모르는 상황이오."

소리치던 환자의 목소리가 단칼에 잘리듯 움츠러들었다.

쓰마란이 병원 문 앞을 물끄러미 바라보았다. 그곳의 풍광이 진통제처럼 몸 안으로 스며들어왔다. 서서히 그의 얼굴에 고통의 땀방울이 떨어지면서 반질반질 기름기가 한 겹 반짝였다.

"링인거 수로 공사에 더 이상 돈 걱정할 필요가 없게 됐군."

마을 사람들이 모두 쓰마란에게 눈길을 돌렸다. 그가 말했다.

"누가 가서 혹시 피부가 필요한지 물어봐요."

쓰마루가 잠시 멍한 표정을 짓더니 입을 열었다.

"넷째 형, 또 피부를 팔려고?"

쓰마란이 말했다.

"팔아야지. 마을 남자들 모두 가서 팔아야지. 한 사람이 허벅지 피부 한 조각씩만 팔아도 링인거 수로에 필요한 시멘트를 충분히 마련할 수 있어. 한 사람이 두 조각씩 팔면 링인거 수로 공사에 필요한 돈을 충분히 마련하고 물을 마을까지 끌어올 수 있을 거라고."

그가 또 말했다.

"어서 가봐. 다들 왜 이렇게 멍하니 서 있는 거야. 가서 마을 사람들 모두 피부를 팔 수 있는지 물어보라고. 이건 하느님이 우리에게 얼른 수로를 개통하라고 내려주신 기회란 말이야."

마지막 한마디를 하면서 그는 다시 화상 환자들을 바라봤다. 흥분으로 붉게 빛나는 그의 얼굴이 석양마저 붉게 물들였다.

병원에 가서 물어본 사람은 쓰마후였다. 쓰마후는 쓰마란의 허벅지처럼 그에 의해 움직이는 것 같았다. 눈 깜짝할 사이에 병원을 향해 걸어간 그는 다시 눈 깜짝할 사이에 병원에서 달려왔다. 달려온 그가 헉헉 숨을 헐떡이며 말했다.

"넷째 형, 넷째 형, 병원에서 피부가 필요하대. 얼마든지 있는 대로 다 사겠대. 늦어도 내일 정오까지 사람들을 데리고 오래. 내일 정오가 지나면 화상 환자들을 치료하기 어려운 상황에 처하게 된다더군. 피부를 이식하려면 또 한 번 극심한 고통을 참아야 하기 때문에 환자들이 이식을 거부할 위험이 크다는 거야."

쓰마란이 허벅지를 덮고 있던 이불을 걷어버리고는 벽을 짚고 꼿꼿이 몸을 일으켜 눈빛으로 마을 사람들을 훑으며 물었다.

"누가 공사 현장에 가서 남자들을 불러올래요? 가서 촌장이 그러더라고 전해요. 남자들은 전부 교화원으로 와서 피부를 팔아야 한다고 말이에요. 16세 이상의 남자들은 전부 와야 합니다. 여러분 중 누가 밤새 공사 현장에 달려갔다 올 수 있겠습니까?"

대답하는 사람이 아무도 없었다. 쓰마란이 쓰마후와 쓰마루를 쳐다보았다.

"너희 둘 중에 누가 다녀올래?"

쓰마후가 말했다.

"왕복 100리가 넘는 길이라고."

쓰마란이 말했다.

"가서 마을 사람을 불러오는 사람은 피부를 팔지 않아도 돼. 두 다리를 멀쩡한 채로 남겨줄 거라고."

쓰마루가 일어섰다.

"넷째 형…… 내가 갔다 올게."

쓰마루가 길을 떠났다. 지는 해가 그의 등 뒤로 빛살을 던졌다. 얼마 지나지 않아 그의 모습이 지는 햇빛 속으로 녹아들어갔다.

4

이날 쓰마란 일행은 병원에서 밤을 보냈다. 다량의 피부를 화상 환자들에게 팔겠다고 했기 때문에 의사들도 그들이 병실 복도에서 가을날의 하룻밤을 보낼 수 있도록 허락했다.

초저녁에는 화상 환자들의 신음 소리가 복도에서 낙엽처럼 사방을 날아다녔다. 환자의 가족들이 병실 안팎을 드나들며 백화점 화재에 대해 욕설과 저주를 퍼부었다. 동시에 사고의 원인이 전선인지 담배꽁초인지에 관해 의론이 분분했다. 한밤중이 되자 환자들 모두 진통제 주사를 맞고 잠이 들었고 가족들은 병상을 둘러싸고 앉아 안정을 취했다. 산싱춘 사람들도 전부 벽에 몸을 기대고 웅크린 자세로 자는 듯 마는 듯 모여 있었다. 쓰마란의 다리는 자신이 직접 가져다 뿌린 지혈제로 촉촉하게 젖어 있었다. 쓰마란은 잠이 좀 들 법하더니 날이 밝을 무렵 몸을 뒤척이다가 곤히 자고 있는 마을 사람들을 보니 잠기가 사라졌다. 시간이 그의 시선 속에서 몽롱하게 산책하듯 지나가버리게 하는 수밖에 없었다.

날이 밝았다. 밝아진 하늘은 중추절 즈음에 천년을 지킨 망망대해처럼 푸르렀다. 도시 동쪽에 있는 마을의 후퉁 위로 떠오른 해는 왕성한 푸른빛을 띠었다. 사람들은 좀 더 자고 싶었지만 갑자기 밖에서 귀에 익숙한 말소리가 들려왔다. 밖으로 나가보니 쓰마루가 마을 남자와 여자들을 전부 데리고 와 있었다. 교화원 안에 잔뜩 모여 있는 사람들 모두 지친 발과 무릎을 주무르고 있었다. 젊은 여인네 하나가 신발을 벗어 닳아버린 바닥을 햇빛에 대보고는 욕을 한마디 내뱉더니 신발 두 짝을 내버리고 보자기에서 새 신발을 꺼내 신었다.

쓰마란이 손으로 문틀을 붙잡고 서서 말했다.

"빨리 왔네. 여자와 아이들은 왜 데려온 거야?"

쓰마루가 다가와 말했다.

"다들 피부를 팔고 나면 누가 돌봐주겠어. 그래도 각자 가족들이 돌봐주는 게 낫잖아."

쓰마란이 눈으로 사람들을 훑었다. 란쓰스의 모습은 보이지 않았다. 그의 눈길이 쓰마루의 얼굴로 향했다. 쓰마루가 한 가지 중요한 일을 빼먹기라도 한 듯이 쳐다봤다. 그의 기대와 달리 쓰마루가 쓰마란을 보며 말했다.

"주추이 형수가 오겠다고 하는 걸 셋째 완이 엄마 품을 떠나려 하지 않기에 내가 오지 못하게 했어. 쓰스 누나가 와서 형을 돌봐줬으면 하는 생각도 해봤지만 마을 사람들 입에 오르내릴까 봐 오라고 하지 않았어."

쓰마란은 아무 말도 하지 않고 들것 위 이불 밑에 넣어두었던 피부 판 돈을 꺼내 다리를 절뚝거리며 마을 사람들을 교화원 입구의 네 군데 음식점 앞으로 데려갔다. 사람들을 네 무리로 나누어 한 사람 앞에 요우탸오 두 개 혹은 만터우 하나와 좁쌀죽 한 그릇씩 돌아가게 했다.

마을 사람이 말했다.

"그걸로 배가 부르겠어요?"

쓰마란이 말했다.

440

"마을 사람들이 모두 배부르게 먹으려면 돈이 얼마나 드는지 몰라서 그런 소릴 하는 거요?"

마을 사람이 말했다.

"피부를 팔러 왔으니 누군가 허벅지에서 피부를 한 조각 더 베어내면 될 것 아니에요."

쓰마란이 잠시 생각해보고 나서 말했다.

"다들 마음껏 드세요. 요우탸오든 빠오즈(包子)든 하얀 만터우든 간에 드시고 싶은 대로 마음껏 드세요."

음식점 네 곳은 문을 열자마자 손님들이 몰려와 몹시 신이 났다. 아침 식사가 끝나자 교화원 의사들이 출근하는 모습이 보였다. 병실마다 병상이 추가되고 환자들로 가득 찼기 때문에 이날 의사들은 피부를 절개하여 이식하고 환자를 들였다가 내보내며 수액을 주사하느라 정신없이 바빴다. 교화원 원장이 쓰마란을 건물 2층으로 불러 몇 마디 물었다.

"몇 사람이나 왔습니까?"

쓰마란이 대답했다.

"필요하신 만큼 충분히 왔습니다."

원장이 물었다.

"100명쯤 되나요?"

그가 말했다.

"그렇게는 안 됩니다. 한 사람 다리에서 피부를 몇 조각이나

441

절개하실 생각인가요?"

원장이 말했다.

"한 사람 앞에 한 조각씩밖에 절개할 수 없습니다. 어제 선생이 여러 조각을 판 것은 사실 병원 규정에 어긋나는 일이었어요."

쓰마란이 말했다.

"남자로 부족하면 여자들을 동원하지요. 마을 여자들도 전부 왔으니까요. 큰 조각은 남자들 다리에서 절개하고 작은 조각은 여자들 다리에서 절개하지요. 아이들 피부만 절개하지 않고 남겨두면 되지 않겠습니까."

해가 교회당 2층에서 1층의 담장 아래로 넘어가고 나서야 돌아가면서 시합을 하듯이 정신없이 피부의 절개와 이식이 시작되었다.

산싱촌 사람들이 교화원 북쪽의 공터에 모여 있었다. 남자들은 한곳에 모여 앉아 있고 여자와 아이들은 다른 쪽에 모여 있었다. 피부절개실로부터 20미터 남짓 떨어진 곳이라 피부절개실 입구에 서 있는 그 비쩍 마른 간호사의 모습을 볼 수 있었다. 그가 저쪽에서 손짓을 하면 쓰마란이 이쪽에서 사람을 하나씩 보낸다. 가장 먼저 건너간 사람은 쓰마후였다. 쓰마후가 무리를 떠나면서 마을 사람들을 향해 미소를 지으며 말했다.

"여러분은 먼저 시술하는 사람이 손해라고 생각하겠지만 사실은 먼저 하면 의사가 제대로 신경을 쓰기 때문에 살점을 한 조각도 베지 않는 장점이 있지요."

말을 마친 그는 피부절개실을 향해 걸어갔다. 마을 사람들 모두 땅바닥에 자리를 잡고 앉아 햇빛 속에서 피부절개실의 문을 응시했다.

아주머니 하나가 말했다.

"촌장님이 가서 해바라기씨를 사다 주세요. 시내에 한번 다녀오시면 되잖아요. 아이들한테도 주전부리를 줘야 하지 않겠어요."

쓰마란이 호방하게 마을 사람을 하나 시켜 교화원 문 앞에 가서 해바라기씨를 열 근 사 오게 한 다음 모내기하는 논에 모종을 던지듯 반 근씩 담긴 해바라기씨 봉지를 마을 사람들에게 일일이 던져주었다. 여자들은 입으로 해바라기씨를 까서 알맹이를 손바닥 움푹 파인 곳에 모았다가 아이들 입 속에 한꺼번에 넣어주었다. 교화원 공터에는 해바라기씨 냄새가 가득 퍼졌고 땅바닥에는 껍질이 소나기처럼 가득 뿌려졌다. 남자들이 담배를 피우며 뱉어내는 연기가 햇빛 속에서 황금빛 광택을 발산했다. 그들은 처음에는 말없이 조용히 기다리다가 나중에는 웃고 떠들기 시작했다. 남자들이 말했다.

"시내 여자들은 가을에도 치마를 입고 길거리에서 남자들 손을 잡고 다니더라고. 정말 완전히 천지가 개벽한 세월이야."

여자들이 말했다.

"예전에는 바늘 하나에 1편이고 단추 한 개에 2편이었는데 지금은 바늘 하나에 5편, 단추 한 개에 2마오나 달라고 하니 정말 물가가 미쳐버린 것 같아. 너무 미친 듯이 올랐어."

바로 이때 비쩍 마른 간호사가 저쪽에서 손짓을 하며 불렀다.

"이봐요, 다음 분 오세요."

쓰마란이 두거우거우를 들여보냈다. 쓰마후가 피부절개실에서 나왔다. 한 손에 돈을 한 다발 들고, 다른 손으로는 걷어 올린 바짓가랑이를 붙잡고 있었다. 티 없이 깨끗한 거즈로 덮인 허벅지가 드러났다. 무척 기쁜지 상기된 얼굴로 다리를 절뚝거리며 마을 사람의 부축을 받으면서 걸어왔다. 이때 마을 사람들이 해바라기씨를 입에 물거나 담배를 손에 쥔 채 하나같이 창백한 얼굴로 고개를 들었다.

"아파요?"

"마취 주사를 맞았어요."

"얼마 받았어요?"

"가로세로 세 치에 600위안 받았어요. 넷째 형, 형한테 줘야지?"

"우선 네가 갖고 있어. 마을에 돌아가서 한꺼번에 걷도록 할 테니까. 전부 나한테 주었다가 잃어버리기라도 하면 어떡

444

해?"

쓰마란이 손바닥에 펜으로 액수를 적었다. 해가 사람들 머리 위로 지나가려 하고 있었다. 시간이 흐르는 물처럼 졸졸, 뚝뚝 흘러 지나가고 있었다.

비쩍 마른 간호사가 불렀다.

"다음 분 오세요."

쓰마란이 손가락으로 란류껀(藍柳根)을 가리키며 말했다.

"네 차례야."

란류껀이 들어가고 두거우거우가 나왔다. 한 손에는 돈을 한 다발 들고 다른 손으로는 걷어 올린 바짓가랑이를 붙잡고 있었다. 희고 깨끗한 거즈에 덮인 허벅지를 드러내고 절뚝거리며 걸어왔다. 얼굴에는 붉은 희열이 커튼처럼 드리워져 있었다.

사람들이 물었다.

"아파요?"

그가 대답했다.

"마취 주사를 맞았어요."

"얼마 받았어요?"

"가로세로 두 치 반에 500위안 받았어요. 촌장님한테 드려야겠지요?"

쓰마란이 말했다.

"나눠서 갖고 있는 게 안전해. 마을에 돌아가서 한꺼번에 건도록 하지."

쓰마란이 또 손바닥에 펜으로 액수를 적었다. 이제는 해가 사람들의 머리 꼭대기에서 미끄러져 내려오고 있었다. 비쩍 마른 간호사가 다음 분이라고 소리쳤다. 란양껀이 몸을 일으켜 피부절개실로 들어갔다. 그때 란류껀이 한 손에는 돈다발을 들고, 다른 손으로는 걷어 올린 바짓가랑이를 붙잡고 피부절개실에서 나왔다. 티 없이 희고 깨끗한 거즈를 덮은 허벅지를 드러내고 절뚝거리며 걸어왔다. 얼굴에는 엷은 미소가 걸려 있었다. 이때 마을 사람들 가운데는 담배꽁초를 손가락 사이에 끼운 채 조는 사람도 있고 아이에게 젖을 먹이면서 고개를 까닥이며 조는 아낙네도 있었다. 누가 눈을 뜨고 있는지 알 수 없었다.

누군가 물었다.

"아파요?"

그가 대답했다.

"마취 주사를 맞았어요."

"얼마 받았어요?"

"가로세로 세 치 한 푼에 620위안 받았어요."

쓰마란이 말했다.

"우선 잘 갖고 있어. 나눠서 갖고 있는 게 안전하니까. 마을에 돌아가서 한꺼번에 걷도록 할게."

햇빛은 더없이 좋았다. 하늘에 먼지 한 가닥 보이지 않았
다. 교화원은 너무나 평온하고 조용했다. 산맥 위의 광야 같
았다. 밤새 먼 길을 달려온 산싱촌 사람들의 코 고는 소리만
가득했다. 광야에서 들려오는 소 울음소리 같았다. 쓰마란이
마을 사람들을 힐끗 쳐다보았다. 남자들은 이리저리 어지럽
게 누워 하나같이 헝겊 신발이나 둘둘 만 짐을 베고서 일제
히 햇빛 아래 피부를 절개한 허벅지를 드러내고 있었다. 상처
에 닿을까 봐 바지를 둘둘 말아 올린 터라 흰 거즈 조각만 드
러나 있었다. 겨울이 끝나고 봄으로 넘어가는 시기에 햇빛이
잘 들지 않는 벼랑 밑에서 볼 수 있는 녹지 않은 눈 같았다. 여
자들은 아이를 품에 안은 채 서로에게 몸을 기대고 잠들어 있
었다. 옷섶이 열려 있고 대추씨 같은 젖꼭지를 아이 입에 물린
채 구름처럼 하얗고 부드러운 젖무덤을 드러내고 있었다.

공기 중에는 옅은 황색의 약 냄새가 떠돌고 있었다. 병원
쪽에서는 끊임없이 화상 환자들이 피부절개실과 피부이식
실로 실려 들어갔다 실려 나왔다. 한 사람씩 실려 나올 때마
다 쓰마란은 손바닥에 한 줄 한 줄 적힌 숫자들을 확인하면
서 속으로 생각했다. 이 사람에게 이식된 것은 란바오(藍豹)
의 피부야. 700위안, 중상, 세 치 반. 다시 한 사람이 실려 나
오자 또 속으로 정리했다. 이 사람에게 이식된 것은 내 사촌

동생 쓰마위(司馬楡)의 피부로군. 350위안, 경상, 한 치 반이 조금 넘네. 다시 한 사람이 실려 나왔다. 천 위안, 절개한 피부는 가로세로 다섯 치. 만터우 반 개 정도로 큰 이 피부 조각은 누구에게 이식되었을까? 이런 생각을 하면서 다시 고개를 돌려 마을 사람들을 바라보니 모두들 비스듬히 몸을 기댄 채 단잠에 빠져 있었다. 피부를 절개하러 가야 하는 사람들은 "당신 차례야"라는 말을 들으면 말없이 곧장 일어나 걸음을 옮겼다. 피부를 절개한 사람들은 다리를 절면서 돌아와 말없이 바닥에 쓰러졌다. 졸음이 얼굴을 덮쳐 왔다. 해는 이미 중천에 떠 있었다. 황금빛 속에 은은하게 자홍색을 머금고 있었다. 사람들이 몸에 개미가 기어가는 듯한 간지러움을 느낄 정도로 날이 더웠다. 쓰마란은 왼쪽 다리 피부를 절개한 상처 부위에 서늘한 움직임을 느꼈다. 바지를 걷어보니 거즈 위로 피가 배어 나와 있었다. 약초를 달인 진통제가 담긴 병을 꺼내보니 약은 병 뚜껑 정도 깊이로 조금 남아 있었다. 다시 햇빛 아래로 피부를 절개한 허벅지를 살펴보고는 잠시 망설이다가 허벅지를 감싼 거즈를 약간 들어 올리고 그 좁은 틈새로 상처를 따라 약물을 뿌린 다음, 빈 약병을 멀리 던져버렸다. 교화원의 고요함은 너무나 깊고 멀었다. 약병이 깨지는 소리가 허공에 격렬하게 울렸다. 이때 한 사람이 잠에서 깨어나 손으로 하얀 다리를 짚었다. 얼굴에 험상궂은 표정이 일었다. 불에 데기라도 한 것 같았다.

쓰마란이 물었다.

"통증이 느껴지기 시작하나요?"

그 사람이 말했다.

"진통제 좀 있습니까?"

쓰마란이 말했다.

"다 쓰고 약병을 던져버렸어요. 아파도 좀 참아요."

그 사람은 입술을 앙다물고 몸을 한 번 비틀더니 다시 잠을 자려 했다. 그러다가 갑자기 아이고아이고 신음 소리를 토하기 시작했다. 신음 소리는 균일하면서도 가늘었다. 실을 뽑는 것 같았다. 쓰마란이 말했다.

"염병할, 뭐라고 떠드는 거야? 아직 피부를 다 팔지 않았는데 그렇게 요란하게 신음 소리를 내면 누가 피부를 팔려고 하겠어?"

그 남자는 더 이상 신음 소리를 내지 않았다. 두 입술을 일자로 굳게 다물고 눈알을 크고 둥그렇게 뜨고는 다리 위에서 발작하는 통증을 그냥 삼켜버렸다. 그러나 바로 이때, 피부절개실 앞의 그 비쩍 마른 간호사가 복도에서 나와 하늘 아래서 뻐근한 허리를 펴고 팔을 허공으로 쳐들었다. 해를 껴안으려는 것 같았다. 쓰마란이 그를 바라보며 물었다.

"한 명 더 보낼까요?"

비쩍 마른 간호사가 말했다.

"더 이상 필요 없어요."

쓰마란이 목을 강줄기처럼 길게 빼고 물었다.

"그럼 잠시 쉬었다가 다시 보낼까요?"

간호사가 손으로 입을 가렸다.

"더 이상 필요 없어요."

쓰마란이 고개를 돌려 사람 수를 세어보았다.

"아직 피부를 팔지 않은 사람이 다섯이나 남아 있습니다."

간호사가 말했다.

"다음 기회를 기다려야 할 것 같네요."

쓰마란이 소리쳤다.

"화상 환자가 아직 많이 남아 있는데 왜 피부를 팔지 못하게 하는 겁니까?"

간호사가 길게 대답하기 귀찮은 듯 더 이상 그를 거들떠보지도 않고 햇빛 아래서 방송 체조를 하기 시작했다. 쓰마란이 바닥에서 일어나 간호사 쪽으로 걸어갔다. 가까이 다가간 그가 말했다.

"마을에서 밤새 걸어온 사람들이에요. 아직 피부를 절개하지 않은 사람이 다섯 명이나 남았다고요. 그들에게도 한 조각이든 반 조각이든 피부를 팔 기회를 주어야 할 것 아닙니까."

간호사가 말했다.

"푸른 산을 좀 남겨둬야지 나중에 땔감 걱정을 하지 않을 것 아닙니까? 나머지 피부를 이식하지 않은 환자들은 전부 시골 농민들이에요. 돈벌이도 없고 치료비를 보상해줄 곳도 없어서 화상이 아무리 심해도 피부를 이식할 생각이 없답니다."

의사 하나가 물었다.

"여러분들이 돈을 받지 않고 피부를 잘라줄 수 있겠어요?"

쓰마란이 말했다.

"우리가 파는 건 돼지가죽이나 양가죽, 나무껍질이 아니라 사람 피부란 말입니다."

그 의사가 피식 웃었다.

이리하여 간호사와 작별 인사를 나누고 감사의 인사를 건넨 다음, 마지막으로 피부절개실에서 나온 남자를 부축하여 그곳에서 돌아왔다. 이 남자는 마을 사람들 앞에 이르러 실수로 벽돌을 밟는 바람에 피부를 절개한 다리에 충격이 가해져 고통을 이기지 못하고 비명을 질렀다. 이 비명 소리에 잠을 자던 적잖은 사람들이 깨어나 다리를 붙잡고 고통스러운 신음 소리를 토하는 그를 쳐다보았다. 통증은 바람처럼 한차례 불고 지나갔다. 이리하여 잠에서 깬 사람들도 모두 조심스럽게 피가 흥건한 다리를 붙잡고 통증을 느끼기 시작했다. 통증은 허벅지의 골수 깊은 곳에서 서늘하게 피부 층으로 스며들었다가 다시 피부 층에서 펄떡거리며 골수 깊은 곳으로 되돌아갔다. 통증은 이렇게 왕복하면서 다리 안팎을 맴돌았다. 모든 남자들의 피부를 절개한 허벅지가 떨리기 시작했고 푸른빛과 자줏빛이 뒤섞인 울부짖음이 진눈깨비처럼 온 하늘을 뒤덮었다. 갑자기 잠들었던 산성촌 사람들이 일제히 눈을 떴다. 10여 명의 남자들이 두 손으로 피부를 절개한 다리를 붙잡고 있었다. 피부를 절개한 부위의 피와 통증이 산과 바다가 뒤집히듯 몰려오는 것이 느껴졌다. 한 사람이 큰 소리로 울부짖자 모든 남자들의 울음소리가 덩달아 어지럽게 폭발하기 시작했다.

"아이고, 어머니, 아이고, 나 죽네."

격렬한 울부짖음이 우박처럼 교화원을 마구 때렸다. 교화원 안은 귀를 찌르는 흉측한 울음소리로 가득했다. 여자들이 황급히 달려가 자기 집 남자들을 부축했다. 아이들은 아버지의 입에서 쏟아져 나오는 괴상한 울음에 놀라 멍한 눈으로 바라보았다. 한순간에 가을의 따스함이 완전히 사라지고 날씨가 차가워지기 시작했다. 모든 사람들이 쓰마란에게 진통제가 있는지 물었다. 온통 울음소리인 가운데 쓰마란은 약이 없다고 말했다. 대부분 나이가 많은 사람들은 더는 못 참겠다며 아우성을 쳤다. 사람들이 이런 말을 하는 순간, 란쥐(藍菊)라는 아가씨가 그의 여섯째 동생 쓰마후를 부축하고 있는 모습을 보게 되었다. 여동생이 오빠를 부축하는 것 같았다. 쓰

452

마란은 그 모습에 약간 감동했다. 마음속으로 따뜻한 기운이 퍼지는 것이 느껴졌다. 문득 란줘가 여섯째에게 시집오는 것도 나쁘지 않겠다는 생각이 들었다. 쓰마후는 울부짖지 않았다. 통증으로 인해 솟은 얼굴의 땀방울이 햇빛 속에서 핏방울처럼 톡톡 떨어져 내렸다. 땀방울이 땅바닥의 짐 위로 떨어져 내리면서 짐이 가볍게 좌우로 흔들렸다. 두려움에 휩싸인 여자들의 눈길은 부엌문 틈새로 새어 나오는 한 줄기 난류처럼 남자들의 울부짖는 소리 사이를 뚫고 지나가는 것 같았다.

교화원 밖 하늘에 한 겹 덮여 있던 희고 옅은 구름이 갑자기 먹구름으로 변하더니 천천히 이쪽을 향해 이동해 왔다. 쓰마란은 당혹감을 감추지 못했다. 축 늘어뜨린 두 손이 찜질이라도 하듯이 땀에 푹 젖어 있었다. 의사들이 병실에서 뛰어나왔다. 원장이 교회당 건물 2층에 서서 이쪽을 바라보며 소리쳤다.

"울긴 뭘 울어요. 하늘과 땅이 다 울릴 것 같네. 피부를 절개해도 아프지 않다면 세상 모든 사람들이 전부 피부를 팔러 오지 않겠어요? 아프지 않으면 그렇게 작은 피부 한 조각에 200위안이나 줄 수 있겠어요? 여긴 병원이에요. 병원에서 이렇게 어머니, 아버지를 찾으면서 난리를 피워서 되겠습니까?"

두거우거우가 다리를 붙잡고 몰려 있는 사람들 사이를 비집고 나오면서 말했다.

"아파죽겠네. 나는 나이가 열일곱밖에 되지 않았는데도 피부를 팔게 하고는 다른 사람들은 스물일곱, 서른일곱이나 되면서도 피부를 팔지 않았어요. 쓰마루는 왜 피부를 팔지 않는 겁니까? 촌장 동생이라서 그런 건가요?"

그가 쓰마란 바로 앞까지 다가서자 쓰마란이 발로 그의 배를 차면서 말했다.

"열일곱 살이 아직 어리단 말이냐? 겨우 한 치 반밖에 팔지 않았으면서 무슨 말이 그렇게 많아. 네 아버지는 열일곱 살 때 나와 함께 일곱 치나 팔면서도 소리 한 번 지르지 않았어."

열일곱 살의 두거우거우가 갑자기 울음을 멈추더니 땅바닥에 앉아 쓰마란을 노려보면서 말했다.

"피부 한 치 반을 팔고 300위안을 받았지만 나는 한 푼도 쓸 수 없잖아요. 반면에 우리 아버지는 피부 일곱 치를 팔아서 우리를 위해 방 두 칸짜리 기와집을 지었다고요."

쓰마란이 소리쳤다.

"돈은 어디에 쓰고 싶어서 그러는 게냐?"

거우거우가 말했다.

"저도 이제 열일곱 살이에요. 아내를 얻어서 가정을 꾸려야 한단 말입니다."

쓰마란은 너무 놀라서 아무 말도 하지 못했다.

고통의 울음소리가 온갖 색깔과 형태로 허공을 맴돌면서 서로 부딪쳤다. 마을 여자들은 대부분 피부가 절개된 자기 남편의 다리를 부여안고 눈물을 흘리며 말했다.

"조금만 참아요. 애도 아니고 어른이잖아요."

그러자 남자들이 소리쳤다.

"이런 염병할, 내가 참을 수 있으면 왜 안 참겠어! 허벅지에서 멀쩡한 피부를 큼지막하게 베어냈는데 어떻게 참을 수 있겠어?"

통증이 너무 심해지자 어떤 사람은 피부를 팔고서 받은 돈을 땅바닥에 내던지고서 옆에 있는 의사를 노려보며 말했다.

"나한테 마취 주사를 너무 적게 놓은 거 아니에요? 왜 갑자기 살을 에듯이 아프냔 말이에요."

의사가 열 명 남짓한 남자들을 향해 소리쳤다.

"다들 움직이지 말고 울거나 소리 지르지 마세요. 움직이고 소리칠수록 더 아플 겁니다."

하지만 마을 사람들 가운데 의사의 말을 듣는 사람은 하나도 없었다. 여전히 땅바닥에 엎드리고 발을 구르면서 울고 고함치는 소리가 병원 하늘을 가득 채웠다. 온 세상에 산싱촌 사람들의 밝고 흰 울부짖음이 쌓여갔다. 쓰마란이 그런 울부짖음 한가운데 섰다.

비쩍 마른 간호사가 말했다.

"이렇게 울부짖고 난리를 치면서 나중에 또 피부를 팔겠다는 겁니까?"

쓰마란이 땅바닥에서 누군가 던져버린 지폐 몇 장을 주워 들고는 사람들 속에 뒤섞여 울고 있는 사촌동생을 발견하고 그에게 다가가 말했다.

"정말로 아픈 거냐 아니면 아픈 척하는 거냐?"

사촌동생이 그를 쳐다보고 말했다.

"아프지 않으면 내가 왜 울겠어?"

쓰마란이 갑자기 손을 들어 올려 사촌동생의 뺨을 내리치며 말했다.

"나는 허벅지에서 가로세로 여섯 치의 피부를 잘라냈는데 너는 잘라낸 피부가 겨우 두 치도 되지 않으면서 울긴 뭘 울어?"

놀란 사촌동생이 눈을 동그랗게 뜨고 울음을 뚝 그쳤다. 그러고는 손으로 얼굴을 가리고 곁눈질로 쓰마란을 힐끗 쳐다보았다. 따귀의 여운이 허공을 떠돌고 있었다. 그는 한동안 꼼짝도 않고 멍하니 서 있었다. 뜻밖에도 전혀 아프지 않은 사람처럼 그 자리에 그렇게 미동도 하지 않고 서 있었다.

뜻밖에도 이 따귀 한 대가 모든 사람들의 울음소리를 칼처럼 잘라버렸다.

일시에 약해지기 시작하다가 이내 잦아든 울음소리가 갑

자기 교화원 안에 굳어버리기라도 한 것 같았다. 아무 소리도 나지 않았다. 모든 사람들이 놀란 표정으로 쓰마란을 쳐다보았다. 울부짖음도 완전히 끊어져버렸다. 햇빛은 이미 서쪽으로 기울고 있었다. 지는 햇빛 속에 서서 쓰마란이 말했다.

"염병할, 아무도 울 필요 없어요. 피부를 판 돈의 액수를 전부 내 손바닥에 적어두었으니 여러분은 아이와 부인을 데리고 시내로 가세요. 피부를 많이 판 사람이든 적게 판 사람이든 받은 돈의 10분의 1은 가족을 위해 쓰고 나머지 10분의 9는 마을에 돌아가서 링인거 수로 공사에 사용할 겁니다. 여기까지 말한 그는 고개를 들어 하늘을 쳐다보고는 다시 마을 사람들을 바라보며 말했다. 다들 시장으로 가세요. 가서 아이와 아내에게 옷을 지어줄 천도 사고 무 짠지도 좀 사두도록 하세요."

마을 사람들은 움직이지 않았다. 눈길만 서로 세게 부딪치고 있었다.

쓰마란이 말했다.

"다들 갑시다. 교화원이 우리 집도 아니잖아요."

란류꺼이 다리를 짚고 일어섰다.

"촌장님, 100위안 중에 10위안밖에 못 쓰는 건가요?"

쓰마란이 말했다.

"500위안이면 50위안을 쓸 수 있는데 그게 적단 말에

457

요?"

두주(杜柱)가 고개를 들면서 물었다.

"돈이 아까워서 쓰고 싶지 않은 사람은 어떻게 하나요?"

쓰마란이 잠시 생각에 잠겼다.

"어찌 됐든 10분의 1은 각자의 몫이니 쓰고 싶지 않다면 자기가 갖도록 하세요."

란류껀이 먼저 다리를 절뚝거리며 걸음을 옮겼다. 한 손으로 다리를 짚고 다른 손으로는 딸의 손을 잡아끌었다. 그의 아내가 보따리를 들고 뒤를 따르면서 사람들에게 말했다.

"옷감을 끊어다 옷을 지어 입어야겠어요. 벌써 6년이나 옷을 짓지 못했거든요."

란양껀도 아내와 아이를 데리고 떠났다. 산싱촌 사람들 모두 실에서 풀려 나온 구슬처럼 한 집 한 집 자리를 떴다. 다리를 절뚝거리며 아이고아이고 고통스러운 신음 소리를 내긴 했지만 조금 전처럼 세상이 온통 떠들썩한 울부짖음은 아니었다. 발걸음이 가볍게 이어지고 끙끙대는 신음 소리가 낙엽처럼 뒤로 흩날렸다. 눈 깜짝할 사이에 마을 사람들은 막대에 꿰인 물고기들처럼 줄줄이 다리를 절뚝거리며 교화원을 나서 문밖 거리의 인파 속으로 녹아들어갔다.

5

교화원이 갑자기 적막해졌다. 의사와 다른 구경꾼들도 병실로 돌아가고 교회당 건물의 그림자가 조용히 쓰마란의 발 앞으로 기어왔다. 병원 안은 다시 평온함을 회복했고 남은 사람들이라고는 쓰마씨 일가뿐이었다. 쓰마후가 다섯째 형 쓰마루의 부축을 받으며 선 채 말했다.

"넷째 형, 형은 가로세로 여섯 치를 팔아서 1200위안이나 받았잖아. 10분의 1이면 120위안인데 거리에 나가 돈을 좀 써야 하지 않겠어?"

쓰마란이 말했다.

"뭘 사지?"

쓰마후가 말했다.

"마음대로 사. 돈을 전부 수로 공사에 써선 안 되지. 형도 120위안은 써야 한다고."

쓰마란이 말했다.

"나는 첫째 텅하고 둘째 거에게 옷을 한 벌씩 지어 입힐 꽃무늬 천만 끊어다 주면 돼."

쓰마후가 말했다.

"돈을 다 쓰지 못하고 남으면 나 줘. 다섯째 형도 결혼을 했는데 나는 아직 상대가 없잖아. 형은 딸이 둘이나 있지만 나

459

는 아직 혼자 지내는 신세잖아. 수로가 개통되면 곧바로 결혼할 작정이야."

쓰마란이 말했다.

"누구랑 결혼할 생각인데 그래?"

쓰마후가 말했다.

"란쥐가 자신은 옷도 필요 없고, 부모님 돌아가실 때 묻어드릴 관 하나씩만 마련해주면 나한테 시집오겠다고 했어."

쓰마란이 말했다.

"맙소사, 관을 두 개씩이나! 빙례(聘禮)가 너무 과한 것 같군."

뜻밖에도 쓰마후는 아무 말도 하지 않고 몸을 돌려 큰 걸음으로 피부절개실을 향해 걸어갔다. 해가 그의 등 뒤에서 황금빛으로 찬란하게 빛났다. 쓰마란과 쓰마루가 놀란 눈으로 그를 바라보며 물었다.

"후야, 어디 가는 거야?"

쓰마후가 고개를 돌려 말했다.

"자신을 위해 돈을 벌 수 있는데 아픈 게 대수겠어? 형 돈은 잘 두었다가 넷째 형수를 위해 쓰도록 해. 넷째 형수도 배가 많이 불렀잖아."

쓰마란이 말했다.

"그냥 돌아와. 더 이상 피부를 사겠다는 사람도 없다고."

쓰마후가 말했다.

"나는 싸게 팔 작정이야. 남들은 한 치에 200위안씩 받고 팔았지만 나는 150위안만 받고 팔 거라고. 그래도 안 사겠다면 한 치에 100위안만 받지 뭐. 형들이 마을로 돌아가 떠벌리지만 않는다면 내가 추가로 피부를 판 건 아무도 모를 거야. 다섯 치 아니면 여덟 치만 팔아도 관 두 개를 마련해서 란쥐를 데려올 수 있다고."

쓰마란과 쓰마루가 선 채로 미동도 하지 않았다.

쓰마후는 그렇게 피부절개실을 향해 걸어갔다.

6

모두 다 자리를 떴다.

쓰마루가 피부 여덟 치를 추가로 판 동생 쓰마후를 부축했다. 쓰마란은 혼자 다리를 절뚝거리면서 함께 병원을 나왔다. 도시 근교에서 산싱촌으로 가는 길 위 세 사람의 모습이 갈수록 작아졌다. 다리가 부러지고 날개가 꺾인 참새 세 마리가 들판 위를 폴짝폴짝 뛰어가는 것 같았다. 길에는 나무가 아주 많았지만 모두 사람들 손에 부러져 있었다. 잘린 가지의 남은 부분이 싱싱한 흰빛으로 날카롭게 길 위에 늘어져 있었다. 버려진 나뭇가지들이 길 위에 이리저리 흩어져 있었다. 두말할 것도 없이 산싱촌 사람들이 앞서서 이 길을 지나갔던 게 분명했다.

이 나무들은 전부 산싱촌 사람들이 지팡이로 쓰거나 간이 들것을 만들기 위해 꺾어놓은 것이었다.

7

쓰마씨 형제가 마을에 도착한 것은 이미 이튿날 해질 무렵이었다. 하지만 햇빛은 없고 하늘이 울려 해도 눈물이 나지 않을 것처럼 흐려 있었다. 마을 안은 아무 소리도 들리지 않을 정도로 고요했다. 먼저 교화원에서 마을로 돌아온 사람들은 이미 잠자리에 들었고, 이틀 동안 집을 지키고 있던 여자들만 마을에서 물을 긷고 있었다. 끼익 물통을 이고 가는 소리가 촉촉하게 후통 안에 울렸다.

이런 소리 속에서 쓰마씨 형제 셋은 돌아와 잠을 잤다.

사흘 내내 잠을 잤다.

사흘 동안 쓰마란은 식사를 한 끼 했고 변소에 두 번 갔다. 나머지 시간은 내내 달콤한 잠에 취해 있었다.

사흘이 지나 쓰마란이 집에서 나왔다. 손바닥에 적어놓은 숫자들이 희미하긴 하지만 그대로 남아 있었다. 그는 순서대로 집집마다 찾아다니며 돈을 걷기로 했다. 그는 작은 천 모자를 하나 들었다가 걷은 돈을 다 담을 수 없을 것 같아 커다란 것으로 바꾸려 했지만 다른 걸 찾을 수가 없어 결국 작은 모자를 그냥 들고 나가는 수밖에 없었다. 서쪽에서 시작하여 동쪽으로 돈을 걷으면서 이동하기로 했다. 첫 번째 집은 란류껀의 집이었다. 문을 열고 들어가니 란류껀은 집에 없고 그의 모친이 마당 가운데 서서 몹시 난처한 표정으로 쓰마란을 조카라고 부르면서 말했다.

"류껀은 나가고 없네. 돈을 걷어가기 전에 그 돈을 밑천으로 장사를 해서 집을 새로 짓겠다면서 밖으로 나가더라고."

쓰마란이 어리둥절한 표정으로 언제 돌아오는지 물었다.

란류껀의 모친이 말했다.

"열흘이나 보름쯤 걸릴 것 같네. 어쩌면 한 달 꼬박 걸릴지도 모르지."

쓰마란이 란류껀의 모친을 노려보면서 마당에 놓인 광주리를 발로 걷어차고는 밖으로 나와 란양껀의 집으로 갔다. 뜻밖에도 란양껀마저 사촌형인 란류껀을 따라 바러우산맥을 떠나고 없었다.

그의 아내가 말했다.

"세상이 변해서 백성들이 장사를 할 수 있게 됐잖아요. 그래서 그이더러 나가서 여동생 혼수를 장만할 돈 좀 벌어오라고 했어요. 그이가 집에 오자마자 피부를 적게 판 것 같다고 후회하기에 그렇게 말했지요."

세 번째 집 남자는 밖에 나가지 않고 집에 남아 있었다. 하지만 쓰마란의 먼 친척이자 본가의 형님인 그는 쓰마란이 마당에 들어오는 것을 보고는 안채 앞에 앉아 물었다.

"돈 얘기하러 왔나? 벌써 다 썼네."

쓰마란이 물었다.

"남은 돈이 있을 거 아니에요."

그가 대답했다.

"한 푼도 남기지 않고 모조리 다 써버렸네."

쓰마란이 물었다.

"누구 맘대로 그 돈을 다 쓴단 말입니까?"

그는 아무 말도 하지 않고 고개를 두 다리 사이에 처박고는 대답을 하지 않았다. 발로 입을 한 대 걸어차도 절대로 입을 열지 않기로 결심한 것 같았다.

쓰마란은 다음 집에서도 똑같이 경천동지할 일이 일어나리라는 것을 예감했다. 문득 자신이 어떻게 사흘이나 내리 잠을 잘 수 있었던 건지 이상하다는 생각이 들었다. 눈앞에 몸을 움츠리고 있는 본가 형님을 노려보던 그는 정말로 그의 얼굴을 발로 걸어찼다. 본가 형님이 아얏 하고 비명을 질렀

464

다. 다시 한번 발길질을 하려는 순간, 본가 형님의 왼쪽 바지 위로 피고름이 스며 나오는 것을 보고는 허공에 들어 올린 발을 거둬들였다.

"형수는 어디 갔습니까?"

"사람들하고 장사하러 갔네."

"무슨 장사를 하러 갔나요?"

"시내나 진에 갔을 거야. 여기서 파를 한 다발 사다가 그곳으로 가져가 팔면 5위안을 벌 수 있다고 하더군. 아니면 시골에서 땅콩을 사들여 몽둥이로 껍질을 깬 다음에 진에 가져가 팔면 알맹이 한 근에 4마오를 벌 수 있고, 현성에 가져다 팔면 한 근에 5마오를 벌 수 있다고 하더라고."

본가 형님은 원래는 자신도 함께 가려고 했지만 피부를 절개할 때 소독을 잘못했는지 사흘 만에 상처 부위에서 고름이 나오는 바람에 아내 혼자 보내는 수밖에 없었다고 말했다.

쓰마란은 또 연이어 일곱 집을 찾아가보았지만 하나같이 여자들만 집에 있고 남자들은 다리를 쩔뚝거리면서 장사를 하러 나가고 없었다. 사람들이 떠나 텅 빈 마을은 곳곳이 무덤처럼 조용했다.

더 이상 뭐라고 말할 것도 없었다. 아무도 없는 어느 집 마당에 잠시 서 있던 그는 큰 걸음으로 밖으로 나와 곧장 후통 가운데로 가서 황급히 쥐엄나무 위에 매달린 쇠 종을 울려댔다. 며칠 내내 이어진 음침한 날씨 속에서 종소리가 폭우처럼 집집마다 떨어졌다. 쓰마란이 고통스러운 표정으로 거칠게 두드리자 쇠 종이 그네처럼 공중에서 흔들리기 시작했다. 팔이 저려오고 등 뒤에서 사람들의 발걸음 소리가 들리고서야 그는 종을 두드리던 돌을 한쪽으로 던져버렸다.

그러나 몸을 돌리자 그의 눈에 들어온 것은 아이를 안고 회의를 하러 몰려온 여자들 몇 명뿐이었다. 여자들은 지금껏 마을 사람들의 운명을 결정해온 이곳 회의장에 도착해서도 쓰마란 앞으로 다가가지는 않았다. 여자들은 멀리서 아이들에게 젖을 먹이며 겁먹은 표정으로 쓰마란의 어두운 얼굴을 바라보고 있었다. 그렇게 회의에 참석하러 나올 다른 사람들을 기다렸다. 시간이 늙은 쥐엄나무 아래서 허둥지둥 불안하게 사라지고 음침한 마을 상공에 햇빛이 나타날 때가 되어서야 마침내 마을 사람들이 거의 다 도착했다. 남자들은 다 합쳐서 다섯 명이었다. 쓰마씨 삼형제 외에 피부절개 이후 다리에 고름이 생긴 사람 두 명이 더 있었다. 나머지 집들은 전부 여자였다. 여자들은 도둑질을 하기라도 한 사람들처럼 회의장 한쪽에 멀찌감치 서서 사건이 폭발하기를 기다렸다. 품에 안은 아기를 방패막이로 삼고 있었다. 뭔가로 위해를 가하려 할 경우 연약한 아이를 보고라도 몽둥이질이나 주먹질, 발길질 등을 멈추리라 믿는 것 같았다. 쓰마란은 고개를 숙인 채 쇠 종 밑의 바위 위에 앉아 담배를 한 대 피웠다. 며칠 전 비쩍 마른 간호사가 밥 먹는 자리에서 나눠 준 외국 담배를 피우지 않고 남겨두었던 것이다. 그가 담배를 아주 무겁고 길게 빨아들였다. 그는 연기를 전부 배 속으로 삼켜 넣었다. 담배가 빠른 속도로 짧아지더니 마침내 버티지 못한 흰 재가 땅바닥 위로 떨어지면서 요란한 폭발과 함께 바람에 휩쓸려 가버렸다. 남자들 몇몇은 전부 쓰마란으로부터 몇 걸음 떨어진 자리에 서 있었다. 모두들 며칠 사이에 마을에 잉태된 사건이 이제 곧 이 회의장에서 거세게 폭발하리라는 것을 잘 알고 있었다.

극도로 고요했다. 낙엽 떨어지는 소리가 허공에서 하늘과 땅을 진동시켰다.

여기저기 흩어져 있는 여자들의 숨소리가 하늘에 부는 바람처럼 요란했다. 남자들 몇몇이 바짓가랑이 사이에 머리를 파묻은 채 곧 나무에서 떨어질 썩은 배처럼 얼굴을 늘어뜨리고 있었다. 쥐엄나무 아래서 먹이를 쪼아 먹는 닭들의 발톱이 땅에 부딪치는 소리가 거칠고 우렁차게 울렸다. 모두가 한차례 요란한 폭발을 기다리고 있었다. 쓰마란이 갑자기 땅바닥에서 벌떡 일어나 '이 조상 팔대까지 염병할 것들!'이라고 욕을 한 다음 입에서 강물처럼 시원하게 온갖 욕설을 쏟아내기를, 그리고 또 한 집 한 집 돌아가며 다시 욕을 이어가기를 기다리고 있었다.

하지만 담배를 다 피운 쓰마란은 짧아진 꽁초를 바닥에 내던지고 다시 발로 밟은 다음, 가볍게 기침을 해서 목에 막혀 있던 흰 연기를 뱉어내고는 천천히 몸을 일으켜 여기저기 흩어져 있는 마을 사람들을 한 번 쭉 훑어보았다. 그러고는 부드러운 눈길을 쓰마후에게로 옮겼다.

"여섯째야, 네 돈은 잘 가지고 있겠지?"

"나 약혼했어. 그러느라 한 푼도 안 남기고 다 썼어."

쓰마란이 물었다.

"누구랑 약혼을 한 거냐?"

쓰마후가 말했다.

"쥐하고. 전에 내가 란쥐랑 약혼할 거라고 얘기했잖아."

쓰마란이 멀리 혹은 가까이 흩어져 있는 마을 사람들을 다시 한번 쭉 훑어보았다.

"쥐네 집 식구들은 어디 있니?"

쓰마후가 말했다.

"그 돈으로 장사하러 갔어. 내가 가라고 했어. 가족들 모두 가라고. 장사하고 돌아오면 내가 쥐랑 가정을 꾸릴 때 그녀 집에서 혼수를 보내올 거야."

더 이상 다른 말은 오가지 않았다. 쓰마란이 쓰마후를 차가운 눈길로 쳐다보았다. 쓰마후도 차가운 눈으로 쓰마란의

468

눈길을 받았다. 사람들은 허공에서 두 눈길이 서로 부딪쳐 발생하는 붉은 충돌음을 들을 수 있었다. 모두들 곧 싸움이 일어날 거라고 생각했다. 그러나 한참이 지나서 쓰마란은 오래 부릅떠 시려진 눈을 손으로 비비고는 손을 위에서 아래로 문질렀다. 차갑게 굳어 있던 얼굴이 다소 누그러지면서 안색이 부드러워졌다.

쓰마란이 불쑥 말을 던졌다.

"그래, 결혼해서 가정을 꾸리도록 해라. 여섯째 너도 결혼할 때가 됐지. 돈이 부족하면 내가 피부 팔아 번 돈을 주마. 너도 이제 나이가 스물둘이나 됐잖아. 산싱촌 사람들 중 그 나이보다 더 늦게 결혼한 사람은 없을 거야. 염병할, 네가 아내랑 좋은 세월을 보낼 수 있는 날이 누구보다도 적을 것 같구나."

쓰마란의 말이 계속 이어졌다.

"결혼해라, 여섯째야. 너도 결혼해서 우리 삼형제가 함께 밖에 나가 장사를 하자꾸나. 마흔 살까지 못 살면 그만이지. 나 쓰마란의 세월이 남들보다 나을 게 뭐가 있겠니? 이 세상에 미련 둘 이유가 뭐가 있겠어?"

말을 마친 그는 갑자기 울음을 터뜨렸다. 그렇게 눈물을 머금은 채 회의장을 떠났다. 산회를 선포하지도 않고 혼자 몸을 돌려 가버렸다. 집을 향해 갔다. 다리를 절뚝거리며 아주 느린 걸음을 걸어서 갔다. 며칠 밤낮을 쉬지 않고 일하느라 지친 사람이 마침내 일을 마치고 집으로 돌아가는 것 같았다. 남겨진 마을 사람들은 그의 등 뒤에서 무얼 어떻게 해야 좋을지 몰랐다. 회의장을 떠나야 할지 말아야 할지 몰라 모두들 멍하니 일어서서 그가 비틀비틀 후퉁 안으로 걸어 들어가는 모습을 눈으로 배웅했다. 그의 뒷모습이 작고 외로운 배가 강물을 따라 흘러 내려가는 것처럼 갈수록 멀어지더니 모퉁이를 돌아 사라졌지만 사람들은 여전히 멍한 모습으로 서 있었다. 어쨌든 촌장인 쓰마란이 화를 내기는커녕 뜻밖에도 오히려 동생에게 "우리 삼형제가 함께 밖에 나가 장사를 하자꾸나. 마흔 살까지 못 살면 그만이지. 나 쓰마란의 세월이 남들보다 나을 게 뭐가 있겠니? 이 세상에 미련 둘 이유가 뭐가 있겠어?"라고 말한 이유를 알 수 없었다. 마을 사람들은 쓰마란의 눈에 가득 맺혀 있는 슬픔을 보았다. 끝이 보이지 않는 구름과 안개 아래로 미풍이 스치는 산맥처럼 커다란 슬픔이었다. 그가 걸어간 후퉁은 깊은 밤처럼 고요했다. 마을 사람들은 선 채로 그 후퉁을 바라보았다. 시골의 끝이 보이지 않는 계곡을 바라보는 것 같았다. 그러면서 오늘 쓰마란의 그 평온함이 곧 무서운 폭발로 이어질 것이라고, 그의 침묵이 힘을 비축하기 위한 것이라고 추측했다.

쓰마란은 란쓰스의 집으로 갔다.

이어진 며칠 동안, 마을 사람들은 쓰마란의 있을 수 없는 평온함에 놀랐고, 이 평온함이 품고 있을 힘에 흔들렸다. 사람들은 마을 한구석에서 멀리 쓰마란이 보였다 하면 황급히 집으로 들어가 문을 걸어 잠갔다. 길을 걷다가 뒤에서 쓰마란의 발걸음 소리가 들리면 움찔하면서 어깨를 떨었다. 쓰마란이 갑자기 자기 이름을 부를까 봐 고개를 돌리지 못하는 것은 물론이요, 발걸음이 저절로 빨라졌다. 이미 마을 밖으로 소식을 전해 장사하러 나간 남편이 돌아오지 못하게 하는 사람도 있었다. 특히 가장 먼저 돌아오는 일은 더더욱 없게 해야 했다. 남자와 여자, 어른과 아이, 마을의 강줄기와 돼지, 양, 닭, 오리가 모두 쓰마란이 깊이 묻어둔 폭발을 기다리고 있었다. 이런 상황이 마을을 하루 종일 조용하게 만들었다. 잔뜩 겁을 먹고 있다 보니 사람들의 말소리도 작아졌고 가을 낙엽마저도 예전처럼 기세등등하게 우수수 떨어지지 못하고 날리다 멈추는 듯 멈추다 날리는 듯 공중에서 나부끼며 지면에 이르면 요리조리 피하듯 길가나 담벼락 아래로 가서 누웠다.

8

시간은 거꾸로 흐르는 물처럼 천천히 하루 또 하루 지나갔

471

다. 쓰마란은 매일 시간을 내서 산언덕에 올라가 앉아 한참이나 국도 저 먼 곳을 멍하니 바라보곤 했다. 그런 그를 제외하고는 늙은 소와 닭, 양까지 모든 것이 숨을 죽이고 있었다. 하지만 마을은 아무 일 없이 항아리 속의 물처럼 고요하기만 했다. 유일하게 변화가 일어나고 있는 것은 쓰마란의 머리카락이었다. 보름쯤 지난 어느 날, 사람들이 집 앞에 나와 식사를 하고 있을 때, 쓰마란이 언덕에서 내려왔다. 미처 그를 피하지 못한 사람들이 얼른 일어나 몇 마디 얘기를 건네려는 순간, 보름 사이에 쓰마란의 머리카락이 희끗희끗하게 변한 것을 발견했다. 사람들의 마음이 쿵 하고 흔들렸다. 모두들 쓰마란이 많이 늙었다고 생각했다.

보름 사이에 늙어버린 것이다. 얼굴에는 노인 특유의 창백함이 구름처럼 겹겹이 드리워 있고 눈가와 입가에는 마른 나뭇가지 같은 주름이 깊게 파여 있었다. 멀리서 그의 머리를 보면 허공에 더러워진 솜뭉치가 걸려 있는 것 같았다. 가까이 다가가야 솜이 아니라 노인의 머리라는 것을 알아볼 수 있었다. 기후에는 약간의 한기가 느껴졌다. 가을이 이미 협곡처럼 깊어지고 있었다. 쓰마란이 사람들 앞을 지나가면 모두들 그에게 빚을 진 사람처럼 밥그릇을 들고 최대한 공손한 자세로 자리에서 일어섰다. 하지만 그는 더 이상 누구에게도 말을 걸지 않았고 사람들을 똑바로 쳐다보지도 않았다. 그는 항상 슬픈 표정으로 침묵하면서 몹시 야윈 얼굴로 사람들 앞을 묵묵히 지나갔다. 그 뒤로 사람들은 그가 매일 산언덕에 올라가 한참을 쓸쓸히 서 있다가 다시 홀로 쓸쓸히 돌아오는 모습을 보게 되었다.

쓰마란이 마침내 입을 연 것은 다시 보름이 지난 뒤의 일이었다. 그날 산언덕 저쪽에서 누군가 몸을 흔들며 마을로 돌아왔다. 등에 짐을 지고 천천히 걸음을 옮기고 있었다. 쓰마란은 장사하러 외지로 나갔다 돌아오는 마을 사람이라 여기고 반가움과 슬픔이 반씩 뒤섞인 마음으로 맞아주러 나갔다. 마을 어귀에 이르러 보니 그 사람은 바로 향에서 돌아오는 두바이였다. 두 사람은 멀리 떨어진 채 서로를 바라보면서 한마디도 하지 않았다. 그러다가 서로 헤어지려 할 때에야 두바이가 고개를 돌려 말했다.

"매일 언덕에 올라가 바라볼 필요 없어. 마을 사람들이 시내에 가서 장사가 잘되고 피부도 잘 팔리면 교화원 뒤에 집을 짓고 피부를 팔면서 살지, 누가 돌아와서 수로를 준설하려고 하겠어?"

쓰마란이 실눈을 뜨고 두바이를 쳐다보았다.

두바이가 말했다.

"바깥세상은 변했더군. 토지도 분배된 지 여러 해가 지났어. 개방이 됐다고. 형님이 토지를 분배하지 않고 사람들에게 밖에 나가 장사도 하지 못하게 막는데 누가 수로 준설 공사에 참여하려고 하겠어? 사람들이 피부를 팔아서 번 돈을 몰수해서 수로 공사에 쓰는 걸 누가 원하겠어? 누구든 초가집을 부수고 기와집으로 새로 짓고 싶어 해. 처녀들이 시집갈 때 혼수를 준비하고 총각들이 장가갈 때 빙례를 준비하려 하는 것이 당연한 일인 것은 물론이고, 늙은이들이 세상을 하직할 때 좋은 관 하나 가졌으면 하고 바라는 것 역시 당연한 일 아니겠어? 장사해서 번 돈이 물처럼 흐르는데 형님은 누가 수로 준설 공사에 참여하러 오길 기다리고 있는 거야?"

두바이는 약간 서글픈 마음이 들었는지 얼굴에 그늘이 한 겹 스쳤다. 그가 말을 이었다.

"형님하고 나는 둘 다 마을에 부끄러울 것이 없는 사람들이야. 나 두바이는 상부 사람들을 만날 때마다 산싱촌의 이전을 부탁하곤 했었고. 나중에 어느 현장에게 말했더니 한참을 침묵하다가 대답하더군. 중국은 어딜 가나 사람이 산이나 바다처럼 많아서 구더기처럼 바글바글한데 어디로 이전하겠다는 말인가? 어딘지 모르겠지만 구더기 한 무더기가 대문을 기어오르는 것 같겠군."

두 사람 모두 말이 없었다. 그렇게 서로를 바라보았다.

마을 거리에 다른 사람은 없었다. 등 뒤로 밥 짓는 연기가 모락모락 피어오를 뿐이었다. 남자 둘이 허벅지에 묻은 흙탕

물을 말리듯 고름이 흐르는 허벅지에 햇볕을 쬐고 있었다. 입을 굳게 다물고 있던 쓰마란이 그들을 쳐다보다가 두바이의 집으로 시선을 옮겨 한동안 멍하니 바라보았다.

두바이가 먼저 쓴웃음을 지으며 말했다.

"우리는 향에 인맥이 없잖아. 정식 간부가 되지도 않았는데 나를 마을 주재 연락원으로 파견했어. 보름 동안 먼저 토지와 소, 농기구를 각 가정에 분배하라는 거지."

쓰마란이 두바이를 뚫어져라 쳐다보았다.

"뭐든지 다 분배하고 인심을 흩뜨려놓으면 링인거 수로 공사는 어떻게 하라는 건가?"

두바이가 말했다.

"그건 나중에 다시 얘기하도록 하자."

쓰마란이 흥 하고 콧방귀를 뀌고 나서 말했다.

"이런 염병할 두바이 놈 같으니라고, 마을에 그것보다 큰 일이 또 뭐가 있다는 거야? 자네는 마을에 돌아와서 이것저것 분배하고 인심을 흩뜨려 링인거 수로 공사를 망치려는 속셈인가? 내가 자네 두바이를 어쩌지는 못해도 자네 여동생 주추이는 혼내줄 수 있단 말이야."

두바이의 시선이 쓰마란의 얼굴에서 아득하고 무력하게 변했다.

9

하지만 결국 토지가 분배되었다.

소도 분배되었다.

쟁기, 수레, 써레와 소를 끄는 고삐도 집집마다 분배되었다.

분배를 마친 두바이는 향에 한 번 다녀오고, 이어서 현성에도 한 번 다녀왔다. 현성에서 돌아온 그가 물을 길러 가는 쓰마란을 막아서며 말했다.

"쓰마후와 쓰마루를 봤어. 며칠 전에 두 사람이 시내에 가려고 차를 타는 걸 봤지. 다리의 상처가 다 나으면 다시 시내에 가서 피부를 두 조각 팔 생각이라고 하더군. 다른 마을 사람들도 봤지. 장사를 아주 주도면밀하게 잘하고 있더라고. 파나 마을을 팔더라도 살 때는 저울을 조금 높이 달고 팔 때는 저울을 조금 낮게 달아야 하는 법을 알더라고. 이런 식으로 하면 2년도 안 돼서 집집마다 기와집을 짓고 살 수 있을 것 같아."

그래서 자신도 마침내 국가 간부가 될 수 있었다고 말했다.

국가 간부가 된 두바이가 마을 가운데 서 있는 모습은 마침내 재목이 된 한 그루 나무처럼 활기가 넘쳐 보였다. 그가 말했다.

"형님, 전국에 개혁개방이 진행되고 있어. 농민들도 전부

476

자유롭게 농사를 짓거나 장사를 할 수 있게 됐지. 이런 정책들을 형님만 모르고 있는 것 같아. 앞으로 나는 장기간 마을에 머물게 됐어. 향에서 산간벽지로 파견한 국가 간부로 일하게 된 거지. 토지를 인민들에게 분배하고 포산도호를 실시하게 됐어. 모든 것을 책임제로 실행하는 거지. 향장과 현장 둘 다 내 업무 능력이 뛰어나다고 칭찬하더군."

쓰마란이 차가운 어투로 말을 받았다.

"토지를 분배하고 모두들 장사를 하게 되면 수로는 어떻게 하란 말인가?"

두바이가 말했다.

"이건 국가 정책인데 누가 거부할 수 있겠어?"

쓰마란이 물었다.

"마을 사람들이 자네 말을 따를까 아니면 내 말을 따를까?"

"형님은 촌장이지. 하지만 나는 향에서 마을로 파견된 연락원이야. 정식 국가 간부라고. 형님 생각에는 누구 말을 들어야 할 것 같아?"

쓰마란은 대답하지 않았다. 그는 빈 물통을 던져놓고 앞으로 두 걸음 나아가 입술을 앙다물고 갑자기 두바이의 가슴을 주먹으로 가격했다. 망치로 나무를 내리치는 것 같았다. 공허한 울림과 동시에 두바이가 놀란 듯 비틀거리며 뒤로 몇 발짝 물러나며 말했다.

"형님, 왜 사람을 치는 거야. 나는 형님을 이끌어주었을 뿐만 아니라 여동생 주추이까지 형님한테 시집보냈잖아. 그런 나를 왜 때리는 거야?"

쓰마란이 몇 걸음 더 따라가 그의 뺨을 후려치면서 한마디 덧붙였다.

"자네가 토지도 분배하고 장사도 할 수 있게 해줄게! 토지도 분배하고 장사도 할 수 있게 해주겠다고! 그 염병할 토지를 분배하고 장사도 할 수 있게 해주겠단 말이야!"

그는 한마디할 때마다 두바이의 뺨을 한 번씩 후려쳤다. 희고 날카로운 따귀 소리가 차갑고 예리하게 집집마다 문 안팎에 그리고 바러우산맥의 들판에 떨어졌다. 얼음 덩어리가 날아가 떨어지는 것 같았다.

마을 사람들도 쓰마란이 누군가를 때리기를 기다리고 있었다. 수천 년 동안 기다려온 일이 마침내 오늘 이루어진 것처럼 모두들 문을 열고 나와 서둘러 마을 한가운데로 모여들었다. 두바이는 요리조리 몸을 피하고 간간이 손바닥과 주먹으로 반격하면서 입으로는 끊임없이 슬픈 어투로 소리쳤다.

"내가 형님한테 무슨 죄를 지었다고 이러는 거야? 왜 나를 때리는 거야? 어쨌든 나는 국가 간부이고 형님은 내 매부야. 사람들이 링인거 수로 공사에 참여하지 않는 게 내 탓이야? 마흔 살까지 살고 싶지 않은 사람이 누가 있겠어? 솔직히 말할게. 내가 형님한테 사실대로 말해주지. 나는 마흔 살까지 살지 못할까 두려워 향에서 매일 『황제내경』을 읽고 탕약을 달여 마시고 있어."

쓰마란은 두바이의 말에 아랑곳하지 않고 계속 욕설을 퍼부으면서 쉬지 않고 손발을 휘둘렀다. 미친 사람처럼 두바이를 벽 구석으로 몰아붙이면서 입에서는 여전히 똑같은 말을 반복했다.

"토지도 분배하고 장사도 할 수 있게 해주지! 토지도 분배하고 장사도 할 수 있게 해주겠다고! 각자 제 일만 챙기면 빌어먹을 링인거 수로는 누가 준설한단 말이야!"

이렇게 짧은 순간에 마을 거리에 침이 가득 뿌려지고 혼탁한 주먹 소리와 요란한 따귀 소리가 가득 찼다. 갑자기 허공이 피비린내로 가득해지면서 햇빛이 누런빛에서 진한 붉은빛으로 물들었다.

하지만 두바이를 벽 구석으로 몰아붙인 쓰마란이 갑자기 끼익 하고 브레이크를 밟았다. 더 이상 그를 때리지 않았다. 그는 몰려와 자신을 둘러싼 무리 속에서 란류껀과 란양껀, 거우거우, 두주의 모습을 발견했다. 외지에 나가 장사를 하고 돌아온 남자들도 몇 명 있었다. 순간 그는 정신이 들었다. 마을 남자들 일부가 진즉에 마을로 돌아왔지만 자신과 마주치는 게 두려워 집에 숨어서 밖으로 나오지 않고 있었다는 사실을 알게 되었다. 그는 생기 잃은 눈으로 그들을 응시하면서 치켜들었던 손을 허공에 멈춘 채 한참 동안 말이 없다가 갑자기 하늘을 향해 고함을 질렀다.

"내일, 바로 내일 아이 어른 할 것 없이 산싱촌 사람들 모두 죽게 해주세요. 하느님, 목구멍이 막히는 증상이 우리 집으로 그치지 않게 해주세요. 하느님, 정말로 눈이 달려 있다면 산싱촌 사람들이 서른 살까지 살지 못하게 해주세요. 그들을 스무 살까지도 살지 못하게 해주세요. 세상 돌아가는 이치를 깨닫자마자 목구멍이 막혀 죽게 해주세요."

그는 목이 쉬도록 울부짖었다. 한나절이나 쉬지 않고 울부짖었다. 한나절 동안 마을 상공이 그의 외침으로 가득 찼다. 그의 울음이 햇빛을 푸른빛과 자줏빛으로 어둡게 물들였다.

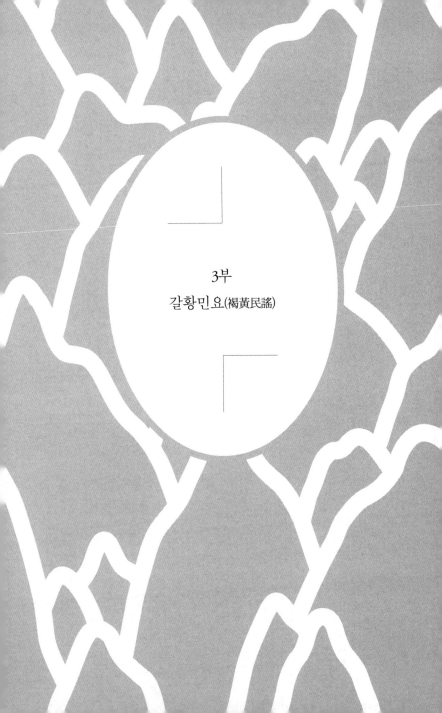

3부

갈황민요(褐黃民謠)

20장

부처가 말했다.

"큰 지혜로다! 그들은 과거와 미래, 현재의 모든 법이 모두 자신의 마음으로부터 나와 현실의 세계를 이루는 것임을 모르는구나. 본래 머물 곳이 없는 것이거늘 그들은 오히려 마음 밖에 나타나는 세계를 오인하고 있구나. 그리하여 생사의 바다에서 돌고 도는 것이다. 다시 말해서, 모든 법에는 생명이 없으니 이것이 지금까지 이야기한 과거와 미래, 현재다. 무슨 이치인가? 이것이 말하는 바는 모든 것이 마음에서 공상으로 생겨난 것이니 본성 자체는 원래 본성이 없는 것이고, 원래 없는 것이 또한 있는 것이라는 이치다. 모든 망상의 본질이 본질 스스로가 없는 것이기 때문에 모든 법은 토끼와 말의

뿔처럼 원래 없는 물질인 것이다. 단지 우둔하고 미련한 범인(凡人)들이 스스로 본성과 망상의 경계를 알지 못한 채 망상을 붙들고 그것이 실재라고 생각할 뿐이다."

1

모든 것이 계속해서 원상태로 회복되고 있었다.

시간은 너무나 빨랐다. 마술사의 손바닥 안으로 들어갔다 나왔다 하는 붉은 비단 같았다. 큰 나무는 작은 나무가 되고, 노인은 중년이 되고, 중년은 청년이 되었다. 건장한 소는 송아지가 되고서도 또다시 줄어들어 어미 소의 자궁 속으로 들어가버렸다. 망령이 무덤에서 살아 돌아오고 매장될 때 닳아 없어진 곡괭이와 호미는 철공소에서 다시 달궈지고 두드려졌다. 삽자루와 호미자루는 모두 나뭇가지로 돌아가 새로 싹을 틔우고 사람들의 해진 옷가지도 모두 새로 짠 천이 되거나 솜과 씨앗이 되었다.

이해 여름, 쓰마란의 아버지 쓰마샤오샤오는 스스로 까마귀와 매에게 쪼아 먹혔고, 사람들은 까마귀와 매를 전부 때려죽여 식량으로 삼았다. 한 달이 지나 약간의 수확이 있어 한 끼를 배불리 먹던 마을 사람들은 쓰마샤오샤오의 장례를 치르고 매장해야겠다는 생각을 하게 되었다. 이리하여 추수가 끝나고 황금빛 대지 위에 인원이 몇 명 되지 않는 장례 행렬이 나타났다. 장례는 란쓰스의 아버지 란바이수이가 주관하고 있었다. 쓰마샤오샤오가 촌장이었을 때는 마을의 모든 출산과 장례를 그가 주관했기 때문에 이번 장례 행렬은 더욱 처량하고 쓸쓸했다. 곡을 하는 소리도 들리지 않았고 세 어린 상주 쓰마란과 쓰마루, 쓰마후만 관 뒤에서 행렬을 따라가면서 놀란 눈을 크게 뜨고 있었다. 울 줄 모르는 어린 강아지 세 마리가 자신들의 목숨을 팔게 될 집무시장을 멋대로 돌아다니고 있는 것 같았다.

유일하게 발생한 놀라운 일은 이 몇 명 안 되는 장례 행렬이 십자 후통 입구를 벗어났을 때 쓰마란이 새 질그릇을 깨부수자* 란바이수이의 여섯째 딸 란쓰스가 갑자기 마을 쪽에서 달려 나온 것이다. 그녀는 자신의 할아버지가 돌아가실 때 어머니가 입고 있던 상주용 흰 상복 상의를 입고 있었다. 몹시 크고 헐렁헐렁한 것이 마치 하얀 치마 같았다. 그녀는 막무가내로 뭔가 말을 하면서 무서운 속도로 장례 행렬을 쫓아갔다. 입고 있는 상복이 가을바람에 휘날리면서 그녀의 모습은 땅 위를 날듯이 빠른 속도로 굴러가는 구름 같았다.

* 허난 지방 장례의 필수 의식 중 하나이다.

장례 행렬을 따라잡아 대열 맨 뒤에 끼어든 그녀는 쓰마란의 손을 잡아끌고는 그와 함께 계속 묘지까지 가려고 했다.

관이 멈춰 섰다.

란바이수이가 격분하여 입술을 떨면서 말했다.

"쓰스 이 빌어먹을 년아, 당장 그 옷 벗어. 네 아비, 어미가 아직 살아 있잖아. 우린 백 살까지 살 거란 말이다."

란쓰스는 검은 구슬처럼 빛나는 아름다운 두 눈을 크게 뜨고 말했다.

"아버지, 두 분은 제가 쓰마란 오빠의 아내가 되기를 원하지 않으셨나요?"

란바이수이가 다가가 쓰스를 발로 가볍게 걸어차고는 장례 행렬에서 조용히 데리고 나왔다. 관 앞에서 고독한 폭발음이 울리더니 마분지 조각이 뿌려졌다. 화약 냄새 가득한 공기 속에서 장례 행렬은 다시 힘없이 언덕을 향해 걸어갔다. 쓰마샤오샤오의 장례가 끝나고 나서 란바이수이는 흩어져 돌아가는 마을 사람들을 바라보면서 한참을 참고 있다가 입을 열었다.

"어떻게든 마흔은 넘겨야 합니다! 마을의 농지에 흙을 한번 바꿔볼까 하는 생각을 하고 있어요. 그러면 열에 여덟아홉은 마흔을 넘겨 살게 될 겁니다."

마을 사람들은 아무도 그 말에 신경을 쓰지 않았다. 무리를 잃은 외로운 기러기처럼 쓸쓸한 모습이었다.

2

3년 후, 서른일곱이나 여덟이 채 되지 않은 사람들이 무덤으로 옮겨질 때, 사람들은 쓰마란의 아버지 쓰마샤오샤오가 땅에 묻히던 날을 떠올렸다. 가을 햇살이 온통 맑고 노랗게 빛나고 있었다. 무덤가의 새로운 흙이 내뿜는 찬란한 냄새가 막 수확한 유채꽃 그루터기 안에서 퉁탕퉁탕 요동쳤다. 당시 란바이수이는 쓰마샤오샤오의 무덤 위에 서서 양손을 가슴 앞에 모아 한참을 비벼대면서 말했다.

"여러분들 모두 촌장님이 돌아가신 걸 알고 계시지요. 돌아가시기 전에 제게 마을의 일을 돌보라고 하셨습니다. 돌보라는 뜻은 곧 마을 사람들이 마흔을 넘기고, 쉰이나 예순, 나아가 일흔이나 여든까지 살게 할 수 있는 방법을 강구하라는 것이었지요. 여러 해 동안 생각해봤지만 다른 방법은 없는 것 같습니다. 오로지 흙을 바꾸는 것밖에요. 내일 모두 동쪽 산언덕으로 옮겨 갑시다. 삽과 괭이를 지고 동쪽 산언덕부터 시작해서 밭을 석 자 깊이로 판 다음, 위쪽의 흙을 아래에 묻고 아래쪽의 흙을 위로 들어 올리는 겁니다. 산싱촌 사람들의 수명이 짧은 것이 바로 이 흙 때문이 아니라면, 여러분들이 저 란바이수이의 머리를 비틀어 바짓가랑이 사이로 쑤셔 넣고, 우리 란씨 집안 조상들의 무덤을 전부 파내 뼈를 산언덕에 늘어놓고 말려도 좋습니다."

동쪽 산언덕은 마을에서 4리 반 정도 떨어진 위치에 자리 잡고 있었다. 다음 날 란바이수이가 곡괭이와 삽을 어깨에 메고 수로 동쪽 산언덕의 농지에 올라섰을 때, 수확이 끝난 유채꽃 그루터기의 비리고 누런 냄새가 여전히 새벽의 고요함을 따라 웃음을 머금은 듯이 산맥의 사방으로 퍼져나가고 있었다. 막 잠에서 깬 까마귀 한 마리가 절벽 끝에서 날아올랐다. 울음소리와 함께 녀석의 말라붙은 눈곱이 밭 위로 떨어졌다. 란바이수이가 밭머리의 약간 높은 곳에 올라서서 동녘이 희미하게 불그스름해질 때부터 해가 높이 솟을 때까지 기다렸지만 그의 뜻에 따라 흙을 갈아엎으러 나온 마을 사람은 하나도 보이지 않았다. 그는 마을에 피어오르는 밥 짓는 연기를 바라보면서 혼잣말로 중얼거렸다.

"이제 산싱춘은 끝났군. 끝났어. 정말로 끝난 것일까 봐 두렵네."

란바이수이의 말을 입증이라도 하듯이 3년 후 어느 여름날, 마을에서 남자 일곱이 목구멍이 부어올랐고 여자 다섯이 인후통에 시달리기 시작했다. 석 달 뒤에는 여름이 채 가기도 전에 목구멍에 병이 난 이 열두 명의 마을 사람들 가운데 열한 명이 죽었다. 그 가운데 나이가 가장 어린 사람은 겨우 열아홉 살이었다. 결혼하여 가정을 꾸린 지 반년 만에 죽고 만 것이다. 장례를 치르는 날이 되어서야 마을 사람들은 그의 아내의 배가 이미 불룩하게 부풀어 오른 것을 발견했다. 겨우 열일곱 살인 그녀의 얼굴에는 아직 앳된 기색이 가득했고 피부도 무척 깨끗했다. 마을 처녀들과 젊은 아낙네들 가운데 가장 아름다웠다. 그녀가 시집가던 날 밤에 사람들이 신랑 신부를 골려주려고 침대 밑에 들어가 하룻밤을 함께 샜다. 이튿날 새 신부가 침대 위에서 처음에는 울다가 나중에는 웃으며 목을 눌러 내는 소리가 귀를 몹시 자극하면서도 매력적이었다는 사실을 온 마을 사람들이 알게 되었다. 열아홉 살인 신랑은 그날 밤에 조금도 쉬지 않고 옷을 하나하나 다 벗어젖히면서 아무것도 걸치지 않은 알몸이 될 때까지 연달아 열아홉 차례나 신부의 몸을 눌러주었다. 다음 날 마을 사람들이 신랑에게 말했다.

"색시를 좀 아껴주도록 해. 이제 겨우 열일곱 살인 데다 어쨌든 이미 자네 여자가 되지 않았나."

여자에게도 충고를 잊지 않았다.

"남편을 좀 더 아껴주도록 해요. 몸이 완전히 축나버리면 후회막급일 거라고."

이런 말을 들은 새 신랑 신부는 함께 얼굴을 붉히며 마을 어귀나 다듬잇돌 옆에 말없이 조용히 서 있다가 고개를 숙인 채 걸음을 옮겼다.

그때 이후로 마을 사람들은 다시는 신부가 침대 위에서 내는 소리를 들을 수 없었다. 피리 한 자루가 마을 사람들에 의해 완전히 부러져버린 것 같았다.

이제 그녀의 남편은 죽고 없었다. 마을 사람들은 또다시 그녀의 날카로운 울음소리를 듣게 되었다. 갈기갈기 찢기면서 온 마을에 메아리치는 소리였다.

"저 사람 좀 구해주세요. 제발 저 사람 좀 살려주세요. 저 사람은 이제 겨우 열아홉 살이라고요. 우린 결혼한 지 반년도 채 안 됐단 말이에요……. 저는 이제 겨우 열일곱 살인데 과부가 됐어요……. 제가 겨우 열일곱 살에 과부가 됐단 말이에요!"

장례를 지내던 날, 그녀는 관 가장자리에 여러 차례 머리를 박았다. 사람들이 그녀를 붙잡아 당기며 말렸지만 그녀는 막무가내로 관을 이고 있는 사람들 사이를 뚫고 들어가 관 윗부분의 손잡이를 움켜쥐고는 소리쳐 말했다.

"당신들이 우리 남편을 해친 거예요. 3년 전에 당신들 모두 동쪽 산언덕에 올라가 흙을 갈아엎었어야죠. 우리 남편이 스무 살도 채 안 돼서 목에 병을 얻었다는 건 말도 안 돼요."

장례 행렬은 그녀의 울음 속에서 하는 수 없이 멈춰 서서 그녀가 토해내는 하소연을 아주 분명하게 듣고 있어야 했다.

"관을 메고 옮기는 당신들도 힘이 있으면 가서 흙을 갈아엎으란 말이에요. 어째서 죽는 건 당신들이 아닌가요. 흙을 갈아엎으면 사람들이 마흔 살 넘게 살 수 있다는 걸 어째서 모르는 건가요. 어째서 이 관 속에 누워 있는 사람이 당신들이 아닐 수 있는 건가요."

이렇게 미친 듯이 말도 안 되는 소리를 마구 외쳐대던 어린 과부는 바로 란바이수이의 둘째 딸 란바스였다.

사흘이 지나 그녀는 미쳐버렸다. 옷을 다 벗어 우물가 둔덕 위에 던져놓고 아이를 가진 지 다섯 달 된 배를 내밀고 다녔다. 시골의 하얀 북처럼 마을에 흙을 갈아엎으러 가지 않은 마을 남자들을 욕하고 다녔다. 침이 사방으로 마구 튀는 그녀의 욕설을 들으며 마을 사람들은 란바이수이의 외침을 듣고도 동쪽 산언덕으로 가서 흙을 갈아엎는 사람이 하나도 없었던 그 역사에 기록될 새벽을 후회했다. 해가 마을 꼭대기까지 솟아올랐을 무렵, 란바이수이는 홀로 외롭게 걸어서 돌아왔다. 그의 등 뒤에서 따라오는 유일한 사람은 열 살 조금 넘은 사내아이였다. 그가 바로 산싱촌을 뒤흔들 인물 쓰마란이었다.

두 사람은 앞뒤로 일정한 거리를 유지하면서 걸었다. 천리만리를 함께 걷는 늙은 노새와 어린 노새 같았다. 마을 어귀에 이르렀을 때, 늙은 노새가 돌아서서는 어린 노새에게 집에 가라고 말했다.

쓰마란이 고개를 들고 말했다.

"앞으로 흙을 갈아엎게 될까요?"

란바이수이가 말했다.

"잘 모르겠다. 이제 나를 촌장으로 여기는 사람도 없을 게다."

목구멍에 병이 난 마을 사람 열두 명 가운데 열한 명이 죽고 나서야 마을 사람들은 마침내 살아남은 유일한 한 사람이 바로 란바이수이의 아내인 두메이메이(杜梅梅)라는 것을 알게 되었다. 그리하여 또 모두들 3년이라는 세월 동안 집집마다 제각기 살길을 찾아 밀을 심고 옥수수를 거두고 콩을 파종하고 고구마밭을 갈면서 죽을 때까지 서로 왕래하지 않았지만, 란바이수이와 한 해에 한 명씩 태어나 나란히 한 줄로 선 그의 딸들은 아주 오랫동안 흙을 갈아엎고 있었다는 사실을 깨달았다.

그들 가족은 그사이 흙에서 자란 양곡을 먹기 시작했다. 덕분에 두메이메이는 목구멍에 병이 났음에도 불구하고 잘 견디면서 살아갈 수 있었던 것이다.

이리하여 마을 사람들은 모두 흙을 갈아엎으면 수명을 연

492

장할 수 있다고 믿게 되었다.

햇빛이 아주 밝던 어느 날, 란바이수이는 자기 집 정원에서 아내가 짜준 새하얀 천과 붉은 인주 그릇을 꺼내다 하얀 천을 마당 한가운데 있는 커다란 팔선탁 위에 펼쳐놓고 글을 아는 두옌을 불러 탁자 앞에 앉게 했다. 쓰마란과 두옌의 아들 두바이가 손으로 하얀 천을 잡아당겼다. 그런 다음 란바이수이가 나무 밑에 무릎을 꿇은 채 잡혀 온 도둑처럼 고개를 숙이고서 모인 사람들한테 말했다.

"나 란바이수이가 촌장이 되는 것에 동의하면 모두들 와서 이 천 위에 지장을 찍으세요. 동의하지 않는다 해도 굳이 강요하진 않겠습니다."

산싱촌 사람들은 이날, 음력 9월 초사흘에 있었던 그 전례 없이 장엄한 행동이 새로운 재난의 시작이라는 사실을 알지 못했다. 마을 사람들은 열다섯 살인 쓰마란의 등 뒤로 길게 줄을 서서 집게손가락에 인주를 묻혀 그 새하얀 천 위에 힘껏 눌러 찍었다. 하얀 천 위에는 한 송이 또 한 송이 매화 같은 붉은 지장이 찍혔다.

이때부터 란바이수이는 촌장이 되어 마을 사람들을 이끌고 흙을 갈아엎기 시작했다. 닭이 처음 울 때 잠자리에서 일어나 닭이 두 번째 울 때 마을을 나섰고 닭이 세 번째 울 때면 동편 산언덕에서 일을 시작했다. 란바이수이는 특별히 사람을 청해 세밀하게 계산을 해보았다. 집안의 남자 하나와 여자들 몇이서 3년 내내 흙을 갈아엎어야 자기 집 소유의 땅 5무 2분을 전부 새 흙으로 바꿀 수 있었다. 마을 사람들 전부 나서서 마을 땅을 전부 갈아엎어 새 흙으로 바꾸려면 동쪽 산언덕에서 서쪽 산마루까지, 마을 앞 계곡의 수로에서 마을 뒤편 계곡 끝자락의 황무지까지 마무리하는 데 12년 8개월의 시간이 필요했다. 이 기간 동안 해마다 찾아오는 명절과 농번기, 일상적인 생로병사, 관혼상제 등을 고려하면 13년까지도 늦춰질 수도 있었다. 하지만 하루의 시간을 채찍처럼 길게 늘어뜨려 닭이 울 때 나가서 일을 시작하여 달이 뜰 때 일을 마무리하고 집으로 돌아가는 식으로 하면 13년이라는 시간을 7년이나 8년으로 줄일 수도 있었다. 마을에서 이에 대해 이의를 제기하는 사람은 아무도 없었다. 남자 여자할 것 없이 모두 겨울 문턱에 이를 때까지 흙을 갈아엎어 수명을 연장하는 일에 깊이 빠져 있었다. 첫 번째 대설이 날카롭고 긴 소리를 내면서 내려와 산과 들판에 흰빛으로 두텁게 쌓였다. 22무의 동편 산언덕을 석 자 깊이로 파고 갈아엎어 땅속 깊숙이 있던 흙을 들어 올리고 위에 있던 흙을 바닥에 깔다 보면 꽁꽁 언 흙 비린내가 온 산과 들판에 가득했다. 사람들은 또다시 차갑고 맑은 닭 울음소리를 밟으며 동편의 두 번째 산언덕으로 향해 하얀 눈 속에서 새 흙을 발견했다.

494

새 흙 위에는 사람이 하나 누워 있었다. 란바이수이의 사촌 동생인 란창셔우(藍長壽)였다. 그는 온몸이 퍼렇게 굳은 채 코와 손가락이 이미 무 같은 얼음 색깔이었다. 손으로 만져보니 처마 밑의 고드름 같았다. 란창셔우 옆에서 이제 막 어른이 된 쓰마란은 턱을 받치고 세상의 흰빛을 아득히 바라보고 있었다. 똑같이 얼어서 몸이 굳어버린 시신 같았다. 한 구는 뻣뻣하게 누워 있고 다른 한 구는 뻣뻣하게 앉아 있는 것 같았다. 마을 사람들은 그새 밭으로 몰려와 흙 주변에 놀란 표정으로 서서 물었다.

"어떻게 된 거예요?"

쓰마란이 말했다.

"죽었어요. 제가 와보니 이미 죽어 있었어요."

두말할 것도 없이 그는 진즉에 죽어 있었다. 그의 얼굴에는 이미 얼음의 차가운 빛이 반짝이고 있었고 팔과 다리는 시퍼런 바위처럼 굳어 있었다. 사람들이 그의 입을 젖히다가 실수로 그릇의 가장자리를 부딪쳐 깨뜨리듯 얼음처럼 굳은 그의 입술을 깨뜨리고 말았다. 다시는 다물어질 리 없는 그의 치아 사이로 목구멍이 거칠 것 없는 골목길처럼 훤히 뚫려 있는 것이 보였다.

그는 목구멍 병으로 죽은 것이 아니었다. 아직도 그의 손에 쥐어져 있는 삽이 그가 천지의 흙을 갈아엎느라 지쳐서

죽었다는 것을 말해주고 있었다. 촌장 란바이수이는 현장에
도착하자마자 그의 손가락을 벌려 손에 쥐고 있던 삽을 빼내
한쪽에 내팽개치고는 바닥에 주저앉아 한차례 흐느껴 울었
다. 다 울고 난 그가 서 있는 마을 사람들을 쳐다보며 말했다.

"가서 일들 하세요. 죽은 사람을 지키고 서 있어봤자 뭘 할
수 있겠어요?"

마을 사람들은 선 채로 미동도 하지 않았다. 란창셔우의
시신을 내려다보면서 전부 멍한 표정으로 서 있었다.

란바이수이가 또 말했다.

"일하다 지쳐서 죽는 것도 대단히 가치 있는 일입니다."

사람들은 여전히 선 채로 움직이지 않았다.

쓰마란은 몹시 난처하여 어쩔 줄 몰라 하는 란바이수이의
얼굴을 쳐다보다가 다시 또 마을 사람들의 표정을 살폈다.
그러더니 갑자기 시신에 다가가 입 안을 살펴보고는 놀란 표
정으로 고개를 돌려 말했다.

"맙소사! 이것 좀 보세요. 이 사람은 일하다 지쳐서 죽은
게 아니에요. 목구멍이 청자 빛인걸 보면 목구멍 병에 걸린
게 분명해요."

어린 쓰마란은 곧장 란창셔우의 입을 열고는 오이를 비틀
듯 시신의 머리를 비틀어 마을 사람들에게 대충 보여주고 나
서 다시 거칠게 몸을 돌려 시신의 팔을 잡아 들어 올렸다. 탁

탁 드드륵 하는 청백색 소리가 났다. 시신을 어깨에 들쳐 멘 그는 큰 걸음으로 마을을 향해 걸어가기 시작했다.

이때, 멀어져가는 쓰마란과 란창셔우의 시신을 바라보면서 몸을 움직이기 시작한 란바이수이는 여섯째 딸 란쓰스를 그에게 시집보내기로 마음먹었다. 그는 산싱촌의 다음 세대에 자신의 아름다운 딸에게 어울리는 사윗감으로 쓰마란보다 더 적합한 사람은 다시 나오지 못할 것이라고 생각했다. 그가 쓰마샤오샤오의 손자이니 할아버지의 총명함이 그대로 유전되었을 것이고, 언젠가 그의 어머니가 보여주었던 매서운 대담함도 그에게 그대로 유전되었을 것이라는 생각이 들었다.

3

이날 밤 달빛은 없었다. 마을 사람들은 일찌감치 일을 마쳤다. 쓰마란은 어둠을 밟으며 마을 이쪽에서 저쪽으로 건너가 란씨 집안의 커다란 마당 대문을 두드렸다. 나와서 문을 열어준 사람은 머리를 길게 땋아 내린 란쓰스였다. 그녀가 대문을 확 열면서 누구냐고 묻자마자 그는 단번에 그녀를 품에 안아버렸다. 그 뒤로 아주 오랜 세월 동안 그는 그날 밤 포옹의 감격을 잊지 못했다. 그녀는 울지도 않았고 소리를 지르지도 않았다. 그저 처음에는 무척 놀란 반응을 보이다가 나중에는 그의 품 안에서 몸을 버둥거리면서 얼른 벗어나려고 애쓸 뿐이었다. 그러면서 한마디 같은 말만 반복했다.

"소리 지를 거예요. 날 놔주지 않으면 소리 지를 거라고요."

그녀가 온 힘을 다해 반복해서 말했지만 그에게는 머리 위에서 모기나 파리가 앵앵거리는 것처럼 들렸다. 그녀는 갑자기 닥쳐온 사랑에 넋이 나간 모습이었다. 그는 아무 말도 하지 않았다. 단지 그녀의 얼굴에 미친 듯이 입을 맞출 뿐이었다. 온몸의 피가 미친 듯이 흐르고 있었다. 이런 일은 한 번도 없었다. 그는 열여섯 나이에 한 번도 경험해보지 못한 봄날의 조수처럼 밀려오는 사랑을 즐겼다. 두 사람은 그렇게 한 몸이 되어 서로를 꼭 껴안고 있었다. 밀어내는 것 같기도 하고 갈구하는 것 같기도 했다. 그렇게 그녀는 대문 입구에서 마당에 있는 오동나무 아래까지 끌려갔다. 발밑에 있던 고목나무 가지 하나가 두 사람의 사랑으로 인해 소리를 내며 타올랐다. "누구요?"하고 란바이이수이가 묻는 소리가 방에서 부드럽게 흘러나왔다. 그 순간 마당은 다시 묘지처럼 고요해졌다.

그가 그녀를 품에서 놓아주었다. 차가운 땀방울이 이마에 거칠게 맺혀 있었다.

"누구요?"

본채 입구에 란바이수이가 서 있었다.

란쓰스가 검은 그림자 사이에서 걸어 나왔다.

"저예요."

란바이수이는 다시 문가에서 사라졌다.

바로 이때 란쓰스는 쓰마란을 너무나 놀라게 했지만 평생 실현되지 못할 말을 했다.

"란 오빠, 나는 그저께 막 열네 번째 생일을 보냈어. 내가 열네 살이 되자마자 오빠가 내게 입을 맞추고 나를 만졌으니 이생에서는 오빠가 날 데려가지 않으면 오빠는 서른도 넘기지 못하고 죽게 될 거야. 그리고 오빠네 쓰마씨 집안 사람들은 흙을 갈아엎는 일을 다 끝내도 장수하는 사람이 하나도 없게 될 거야."

나중에 쓰마란은 매일같이 그날 밤 일을 떠올렸다. 그는 그날 자신의 대범한 행동은 란바이수이의 나약함 때문이라고 생각했다. 그는 란바이수이를 불쌍히 여겼고 그를 업신여겼다. 하지만 그는 이런 사람이 자신을 촌장이 되게 하고, 아름다운 딸들을 낳게 되리라는 것은 알지 못했다. 하지만 그날 밤 갓 열네 살이 된 란쓰스가 했던 말을 떠올릴 때면 그의 마음에는 한 가지 두려움이 시커멓게 가슴속을 메웠다. 말하자면 란쓰스는 평소에 무척 가냘프고 야윈 모습이었고 얼굴은 항상 누렇게 떠 있었다. 겨우 작년부터 정해진 때가 되기라도 한 것처럼 얼굴에 불그스름하게 생기가 돌았다. 가슴이 솟아오르기 시작한 것도 불과 며칠 전의 일인 것 같았다. 어제까지만 해도 평평했던 가슴이 오늘 밤 그의 몸이 닿고 나서야 비로소 급한 호흡에 따라 쿵쿵 소리를 내면서 솟아오른 것 같았다. 그는 그녀가 연약하기 때문에 감히 대담하게 큰 소리를 내지 못하는 것이라고 생각했다. 하지만 그녀가 한 해에 한 명, 심지어 한 해에 두 명씩 시집을 가는 언니들처럼 목을 꼿꼿이 세우고 마구 엉킨 머리칼을 뒤로 빗어 하나로 묶고서 얌전한 발걸음으로 본채를 향해 걸어가던 그 순간, 그는 마침내 자신이 그녀에게 굴복당했으며 그녀에게 압도되었다는 사실을 깨달았다. 그는 일찍이 그녀가 크게 소리를 지르면 문밖 어둠 속으로 물러나 맥장이 있는 곳으로 도망쳐야겠다고 마음먹었었다. 도망칠 길도 다 봐두었었다. 일단 맥장에 이르면 다시 마을 뒤로 해서 집으로 돌아갈 작정이었다. 혹은 그녀가 소리를 지르면 재빨리 입을 막고 아직 놀라움과 두려움에 휩싸여 있는 그녀를 대문 밖까지 끌고 갈 작정이었다. 하지만 이 모든 일들은 결국 일어나지 않았다. 말을 마친 그녀는 그를 혼자 어둠 속에 남겨둔 채 집으로 돌아갔다. 그가 가슴 가득 준비한 것들은 하나도 남지 않고 전부 사라져버렸다. 그는 한 번도 경험해보지 못한 공허함과 무력감을 느꼈다. 두 다리에 힘이 빠져 후들거렸다. 다시 대문 밖으로 물러서려는 순간, 변소 입구에서 자신을 바라보고 있는 두 눈동자가 그의 눈에 들어왔다.

란씨 집안의 막내 딸 란싼지우였다.

란싼지우의 두 손은 아직 바지 허리띠 위에 얹힌 채 움직이지 않았다. 그녀는 비위를 맞추기라도 하듯이 쓰마란을 향해 까르르 웃었다.

"내가 다 봤어요. 엄마 아빠한테 말 안 할게요. 누구에게도 말하지 않을 거예요. 우리 집에 들어가서 좀 앉아 있다 가요, 란 오빠. 불에 손 좀 녹이고 가라고요. 밖은 아주 춥잖아요."

그녀의 눈빛이 달빛만큼이나 아름다웠다. 이때부터 그는 란싼지우도 마음 깊이 새기기 시작했다. 그는 평생 한 여자만을 아내로 맞을 수 있다면 쓰스보다는 싼지우가 더 낫겠다는 생각이 들었다. 하지만 아쉽게도 그녀는 너무 어렸다. 그녀는 쓰스보다 두 살이 어려 아직 만 열두 살도 채 되지 않았다. 란쓰스가 출상 행렬에 뛰어들어 그와 함께 장례에 참여했던 때보다 겨우 몇 달 더 자란 셈이라 그녀를 아내로 맞으려면 적어도 2년이나 3년은 더 기다려야 했다. 2년이나 3년이라는 시간은 또 얼마나 길고 지루한 세월인가. 특히 마흔을 넘기지 못하고 세상을 떠나야 하는 산싱촌 사람들에게는 더더욱 그랬다.

쓰마란은 란싼지우를 따라 란씨네 집 안으로 들어갔다.

옥수수 열매를 태워 밝힌 불이 란씨네 집 안 본채를 환히 비추고 있었다. 벽에 걸린 거미줄이 연기와 불꽃 속에서 흔들렸다. 바람이 불기라도 하는 것 같았다. 화로 주위로 란바이수이의 손과 란류스의 손, 란우스의 손이 나란히 뻗어 있었다. 세 사람 모두 피어 올라오는 불꽃을 누르려는 듯이 손을 불에 아주 가까이 가져갔다. 불꽃이 그들의 손 사이로 밝게 빛났다. 몹시 화려하고 요염했다. 햇빛 아래 놓인 비단 조각 같은 붉은빛이었다. 란쓰스는 그곳에 없었다. 그녀의 어머니도 그곳에 있지 않았다. 두 사람은 다른 방에 있었다. 나중에 란쓰스는 그때 자신은 어머니와 혼사에 관해 이야기를 나눴다고 말했다. 쓰마란이 두바이네 주추이와 혼례를 치르고 가정을 꾸린 첫날밤, 그의 머릿속에는 란씨네 집에서 화롯불을 쬐던 그 순간이 아른거렸다.

란바이수이가 말했다.

"란아, 너 정말로 쓰스를 아내로 맞고 싶은 거냐?"

쓰마란이 말했다.

"네 그러고 싶어요."

란바이수이가 말했다.

"그렇게 생각하는 것도 나쁘지 않지. 원래 그 아이는 네 아내감으로 정해져 있었으니까 말이야."

쓰마란은 멍한 표정으로 란바이수이를 쳐다보았다.

란바이수이는 쓰마란을 쳐다보지 않았다. 그는 담뱃대에 담배를 채워 세 모금을 빨고는 한참을 가만히 있다가 다시 입을 열었다.

"얘야, 넌 올해 나이 열여섯이야. 곧 결혼해야 할 때가 올 게다. 우리 란씨 집안은 네게 예물 따위는 전혀 바라지 않는 다. 하지만 네가 이 란 아저씨를 위해 한 가지 일을 해줘야겠 다. 우리 산싱촌 사람들은 조상 때부터 일본인들에게 피부를 팔기 시작했어. 너희 아버지 세대에는 군인에게도 피부를 팔 았지. 그러다가 해방이 되면서 더 이상 전쟁도 없다 보니 피 부 장사가 시들해지고 말았단다. 그러다가 나중에 현 건물에 불이 나서 열세 명이 불에 타 숨지고 100여 명이 화상을 입 는 사건이 발생했지. 건물도 몇 채 타버렸어. 그때 네 아버지 가 마을 사람들을 이끌고 가서 돈을 벌어 마을 전체가 쓸 유 채와 무 종자를 사 오셨단다."

여기까지 말하고 나서 란바이수이는 기름등을 탁자 가장 자리로 밀어놓고는 화로 쪽 빛이 있는 곳에 서서 바지 허리 춤을 풀어 발목까지 내렸다. 쓰마란의 두 눈에서 파박 하고 불꽃이 일더니 란바이수이의 두 다리에 남은 흉터에 눈길이 고정되면서 눈이 휘둥그레졌다. 어슴푸레한 빛 속에서 란바 이수이의 두 다리 허벅지에 적갈색으로 한 겹 또 한 겹 잘려 나가 팔린 피부의 얇은 껍질들이 그의 눈에 들어왔다. 허벅지 맨 윗부분에서 시작하여 무릎에 이르기까지 대략 열 조각 정도 되었다. 큰 것은 손바닥만 했고 작은 것은 나뭇잎만 했다. 상처가 나란히 이어져 있는 가운데 움푹 파인 부분도 있고 볼록 튀어나온 부분도 있었다. 튀어나온 부분은 나무의 빨간 옹이 같았다. 움푹 파인 부분은 전부 물 같은 푸른빛이었다. 쓰마란은 그의 두 다리가 다리로 느껴지지 않았다. 오히려 봄날에 도끼에 찍혀 강변에 나란히 박힌 버드나무 말뚝 같았다. 도끼에 마구 찍힌 것처럼 한쪽은 두껍고 한쪽은 가늘었다.

란바이수이가 말했다.

"무섭니? 네 아버지의 다리도 이럴 게다. 마을을 통틀어 서른 살 전후의 남자들은 전부 다리가 이 모양이란다."

그가 바지를 다시 추켜올리며 다시 말했다.

"막 이렇게 되었을 때 네 숙모는 나랑 같이 자지도 못했어. 내가 침대 밑에서 간절히 빌자 그제야 나와 한 이불에 들었지."

쓰마란은 말이 없었다. 속이 약간 메스꺼웠다. 식초를 머금고 있는 것처럼 시큼한 물이 입에 잔뜩 물려 있었다. 란바이수이가 허리띠를 다시 잡아매면서 그 호피 무늬 같은 자홍빛 상처가 바지로 가려지고 나자 갑자기 쓰마란의 허벅지가 조금씩 떨리기 시작했다. 허벅지 피부가 차가우면서도 딱딱하게 느껴졌다. 지금 막 차가운 바람이 자신의 허벅지 위로 스쳐 지나간 것 같았다.

란바이수이가 말했다.

"이제는 너희 세대 차례야. 마을에 돈이 필요한 상황이거든. 마을의 삽과 곡괭이, 광주리 등 땅을 갈아엎는 데 사용했던 모든 도구들을 한번 교체해줘야 할 때가 되었다. 두옌 형제가 종이에 펜으로 적어가며 계산을 해봤지. 수레를 다섯 대 정도 사야 한다는구나. 수레가 있으면 10년 동안 갈아엎어야 할 땅을 6년 반이면 다 갈 수 있다는 거야."

란바이수이가 다시 말했다.

"그렇다고 필요한 돈이 아주 많은 건 아니야. 내가 계산을 해봤는데, 두세 명만 다리 피부를 팔면 충분할 것 같더구나."

쓰마란이 물었다.

"누구 피부를 팔아야 하나요?"

란바이수이가 말했다.

"네가 가도록 해라, 얘야. 네가 아니면 내 말을 들을 사람이 없어. 피부를 팔아 돈을 받으면 곧장 가서 수레바퀴를 사도록 해라. 피부를 팔고 오면 그걸 쓰스에게 빙례를 준 셈 쳐주마. 두 사람이 혼사를 치를 때 우리 란씨 집안에서는 너희 쓰마씨 집안에게서 단 한 푼도 받지 않을 게다."

21장

1

쓰마란은 결국 어린 시절에 하늘이 흔들릴 만큼 산싱촌을 엄청난 두려움에 빠뜨렸다.

겨울 끝자락의 어느 날, 마을 사람들이 모두 산언덕에서 땅을 갈아엎고 있을 때, 쓰마란은 자루를 하나 등에 지고 길을 떠났다. 어머니는 그에게 건량(乾糧)을 한 보따리 건넸다. 새하얀 밀가루 냄새가 안개처럼 그의 코를 감쌌다. 그는 만터우 냄새를 몇 번 맡더니 어른들처럼 그것을 허리띠 뒤쪽에 따로 매달아두었다. 문을 나설 때 만터우가 덜렁덜렁 흔들리며 그의 엉덩이에 부딪쳤다. 그는 엉덩이가 노란 기름 향기에 젖는 것을 느꼈다. 그가 말했다.

"어머니, 이 만터우는 목화 기름으로 구운 건가요?"

어머니가 말했다.

"참기름으로 구웠단다."

그가 어머니의 얼굴을 한참이나 쳐다보다가 말했다.

"절반은 동생 루와 후를 위해 남겨주세요."

어머니가 말했다.

"그럴 필요 없다. 너는 가서 피부를 팔아야 하지 않느냐. 잘 먹고 몸을 보양해야지."

그는 곧 길을 나섰다. 산마루에 자욱한 안개의 하얀 기운이 겨울 끝자락의 이른 아침을 촉촉하게 적셨다. 새로 갈아 엎은 흙은 물 같은 분홍빛이었다. 안개 속에서 보면 마치 머리가 깨져 피가 흐르는 것 같았다. 쓰마란도 그 붉은 흙의 피 비린내를 맡을 수 있었다. 핏빛 비린내는 맞은편 산마루에서 거침없이 날아와 흩날리며 겨울 들판을 지나갔다.

그는 걸음을 멈추고 서서 흙냄새가 날아오는 쪽을 잠시 바라보다가 이내 계속 걸음을 옮겼다. 사흘 뒤, 바람 한 점 없이 햇볕을 받아 따스함을 머금고 있는 오후에 쓰마란은 바러우 산 밖에서 돌아왔다. 얼굴이 환하게 빛났다. 남색 서양 천으로 지은 상의를 입고 있었다. 햇빛마저 옅은 남색으로 물들 일 정도로 깨끗한 새 옷이었다. 그는 오른쪽 다리를 절뚝거리며 천천히 걸었다. 큰 나무에서 꺾은 가지를 이용해 수레의 바퀴를 밀고 있었다. 나뭇가지는 바퀴의 홈에 딱 맞아 왼쪽 오른쪽으로 돌려가며 밀기에 아주 편했다. 산언덕으로 돌아가 땅을 갈아엎고 있던 마을 사람들 앞으로 수레바퀴를 굴려 가자 사람들은 처음에는 멀리서 그를 바라보기만 했다. 외부 세계에서 온 신을 바라보는 것 같았다. 한동안 모두들 멍한 표정으로 감히 그를 부르지도 못했고 앞으로 다가가 부축해주지도 못했다.

쓰마란이 멀리서 마을 사람들을 향해 외쳤다.

"여러분, 저 돌아왔어요. 제가 수레바퀴를 사가지고 돌아왔다고요."

마을 남자들은 마침내 어린 쓰마란을 알아보았다. 사람들은 들고 있던 도구들을 다 던져놓고 다가와 그를 둘러싸더니 한 명씩 차례로 수레바퀴 타이어에 몸을 기대고서 코를 자극하는 검정색 고무 냄새를 맡았다. 그러고는 불에 탄 천 냄새 같다고 말했다. 쓰마루와 이제 막 도구를 다룰 수 있게 되어 일을 하러 온 쓰마후가 드르륵 쇠구슬이 부딪치는 소리를 들으면서 손으로 그 매끌매끌한 굴대를 돌려보니 그 바퀴가 역시 소달구지 바퀴보다 편하고 빠르다는 것을 실감했다. 갓 열네 살이 넘은 란양껀이 타이어의 접착 부분을 만지며 말했다.

"이게 바로 서양의 수레바퀴로군요. 저는 평생 서양의 수

508

레바퀴를 본 적도 없고 도시에 가본 적도 없어요."

남자들은 수레바퀴를 둘러싸고 있었고 여자들은 쓰마란을 둘러싸고 있었다. 열두 살이 된 란싼지우가 사람들 사이에서 튀어나와 말했다.

"사람들은 피부를 팔아서 결혼할 사람에게 선물도 사다 주고 그러던데 오빠는 우리 언니를 위해 뭘 사 왔어?"

쓰마란은 허리 뒤춤에서 건량 주머니를 풀더니 그 안에서 얌전하게 접혀 있는 붉은 꽃무늬 천을 꺼내 란싼지우에게 건네면서 말했다.

"네 여섯째 언니한테 주려고 사 온 거야."

이어서 반짝거리는 양말을 한 켤레 꺼내 건네주며 말했다.

"이건 너 주려고 사 온 양말이고."

이번에는 또 담뱃잎이 그려진 담배를 한 갑 꺼내며 말했다.

"이건 너희 아버지께 드리려고 사 온 서양 담배야."

마지막으로 그는 사탕을 한 봉지 꺼냈다. 사탕을 싼 알록달록 화려한 종이가 지는 햇빛 속에서 오색찬란하게 빛났다. 마을 사람들은 사탕을 나누어 먹으면서 마침내 란바이수이네 여섯째 딸 란쓰스가 쓰마란의 아내가 되었다는 사실을 알게 되었다. 모두들 놀라서 할 말을 잃었다. 그러다가 또 갑자기 그런 게 아니라면 쓰마란이 가서 피부를 팔아 마을에 유사 이래 첫 번째 수레바퀴를 사다 줄 수 있었을까 하고 생각했다.

모두들 시간에 맞춰 일을 마무리했다.

해가 빠른 속도로 마지막 빛을 거둬들였다. 마을로 돌아가기 위해 쓰마란은 밭에서 세 번이나 일어서려고 애썼지만 도저히 일어설 수 없었다. 갑자기 오른쪽 허벅지 통증이 온몸에 퍼졌다. 란바이수이가 그 담배 한 갑을 뜯어 자신이 먼저 한 대 입에 물고 또 자기와 같은 항렬인 쌴스와 몇 살 위인 남자에게 한 대씩 나눠 주고 나서 쓰마란 앞으로 다가가 물었다.

"피부 한 조각 크기가 얼마나 됐나?"

여자들이 전부 밭을 떠난 것을 확인한 쓰마란이 허리띠를 풀어 바지를 내렸다. 남자들이 그를 둘러싸고는 오른쪽 허벅지에 한 겹 또 한 겹 감겨 있는 거즈를 살펴보았다. 거즈 위로는 핏물이 배어 나와 있었다. 그가 거즈를 둘둘 풀어내자 맨 마지막에 손바닥 크기의 정사각형 천이 나왔다. 쓰마란은 그 천 위에 손으로 동그라미를 그리며 고개를 들었다.

"손바닥 크기랑 비슷해요."

두바이와 두난(杜楠), 란류껀, 란양껀, 쓰마루와 쓰마후 그리고 바로 뒤에 있는 두주까지, 한 무리의 소년들 마음속에서 일제히 확 하는 소리가 울렸다. 어두운 방에 갑자기 창문을 밀어젖힌 것 같았다. 쿵 하는 소리와 함께 모두들 알고 보니 허벅지에서 잘라낸 나뭇잎만 한 피부로 수레바퀴뿐 아니라 옷을 지어 입을 수 있는 천과 서양 양말 한 켤레, 사탕 한 근을 살 수 있었다는 사실을 깨달은 것이다. 그럼 피부를 두 조각 팔면 어떻게 될까? 세 조각을 팔면 어떻게 될까? 허벅지의 피부를 전부 팔면 어떻게 될까? 이렇게 많은 물건을 살 수 있는 건 두말할 것도 없고, 어쩌면 딸이나 아내까지 마음대로 사 올 수 있을지도 모를 것 같았다. 해가 떨어진 뒤의 고요함이 산등성이에서부터 서서히 온 천지를 뒤덮었다. 언덕길 앞으로 수레바퀴를 밀면서 가는 어른들의 걸음이 높아졌다 낮아지고 거칠어졌다 부드러워지기를 반복하면서 점차 멀어져갔다. 산싱촌의 이 세대는 소년기를 지나는 아이들이었다. 그들은 무리를 지어 쓰마란을 둘러싼 채 피부를 팔러 가는 일에 관해 상의했다. 피부를 팔고 난 뒤에 하고 싶은 가장 중요한 일에 대해서도 상의했다.

두창(杜椿)이 말했다.

"나는 피부를 팔면 무엇보다도 먼저 결혼부터 할 거야."

란류껀이 말했다.

"나는 아내를 맞아들일 뿐 아니라 줄무늬 서양 천을 사서 바지를 하나 만들어 입을 거야."

두주가 말했다.

"나는 옷은 안 살 거야. 대신 기름 덩어리가 잔뜩 붙어 있는 고기를 두 근 사다 먹어야지."

나이가 가장 어린 쓰마후의 차례가 되었다. 그가 쓰마란을 힐끗 쳐다보고는 말했다.

"나는 피부를 팔아도 장가를 가지 않을 것이고, 마을에 수레바퀴나 광주리, 삽 같은 것도 사다 주지 않을 거야. 엄마한테만 선물을 사다 드리고 나머지 돈은 전부 모아둘 거야."

모두들 이 말이 형 쓰마란을 겨냥한 것이라는 것을 모르지 않았다. 쓰마란이 란씨네 사람들에게는 어른 아이 할 것 없이 이것저것 잔뜩 사다 주면서 자기 집에는 아무것도 사 오지 않았던 것이다.

소년들은 일제히 쓰마란을 쳐다보았다.

쓰마란이 삽자루로 몸을 지탱하면서 일어섰다. 소년들의 얼굴을 바라보던 그의 눈길이 마지막으로 다섯째 동생 쓰마루와 여섯째 동생 쓰마후의 얼굴에서 멈췄다. 손을 솜 바지춤에 넣은 그는 해바라기씨 두 봉지와 짙은 회색 목도리를 하나 꺼냈다. 목도리와 해바라기씨 봉지에는 희미하게 그의 체온이 남아 있어 해 질 무렵 냉기 속에서 밥 짓는 연기처럼 퍼지고 있었다. 쓰마란이 목도리를 툴툴 털면서 두 동생에게 말했다.

"우린 아버지가 돌아가시고 안 계시잖아. 살아 있는 내가 맏이인데 어떻게 엄마한테 효도를 다하지 않을 수 있겠어. 이건 엄마에게 드리려고 산 목도리야."

이어서 해바라기씨 한 봉지를 소년들 가운데 한 명에게 던져 주면서 말했다.

"이건 원래 집에 돌아가면 쓰마루에게 주려고 준비했던 건데 여기서 너희끼리 나눠 먹도록 해라."

그는 또 남은 한 봉지를 쓰마후에게 던지며 말했다.

"나는 네 형이야. 형은 아버지나 마찬가지지. 집에 도착할 때까지 기다리지 못할 것 같구나."

말을 마친 쓰마란은 소년들과 한데 어울려 같은 길로 가지 않았다. 그는 삽 한 자루에 몸을 의지하며 샛길로 마을을 향해 걸어갔다.

샛길 저 앞에서 그의 사촌동생 두바이가 말없이 고개를 숙인 채 걸어가고 있었다. 아주 먼 거리였는데도 그의 몸 뒤에 떨어지는 마음을 읽을 수 있었다. 피었다 지는 검정 꽃 한 송이 한 송이 같았다.

두바이가 말했다.

"란 형, 나한테는 연필 한 자루도 안 사주는 거야?"

쓰마란이 말을 받았다.

"너희 집에서 맛있는 음식을 했을 때 한 번이라도 우리 집에 가져다준 적이 있었냐? 너희 아버지가 우리 고모부인데도 말이야."

두 소년은 서로 눈을 흘겼다. 그때 갑자기 어디선가 란바이수이가 삽을 한 자루 메고 나타났다. 쓰마란의 발걸음 소리가 밭머리에 퍼졌다.

란바이수이가 말했다.

"진에서는 사람들이 인산인해를 이루어 땅을 갈아엎고 있다며?"

쓰마란이 말했다.

"땅속에 있는 새 흙을 파내 오래된 흙을 덮거나 가장자리에 쌓아두고 있더라고요. 멀리서 보면 한 층 한 층 쌓인 계단 같았어요."

2

모든 전환의 기회는 이렇게 갑자기 찾아왔다.

란바이수이와 쓰마란이 진에 한번 가서 보니 과연 엄청나게 많은 사람들이 마을 서쪽 산언덕 위에 모여 수레나 멜대로 밭의 높은 곳에서 파낸 흙을 움푹 파인 곳으로 날라 쏟아부음으로써 수백 년 된 언덕을 호수처럼 평평하게 만들고 있었다. 또한 지세에 따라 모양을 달리하며 평평하게 다진 땅 가장자리에 돌을 쌓아 올리거나 삽으로 곧게 깎아내 흐르는 구름과 물처럼 매끄럽게 만들었다. 산언덕에는 사방 여기저기에 붉은 깃발이 휘날리고 있고 도처에 표어가 붙어 있었다. 사람들의 말소리도 몹시 요란하고 떠들썩했다. 후두둑 쏟아지는 폭우 같았다. 그렇게 많은 사람들이 일을 하고 있는 가운데 새로 갈아엎은 땅이 한 조각 한 조각 이어져 흙에 담긴 천년의 기운이 사람들의 폐부에 젖어들고 있었다. 기름 연기처럼 코를 찌르는데도 무척 개운했다. 두말할 필요도 없이 이는 한 마을의 일이 아니었다. 천하에 이렇게 큰 마을은 존재하지 않았다. 남녀 모두가 산언덕 하나에 달라붙어 있었다. 강바닥에 깔려 이리저리 움직이는 시커멓고 누런 자갈들 같았다.

쓰마란이 란바이수이를 데리고 이 산언덕에 도착했다. 란바이수이가 일하고 있는 사람 하나에게 다가가 물었다. 그 사람은 전국의 농촌이 계단식 전답 시범 운영 마을[7]에 노동력을 집중하고 있다고 말했다. 또 그들을 이끌고 일을 하는 사람이 향에서 온 루(盧) 주임이라고 했다. 이어서 란바이수이가 물었다.

"시범 운영 마을이라는 게 뭐지?"

쓰마란이 말했다.

"시범 운영 마을이 무엇이든 간에 남들이 우리 마을에 와서 공짜로 일을 해주면 좋은 것이지요."

7) 1960년대 중국 농촌의 계단식 전답 재정비 운동을 진행했던 마을을 일컫는다. 향이나 현을 단위로 한 모든 인력을 시범 마을에 집중시켰다.

란바이수이는 길가에 쭈그려 앉아 움직이지 않았다. 그의 맞은편에 10여 대의 수레가 움직이고 있었다. 수레들은 하나같이 흙더미를 싣고 있었다. 구덩이 안에는 찻물 같은 빛이 가득했다. 다시 먼 곳을 바라보니 산언덕의 작은 평지에 천막이 몇 개 쳐져 있고, 그 안에서 밥 짓는 연기가 피어올라 수증기처럼 허공에 퍼지고 있었다. 희고 진한 연기는 허공에 흩어져 겨울날의 파란 하늘과 구름 속으로 녹아들었다. 향에서 온 루 주임이라는 사람이 천막 앞에서 몇 마디 하자 누군가 끓인 물을 한 통 어깨에 지고 천막에서 나왔다. 농민들이 일하고 있는 어딘가로 가져다주려는 것 같았다. 눈길을 더 먼 곳으로 옮겨 바라보니 이런 천막이 여러 곳에 더 있었다. 하나같이 밥 짓는 연기가 피어오르고 있었다. 루 주임이 가는 곳마다 누군가 밥통을 두 개 지고 나왔다.

쓰마란은 희고 진한 향기를 맡을 수 있었다. 그가 말했다.

"이런 염병할, 목이 마를 텐데 쌀죽을 먹는단 말인가. 이 사람이 가서 우리를 위해 일을 해주라고 하기만 하면 1년에 400무의 땅을 전부 갈아엎을 수 있을 텐데."

그가 또 말했다.

"바이수이 아저씨, 루 주임이 누군가요?"

란바이수이는 긴 한숨만 내쉬며 끝없이 침묵했다. 손으로 턱을 받치고서 밥통을 지고 갔던 사람이 다시 빈 밥통을 메고 어디론가 돌아갈 때까지, 머리 위의 해가 서서히 서쪽으로 가라앉고 몇 안 되는 사람들이 일을 마무리하고 도구를 챙겨 그들 옆을 지나갈 때까지 그렇게 침묵하고 있다가 혼잣말로 중얼거리듯이 말했다.

"이 사람들이 전부 우리 마을로 간다면 얼마나 좋을까."

쓰마란이 란바이수이의 얼굴을 쳐다보았다.

란바이수이가 말했다.

"돌아가자."

쓰마란이 말했다.

"아저씨, 제가 이 사람들 전부 우리 마을에 가서 일하게 할 수 있어요."

란바이수이가 잠시 멍한 표정을 짓다가 말을 받았다.

"농담하지 말거라. 해가 떨어지기 전에 어서 돌아가자."

"정말이에요, 아저씨. 제가 정말로 이 사람들 모두 우리 마을에 가서 일하게 하면 어떻게 하실래요?"

"얘야, 정말 그렇게 된다면 네가 하고 싶은 건 뭐든지 할 수 있게 해주마."

"촌장이 되고 싶어요."

쓰마란이 목을 꼿꼿이 세우고 말했다.

놀란 란바이수이가 또 멍한 표정을 지었다.

"이제 겨우 열여섯인데 옛날 네 아버지랑 똑같구나."

517

"동의하지 않으신다는 건가요?"

"그것만은 안 될 것 같구나, 얘야."

"그렇다면 올해 쓰스를 아내로 맞을 생각인데, 그때 저희 집에서 한 푼도 돈을 안 쓰게 하는 건요."

란바이수이가 큰 소리로 말했다.

"그래, 좋다. 어서 말해봐라. 어떻게 이 사람들이 우리 마을에 가서 일할 수 있게 한단 말이냐."

쓰마란이 말했다.

"루 주임을 찾아가면 돼요. 우리 산싱촌은 땅을 갈아엎기 시작한 지 오륙 년이 되었기 때문에 저쪽보다 땅 상태가 훨씬 좋은 편이지요. 그에게 바러우산에 와서 한번 살펴보라고 하면 돼요. 그가 다른 곳으로 가야 하기 때문에 인력을 우리 마을로 데려오기 어렵다고 하면 마을 사람들이 전부 나서서 그에게 무릎을 꿇으면 됩니다."

란바이수이의 얼굴에서 집으로 돌아가려는 생각이 사라졌다. 그가 쓰마란을 힐끗 쳐다보았다. 모르는 사람을 쳐다보는 것 같았다. 이때, 이들이 말하는 루 주임이 한 천막에서 나오더니 다른 산언덕을 향해 걸어갔다. 그림자가 계단식 밭 위로 연한 붉은색으로 나타났다. 강인하고 훤칠해 보이는 모습이 마치 말채찍 같았다. 란바이수이가 땅바닥에서 몸을 일으키며 말했다.

518

"가서 한번 해보자꾸나. 루 주임이 마음을 움직이면 올 연말에 쓰스가 열다섯 살이 되니 너에게 시집보내도록 하마."

두 사람은 앞뒤로 나란히 서서 산언덕 꼭대기를 향해 걸어갔다.

루 주임이 맞은편에서 걸어오다가 또 어딘가를 향해 모퉁이를 돌았다.

란바이수이는 멀리서 걸음을 멈췄다. 그의 이마에 송글송글 땀방울이 맺혀 있었다. 그가 말했다.

"얘야, 네가 저분을 좀 불러봐라."

쓰마란이 앞으로 몇 걸음 나아갔다.

"루 주임님."

루 주임이 멈춰 섰다. 루 주임은 나이가 란바이수이만큼 많지 않았다. 서른 살 조금 넘은 것 같기도 하고 서른이 채 안 된 것 같기도 했다. 마(麻)처럼 호리호리했지만 제법 말쑥하고 깨끗해 보였다. 그는 아주 젊은 데다 일찍부터 향에 있는 사람들을 통솔했고 공사장 여기저기를 돌아다니며 시찰한 경력이 있었다. 그러다 보니 항상 양손은 등 뒤로 뒷짐을 지고 있었고 얼굴에는 언제나 하늘이 놀라고 땅이 흔들릴 정도로 깊은 생각과 고민들이 응결되어 있었다. 루 주임이 몸을 돌려 쓰마란을 위아래로 훑어보았다. 이름을 알지 못하는 나무를 관찰하고 있는 것 같았다.

"날 불렀나?"

쓰마란이 곧바로 대답했다.

"아저씨, 아저씨가 가서서 말씀 좀 해주셔야 할 것 같아요."

란바이수이는 루 주임 쪽으로 걸어갔다. 지는 해가 그의 맞은편에서 비추는 바람에 눈을 뜨기가 어려웠다. 루 주임 앞으로 다가가 얼굴을 마주하고 선 그는 먼저 허리를 구부려 인사를 올렸다. 루 주임이 신고 있는 신발이 검정 고무로 만든 통이 긴 해방화(解放靴)라는 것을 알아보았다. 이어서 또 루 주임이 부대에서 입는 초록색 사선 줄무늬 바지와 남색 중산복(中山服) 차림이라는 것도 알게 되었다. 그가 말했다.

"루 주임님, 주임님께서 향 전체에서 온 사람들을 이끌고 이곳에서 계단식 전답을 조성하고 계신데, 만일 이 사람들을 이끌고 산싱촌으로 가신다면 산싱촌 사람들 모두가 루 주임님과 향 사람들 앞에 무릎을 꿇을 것입니다. 저희 산싱촌에서는 봄 여름 가을 겨울 쉬지 않고 땅을 갈아엎은 지 오륙 년이 지났는데도 열 군데나 되는 산비탈 가운데 겨우 한 군데하고 절반 정도만 간신히 작업을 끝냈습니다. 하지만 저희 마을이 여기보다는 나은 것 같습니다. 여기보다 더 계단식 전답 같아 보이거든요. 인민공사에서 와서 도와주면 1년도 안 돼서 400무의 땅을 전부 갈아엎을 수 있을 겁니다. 그때가 되면 마을 전체가 놀라 자빠질 겁니다."

루 주임이 약간 놀랍고 의아하다는 표정으로 란바이수이와 쓰마란을 쳐다보았다. 아주 오랫동안 쳐다보고 나서야 입을 열었다.

"방금 땅을 갈아엎은 지 오륙 년이 되었다고 했나요?"

쓰마란이 앞으로 몇 발짝 다가서며 말했다.

"땅을 정리한 지 이미 6년이나 됐습니다."

루 주임이 말했다.

"누가 여러분에게 계단식 전답을 조성하라고 하던가요?"

쓰마란이 말했다.

"저희 스스로 한 겁니다. 땅을 갈아엎기로 결정한 뒤로 종을 치면 마을 사람들 모두 나와서 일을 했지요."

루 주임의 눈길이 쓰마란에게 고정된 채 움직이지 않았다. 쓰마란은 루 주임의 눈길이 란바이수이에서 자신에게로 천천히 옮겨 오는 소리를 들었다. 그 뒤로 그의 눈길이 부드러워지고 따스해지는 것도 느낄 수 있었다. 루 주임이 뒷짐 지었던 손을 앞으로 옮기더니 주머니에서 담배 한 갑을 꺼내 란바이수이에게 건넸다. 그가 피우려 하지 않자 루 주임도 피우지 않았다.

"두 분은 어느 마을에서 왔습니까?"

"산싱촌에서 왔습니다."

루 주임은 외투 주머니를 뒤져 향 행정구역 지도를 펼치며 두 사람에게 산싱촌이 바러우산맥 어디쯤에 있는지 물었다. 울긋불긋한 지도 위를 손가락 끝이 마구 돌아다녔다. 바다에 빠진 바늘을 찾는 것 같았다. 일하던 사람들이 이쪽을 바라보았다. 루 주임은 선생님이 학생의 답안지에서 기어코 틀린 부분을 찾아내려는 것처럼 열중하고 있었다. 누군가 다가와서 각 마을의 계단식 전답 조성에 동원된 사람들 수를 보고하는데도 그는 고개조차 들지 않았다. 그의 손가락이 지도 아래에서 위쪽으로, 또 서쪽에서 동쪽으로 옮겨 갔다. 지도의 가장자리 밖으로 나가버릴 것 같다가 동남쪽 구석에서 멈췄다.

그는 마침내 지도 위 어느 산맥의 끝자락에서 작은 점 하나를 발견하고는 두 사람에게 어느 생산대대 소속이냐고 물었다.

두 사람이 대답했다.

"저희 마을 자체가 하나의 생산대대입니다."

"인구가 얼마나 되나요?"

"아주 많습니다. 200명이 넘지요."

루 주임이 말했다.

"그렇다면 그 마을은 우리 향 전체에서 가장 작은 생산대대일 뿐만 아니라, 현 전체에서 가장 작은 생산대대일 것 같군요."

3

루 주임은 훌륭한 간부였다. 쓰마란도 늙어서 죽음을 앞두고 있을 때 마을 사람들에게 이 간부에 관해 언급한 적이 있었다. 일하는 모습이 바람 같고 비 같은 루 주임은 사흘 뒤에 정말로 산싱촌을 찾아왔다. 지프차를 타고 온 그는 산등성이에 차를 세웠다. 이 지프차는 유사 이래 산싱촌에 들어온 첫 번째 자동차였다. 쓰마란이 마을을 위해 사 온 첫 번째 수레바퀴처럼 중요한 의미이며 마을 역사에 영원히 빛날 한 페이지를 장식하게 되었다.

그날은 하늘이 어둡고 해도 없어 골짜기마다 무거운 추위와 겨울의 기운이 쌓여 있었다. 지프차가 산언덕 꼭대기에 멈춰 서자 마을 사람들은 재빨리 마을을 나서서 산언덕 꼭대기까지 미친 듯이 달려갔다. 아이들이 신나서 외치는 소리가 창문을 뚫고 들어오는 햇빛처럼 겨우내 쌓인 우울을 밝혀 주었다. 열네 살이 넘은 아이들과 가족이 있는 남자와 여자들 모두 루 주임이 정말로 마을을 찾아오리라고는 생각지도 못하고 있다가 밭에 집기를 내버려둔 채 뛰어나왔다. 모두들 지프차를 둘러싸고 외투를 입은 루 주임을 에워쌌다. 잘 익은 계란부침을 명주 천으로 싸다 바치는 마을 사람도 있었다. 루 주임과 그의 기사는 김이 모락모락 나는 계란부침을 먹으면서 키가 제대로 자라지 못한 작은 아이들 예닐곱을 바라보았다. 지프차를 둘러싸고 서 있는 아이들의 모습이 통통 튀는 작은 공 같았다. 두 사람은 계란부침을 아이들에게 건넸다. 뒤늦게 서둘러 달려온 란바이수이가 계란을 받아먹는 아이들의 몸을 발로 걷어찼다.

루 주임은 산싱촌의 후퉁을 한 바퀴 돌면서 집과 거리를 둘러보았다. 후퉁 서쪽에서부터 다 갈아엎은 밭까지 꼼꼼히 살피며 걷고 또 걸었다. 흙을 한 줌 손에 꽉 쥐고는 감나무 밑에 서서 수십 무에 달하는 산싱촌의 산비탈 땅을 가늠해보기도 했다. 저쪽 땅에 비해 큰 것은 두 무가 되지 않았고 작은 것은 겨우 몇 분 정도밖에 되지 않았다. 모든 땅의 조각들이 깊은 겨울에 어두운 붉은빛을 띠고 있었다. 커다란 흙덩이는 찾아볼 수 없었다. 지세에 따라 구불구불 이어진 밭이랑이 특별한 정취를 자아냈다. 무너져 내리기 쉬운 곳에는 돌을 쌓아 올려 멀리서 보면 집을 짓기 위해 터를 다져놓은 것처럼 반듯했고 단단한 곳은 제방의 벽처럼 견고했다. 곡괭이와 삽의 흔적이 깊고 어두운 빛으로 번득였다. 그 속에서 축축하고 습한 더러운 흙냄새가 넘쳐났다. 루 주임은 흙냄새를 들이마셨다. 가늘게 이어져 높낮이가 일정치 않은 새로운 땅의 들쑥날쑥한 모습에서 이 계절의 붉은 매화 같은 정취가 느껴졌다.

그가 말했다.

"좀 더 일찍 와서 계단식 전답의 실험 지역을 이곳으로 정했다면 정말 좋았을 것 같군요."

그가 또 말했다.

"지역이 외진 데다 세 개 현이 맞닿아 있는 곳이라 지역 전체의 모범이 될 수 있을 것 같네요."

그가 또 말했다.

"어떻게 여기에 마을이 하나 더 있다는 것을 잊을 수가 있지요? 인구가 200명이나 되는데 말이에요."

산싱촌 사람들 모두 루 주임 앞의 황량한 땅 위에 서 있었다. 루 주임은 별다른 말이 없었다. 그가 타고 온 지프차 문쪽으로 손을 뻗어 차문을 열려고 하는 순간, 란바이수이가 마을 사람들을 한 번 쳐다보고는 먼저 루 주임 앞에 무릎을 꿇고서 더없이 슬픈 목소리로 울면서 말했다.

"주임님, 저희도 이 세상에 사는 사람들인데 조상 대대로 정부로부터 복을 받아본 적이 없습니다. 공사 인력을 저희한테도 보내서 땅을 갈아엎게 해주시면 안 되겠습니까?"

란바이수이가 무릎을 꿇는 동작은 너무나 갑작스럽고 힘이 들어가 있었다. 거칠고 단단한 밤나무 두 그루가 공중에서 떨어지는 모습 같았다. 놀란 루 주임의 심장에서 쿵쿵 소리가 났다. 산싱촌의 남자와 여자, 어른 아이 할 것 없이 모두가 무슨 일이 벌어진 것인지도 모르면서 덩달아 무릎을 꿇었다. 검은 머리칼과 검은 옷, 주름진 검은 얼굴들이 눈 깜짝할 사이에 루 주임 앞의 하늘을 몇 배나 더 검게 물들였다. 비쩍 마른 개 한 마리가 사람들 사이에서 루 주임을 바라보았다. 개의 얼굴에도 왠지 모르게 흙탕물 같은 눈물방울이 걸려 있었다.

란바이수이가 말했다.

"루 주임님, 저희 산싱촌을 좀 불쌍히 여겨주십시오."

마을 사람들 모두 경전을 읽듯이 똑같은 말을 반복했다.

"저희를 좀 불쌍히 여겨주십시오. 마을 밖의 인력을 저희 마을에도 좀 배정해주십시오……."

란바이수이가 말했다.

"제가 이 마을의 촌장입니다. 제가 마을 전체를 대표해서 주임님께 개두의 절을 올리겠습니다."

마을 사람들 모두 란바이수이를 따라 길 위에 엎드려 개두의 절을 올렸다. 머리가 땅에 닿을 때 반쯤은 누렇고 반쯤은 허연 소리가 땅 위로 튀어 올라 루 주임을 향해 쏟아졌다. 이 소리에 루 주임의 마음이 움직였다. 그의 야윈 얼굴에 창백한 빛이 비치더니 입가가 찢기고 당겨지는 듯이 마구 떨렸다. 루 주임이 말했다.

"인력을 동원하면 마을에 묵을 곳은 있습니까?"

란바이수이가 말했다.

"집집마다 방을 비우도록 하겠습니다."

루 주임이 말했다.

"각 마을에서 오는 사람들이 양식은 직접 챙겨 와 밥을 지을 겁니다. 여러분이 그들에게 땔감을 제공해야 합니다."

란바이수이가 말했다.

"정 곤란하면 나무를 전부 베도록 하겠습니다."

루 주임이 말했다.

"어떤 마을은 가난하기 때문에 제대로 도구를 갖추고 있지 못합니다. 여러분들이 수레와 삽을 좀 더 많이 준비해야 할 겁니다."

란바이수이가 말했다.

"사람들만 온다면 도구는 저희가 얼마든지 준비하겠습니다."

루 주임은 곧 문을 열고 차에 올라타면서 말했다.

"그만들 일어나세요."

기사가 지프차에 시동을 걸었다. 흑청색 기계 소리가 차 앞부분에 서린 뜨거운 유증기를 끌어당기면서 침울한 광야를 찢으며 앞으로 나아갔다. 지프차는 그 찢어진 침울함 사이로 요란한 소리를 내면서 달렸다. 누렇고 하얀 먼지가 산등성이에 용 머리와 뱀 꼬리를 만들며 솟아올라 아주 오래 흩어지지 않았다.

22장

밤새 큰 눈이 내렸다.

말하자면 눈은 댕그랑댕그랑 소리를 내며 내렸다. 눈 속에 뒤섞여 있는 작은 얼음 조각들이 쌀알처럼 산맥 높은 곳에서부터 우묵하게 파인 곳을 향해 굴러오더니 날이 밝아오자 눈꽃이 미친 듯 나부끼며 휘날렸다. 눈 깜짝할 사이에 온 세상이 아득한 흰빛으로 바뀌었다. 산싱촌 사람들은 다음 날 오후가 되어서야 꿈에서 깨어났다. 쓰마란은 좋은 옷을 차려입고 자기 집 앞 눈밭에 잠시 서 있다가 쌓인 눈을 헤치면서 란쓰스의 집으로 향했다. 후통 입구에 이르렀을 때 누군가 부르는 소리가 들렸다. 그가 고개를 돌려 보니 두바이의 여동생 주추이가 두씨네 후통 입구를 걸어 나오고 있었다. 후통의 흰빛이 마치 흰 천을 깔아놓은 것 같았다. 그 위를 걷는 주추이의 작고 마른 모습이 바늘 같았다.

그가 말했다.

"주추이, 네 모습이 꼭 상복을 꿰매는 바늘 같다."

그녀는 그를 향해 힐끗 눈을 흘겼다. 손에는 쓰레받기를 들고 있었다. 쓰레받기 안에는 빗자루가 들어 있었다. 조금 전까지 맷돌을 갈다가 나와 누군가의 집으로 빗자루와 쓰레받기를 돌려주러 가는 길임을 알 수 있었다. 그녀는 쓰마란의 말에 아랑곳하지 않고 그의 옆을 스쳐 지나가버렸다. 그는 계속 그녀의 뒷모습을 좇았다. 그러면서 누구든 그녀를 아내로 데려가게 되는 사람은 더럽게 재수 없는 사람이 될 거라고 생각했다. 그녀의 몸이 너무 말라 남자가 위에 엎드리면 몸의 뼈가 칼에 썰리듯 베여 죽게 될 것이라고 생각했다. 그가 그런 생각에 한숨을 내쉬고 몸을 돌리려는 순간, 뜻밖에도 그녀가 갑자기 멈춰 서더니 빗자루를 손에 쥐고 쓰레받기를 머리 위에 쓴 채 흩날리는 눈을 막으며 말했다.

"란 오빠, 제가 한 가지만 물어볼게요."

그가 말했다.

"뭘 묻겠다는 건데?"

그녀는 말을 하지 않았다. 그냥 그렇게 눈밭에 서서 멀리 쓰마란을 바라볼 뿐이었다.

그가 화를 내며 말했다.

"도대체 뭘 묻겠다는 거냐고?"

그녀는 여전히 말을 하지 않았다. 그저 그를 바라보면서 미동도 하지 않은 채 멍하니 서 있을 뿐이었다.

그는 그렇게 가버렸다. 눈발을 가르는 하얀 소리가 울려퍼졌다. 차가우면서도 밝게 울리는 소리였다. 그러나 그가 란씨네 후퉁의 모퉁이를 돌려는 순간, 그녀가 등 뒤에서 천지가 흔들릴 한마디를 던졌다.

"오빠, 제가 매파를 불러 오빠네 집에 찾아가 혼사를 청하면 저한테 장가올 생각 있어요?"

그는 눈밭에 몸이 굳어진 채 멍하니 서 있다가 한참이 지나서야 다시 고개를 돌렸다. 그는 목이 말라 갈라지는 성문의 나무 축처럼 삐걱거리는 것을 들었다. 그가 물었다.

"주추이, 너 지금 뭐라고 한 거야?"

그녀가 말했다.

"오빠, 저 오빠한테 시집가고 싶어요."

그가 말했다.

"나는 이미 약혼했어. 쓰스랑 말이야. 우리 둘은 죽을 때까지 함께 잘 살아갈 거야."

그녀가 말했다.

"저는 오빠가 피부를 팔아서 쓰스에게 붉은 꽃이 수놓인 천을 사다 줬다는 것도 잘 알아요. 하지만 오빠가 저를 아내로 맞아주기만 한다면, 저는 맷돌을 돌리는 나귀처럼 오빠를 섬길 거예요."

그가 말했다.

"네 나이가 몇인데 그런 소릴 하는 거야? 몸도 바늘처럼 마른 주제에."

주추이는 또 한참이나 쓰마란을 쳐다보다가 기쁘거나 슬픈 표정도 없이 자리를 떴다. 눈꽃이 그녀의 머리 위 쓰레받기로 투두둑 쏟아져 내렸다.

주추이가 바늘 같은 모습으로 또 다른 후퉁으로 꺾어져 들어가는 것을 보고서야 쓰마란은 머리 위에 내려앉은 눈을 털어냈다. 갑자기 란씨네 집에 가고 싶지 않았다. 갑자기 무언가가 그의 몸에서 요동치는 것 같았다. 그는 참 우스운 일이라는 생각이 들다가 또 마음이 따스해졌다. 뭔가를 찾으려고 했는데 뜻밖에도 그걸 길에서 주운 것 같았다.

23장

1

쓰마란은 다시 마을의 소년들을 이끌고 허벅지 피부를 팔러 성내로 갔다. 란류껀과 란양껀, 두주, 쓰마후 등 열 명이 넘는 사람이 피부를 팔고 그 돈으로 각자 자신들이 평소 마음에 둔 물건들을 샀다. 그들은 수레를 끌고 가서 새로 산 삽과 괭이, 굵은 장대, 밧줄, 정, 곡괭이 등을 실었다. 여러 대의 수레를 함께 끌고서 거대한 대오를 이루어 마을로 돌아왔다. 다리를 절뚝거리는 모습이 멀리서 보면 산등성이 위에 용이 한 마리 기어오르고 있는 것 같았다. 그들은 또 돌아오는 길 내내 노래를 불렀다.

동쪽에는 해가 뜨고 서쪽에는 비가 내리네

하늘이 모든 사람에게 여자를 하나씩 주었으나

마흔을 넘기지 못하고 빙례도 없으니

어느 집 규수도 감히 혼례 가마에 오르지 못하네

2

땅을 갈아엎어 흙을 교체하는 일은 피부를 팔아 수레를 바꿔 오는 것처럼 그렇게 순조롭지 못했다. 집집마다 충분한 땔감과 빈방 그리고 침상을 준비했지만 향의 루 주임은 아무 소식이 없었다. 쓰마란이 진에 가서 살펴보고 돌아와서는 계단식 전답이 여기저기 어지럽게 펼쳐져 있고 드넓은 땅에 사람은 보이지 않았다고 말했다. 금방이라도 무너질 듯 아슬아슬하게 서 있는 천막들만 산비탈 위에 비스듬히 기울어져 있다고 했다. 루 주임이 아직 다른 마을 사람들을 이끌고 오지 않는 것은 지금 아내가 병이 나서 집을 나설 수가 없기 때문이라고도 했다. 계절은 이미 봄으로 들어서 날씨가 확연히 따스해지고 있었다. 날짜를 계산해보니 루 주임이 당장 사람들을 이끌고 오지 못하면 또다시 한 달 정도의 시간을 그냥 보내게 될 것이었다. 봄이 왔는데 농한기가 슬그머니 지나가

버리면 수천 명의 인력을 데리고 오려 해도 올 수 없는 상황이 닥칠 수도 있었다.

화가 난 란바이수이가 입에 거품을 물었다. 입가에 물방울이 반짝거렸다.

쓰마란은 한참이나 생각에 잠기더니 루 주임 집으로 사람을 보내 도와달라고 사정을 해봐야겠다고 말했다. 란바이수이는 쓰마란의 말에 따라 자기 아내의 여동생을 루 주임 집으로 보내면서 시중을 들며 잘 좀 부탁하고 오라고 당부했다. 루 주임의 마음이 움직이기만 하면 당장 인민공사의 인력을 산싱촌으로 보내줄 수 있을 것이었다. 하지만 마을을 떠난 여자는 고작 이틀 만에 다시 돌아왔다.

란바이수이가 물었다.

"어떻게 된 거야?"

그녀가 대답했다.

"제가 너무 멍청했던 것 같아요."

"뭐가 멍청했다는 거야? 약도 달이지 못하고 설거지도 못했단 말이야?"

"약 탕기를 깨뜨리고 말았어요."

란바이수이가 긴 한숨과 짧은 탄식을 내뱉고는 밖으로 나가 마을의 종을 울려 마을의 부녀자들을 전부 나무 아래로 불러 모아놓고 말했다.

"혹시 루 주임 집에 갈 생각 있는 사람 없습니까? 가서 루 주임 부인의 시중을 들어주면 루 주임이 인력을 이끌고 우리 마을에 와서 흙을 갈아엎는 일을 도와줄 겁니다."

부녀자들 가운데는 밥그릇을 들고 있는 사람도 있고 아직 허리에 앞치마를 두르고 있는 사람도 있었다. 얼굴에 묻은 솥 바닥의 검정을 아직 닦아내지 않은 사람도 있고 등 뒤에 배고픈 강아지 같은 아이들을 거느리고 있는 사람도 있었다. 오래된 쥐엄나무 밑에 선 부녀자들은 서로 얼굴만 쳐다볼 뿐, 끝내 남의 집 시중을 들러 가겠다고 나서는 사람이 없었다. 란바이수이는 한 사람씩 가까이 다가가 물어보기로 했다. 첫 번째 여자는 변변한 옷이 없는데 어떻게 남의 집에 갈 수 있느냐고 되물었다. 란바이수이가 그렇게 말하는 여자의 행색을 살펴보니 정말로 남루하기 그지없었다. 저고리가 낡아 솜이 밖으로 삐져나와 있었다. 그는 긴 한숨을 내쉬고는 하는 수 없이 그녀를 포기했다. 그다음 여자에게 다시 물어보려 하니 그녀는 마침 아이에게 젖을 먹이고 있었다. 두말할 것도 없이 가지 못할 게 뻔했다. 또 다른 여자에게 눈길을 던지자 너무 못생긴 데다 왜소하기까지 했다. 어떻게 보면 난쟁이 같기도 하고 어떻게 보면 성격이 수더분한 여자 같기도 했다. 결국 그는 눈길을 두옌의 아내 쓰마타오화(司馬桃花)에게로 옮겼다. 그녀는 얌전하고 깔끔한 성격에 나이도 이제 막 서른 줄로 들어섰고 옷맵시도 단정해서 남의 집에 가도 절대로 폐가 될 것 같지 않았다.

그가 말했다.

"자네가 가겠나?"

그녀가 말했다.

"제가 갈 수도 있지요. 하지만 제가 가면 우리 아이 두바이한테는 성내에서 피부를 팔게 해선 안 됩니다."

곰곰이 이해득실을 따져본 그는 그녀의 요구를 받아들였다. 이리하여 쓰마타오화가 루 주임 집에 가는 것으로 결정되었다.

쓰마타오화가 말했다.

"새 저고리가 없이 어떻게 루 주임 집에 갈 수 있겠어요? 제가 루 주임의 집에 가는 것 역시 마을 전체를 위한 일이잖아요."

쓰마란의 어머니가 옷 상자 맨 밑바닥에서 소중하게 보관하고 있던 붉은 저고리를 꺼냈다. 붉은색이 선명한 새 옷이었다. 그걸 쓰마타오화에게 입히자 그녀의 몸 전체가 눈이 부실 정도로 붉어졌다.

쓰마타오화는 란바이수이의 뒤를 따라 해가 뜰 무렵 마을을 나섰다. 눈이 부시도록 찬란한 햇빛이 비추자 쓰마타오화의 모습이 산등성이에 요동치는 불덩어리로 변했다. 배웅하러 나온 마을 사람들은 문득 그녀가 알고 보니 아주 젊고 영리한 사람이었다는 것을 깨닫게 되었다. 오랜 세월 동안 어떻게 이 여인의 귀엽고 앙증맞은 모습을 모르고 지냈는지 알 수 없었다. 말할 때의 목소리도 도시 사람들의 집에나 있는 자명종처럼 선명하고 듣기 좋다는 것을 이제야 알게 된 마을 사람들은 그녀의 모습이 마냥 놀랍고 신기하기만 했다. 그녀가 쓰마란의 어머니 옆을 지날 때, 쓰마란의 엄마가 작은 목소리로 말했다.

"고모가 내 옷을 입고 있으니 좀 아깝다는 생각이 드는군요. 내가 죽으면 그 옷으로 수의를 대신해야 할지도 모르는데 말이에요."

쓰마타오화가 가볍게 발을 내딛으며 말했다.

"조심해서 입을게요."

불덩이 하나가 산등성이를 굴러가는 것처럼 바러우산 밖으로 굴러갔다.

루 주임은 향 정부의 후원에 살고 있었다. 부인이 얻은 병은 상한(傷寒)이라 하루 종일 기침이 그치지 않았다. 얼굴이 누렇게 뜨고 몸이 몹시 수척해져 바람이 한 번 불면 그녀를 날려버릴 수 있을 것 같았다. 란바이수이가 쓰마타오화를 데리고 그의 집을 찾았을 때, 루 주임은 현에서 열리는 긴급 간부회의에 참석하느라 집에 없었다. 아내가 가래침을 뱉어야 했기 때문에 그는 옹기에 나무를 태운 재를 반쯤 채워두었다. 옹기에 가래가 가득 찼을 때, 때맞춰 도착한 두 사람은 어쩔 줄 몰라 하며 황급히 옹기를 비워내고 다시 나무 재를 옹기에 반쯤 채워 넣었다.

이틀 후, 루 주임이 현에서 회의를 마치고 돌아왔다.

또 이틀이 지나 루 주임은 몇몇 간부들을 이끌고 산싱촌을 찾아 깨끗하고 해가 잘 드는 방 세 개를 골라 짐을 풀었다. 그러면서 그 방 세 칸을 지휘부로 사용하겠다고 말했다. 보름이 지나자 산싱촌은 사람들로 들끓기 시작했다. 란씨와 두씨, 쓰마씨 세 집안마다 바깥 마을에서 온 스무 살에서 쉰 살 사이의 노동자들이 가득 들어차게 되었다. 다른 마을에서 온 사람들이 집 한 채를 송두리째 차지하다 보니 안채의 한쪽과 곁채, 다락방, 평소에 사용하지 않던 소 우리나 마구간까지 전부 비워내 바깥 마을 사람들이 거주할 수 있게 했다. 침대가 없는 곳에는 바닥에 잠자리를 마련해야 했다. 바닥에 까느라 마당에 쌓아두었던 볏짚을 다 쓰는 바람에 콩대와 옥수수 줄기까지 침상으로 삼았다. 이렇게 바깥 마을 사람들은 짐을 이고 지고 수레를 밀면서 산싱촌으로 왔다. 수레 위에 꽂은 붉은 깃발들이 수십 리 밖에서부터 산싱촌을 향해 펄럭였다. 한 달 내내 산등성이에는 수레바퀴의 진한 갈색 소리와 멜대의 청백색 소리가 울려 퍼졌다. 산등성이에 피어오른 흙먼지는 유사 이래 산싱촌에 불었던 먼지바람을 전부 합친 것보다 많았다. 마지막에는 잘 곳이 부족하게 되자 루 주임은 마을 거리에 바람을 피할 만한 곳을 찾아 천막을 치고 나중에 온 사람들을 묵게 했다.

산싱촌의 땅을 갈아엎고 계단식 전답을 조성하는 작업이 현의 시범 사업으로 지정된 것은 루 주임이 현 간부회의에서 제안한 덕분이었다. 현의 시범 지역으로 선정되는 것은 당연히 인민공사의 시범 지역보다 훨씬 더 거창하고 대단한 일이었다. 사흘째 되던 날, 산등성이 비탈에서 시범 사업 착공식이 열렸다. 산비탈 전체가 모여든 사람들로 새까맣게 변했다. 온통 찬란하게 붉은빛이었다. 마을마다 산등성이에 꽂힌 붉은 깃발은 가까운 곳부터 먼 곳까지 바람 속에서 펄럭이면서 요란한 소리를 냈다. 각 마을의 남자들은 각자 자기 마을의 깃발 앞에 아무 말 없이 엄숙하고 경건하게 서 있었다. 곧 계단식 전답을 재정비하는 작업이 시작되는 게 아니라 포탄이 오가는 혈전이 벌어지려는 것 같았다. 루 주임은 짐수레를 연결하여 가설한 연단 위에 양철판을 말아 만든 확성기를 입에 대고서 이번 계단식 전답 재정비 사업의 의미를 국가 위기 해소와 긴밀히 연결시켜 이야기했다. 듣는 사람들 모두 멍한 표정으로 이곳에서 일하는 게 대단한 영예이자 위대한 일이라고 생각하게 되었다. 루 주임이 착공을 선포하자 산싱촌 여기저기에 매달려 있던 긴 볜파오 꾸러미가 터지면서 요란한 소리를 냈고 사람들은 각자 정해진 위치로 갔다.

땅을 갈아엎는 일상적인 농사일이 이렇게 용이 하늘로 오르고 범이 포효하는 것처럼 위대한 일인 줄은 누구도 생각지 못했다. 열심히 일하는 소리가 산과 들판 전체를 가득 메운 채 붉고 하얗게, 아주 찬란하게 이쪽 밭에서 저쪽 밭으로, 이쪽 산비탈에서 저쪽 산비탈로 전해져갔다. 순식간에 세상 전체가 사람들이 일하면서 내는 각양각색의 소리로 가득 찼다. 탕탕, 쾅쾅, 오랫동안 잠들어 있던 산맥을 곡괭이가 내려치면서 모든 고개와 언덕이 한꺼번에 흔들렸다. 하늘을 찌르는 진하고 붉은 흙냄새 속에 오래되어 썩고 메마른 뜨거운 냄새가 섞여 사람들의 곡괭이와 삽 사이를 이리저리 날아다녔다. 한겨울의 그 희고 향긋한 땀 냄새가 소리를 내며 흐르는 물처럼 세상 밖으로 넘쳐흘렀다. 진에 거주하는 사람들은 집무 시장에 갔다가 이 소리를 듣고는 어딘가에서 집을 허무는 줄 알았다고 말했다. 현 교화원에 있던 환자들은 도대체 무슨 소리이기에 자신들의 상처를 더 심하게 만드는 것이냐고 묻기도 했다. 놀란 참새들은 재빨리 날아올라 다시는 감히 내려앉지 못했다. 어디로 가야 할지도 알지 못했다. 까마귀는 산꼭대기를 지나면서 다른 때보다 훨씬 높게 날았다. 산싱촌 사람들은 직접 가서 일할 필요 없이 루 주임의 지시에 따라 집집마다 땅 주인으로서 성의를 다하면 그만이었다. 물을 끓여야 하는 사람들이 물을 끓이면 누군가 이를 짊어지고 바깥 마을에서 온 사람들이 일하는 현장으로 날라주었다. 밥을 할 때는 타지에서 가져온 땔감이 전부 새로 벤 나뭇가지나 뿌리였기 때문에 산싱촌 사람들이 집에 있는 콩대나 목화 줄기를 묶어 불쏘시개로 쓸 수 있도록 제공해야 했다. 또한 그들이 식사를 할 때 깜빡 잊고 밥그릇을 가져오지 않았거나 실수로 깨뜨렸을 경우 재빨리 자기 집에서 쓰는 밥그릇을 가져다주어야 했다.

바러우산맥이 이렇게 변화하면서 하늘과 땅을 완전히 갈아엎는 공사 기간이 놀라울 정도로 단축되었다. 그들이 진으로 루 주임을 찾아가고 쓰마타오화를 루 주임 집에 보내고 나서야 루 주임이 천군만마를 이끌고 산싱촌으로 오기로 결심하긴 했지만 그럼에도 이러한 결정은 산싱촌에 뜻밖의 기쁨을 가져다주었다. 산싱촌 사람들은 얼굴이 하얗고 왜소하여 연약하기만 한 모습의 루 주임이 실제로는 엄청난 위력을 지닌 사람이라고 느꼈다. 정말 불가사의하게도 그가 한마디만 하면 바러우산맥 전체의 천지가 진동하고 산싱촌 전체의 하늘과 땅이 꺼지거나 봄날을 맞아 꽃이 피는 장면이 펼쳐졌다.

란바이수이는 항상 루 주임 집의 아이처럼 한 걸음 한 걸음 그의 뒤를 따랐다. 루 주임이 어느 마을에서 가져온 땔감이 다 떨어졌다고 말하면 그는 재빨리 마을 젊은이들을 이끌고 그들이 밥을 하는 곳으로 땔감을 가져다주었고, 루 주임이 어느 길의 양쪽에 쌓인 흙을 한데 합쳐야 한다고 말하면 그는 재빨리 마을 사람들에게 지시를 내리면서 가운데로 난 길이 꼭 필요한 게 아니니 앞으로는 이 길을 조금 돌아서 가면 된다고 말했다.

루 주임이 말했다.

"지금 전국 향의 향장들뿐 아니라 생산대대의 촌장한테도 주임이라고 부르는데 왜 이 마을에서만 촌장이라는 호칭을 쓰는 거요?"

란바이수이가 말했다.

"그럼 어떤 호칭을 써야 하나요?"

루 주임이 말했다.

"여러분의 마을에도 당원이 있었나요?"

란바이수이가 물었다.

"당원이 뭔가요?"

루 주임이 탄식하면서 긴 한숨을 내쉬었다.

"그럼 공청단원(共青團員)은 있었습니까?"

란바이수이가 멍청한 두 눈을 커다랗게 떴다. 루주임이 또 물었다.

"민병은 있었나요?"

란바이수이가 고개를 가로저었다. 루 주임이 말했다.

"지주나 부농은 항상 있었겠지요?"

란바이수이가 말했다.

"그런 것도 없었습니다."

루 주임이 잠시 생각에 잠겼다가 다시 입을 열었다.

"이 마을은 하마터면 인민공사의 지도에도 들어가지 못할 뻔했군요. 촌장이라는 칭호가 입에 익으면 그냥 계속 촌장이라고 부르도록 하세요."

란바이수이는 루 주임의 어투에서 촌장이라는 것이 얼마나 하찮고 가치가 없는지 알 수 있었다. 그는 바깥 마을에서는 촌장을 전부 주임이라고 부르고, 그 외에 부주임이나 민병 대대장, 대대 회계 같은 다른 간부들도 있으며 이들 모두 주임의 통제를 받는다는 사실을 알게 되었다. 주임이 그들에게 어떤 일을 하라고 하면 즉시 실행했고 주임이 어떤 일을 하지 말라고 하면 절대로 하지 않았다. 그는 산싱촌에서도 바깥 마을들처럼 쓰마란과 두바이와 같은 아이들을 간부로 임명해야겠다고 생각했다. 그렇게 되면 쓰마란도 더 이상 촌장이 되겠다는 말을 할 수 없을 것이었다. 하지만 쓰마란이 마을 간부가 되면 자신이 시키는 일을 하지 않고 혼자서 제멋대로 할 것이 두렵기도 했다. 아무래도 마을에 다른 간부가 없는 것이 좋을 것 같았다. 어느 날 그가 루 주임의 등 뒤에 대고 말했다.

"루 주임님, 제가 마을의 주임이 되고 다른 간부는 두지 않으면 안 될까요?"

루 주임이 말했다.

"마을에 당원이 한 명도 없다고 하지 않았소?"

그가 물었다.

"주임이 되려면 반드시 당원이어야 하나요?"

계단식 전답의 품질을 검사하고 있던 루 주임이 몸을 돌려 란바이수이를 쳐다보았다. 원숭이 한 마리를 쳐다보는 것 같았다. 그렇게 아주 오랫동안 한마디도 하지 않았다. 눈빛은 그다지 날카롭지도 부드럽지도 않았다. 줄곧 의아한 눈빛이었다. 란바이수이는 자신의 말이 어디가 잘못되었는지는 알지 못했지만 엄청나게 잘못된 것이 틀림없다는 사실은 모르지 않았다. 당황한 그는 당장 뭘 해야 할지, 무슨 말을 해야 사태를 만회할 수 있는지 몰라 얼굴에 차가운 땀방울이 맺혔다. 루 주임이 갑자기 물었다.

"듣자 하니 산싱촌에는 나이가 가장 많은 사람이 서른아홉이라고 하던데 정말 그런가요?"

란바이수이가 말했다.

"제가 기억하는 바로는 마흔을 넘은 사람이 하나도 없습

544

니다."

"선생은 올해 나이가 어떻게 됩니까?"

"서른다섯입니다."

"그럼 노년에 속하겠군요."

루 주임이 말했다.

"정말로 마을을 위원회로 개조하고 싶다면 주임 역시 쓰마란 같은 젊은 사람이 맡아야 합니다."

그가 말했다.

"쓰마란이 절 찾아와 자신을 촌장이 되게 해준다면 이 계단식 전답을 거울처럼 평평하게 만들어놓겠다고 말한 적이 있습니다. 사실 쓰마란이야말로 정말 촌장이나 주임이 될 만한 재목이지요."

산등성이에 바람이 일었다. 밭에서 날아오른 흙 알갱이들이 약하지도 거세지도 않게 란바이수이를 때렸다. 정비된 계단식 전답 위에 서 있는 그의 얼굴이 연노랑빛으로 변했다. 루 주임은 그가 이미 노년에 속한다고 말했다. 루 주임은 또 쓰마란 같은 젊은 사람이 마을의 주임이 되어야 한다고 말했다. 란바이수이는 갑자기 다리가 풀리면서 힘이 없어지는 것을 느꼈다. 그 자리에 잠시 그대로 서 있던 그가 루 주임에게 말했다.

"촌장이면 촌장이지 굳이 위원회로 바꾸는 것도 번거롭고 주임이라 부르는 것도 촌장만큼 입에 붙지 않는 것 같습니다."

그러고는 루 주임에게 춥지 않느냐고, 마을로 돌아가 불을 쬐는 것이 어떠냐고 물었다. 루 주임이 마을로 돌아가 계란부침 두 개를 만들어 가져다 달라고 하자 그는 말없이 마을을 향해 걸어갔다.

루 주임이 가장 좋아하는 음식은 계란부침이었다. 그는 산 속의 굼뜬 닭들이 좋다면서 계란이 작아 영양도 높다고 말했다. 또 진에서는 최근 몇 년 동안 닭을 키우지 못하게 하기 때문에 어느 집이건 닭장에서 기르는 몇 마리 닭들은 전부 도시에서 사다가 키운 옛날 닭이라 알은 크지만 맛이 없다고 말했다. 매일 한차례 루 주임에게 계란부침을 해다 바치는 일은 쓰마란의 엄마가 맡았다. 쓰마란의 집에서는 닭을 여덟 마리 키우고 있었다. 추운 겨울이라 닭들이 닷새에 하나씩 알을 낳았기 때문에 약간의 차이가 있긴 하지만 루 주임에게 매일 계란부침을 두 개씩 만들어줄 수 있었다. 쓰마란의 집 앞에 도착한 란바이수이는 곧바로 들어가지 않고 대문 앞 홰나무 앞에 잠시 서 있었다. 루 주임과 함께 있을 때부터 연노랑빛을 띠던 그의 얼굴이 천천히 보랏빛으로 변해가고 있었다. 그는 나무 밑에 앉아 담배를 한 대 피우면서 쓰마란의 엄마에게 곧장 산등성이로 가져가야 하니 얼른 계란부침을 만

들어 나오라고 소리쳤다.

이내 쓰마란의 집 안에서 밀었다 당겼다 풀무질을 하는 날카로운 소리가 들려왔다. 고르고 길게 울리는 풀무질 소리가 기름을 바르지 않고 계속 연주하는 얼후(二胡) 소리 같았다. 란바이수이는 이런 풀무질 소리를 들으며 담배 한 대를 다 피우고 또 한 대를 피웠다. 얼굴의 보랏빛이 점차 붉은빛으로 변하면서 얼굴의 살이 부풀어 올랐다. 입 안에 뱉어낼 수 없는 공기를 잔뜩 머금고 있는 것 같았다. 맞은편 산등성이 위에는 어느 마을 사람들인지, 파낸 새 흙을 수레로 밀어 옮겨 푸른 밀밭 위에 쌓아놓고 있었다. 땅바닥에서 일어나 그는 소리를 지르고 싶었지만 그 대신 담뱃재를 털고 나서 생각했다. 내가 마흔을 넘기지 못하면 이 촌장 자리를 쓰마란에게 맡겨야겠어. 만일 내가 마흔 넘어까지 살게 된다면 녀석은 우리 집 사위도 되지 못하겠지. 그는 또 속으로 생각했다. 쓰마란 네놈은 똑똑한 척은 다하면서 그렇게 똑똑한 놈이 어째서 마을의 땅을 갈아엎을 생각은 하지 못한 거야? 쓰마타오화를 루 주임네 집으로 보내 그로 하여금 사람들을 산싱촌으로 이끌고 오게 한 내가 더 똑똑한 거 아니냐? 내가 딸을 아무런 대가도 없이 네게 시집보내기로 했는데, 넌 또 뭘 생각한 거야? 이 란바이수이를 무능하다고 업신여기다니. 솔직히 말해봐라. 내 딸을 공짜로 데려가면서 내 촌장 자리

마저 빼앗으려 한 거지? 란바이수이의 몸 안에서 짙은 자줏빛 기운이 흐르고 있었다. 그는 왠지 모르게 몸을 움직여 몸 안의 모든 기력을 다 빼내고 싶었다. 그는 쓰마란의 집 안에서 들려오는 계란 껍질이 냄비 위에서 깨져 물속으로 들어가는 소리를 들었다. 그의 눈길이 쓰마란의 집 대문을 넘어 들어가 부엌 입구에 이르렀다. 계란을 익히는 하얀 연기가 부엌에서 느릿느릿 흘러나왔다. 란바이수이는 뭔가를 삼키기라도 하는 것처럼 목울대가 움직였다. 냄비 뚜껑을 덮는 소리가 들리면서 부엌에서 흘러나오던 하얀 연기가 옅어졌다. 그는 부엌 안을 바라보느라 아려진 눈을 비볐다. 그의 눈앞에서 끽끽대던 풀무질 소리가 잦아들었다. 란바이수이는 쓰마란의 집 안으로 들어가 대문을 걸어 잠갔다.

쓰마란의 엄마가 소리를 질렀다.

"누구세요? 대낮에 문을 잠그고 뭘 하려는 거예요."

란바이수이가 부엌 앞에 섰다.

그녀가 말했다.

"어떻게 된 거예요? 얼굴이 누구한테 얻어맞은 것처럼 시퍼렇네요."

그가 그녀를 향해 다가갔다. 목구멍에서 하얗고 진하게 깩깩거리는 소리가 터져 나왔다. 입 안 가득 가래를 머금고 말을 하는 것 같았다. 그녀는 그가 무슨 말을 하는 건지 알지 못했다. 그는 뭔가 말을 하면서 그녀를 부뚜막 앞에 쌓인 땔감 위로 몰아넣고 손으로 그녀의 바지 허리띠를 풀었다. 그녀는 처음에 영문을 몰라 얼떨떨한 모습을 보이다가 이내 무슨 일이 일어나고 있는지 깨닫고는 손으로 자신을 감싸며 그의 몸을 할퀴었다. 그가 자신의 허리로 손을 뻗는 순간, 그녀는 거침없이 그의 뺨을 후려갈겼다. 부엌 가득 차갑고 푸르스름한 따귀 소리가 가득 울렸다. 그는 갑자기 그 자리에서 몸이 굳어버렸다.

그녀가 말했다.

"너는 돼지고 개야. 너 같은 놈에게 촌장이 가당키나 하겠어? 그래도 란이 아버지는 너를 착실한 사람이라고 생각했지. 란이 아버지가 눈이 멀어서 네놈에게 촌장 자리를 맡겼나 보구나."

부엌은 금세 조용해졌다. 아궁이 속 불꽃 소리에 귀가 먹먹해졌다. 그가 몸이 굳은 채 그녀를 멍하니 바라보았다. 따귀 한 대가 제정신이 들게 한 것 같았다. 두 사람은 한동안 계속 그렇게 서로를 바라보았다. 그가 갑자기 그녀 앞에 무릎을 꿇었다. 얼굴이 잿빛으로 변한 채 왼손과 오른손을 들어 자신의 얼굴을 쉬지 않고 계속 후려쳤다. 두 손으로 토담을 두드리는 것처럼 사방에서 먼지가 일 정도로 멈추지 않고 마구 자신의 뺨을 때렸다. 그렇게 때리면서 쓰마란 엄마의 얼굴을 바라보며 말했다.

"마흔도 살지 못할 놈이 이런 일을 저지르려 하다니 나는 돼지인 게 틀림없어요. 아니, 돼지보다 못한 놈입니다. 마을 사람들을 마흔 살 넘게 살게 하지도 못하면서 이런 짓을 하려고 하다니!"

그렇게 말하면서 자신의 뺨을 때리고 중얼거렸는데, 그 모습이 그녀가 멈추라고 하지 않으면 영원히 두 손을 멈추지 않을 것 같았다. 하지만 결국에는 그녀가 먼저 무릎을 꿇고 앉아 그의 두 손을 부드럽게 잡아주었다.

24장

지나간 일들은 뒤로 한참을 물러갔다가 오랜 세월이 지나 다시 복원되곤 한다. 그때 산싱촌은 주위의 모든 산등성이와 비탈이 이미 붉은 흙빛으로 물들어 있었다. 밀의 새싹이 고개를 들기 시작하여 겨울날의 생장을 쟁취하고 있어 연초록빛이 잔잔하게 들판 가득 퍼져나가고 있었다. 형태를 갖추기 시작한 계단식 전답은 가지런하게 정리되어 융 천처럼 평평하게 펼쳐져 있고 아직 작업을 마치지 않은 곳은 갈라진 내장처럼 어지럽기만 했다. 하루 종일 일한 사람들은 이미 지치기 시작하여 여기저기 흩어져 계단식 전답 위에서 쉬고 있었다. 햇볕을 쬐거나 옷에 있는 이를 잡으면서 이것저것 잡다한 이야기들을 주고받고 음식 얘기들을 나누었다. 책을 좀 읽은 사람이 무협과 자객에 관한 이야기 보따리를 풀어놓기도 했다. 쓰마란도 이야기에 완전히 도취되었다. 하지만 이야기를 다 들은 쓰마란은 루 주임에게로 다가가 어느 어느 마을 사람들이 게으름 피우면서 일은 안 하고 한나절이나 앉아 수다를 떨고 있는지 일러바쳤고 루 주임은 즉시 현에서 가져온 보조 식량 가운데 그들에게 돌아갈 몫을 삭감했다. 그때부터 그 마을 사람들은 다시는 감히 쉴 생각을 하지 못했다.

루 주임은 종종 유리가 없는 자신의 지프차를 타고 집에 돌아가 하룻밤을 묵고 오곤 했다. 이틀이나 사흘을 묵고 오는 때도 있었다. 루 주임이 없는 때는 향의 다른 간부가 공사의 감독 업무를 책임졌다. 쓰마란은 루 주임에 의해 이런 감독 업무에 배정되었다가 루 주임이 돌아오면 그에게 그간에 벌어졌던 갖가지 상황을 알렸다. 루 주임은 일찍이 쓰마란에게 먼저 공청단에 입단하고 나중에 공산당에 입당해야 마을 간부가 될 수 있을 것이라고 말한 바 있었다. 루 주임의 이런 말에 힘입어 쓰마란은 언젠가 한 마을 사람에게 파낸 땅의 깊이가 한 자가 안 된다고 말하자 그가 마을로 돌아가는 길에 킥킥대고 비웃으면서 자신의 뺨을 때렸다고 루 주임에게 알렸다.

마을 사람이 소리쳤다.

"나중에 또 일러바칠 거야, 안 일러바칠 거야?"

그가 대답했다.

"안 일러바치겠습니다."

마을 사람이 다시 물었다.

"또 일러바치면 어떻게 할까?"

그가 대답했다.

"또 때리세요."

하지만 그 일이 있고도 쓰마란은 루 주임에게 모든 걸 다 일러바쳤고, 루 주임은 사람을 보내 그 마을 사람의 몸을 밧줄로 꽁꽁 묶어 꼼짝 못 하게 했다. 그때부터 바깥 마을 사람들 사이에는 쓰마란을 욕하는 말이 유행했다.

"이런 염병할 놈, 간신 새끼가 따로 없구나!"

이런 소리를 들을 때면 쓰마란은 매서운 눈빛으로 그 사람을 노려보며 말했다.

"이런 염병할 새끼들, 너희는 쉰, 예순, 일흔, 여든까지 사니까 우리같이 마흔을 넘기지 못하고 죽는 사람들의 아픔을 알리가 없지."

바깥 마을 사람들은 어린 나이에 이미 어른이 되어버린 쓰마란을 새로운 눈으로 보게 되었다. 그들이 말했다.

"마흔을 넘기지 못한다니 부끄러운 줄 알아, 임마. 네놈이 마흔을 넘길 수만 있다면 대대 간부와 향 간부, 현장과 성장을 거쳐 쭉쭉 올라가 맨 마지막에는 황제까지 될 수 있었을 테니 말이다."

쓰마란의 마음속에는 란바이수이에 조금도 뒤지지 않는 간부가 되고 싶은 생각이 가득했다. 그러던 어느 날 갑자기 루 주임이 향에서 지시가 내려왔다고 말했다. 마을에서 사람을 하나 뽑아 향 정부 정원을 청소하면서 향과 산싱촌 사이의 연락을 전담하게 하라는 지시였다. 일이 없을 때는 거리에 나가 음식 재료를 사다가 주방의 조리사를 도와 음식을 할 수도 있고 일이 있을 때는 공사와 상부의 지시를 산싱촌에 전달하면 되는 것이었다. 이리하여 산싱촌이 정부와 세상과 연결된 것이었다.

이런 연락 업무는 두옌의 차지가 되었다.

두옌이 이 일을 차지하게 된 것은 두말할 것도 없이 그가 쓰마타오화의 남편이기 때문이고 쓰마타오화가 루 주임의 집에서 병든 아내를 돌봤기 때문이다. 그날 쓰마란은 8리 밖에 있는 뒤쪽 산등성이에서 마을로 돌아오고 있었다. 기분이 좋아 걸음을 내디딜 때마다 햇빛을 잔뜩 즐기면서 장례식 때 악대가 연주하던 악곡을 거침없이 흥얼거리고 있었다. 그때 뜻밖에도 란쓰스가 마을을 나서서 어디론가 쏜살같이 달려가는 모습이 눈에 들어왔다. 텅 빈 산등성이 길 위를 란쓰스가 한 마리 새끼 사슴처럼 뛰어가고 있었다. 그녀는 달리면

서 큰 소리로 외쳤다. 쓰마란 오빠라는 몇 글자를 깍깍거리
며 불러댔다. 땅바닥에 떨어지는 그 소리가 폭발하기라도 했
는지 계단식 전답에서 작업을 하고 있던 사람들의 눈길이 전
부 산등성이를 향해 움직였다. 쓰마란이 자신을 부르는 소리
를 듣고는 고개를 돌려 큰 소리로 말했다.

"사람이 죽기라도 한 거야?"

란쓰스가 말했다.

"사람이 죽은 것보다 더 중요한 일이에요."

쓰마란이 그녀를 향해 몇 걸음 다가갔다.

그녀가 말했다.

"오빠네 고모부 두엔 아저씨가 간부가 됐어요."

쓰마란의 가슴이 쿵 하고 내려앉았다. 그 소식은 그의 얼
굴을 채찍으로 갈기는 것 같았다.

"방금 뭐라고 했어?"

"루 주임이 오빠 고모부에게 향에 가서 조리사로 일하게
했어요. 나중에 그가 향에서 돌아와 뭔가를 얘기하면 그게
다 정책이래요."

"그럼 고모부가 앞으로 이 마을에 살지 않는다는 거야?"

"이제 산싱촌 사람이 아닌 셈이지요."

순간 그가 생각한 것은 두바이가 더 이상 순서에 따라 교
화원에 가서 피부를 팔 걱정을 하지 않아도 된다는 사실이

었다. 아버지가 향에서 조리사로 일하게 되었으니 그를 위해 진에서 아내감을 구해줄지도 모를 일이었다. 어쩌면 이 일로 인해 그는 결국 바러우산의 외부인이 될 것이고, 누구도 떠나지 못하는 이 저주받은 땅 산싱촌을 떠나도 아무도 막지 못하는 첫 번째 인물이 될 것이었다. 쓰마란은 그 자리에 멍하니 서 있었다. 겨울이 그의 얼굴 위로 지직 소리를 내면서 흘러갔다. 그가 말했다.

"너희 아버지가 고모부를 추천한 거야?"

란쓰스가 말했다.

"루 주임님이 오빠네 고모부를 지명한 거예요. 애당초 오빠네 엄마가 가서 루 주임의 부인을 돌볼 수 있었으면 얼마나 좋았겠어요."

두 사람 모두 더 이상 말을 하지 않았다.

두 사람 모두 갑자기 빠른 걸음으로 마을로 향해 걷기 시작했다.

마을 한가운데 있는 루 주임의 지휘부에 이른 두 사람은 비쩍 마르고 허여멀건한 루 주임을 찾아 이런 조치의 장단점을 얘기하고 시비를 가리고 싶었다. 어쩌면 사태를 되돌릴 수 있을지도 모른다는 생각이 들었다. 마을의 땅을 갈아엎어 흙을 교체하는 일을 위해 쓰마란 혼자 허벅지 피부를 팔았고 그뿐만 아니라 마을 소년들을 데리고 가서 피부를 팔아 수레

556

와 삽을 비롯하여 온갖 도구를 사가지고 왔으며 루 주임도 그의 귀를 어루만지고 머리를 쓰다듬으면서 아주 잘했다고, 기회가 있으면 그를 등용하겠다고 했었다. 그런데 기회가 왜 엉뚱하게 두엔에게 돌아가야 한단 말인가?

란쓰스는 문밖에서 기다리게 하고 쓰마란 혼자 대담하게 텅 빈 마당 안으로 들어갔다. 마당에는 황금 같은 햇빛이 쏟아지는 가운데 새들이 땅바닥 위를 폴짝폴짝 뛰어다니고 있었다. 루 주임의 지휘부와 숙소를 겸하는 방의 문은 닫혀 있었지만 루 주임이 매일 어깨에 걸치고 다니는 외투가 문 입구 햇빛 속에 걸려 있는 걸 보니 두말할 것도 없이 루 주임은 방 안에 있는 게 분명했다.

쓰마란은 조심스럽게 문을 두드리고 두 번 그를 불렀다.

문이 열렸지만 문 앞에 서 있는 사람은 루 주임이 아니라 그의 고모 쓰마타오화였다. 그녀는 쓰마란 엄마의 붉은 저고리 차림으로 그곳에 서 있었다. 그의 눈앞에 한 무더기 꽃이 만개해 있는 것 같았다.

그는 한참을 멍하니 서 있다가 입을 열었다.

"고모……."

그녀가 말했다.

"지금 방금 마을로 돌아왔어."

그가 물었다.

"루 주임님은 어디 계신데요?"

그녀가 말했다.

"일단 돌아갔다가 한참 있다 다시 오도록 해."

순간 쓰마란은 놀라움을 금치 못했다. 이상하게도 아버지의 이 여동생은 향에 갈 때도 루 주임 집에 가는 것을 두려워하며 그 사람을 만나면 놀라서 말도 제대로 못 한다고 말했었다. 그런데 이제 겨우 한 달밖에 안 됐는데 그녀가 갑자기 돌아와 루 주임의 거처에 있는 것이었다. 말하는 태도가 마치자기 집에 와 있는 것 같았다. 자신이 집주인인 것 같았다. 몸을 돌려 나오려는 순간, 쓰마란은 고모 쓰마타오화가 입고있는 붉은 저고리의 목 부분 단추가 풀려 있는 것을 발견하고는 마음속으로 놀라움을 금치 못하면서 한 가지 의문이 생겼다. 재빨리 다시 몸을 돌려 쫓아가보니 고모 쓰마타오화는이미 안으로 들어가 문을 걸어 잠근 터였다. 붉은 불덩이가항아리 속으로 사라져버린 것 같았다. 쓰마란은 마당에서 한참을 말없이 서 있다가 천천히 밖으로 걸어 나왔다.

란쓰스가 물었다.

"뭐라고 했어요?"

쓰마란이 말했다.

"아무도 없는 것 같아."

란쓰스는 쓰마란과 함께 다른 곳으로 루 주임을 찾으러 갈 생각이었다.

쓰마란이 말했다.

"너는 계단식 전답에 가서 찾아봐. 나는 마을에 가서 찾아볼 테니까. 루 주임을 찾거든 재빨리 와서 날 불러."

이렇게 두 사람은 각자 다른 길로 떠났다. 란쓰스가 비탈길을 지나가자 쓰마란은 그녀의 뒷모습을 힐끗 쳐다보고는 얼른 몸을 돌려 지휘부 마당 입구로 갔다. 한 마리 개처럼 얌전히 문 앞 바위에 앉아 있었다. 마을 사람 하나가 지나가면서 지금 뭐 하고 있는 거냐고 묻자 그는 누군가를 기다리고 있다고 대답했다. 그때 바깥 마을에서 온 간부가 다가와 루 주임은 지금 안에 없다고, 방금 뒤쪽 산등성이 계단식 전답 쪽으로 갔다고 말했다.

대문에서 안을 바라보니 세 칸의 방문이 굳게 닫혀 있었다. 망가진 관 뚜껑 두 개를 세워놓은 것 같았다. 문틈은 세게 당겨진 검은 줄 같았다. 그는 눈길을 그 검은 줄 위에 고정시키고 있었다. 고모 쓰마타오화와 루 주임이 그 안에서 무얼 하고 있는지 알 수 없어 마음이 복잡하고 혼란스러웠다. 아주 친한 손님이 와서 자신이 몹시 아끼는 물건을 마음대로 주무르고 있는 것 같았다. 때마침 참새 한 마리가 창턱 위에 내려앉아 먹이를 찾고 있었다. 그는 돌멩이를 하나 집어 창턱으로 던지려다가 그냥 팔만 한 번 휘두르고는 도로 발밑에 내려놓았다. 그러고는 다시 방문의 검은 틈을 주시했다. 시간이 황혼 속에서 산등성이를 걷는 늙은 소처럼 천천히 움직였다. 마음이 다급해질 정도로 느려터진 시간이었다. 쓰마란은 앉았다 일어서기를 반복하면서 문 앞을 왔다 갔다 했다. 마침내 쩍 갈라지는 듯한 문 소리를 들었다. 그의 가슴이 갑자기 쿵쾅대기 시작했다. 하마터면 심장이 피를 흘리며 튀어나올 뻔했다. 마당 안을 한 번 훑어보던 그는 재빨리 담장 한쪽 구석으로 몸을 숨겼다.

루 주임이 마당을 나왔다.

외투를 걸치고 대문 입구에서 가볍게 걸음을 내디딘 루 주임은 주위를 한 번 살펴보고는 이내 고개를 돌려 눈길을 마당 안으로 향했다. 쓰마타오화가 따라 나왔다. 두 사람은 서로 아무 말도 하지 않고 한 사람은 동쪽 계단식 전담 공사장으로, 한 사람은 자기 집으로 걸어갔다. 쓰마란은 고모 쓰마타오화가 바로 눈앞으로 지나가는 것을 보고는 황급히 나무 뒤로 몸을 숨기고서 고모의 저고리 목 부분의 단추가 하나도 빠짐없이 다 잠겨 있는 것을 보았다. 또한 고모의 머리도 한 가닥 흐트러짐 없이 무척 단정하게 빗겨져 있었다. 고모의 얼굴빛은 약간 불그레하면서도 흰빛이 비치는 것이 막 타버린 불이 한기를 맞은 것 같았다. 그녀의 얼굴에서 한 가닥 서글픈 근심도 발견할 수 있었다. 슬픔이 청명절 무덤 위에 놓인 노란 지전처럼 그녀의 눈가에 걸려 있었다. 쓰마란이 보고 싶었던 것이 바로 이런 것들이었는지 몰랐다. 고모의 표정에 나타난 희미한 슬픔과 근심이 어느 정도 그의 마음을 위로해주었다. 그녀가 웃으면서 나와 문 앞에서 루 주임과 뭔가 얘기를 주고받았다면, 마을로 돌아와서는 얼굴에 홍조가 가득했다면, 그때 쓰마란은 몹시 괴로웠을 테고 그녀의 뒤를 쫓아가 얼굴에 퉤 하고 침을 뱉었을 것이다. 그는 이미 입 안 가득 침을 머금고 있었지만 끝내 뱉지 않고 다시 삼켰다. 그는 고모 쓰마타오화의 걸음이 점점 멀어져가는 것을 보았다. 발걸음 소리도 점점 작아졌다. 그녀의 발걸음이 꽃잎처럼 마을 거리 위를 떠다녔다.

담장 구석에서 나오면서 동쪽을 바라보니 루 주임은 이미 산비탈을 오르고 있었다. 외투가 햇빛 속에 희미한 빛으로 녹아들더니 먼 길을 가는 깃발처럼 갈수록 작아져 마지막에는 움직이는 것조차 보이지 않았다. 쓰마란은 그 길 위에 잠시 서 있다가 루 주임의 뒤를 쫓아갔다. 산비탈을 오르느라 땀방울이 쌀알처럼 새어 나왔다. 그가 빠르게 따라잡자 루 주임이 발걸음 소리에 고개를 돌려 의아하다는 눈빛으로 그를 바라보았다.

그가 걸음을 멈췄다. 그 역시 의아하다는 눈길로 깔끔하고 잘생긴 루 주임의 얼굴을 바라보았다.

루 주임이 말했다.

"무슨 일 있나?"

쓰마란이 말했다.

"아무 일도 없습니다."

"그럼 왜 날 쫓아온 건가?"

쓰마란이 잠시 생각을 가다듬고 말했다.

"좀 전에 사람 둘이 주임님 집으로 찾아갔었습니다. 제가 그들에게 주임님은 지금 안 계시다고 말했지요."

아무 말도 하지 않고 루 주임은 몸을 돌려 길을 가기 시작했다. 그러더니 두 걸음 내딛고는 갑자기 다시 몸을 돌려 말했다.

"방금 뭐라고 말했지?"

쓰마란이 했던 말을 다시 한번 말하자, 루 주임의 얼굴에는 희미하게 누런빛이 떠오르며 한참이나 말을 잇지 못했다. 그러고는 마침내 쓰마란의 얼굴을 향해 가까이 다가와서 물었다.

"또 뭘 봤지?"

쓰마란이 말했다.

"주임님과 저희 고모가 함께 마당을 나와 고모는 집으로 가고 주임님은 이곳으로 걸음을 옮기는 것을 보았습니다."

루 주임의 얼굴에 누런빛이 짙어졌다. 탁 하고 가을 낙엽

562

한 장이 그의 얼굴에 들러붙은 것 같았다. 루 주임이 가볍게 입술을 열었다. 뭔가 말을 하고 싶은 것 같았다. 하지만 끝내 아무 말도 하지 못했다. 순간 쓰마란은 몸 안에서 피가 미친 듯이 끓어오르는 것을 느꼈다. 갑자기 루 주임이 이전처럼 대단히 위력적이지 않다는 느낌이 들었다. 루 주임의 위력이 그의 말에 의해 팍팍 깎여나가는 것 같았다. 그는 만족감을 느꼈다. 자신이 무척 대단하다는 생각이 들었다. 자신이 아주 위대한 일을 한 가지 해낸 것 같았다. 그가 말했다.

"루 주임님, 저는 마을의 간부가 되고 싶습니다."

루 주임이 잠시 침묵하다가 입을 열었다.

"별것 아니군! 고작 마을의 간부를 하고 싶다는 건가? 내가 산싱춘 떠나기 전에 반드시 자녤 촌장 자리에 앉혀주지."

이 말과 함께 루 주임은 더없이 친근한 표정으로 쓰마란의 어깨를 다독거리고 머리를 쓰다듬어주었다. 그러고 나서 몸을 돌려 계단식 전답을 향해 갔다. 오르락내리락하는 루 주임의 발과 그 발 밑으로 가볍게 날아오르는 붉은 흙 알갱이들을 바라보면서 쓰마란은 온몸에서 전에 없던 편안함과 여유를 느꼈다. 머리와 어깨를 토닥거려주는 루 주임의 손이 하얀 목화솜 두 뭉치가 덮어주는 것처럼 따스했다. 그는 줄곧 길 한가운데 서서 루 주임이 저 멀리 계단식 전답에 다다른 것을 보고서야 빙긋이 차가운 미소를 지으면서 허리를 구부려 돌멩이 하나를 집어 들었다. 돌멩이를 루 주임을 향해 던지고 싶었지만 끝내 던지지 못하고 그냥 발밑에 던져두었다.

그는 마을로 돌아가 무엇을 해야 할지 몰랐다.

마을 어귀에 이른 그는 땔감을 들고 가는 두바이와 마주쳤다. 소 허리만큼 많은 마른 나뭇가지들을 받쳐들고 오는 모습이 마치 머리가 나뭇가지의 갈라진 틈에 끼어 있는 것 같았다. 두바이는 그의 앞에 멈춰 서서는 있는 힘을 다해 머리를 땔감 더미 밖으로 내밀고 빙긋이 웃어 보였다. 그의 웃음에 담긴 편안함이 땔감 더미 위에 걸린 붉은 천 같았다.

"우리 아버지가 인민공사의 조리사가 되셨어."

쓰마란이 멈춰 섰다.

"나는 더 이상 교화원에 가서 피부를 팔지 않아도 돼."

"그래도 내가 가라고 하면 가야 해."

"형은 날 마음대로 할 수 없어. 네가 촌장이 된다 해도 내게 이래라저래라 할 수 없다고. 우리 아버지가 이미 향 사람이 되었단 말이야. 향 사람은 누구나 산싱촌을 통제할 수 있지."

쓰마란은 또다시 목구멍이 무언가에 막힌 듯한 느낌이 들었다. 그는 막힌 목구멍 틈에서 간신히 침을 끌어내 두바이 앞에 퉤 하고 뱉었다. 하마터면 계단식 전답 지휘부에서 보았던 광경들을 속속들이 다 말할 뻔했다. 쓰마타오화가 자신의 고모이고 아버지 쓰마샤오샤오의 여동생인 터라 목구멍

564

밖으로 나오던 말을 솜 삼키듯 다시 삼켜버려야 했다. 하지만 집에 돌아와 문을 밀고 들어서는 순간, 그는 자기 엄마의 얼굴에서 쓰마타오화의 얼굴에서 보지 못했던 붉은빛을 보았다. 웬일인지 모르게 흥분한 엄마의 얼굴은 여름날 새벽에만 볼 수 있는 불꽃 같은 노을처럼 붉은빛으로 찬란하게 빛났다. 엄마의 머리칼도 마구 헝클어져 있었다. 갑자기 문이 열리는 소리에 엄마는 거울 앞에 있다가 얼른 고개를 돌렸다. 그는 단추를 채우고 있는 엄마의 두 손을 보았다. 두말할 것도 없이 그의 엄마는 등 뒤에 자신의 아들 쓰마란이 서 있으리라고는 생각지도 못했다. 그녀는 뭔가 말을 하려 했지만 아들을 보는 순간 몸이 굳어버리고 말았다. 무언가에 소스라치게 놀란 유형 유색의 물체 같았다.

쓰마타오화가 루 주임의 거처에서 나왔을 때의 표정을 쓰마란은 지금 엄마에게서 보고 말았다. 쓰마란은 몸이 굳은 채 아무 말도 하지 못하고 뒷마당에 있는 측간 쪽으로 걸어갔다. 그런 다음 깨진 퍼런색 요강을 발로 딛고 측간 뒷 담장을 타고 올라갔다. 가장 먼저 그의 눈에 들어온 사람은 촌장 란바이수이였다. 그는 쓰마란네 집 뒤쪽 후퉁을 나와 산등성이에서 계단식 전답 공사를 하는 사람들을 향해 흔들흔들 걸어가고 있었다.

25장

1

두옌은 진에 가서 마당을 쓸고 음식 재료를 사러 다니기 시작했다. 그가 떠나던 날 마을 사람들 눈에서는 일제히 푸른빛이 났다.

쓰마타오화는 더 이상 진에 가서 루 주임 아내의 시중을 들지 않았다. 마지막으로 진에서 돌아왔을 때, 그녀는 얼굴에 피가 맺힌 붉은 상처가 몇 군데 나 있었다. 그녀는 밤길을 걷다가 들에 있는 가시나무 덤불에 넘어져 다쳤다고 말했다. 마을 사람들은 모두 그녀가 가시덤불에 넘어지는 바람에 빌려 입은 새빨간 저고리도 몇 군데 찢어진 것이라고 믿었다.

유일하게 믿지 않는 사람은 열여섯 살 난 쓰마란이었다. 저고리를 돌려주러 가던 날, 그녀는 쓰마란의 엄마를 형님이라고 부르면서 말했다.

"저고리를 찢어서 정말 죄송해요."

쓰마란의 엄마는 원래 몇 마디 하면서 그 너덜너덜해진 저고리를 받지 않으려 했다. 쓰마타오화가 쫀득쫀득한 깨엿 몇 가닥을 건넸지만 쓰마란의 엄마는 그 깨엿도 받지 않으려 했다. 그러나 쓰마루와 쓰마후가 깨엿을 대신 받아 눈 깜짝할 사이에 흔적도 없이 삼켜버렸다.

이때 란바이수이가 물건이 가득 든 범포 자루를 들고 문 앞에 나타났다. 잠시 서성거리던 그가 약간 더듬거리면서 쓰마네 형제에게 마을 어귀로 가서 땔나무 몇 묶음을 건너편 산마루까지 들고 가라고 말했다. 그곳에는 새로 설치한 천막 주방이 있었다. 마을의 계단식 전답을 정비하는 공사가 너무 멀리 떨어진 곳에서 진행되었기 때문에 먹고 자는 문제를 모두 현장에서 해결해야 했다.

쓰마란이 말했다.

"모두 가야 하나요? 루와 후도 가야 하나요?"

란바이수이가 말했다.

"모두 가야지. 큰 묶음을 멜 수 없으면 작은 묶음을 메도록 해."

뭔가 의심스러운 구석이 있긴 했지만 모두들 망설이다가 곧바로 걸음을 옮겼다.

아침 식사를 마친 지 얼마 되지 않은 때라 쓰마 형제와 란류껀, 란양껀, 그 밖에 몇몇 소년들은 각자 땔나무를 지거나 식량을 들거나 물통을 짊어지고 위풍당당한 대열을 이루어 인가를 뒤로한 채 맞은편 산등성이를 향해 골짜기를 넘어 올라갔다. 이날의 햇빛은 방금 끓인 더운물처럼 따스하고 촉촉했다. 겨울이 끝나가고 어느새 봄이 조용히 다가와 있는 것 같았다. 황량한 들길을 걸으면서 시들어 하얗게 변한 풀을 발로 걷어차자 풀 심지에 새로 난 이빨처럼 누런 새싹이 자라고 있는 것을 볼 수 있었다. 게다가 맑고 신선한 숨결마저 느낄 수 있었다. 물에 젖은 가느다란 초록색 명주실이 그들의 코 밑을 미끄러져 지나가는 것 같았다. 400여 무의 밭 가운데 절반이 계단식 전답으로 정비되어 있었다. 산등성이를 걸으며 멀리 눈길이 닿는 데마다 이미 휘황찬란한 모습이었다. 루 주임은 이 드넓은 계단식 전답 덕분에 마음이 무척 흐뭇했다. 현에서 온 간부 역시 이 드넓은 계단식 전답에 몹시 기뻐하며 루 주임의 어깨를 다독거렸다. 루 주임이 쓰마란의 어깨를 다독이던 것과 다르지 않았다. 그 계단식 전답 어귀를 지나가면서 찬란한 황금빛 대지를 바라보니 싱싱한 흙 비린내가 쓰마란의 코를 찔렀다. 그는 어쩌면 400무가 넘는 땅을 전부 깊숙이 파헤쳐 갈아엎고 커다란 섬돌 같은 계단식 전답으로 개간하고 나면 성과 지구에서 온 고위 간부들이 현에서 온 간부의 어깨를 다독거릴지도 모른다는 생각을 해보았다. 현 간부가 루 주임의 어깨를 다독이던 것과 같은 모습일 것이었다. 그때가 되면 루 주임은 곧장 현으로 전출될 것이고, 루 주임은 떠나는 날 군중회의를 열어 자신이 촌장이 맡게 되었다고 선포할 것이라는 게 쓰마란의 상상이었다. 자신이 란바이수이의 자리를 대체하게 되는 것이었다. 란바이수이를 생각하자 쓰마란의 심장이 쿵쾅대기 시작했다. 닫혀 있던 두짝문이 갑자기 또 활짝 열린 것 같았다. 그는 걸음을 멈췄다. 얼굴에 창백한 빛이 돌았다. 그는 짊어지고 있던 홰나무와 버드나무 가지를 땅바닥에 내려놓았다. 그러고는 다른 소년들에게 똥을 누러 간다고 말했다.

골짜기 쪽으로 몇 걸음 걸어 들어간 그는 동생들과 마을의 다른 소년들을 내버려둔 채 골짜기를 따라 아래로 내달렸다. 사람들이 오가는 샛길을 피해 골짜기 바닥의 강가를 지나면서 신발도 벗지 않은 채 첨벙첨벙 소리를 내며 물 위를 밟고 뛰어갔다. 몸에 튄 물이 금세 몸 안을 적시는 바람에 추위로 온몸이 부들부들 떨렸다. 신고 있던 헝겊 신발이 완전히 젖어 안쪽이 강물로 가득했고, 뛰는 내내 철퍼덕 철퍼덕 청백색의 소리를 냈다. 하지만 그는 추위를 느끼지 못했고 바늘로 찌르는 듯한 통증만 느꼈다. 얼굴에는 수정 같은 땀방울이 가득했지만 걸음을 멈추지도 않고 숨을 고르지도 않은 채 그렇게 강 계곡을 건너고 비탈길을 기어올랐다. 마을 어귀에 도착해보니 란지우스와 란바스 두 자매가 햇볕을 쬐면서 얘기를 나누고 있는 모습이 눈에 들어왔다. 그는 두 자매의 등 뒤로 마을 서쪽 길을 에돌아 자기 집 후통으로 들어섰다. 그제야 걸음을 늦춘 그는 곧장 집으로 향했다.

대문은 안에서 잠겨 있었다.

대낮인데도 안쪽에서 문을 걸어 잠근 것이었다!

손을 문에 얹은 채 쓰마란은 갑자기 마음이 혼란스러워졌다. 휘릭 하는 소리와 함께 얼굴의 핏기가 사라져 창망한 흰빛으로 변한 것 같았다. 몸 안의 피도 완전히 굳어버려 몸 전체가 나무를 깎아 만든 닭이 된 것 같았다. 갑자기 감당하기 어려울 정도로 매서운 추위가 느껴졌다. 입술을 앙다물고 문 앞에 잠시 멍하니 서 있던 그는 천천히 집 뒤쪽으로 걸어갔다. 뒷마당 담장 쪽에 있는 나무 아래서 주위를 둘러본 그는 그 나무를 타고 올라가 담장 위에서 마당 쪽으로 몇 걸음을 옮긴 다음 나무 밑으로 뛰어내렸다. 그가 발을 디딘 곳은 뒷간이 있는 곳이었다. 며칠 전에 그가 밟은 요강이 아직 그 자리에 그대로 남아 있었다. 문득 그때 계단식 전답을 향해 몸을 흔들며 걸어가던 란바이수이의 뒷모습이 떠올랐다. 동작을 죽이며 살금살금 담장을 따라 걸음을 옮기는 동안 그는 자신의 발아래 햇빛이 걷어차이는 소리와 천천히 강을 건너는 듯한 소리를 들었다. 안채의 문 앞에 이르자 허술하게 닫혀 있는 문이 보였다. 침대가 삐거덕거리는 희고 빛나는 소리도 들렸다. 혼탁해서 정확하진 않지만 남녀가 얘기를 주고받는 소리도 들렸다. 그 소리가 톱니바퀴처럼 느리지만 강력하게 그의 심장을 베고 지나갔다. 그의 두 손이 가볍게 떨리기 시작했다. 산이 무너지고 해일이 이는 것처럼 윗니와 아랫니가 격렬하게 부딪쳤다. 대문 밖을 지나가는 사람들의 발걸음 소리가 청석판이 머리 위로 떨어지는 것처럼 요란했다. 그는 침대가 삐거덕거리는 하얀 소리와 대화를 나누는 붉은 소리가 멀어져가는 발걸음 소리처럼 약해져 흔적도 없이 사라지기를 간절히 바랐다. 하지만 그 소리는 한차례 또 한차례 끊이지 않는 황토 고원 길처럼 이어졌다. 그는 몸짓을 최대한 죽여가며 살금살금 부엌 쪽으로 다가갔다. 부엌으로 들어간 그는 추호의 망설임도 없이 곧장 식칼을 집어 들었다. 식칼이 묵직하게 손에 들어오는 순간, 그의 심장은 더 이상 고동치지 않았다. 더없이 평온해졌다.

그는 부엌 밖으로 나왔다. 손에 흥건하게 땀이 배는 바람에 식칼 손잡이를 제대로 꽉 쥘 수 없었다. 그는 땀을 닦으려고 손을 아주 거칠게 문틀에 문질렀다. 하지만 그 순간 눈꺼

풀을 당겨 눈을 커다랗게 떠야 했다. 벽 구석에 종이에 싸인 한약 봉지와 란바이수이가 올 때 들고 있던 홀쭉해진 검은 헝겊 자루가 같이 걸려 있었다. 그는 한참을 바라보았다. 예전부터 있던 버드나무 광주리 안에도 한약 봉지가 몇 개 들어 있었다.

고개를 숙여 아래를 보았지만 아무것도 찾을 수 없었다. 부뚜막 가에 쌓여 있는 장작더미로 다가가 장작을 헤치는 순간, 쓰마란은 그대로 몸이 굳어 움직일 수 없었다. 옥수수 줄기와 면화 줄기, 콩 줄기가 어지럽게 쌓여 있는 틈새에 약을 달이는 솥과 약을 우리고 남은 찌꺼기 더미가 들어 있었다.

다시 말해서, 그의 엄마가 병에 걸린 것이었다. 목구멍 병이었다.

다시 말해서, 이 한약 찌꺼기는 엄마가 달여 먹고 남은 것이었다.

다시 말해서, 엄마는 새 흙에서 나는 양곡을 먹을 수 없는데다 이 세상에서 길어야 석 달 내지 다섯 달밖에 수명을 누릴 수 없다는 것이었다.

다시 말해서, 이 한약은 전부 란바이수이가 가져온 것이었다.

쓰마란은 부엌에 서서 검붉은 한약 냄새를 맡았다. 문득 이상하다는 생각이 들었다. 어째서 한 달이나 되도록 한약 냄새를 맡지 못한 것일까. 그는 또 생각했다. 한약은 당연히 자신이 마을 밖에 나가 사 와야 하는 건데, 결과적으로 이 일을 전부 란바이수이가 도맡아 했다. 그는 몸을 돌려 검은 범포 자루를 거세게 잡아당겨 식칼로 자루를 이리저리 마구 찔러 찢어버렸다. 그런 다음 약 자루를 바닥에 던져놓고 자루 위에 올라가 발로 비틀어 짓밟았다. 그런 다음 자루를 다시 들어 올려 부뚜막 안에 처박아버렸다. 그것으로 그치지 않고 다시 콩 줄기를 한 줌 집어다가 불을 붙여 부뚜막 안으로 깊이 밀어 넣었다.

그는 약이 담긴 자루가 검은 연기와 붉은 화염을 내뿜으며 타는 것을 지켜본 뒤에야 부엌 밖으로 나왔다. 그가 마당에 서자 햇볕이 그의 얼굴을 세차게 후려쳤다.

그는 또다시 침대가 삐거덕거리는 희고 빛나는 소리를 들었다.

잠시 서 있던 그는 눈앞에 있는 빨랫방망이를 집어 들어 그 희고 빛나는 소리가 새어 나오는 창문을 향해 내던졌다. 빨랫방망이는 허공에서 빙글빙글 돌면서 날아가 창문에 부딪혀 뿌연 먼지를 일으키고 나서야 땅바닥에 떨어져 멀리 굴러갔다.

귀를 자극하던 희고 빛나는 소리가 끼익 하고 멈췄다.

집 안과 마당의 정적이 집이 무너진 뒤처럼 깊고 무거웠다.

573

쓰마란은 대문 밖으로 걸어가면서 있는 힘껏 빗장을 열어 대문을 활짝 열어젖혔다. 그런 다음 문 앞에 잠시 서서 마을을 걸어 다니는 사람들과 맞은편 계단식 전답에서 분주히 일하고 있는 사람들을 바라보았다. 그는 란바이수이의 집을 향해 걸음을 옮겼다. 란바이수이의 집 대문 앞에 이른 그는 큰소리로 몇 차례 란쓰스를 불렀다. 쓰스가 안채에서 새로 지은 붉은 꽃무늬 무명적삼을 입고 황급히 뛰어나와서는 예쁘냐고 물었다. 그가 이리 와보라고 말한 다음 곧장 몸을 돌려 란쓰스의 집 뒤쪽으로 갔다. 그곳은 온통 홰나무 숲이 펼쳐져 있었다. 봄을 맞는 홰나무의 연노랑 냄새가 이미 사방으로 흩날리고 있었다.

그녀가 말했다.

"무슨 일로 여길 온 거예요? 사람들이 보면 안 좋단 말이에요."

그는 아무 말도 하지 않고 다시 집 모퉁이를 돌았다. 그러고는 몸을 돌려 몹시 따가운 눈빛으로 그녀를 뚫어져라 쳐다보았다. 원수를 쳐다보는 것 같았다. 목에 시퍼런 힘줄이 불룩 솟아 있었다.

그녀가 말했다.

"쓰마란 오빠, 무슨 일 있어요?"

그가 말했다.

"쓰스, 내 말 잘 들어. 너희 아버지는 사람이 아니야. 그냥 멀쩡하게 살아 있는 돼지라고."

그녀가 잠시 어리둥절한 표정을 짓다가 다시 물었다.

"내가 오빠한테 잘못한 게 있어서 지금 날 욕하는 거예요?"

그가 말했다.

"너희 아버지는 진짜 돼지야. 돼지나 개만도 못하단 말이야."

그녀가 말했다.

"오빠네 고모야말로 돼지예요. 오빠네 고모 쓰마타오화는 인민공사의 루 주임하고 잤잖아요. 내가 직접 봤다고요."

더 이상 아무 말도 할 수 없었다. 그는 눈길을 그녀의 입술로 옮겼다. 그러고는 그녀가 정신을 차리기도 전에 머리채를 잡아채 힘껏 담장에 부딪쳤다. 그의 눈에 담장의 황토가 가루가 되어 날리면서 땅바닥으로 떨어지는 게 보였다. 그녀의 목에서 1년을 참다가 터져 나오는 처량하고 날카로운 울음소리가 들렸다. 목구멍에서 솟구쳐 나온 푸른빛과 자줏빛이 뒤섞인 울음소리는 버드나무의 초록색 껍질이 허공으로 뽑혀 내던져지는 것 같았다. 이어서 그는 마지막 기력을 다해 가장 큰 소리가 나도록 그녀의 뺨을 또다시 후려친 다음 큰 걸음으로 홰나무 숲을 지나 산맥을 향해 성큼성큼 걸어 올라갔다.

그는 란바이수이의 집에서 들려오는 놀라 외치는 소리와 빠른 걸음으로 달려 나오는 소리가 우박처럼 울리는 것을 들었지만 고개 한번 돌리지 않았다.

2

계단식 전답은 점점 더 넓게 개간되었다. 여전히 마을에서 먹고 자며 일을 할 때만 마을을 벗어났던 바깥 마을 사람들은 자기 마을로 돌아가면서 나무수레와 삽, 곡괭이를 밭에 두고 갔다. 나무수레 두 대와 질 좋은 삽, 곡괭이를 잃어버린 사실이 루 주임에게 보고되었다.

루 주임이 말했다.

"염병할, 수레는 누가 훔쳐 간 게 아니라 망가진 거야."

이리하여 그는 사람을 보내 전문적으로 농기구를 관리하기 시작했다.

쓰마란은 산등성이에 머물면서 마을로 돌아오지 않았다.

낮에 다른 사람들이 일을 할 때면 그는 계단식 전답 여기저기를 돌아다녔다. 저녁이 되면 농기구를 지켰다. 잠은 맥장에 있는 짚둥우리에서 잤다. 집에 돌아가지 않은 지 이미 일주일이 되었다. 부랑자처럼 계속 산 위를 어슬렁거렸다. 어느

576

날 밤, 쓰마루가 계단식 전답으로 그를 찾아와서 말했다.

"엄마가 요 며칠 동안 계속 우셔. 엄마가 울면서 형을 데리고 오라고 하셔."

그가 잠시 침묵하다가 입을 열었다.

"엄마는 목구멍이 막혔어. 우는 건 좋은 일이야. 울다 보면 어쩌면 막힌 목구멍이 뚫릴지도 몰라. 인민공사의 루 주임이 나더러 누가 수레랑 삽과 곡괭이를 훔쳐 가는지 조사하라고 했는데 어떻게 집에 돌아갈 수 있겠니?"

루 주임의 지시가 있었다는 말에 루는 두말없이 되돌아갔다. 그러고 나서 그는 곧바로 산맥을 돌아다니다가 아버지 쓰마샤오샤오의 무덤을 찾아갔다. 달빛은 없었고 겨울밤의 차가운 별 몇 개가 오락가락하는 구름 속에서 사라졌다 나타나기를 반복하고 있었다. 마을에서 몇 리 떨어진 쓰마씨 집안의 무덤들은 황량한 들판 위에 한데 모여 있었다. 마른풀 사이에 푸르고 차가운 새 풀의 냄새가 났다. 드문드문하지만 무덤 앞에 우람하게 자란 측백나무는 여전히 진하고 검은 가지와 잎 사이에 바스락거리는 갈색 소리를 감추고 있었다. 그 나무 그림자 속을 지나치면서 그는 아무 생각도 하지 않았다. 고개를 돌리지도 않은 채 아버지의 무덤 쪽을 향해 다가갔다. 그러고는 아버지의 무덤 앞에 무릎을 꿇었다. 무릎을 꿇으면서 고개를 숙였다. 다시 고개를 드는 순간, 아버지의 무덤 위에 그림자 하나가 어른거리는 것을 보았다. 자세히 살펴보니 그 어른거리는 그림자는 바로 아버지 쓰마샤오샤오의 것이었다.

넋이 나간 표정의 쓰마란이 작은 목소리로 중얼거리듯 말했다.

"아버지…… 이 아들, 아버지 뵐 면목이 없습니다."

쓰마샤오샤오가 말했다.

"란아, 아비는 널 조금도 원망하지 않는다."

쓰마란이 말했다.

"이제 저는 다 자란 성인이에요. 성인이 된 이상 절대로 쓰마 집안에 이런 굴욕을 당하게 할 수 없어요."

쓰마샤오샤오가 어리둥절해하는 것 같았다. 약간 멍한 표정으로 쓰마란을 바라보고 있었다. 아들 스스로 자신이 성인이 되었다고 말하는 게 예상 밖인 것 같았다. 어른이 세월을 앞당겨 일찌감치 쓰마란의 몸에 찾아온 것 같았다. 그는 쓰마란을 뚫어져라 쳐다보았다. 다른 사람이 자신에게 보내준 진귀한 물건을 쳐다보는 것 같았다. 결국 그는 혼자 중얼거리듯이 말했다.

"어른다운 일을 해야지."

쓰마란이 말했다.

"저는 피부를 팔았어요. 다른 사람들을 데리고 가서 피부

578

를 팔게 하기도 했지요."

쓰마샤오샤오가 말했다.

"나는 열일곱 살 되던 해부터 마을 일을 관장했고, 마을 사람들이 마흔 넘게 살게 하려고 온갖 방법을 다 찾기 시작했었지."

쓰마란이 말했다.

"향의 루 주임이 자기가 마을을 떠날 때 제가 촌장을 맡게 할 거라고 했어요. 산싱촌의 관리를 제게 맡긴다고 했다고요."

쓰마샤오샤오가 말했다.

"오늘 밤에 마을로 돌아가도록 해라. 루 주임은 더 이상 마을에서 땅을 갈아엎을 생각이 없어. 루 주임이 떠나면 인력도 철수할 게다. 그 땅은 너희가 사오 년 더 고생해도 공사를 다 마칠 수 없어. 사오 년이면 마을에서 몇 명이나 죽어나갈지 모르지. 아마 네 엄마와 나이가 비슷한 사람들은 전부 죽게 될 게다."

쓰마란은 놀라움을 금치 못했다.

루 주임이 사나흘 전까지만 해도 속도를 더 내서 계단식 전답 개간을 조금 더 서둘러 완성하라고 말했는데 어떻게 갑자기 떠난단 말인가? 그는 아버지에게 묻고 싶었다. 하지만 아버지의 눈길은 그의 얼굴에 있지 않았다. 아버지의 눈길이 가볍게 흔들렸다. 사람이 늙으면 눈이 침침해지는 것처럼 희미하고 검고 파란 눈빛으로 그의 등 뒤에 있는 무언가를 바라보고 있었다.

쓰마란은 고개를 돌렸다.

그는 뒤에 엄마가 서 있는 것을 보았다. 엄마는 마른 나무처럼 꼼짝하지 않고 멍하니 서 있었다. 그는 엄마가 언제부터 그 자리에 서 있었는지 그저 놀랍고 의아하기만 했다. 그녀는 얼굴이 눈처럼 희었다. 묘지 전체를 밝게 비출 수 있을 정도로 희고 밝았다. 엄마는 무덤 위에 앉아 있는 쓰마샤오샤오를 바라보지 않았다. 그녀는 고개를 숙인 채 아들 쓰마란을 쳐다보았다. 그 창백한 얼굴에서 부끄러움이 거위 깃털처럼 하얗게 뚝뚝 흩날려 떨어지고 있었다. 눈물도 무덤 앞에 주룩주룩 흘러 떨어졌다. 쓰마란이 고개를 돌리자 그녀는 몸을 부들부들 떨면서 말했다.

"란아, 엄마가 이렇게 부탁한다. 제발 집으로 돌아와줘. 네가 이 엄마 몸의 살이라는 걸 생각해서 이 엄마를 좀 용서해다오. 대한(大寒) 추위의 끝자락이라 밖은 너무 추워. 엄마를 때리고 욕해도 좋으니까 제발 집으로 돌아와줘."

쓰마란은 아무 말도 하지 않았다.

그녀가 다시 말했다.

"엄마는 며칠밖에 더 살지 못해. 다섯째 동생 루와 여섯째 동생 후는 네가 보살펴야 한다. 엄마가 불치병을 앓고 있는 걸 생각해서라도 오늘 밤에는 제발 집으로 돌아와줘."

쓰마란이 땅바닥에서 몸을 일으켰다. 그가 말했다.

"저에게 집으로 돌아오라고 하는 건 좋아요. 하지만 엄마는 아버지 앞에 무릎을 꿇고 잘못했다고 빌어야 하잖아요."

엄마는 아버지의 무덤 앞에 서서 미동도 하지 않았다. 이미 죽은 사람 같았다. 쓰마란은 멍하니 서서 엄마를 노려보다가 흥 하고 콧방귀를 뀌고는 자리를 떴다.

3

쓰마란이 꿈속을 헤맨 듯 몽롱한 기분으로 집으로 돌아온 때는 이미 날이 환하게 밝아올 무렵이었다.

마을로 들어서면서 그는 수십 명의 바깥 마을 일꾼들이 수레를 끌고 있는 것을 보았다. 수레는 삽과 정, 곡괭이, 둘둘 말린 이불과 요, 솥, 밥그릇, 바가지, 주걱, 먹다 남은 양곡 자루 등을 가득 싣고 덜컹거리며 산등성이를 향해 가고 있었다. 이른 아침의 혼탁한 소리와 움직임에 놀란 산싱촌 사람들이 잠에서 깨어 일어났다. 사람들은 아무 생각 없이 길가에 늘어서서 바깥 마을 사람들이 희희낙락 웃고 떠들며 산등성이를 향해 가는 모습을 눈을 크게 뜨고 바라보고 있었다.

마침내 해방되어 집으로 돌아가는 기쁨이 그들의 손과 얼굴, 수레에 너무 밝고 뚜렷하게 드러나 사방으로 넘쳐 흐르고 있었다.

쓰마란은 무덤에서 아버지가 했던 말이 떠올랐다.

쓰마란은 도로 한가운데 서서 길을 막아서며 물었다.

"계단식 전답 정비가 다 끝나지 않았는데 그냥 떠나면 어떻게 해요?"

누군가 성난 목소리로 말했다.

"이만큼 거저 일을 해주었으면 됐잖아. 우리도 농사를 지어야 할 거 아니야? 초봄이 되었는데 우리 밀밭은 누가 가서 김을 매주고 거름을 준단 말이냐?"

쓰마란은 말문이 막혔다. 길가에 있던 란류껀에게 물어보고 나서야 상황이 아버지가 말했던 것과 조금도 다르지 않다는 사실을 알게 되었다.

"이 사람들은 이미 철수하는 세 번째 대오야. 루 주임이 현에 가서 회의를 했대. 현에서 새로운 계단식 전답의 시범지로 다른 향을 선정했다는 거야. 그래서 루 주임이 돌아와 인력을 해산시킨 거지. 촌장님이 루 주임을 찾아가 루 주임 앞에서 개두의 절까지 올렸대. 하지만 루 주임이 그랬다더군. 당신들 마을에 이미 220무나 되는 땅을 개간해주었는데 뭘 더 어쩌라는 거요? 설마 향 전체의 농사를 다 망치란 말이

오? 결국 저 일꾼들이 계단식 전답을 대충 정비한 채 절반만 일을 마무리하고 한 무리씩 돌아가는 모습을 두 눈 똑바로 뜨고 바라보는 수밖에 없었던 거야."

동쪽에서 서서히 밝아오는 붉은빛이 마을 어귀의 나뭇가지들을 물들이기 시작했다. 나뭇잎 없이도 꽃이 핀 오동나무에 포도 같은 검푸른 꽃봉오리가 줄줄이 맺혀 있었다. 일찍 핀 오동나무 꽃 한 송이는 어쩌다 날이 밝아올 무렵에 땅에 떨어져 있는지 모르지만 젖은 흔적만 한 조각 남아 은은한 향기를 뿌리고 있었다. 산싱촌 사람들은 그렇게 또 한 무리의 일꾼들이 아침 일찍 일어나 흩어져 돌아가는 모습을 바라보고 있었다. 바깥 마을 사람들은 산등성이를 오르더니 눈 깜짝할 사이에 아침 햇살 속으로 사라져버렸다. 마을에 남은 산싱촌 사람들은 마을 어귀에 모여 서로 아무 말도 하지 않았다. 사람들의 얼굴마다 서리 빛이 먼지 묻은 흰 천처럼 드리워져 있었다. 이때 이후로 그들은 또다시 석 달 전처럼 소나 말인 양 땅과 목숨을 맞바꾸는 끝이 보이지 않는 노동을 시작해야 했다. 누군가 잠자리에서 일어나 문을 연 다음 물통을 어깨에 메고 우물가로 향해 가고 있었다. 사람들이 소곤대는 푸른 소리가 낭랑하게 전해져왔다.

쓰마란이 말했다.

"그럼 다른 방법은 없는 건가요?"

마을 사람들이 말했다.

"란바이수이가 루 주임에게 개두를 하다가 이마에서 피가 줄줄 흘렀다더군."

모두들 말없이 자리를 떴다. 황혼의 비에 흠뻑 젖은 한 무리 닭들처럼 각자 흩어져 자기 집으로 돌아갔다. 어느 집인가 잠에서 깬 개가 몸에 나뭇가지와 풀을 덮어 따스한 온기를 누리고 있다가 집에서 나와 마을 길가에 있는 나무에 오줌을 쌌다. 쓰마란은 흩어져 돌아가는 마을 사람들을 바라보다가 갑자기 큰 소리로 물었다

"제가 바깥 마을 일꾼들을 전부 남게 하면 어떻게 하시겠어요?"

흩어져가던 사람들 모두 걸음을 멈추고 고개를 돌렸다.

그가 말했다.

"제가 루 주임을 시켜 일꾼들을 다시 돌아오게 할 수 있어요. 하지만 공짜로 돌아오게 할 수는 없겠지요."

마을 사람들은 아무 말도 하지 않았다. 반미치광이 환자를 바라보듯이 멀리서 그를 바라볼 뿐이었다. 그가 물었다.

"오늘부터 제 말을 들어주실 수 있겠습니까? 더 이상 란바이수이를 촌장으로 인정하지 않을 수 있겠습니까?"

끝내 아무도 말을 하지 않고 다시 각자 자기 집을 향해 가기 시작했다. 흩어져가는 발걸음은 고요한 아침 호수 수면에

떠 있는 나무토막처럼 아무 소리도 내지 않았다. 마을 사람들의 그 모습은 의술을 갖추지 못한 의사가 정신병자를 치료하지 못하여 멍하니 바라보고만 있는 것 같았다. 그렇게 모두들 낙담하여 맥없이 돌아가는 수밖에 없었다. 맨 마지막으로 걸음을 옮긴 사람은 란류껀이었다. 쓰마란이 그의 앞으로 몇 걸음 다가가 팔을 꽉 움켜쥐면서 말했다.

"염병할, 이럴 때 너라도 몇 마디 말 좀 해봐라."

란류껀이 그의 손을 뿌리치면서 차가우면서도 따스한 어투로 말을 받았다.

"나는 네가 또다시 사람들을 이끌고 교화원에 가서 대규모로 피부를 팔게 할까 봐 두려워."

쓰마란은 아무 말도 하지 않았다. 란류껀이 저 멀리 마을 길로 사라지는 모습을 바라보기만 했다. 바로 앞에 있는 후통은 다시 고요 속으로 돌아갔다. 햇빛이 나뭇가지들을 가로질러 집 담장 안으로 쏟아져 들어오는 소리가 들릴 정도로 고요했다. 그는 텅 빈 마을을 멍하니 바라보다가 웬일인지 갑자기 몸을 구부려 바구니를 들듯이 돌을 하나 집어 들고는 머리 위로 높이 올려 저 앞에 있는 작은 느릅나무를 향해 던졌다. 느릅나무는 한 번 흔들리면서 몸이 확 꺾였지만 다시 활처럼 튕겨서 부러지지도 휘지도 않은 상태로 가볍게 흔들렸다. 쓰마란은 멍한 표정으로 몸을 일으켜 그 작은 나무에서 흘러나온 누런 진액이 뿌리 쪽까지 굴러가는 것을 지켜보았다. 그러고는 말없이 집으로 돌아갔다.

다섯째와 여섯째 동생들은 아직 침대 위에서 자고 있었다.

엄마의 침대 위에는 이불이 가지런히 개켜져 있었다. 그가 가까이 다가가 살펴보니 침대보와 베개, 이불이 전부 아주 깨끗하게 세탁되어 있었다. 이불 끝자락을 잡아당겨 다시 자세히 살펴보니 이불도 홑청을 뜯어내서 빤 것이었다. 나무판자로 된 상자와 탁자, 의자 심지어 창문 틈새까지도 아주 깨끗하게 닦여 있었다. 자기 방에 들어가보니 이불과 요뿐 아니라 봄여름 옷들까지 세탁되어 단정하게 개켜져 있었다. 이어서 그는 바지를 하나 집어 들고 살펴보았다. 땅을 갈아엎느라 무릎 부분이 다 해어졌었는데 지금은 그 부분이 헝겊을 받쳐 깔끔하게 기워져 있었다. 파란색 헝겊을 대고 성기게 기운 것이었다. 쓰마란은 그걸 보고 가슴속이 뜨거워졌다. 부엌으로 뛰어들어가보니 한약 봉지는 바구니 안에 담겨 있었다. 그가 여전히 세 줄 아홉 봉지였다.

두말할 것도 없이 지난 이레 동안 엄마는 한약을 달이지 않은 것이었다. 부뚜막 앞에 쌓여 있는 장작더미를 발로 차서 헤집어보자 약탕관과 약 찌꺼기 모두 원래의 모습으로 잘 갈무리되어 있었다. 쓰마란은 부엌에서 나와 마당 가운데 잠시 서 있었다. 해가 이미 마을 어귀까지 왔으니 엄마도 곧 묘지에서 돌아올 것이라는 데 생각이 미쳤다. 쓰마란은 집에서 나와 묘지가 있는 쪽의 산등성이 길을 걸으며 멀리 바라보았다. 하지만 보이는 것이라고는 지휘부 마당 한가운데 서 있는 루 주임의 모습이었다. 누군가 그의 사무용 책상을 문밖으로 가지고 나와 차에 싣고 있었다. 고모 쓰마타오화가 그 문 앞을 지나가면서 지휘부 쪽을 한 번 쳐다보더니 걸음을 멈추지도 않고 루 주임에게 뭔가 얘기를 하고는 곧바로 자기 집으로 가버렸다.

쓰마란의 마음속에서 쾅 하고 폭발음이 울렸다. 그는 고모의 발걸음을 따라 고모네 집으로 갔다.

집으로 돌아간 쓰마타오화는 불을 지펴 밥을 짓기 시작했다. 부엌에 밥 짓는 연기가 모락모락 피어올랐다. 비단실 같은 청백색 연기가 하늘에 피어올랐다. 고모 쓰마타오화의 집으로 간 쓰마란은 "고모!" 하고 한 번 부르고 나서 문틀에 몸을 기댄 채 고모가 불을 지피는 모습을 바라보았다. 고모가 채소를 썰고 밀가루 반죽을 얇게 미는 모습을 바라보았다. 그러다가 결국에는 의자를 하나 끌어다가 부뚜막 아래 앉아 고모가 밀었다 당겼다 풀무질하는 모습을 지켜보았다. 부엌 안은 아주 따스했다. 진한 열기가 부엌을 빙빙 맴돌고 있었다. 그렇게 앉아 있는 쓰마란을 보고도 고모는 아무것도 묻지 않았고 그 역시 아무 말도 하지 않았다. 오랫동안 침묵이 이어졌다. 긴 세월 멈추지 않는 침묵이었다. 결국 밥이 다 되어서야 그가 입을 열어 사촌여동생 주추이는 집에 없느냐고 물었다. 고모가 대답했다.

"그 애는 오빠랑 같이 고모부를 만나러 진에 갔어."

그가 말했다.

"고모, 루 주임도 떠난대요."

쓰마타오화의 손이 풀무 손잡이 위에 그대로 굳어버린 채 말했다.

"떠나면 떠나는 거지 뭐."

쓰마란이 말했다.

"마을에서 그를 붙잡을 수 있는 사람은 고모밖에 없어요. 고모……"

그녀는 몸을 일으키며 이번에는 솥뚜껑을 열고 그 안에 든 것을 휘젓기 시작했다.

"그 사람을 붙잡아서 뭐 하게? 그 사람 집이 우리 마을에 있는 것도 아니잖아."

쓰마란의 얼굴이 가볍게 달아올랐다.

"그를 붙들면 바깥 마을 사람들도 붙잡을 수 있거든요. 그렇게만 되면 우리 마을의 남은 200여 무의 산등성이 땅을 전부 갈아엎을 수 있지요."

쓰마타오화가 다시 앉아 불을 지폈다.

"내겐 그럴 만한 능력이 없어."

쓰마란이 목소리를 크게 높이며 말했다.

"고모에겐 그럴 만한 능력이 있어요. 전체 마을 사람들을 통틀어 고모에게만 그런 능력이 있다고요."

쓰마타오화는 곧바로 말을 받지는 않았다. 그녀는 그냥 쉬익 쉬익 소리가 나도록 풀무질을 계속했다. 문지방 밖에서 당당하게 쏟아져 들어온 햇빛이 풀무질 소리가 잠시 멈춘 사이 물처럼 미세하게 황금빛 소리를 냈다. 작은 벌레들이 햇빛 속에서 춤추며 날고 있었다. 낱알만 한 작은 공들이 허공에서 반짝거리면서 굴러다니는 것 같았다. 쓰마타오화는 아무 말도 하지 않았다. 조카 쓰마란이 바로 옆에 앉아 있는 것이 눈에 보이지 않는 것처럼 국수를 솥에 넣고 젓가락으로 휘휘 젓는 일에만 열중했다. 그러면서 열심히 얼굴 위로 뿜어져 올라오는 열기를 한쪽으로 불어냈다. 쓰마란은 바삐 움직이는 그녀의 당황한 모습을 놓치지 않고 계속 뚫어져라 쳐다보았다. 그의 눈길은 잠시 솥을 향하다가 다시 도마 위를 거쳐 장작더미 쪽으로 옮겨 갔다. 기다리던 그가 조바심을 참지 못하고 입을 열었다.

"고모, 고모가 이렇게 인정이 없는 사람일 줄은 미처 생각지 못했네요. 고모부가 인민공사에 가서 청소와 조리를 담당하게 됐으니까 나중에 일자리를 찾아 사촌동생들도 데려갈

수 있겠네요. 그렇게 되면 고모네는 일가 전체가 외지의 물을 마시고 외지의 양곡을 먹겠지요. 여전히 마흔을 넘기진 못하겠지만 적어도 반평생은 보통사람들처럼 살 수 있겠지요. 이 마을에서 고통으로 몸부림칠 필요 없이 설사 서른 몇 살에 죽는다 해도 이 세상에 온 것이 헛된 일은 아니겠지요. 하지만 저는 뭔가요? 루와 후는 고모의 친조카가 아닌가요? 고모는 우리를 보지도 않고 상관하지도 않을 건가요? 그렇게 어린아이들이 땅을 갈아엎는 일을 하다가 지쳐서 죽게 해야 마땅한가요? 사오 년이 걸려 마을 땅을 전부 개간하고 나면 사람들은 목구멍 병에 걸릴 텐데 새 흙에서 나는 양곡을 제때 먹을 수나 있겠어요?"

쓰마란이 또 말했다.

"우리 엄마는 곧 죽어요. 엄마가 새 저고리를 고모한테 빌려줬잖아요. 그런 엄마는 벌써 두 달째 목구멍 병을 앓고 있다고요."

쓰마타오화는 장작을 한 아름 안은 채 미동도 하지 않았다.

쓰마란이 얘기를 계속했다.

"마을 전체를 위해서 하는 일이니까, 사실은 아주 깨끗한 일이라고요."

쓰마타오화는 전혀 눈길을 돌리지 않고 장작을 한 아름 안은 채 부뚜막 아래로 가져다 아궁이 안에 하나씩 밀어 넣었다. 그러고는 나무처럼 무표정한 얼굴로 풀무질을 계속하면서 차가운 어투로 말했다.

"내가 어젯밤에도 갔고 그제 밤에도 갔었어. 루 주임은 더 이상 날 좋아하지 않아. 네 고모부를 인민공사에서 일하게 해준 걸로 나에 대한 보상은 충분했다고 하더구나. 정분에 대한 대가를 이미 다 치렀다는 거야."

이렇게 말하는 쓰마타오화의 속눈썹에 눈물방울이 매달려 있었다. 불에 비쳐 더 붉고 밝은 눈물방울이었다. 투명한 구슬이 속눈썹에 간신히 매달려 있었다. 갑자기 고모의 얼굴을 쳐다본 쓰마란은 그녀의 눈가에 쟁기로 고랑을 판 것 같은 주름이 나 있는 것을 발견했다. 그 주름 안에는 먼지가 세월처럼 깊고 두껍게 끼어 있었다. 그는 갑자기 고모 역시 늙었다는 것을 깨달았다. 마을 한가운데 있는 쥐엄나무처럼 늙어 생기가 없었다. 애당초 고모의 조금 아름다웠던 그 모습은 완전히 엄마의 그 붉은 저고리 때문이었던 것 같았다. 이제 그 저고리를 벗고 나니 그녀의 늙은 모습이 적나라하게 얼굴에 드러나 있었다.

그가 말했다.

"고모가 거기 갈 때 엄마 저고리를 입었어야 했어요."

고모는 여전히 자기 일을 하느라 바빴다.

"바깥 마을 사람들을 붙잡는 게 어려운 일은 아니야."

591

그가 물었다.

"어떻게 붙잡지요?"

그녀가 말했다.

"다른 사람을 보내면 돼. 아직 결혼하지 않은 숫처녀를 보내면 될 거야. 가장 예쁜 아이로 골라서 말이야."

그가 물었다.

"그게 누군데요?"

그녀가 말했다.

"쓰스가 네 약혼녀만 아니라면 그 애가 가는 게 제격이지. 그 애는 생기발랄하고 깜찍하게 생긴 데다 또 그 애 아버지는 촌장이잖아. 촌장 집 딸이 안 가면 누가 가겠니?"

쓰마란은 한참 동안 아무 말도 하지 않았다.

"그 애는 이제 제 약혼녀가 아니에요. 일주일 전에 제가 그 애를 때렸거든요."

쓰마타오화가 쓰마란의 얼굴을 쳐다보면서 말했다.

"네 사촌인 주추이는 몸이 너무 작고 말랐어. 루 주임이 좋아할 만한 애가 아니지. 그렇지만 않았다면 내가 그 애를 보냈을 거야."

그러고 나서 또 말을 이었다.

"네가 정말로 네 엄마를 구하고 싶고 마을 사람들 모두 마흔 넘게 살게 하고 싶다면 가서 란쓰스를 잘 설득해봐. 그 애에게 몸을 더럽혀서라도 루 주임을 모시라고 해봐."

그러고는 마지막으로 한마디 덧붙였다.

"그 애가 루 주임을 모신다면 네 사촌여동생을 네게 줄게."

4

고모집에서 나와 보니 마을 길가에는 이미 사람들이 밥을 먹고 있었다. 그는 동생 쓰마루가 식사하라고 엄마를 부르는 소리를 들었다. 그 소리는 마을 하늘에서 구름처럼 흘러와서 는 이내 아주 절박하게 다른 곳을 향해 흘러갔다. 엄마는 아 직 묘지에서 돌아오지 않았다. 그는 지금쯤은 엄마가 묘지에 서 돌아왔어야 하는데 그곳에 계속 남아 멍하니 서 있는 게 무슨 의미가 있나 하는 생각이 들었다. 햇빛은 머리 꼭대기 에서 곧장 마을을 비추고 있었다. 마을 거리 지면의 축축하 고 두터운 열기가 위로 올라왔다. 쓰마란은 쓰마루가 엄마를 부르는 소리를 따라 집으로 가지 않고 그 열기 속에 잠시 서 있었다. 그러다가 마을 뒤쪽에 가서 앉아 있었다.

그는 그곳에 아주 오랫동안 앉아 있었다. 쓰스에게 루 주 임을 모시러 가게 하는 문제를 생각하지도 사촌여동생을 아 내로 맞는 문제를 생각하지도 않았다. 그의 눈앞에는 바깥 마을 사람들이 와서 새로 개간한 밭이 펼쳐져 있었다. 누렇게 요동치는 빛깔이 물처럼 그의 눈앞에서 움직이고 있었다. 햇빛은 그 색깔 위로 뜨겁게 천지를 불태우고 있었다. 바깥마을 사람들은 하나도 남지 않고 다 떠나버렸지만 그 밭에는 그들이 쓰다가 망가뜨린 삽과 곡괭이, 밥을 짓던 간이 부뚜막 등이 여기저기 널브러져 있었다. 여기저기 흩어진 자질구레한 물건들이 몹시 눈에 거슬렸다. 아직도 그들이 돌아와 가져가주기를 기다리고 있는 것 같았다. 어쨌든 그는 아직 시골 마을의 소년이라 누구를 아내로 맞아야 하고 누구를 맞지 말아야 하는지 확실하게 마음을 정할 수 없었다. 루 주임을 붙잡을 다른 어떤 방법이 있는지도 알 수 없었다.

그런 생각을 하는 것은 어떤 생각도 하지 않는 것이나 다름없었다.

아무것도 생각하지 않는 것은 또 뭐든지 다 생각하는 것과 마찬가지였다.

해가 서쪽으로 기울 때가 되어서야 그는 몸에 약간의 한기를 느꼈다. 배도 고파 왔다. 몸을 일으켜 가려고 하는 차에 뜻밖에도 란쓰스가 마을 아래에 있는 강가에서 빨래를 하고 돌아오는 모습이 눈에 들어왔다. 그 자리에 멍하니 앉아 이런저런 생각을 한 것 같기도 하지 않는 것 같기도 한 건 마치 쓰스를 기다리기 위해서인 것 같았다. 하느님이 그에게 그

몇 마디 얘기를 하라고 쓰스를 만나게 해준 것 같았다.

쓰스가 강가에서 걸어 올라왔다. 오른쪽 팔에는 남청색 침대보와 붉은 이불 홑청이 담긴 대나무 광주리를 걸고 있고 왼쪽 팔에는 나무 대야를 들고 있었다. 나무 대야 안에는 빨래를 마친 자질구레한 옷과 천들이 들어 있었다. 고개를 숙이고 힘들게 산 위로 올라오다가 갑자기 길 한가운데 버티고 서 있는 쓰마란을 본 그녀는 길가에 멈춰 서서 움직이지 않았다.

그가 말했다.

"너를 데리러 왔어."

그녀는 있는 힘껏 광주리를 부둥켜안았다.

"이제 우리 란씨 집안과 오빠네 쓰마씨 집안은 서로 아무 상관도 안 하는 사이야."

그가 말없이 그녀를 한참 쳐다보다가 말했다.

"내가 피부를 팔고 돌아왔을 때, 마을 전체의 아가씨들이 내게 시집오겠다고 했었지. 나는 너와 결혼해서 가정을 꾸리겠다고 했지만 내 사촌여동생 주추이가 오래전부터 내게 시집오고 싶어 했다고 하더군."

란쓰스는 얼굴이 새하얗게 굳어지면서 하마터면 광주리를 놓칠 뻔했다. 그녀는 광주리를 힘껏 앞쪽으로 옮겨 안고서는 아랫입술을 깨물면서 말없이 산 위를 향해 오르막길을 걷기 시작했다.

그는 그녀가 걸음은 옮길 때 몸이 예전처럼 그렇게 꼿꼿하지 않고 등이 아주 깊숙이 앞으로 기울어지는 것을 발견했다. 걸을 때 두 다리도 한쪽으로 약간 뒤틀렸다. 쓰마란은 그녀의 뒷모습을 보면서 자신의 말이 그녀의 몸에 차가운 물을 끼얹은 것 같다는 생각을 했다. 그는 재빨리 몇 걸음 쫓아가며 큰 소리로 말했다.

"내게 시집오고 싶으면 그렇게 해도 돼. 인민공사 루 주임이 아직 떠나지 않고 있으니까 네가 가서 이틀만 그를 모셔주면 돼. 그러면 그가 바깥 마을 사람들을 남게 해 우리 마을의 나머지 땅을 전부 갈아엎게 할 것이고, 올해는 우리 마을 집집마다 새 땅에서 난 양곡을 먹을 수 있게 될 거야."

그녀는 쓰마란의 얘기를 듣고도 걸음을 멈추지 않았다. 그저 걸음을 조금 늦출 뿐이었다. 그러다가 그의 말이 끝나자 고개 한번 돌리지 않고 걸음 속도를 높였다.

그는 계속 그녀의 뒤를 쫓아가며 소리쳤다.

"내 말은 진심이야. 나는 네 몸이 더럽혀져도 상관없어. 내게는 사람들을 마흔 살까지 살 수 있도록 하는 게 가장 중요한 일이야. 네가 루 주임을 붙잡아줄 수만 있다면, 너와 나 그리고 마을 사람들 모두 올해 새 땅에서 난 양곡을 먹을 수만 있다면, 마을 사람들 모두 마흔 살까지 살게 할 수만 있다면,

나는 네가 처녀가 아니라 해도 아주 잘해줄 수 있어."

그가 외치는 소리는 계곡 밑을 맴도는 바람 소리처럼 컸다. 그는 쓰스가 틀림없이 자기 얘기를 들었을 것이라고 생각했다. 하지만 그녀는 듣지 못한 것처럼 여전히 아무 말이 없었다. 고개를 돌리지도 않았다. 그렇게 곧장 모퉁이를 돌아 마을 안으로 들어가버렸다.

쓰마란만 혼자 남겨졌다. 길가에 남겨진 고목의 그루터기 같았다.

26장

황혼 무렵 마을에 종소리가 울렸다. 망설이듯 울리는 흰빛과 푸른빛의 종소리가 한창 뜨겁게 타오르는 햇빛 속에서 마구 흔들렸다.

창유리가 없는 지프차가 인민공사의 루 주임을 데리러 왔다. 루 주임은 마을마다 계단식 전답 공사가 전부 마무리된 다음에 가겠다고 말했었다. 하지만 루 주임은 무슨 까닭인지 모르겠지만 그냥 떠나버렸다. 루 주임이 떠나자 마을마다 있던 바깥 마을의 인력이 전부 산이 무너지고 땅이 갈라지듯이 해산해버렸다. 계단식 전답 공사가 아직 다 마무리되지 않았고 퍼낸 흙이 절반이나 쌓여 있는데도, 집들이 절반이나 무너졌는데도 전혀 개의치 않고 루 주임이 떠나자 모두들 수레를 끌고 짐을 짊어진 채 웃고 떠들면서 산싱촌을 떠났다. 그들은 고된 노역이 끝나자 산등성이 길을 지나갈 때 산싱촌을 향해 고개 한번 돌리지 않았다.

눈 깜짝할 사이에 산싱촌은 또다시 정적으로 돌아갔다. 한바탕 폭우가 쏟아진 뒤에 마을의 땅에만 변화가 생겼지 사람들은 여전히 그 사람들 그대로이고 돼지도 여전히 그 돼지 그대로이며 개 역시 그 개 그대로인 것 같았다. 울퉁불퉁 평평하지 않은 마을 거리도 원래의 모습 그대로였다. 마을 사람들은 산마루로 사라지는 바깥 마을 사람들을 보면서 동시에 예전처럼 마을의 적막 속으로 햇빛이 쏟아지는 소리를 들을 수 있었고, 목구멍 병을 앓고 있는 사람들이 집 밖에 나와 햇볕을 쬐면서 인내심 있게 생명의 마지막 순간을 기다리고 있는 모습도 볼 수 있었다. 그들은 자기 집 문 앞을 지키면서 뛰어노는 아이들을 가까이 불렀다. 혹은 갈대 자리 몇 장을 깔고 그 위에 손질한 양곡을 널어놓고서 큰 소리로 닭을 몰아댔다. 큰 거리에 장사를 위한 좌판을 펼쳐놓고 소리를 질러가며 자신의 남은 목숨을 팔려는 것 같았다. 황소 우는 소리가 진흙탕 물처럼 후통 안을 천천히 스쳐 지나갔다. 개들은 햇빛이 비치는 곳에 잠시 멈춰 섰다가 밀밭과 계단식 전답 사이를 이리저리 돌아다녔다. 멀쩡한 대낮에 길 한가운데서 눈을 부릅뜨고서 이리저리 살피다가 유유히 다른 집으로

들어가버리는 쥐도 있었다. 바로 이때 종소리가 울리기 시작
했다. 란바이수이는 자기 집 문 앞에 서서 산등성이를 넘어가
는 바깥 마을 사람들의 마지막 대오를 한참이나 바라보고 있
었다. 발걸음 소리와 수레바퀴 소리, 얘기를 나누는 소리가
점점 작아져 우수수 나뭇잎 떨어지는 것 같아지자 그는 천천
히 마을 한가운데로 몸을 옮겼다. 루 주임이 거주하던 지휘부
로 간 그는 대문이 잠겨 있는 것을 보고는 창틀에 기어 올라
가 안을 살펴보려 하다가 갑자기 멍한 표정을 지었다. 쓰마타
오화 역시 창틀에 올라 안쪽을 들여다보고 있었다.

"뭐가 보이나?"

"루 주임의 이불과 양치질용 컵이 방 안에 그대로 있네요."

"타오화 동생."

그는 땅바닥에 쭈그려 앉아 담배통에 불을 붙이면서 떠보
듯이 물었다.

"루 주임을 붙들어 바깥 마을 사람들이 다시 우리 마을을
위해 땅을 갈아엎게 만들 방법이 없겠나?"

쓰마타오화가 차가우면서도 친절한 눈빛으로 그를 쳐다
보았다.

란바이수이가 말했다.

"동생이 루 주임을 붙잡아주기만 한다면 다음에 마을에서
또다시 간부를 충원하게 될 때 내가 꼭 조카 두바이에게 자

600

리를 주도록 하겠네."

"저로서는 루 주임을 붙잡을 방법이 없어요."

"마을 전체를 통틀어서 방법을 생각해낼 수 있는 사람이 동생밖에 없네."

"바이수이 오라버니, 길 좀 비켜주세요. 전 집에 가서 할 일이 많거든요."

"타오화 동생, 내가 무릎을 꿇어도 안 되겠어?"

"절 좀 그냥 가게 해주세요. 아직 돼지 먹이도 주지 못했다고요. 양도 우리에 가두지 못했고요."

그는 정말로 그녀 앞에 무릎을 꿇었다. 쿵 하는 소리와 함께 마당 안은 숨소리 하나 들리지 않았다. 그는 그렇게 무릎을 꿇고서 두 손을 양쪽으로 축 늘어뜨린 채 고개를 치켜들고 쓰마타오화를 올려다보았다. 그런 그의 얼굴이 밀랍처럼 누런 병색을 띠고 있었다. 빌어먹는 거지가 극도의 허기를 참지 못하고 사람들에게 밥 한 숟가락만 달라고 사정하고 있는 것 같았다.

"동생, 쓰마란의 엄마가 동생의 친정 올케언니잖아. 나는 지금 최대한 빨리 그 여자에게 새 양곡을 먹게 하고 싶어 이렇게 자네 앞에 무릎을 꿇는 것이네. 자네가 루 주임을 붙잡을 대책을 세워주지 않으면 나는 오늘 이 문 앞에서 일어나지 않고 이대로 죽을 걸세. 그래도 정녕 가야겠다면 내 머리를 밟고 가게나."

이리하여 그를 곁눈질로 몇 번 살펴보던 쓰마타오화는 눈길을 다른 곳으로 옮기면서 말을 받았다.

"바이수이 오라버니, 오라버니가 이러고도 남자라고 할 수 있어요? 오라버니는 1년 동안 도대체 몇 번이나 무릎을 꿇는 거예요? 오라버니가 무릎 꿇어봤자 한 푼의 가치도 없다고요. 어서 일어나세요. 저는 정말로 집에 가서 돼지 먹이를 줘야 한단 말이에요. 루 주임이 뭘 좋아하는지는 오라버니도 모르는 게 아니잖아요. 루 주임을 붙잡으려면 마을에서 가장 예쁜 숫처녀를 골라서 모시게 하면 될 거예요."

말을 마친 쓰마타오화는 다른 곳에 머물러 있던 눈길을 거둬들이고는 그를 밀치고 문밖으로 나와 곧장 집으로 돌아갔다.

땅바닥에서 몸을 일으킨 란바이수이는 여자가 자기 얼굴에 침을 뱉고 가버린 것처럼 몹시 무안한 표정으로 허리를 구부려 무릎에 묻은 먼지를 털어냈다. 그러고는 잠시 멍하니 구름을 바라보면서 얼마 전까지 루 주임의 지휘부였던 집으로 천천히 걸음을 옮겨 조금 전 쓰마타오화가 기댔던 창턱에 몸을 바짝 붙이고 방 안쪽을 살펴보았다. 햇빛 덕분에 루주임의 이불이 길고 네모반듯하게 잘 개켜져 침대 위에 놓여 있는 것을 볼 수 있었다. 길고 네모난 바위 같아 보였다.

루 주임의 베개를 보니 역시 보통 베개보다 크고 길어 두 사람이 함께 베도 넉넉할 것 같았다. 침대 맡의 탁자 위에 있는 양치질용 컵 안에는 칫솔 두 개가 꽂혀 있었다. 10년 전 란바이수이가 쓰마샤오샤오에 이끌려 현성으로 피부를 팔러 갔을 때 성내 사람들이 이를 닦는 것을 본 적이 있었지만, 왜 인민공사의 루 주임이 혼자서 칫솔을 두 개나 사용했는지는 알 수 없었다. 그는 창턱 쪽에서 걸어와 마당 안에 잠시 서서 생각에 잠겼다. 그러고는 무거운 소리와 가벼운 소리를 번갈아 내면서 종을 쳤다.

마을 회의가 열렸다. 회의는 그 지휘부의 마당에서 열렸다. 몸이 허약해져 침대에 누워 있는 쓰마란의 엄마를 제외하면 각 가구의 어른과 아이들이 모두 나와 마당은 사람들로 빽빽하게 들어찼다. 자기가 가지고 온 등받이 없는 의자에 앉은 사람도 있고 바위 위나 문지방에 앉은 사람도 있었다. 가장 먼저 지휘부에 도착한 마을 사람은 란바이수이가 종을 다 치고 나서 마당으로 돌아와 담배를 한 대 피우는 모습을 보았다. 맨 마지막으로 도착한 사람이 마당에 들어섰을 때도 그는 여전히 그 방 세 칸짜리 집 창틀 아래 앉아서 담배를 피우고 있었다. 쇠약해져 힘이 없는 양 떼의 우두머리 같았다. 더 이상 양 떼를 이끌고 산과 절벽을 오를 능력이 없어 어디로 가야 할지 모르는 것 같았다. 게다가 크고 작은 양들 가운데 누구도 더 이상 그를 존중하지 않고, 더 이상 그가 자신들을 이끌어 거친 들판을 달리게 하는 것을 원치 않는 것 같았다. 사람들은 조용히 마당에 앉아 있었다. 종소리가 울려서 모인 사람들이었다. 모인 목적이 회의는 이걸로 끝낼 테니 모두들 집으로 돌아가세요 하는 한마디를 기다리기 위한 것인 것 같았다. 그러나 남녀노소 할 것 없이 마을 사람들이 모두 모여 꼼짝하지 않고 서 있거나 앉아 있을 때, 그는 여전히 그 창틀 아래서 담배를 피우고 있었다. 극도로 복잡한 심사 때문에 체면이고 뭐고 돌보지 않는 듯이 담배만 피워댔다. 하늘에 구름이 가득하고 땅에는 안개가 가득한 것 같았다. 해가 가고 그림자가 올 때까지 나무 그늘 아래 그가 사용하는 담배통은 대장간 화로 속의 달궈진 철판처럼 요염하게 붉었다.

그가 아주 오랫동안 아무 말도 하지 않자 다소 소란하던 회의장은 오히려 조금씩 조용해지기 시작하더니 이내 해가 움직이고 구름이 흘러가는 소리가 들릴 정도로 고요해졌다. 사람들이 숨 쉬는 소리가 우마차 바퀴가 산등성이를 굴러가는 것처럼 요란하게 들렸다.

시간이 새장 속에 갇혀 있는 것처럼 마을 사람들을 답답하게 만들었다.

누군가 회의장에서 일어섰다.

"촌장님, 마을 사람들이 전부 모였으니 회의를 시작하셔야죠."

또 누군가 사람들 틈에서 일어섰다.

"아저씨, 도대체 회의를 여실 겁니까, 안 여실 겁니까? 회의를 안 여실 거면 이만 돌아가보겠습니다."

마침내, 란바이수이가 담뱃대를 말아 거두고 천천히 회의장 한가운데로 나왔다. 사람들은 다시 조용해지면서 그한테 눈길을 모았다. 장내가 조용해지고 모든 시선이 마당 한가운데 서 있는 그에게로 집중되자 그는 입을 열긴 했지만 말을 한마디도 내뱉지 못했다. 뼈와 근육이 다 뽑혀버린 것처럼 또다시 흐느적거리며 쭈그려 앉아 머리를 가슴 안으로 깊이 숙이고는 두 손으로 머리를 감싸 쥐었다. 누군가 그를 때리려고 덤비기라도 하는 것 같았다. 그보다 나이가 한 살 많은 란씨 성의 본가 형님 하나가 다가가 그의 엉덩이를 발로 세지도 약하지도 않게 걷어차면서 말했다.

"촌장을 할 능력이 없으면 그만두게. 방귀도 제대로 못 뀌는 주제에, 자네가 마을 사람들을 불러놓고 무슨 회의를 한단 말인가."

그는 엉덩이를 한 대 걷어차이고도 고개조차 돌리지 않았다. 그러더니 갑자기 두 손을 들어 자기 얼굴을 때리기 시작했다. 철썩철썩. 회백색의 맑고 선명한 따귀 소리가 빗방울

소리처럼 들렸다. 마치 마을 사람들을 제대로 살피지 못한 죄라도 지은 것 같았다. 정말 마을 사람들을 대할 면목이 없는 것 같았다. 자신을 때리는 것이 란바이수이가 일을 처리하는 특별한 무기인 것 같았다. 가장 곤란한 순간에 그는 이런 마지막 무기를 꺼내는 것 같았다.

어찌 됐든 그는 마을의 촌장이었다. 더 중요한 사실은 그의 나이가 마을 사람들 중에서는 고령에 속하기 때문에 그가 이렇게 자신의 뺨을 때리는 행위가 회의장을 아주 애매한 상황에 빠뜨렸다는 것이다. 햇빛은 밝고 아름답기만 했다. 그가 자신의 뺨을 때리는 소리는 희고 낭랑하기만 했다. 그의 얼굴에서 떨어지는 붉은 피 냄새가 눈 깜짝할 사이에 마당을 비린내로 가득 차게 만들었다. 마을 사람들은 도대체 무슨 일이 일어난 건지, 도대체 무엇 때문에 회의를 하는 건지도 모르는 채 아주 오랫동안 놀랍고 어리둥절한 상태에 빠져 있었다. 그러다가 누군가 다가가 그의 옷을 잡아당기며 무슨 일로 회의를 열려는 건지 물었다. 란바이수이의 아내와 몇몇 젊은 여자들이 그의 옷을 잡아당긴 사람과 어수선하게 말싸움을 벌이며 떠들썩하게 소란을 피웠다. 이때 남자와 여자들 모두 화가 나서 따져대자 그가 마음속에 담고서 꾹 참고 있던 한마디를 내뱉었다.

"제가 여러분들을 불러 회의를 열고자 한 것은 마을 사람들에게 면목이 없어서입니다. 우리 집안 조상들의 묘가 파헤쳐져도 할 말이 없습니다!"

사람들은 나무처럼 멍하니 서 있다가 도대체 무엇 때문이냐고, 도대체 왜 이러는 거냐고 따져 물었다.

그는 또다시 입을 열어 뭔가 말을 하려다가 갑자기 자신의 얼굴을 있는 힘껏 후려쳤다. 그러고는 바닥에 쭈그려 앉아 머리를 가슴에 파묻고 두 손으로 감쌌다. 누군가 그에게 더 묻는다 해도 그는 여전히 말을 하지 않을 것 같았다. 아무 말도 하지 못할 뿐만 아니라 모두들 집으로 돌아가라는 산회 선포조차 할 수 없을 것 같았다. 이때, 어디서 걸어왔는지 쓰마란이 나타났다. 어딘가에 반나절이나 숨어 있다가 쾅 하고 나타나자마자 사람들 앞에서 큰 소리로 말했다.

"촌장님은 입을 열 수 없을 겁니다. 촌장님은 말을 못 하실 테니 제가 대신 하지요."

회의장은 또다시 조용해졌다. 마을 사람들 모두 눈길을 쓰마란에게로 모았다. 그 순간 사람들은 문득 그 자리에 서 있는 그가 이미 한 그루 나무처럼 곧고 크게 자라 이미 세상을 떠난 아버지 쓰마샤오샤오처럼 건장한 모습이라는 사실을 깨달았다. 게다가 입술 근처에는 굵고 검은 수염이 나 있었다. 사람들은 그가 완전한 어른으로 성장해 있다는 사실을 깨달았다. 사람들이 두려움을 가질 만큼 어른으로 성장해 있는 것이었다.

쓰마란이 란바이수이 곁에 섰다. 란바이수이는 쓰마란과 마을 사람들을 쳐다보지 않았다. 그의 눈길은 회의장을 가득 메우고 있는 머리들 위에 가 있었다.

"촌장님이 오늘 회의를 열기 위해 종을 울린 것은 다름 아니라 땅을 갈아엎어 흙을 교체하는 일 때문입니다. 다시 말해서 루 주임을 못 가게 붙잡아 바깥 마을 인력을 붙잡아두기 위한 것이지요."

쓰마란이 큰 소리로 말하면서 고개를 돌려 란바이수이를 쳐다보았다.

"이런 생각이 맞지요, 촌장님?"

하지만 쓰마란은 란바이수이에게서 가부의 대답을 기다리지 않았고 그가 놀란 눈빛으로 자신을 바라보는 것에 개의치도 않았다. 쓰마란은 마치 자신이 이미 촌장이 되기라도 한 것처럼, 방금 회의를 위해 종을 울린 사람이 바로 자신인 것처럼 말을 이어갔다.

"어떻게 하면 루 주임을 못 가게 붙잡을 수 있을까요? 어떻게 하면 바깥 마을의 인력을 붙잡아둘 수 있을까요? 방법은 단 한 가지뿐입니다. 마을에서 꽃다운 숫처녀를 하나 뽑아 루 주임을 모시게 하는 겁니다. 그러면 루 주임을 통해 이미 떠나간 바깥 마을 인력을 다시 돌아오게 하여 우리의 전답을 마저 다 갈아엎게 할 수 있습니다."

여기까지 말하고 나서 쓰마란은 잠시 입을 멈췄다. 할 말을 다 한 것 같았다. 그러고는 또다시 란바이수이를 쳐다보면서 이런 뜻이 아니냐고 물었다. 그는 큰 걸음으로 마을 사람들 사이로 돌아가 앉았다. 사람들 뒤편에 고모 쓰마타오화가 가져다 놓은 긴 의자에 가서 앉았다.

마을 사람들의 눈길은 줄곧 쓰마란을 좇고 있다가 쓰마란이 자리에 앉자 그제야 다시 란바이수이에게로 향했다.

란바이수이는 땅바닥에서 천천히 일어섰다. 일어선 란바이수이는 다른 사람이 부축해주지 않으면 도저히 넘어갈 수 없는 문턱을 넘는 것처럼 허리를 반쯤 숙인 채 회의장 한가운데로 나섰다. 자괴감에 젖어 마을 사람들을 한 번 바라보고 나서 그가 입을 열었다.

"쓰마씨네 아이가 한 말이 전부 사실입니다. 루 주임이 무엇 때문에 수백수천의 인력을 공짜로 데려다가 우리를 위해 일해주겠습니까? 이렇게 깊은 산골짜기에 숫처녀가 아니면 우리가 그 사람을 접대할 방법이 또 뭐가 있겠습니까? 이미 잠자리 경험이 있는 사람은 많지만 아직 잠자리 경험이 없는 사람들은 대부분 약혼을 한 상태라 삼촌이나 숙부인 나도 여자아이들의 몸을 망치고 사내아이들의 마음에 상처를 줄 수도 없단 말입니다. 몇 번을 세보았지만 우리 마을에 나이가 열다섯이나 열여섯이고 아직 약혼을 하지 않은 여자아이는 몇 명 되지 않아요. 마을 동쪽에서부터 꼽아보면 두씨네 싱화(杏花)와 리화(梨花)가 있고 란씨네 란쓰차오(藍四草)와 란우차오(藍五草) 그리고 우리 집 일곱째 딸 싼지우가 있지요."

란바이수이가 일곱째 딸 싼지우까지 언급하고 나서 이어서 쓰마씨 집안의 여자아이들을 거론하려는 차에 등 뒤에서 그를 부르는 거무튀튀한 소리가 들려왔다. 탕 하고 돌멩이가 날아온 것 같았다.

"딸 가진 아비라는 사람이! 아버지는 정말 곱게 죽지 못할 거예요!"

마을 사람들 모두 소리가 나는 쪽을 바라보았다. 란바이수이의 일곱째 딸 싼지우가 넋이 나간 표정으로 아버지를 쳐다보고 있었다. 그녀의 엄마가 아까시나무처럼 사람들 사이에서 벌떡 일어섰다.

란바이수이가 이어서 무슨 말을 하기 전에 그의 등 뒤에서 누군가 갑자기 신발을 벗어 그의 뒤통수를 향해 내던지며 고함을 쳤다.

"란바이수이, 쓰마씨나 우리 두씨가 촌장을 맡았을 때는 누구도 당신같이 하지 않았어. 땅을 갈아엎느라고 살아 있는 사람을 산비탈에서 죽게 하지는 않았단 말이야. 이런 염병할, 오늘 당신은 반나절이나 회의를 열면서도 거지발싸개 같은 소리만 하고 있잖아. 반나절 소란을 피우면서 한다는 말이 또 꽃다운 숫처녀를 뽑아 남을 접대해야 한다고!"

그 사람이 소리를 높여가며 란바이수이에게 욕을 하자 또 다른 사람이 나서서 덩달아 욕을 해댔다. 곧 이어 신발 몇 짝이 머리 위로 날아가 란바이수이의 머리와 얼굴, 어깨를 때렸다. 란바이수이의 얼굴 위에 곧바로 먼지가 피어올랐다. 말하는 소리와 시끄럽게 욕하는 소리가 솥을 씻은 물처럼 그에게 뿌려졌다.

란바이수이는 눈을 그대로 뜬 채 말했다.

"내가 나 란바이수이 한 사람을 위해서 그러는 겁니까? 나는 적어도 마을 사람들이 마흔을 넘겨 일흔이나 여든까지 살 수 있게 하기 위해서 이러는 겁니다."

이어서 두씨네의 싱화라는 여자아이의 엄마가 갑자기 달려들어 그의 얼굴에 가래침을 뱉고서 말했다.

"란바이수이, 내 나이가 올해 서른일곱이야. 넉 달째 목구멍 병을 앓고 있다고. 내가 이 세상에 살 수 있는 시간은 이제 두 달 정도밖에 안 남았단 말이야. 지금 너는 죽음을 앞둔 내 앞에서 우리 과부 모녀를 깔보고 있는 거야."

이어서 란바이수이가 언급한 혼인 적령기 처녀들의 엄마와 아버지들이 모두 벌 떼처럼 몰려와 그에게 침을 뱉고 손가락질을 하면서 욕을 해댔다. 그의 뺨을 후려치며 욕을 해대는 사람도 있었다.

"이 돼지 새끼야! 이 개만도 못한 새끼야! 보기에는 작고 말라서 얌전한 것 같더니 알고 보니 속이 시커멓고 창자는 썩어 문드러졌네, 그러고도 곱게 죽기를 바라다니! 넌 오늘 밤을 넘기지 못하고 목구멍 병에 걸려 오뉴월 무더위에 병 들어 죽게 될 거다. 죽고 난 뒤에도 시체에 온통 구더기가 가 득하고 땅속에 묻히면 개들이 찾아가 네 뼈를 파헤치게 될 거야."

란바이수이는 또다시 땅바닥에 쭈그려 앉았다. 이번에는 고개를 숙이지도 않고 머리를 감싸지도 않았다. 오히려 목을 꼿꼿이 세워 누구든 마음대로 신발 밑창으로 자신의 머리를 내려치고 얼굴에 침을 뱉게 했다. 그에게 중요한 것은 해야 할 말을 하는 것이었다. 자신의 언행이 마을 사람들에게 조 금도 부끄럽지 않을 뿐 아니라 자신이 이 마을의 촌장이라는 것도 전혀 부끄럽지 않다는 것을 보여주려 했다. 하지만 사 람들은 계속해서 그를 때리고 욕했다. 욕하고 또 때렸다. 마 침내 욕하고 때리는 소리가 한차례 비가 지나간 것처럼 잦아 들기 시작했다.

누군가 외쳤다.

"됐어요. 그만들 합시다. 촌장도 다 마을을 위해서 그런 거 잖아요."

또 누군가 소리쳤다.

"촌장이 자기 일곱째 딸 싼지우를 꼽지 않고 남의 집 딸들만 거론한 것도 아니잖아요."

"그럼 그 집 싼지우더러 접대하라고 해!"

모든 사람들이 이구동성으로 말을 받았다.

"맞아요, 그럼 싼지우에게 루 주임을 접대하라고 하면 되겠네."

"그 집 싼지우더러 루 주임을 모시라고 해!"

이렇게 말하면서 사람들은 전부 마당 밖으로 흩어져 돌아갔다.

마을 회의는 사람들이 모두 모인 때부터 란바이수이가 얘기를 시작하여 할 말을 다 하고 마을 사람들 모두 등받이 없는 의자를 챙겨 그 지휘부 마당을 떠날 때까지 앞뒤 전후를 다 합쳐도 국밥 한 사발 먹어치울 시간 정도밖에 걸리지 않았다. 국밥 한 그릇을 먹을 시간에 산싱촌에서는 하늘과 땅이 뒤집힐 일이 벌어진 것이다. 마을 사람들이 모일 때는 시간이 밧줄처럼 길게 늘어졌지만 흩어져 돌아갈 때는 나무가 쓰러지는 일처럼 짧았다. 쟁그랑 하는 소리와 함께 발아래 먼지가 이는 것 같았다. 새가 날자 잎이 떨어지는 것처럼 모두들 흩어져 집으로 돌아가자 또다시 사방이 고요해졌다. 까마귀 한 마리가 하늘로 날아가면서 내는 푸드덕 소리를 들을 수 있을 정도로 마당은 고요했다. 란바이수이는 사태가 이렇게 전개될 수도 있다고 생각은 했지만, 자신이 여자들에게 욕을 먹고 남자들에게 얻어맞는 동안 끝까지 어느 누구 하나 나서서 사람들을 말리거나 자신을 일으켜주지 않으리라고는 생각지 못했다. 그는 속으로 생각했다. 이 란바이수이가 나 자신을 위해서 그런 게 아니잖아! 나는 마을 전체를 위해서 그런 것이었다고. 희뿌연 먼지 같은 감상에 빠진 그는 하늘과 땅처럼 끝없이 억울하기만 했다. 마을 사람들이 뿔뿔이 흩어져 회의장을 떠나고 있을 때 그는 손에 묻은 검고 뜨거운 코피 냄새를 맡았다. 손에 묻은 피를 신발 양쪽에 문질러 닦는 순간, 눈물방울이 소리를 내며 땅바닥에 떨어지듯이 가슴속으로 떨어졌다.

그는 눈물이 바로 앞에 있는 잿빛 땅바닥에 두 개의 구멍을 내는 것을 바라보다가 루 주임이 묵었던 방 창문을 힐끗 쳐다보았다. 몸을 일으켜 떠나려고 하는 순간, 마당에 누군가 있는 것이 보였다. 동쪽에 한 명, 서쪽에 한 명, 앉아 있거나 서 있었다. 조용한 숨죽임 속에서 빚어진 형상 같았다. 그는 맨 앞에 있는 형상이 쓰마타오화임을 확인했다. 쓰마타오화 옆 긴 의자에는 그녀의 딸 주추이와 쓰마란이 앉아 있었다. 그 맞은편 나무 아래에는 란류껀과 란양껀, 두주, 쓰마란의 다섯째 동생 쓰마후가 서 있었다. 대문 어귀에는 그의 딸

614

인 란쓰스와 란류스, 란바스가 나란히 서 있었다. 그는 약간 감동했다. 그들 모두 자리를 뜨지 않고 자신과 함께 있어준 것에 대해 감동했다. 고개를 들어 마을 사람들을 보면서 몸을 일으키려 했지만 몸이 펴지지 않아 다시 주저앉고 말았다. 갑자기 슬픔이 덮쳐 와 그는 체면도 내던져버리고 그 자리에서 목놓아 울기 시작했다. 그의 울음은 흐르지 않는 강물처럼 잉잉 흐릿한 소리를 내다가 이내 주룩주룩 선명한 소리로 바뀌었다. 그가 울면서 말했다.

"나 란바이수이는 정말로 자신을 위해 그렇게 한 게 아니야. 나는 마을 사람들 모두 마흔 살 넘게 살 수 있게 하기 위해 그런 거라고. 나는 마을 사람들이 대대손손 장수를 누릴 수 있게 해주려고 그런 거란 말이야. 오늘부터 더 이상 땅을 갈아엎는 이야기는 꺼내지 않을 작정이야. 죽으면 다 죽는 거지 뭐. 란씨 집안 사람들이라고 특별히 일찍 죽는 것도 아니잖아."

그가 이렇게 울면서 말하고 있을 때, 쓰마타오화가 가장 먼저 다가와 위로했다. 이어서 그의 딸과 나머지 마을 사람들이 다가와 그를 에워싸고서 그의 심정을 다 이해한다고 타이르자 그의 울음소리는 천지를 울릴 정도로 커졌다.

바로 이 순간, 해는 그토록 밝게 빛났고 마을은 여전히 고요하기만 했다. 줄곧 대문 어귀에서 미동도 하지 않고 있던 란쓰스가 갑자기 다가와 말 한마디를 던졌다. 그녀의 말 한마디에 모든 것이 원래의 상태에서 벗어나고 말았다.

그녀가 말했다.

"아버지, 울지 마세요. 제가 가서 루 주임을 모시도록 할게요."

이 한마디가 뜨겁게 달궈진 붉은 쇠꼬챙이처럼 마을 사람들의 얼굴과 귀를 후려쳤다.

란바이수이의 울음소리가 뚝 하고 멈췄다. 남아 있던 마을 사람들 모두 휙 하고 고개를 돌렸다.

란쓰스는 오히려 차분하고 조용한 모습이었다. 두 눈에 아무런 슬픔이나 감정도 없이 아버지 란바이수이를 바라보고 있었다.

란바이수이가 말했다.

"여섯째야……."

란쓰스가 말했다.

"아버지, 정말 우실 필요 없어요. 제가 가서 루 주임을 모시면 되잖아요."

란바이수이가 말했다.

"너는 쓰마란이랑 혼인하기로 약속이 되어 있어."

란쓰스가 말했다.

"일이 해결되고 나면 란 오빠가 저를 데려간다고 했어요.

제가 운이 좋은 거죠. 저를 데려가지 않는다 해도 오빠를 원망하지 않을 거예요."

모든 사람이 일제히 눈길을 뒤쪽으로 돌렸다. 천천히 그리고 무겁게 옮겨 갔다. 마을 거리에 있는 부채 모양의 맷돌을 돌리듯이 천 냥 백 근이나 되는 듯한 무거운 눈길이 전부 쓰마란에게로 향했다.

쓰마란은 이미 의자에서 일어나 있었다. 그는 마을 사람들과 란쓰스를 바라보면서 느리지도 빠르지도 않은 어투로 말했다.

"쓰스, 네가 루 주임을 통해 인부들이 마을의 땅을 마저 갈아엎어주어 우리 엄마랑 마을 사람들이 모두 연말에 새 땅에서 난 양곡을 먹을 수 있게 해주기만 하면, 네가 루 주임을 모셨든 어떤 사람을 모셨든 간에 상관없이 내가 널 아내로 맞을 거야. 만일 내가 널 내 아내로 맞이하지 않는다면 하느님이 내게 다섯 개의 벼락을 내리실 거야!"

말을 마친 쓰마란이 란쓰스를 뚫어져라 쳐다보았다. 홍조를 띠기 시작한 그녀의 얼굴과 촉촉하게 젖은 눈을 쳐다보았다. 이때 란쓰스 역시 쓰마란을 쳐다보고 있었다. 문이 열리듯 눈에서 빛이 나기 시작했다. 하지만 순식간에 두 눈이 다시 어두워졌다. 그녀는 주추이가 앞으로 다가가 쓰마란의 손을 잡으면서 말하는 모습을 보았다.

"오빠, 하지만 오빠는 절 아내로 맞겠다고 했잖아요. 사내 대장부가 약속한 걸 그렇게 쉽게 어기면 안 되잖아요."

그러나 쓰마란은 주추이를 향해 고개조차 돌리지 않았다. 그는 주추이가 잡은 자신의 손을 빼냈다. 그러고는 자신을 믿게 하려는 듯이 눈을 커다랗게 뜨고 란쓰스를 쳐다보면서 다급하고 애절한 어투로 말했다.

"이렇게 많은 사람들 앞에 서서 말하건대, 올 연말에 루 주임이 우리 마을 사람들 모두에게 새 땅에서 난 양곡을 먹게 해주고, 마을 사람들 모두 마흔 넘게 살 수 있게 되었는데도 내가 너를 아내로 맞지 않는다면 내가 마흔이 되는 그날 갑자기 급사하고 말 거야, 어때?"

이때 란쓰스는 쓰마란 앞에 무릎을 꿇고 개두를 했다. 개두를 마친 그녀는 한마디 말도 없이 몸을 돌려 대문 밖으로 걸어갔다. 대문 밖을 향해 걸어가는 발걸음이 위태롭게 흔들렸다. 금방이라도 넘어질 것만 같았다. 그 뒤로 아주 긴 세월 동안 마을 사람들은 그녀의 그 모습을 잊지 못했다. 땅을 갈아엎어 흙을 교체하는 일이 사람들을 마흔 넘어서까지 살 수 있게 해주지 못했다는 사실을 영원히 기억하는 것과 다르지 않았다.

27장

1

향의 루 주임이 산싱촌으로 돌아온 것은 떠난 뒤 반년이
지나서였다. 그 반년 동안 마을 사람들 가운데 누군가 매일
산등성이에 올라가 서서 먼 곳을 바라보다가 지프차가 오면
화살처럼 빠른 걸음으로 마을로 돌아와 소식을 알리곤 했다.
어느 날 그 지프차가 산을 오르는 늙은 소처럼 천천히 달려
왔다. 하지만 루 주임은 오지 않았다. 루 주임은 기사만 보내
자신의 짐을 가져가려 했던 것이다. 이에 마을 사람들은 그
지프차를 가로막고서 루 주임이 오지 않으면 누구도 그의 짐
을 가져갈 수 없다고 말했다. 루 주임이 산싱촌에 베푼 은덕

이 산과 같기 때문에 마을 사람들로서는 그에게 감사의 뜻을 표하지 않으면 안 된다고 했다. 기사는 마을 어귀에 한참 앉아 있으면서 많은 얘기를 했다. 차가 마을에 한 번 다녀가려면 기름이 얼마나 필요한지, 그 정도의 기름을 사려면 돈이 얼마나 드는지 상세히 설명했지만 결국 마을 사람들의 고집을 꺾지 못하고 빈 차로 돌아가야 했다. 닷새가 더 지나 루 주임이 직접 마을을 찾아왔다.

산등성이에서 오전부터 오후까지 반나절을 앉아 있던 쓰마후가 소리치며 마을로 돌아왔다. 루 주임이 왔다고 외치는 소리를 듣고 마을 거리에 있던 어른들은 황급히 아이들을 집으로 데려갔다. 집 안에 들어서자마자 문부터 잠갔다. 아이들이 집 밖으로 나가려 하면 어른들은 자물쇠를 채웠다. 아이들이 울면 손으로 입을 막아버렸다. 이리하여 마을이 한순간에 적막해졌다. 사람들이 살지 않는 것 같았다. 해는 크고 끈적끈적했다. 하늘에서는 작은 공 같은 버들개지가 휘날리고 있었다. 정말로 봄이 왔다. 온 마을의 나무들이 전부 짙은 푸른빛으로 변했다. 마을 어귀와 거리의 땅바닥에는 들풀 사이로 작은 꽃들이 왕성하게 피어 있었다. 붉은 꽃도 있고 노란 꽃, 흰 꽃 그리고 자줏빛과 푸른빛이 섞인 꽃도 있었다. 꽃들은 수레바퀴처럼 활짝 피어 있었다. 루 주임의 지프차가 마을 한가운데 멈춰 섰다. 루 주임이 차에서 내리자 란바이수이가 후통에서 나와 그를 영접하여 지휘부의 마당으로 안내했다. 마당은 특별히 빗자루로 깨끗이 쓴 다음에 물까지 뿌렸다. 잘 문질러 닦은 다듬잇돌 주위에는 작은 걸상이 몇 개 놓여 있었다. 루 주임과 그의 기사가 다듬잇돌 앞에 앉으며 말했다.

"마을이 아주 깨끗해졌군요."

란바이수이가 말했다.

"사람들은 전부 밭에 일하러 갔습니다."

루 주임이 물었다.

"무슨 일을 하러 갔나요?"

"마을 밖에 남은 일들을 마무리하러 갔습니다."

"계단식 전답에는 언제부터 농사를 지을 건가요?"

"밀을 심기에는 늦었으니 반년쯤 놀릴 생각입니다. 콩과 옥수수 같은 가을 작물 때를 기다릴 작정입니다."

이때 쓰마타오화가 왔다. 그녀는 빨간 겉저고리를 정성껏 고쳐 만든 봄 적삼 차림에 머리를 윤기가 흐르도록 깔끔하게 빗은 모습이었다. 두 손에는 계란부침 두 그릇을 받쳐들고 있었다. 계란 그릇 안에는 백설탕이 뿌려져 있었다. 그녀가 고혹적인 미소를 지으며 다가와 말했다.

"주임님, 오셨어요? 마을 사람들 모두가 매일 주임님을 그리워하고 있어요."

쓰마타오화가 계란부침 두 그릇을 루 주임과 기사 앞에 내려놓았다. 이때 란바이수이는 눈치 빠르게 자리를 비켜주면서 말했다.

"마을의 소를 풀밭 언덕으로 데려다줘야 할 것 같네요."

쓰마타오화가 란바이수이가 앉았던 걸상에 앉아 루 주임과 기사가 자신이 해다 준 계란부침을 먹는 모습을 바라보고 있다가 루 주임 부인의 병세가 어떤지 물었다. 그러면서 며칠 더 부인의 시중을 들고 싶다고 말했다.

"루 주임께서 저희 산싱촌과 두씨 집안에 베풀어준 은혜를 생각하면 매일 개두의 절을 올려도 다 갚지 못할 것 같아요."

루 주임이 말했다.

"개두 같은 건 다 미신이에요. 앞으로 다시는 개두 같은 걸 입에 올리면 안 됩니다."

쓰마타오화가 루 주임을 향해 빙긋이 웃으면서 말했다.

"저희 산싱촌 사람들이 은혜를 갚고 싶은데 개두 말고 또 무슨 방법이 있겠어요?"

이때 란바이수이가 밖에서 큰 소리로 기사에게 차를 좀 옮겨달라고 말했다. 마을의 소가 차가 있는 그 후퉁을 지나가야 한다는 것이었다. 기사는 계란부침의 마지막 한 조각을 한입에 털어 넣고는 마당을 나왔다.

기사가 차를 십자 후퉁 입구로 몰고 가자 누군가 와서 기사에게 말했다.

"루 주임께서 먼저 진으로 돌아가라고 하시네요. 루 주임
님은 마을에서 마지막 하룻밤을 보내고 내일 아침 계단식 밭
을 시찰하실 예정이랍니다."

기사가 멍한 표정으로 물었다.

"그럼 내일 몇 시에 루 주임님을 모시러 올까요?"

마을 사람이 말했다.

"내일 이맘때 오라고 하시는 것 같더군요."

기사는 차 앞에 잠시 서 있다가 이내 차에 올라타 시동을
걸고 부릉 부르릉 소리를 내면서 지프차를 몰고 산길로 올라
가더니 봄날의 누런빛 속으로 사라졌다. 바로 이때, 란쓰스
가 란바이수이의 뒤를 따라 문을 나섰다. 방금 기사를 배웅
했던 마을 사람은 나무 뒤에 서서 란씨 부녀가 문을 나설 때
란쓰스의 집 안에서 달려 나와 딸의 팔을 붙잡아 마당 안으
로 끌어당기는 것을 보았다. 란바이수이가 고개를 돌려 뭐라
고 한마디하자 그녀는 펄쩍펄쩍 뛰면서 란바이수이와 말다
툼을 벌였다. 란쓰스는 버둥거리며 엄마의 손아귀에서 벗어
나 아버지 쪽에 가서 섰다. 그러고는 엄마에게 뭐라고 몇 마
디 하자 엄마도 두 손을 완전히 풀고는 두 부녀를 바라보았
다. 두 사람은 앞뒤로 나란히 서서 마을 한가운데 있는 지휘
부의 마당을 향해 갔다.

나무 뒤에 있던 사람은 나무에 몸을 기댄 채 두 손으로 무릎을 감싸 안고는 고개를 들어 하늘을 바라보았다.

해는 이미 산 아래로 넘어가기 시작했다. 황혼이 내리기 전에 하늘은 오히려 맑게 빛났다. 흐릿하면서도 투명한 모습이었다. 붉은 물감을 마을 전체에 한 겹 골고루 뿌려놓은 것 같았다. 누군가 집에서 걸어 나와 대문을 열더니 마을 거리에 서서 조용히 주변을 둘러보다가 그 나무를 향해 걸어왔다.

"거기 쭈그려 앉아서 뭐 하는 거예요?"

"아무것도 아니에요. 어디 가세요?"

"그냥 발길 가는 대로 걷는 거예요. 집 밖에 나오지 않으면 답답해죽을 것 같아서요."

두 사람은 똑같이 나무에 몸을 기대고 앉아 두 팔을 교차하여 무릎을 감싸 안고는 얼굴은 하늘을 향한 채 이리저리 날아다니는 새들을 바라보고 있었다.

"쓰스랑 그런 사이지요?"

"그런 소리 했다가는 내가 당신 조상을 욕보일 줄 알아."

"그게 아니라면 그녀에게 루 주임 시중을 들게 할 생각인가요? 그녀를 아내로 맞는 데 동의하는 건가요?"

그가 갑자기 욕을 해댔다.

"정말로 당신 조상을 욕보일 거라고. 그런 얘기 말고 다른 얘길 하는 게 어때."

두 사람의 대화가 갑자기 끊어지면서 정적이 흘렀다.

산언덕을 내려와 지나가는 행인의 발걸음 소리가 산 위에서 천둥처럼 전해져왔다. 버들개지가 얼굴 앞을 날아 지나가는 소리가 바위가 굴러떨어지는 소리처럼 요란했다. 또 누군가 대문을 열고 나왔다. 문기둥이 삐거덕거리는 적황색 소리가 지는 햇빛 속에서 천천히 산 아래로 몰려왔다. 이어서 전염되기라도 한 듯이 집집마다 대문이 삐거덕거리기 시작했다. 집집마다 대문 앞에 남자가 하나씩 서서 좌우를 둘러보다가 이웃집 남자를 향해 가볍게 고개를 끄덕였다. 아무 말도 하지 않았고 걸음을 옮기지도 않았다. 자기 아내가 마당에서 나오자 고개를 끄덕이지도 않았고 말도 하지 않았다. 서로 얼굴만 쳐다보다가 각자 아내를 데리고 집 안으로 들어갔다. 아이들이 또 마을 거리를 달리기 시작했다. 하지만 이번에는 조금 멀리 갔다가 엄마 아빠에게 팔을 잡혀 자기 집 문 앞으로 끌려왔다. 엄마 아빠는 아이들에게 또 소란을 피우면 집 안에 가둬버리겠다고 말했다.

이날 황혼 무렵, 산싱촌은 신비한 기운에 완전히 갇혀 있었다. 모든 사람이 이불 속에 틀어박혀 있는 것 같았다. 사람들은 아주 작은 목소리로 말을 주고받았고 대부분 귀에 대고 속삭였다. 아무도 루 주임을 거론하지 않았고 란쓰스와 쓰마란을 언급하지도 않았다. 날씨와 농사와 목구멍 병에 관해 얘기하고 왜 아이들이 열 살이 넘어서까지 이부자리에 오줌을 싸는지에 관해 얘기했다. 이때 쓰마타오화가 집에서 나왔다. 손에는 두 가지 음식이 담긴 나무 쟁반을 들고 있었다. 하나는 기름에 튀긴 호두 과육이고 또 하나는 계란과 함께 볶은 부추였다. 음식 접시 옆에는 술도 한 병 놓여 있었다. 그녀가 거리를 지나가는 모습이 붉은 불꽃 한 덩이가 지나가는 것 같았다.

여인들이 물었다.

"이 두 가지밖에 없나요?"

그녀가 말했다.

"궤짝과 찬장을 까뒤집어도 다른 것들은 찾을 수 없었어요."

여자 하나가 말했다.

"우리 집에 푸른 채소가 좀 있어요."

그녀가 말했다.

"빨리 우리 집으로 가져와 좀 씻어줘요."

그 여자는 바람처럼 불처럼 푸른 채소를 가지러 집으로 달려갔다.

또 다른 집 입구에 이르렀다. 여자가 물었다.

"다른 음식은 없나요?"

쓰마타오화가 말했다.

"궤짝과 찬장을 까뒤집어도 다른 것들은 찾을 수 없었어요."

여자가 말했다.

"우리 집에 설 때 쓰고 남은 말린 죽순이 좀 있어요."

쓰마타오화가 말했다.

"빨리 우리 집으로 가져다 좀 썰어주세요."

이어서 또 다음 집 문 앞에 이르렀다. 여자가 말했다.

"두 가지 볶음 음식이 더 있어야 할 것 같아요."

쓰마타오화가 말했다.

"궤짝과 찬장을 까뒤집어도 다른 것들은 찾을 수 없었어요."

여자가 말했다.

"우리 집에 계란이 좀 남아 있어요."

쓰마타오화가 말했다.

"계란은 필요 없어요."

여자의 남편이 말했다.

"우리 집 암탉을 잡을까요?"

쓰마타오화가 말했다.

"네, 서둘러주세요. 찜닭을 만들어야겠어요."

쓰마타오화가 마을 거리를 한 바퀴 도는 동안 갖가지 음식 일고여덟 가지가 늘어났다. 죽순계탕과 청채볶음, 두부볶음 그리고 홍백고기채도 있었다. 술잔 몇 개와 젓가락 몇 벌도 빌렸다. 그녀가 세 번째로 마을 사람들 앞을 지나갈 때, 햇빛은 이미 물러가고 마을 거리에는 휜 비단 같은 달빛이 뿌려지고 있었다. 그녀는 지휘부의 마당에 걸어 들어가 자연스럽게 대문을 잠갔다. 사람들은 아무 말도 하지 않고 한데 모여 있었다. 어느 집에서 밥을 하면 밥을 하지 않은 집 아이에게도 한 그릇 나눠 주었다. 이리하여 마을 전체의 저녁 식사가 이럭저럭 해결될 수 있었다. 세상물정 모르는 아이들은 지금 마을에서 어떤 일이 벌어지고 있는지 알지 못하고 어른들과 함께 마을 지휘부 쪽을 바라보았다. 어른들이 말할 때, 아이들은 어른들의 얼굴을 쳐다보았다. 하늘에 달과 별들이 전부 모습을 드러내자 여자들은 자신도 모르게 지휘부 옆 공터에 모여 이런저런 의론을 늘어놓으며 수시로 시멘트 담장 너머 마당 안을 훔쳐보았다. 문이 바람에 흔들리는 소리만 들려도 여자들은 모두 놀라 숨을 죽이고 감히 말을 하지 못했다. 마을 전체를 통틀어 그 네모난 지휘부 마당만 빼고 전부 어둠에 잠겨 있었다. 집 안에 틀어박혀 있는 사람 하나도 없이 모두 한여름에 더위를 식히러 문밖에 나온 것처럼 지휘부에서 그리 멀지 않은 곳에 모여 있었다. 집과 가족이 있는 남자들은 자기 집 대문 문틀에 앉아 담배를 피웠다. 마을 후통 입구에서 바라보면 서너 장 되는 거리에서 점 같은 불꽃들을 볼 수 있었다. 아주 멀리 도시의 거리 어딘가에 가득한 가로

등을 바라보고 있는 것 같았다. 마을은 극도로 조용했다. 한 가지 기대가 사람들을 긴장하게 했다. 지하에 강물이 흐르고 있어 눈에는 보이지 않지만 모든 사람의 마음속에 흐르고 있고 그 유속을 감지할 수도 있는 것 같았다. 누군가 물었다.

"쓰마란 못 봤어요?"

"못 봤어요."

"쓰마란도 저 안에 함께 있는 것 아닐까요?"

"에휴, 어딘가에 가서 목을 매지 않았으면 다행이지, 어떻게 저들과 함께 있겠어요."

바로 이때, 그 시멘트 담장 마당의 대문에서 소리가 나더니 란바이수이가 밖으로 나왔다. 그는 대문 앞에 잠시 서 있다가 다시 몸을 돌려 대문을 굳게 잠갔다. 이내 걸음을 옮기려던 그는 어디선가 사람들이 얘기하는 소리가 나는 것을 듣고는 그쪽을 향해 걸어갔다. 한군데 모여 있어 미처 피하지 못한 여자들의 모습이 그의 눈에 들어왔다. 그를 촌장님이라고 부르는 여자도 있고 오빠라고 부르는 여자도 있었다. 보름 전 그의 얼굴에 해진 신발을 집어 던졌던 여자도 자발적으로 친절한 어투로 해명하고 나섰다.

"바이수이 오빠, 저희는 집 등잔에 기름이 떨어져서 편하게 모여서 이런저런 얘기를 나누고 있던 거예요."

란바이수이가 말했다.

"모두 집으로 돌아가서 좀 일찍 쉬도록 해요."

여자들이 움직이지 않자 그는 그 앞을 그냥 지나쳐버렸다. 남자들은 란바이수이가 다가오는 것을 보고는 조심스럽게 그를 맞아주면서 방금 담배를 채워 넣은 담뱃대를 건넸지만 란바이수이는 받지 않았다. 그러자 재빨리 보통 담배를 한 개비 꺼내 불을 붙여 건네면서 무척 조심스러운 어투로 물었다.

"루 주임이 다시 인력을 동원해줄까요?"

"루 주임 말로는 현에서 더 이상 우리 마을을 계단식 전답 시범 마을로 선정하지 않을 거라고 하더군."

"왜요?"

"너무 외지다는 거야. 시범이 끝나고도 참고하러 올 사람조차 없다더군."

모두들 말이 막혀 입을 열지 못했다. 마을 전체가 조용히 침묵하면서 숨을 죽였다. 남자들 뒤에 있던 제법 큰 아이들은 이 말을 듣고는 재빨리 각자 엄마를 찾아갔다. 여자들도 전부 말이 없었다. 사람들 모두 마을 거리에 나와 있었지만 아무도 말을 하지 않았다. 찌익, 남자들이 담배를 빠는 붉은 소리만 후통 안에 흘렀다. 여자들의 탄식 소리가 마을 거리에 한 겹 또 한 겹 가을 나뭇잎처럼 떠다녔다. 그 네모난 시멘트 담장 안에 불빛이 흔들렸다. 햇빛 아래 움직이는 연못 속의 탁한 물 같았다. 어쩌다 문틈으로 새어 나오는 탁자와 걸상을 옮기는 소리가 몹시 메마르고 뜨겁게 마을 사람들의 마음속에 달라붙는 것 같았다. 바람은 약간 차가웠고 끊임없이 추위에 노출된 아이들의 기침 소리가 들려왔다. 몇몇 여인이 품 안에서 깊이 잠든 아기 때문에 집으로 돌아가기 시작했다. 잠든 아기를 집에 데려다주고는 다시 돌아와 문 앞에 섰다.

시간은 밀어서 옮길 수 없는 맷돌 같았다.

마침내 그 네모난 마당에서 흘러나오는 땡그랑거리는 청잣빛 소리를 들을 수 있었다. 접시와 젓가락을 정리하고 쟁반을 옮기고 있다는 것을 알 수 있었다. 사람들은 쓰마타오화가 쟁반을 받쳐들고 나오면 눈길을 마을 어느 곳이든 마당이 보이는 쪽에 두어야 한다는 것도 알 수 있었다. 하지만 달 밝고 별이 드문드문한 밤이 점점 깊어가고 어두워지는데도 쓰마타오화는 마당에서 나오지 않았다. 어떤 사람이 그 문 앞에 있는 집 뒤에 엎드려 엿듣다가 다시 돌아와서는 아무 소리도 들리지 않는다고 말했다. 모두들 마음이 초조해져 말했다.

"쓰마타오화가 아직 그 안에 남아서 뭘 하는 걸까요?"

"자신이 이미 젊은 규수가 아닌 바에야 알아야 할 건 다 알 텐데 왜 아직도 저 안에서 뭉그적거리고 있는 거야?"

하늘을 바라보니 달은 이미 동쪽으로 옮겨 가고 있고 땅 위에 내린 달빛도 많이 엷어져 있었다. 더 참지 못하고 자리를 뜨려는 사람들도 생겨났다. 집에 돌아가 자려는 것이었다. 그리고 그때, 문 여는 소리와 발걸음 소리가 날카롭게 들려왔다. 붉게 빛나는 욕설도 함께 들려왔다.

"남의 뒷 담장에 기어올라 뭘 엿듣는 거야? 그렇게 한가하면 집에 돌아가서 식구들 가운데 목구멍에 병이 나 곧 죽게 된 사람의 곡소리나 들으라고!"

쓰마타오화가 나왔다.

쟁반과 그릇, 젓가락은 들고 나오지 않았다. 그녀는 아직 자지 않고 마을 거리에서 기다리고 있는 여자들을 바라보다가 그녀들에게 가까이 다가갔다.

여자들이 그녀를 위해 길을 내주었다.

"다들 자지 않고 있었어요?"

"안 잤어요."

"밤이 이미 깊었어요. 어서 가서 자야지요."

말하는 소리가 물처럼 졸졸 흐르는 가운데 그녀는 사람들 무리에서 나와 걸음을 옮겼다. 등 뒤로 여자들의 야릇한 눈길이 그녀의 머리칼과 적삼 위에 집중되었다. 빠른 속도로 지고 있는 달빛 속에서 그녀의 머리칼은 청백색에 가까웠고 그녀의 붉은 적삼은 진한 자줏빛으로 변해 있었다. 모두들 그녀의 얼굴에서 뭔가를 읽어내고 싶었지만 아무것도 읽어낼 수 없었다. 그녀는 아주 오만한 자세로 여자들의 얼굴

앞을 조용히 지나쳤다. 여자들 앞은 그냥 지나쳤지만 남자들 앞에서는 걸음을 멈췄다. 처음에는 아무 말도 없이 그렇게 멍하니 서 있었다. 어디서부터 얘기해야 좋을지 모르는 데다 다른 사람들도 어디서부터 물어야 할지 모르는 것 같았다. 침묵이 검은 천처럼 마을 사람들을 감쌌다.

여자들이 또 그들을 에워싸기 시작했다.

한 사람이 쓰마타오화 앞으로 가까이 다가가 담배를 신발 바닥으로 문질러버리고 나서 물었다.

"어떤 상황인가요?"

쓰마타오화는 상황이 어떤지 말해주지 않았다. 그녀는 남자들에 둘러싸여 누군가를 찾고 있었다. 란류껀과 란양껀, 두주 등은 보였지만 쓰마란은 보이지 않았다. 그녀가 물었다.

"우리 조카 쓰마란은 여기 없나요?"

마을 사람들은 그제야 밤새 쓰마씨 형제들이 모습을 드러내지 않았다는 사실을 깨닫고는 놀란 표정으로 이상하다는 듯이 되물었다.

"그 친구들은 대체 어디로 간 거지? 집에도 밤새 불이 꺼져 있더라고."

쓰마타오화가 말했다.

"앞으로 다시는 그와 주추이의 일을 거론하지 않을 거예요. 그 녀석이 감히 쓰스랑 가정을 이루지 못한다면 나는 살아 있는 동안 녀석을 내 조카로 인정하지 않을 거예요."

모두들 쓰마타오화가 한 말의 의미를 되새겼다. 그러면서 일제히 눈길을 마당으로 던졌다.

쓰마타오화가 말했다.

"내가 나올 때 루 주임은 쓰스에게 양치질하는 법을 배우게 했어요."

사람들은 말이 없었다. 끝없이 침묵했다.

갑자기 그 네모난 마당에 등불이 꺼졌다. 마을 전체가 송두리째 어둠에 잠겼다. 산싱촌 사람들이 밤새 기다린 게 그 창문에 등불이 완전히 꺼지는 것이었던 것 같았다. 사람들은 아주 긴 탄식을 내뱉으면서 아무 말도 하지 않았다. 다시 눈길을 거둬들인 사람들은 달빛에 의지해 서로의 얼굴을 쳐다보았다.

남자 하나가 탄식을 하며 말했다.

"모두 집에 돌아가 잡시다. 내일 침상을 준비해야 할 사람은 바깥 마을 사람들에게 침상을 마련해주고 땔감을 준비해야 하는 사람은 나무를 베어 와야 할 테니까요. 산싱촌의 각 성씨마다 수레를 다섯 대씩 준비해야 하니 피부를 팔 사람들은 교화원에 갈 준비를 하라고요."

이런 말을 한 사람은 란바이수이였다.

마을 사람들은 하나둘씩 줄줄이 집으로 돌아갔다. 마을 거

634

리에는 발걸음 소리뿐이었다. 사람들의 말소리는 전혀 들리지 않았다. 모두들 가슴을 졸였는지 문 여는 소리와 닫는 소리도 들릴 듯 말 듯 아주 작았다. 서로 헤어질 때도 사람들은 말 한마디 하지 못했다. 마을 사람들은 모두 피곤했다. 봄날 한밤중인데도 짙은 한기가 남아 있는 것을 느꼈다. 하지만 집으로 돌아와 자리에 누워서도 아이들을 제외하면 잠자리에 드는 사람이 거의 없었다. 미증유의 고요함이었다. 달이 숨고 별들이 들어가버리는 그 미세하고 어두운 소리를 마을 사람들 모두 분명하게 듣고 있었다. 그리고 빛이 전혀 없는 이 한밤중에 침상에 누운 남자와 여자들은 저 멀리 그 마당에서 끊임없이 귓가로 들려오는 희고 빛나는 소리를 들었다. 침대가 발산하는 삐그덕 소리를 들을 수 있었다. 그 소리는 날이 밝을 때까지 멈추지 않고 계속되다가 아침이 되어서야 멎었다.

이날 밤, 란쓰스의 어머니는 독약을 먹고 자살했다.

날이 밝아올 무렵, 밤새 잠을 자지 못한 마을 사람들은 잠자리에서 일어나서야 혼자서 진흙 더미처럼 산언덕의 높은 곳에서 밤새 미동도 하지 않고 앉아 있었던 쓰마란을 발견했다. 다음 날, 감기에 걸린 그는 몸에서 심한 열이 났다. 고열은 사흘 밤낮이 지나도록 물러가지 않았다. 쓰스의 어머니를 땅에 묻는 날, 마을 사람들 모두 묘지에 갔지만 유일하게 그만 침대에 누워 있어야 했다.

2

400무가 넘는 계단식 전답을 개간하여 땅을 뒤집어 흙을 교체하는 일은 가을 내내 해야 간신히 마칠 수 있는 일이었다. 바깥 마을 사람들이 두 번째로 산싱촌에 와서 산싱촌 사람들과 함께 음력 6월까지 힘들게 일하다가 돌아갈 때는 산싱촌의 규수 열한 명을 데려갔다. 바깥 마을의 홀아비들은 평소에는 아무런 내색도 하지 않고 있다가 밤만 되면 식당의 양식을 훔쳐다 아가씨들 집으로 가져갔고 공사장에 새로 산 쇠 삽도 훔쳐다 아가씨들 집으로 가져갔다. 나중에는 마을에 있는 살구꽃과 온갖 풀들도 아가씨들보다 스무 살이나 더 많은 남자들을 따라 흔적도 없이 사라져버렸다. 마을의 흙 갈아엎기 작업이 다 끝나자 아가씨들의 아버지와 어머니는 갑자기 놀라서 말했다.

"우리 집 딸이 어디로 간 거지? 어째서 하루가 지나 밤이 되었는데도 돌아오지 않는 거야?"

이내 바깥 마을 남자를 따라 도주했다는 것을 알게 되었다. 조사해보니 열한 명이었다. 가장 어린 사람은 열네 살 난 소녀였고 가장 나이 많은 사람은 서른두 살의 과부였다. 란바이수이의 미치광이가 된 둘째 딸 란바스도 자기보다 서른다섯이나 더 먹은 건달을 따라 가버렸다. 건달의 집은 집무시장에서 3리 정도밖에 떨어져 있지 않기 때문에 한 끼 식사를 마치면 곧장 집무시장에 달려갈 수 있었다. 또다시 보름이 지나 란바스가 한밤중에 집으로 돌아와 방금 시집을 간 다섯째 여동생 란우스도 데리고 가버렸다. 그날 딸이나 아내를 잃은 사람들은 전부 마을 어귀에 모여 울면서 말했다.

"아내가 가긴 했지만 그자들은 아내가 마흔 살까지 살지 못한다는 것을 잘 알고 있기 때문에 매일 구박하고 욕을 하기 십상이라고요."

이에 누군가 나서서 설명했다.

"여자들을 데려간 사람들 가운데 가장 젊은 사람도 여자보다 스무 살은 더 먹었다고요. 그자들은 누가 먼저 죽고 누가 나중에 죽는지 사전에 다 계산을 해둔 게 분명해요. 앞뒤로 차이가 몇 년 되지 않는다고 판단하고 여자들을 데려간 것이지요."

이치가 분명해지자 마을 전체에 곡소리가 하늘을 메웠고 산과 들판도 딸과 아내를 찾는 소리로 가득 찼다. 이때, 촌장 란바이수이가 집에서 나왔다. 그가 사람들 앞에 나서서 말했다.

"울 일이 뭐가 있다고들 그래요. 400무가 넘는 땅의 흙을 한 번 갈았으니 집집마다 모두들 장수할 수 있을 겁니다. 딸이나 아내를 잃어버린 게 뭐 그리 대단한 일이라고 그래요."

이어서 그는 아내를 잃어버린 남자들을 향해 말했다.

"이제 막 서른이 넘었으니 아직 몇십 년은 더 살 수 있잖아요. 아내를 다시 못 구할까 봐 그러는 겁니까."

이번에는 딸을 잃어버린 어른들을 향해 말했다.

"여러분들 부부는 죽음에서 아주 멀어져 있어요. 딸이 가버렸다면 다시 낳으면 되지 않겠어요. 살아 있는데 왜 아이를 낳지 못할까 봐 걱정하는 겁니까."

그러고는 또 말을 이었다.

"모두들 밭에 나가 일이나 합시다. 가을 조생 옥수수를 심어야 하잖아요."

400무 남짓 되는 땅의 흙을 다 갈아엎었다. 바러우산맥 깊은 곳에 땅이 한 조각 한 조각 이어져 거대한 대지를 이루면서 끝없이 기복하는 호수의 수면 같아 보였다. 그 핏빛 새 흙은 하루 종일 잔혹하면서도 부드러운 향기를 발산했다. 멀리 서 있으면 항상 다 익은 밀 냄새 같은 향기가 담담하게 코끝을 스쳤다. 그 붉은 흙 사이에 서 있으면 흙의 비린내에 마음마저 취해 멍해지는 것 같았다. 이른 아침에 밭머리에 서서 밤새 축축해진 그 땅을 바라보면 마치 물로 빤 천 같아 보였다. 그 천 위로 내리는 물방울 소리도 들을 수 있었다. 정오가 되면 흙은 또 짙은 붉은색과 노란색으로 변했다. 흙의 향기는 호두를 볶은 것 같은 자줏빛 기름 냄새를 담고 있었다. 날이 어두워지려 할 때 해는 붉은빛으로 찬란하고 요염하게 빛났고 핏빛이던 땅은 검은빛으로 변했다. 비릿한 향기를 품고 있는 흙냄새는 갈수록 더 진해졌다. 휘저어 떼어내지 못하는 점액이 사람과 마을, 나무를 전부 침몰시키고 있는 것 같았다. 한밤중이 되어도 잠을 이룰 수 없었던 산싱촌 사람들은 마을 어귀의 새 땅에 가부좌를 하고 앉아 더위를 달래며 날씨 얘기를 하면서 미래의 날들을 예측하고 있었다. 그렇게 아주 오랜 시간을 란, 두, 쓰마 세 성의 남녀들이 모두 새 흙냄새 속에서 가라앉아 있었다. 딸과 아내들을 남들에게 빼앗긴 슬픔은 장수의 희열에 아주 빨리 점령되어 첫 번째 계절의 가을 양식을 파종해야 하는 때가 되자 사람들은 모두 새로 흙을 갈아엎는 흥분에 심취했다. 한 사람이 호미질을 하면 한 사람이 씨를 뿌렸다. 두 사람이 한 조가 되어 열심히 일했다. 한여름이 지나고 아직 무더위가 완전히 가시지 않았지만 400무의 밭이 있는 산비탈마다 여기저기 흩어져 있는 사람들을 볼 수 있었다. 사람들은 아침 일찍 일어나 늦은 밤 잠자리에 들 때까지 웃고 떠들면서 가을 작물을 파종했다. 어떤 부부는 외부 마을 사람들처럼 마흔이나 쉰, 심지어 일흔

639

이나 여든까지 살게 될 것을 생각하면서 마음속 기쁨을 억누르지 못한 채 사람들의 눈길을 피할 수 있는 곳을 찾아 침상 위에서 하던 일을 하기도 했다. 이렇게 보름을 바삐 지낸 결과 400무의 땅은 파종이 거의 마무리되었다. 이어서 비와 바람이 순조로운 시기를 놓치지 않고 옥수수 싹이 땅을 뚫고 올라온 뒤에 사흘 연달아 내리치자 우기가 다가올 것이라고 생각했다. 하지만 또 갑자기 맑은 날씨가 이어지면서 옥수수 싹이 온 세상을 초록빛으로 밝게 물들였다. 서둘러 김을 매고 새싹을 솎아낸 다음 흙을 덮어주고 거름을 주었다. 모두들 하루 종일 살구 빛 얼굴로 웃고 떠들면서 새 흙에서 거두게 될 첫 계절의 풍성한 수확을 기대했다. 하지만 옥수수 싹은 무릎 높이까지 자라고는 갑자기 구부러지기 시작했다. 한 포기 한 포기가 누런 쇠약함을 보였다. 십 몇 년 전에 닥쳤던 끝이 보이지 않던 기근과 흉년이 또다시 바러우산맥에 강림하는 것 같았다. 벽록(碧綠)의 푸른빛은 찾아볼 수 없고 병든 것처럼 누런빛이 비처럼 밭 위에 쏟아져 내렸다. 어린 옥수수 줄기는 허리뼈가 없는 것처럼 가는 몸을 구부리고 있었다. 이리하여 사람들은 서둘러 거름을 주었고 집집마다 아궁이 밑에서 땔나무의 재와 불씨를 전부 밭에 가져다 뿌렸다. 그런데도 옥수수는 여전히 왕성한 모습을 보이지 않았다. 그제야 마침내 모든 거름이 밭의 흙 속에 빨려 들어갔다는 것을 알게 되었다. 마침내 두 자 아래에 있던 맨 흙에는 기름기가 전혀 없었다는 것을 깨닫게 되었다.

이해 가을, 양곡 추수가 4할 정도 끝났을 무렵 마을에서는 두 명이 죽었다.

그다음 밀 수확 계절이 되어 절반을 수확했을 무렵에는 마을에서 세 명이 죽었다.

또 그다음 해가 되어서도 여전히 그랬다. 새 무덤들이 봄날의 새싹처럼 자라났다.

3년째 되던 해 봄, 마을 사람들은 집집마다 풀을 베어 쌓아두었다. 한 해 전 봄에는 거름으로 쓰기 위해 밀짚과 나뭇잎, 콩잎, 잡초 등을 전부 압축하여 집집마다 대문 옆에 있는 똥통에 쌓아두었다. 여름이 지나 가을이 되면서 마을에서는 온통 하얗고 비옥한 악취와 파리, 모기가 하루 종일 천지를 가득 메웠고 거리에 검은 물줄기처럼 웅웅거리는 소리가 흘러다녔다. 외양간의 소도 온몸에 파리가 달라붙어 잠을 이루지 못하고 종종 기둥을 들이받곤 했다. 파리와 모기를 쫓아버리기 위해 여름 내내 산싱촌 사람들은 산에 자라난 쑥을 전부 베어다가 태웠다. 두씨 성을 가진 한 부부는 땅 밑에 있는 흙을 갈아엎고 그 밑에 깔아 새 흙의 토성을 변화시킴으로써 지력을 증강시키고 양곡의 수확을 늘리기 위해 거름을 비축하느라 바빠 아이를 나무 그늘 아래서 혼자 놀게 하고 주변에 쑥을 태웠다. 그러나 날이 어두워져 집으로 돌아와보니 쑥은 다 타버리고 아이의 온몸에 모기가 잔뜩 달라붙어 있었다. 아무리 해도 모기들이 흩어지지 않았다. 아이는 이미 온몸에 시퍼런 부종이 나 있고 산 채로 모기 떼에 물려 죽어 있었다.

이해에 새 흙은 벌써 낡은 흙이 되고 양곡의 수확도 6년 전 수준과 다르지 않았다. 봄부터 가을까지, 또 엄동설한에 이르기까지 마을 사람들은 전부 새 흙에서 수확한 양곡을 먹었고, 목구멍 병에 대한 항체가 생겼다고 생각했다. 하지만 네 명에게서 목구멍 통증이 발견되었다. 겨울에는 농한기라 마을 사람들은 집 안에 틀어박혀 밖에 나오지 않았다. 앉고 일어서고 먹고 마시는 사이에 그 네 사람은 죽음을 맞았다. 다음 달이 되자 또 한 명이 죽었다. 겨울이 끝나갈 무렵인 어느 날, 이른 아침에 날씨가 이상하게도 갑자기 추워지더니 꽃샘추위에 따라온 바람이 밤낮으로 거세게 불어댔다. 다음 날 바람이 잦아들고 나무들이 조용해졌지만 또 두 사람이 목구멍에 병이 생겨 죽었다. 이렇게 죽어간 사람들 가운데 가장 나이가 많은 사람은 서른일곱 살이었다. 매장할 때 계산해보니 인구 200명가량의 마을에서 겨울에 네 명이 죽었으니 한 해를 통틀어 아홉 명이 죽은 셈이었다. 새로 태어난 사람은 여섯이었다. 그리고 나뭇잎이 날 즈음 세 명에게 목구멍 질환 증상이 나타났다. 마을의 인구는 이전에 비해 줄어들기만 하고 좀처럼 늘어나지 않았다. 때문에 마을 사람들은 의심을 갖기 시작했다. 흙을 갈아엎었는데도 사람들이 마흔 넘어서까지 살 수 있게 되지 않았다. 사람들은 여전히 놀라울 정도로 수명이 짧았다. 이리하여 따스한 봄이 찾아와 꽃이 필 무렵인데도 사람들은 마음이 몹시 싸늘해지면서 문득 땅을 갈아엎느라 고생하다 죽은 란창셔우가 생각났다. 흙을 갈아엎기 위해 자신을 내던졌던 쓰마타오화와 란쓰스의 희생이 생각났다. 그리고 바깥 마을의 마흔이나 쉰이 넘은 건달들을 따라간 아가씨들과 아내들, 여러 차례 교화원에 가서 피부를 판 젊은이들이 생각났다. 이렇게 마지막에 와서야 사람들은 지난 몇 년 동안의 흙 갈아엎기 노동이 무덤 속에서 죽은 사람의 머리를 꺼내 묘문에 부딪치는 행위와 같다는 것을 알게 되었다. 힘을 쓸수록 죽음이 더 빨리 다가온다는 것을 알게 되었다. 란씨와 두씨 성을 가진 두 명의 목구멍 병 환자들을 묻고 난 후 마을 사람들 모두 무덤가의 계단식 전답에 서서 끝없이 펼쳐져 있는 그 갈색 땅을 바라보았다. 새 흙의 냄새는 점점 초목의 재와 식물의 거름 냄새에 섞여 흩어지고 밀 싹의 푸른 냄새가 선명하게 계단식 전답 위를 맴돌았다. 햇빛이 그 푸른빛과 갈색이 뒤섞인 숨결을 따스한 붉은빛으로 물들이고 있었다. 이렇게 푸른빛과 갈색이 뒤섞여 밝은 햇빛 아래 반짝이는 가운데 마을 사람들은 바러우산맥의 냄새를 맡고 한 달 또 한 달, 한 계절 또 한 계절 비가 내리면 풀잎이 돋아나 왕성하게 자라는 무덤가를 바라보면서 마을 전체를 통틀어 촌장인 란바이수이를 제외하면 서른 살이 넘은 사람이 하나도 없다는 사실을 깨달았다. 서른다섯이면 장수에 해당했지만 죽음에 당황한 사람들은 아무 말도 하지 않았다. 그렇게 죽은 것처럼 아주 오래 말없이 앉아 있다가 해가 질 무렵이 되자 하는 수 없이 마을로 걸어 들어왔다. 누군가 촌장 란바이수이와 그의 딸들이 겨울 내내 밖에 나오지 않았고 마을에 얼굴을 드러내지 않았다는 사실을 생각해냈다. 하루 사이에 서른네 살 먹은 마을 사람이 둘씩이나 세상을 떠나 장례를 치를 때 여자들이 관을 들어야 하는 지경이 되었는데도 촌장인 란바이수이는 한 번도 모습을 드러내지 않았다. 사람들이 쓰마란에게 물었다.

"자네 장인은 어떻게 된 건가?"

지는 해 아래를 걷고 있던 쓰마란은 손에는 관을 맨 밧줄을 쥐고 있고 어깨에는 관을 받치는 버드나무 막대기를 메고 있었다. 그는 고개를 돌리지도 숙이지도 않았다. 물어본 사람을 쳐다보지도 않고 차가운 어투로 말했다.

"그 양반이 무슨 낯으로 마을 사람들을 대하겠어요?"

이에 모두들 그의 집으로 찾아가 따져봐야 한다고 말했다.

그가 몇 년 전에 흙을 갈아엎고 나서도 마을 사람들이 장수하지 못하면 스스로 마을에 있는 나무에 목을 매어 죽겠다고 하지 않았던가? 이리하여 모두들 마을로 돌아가 란씨네 집으로 향했다. 란쓰스는 그의 어머니처럼 부뚜막 앞에서 불을 지펴 밥을 하고 있고 촌장인 란바이수이는 침대 위에 누워 있었다. 눈물을 흘릴 수 있는 정도의 기력밖에 없어 말 한마디조차 할 수 없는 상태였다. 정말로 그는 너무 말라서 사람의 형상이 전혀 남아 있지 않았다. 이미 뼈가 썩어가는 환자를 이불로 덮어놓은 것 같았다. 마을 사람들은 그의 딸에게 물어보고 나서야 그가 겨울에 돌아왔을 때 목구멍 병이 시작되었다는 사실을 알게 되었다. 보름 뒤에는 물 한 방울도 마시지 못하게 되었다. 마을 사람들은 햇빛이 사라질 때까지 침상 앞에 서 있었다. 그의 얼굴에는 두껍고 검은 죽음의 빛이 한 겹 덮여 있었다. 모두들 그가 오래지 않아 세상을 떠나리라는 것을 알았다. 말을 할 수 있는 한 가닥 미미한 기운조차 없었기 때문이다. 이에 모두들 자기 생각을 떠들어대면서 삼밧줄을 챙겨 란씨네 집을 나섰다.

쓰마란은 사람들 맨 뒤에 서 있었다. 마을 사람들이 모두 란바이수이의 침상 곁을 떠났을 때도 그는 여전히 침상 앞에 서 있었다.

"제가 쓰스에게 말했어요. 봄이 오면 혼례를 치르자고요."

란바이수이는 쓰마란을 쳐다보지 않았다. 침대 위에서 얼굴을 돌린 채 있는 힘을 다해 고개만 한 번 끄덕였다.

"촌장님이 이렇게 살아 있는 것도 죄에 대한 벌을 받는 거예요."

쓰마란은 관을 묶고 있던 밧줄을 그의 베개 옆에 내려놓으며 말했다.

"돌아가시면 제가 촌장이 되게 해주세요. 저는 어떻게 하면 마을 사람들을 마흔 넘게 살게 할 수 있는지 알고 있어요. 저는 산 밖에 있는 링인수를 마을까지 끌어올 거예요."

란바이수이는 삼밧줄을 힐끗 쳐다보았다. 또다시 눈물이 흘러내렸다.

쓰마란은 더 이상 란바이수이와 얘기를 주고받지 않고 마을 사람들의 뒤를 따라 밖으로 나왔다.

이해에 쓰마란은 만 열아홉 살이 되었다. 하늘도 뚫을 수 있을 정도로 기백이 넘치는 성년이 되어 있었다.

다음 날 이른 아침, 마을에는 짙은 안개가 끼어 있었다. 깊고 두터운 안개였다. 안개는 하얀 밀가루 반죽처럼 끈적거렸다. 손을 내밀어 안개를 잡으면 물이 되어 한 움큼씩 잡혔다. 산맥과 새로운 흙은 안개 속에 모습을 감췄다. 눈앞의 언덕길과 골짜기 숲이 모두 안개 속에서 흔적을 잃었다. 산싱촌 전체가 안개로 인해 완벽하게 산허리에 갇혀 있었다. 찢어지고 해진 거대한 옷이 축축하게 봄날의 땅 위에 달라붙어 있는 것 같았다. 쓰마란은 집 문을 여는 순간, 몸이 휘청거리는 것을 느꼈다. 안개가 땡그랑땡그랑 그의 몸에 부딪치면서 집 안으로 새어 들어가 쓰마루와 쓰마후의 침상까지 퍼져갔다.

쓰마란이 말했다.

"안개가 너무 심해. 오늘은 틀림없이 날씨가 아주 좋을 거다."

마당에서 걸어 나온 그는 고개를 들어 하늘을 바라다보았다. 건너편에서 안개를 헤치고 걸어오는 사람이 하나 있었다. 머리칼에 희끄무레한 물방울이 잔뜩 맺혀 있었다. 그 사람이 황급히 쓰마란 앞으로 다가와 말했다.

"쓰마란 오빠, 우리 아버지가 돌아가셨어요."

그는 깜짝 놀라 몸이 굳어졌다.

"너 지금 뭐라고 했어?"

"우리 아버지가 어젯밤에 목구멍 병이 심해져 고통을 참지 못하고 스스로 목을 매 돌아가셨다고요."

안개가 마을 거리를 물처럼 담담하게 천천히 흘러가고 있었다. 아주 미세하고 가는 흰 비늘처럼 가지 끝을 뚫고 나온 나뭇잎 위로 떨어지기도 하고 쓰마란의 머리 위로 떨어지기도 했다. 갑자기 그는 촌장 란바이수이에 대해 저절로 경의를 품게 되었다. 어쨌든 그는 자신이 말한 대로 실행한 사람이라는 생각이 들었다. 촌장의 죽음은 산과 들판의 땅을 전

647

부 갈아엎어 새 흙으로 바꾸는 일로도 마을 사람의 목숨을 구할 수 없다는 이치를 증명했다. 다시 말해서 마을 사람들이 마흔 넘게 살려면 다른 방법을 찾아야 한다는 뜻이었다. 다시 말해서 열아홉 살이 넘은 쓰마란은 수명을 늘리기 위한 다른 일을 하지 않으면 안 된다는 것이었다. 이는 또 그가 이미 인생의 절반을 산 셈이기 때문에 죽음이 곧 그를 향해 다가오기 시작한다는 것을 의미했다. 눈앞의 희고 매끄럽지만 삶을 향한 진취적인 열정은 찾아볼 수 없는 얼굴과 촉촉하게 젖어 기름을 바른 것처럼 빛나는 란쓰스의 머리칼을 쳐다보면서 그의 몸이 쿵쾅쿵쾅 마구 흔들렸다. 그가 물었다.

"관은 준비해두었어?"

그녀가 말했다.

"아니요."

그가 말했다.

"쓰스, 우선 집에 돌아가 기다리고 있어. 누굴 만나든지 아버지가 돌아가시기 전에 나를 촌장 후계자로 지명했다고 말해야 해."

그녀는 선 채로 미동도 하지 않았다. 그가 목소리를 높여 물었다.

"내 말 잘 들었지?"

그녀가 고개를 끄덕였다. 그는 몸을 돌려 짙은 안개를 뚫고

648

서 마을 거리 서쪽 끝을 향해 걸어갔다. 걸으면서 소리쳤다.

"여러분, 촌장님이 돌아가셨습니다. 여자들은 수의를 짓고 남자들은 무덤을 파도록 하세요. 각자 해야 할 일들을 하라고요."

"촌장님이 돌아가셨어요. 앞으로는 모두들 내 말을 들어야 합니다. 여자들은 수의를 짓고 남자들은 무덤을 파도록 하세요. 모두 그만 자고 일어나 각자 해야 할 일들을 합시다."

"촌장님이 돌아가셨습니다. 앞으로는 제가 산싱촌의 촌장입니다. 여자들은 수의를 짓고 남자들은 무덤을 파도록 하세요. 각자 해야 할 일들을 하자고요. 집집마다 어서 이부자리를 털고 일어나라고요."

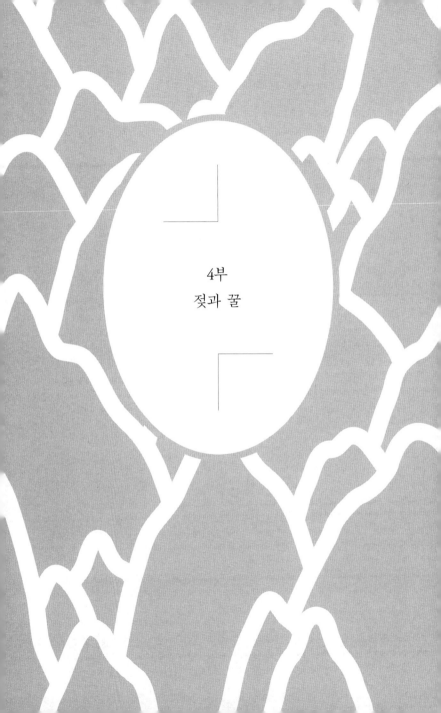

4부
젖과 꿀

28장

　여호와께서 가라사대, 내가 애굽에 있는 내 백성의 고통을 정녕히 보고 그들이 그 간역자로 인하여 부르짖음을 듣고 그 우고를 알고 내가 내려와서 그들을 애굽 사람의 손에서 건져 내고 그들을 그 땅에서 인도하여 아름답고 광대한 땅, 젖과 꿀이 흐르는 땅에 이르게 하려 하노라. 이제 이스라엘 자손의 부르짖음이 내게 달하고 애굽 사람이 그들을 괴롭게 하는 학대도 내가 보았노니 이제 내가 너를 바로에게 보내어 너로 하여금 내 백성 이스라엘 자손을 애굽에서 인도하게 하리라.

　미증유의 흉년에 겨우 일곱 살인 쓰마란은 강아지풀 한 가닥에 개미 떼를 실어 바러우산맥으로 들어왔다. 그때 스물

여섯 살인 두옌은 마을 어귀에서 밥을 먹고 있었다. 여름날의 햇빛이 그의 밥그릇 속에 금빛으로 달라붙어 있었다. 일곱 살인 쓰마란이 동생 쓰마루와 쓰마후 그리고 란류껀과 란양껀, 란바이수이네 란우스와 란쓰스, 란싼지우 등 한 무리 아이들을 이끌고 마을 어귀에서 걸어 나왔다. 모든 아이들의 얼굴에 어린아이다운 미소가 걸려 있었다. 제각기 울긋불긋한 메뚜기를 몇 마리씩 손에 쥐고서 깡충깡충 마을을 걸으면서 이구동성으로 노래를 불렀다.

메뚜기가 나네, 메뚜기가 우네
메뚜기가 오면 닭들이 웃네
계란 흰자를 마시고 계란 노른자를 먹네
계란을 다 먹고 나면 닭 내장을 먹네
닭고기와 사람 고기는 깡그리 다 먹고
뼈를 거둬다 고아 흰 국물을 만드네

두옌의 얼굴에는 눈처럼 하얀 놀라움과 의아함이 덮여 있었다. 그가 밥그릇을 나무 아래 내려놓고 아이들을 가로막으며 물었다.

"메뚜기는 어디서 났니?"

아이들이 대답했다.

"마을 밖이 온통 메뚜기들로 가득해요."

그의 젊은 얼굴이 서리처럼 얼어붙었다. 다시 물을 샐 도 없이 커다란 메뚜기 두 마리가 작은 새처럼 날아와 대추나 무 위에 내려앉더니 미친 듯이 잎을 갉아먹는 것이 보였다. 그가 손에 쥐고 있던 젓가락을 땅에 떨어뜨렸다. 가장 가까 운 후통을 통해 마을 안으로 뛰어들어가 보니 마을 뒤의 황 량한 묘지에는 강아지풀과 도롱이풀, 삼백초, 엉겅퀴, 수레 바퀴꽃, 해바라기 같은 식물들이 여전히 왕성하게 봄을 맞 고 있었다. 메뚜기 떼는 무덤 주위 사방에 가득 들어차 있었 다. 엄청난 규모의 시퍼런 메뚜기 떼가 이주하는 벌 떼처럼 풀밭 상공을 마구 날아다니는 가운데 개 두 마리가 펄쩍펄쩍 뛰고 있었다. 한 번 뛸 때마다 크고 작은 메뚜기를 한 마리씩 입에 넣을 수 있었다. 쓰마란의 큰형 쓰마셴과 둘째 형 쓰마 린, 셋째 형 쓰마무 그리고 마을의 비쩍 마른 다른 아이들도 불에 그슬린 막대기처럼 새카만 모습으로 무덤 위에 올라서 서 두 손을 허공에 뻗고 입으로는 우아우아 소리를 지르면서 옷으로 메뚜기 떼를 후려치고 있었다. 두옌은 풀밭 가장자리 에 서 있었다. 죽은 메뚜기들이 비처럼 그의 발밑에 떨어졌 다. 그는 정말로 흉년이 올 것이라는 사실을 모르지 않았다. 아이들이 닭고기와 인육(人肉)은 깡그리 다 발라 먹고 뼈를 거둬다 고아 흰 국물을 만든다고 노래하는데, 또 어떤 예언이 아이들의 노래보다 더 정확할 수 있겠는가? 그는 곧장 쓰마샤오샤오의 집으로 달려갔다. 쓰마란과 동생 쓰마루, 쓰마후가 강아지풀 위에 매달린 메뚜기를 닭에게 먹이고 있었다. 쓰마샤오샤오는 칼로 호미 손잡이를 깎고 있었다. 마당이 온통 하얗고 누런 홰나무와 홰나무꽃 냄새로 가득했다.

놀란 두옌은 쓰마씨네 대문 문지방에 멍하니 서 있었다.

"애들 외삼촌, 큰일 났어요. 아무래도 흉년이 닥칠 것 같아요."

쓰마샤오샤오가 몸을 돌려 그의 얼굴에 눈길을 고정시켰다.

"오후에 밭에 나가 유채를 캐고 집으로 돌아오는 길에 내 대신 종을 좀 쳐주게."

두옌은 여전히 몸을 문에 기댄 채 문틀을 붙잡고 미동도 하지 않았다.

"내 말 좀 들어봐요. 마을 전체를 통틀어 글자를 좀 아는 사람은 나밖에 없어요. 만년역서에서도 메뚜기 떼가 하늘을 덮으면 3년 동안 비가 내리지 않는다고 했단 말이에요."

쓰마샤오샤오가 호미로 땅을 파보았다.

"자넨 이 쓰마샤오샤오가 글을 모른다고 사기를 치려는 건가? 글을 몰라도 난 엄연히 자네 딸의 시아버지이고 촌장이란 말이야. 비와 바람이 이렇게 순조롭고 유채가 풍년인데 어디에 가뭄의 징조가 있다는 말인가?"

두옌은 쓰마샤오샤오의 집에서 나왔다. 걸음을 옮기다가 다시 고개를 돌려 말했다.

"어떻게든 침상 밑에 식량을 비축할 방법을 강구해야 한다고요. 그러지 않으면 전부 굶어 죽게 될 거예요."

쓰마샤오샤오는 멀어져가는 두옌의 뒷모습을 바라보며 아무 말도 하지 않았다.

두옌은 집으로 돌아와 반나절이나 집 안에 틀어박혀 있었다.

날이 어두워지기 시작할 때가 되어서야 두옌은 아들 두바이를 이끌고 손에는 범포로 된 자루를 하나 들고 팔에는 버드나무 가지를 엮어 만든 바구니를 하나 걸고서 어느 집 마당으로 들어섰다.

"아주머니, 정말 큰일 났어요. 집에 식량이 부족할 것 같으니 재작년에 빌려간 밀 열두 근을 좀 갚아주시면 안 되겠어요?"

그 집 아주머니는 문 앞에 서서 잠시 생각에 잠기더기 기억이 났는지 빌려간 양곡을 제때에 갚지 못해 미안하다고 하면서 황급히 집 안으로 들어가 밀 몇 사발을 담아가지고 나왔다. 두옌은 곧장 또 다른 집에 가서 말했다.

"기억나시지요? 작년에 우리 집에서 옥수수 한 바구니 빌려간 거 말이에요."

그리고 또 다른 집을 찾아가 말했다.

"날 비웃지 말게. 자네가 빌려간 검은콩 한 사발을 받으러 왔네."

이런 식으로 열 집 넘게 돌아다녔다. 마을의 절반을 돌아다닌 셈이었다. 가지고 간 버드나무 광주리와 자루가 거의 다 찼다. 집으로 돌아온 그는 양곡을 궤짝에 쏟은 다음 침대를 방 한가운데로 옮기고 바닥에 커다란 구덩이를 팠다. 그런 다음 식량 항아리를 구덩이에 묻고 나서 다시 아내를 쳐다보며 말했다.

"당신 집에서도 우리에게 양곡 한 항아리를 빚진 게 있잖아."

쓰마타오화가 말했다.

"당신 미쳤어요?"

두엔이 말했다.

"당신이 시집올 때, 옷을 두 벌 지을 수 있는 천과 솜 열 근을 빙례로 가져오기로 해놓고는 시집오기 전날 당신 아버지가 식량 한 항아리를 가져갔잖아."

쓰마타오화가 말했다.

"식량을 돌려받고 싶으면 먼저 날 죽여요."

두엔은 더 이상 아무 말도 하지 않고 침대를 원래의 자리에 옮겨놓고 그 자리에 건초를 한 겹 덮어놓았다. 그런 다음 광주리를 들고 다시 아이들의 먼 친척들을 찾아갔다. 촌수가 먼 아이들의 외사촌과 이모였다. 그들에게 두 칸짜리 곁채를 지으려 한다면서 인부를 부르려면 당연히 사람들에게 음식을 제공해야 하기 때문에 이 집 저 집에서 양곡을 한 광주리씩 빌리려 한다고 말했다. 거친 양곡도 좋고 가늘게 가공된 양곡이면 더 좋다고 말했다. 썰어 말린 고구마 조각도 상관없다고 했다. 이리하여 밀과 콩, 옥수수와 고구마 조각 그리고 콩비지 반 광주리가 모여 침상 아래 수북하게 쌓였다. 날이 어두워질 무렵에야 일이 다 끝났다. 그가 다시 마을 뒤 묘지의 풀밭에 가보니 메뚜기를 잡아먹고 배가 부른 개 두 마리가 묘지 어귀에 엎드려 입에서 맑은 물을 토하고 있었다. 술에 취한 사람이 꺼억꺼억 토사물을 뱉어내는 것 같았다. 살아 있는 메뚜기들이 개의 입에서 끊임없이 튀어나와 더러운 물속에서 꿈틀거렸다. 다시 풀밭 위 하늘을 바라보니 지는 해가 비단처럼 붉고 밝았다. 하지만 날아다니는 메뚜기는 한 마리도 없었다. 풀밭 위를 한 바퀴 돌아보면서 발로 풀덤불을 밟아봤지만 날아오르는 메뚜기 한 마리도 보이지 않았다. 한참 의아해하고 있는 차에 다섯 살 난 딸 주추이가 식사 때가 되어 그를 부르러 왔다. 손에는 메뚜기를 한 마리 쥐고 있었다. 사람 손가락만 한 메뚜기 몸은 마치 대패로 깎아놓은 푸른 나무토막 같았다. 몸 아랫부분에 달린 다리는 철사처럼 단단해 보였다.

언제든 발길질을 하면 하늘과 땅이 흔들릴 것 같았다.

두옌은 그때까지 그렇게 큰 메뚜기를 본 적이 없었다. 메뚜기 날개를 잡아당겨 살펴보니 참새 날개와 크기를 다툴 수 있을 것 같았다. 아이의 손바닥만 했다. 어디서 잡았느냐고 묻자 주추이는 정남 방향의 옥수수밭을 가리켰다. 이리하여 주추이를 따라 옥수수밭으로 간 두옌은 한순간에 얼굴이 사색이 되고 말았다. 이런 중추의 계절이면 옥수수가 이미 열매를 맺기 시작하고 보름쯤 더 지나면 다 익어 수확을 기다리는 것들도 있었다. 이미 가을날의 황금빛 찬란한 냄새를 맡을 수 있었지만 깊고 가지런한 옥수수밭에는 두 치 두께의 옥수수 잎들이 하나도 남아 있지 않았다. 전부 메뚜기들이 뜯어먹은 것이었다. 옥수수 잎이 빽빽했던 자리에는 뜯긴 흔적과 구멍만이 그물을 이루고 있었다.

두옌이 말했다.

"흉년이 온다고 하더니 정말 오는군."

두옌이 또 말했다.

"아마도 금년에는 알곡을 수확할 수 없을 거야."

두옌이 다시 말했다.

"백 년에 한 번 올까 말까 한 흉년이야. 굶어 죽기 싫으면 서둘러 도망쳐야 할 거야."

두옌은 그렇게 딸의 손을 잡아끌고 집으로 돌아갔다.

29장

여호와가 모세에게 이르기를, 네 손을 바다 위로 내밀어 물이 애굽 사람들과 그 병거와 마병들 위에 다시 흐르게 하라. 모세가 곧 손을 바다 위로 내밀자 새벽에 미쳐 바다의 그 세력이 회복되었더라. 애굽 사람들이 물을 거슬러 도망하나 여호와께서 애굽 사람들을 바다 가운데 엎으시니, 물이 다시 흘러 병거들과 기병들을 덮되 그들의 뒤를 쫓아 바다에 들어간 바로의 군대를 다 덮고 하나도 남기지 아니하였더라. 그러나 이스라엘 자손은 바다 가운데 육지로 행하였고 물이 좌우에 벽이 되었더라. 그날에 여호와께서 이같이 이스라엘을 애굽 사람의 손에서 구원하시매 이스라엘이 바닷가의 애굽 사람의 시체를 보았더라. 이스라엘이 여호와께서 애굽 사람들에게

베푸신 큰 일을 보았으므로 백성이 여호와를 경외하며 여호
와와 그 종 모세를 믿었더라.

메뚜기 떼는 운무처럼 그날 점심 식사 전의 시간을 전부 휩
쓸고 갔다. 햇빛이 뜨겁게 내리쬐었다. 까마귀들이 나무 위에
서 지저귀면서 내미는 혀가 가지 끝에 매달린 붉은 팥 같았
다. 매미들은 나뭇가지에 기어올라 아주 짧고 급박한 소리를
내며 울어댔다. 햇빛 속에서 끊임없이 울리는 소 채찍 소리
같았다. 갑자기 마을의 닭들이 전부 신바람이 나서 마을 어
귀를 뛰어다니고 있었다. 떼를 지어 꼬꼬댁거리며 신이 나서
뛰어다녔다.

개들은 주인의 등 뒤에 달라붙어 한 걸음도 떨어지려 하지
않았다. 발로 툭 걷어차도 좀처럼 떨어지려 하지 않았다. 마
을 사람들은 하늘과 땅이 한꺼번에 진동할 일이 일어날 것을
예감하고 각자 집 안에 틀어박혀 있었다. 얼굴에는 놀라움과
두려움이 걸려 있고 서로 말이 없었다. 여자들도 마음 놓고
밥을 하거나 솥에 국수를 삶지 못했다. 그러면서도 사람들은
마당 안을 왔다 갔다 했다. 이때 쓰마란은 또다시 한 무리의
아이들을 이끌고 산등성이를 달려 내려갔다. 달리면서 입으
로 소리쳤다.

"온다! 검은 회오리바람이 분다!"

한 어른이 물었다.

"가을 끝자락도 아닌데 어떻게 검은 회오리바람이 분단 말이냐?"

쓰마란이 어른 바로 앞에 서서 마을 밖을 가리키며 말했다.

"동쪽에서 서쪽으로 오리 떼처럼 몰려오고 있어요."

마을에 징 소리가 울리기 시작했다. 댕! 댕! 댕! 댕! 댕! 징 소리는 이 후퉁에서 또 다른 후퉁으로 빠른 속도로 번져갔다. 쓰마샤오샤오가 외치는 소리가 징 소리 속에서 헐떡이며 한순간에 마을 전체를 가득 메웠다.

"유채를 지켜야 합니다."

"옥수수를 버리고 유채를 지키도록 하세요."

"누구든지 유채를 버리고 옥수수를 지키는 사람이 있으면 가을이 지나서 내가 가만두지 않을 거요."

마을에 발걸음 소리가 천둥 번개처럼 울려 퍼지기 시작했다. 남자들과 철이 든 아이들은 전부 손에 마대자루나 허리 주머니, 헌옷 등 휘두를 수 있는 물건을 하나씩 들고 여러 갈래로 나뉘어 유채밭을 향해 달려갔다. 여자들과 너덧 살 먹은 아이들은 손에 법랑 대야나 시집올 때 가져온 구리 대야, 구리 거울, 망가져 못 쓰는 쇠 삽 등 온갖 쇠붙이를 들고 각자의 집에서 나와 남자들의 뒤를 따랐다. 집 안과 마당이 너무 더워서 풀어놓은 옷 단추를 잠그는 것을 잊는 바람에 젖가

승이 우리를 나온 흰 토끼처럼 허공에서 덜렁거렸다. 더 이상 두려워하는 사람이 없었다. 단지 놀라움과 의아함으로 인한 붉은 흥분이 모든 마을 사람의 얼굴에 번지고 있었다. 모두들 마을 상공에서 까마귀 떼가 서쪽을 향해 멀리 날아가는 것을 보았다. 참새들도 지붕 용마루 양쪽과 담장 위에 한데 모여 쩍쩍 어지럽게 울어댔다. 사람들의 발뒤꿈치를 따르는 개들은 눈알이 붉게 충혈된 채 펄쩍펄쩍 뛰다가 수시로 걸음을 멈추고 뒤를 돌아보았다. 무언가가 뒤에서 쫓아오기라도 하는 것 같았다. 쓰마란과 두 동생 모두 상의를 벗고 강아지들처럼 아버지의 뒤를 따라 마을 북쪽 언덕배기의 유채밭을 향해 달려갔다. 상의가 길가의 홰나무 가지에 걸려 여러 군데 찢겨져 삼각형으로 구멍이 났다. 키가 작은 세 형 선과 린, 무는 엄마의 뒤를 따라갔다. 손에는 깨진 세숫대야와 낡은 구리 징을 들고 기대하던 연극을 보러 큰 극장에라도 가는 양 신바람이 나 있었다. 사람들이 마을 한가운데로 모여들었을 때, 해는 아직 황금빛 붉은 기운을 내뿜고 있다가 마을을 벗어나자 차츰 어두워지기 시작했다. 모래가 머리 위로 날아가는 소리가 들렸다. 소리는 처음에는 무척 거세다가 점차 약해지면서 마을 밖에서 들려왔다. 바러우산 밖에서 들려오는 소리였다. 그 빽빽하고 조밀한 소리 속에 아주 무겁고 맹렬하게 부딪치는 소리가 섞여 단속적으로 먼 허공에서 폭발했다. 벤파오 속에 든 폭약이 터지는 것 같았다. 이어서 마을 사람들이 한데 자리를 잡고 앉자 소리를 기억하듯이 커다란 메뚜기가 또 다른 메뚜기에게 몸을 부딪쳤다. 하지만 누구도 그 소리에 관심을 갖지 않았다. 쓰마란만 쓰마샤오샤오를 따라 달리다가 신발이 한 짝 벗겨졌다. 고개를 돌려 신발을 주우려는 순간, 메뚜기 한 마리가 공중에서 떨어져 그의 신발 속으로 들어갔다. 꺼내 보니 그 메뚜기는 머리가 없고 다리와 날개만 멀쩡했지만 목이 잘린 닭처럼 여전히 허공을 푸득거리며 날아갔다. 쓰마란은 고개를 들어 머리가 없는 메뚜기가 허공으로 날아가는 것을 바라보다가 누런 황금빛 모래가 한 겹 날아오면서 하늘을 빈틈없이 가리고 있는 것을 보았다. 산등성이와 계곡, 숲속이 갑자기 어두워졌다. 축축하고 음산한 바람이 산언덕을 타고 미끄러져 내려왔다. 쌀보리 냄새와 비슷하게 코를 자극하는 냄새가 산과 들판에 가득 떠다녔다. 그는 마침내 마을 사람들이 말하던 메뚜기 재해가 닥쳐왔다는 것을 깨달았다. 놀랍고 의아했지만 이 세상에 어떻게 이처럼 많은 메뚜기가 있는 건지 이해가 되지 않았다. 세상의 메뚜기가 전부 바러우산맥으로 몰려든 것 같았다. 그는 아버지를 부르며 북쪽 언덕의 유채밭을 향해 달려 내려갔다. 거대한 유채밭이 하늘과 해를 덮은 메뚜기 떼 아래서 온통 검고 어둡게 보였다. 그는 메뚜기 떼가 하늘 위를 날아 다행히 바러우산맥 밖을 향해 지나갈 것이라고 생각했다. 메뚜기 떼가 저 유채밭에 내려앉았다가 지나가면 유채밭이 어떻게 될지 알 수 없었다. 쓰마란은 놀란 말 한 마리가 고삐에 매달려 있는 것처럼 아버지가 유채밭 가장자리에 서 있고 거대한 메뚜기 떼가 산싱촌의 상공을 날아가고 있는 것을 보았다. 쓰마란과 동생들이 아버지 옆에 섰을 때, 해는 뚝뚝 밑으로 떨어지고 있었다. 유채는 밭과 들판에서 노란색과 초록색을 띠기 시작했다. 노란색 바탕에 초록색 꽃이 아로새겨진 거대한 천이 산등성이를 덮고 있는 것 같았다. 요염하고 비릿한 꽃의 맛과 향기와 났다. 쓰마샤오샤오는 자루를 땅바닥에 내려놓고 그 위에 주저앉으며 하늘을 바라보았다. 쓰마란과 쓰마루, 쓰마후도 아버지 곁에 덩달아 주저앉았다. 아버지와 똑같이 각자 자신의 상의를 깔고 앉아 얼굴을 하늘과 나란히 했다. 엄청난 규모의 메뚜기 떼가 그들 머리 위로 날아 지나간 뒤에 어찌 된 일인지 모르지만 몇 마리가 땅 위로 떨어졌다. 제대로 바람을 타지 못해 높이 날지 못하고 무리를 이탈했는지 밭과 들판의 나무위로 떨어져 나뭇가지에 부딪쳤다. 빗방울이 떨어져 내리는 것 같았다. 까치 한 마리가 유채밭 가장자리에서 사람 키 높이로 날아올랐다. 쓰마루가 다가가 까치를 잡았다. 쓰마샤오샤오가 까치를 받아 들고는 배를 이리저리 만져보더니 메뚜기를 너무 많이 잡아먹어서 제대로 날지 못하는 것이라고 말했다. 그러고는 손가락을 까치의 입 안으로 쑤셔 넣자 까치가 캑캑거리면서 땅 바닥 가득 살아 있는 메뚜기를 토해놓고는 날아가버렸다. 쓰마씨 일가는 밭머리에서 까치가 하늘 저 멀리 사라질 때까지 그 하얀 배를 바라보았다. 쓰마란은 한 발 한 발 앞으로 나아가면서 까치가 토해놓은 메뚜기를 전부 밟아 죽이면서 메뚜기 떼가 지나갔으니 집에 가서 밥이나 먹어야겠다고 말했다. 쓰마샤오샤오가 눈을 크게 뜨고 그를 한 번 쳐다보더니 고개를 돌려 아주 먼 곳에 있는 유채밭을 바라보면서 소리쳤다.

"양껀이랑 다른 애들은 어디 갔느냐? 아래쪽 유채밭에 소리쳐서 알리도록 해라. 집집마다 굶어 죽는 한이 있어도 유채밭을 떠나서는 안 된다고 전해."

란양껀이 밭머리에 있는 바위에 올라서서 아래쪽 유채밭을 향해 소리쳤다.

"촌장님이 그러시는데, 집집마다 굶어 죽는 한이 있어도 유채밭을 떠나면 안 된대요."

양껀이 이렇게 외치는 소리가 밭 하나를 건너고 또 건너 널리 전달되었다. 눈 깜짝할 사이에 산등성이와 골짜기, 숲 가장자리와 강 아래쪽까지 유채가 있는 곳이면 어디든지 끈적끈적한 소리가 울렸다.

"촌장님이 그러시는데 굶어 죽는 한이 있더라도 유채밭을 떠나면 안 된대요."

"촌장님이 그러시는데 저 뒤에도 대규모 메뚜기 떼가 몰려오고 있대요."

"촌장님이 그러시는데 어느 집이든 유채밭을 지키지 못하면 마흔 살까지 살 생각일랑 하지 말래요."

마을 사람들이 이렇게 말을 전하고 있을 때, 쓰마란은 어느 홰나무 아래서 귀 기울여 자세히 듣고 있었다. 또다시 아버지가 말처럼 그의 마음속을 미친 듯이 달리고 있었다. 이 순간, 그는 촌장의 위세가 방금 하늘을 날아 지나간 메뚜기 떼 같다는 것을 체감했다. 그는 란바이수이가 언젠가는 란씨 집안이 촌장이 되는 날이 있으리라 바라던 것도 이상한 일이 아니라고 느껴졌다. 그는 갑자기 란바이수이에 대해 마음 깊은 곳에서 차가운 두려움이 느껴졌다. 그는 아버지가 햇빛 아래서 하늘을 향해 얼굴을 쳐들고 있는 모습을 바라보자 그 차가운 두려움이 천천히 마음속에서 사라졌다. 하지만 그는 아버지의 얼굴이 검정빛에서 창백하게 변해가는 것을 보았다. 왜 하필 이 순간에 아버지가 땅바닥에서 몸을 일으킨 건지 궁금하기만 했다. 아버지는 자루를 손에 들고 유채밭 동쪽 끝으로 가서 두 눈으로 산등성이 저 먼 곳을 바라보면서 미동도 하지 않았다. 쓰마후가 지나가다가 쓰마샤오샤오의 옷자락을 잡아끌며 끝없이 펼쳐진 햇빛을 바라보면서 말했다.

"아빠, 뭘 보고 계시는 거예요?"

쓰마샤오샤오가 창백한 얼굴로 대답했다.

"땅에 엎드려서 소리를 들어보거라."

쓰마씨 집안의 선, 린, 무, 란, 루, 후가 일제히 귀를 땅바닥에 붙였다. 밭머리에 한 줄로 엎드려 있는 개들 같았다. 그들은 지면에서 전해져오는 하늘과 땅을 뒤흔드는 소리를 들었다. 둥둥둥둥 수백 마리의 말이 무리를 이루어 산 밖에서 산 안쪽을 향해 달려오고 있는 것 같았다.

쓰마란이 말했다.

"아빠, 땅 밑에 강이 있는 것 같아요."

쓰마샤오샤오는 나중에 청사(靑史)에 길이 이름을 남기는 장거(壯擧)를 이룰 넷째 아들을 쳐다보지는 않고 아내에게 소리가 하늘과 땅을 가득 채우도록 어서 징을 울리라고 말했다. 곧이어 선이 대야를 두드리고 린이 가래를 두드리고 무가 괭이를 두드리기 시작했다. 사람들의 귀를 찌르는 금속성이 징징 쟁쟁 쓰마씨네 밭머리에서 푸른 흰빛으로 울리기 시작하여 바러우산 전체로 퍼져갔다. 누런 징 소리와 푸른 가래 소리, 찢어질 듯이 붉은 대야 소리가 눈 깜짝할 사이에 산 싱촌의 나무와 집을 뒤흔들었다. 흙먼지가 일고 솥과 밥그릇들이 탁자 위에서 불안하게 튀어 올랐다 떨어졌다. 남자들은 곧 쳐들어올 대규모 적에 대항하듯 밭머리에 서 있었다. 검은 회오리바람이 산등성이를 타고 동쪽에서 서쪽으로 불어가는 모습이 보였다. 모래와 돌이 날아다니는 것처럼 요란한 소리가 천지를 울렸다. 쓰마란이 말한 것처럼 정말로 땅 밑에 강이 흐르는 것 같았다. 메뚜기 떼의 두 번째 습격이 시작되었다. 메뚜기 떼는 더 이상 높은 하늘에서 해를 가리며 날아오지 않고 거대한 회오리바람처럼 땅을 훑으며 날아왔다. 마을 사람들 모두가 보았다. 날아오는 메뚜기 떼는 처음에는 여울의 급류처럼 휩쓸면서 왔다. 우르릉 소리를 내면서 무수한 새카만 수레바퀴가 한꺼번에 굴러 오는 것 같았다. 메뚜기 떼는 쓰마씨 집 앞 오래된 느릅나무를 덮쳤다. 이 느릅나무는 잎이 무성했고 초봄에는 나무에 매달린 열매를 마을 사람 전체가 사흘이나 쪄 먹을 수 있을 정도로 풍성했다. 그러나 메뚜기 떼가 훑고 지나가자 눈 깜짝할 사이에 나무 위에 가득했던 잎이 전부 사라지고 보이지 않았다. 메뚜기 떼가 하나도 남기지 않고 다 먹어치운 것이었다. 느릅나무 전체가 순식간에 푸른빛이라고는 한 가닥도 찾아볼 수 없는 알몸이 되고 말았다. 한겨울 밤새 몰아친 추위에 나뭇잎이 다 떨어져버린 것 같았다. 쓰마씨 일가 모두 어쩔 줄 몰라 하며 휘둥그레진 눈으로 느릅나무를 바라보기만 했다. 쇠로 된 그릇들이 전부 손 안에서 굳어버린 것 같았다. 갑자기 홍수 같은 메뚜기 떼의 거센 소리 외에는 아무 소리도 들리지 않았다. 쓰마씨의 집이 기이한 적막 속에 잠겨버리고 말았다. 다른 마을 사람들도 전부 갑자기 조용해졌다. 두말할 것도 없이 그들 역시 메뚜기 떼가 느릅나무를 향해 날아온 광경을 본 것이다. 쓰마란은 갑자기 오줌이 마려웠다. 그는 두 다리를 바싹 붙여 한데 모으고 바지 위에 오줌을 쌌다. 뜨겁고 하얀 지린내가 그의 가랑이를 타고 올라왔다. 그는 자신이 메뚜기 떼에 놀라 오줌을 쌌다는 사실을 모르지 않았다. 앞으로 한 걸음 다가가 몸을 떨면서 쓰마샤오샤오의 손을 잡아당기며 "아버지!" 하고 불렀다. 딩동 소리와 함께 멍한 상태에서 깨어난 쓰마샤오샤오는 허리를 구부려 흙덩이를 하나 주워 아내에게 건네면서 소리를 질렀다.

"빨리 징을 울리지 않고 뭘 그렇게 멍하니 서 있는 거야. 그러는 사이에 메뚜기 떼가 유채밭으로 날아온단 말이야."

징 소리가 갑자기 멍한 상태에서 깨어났다. 두 번째 징 소리는 첫 번째 소리보다 더 요란하게 귀를 찔렀다. 햇빛 속에서 그 소리는 붉은색과 황록색 화살처럼 사방을 향해 날아갔다. 쇠를 두드리는 소리에 햇빛이 파문처럼 흔들리며 땅바닥에 떨어져 여자와 아이들의 찢어지는 듯한 목소리와 함께 거대한 폭풍처럼 메뚜기 떼를 향해 불어갔다.

"하늘에 신이 있고, 땅에도 신이 있지만, 유채는 천지간의 왕이네. 메뚜기들아 유채밭을 돌아서 가주면 내년에는 너희

671

들을 세상의 왕으로 만들어주마."

사람들은 목이 쉬도록 이런 노래를 불렀다. 노랫소리는 쇠를 두드리는 소리 속에서 광포한 물살의 흐름처럼 거꾸로 움직였다. 하지만 메뚜기 떼는 여전히 유채밭을 향해 날아오고 있었다. 유채꽃의 금빛 찬란한 향기가 드넓은 길인 양 메뚜기 떼를 이끌어 왔다. 먼저 도착한 메뚜기는 작은 것들도 굵기가 사람 손가락만 해 허공을 날 때면 날개가 하얗게 반짝거렸다. 쓰마란의 눈앞에 옥수수밭이 하나 보였다. 원래는 온통 초록빛이었는데 메뚜기 떼가 지나간 뒤에는 모든 잎이 하나도 남지 않고 사라져버려 땅이 말라 갈라진 무늬가 누런 황토 위로 선명하게 드러났다. 거미줄처럼 갈라진 땅이 농지를 이루고 있었다. 쓰마샤오샤오는 마대자루를 휘두르기 시작했다. 대나무 장대로 호두나 대추를 후려치면 후두둑 땅바닥으로 떨어지듯이 커다란 메뚜기들이 후둑후둑 유채밭 가장자리로 떨어져 내렸다. 쓰마란의 엄마는 선과 린, 무를 데리고 징과 쇠 삽, 가래와 괭이를 두드리면서 미친 듯이 유채밭 가장자리를 빙빙 돌면서 뛰어다녔다. 그들의 입에서는 하늘에 신이 있고, 땅에도 신이 있지만, 메뚜기는 천지간의 왕이네, 하는 노래가 푸른 가죽띠처럼 쏟아져 나와 유채밭으로 숨어들어가던 메뚜기들의 몸을 때렸다. 쓰마란은 거친 천으로 새로 지은 상의를 휘두르기 시작했다. 그는 아버지와 사람 키 하나 정도의 거리를 두고 떨어져 있었다. 루와 후는 그와 다섯 자 정도 떨어져 있었다. 그들은 병풍처럼 3무 정도 되는 유채밭 앞을 가로막고 서서 거칠게 팔을 휘둘렀다. 옷과 자루가 한순간도 멈추지 않고 펄럭이며 빙글빙글 돌았다. 바람 소리 속에는 진한 메뚜기 피 냄새가 섞여 있었다. 맞아 죽은 메뚜기가 후둑후둑 비처럼 발밑에 떨어졌다. 땀도 빗줄기처럼 몸을 타고 발밑으로 흘렀다. 해는 이미 머리 위에서 마을 서쪽으로 옮겨 가기 시작했다. 햇빛 속에 떨어지는 메뚜기 날개가 맥장에 이는 밀기울처럼 사방으로 허공을 맴돌다 땅바닥에 떨어지면서 쓰마씨 일가의 몸을 휘젓는 춤에 다시 날아올랐다. 쓰마루와 쓰마후는 세 형을 따라 우아우아 소리를 질러댔다. 아이들은 놀이처럼 메뚜기를 잡는 데 심취해 있었다. 메뚜기가 아무리 조밀하게 날아와도 다 때려잡을 수 있을 것 같았다. 아이들의 이마 위에서 땀방울이 뚝뚝 떨어져 풀밭에 부딪쳤다. 눈앞에 드넓게 펼쳐져 있던 옥수수는 이미 철저하게 푸른빛을 잃어버렸다. 발밑에서는 죽은 메뚜기들이 햇볕에 마른 콩깍지처럼 땅을 한 겹 덮었다. 유채밭에서 쇠붙이 두드리는 소리에 놀란 메뚜기들은 날 듯 떨어질 듯 옥수수밭을 향해 달려갔다. 유채 포기가 쉴 새 없이 흔들렸다. 한차례 큰 태풍이라도 부는 것 같았다. 쓰마란의 엄마는 징을 두드리면서 유채밭을 뛰어다녔다. 이 밭에서 저

밭으로 뛰어다니며 유채꽃 상공의 메뚜기들이 감히 노란 꽃과 푸른 잎에 내려앉지 못하게 마구 뒤흔들었다. 하지만 이때 대규모의 메뚜기 떼가 하늘과 땅을 뒤덮기 시작했다. 사사삭 삭삭 요란하면서도 새하얀 소리를 내면서 지상의 물처럼 휩쓸었다. 이어서 산과 들판이 온통 새카만 먹구름으로 뒤덮였다. 먹구름이 있는 곳마다 지면 위에는 남아나는 것이 없었다. 첫 번째 메뚜기 떼가 남긴 지팡이만 한 옥수수 줄기가 석 자에서 두 자로 길이가 줄어들었다. 푸른빛 풀의 피냄새가 천지에 가득했다. 쓰마샤오샤오가 휘두르는 황토색 마대자루가 죽은 메뚜기 떼에 의해 짙은 파란색으로 물들었다. 메뚜기의 푸른 피가 줄줄 땅바닥으로 흘러 떨어졌다. 마대 자루에 끼인 메뚜기 날개와 다리가 숲처럼 빽빽하게 줄을 이루었다. 쓰마샤오샤오는 미치광이처럼 입술에 하얀 거품이 인 채 큰 소리로 욕을 해댔다. 얼굴이 자줏빛으로 잔뜩 흥분되어 있었다. 메뚜기 떼를 향해 자루를 휘두르는 그의 얼굴 위에서 햇빛이 가득 부서져 내렸다. 메뚜기 떼는 그의 발밑에 산처럼 쌓여갔다. 메뚜기 떼의 사체를 밟고 달리는 그의 모습이 마치 으깨진 푸른 풀밭 위를 달리는 것 같았다. 쓰마루와 쓰마후는 힘이 없었다. 메뚜기 떼가 무너진 담장처럼 두 아이를 덮치자 여섯 살인 쓰마루는 큰 소리로 엄마를 부르면서 지쳤다고 말했다. 그러고는 땅바닥에 주저앉아 쉬었다. 쓰마루가 주저앉자 메뚜기들은 터진 둑 사이로 밀려오는 홍수처럼 유채밭으로 마구 흘러 들어왔다. 쓰마선이 가래를 머리 위로 치켜들고 마구 두드리고 있었다. 그는 자기보다 키가 큰 여섯째 동생이 밭머리에 주저앉아 있는 것을 보고는 가래를 내던지고 달려가 쓰마루의 셔츠가 허공에 들리는 것을 붙잡았다.

쓰마선이 말했다.

"어서 가래를 두드려. 가래를 두드리면 메뚜기들의 머리가 흔들려 땅바닥에 떨어진다고."

쓰마루가 말했다.

"배가 고파서 팔이 저리고 아파. 배에서는 꼬르륵 소리가 나고."

키가 작은 형은 더 이상 아무 말도 하지 못했다. 쓰마선은 쓰마루가 달려간 자리에서 맹렬하게 메뚜기 떼를 후려치면서 땅바닥에 주저앉아 있는 쓰마루를 쳐다보았다. 그는 쓰마루의 몸을 발로 밟고 싶었지만 메뚜기가 너무 많고 엄청난 무리를 이루고 있어 한 발짝도 뗄 수 없었다. 햇빛이 메뚜기의 푸른 피 때문에 녹색으로 물들었고 하늘은 아주 짙은 자줏빛과 흰빛으로 변했다. 메뚜기들의 부러진 다리와 머리가 허공에서 마구 부딪쳤다. 공중에는 피와 풀의 비린내가 가득했다. 쓰마샤오샤오는 사체 더미 속을 달리면서 계속 메뚜기 떼를 후려쳤다. 땅바닥으로 떨어지는 메뚜기들이 날카로운 비명을 질렀다. 온통 울음소리와 서로를 부르는 소리뿐이었다. 아버지 옆에서 쓰마란이 빙글빙글 돌며 휘두르는 셔츠가 허공에서 말려 천 뭉치가 되었고 셔츠에 부딪친 메뚜기들이 우수수 떨어지면서 다시 그의 다리와 바짓가랑이에 부딪쳤다. 다섯 살도 채 안 된 쓰마후도 부지런히 아버지와 형을 따라서 마구 소리를 지르면서 상의를 휘둘러댔지만 아버지나 형처럼 힘이 있지는 않았다. 이렇게 옷을 휘두르는 세 사람이라는 장벽을 넘어 유채밭으로 날아간 메뚜기들은 미친 듯이 유채를 갉아먹기 시작했다. 유채 잎과 갓 토실토실 살이 오른 유채 씨앗이 바람의 습격을 받기라도 한 듯이 우수수 떨어졌다. 남은 유채 줄기가 겨울날 절벽에 매달린 엉겅퀴처럼 쉴새 없이 바람에 흔들리면서 처량하고 차가운 비명 소리를 토했다. 유채밭에 울리는 쇠붙이 두드리는 소리는 한참이 지나도 그칠 줄 몰랐다. 메뚜기들은 그런 소리가 들려올 때마다 하는 수 없이 유채 줄기에서 날아올라 유채밭 밖에 있는 옥수수밭으로 건너갔다. 또 하나의 옥수수밭의 잎과 줄기가 다 사라졌다. 초록색 밭이 눈 깜짝 할 사이에 갈색으로 변해버렸다. 산비탈의 홰나무 숲은 얼마 전까지만 해도 온통 푸른빛이었지만 지금은 벌거벗은 나무들의 가지와 줄기만 남아 있었다. 홰나무 가지 위에 떨어진 메뚜기 사체가

한 송이 한 송이 풍성한 수확을 거둔 포도처럼 가지를 내리
눌러 활처럼 휘게 한 것을 볼 수 있었다. 해는 이미 서쪽으로
기울기 시작했고 피처럼 붉던 햇빛은 산뜻하고 고운 초록색
으로 변했다. 하늘의 흰 구름도 메뚜기의 파랗고 노란색으로
물들었다. 푸른빛과 붉은빛이 절반씩 섞인 햇빛 속에서 허공
에 널어놓은 양가죽처럼 펄럭였다. 바러우산의 모든 계곡과
골짜기마다 피 냄새와 풀 냄새가 가득했다. 머리가 없거나
다리가 없는 메뚜기 떼가 아직도 끊임없이 서쪽을 향해 날아
가고 있었다. 산싱촌의 남자들은 한 뙈기 유채밭을 지키면서
춤추듯 자루를 흔들고 윗도리를 허공에 휘두르며 날카롭게
소리를 질러댔다. 딩딩 댕댕 쇠붙이 두드리는 소리와 메뚜기
떼를 쫓아내기 위한 노랫소리가 두서없이 어지럽게 서쪽 제
방 아래 물처럼 쇄쇄 쉬지 않고 이어졌다. 산비탈의 죽은 메
뚜기 사체는 모래가 날고 바위가 내려앉는 것 같았다. 모래
계곡에는 메뚜기 사체가 둑을 이루어 하루 종일 흐르던 맑은
물을 온통 혼탁한 오수로 만들어버렸다. 어디서 날아왔는지
모르지만 까마귀들이 괴상한 소리를 내면서 허공을 맴돌다
가 내려앉을 곳을 찾지 못했는지 다른 곳으로 날아가버렸다.
쓰마샤오샤오는 자신의 유채밭에 있는 이웃들을 보고는 옷
을 다 벗고 완전한 알몸으로 바지를 휘둘렀다. 빗자루를 흔
드는 것 같았다. 두 다리 사이에 달린 물건이 추처럼 마구 흔

들렸다. 날아오는 메뚜기들은 빗자루 아래로 이리저리 잘리고 찢기면서 모래알처럼 땅바닥으로 떨어졌다. 뒤쪽에 있던 메뚜기 떼는 춤추듯 거세게 움직이는 바지를 발견하고는 방향을 바꿔 숲속의 다른 경작지를 찾아 날아갔다. 이웃들의 등 뒤로 늦게 핀 유채꽃이 요염하게 노란빛을 뽐냈다. 사방에 온통 밝은 향기가 가득했다.

쓰마샤오샤오가 말했다.

"선아, 어서 집에 가서 대나무 빗자루를 가져오너라."

하지만 쓰마선은 진흙 더미처럼 메뚜기 사체 더미 위에 넋을 잃은 듯이 멍하니 앉아 움직이지 않았다.

그가 다시 말했다.

"란아, 빨리 집에 가서 대나무 빗자루를 가져오너라."

하지만 쓰마란은 창백해진 얼굴로 메뚜기 사체 더미 위에 엎드려 가쁜 숨을 몰아쉬고 있었다. 진흙처럼 누런 땀방울이 죽은 메뚜기처럼 그의 이마 위에 매달려 있었다. 쓰마샤오샤오는 다시 몸을 돌려 임과 무를 부르려 했다. 하지만 여섯 아이들은 녹초가 되어 유채밭에 늘어져 있는 여섯 마리의 새끼 양들 같았다. 그와 그의 아내만 여전히 춤추듯 뛰어다니며 쇠붙이를 두드리고 있었다. 메뚜기 떼는 여전히 줄어들지 않고 덩어리처럼 조밀하게 뭉친 모습으로 새카맣게 유채밭을 향해 몰려오고 있었다. 그는 푸른 피에 축축이 젖은 마대자루를 던져버리고 유채밭으로 들어가 가장 크게 자란 유채 줄기를 두 포기 뽑아 곧장 밭머리로 나와 메뚜기 떼를 향해 휘둘렀다. 허공에 떠서 춤을 추는 유채 줄기의 그윽한 향기를 맡고 날아온 메뚜기 떼가 거칠게 휘두르는 그것에 부딪쳤다. 찰싹찰싹 푸른 가죽 채찍 소리가 쉬지 않고 울렸고 메뚜기 떼는 머리가 깨져 피를 흘리며 무수한 죽음의 대오를 이루었다. 쓰마란은 아버지가 유채 줄기를 휘두르는 모습을 보면서 덩달아 유채밭으로 뛰어들어가 유채 줄기를 뽑아 들고 나왔다. 쓰마씨네 일곱 남자들이 전부 다시 일어나 한 줄로 나란히 서서 유채 줄기를 휘두르기 시작했다. 등 뒤에서 여인들이 토해내는 날카로운 외침 같은 징소리가 따라왔다. 이렇게 노래하듯 춤추듯 유채밭 위를 뛰어다녔다. 죽은 메뚜기들은 유채 줄기 아래서 가을 낙엽처럼 떨어져 한 겹 한 겹 쌓여갔다. 유채밭 일곱 남자들의 발밑은 푹신푹신한 사체의 해변으로 변했다. 남자들은 발로 메뚜기들을 녹두알 차듯 걷어찼다. 해는 마침내 산 아래로 내려갔다. 끼익 소리와 함께 마을에서 모습을 감춰버렸다. 풀과 피의 냄새만 남은 찌는 듯한 더위 속에서 바러우산 밖으로 급한 소식처럼 날아갔다. 세상 전체가 메뚜기 떼의 누렇고 푸른 슬픔 속에서 울어댔다. 꺼이꺼이 우는 소리의 세기가 점차 잦아들었다.

마침내 쓰마씨 일가 여덟 식구가 밭머리에 주저앉았다.

산싱촌 사람들 모두 유채밭 가장자리에 주저앉았다.

벌레와 인간 사이의 하루 동안의 힘든 싸움이 이렇게 지나
갔다.

30장

모세가 홍해에서 이스라엘을 인도하매 그들이 수르 광야로 들어가서 거기서 사흘 길을 걸었으나 물을 얻지 못하고 마라에 이르렀더니 그곳 물이 써서 마시지 못하겠으므로 그 이름을 마라라 하였더라. 백성들이 모세에게 원망하여 이르되, 우리가 무엇을 마실까 하매 모세가 여호와께 부르짖었더니 여호와께서 그에게 한 나무를 가리키시니 그가 물에 던지니 물이 달게 되었더라.

메뚜기 떼는 바러우산맥 위를 사흘이나 날아다녔다.

사흘 뒤 산싱촌 사람들은 각자 지키던 유채밭에 주저앉아 있었다.

메뚜기의 사체가 밭과 들판을 깊은 가을의 낙엽처럼 뒤덮었다. 산맥에는 시큼한 부패의 악취가 가득 번지기 시작했다.

모든 농경지가 완전히 알몸이 되어버렸다. 옥수수밭에는 잎사귀가 단 한 장도 보이지 않았다. 연두색 옥수수 줄기도 몇 가닥 남아 있지 않았다. 밭에 남아 있는 것이라고는 메뚜기 떼가 날아오기 전에 이미 말라 죽어버린 옥수수뿐이었다. 콩밭에도 콩 줄기가 하나도 남아 있지 않았다. 메뚜기 떼가 전부 먹어치운 것이었다. 마을의 버드나무, 백양나무, 오동나무, 참죽나무, 쥐엄나무 전부 잎사귀 하나 보이지 않았고 가장귀들만 연한 녹색으로 허공에 매달려 있었다. 마을 주위 사방의 홰나무 숲은 멀리서 바라보면 가을걷이가 끝난 뒤의 검은콩밭 같았다. 콩도 없고 잎도 다 떨어져 줄기만 남아 밭에서 말라가고 있었다. 무덤 위의 측백나무와 소나무도 지난 백 년의 푸르름이 마침내 이해 가을에 끝나버려 빛깔을 잃고 말았다.

세상 전체가 벌거벗어 갈색으로 변했다.

산싱촌은 메뚜기 떼가 지나간 뒤 며칠 동안 죽은 듯이 조용했다. 지친 마을 사람들은 집으로 돌아와 깊은 잠에 빠졌다. 긴 잠에서 깨자마자 마을 사람들은 민대머리가 되어버린 들판을 바라보며 저마다 마음속에서 폭발음이 울렸다. 사태의 엄혹함과 무서움을 실감했던 것이다.

메뚜기 떼는 날아가고 재난만 남았다. 식량을 수확하지 못했으니 내년에는 무얼 먹고 살아야 할지 몰랐다.

굶어 죽을 운명이 된 것인지도 몰랐다.

집에서 걸어 나온 마을 사람들의 얼굴마다 창백한 빛이 가득했다.

보름 동안 내내 마을 안은 죽은 듯이 고요했다.

보름이 지나서야 산등성이에서 구름 한 조각이 미끄러져 내려왔다.

비가 지나가고 날이 개자 여인들은 미친 듯이 밭에 나가 들나물을 캐기 시작했다. 쓰마란의 엄마도 첫날 나물을 한 바구니 캐다가 말리기 위해 마당에 널어놓았다. 둘째 날에 다시 나물을 캐러 밭에 나갔다. 마을 밖 5리까지 나가봤지만 푸른 채소는 눈에 띄지 않았다.

나물은 자라기도 전에 사람들이 전부 캐 가버리고 없었다. 그녀는 죽은 메뚜기 사체만 한 바구니 걷어가지고 돌아왔다. 집에 돌아온 그녀는 메뚜기 사체를 채소와 함께 햇볕에 널었다.

쓰마샤오샤오가 물었다.

"먹을 수 있는 거요?"

그녀가 말했다.

"이건 전부 방아깨비예요. 방아깨비는 주로 콩잎을 먹고 자라기 때문에 배속에 살도 조금 있지요. 잘 말리면 내년에 식량으로 쓸 수 있을 거예요."

이런 설명을 들은 쓰마샤오샤오는 약간 멍한 표정으로 마당에 서 있었다.

멍하니 서 있는 쓰마샤오샤오의 얼굴에 담담한 미소가 한 겹 걸렸다. 쥐엄나무 밑으로 가서 종을 친 그는 마을 상공을 향해 소리쳤다.

"산싱촌 사람들 모두 들으세요. 농작물이 없어져 내년 봄이면 큰 흉년이 될 것 같습니다. 오늘부터 마을에서는 농사를 위한 노동력은 동원하지 않을 겁니다. 집집마다 산에 올라가 식량으로 쓸 수 있는 메뚜기 사체를 줍도록 하세요."

그가 항상 올라서던 그 바위에 올라 이렇게 세 번 외치자 산나물을 캐듯이 메뚜기 사체를 줍는 일이 시작되었다. 그 후 며칠 동안 남녀노소 할 것 없이 바구니나 자루를 들고 유채밭에 가서 메뚜기를 주웠다. 방아깨비를 비롯하여 어떤 유형의 메뚜기든 비가 온 뒤에도 썩지만 않았으면 밀 나락을 줍듯 전부 주워다 돗자리나 침대보 혹은 빗자루로 깨끗이 쓴 대문 앞 빈터에 널어 말렸다. 마을 한가운데 있는 연자방아 받침에나 문 앞 사람들이 앉곤 했던 바위에도 가을의 풍성한 수확처럼 말리려고 널어놓은 메뚜기 사체로 가득했다. 해는 황금빛으로 뜨겁게 내리쬐어 햇빛 아래 널어놓은 메뚜기 사체를 하루 만에 바삭바삭하게 말려버렸다. 이리하여 마을에서는 밤이나 낮이나 햇볕에 누렇게 그슬린 메뚜기 사체의 진한 냄새가 떠다녔다. 살아 있는 메뚜기를 불가에 놓고 굽는 것 같았다. 메뚜기의 배 껍질이 갈라지면서 배 속의 콩알 반쪽만 한 살을 발라낼 수 있었다.

어느 날 쓰마씨 일가 여섯 형제는 산등성이에 올라가 메뚜기를 줍다가 란바이수이의 일곱 딸들을 보았다. 일곱 딸들은 일곱 송이 꽃처럼 홰나무 숲속에 피어 있었다. 당시 란씨 집안의 큰딸 란지우스는 이미 열여섯 살이었다. 여동생 여섯을 데리고 가을걷이를 하듯이 메뚜기를 줍고 있었다. 땅속 틈새로 들어간 메뚜기까지 놓치지 않고 다 주웠다. 이리하여 쓰마씨 일가 여섯 형제들은 그녀들을 피해 다른 쪽 산마루로 옮겨 가려 했다.

하지만 란씨네 여섯째 딸 쓰스가 숲 쪽에서 튀어나와 쓰마란을 불렀다. 쓰마씨네 다른 다섯 형제들의 눈길이 얼마나 께름칙하고 의혹으로 가득 차 있는지는 전혀 신경 쓰지 않았다. 쓰마란이 절벽 쪽으로 다가갔다.

"우리 아버지가 그러시는데 오빠네 아버지가 메뚜기들이 마을의 옥수수를 전부 먹어치우게 했다면서?"

쓰마란이 란쓰스의 얼굴을 쳐다보았다. 그녀의 두 눈이 검게 빛났다. 언젠가 골짜기 근처에 열렸던 산포도 같았다.

"너의 아버지가 또 뭐라고 하셨니?"

"유채로 마을 사람들의 병을 치료하지 못하면, 오빠네 아버지 탓이라고 했어?"

쓰마란은 아직 여섯 살밖에 안 된 란쓰스 앞에 서서 미동도 하지 않았다. 그녀의 머리칼 위로 화려한 무당벌레 한 마리가 기어오르는 것이 보였다. 조금만 지체했다가는 그녀의 옷 속으로 들어가버려 잡아주지도 못할 것 같았다. 그는 그녀가 화들짝 놀라 얼굴이 창백해지면서 갑자기 비명을 지를 때까지 기다렸다가 무당벌레를 잡아줄 생각이었다. 하지만 한 갈래로 땋은 그녀의 머리 위에 앉아 있던 무당벌레가 갑자기 획 하고 날아가버렸다. 그는 날아가는 무당벌레를 좇던 눈길을 다시 거둬들이고는 절벽 쪽으로 뛰어가 세 형과 두 동생들을 향해 곧 따라갈 테니 먼저 메뚜기를 잡고 있으라고 외쳤다. 그러고는 거기서 뭘 하려고 그러느냐는 쓰마선의 물음에는 대답하지 않고 쓰스의 손을 잡아끌고서 가장 가까이 있는 유채밭으로 들어갔다.

두옌 일가가 지키던 유채밭이었다. 원래 한차례 메뚜기 떼의 습격을 받아 황량해졌지만 뜻밖에도 한차례 단비의 세례를 받은 뒤로 다시 무성해졌다. 상처 입은 잎사귀들은 이미 원래의 모습을 회복했고 거짓말처럼 황금빛 찬란한 유채꽃이 요염하게 피어 있었다. 그 밭에 서서 멀리 사방을 둘러보니 재난을 당한 밭들은 회오리바람이 휩쓸고 지나간 것처럼 도처에 마른 흙을 붉은빛으로 드러내고 있었다. 세상이 전부 이렇게 황량해져가는 것인가 하는 생각이 들었다.

하지만 그 밭에서 또다시 한 무더기씩 유채가 무성해지면서 산맥 여기저기에 약간의 생기를 만들어내고 있었다. 어디서 왔는지 모르지만 나비와 날벌레들이 날아와 유채꽃 위를 민간 음악처럼 춤추듯 날아다니며 물 흐르는 듯한 아주 가는 소리를 냈다. 유채밭 사방의 메뚜기 사체는 부패한 뒤에 철저하게 말라 부서진 밀짚처럼 사방에 흩어져 있었다. 남은 냄새는 오히려 유채꽃의 맑은 향기에 섞여 더욱더 진하게 끈적거렸다. 사람들이 유채밭에 들어가기도 전에 실 같은 향기가 이미 끊이지 않고 코를 자극하면서 사람들의 옷깃을 잡아끌었다. 쓰마란이 란쓰스를 유채밭 안으로 데리고 가서 말했다.

"잘 봐. 우리 아버지가 유채를 이렇게 잘 자라게 했잖아?"

그러고는 또 말했다.

"너희 아버지가 또 무슨 말을 했어?"

란쓰스는 고개를 돌려 잠시 산비탈 위의 다섯 언니들을 바라보고 나서 다시 고개를 돌렸지만 아무 말도 하지 않았다.

쓰마란은 란쓰스를 밭두렁으로 데리고 들어갔다. 꽃가지가 두 사람의 몸에 스쳤다. 나비와 날벌레들이 두 사람의 머리를 가볍게 밟고 날아갔다. 죽은 메뚜기들을 밟을 때마다 지직 지지직 말라 부서지는 소리가 났다. 겨울날 숲속의 나뭇잎 위를 걷는 것 같았다. 쓰마란은 란쓰스보다 키가 머리 절반 정도 컸다. 유채밭에서 그는 꽃에 파묻힌 그녀의 머리가 하늘에서 떨어진 검은 까마귀처럼 움직이는 것을 보았다. 유채밭의 가장 깊숙한 곳에 이르러 그는 그녀의 손을 놓았다.

"말해봐, 쓰스야. 너희 아버지가 또 뭐라고 하셨어?"

쓰스가 잠시 머뭇거리다가 말했다.

"우리 아버지가 그러는데…… 오빠네 아버지가 죽으면 우리 아버지가 촌장이 된다고 했어. 돌아가면서 촌장을 맡게 되어 있으니까 이번에는 우리 란씨네 차례라고 했어. 유채를 심어 사람들을 마흔 살까지 살 수 있게 하지 못하면 우리 아버지가 촌장이 되어 땅을 석 자 깊이로 갈아엎어 흙을 교체할 거라고 했어."

쓰마란이 두 입술을 굳게 다물었다. 그는 갑자기 약간 긴장된 모습을 보였다. 곧 자기 아버지와 란바이수이 사이에 결투가 시작되기라도 하는 것 같았다. 햇빛은 유채밭을 눈이 부시도록 밝게 비춰주었다. 산등성이를 타고 불어오는 가벼운 바람이 유채 줄기 밑을 상쾌하게 지나갔다. 산토끼 한 마리가 유채밭 어귀를 뛰어 지나갔다. 쓰마란은 깜짝 놀랐다. 그는 란쓰스의 어깨에서 눈길을 거둬들여 산토끼가 뛰어가는 쪽에 있는 세 형과 두 동생을 바라보았다.

란쓰스가 물었다.

"란 오빠, 뭘 보는 거야?"

그가 말했다.

"아무것도 안 봐. 그냥 나도 이다음에 크면 촌장이 되어야겠다는 생각을 했을 뿐이야."

그녀가 걱정스러운 눈빛으로 그를 바라보며 물었다.

"오빠가 촌장이 되면 나도 밭에 들어가 일하게 할 거야?"

그가 물었다.

"너 밥 할 줄 알아?"

"알지."

"옷도 꿰맬 수 있어?"

"있지."

"내가 너를 아내로 맞으면 겨울밤에 이부자리 속을 따스하게 해줄 수 있어?"

"있지."

그가 또 말했다.

"내가 가장 좋아하는 음식은 무를 곁들인 고기찜이야."

"지금 당장이라도 오빠에게 무를 곁들인 고기찜을 한 솥 해줄 수 있어."

이리하여 그녀는 바닥에 쪼그려 앉아 소매를 팔 위로 걷어 올린 채 기와 조각으로 밭두렁을 파서 작은 아궁이를 만들었다. 기와 조각은 솥이 되어 아궁이 위에 세웠고 주운 유채꽃 잎 몇 조각을 솥에 던지면서 물이라고 했다. 이어서 마른 풀 몇 가닥을 아궁이에 넣고 불을 붙이는 동작을 했다. 그러고 는 바닥에 엎드려 아궁이 안을 향해 입김을 불면서 불이 활 활 잘 타고 있다고 말했다. 이어서 솥뚜껑을 여는 동작을 하 면서 물이 다 끓었다고 말하고는 죽은 메뚜기 몇 마리를 기 와 솥 안에 집어넣으면서 고기라고 했다. 몇 마리 더 집어넣 으면서 오빠를 위해 음식을 많이 해야 한다고 말했다. 마지 막으로 유채 줄기를 한 마디 한 마디 꺾어 메뚜기 위에 올려 놓으면서 무도 넣었으니 이제 뚜껑을 닫고 불을 때야 한다고 말했다. 그러고는 또다시 뚜껑을 닫는 동작을 하면서 이마에 흘러내린 머리칼을 쓸어 넘긴 후 땅바닥에 앉아 오른손을 뻗 었다 당기기를 반복하며 풀무질을 했다. 왼손으로는 끊임없 이 아궁이에 마른풀을 집어넣었다. 그러다가 이마 위에 땀방 울이 흐르자 솥뚜껑을 열고 코로 냄새를 맡는 시늉을 하면서 "아주 맛있는 냄새가 나네. 어서 먹어" 하고 쓰마란에게 말했 다. 쓰마란은 손으로 턱을 받치고 그녀 옆에 쭈그려 앉아 그 녀의 그런 모습을 바라보면서 미동도 하지 않았다.

그녀가 말했다.

"어서 먹어. 무를 곁들인 돼지고기찜이야."

그가 말했다.

"그건 죽은 메뚜기잖아. 그걸 어떻게 먹으라는 거야."

"먹는 척만 해. 다 먹고 나면 정말 맛있다고 말할 수 있지?"

"좋은 아내는 밥을 그릇에 가득 담아 남편에게 먹여줘야 하는 법이야."

그녀는 또 작은 기와 조각을 주워 그 위에 채소 줄기와 잎, 죽은 메뚜기를 가득 얹어 그에게 건네면서 말했다.

"어서 먹어. 무를 곁들인 돼지고기찜이야. 하루 종일 일하느라 힘들었잖아."

그는 기와 조각을 건네받아 게걸스럽게 먹어치우는 시늉을 했다. 서너 입을 먹고는 작은 기와 조각 위에 얹힌 것들을 유채 줄기 밑에 쏟아버리고는 빈 그릇을 란쓰스에게 돌려주며 말했다.

"아주 맛있네. 한 그릇 더 줘."

그녀는 그릇을 내려놓듯이 작은 기와 조각을 밭두렁 위에 내려놓고는 솥을 두 손으로 받쳐드는 것처럼 커다란 기와 조각을 들어 그 안에 있는 것들을 전부 작은 기와 조각 위로 쏟아놓았다. 그런 다음 다시 작은 기와 조각을 들어 쓰마란에게 건네면서 말했다.

"아이들 없을 때 전부 다 먹어."

그가 물었다.

"우리한테 아이가 있었어?"

그녀가 말했다.

"있는 걸로 쳐."

그는 작은 기와 조각을 건네받아 몇 입 더 먹는 시늉을 하고는 기와 조각을 바닥에 조심스럽게 내려놓으며 말했다.

"조금 남겼으니 아이들 주도록 해."

란쓰스는 감동한 표정을 짓고는 그에게 가까이 다가가 앉았다.

"배부르지?"

그가 배를 두드리며 말했다.

"응. 배불러."

그녀가 물었다

"이제 뭘 해야 하지?"

"날이 어두워졌으니까 자야지."

"이부자리를 따스하게 해줄까?"

그가 얼굴의 땀을 닦으며 말했다.

"따스하게 해야지. 날이 이렇게 추운데."

그녀는 뒤쪽의 비교적 넓은 공간에 이부자리를 펴는 동작을 하더니 땅바닥 위에 누워 팔베개를 하고는 눈을 감았다.

그가 물었다.

"옷도 안 벗도 자려고?"

그녀는 눈을 뜨고 일어나 앉아 단추를 두세 개 풀고는 꽃무늬 겉옷과 격자무늬 블라우스를 벗었다. 이어서 빨간 줄무늬가 있는 검정 바지도 벗었다. 벗은 옷을 유채 줄기 아래 잘 개켜놓고는 몸을 움츠리고 다시 눈을 감았다. 이마의 땀이 그녀의 목으로 흘러내렸다. 그녀가 말했다.

"이 이부자리는 정말 춥네."

그러고는 유채꽃 잎 몇 개를 따서 눈으로 쏟아지는 햇빛을 가리면서 말했다.

"빨리 와서 자. 거기 그렇게 불을 켜고 앉아 있으면 기름 값 든단 말이야."

그러고는 아무 말도 하지 않았다. 정말로 잠을 자는 것 같았다.

쓰마란은 유채밭 두렁에 앉아 있었다. 왠지 모르게 가슴이 쿵쿵 뛰었다. 그의 여섯 형제는 누나도 없고 여동생도 없기 때문에 여자아이가 옷을 벗고 있는 모습이 그렇게 빛나리라고는 생각지 못했다. 지는 해가 공중에 쌓아놓은 작은 구름 같았다. 그는 그 자리에 앉아 그녀를 바라보았다. 유채 줄기 사이로 드러나는 한 조각 한 조각의 햇빛이 그녀의 몸 위를 떠돌면서 반짝거리는 것 같았다. 초봄 느릅나무에 걸린 은빛 열매 같았다. 그는 다가가 그녀 몸 위의 은빛 열매를 만지고 싶었다. 어쩌면 햇빛이 정말로 그녀의 몸에서 느릅나무 열매를 걸어 갈지도 모른다는 생각이 들었다. 하지만 그녀의 몸 쪽으로 손을 뻗었을 때, 그것은 느릅나무 열매가 아니라 밝게 빛나는 햇빛 덩어리라는 것을 알아차렸다. 그는 그녀의 빛나는 몸에서 얼른 손을 거둬들였다. 그녀는 그를 등지고 있었다. 등에는 척골이 그녀의 하얀 피부 아래 묻혀 있었다. 그녀를 부를 때마다 척골이 물고기처럼 위아래로 헤엄쳤다. 그는 그녀의 속살도 보았다. 그는 자신이 보았던 천막이 생각났다. 그녀의 척골과 늑골은 그 천막의 틀이고 피부는 그 틀 위에 얹힌 천이었다. 그는 그녀의 앞모습이 뒷모습과 같은지 보고 싶었다. 이런 생각을 하는 순간, 그녀가 그를 향해 몸을 뒤집었다.

그녀가 말했다.

"이부자리가 뜨듯해졌어. 나는 땀이 다 날 지경이야. 오빠도 침대로 와야지."

그는 한눈에 그녀의 몸 앞면이 뒷면과 다르다는 것을 알아볼 수 있었다. 마음속으로 갑자기 남자와 여자가 머리 모양이 다르고 입는 옷이 다른 것 외에 두 다리 사이가 다르다는 것을 분명히 알게 되었다.

그의 마음속에서 우르릉 쾅 하늘과 땅이 뒤흔들리는 굉음이 울렸다. 머리에서 흘러내린 땀방울이 어깨를 타고 땅바닥으로 떨어졌다.

그녀가 물었다.

"쓰마란 오빠, 나는 이불 때문에 더워죽겠는데 오빠는 침대에 안 올라올 거야?"

그가 그녀와 한 자 정도 거리를 두고 나란히 누웠다.

그러자 그녀가 갑자기 몸을 일으켜 앉으며 화가 난 듯한 얼굴로 그를 노려보았다.

"난 오빠의 아내인데 왜 옷을 안 벗는 거야."

그는 잠시 주저하다가 윗옷 단추를 풀었다.

그녀가 말했다.

"옷을 다 벗고 땅바닥을 침대라고 생각하면 돼."

그는 그렇게 옷을 다 벗었다. 알몸이 되었다. 알몸이 된 그는 그녀도 자기처럼 뭔가를 발견하게 될 것이라고 생각했다. 그녀는 그의 몸 앞모습도 보고 뒷모습도 보았다. 자리에 누웠다가 일어설 때는 솟아오른 엉덩이도 보았고 두 다리 사이에 달려 흔들리는 작은 고추와 등롱도 보았다. 하지만 그녀는 아무것도 보지 않은 것처럼 평범한 어투로 물었다.

"이제 또 뭘 해야 하지?"

"눈 감고 자야지."

그녀는 그렇게 또다시 눈을 감았다.

그도 눈을 감았다. 하지만 잠시 감았다가 참지 못하고 금세 다시 눈을 뜨고는 그녀의 하얀 몸 위로 눈길을 던졌다. 맑고 신선한 향기가 유채 줄기 위로 가득 떨어졌다. 그는 햇빛이 유채꽃 위로 떨어지자 버들개지가 허공을 나는 듯한 유백색 소리를 들었다. 나비의 날개 위에서 떨어지는 비늘처럼 뾰족하고 미세한 흰 털이 유채 줄기 사이를 날아다니며 반짝거리다가 나중에는 그녀의 하얀 비단 같은 몸 위로 떨어져 사라지는 모습도 보았다. 그녀의 몸에서 발산되는 유백색 젖의 비릿한 냄새가 아주 미세하게 유채꽃의 진한 향기와 맛에 섞여 그의 코 밑으로 미끄러져 가는 것도 느낄 수 있었다. 그는 있는 힘껏 그 냄새를 들이마셨다. 어른이 담배를 빠는 것처럼 그 냄새는 거세게 그의 입으로 쏟아져 들어왔다.

그녀가 눈을 크게 뜨면서 말했다.

"자는 척하고 있어야 해."

그가 말했다.

"나는 벌써 한숨 자고 나서 다시 깬 거야."

그녀가 그를 향해 빙긋이 웃으면서 말했다.

"그럼 나도 깨야 되겠네."

두 사람은 이렇게 서로를 바라보며 아무 말도 하지 않았다. 거무튀튀하면서 아주 튼실한 그의 몸이 햇빛 속에서 푸르스름한 빛을 발산했다. 햇볕에 바짝 말린 거친 버드나무 막대기를 쌓아놓은 것 같았다. 그녀가 자신을 쳐다보자 그는 갑자기 부끄럽다는 생각이 들어 다리와 팔을 잔뜩 움츠리고는 문을 닫는 것처럼 두 다리를 꽉 조였다. 그녀는 그의 두 다리 사이에 있는 작은 장난감을 한참이나 쳐다보았다. 충분히 보고서야 뭔지 알았는지 손으로 조심스럽게 건드려보았다. 그는 재빨리 두 손으로 물건을 가리면서 말했다.

"보기만 해. 만지면 안 된단 말이야."

그녀는 얼른 손을 거둬들이면서 웃는 얼굴로 말했다.

"햇볕에 널어놓은 푸른 고추랑 똑같네. 우리 집 문 앞에 매달린 푸른 고추가 완전히 마르지 않았을 때랑 너무나 똑같아."

얼굴이 새빨개진 쓰마란이 손을 치우고 직접 자신의 물건을 내려다보니 정말로 막 말리기 시작한 푸른 고추랑 다르지 않았다. 쓰마란이 란쓰스의 몸을 쳐다보면서 물었다.

"네 것은 뭐랑 닮았는데?"

그녀가 몸을 일으켜 그를 마주하고 앉으며 말했다.

"나는 고추가 없어. 나는 여자고 오빠는 남자잖아."

그에게 분명하게 일깨워주려는 듯이 그녀는 자신의 두 다리 사이를 자세히 볼 수 있게 해주었다. 그러고는 다시 누워 옷을 주워 입기 시작했다.

그가 말했다.

"너의 거기는 꼭 호두같이 생겼다."

그녀가 말했다.

"호두랑은 닮지 않은 것 같은데."

"약간 닮았어."

"나뭇잎이 푸른색이라서?"

"호두랑 너의 거기는 둘 다 반질반질하고 둥글잖아. 가운데 가느다란 틈도 있고 말이야."

그녀는 그의 말을 확인하기 위해 고개를 숙였다. 그의 말이 사실이라는 것을 확인한 그녀는 옷을 그에게 던지고는 손을 그의 어깨에 얹었다. 그가 그녀의 손을 뿌리치자 그녀가 말했다.

"내가 오빠 아내라는 걸 잊었어?"

그는 더 이상 아무 말도 하지 않고 그녀가 어깨에 손을 얹도록 내버려두었다. 해는 이미 마을 저쪽에서 이쪽으로 넘어오고 있었다. 햇빛이 두 사람의 몸을 적나라하게 비추고 있었다. 정말로 말뚝잠을 자기라도 한 것처럼 두 사람은 또다시 눈을 감고 발가벗은 두 몸을 하나로 합쳤다. 팔을 서로의 몸에 휘감은 채로 이런저런 얘기를 이어갔다.

그녀가 말했다.

"란 오빠, 정말로 나를 아내로 맞아줄 거야?"

그가 말했다.

"내가 촌장이 되면 데려갈게. 촌장이 되기만 하면 누구든지 아내로 맞을 수 있거든."

"아내를 몇 명이나 맞으려고?"

"두 명."

"그게 누구누군데?"

"모르겠어. 그게 누구든 네가 맘대로 할 수 있을 거야. 너는 큰 마누라고 그 여자는 둘째 마누라일 테니까."

그녀는 대단히 만족스러운 듯이 눈을 뜨고 맑은 물 같은 미소를 지었다.

"그 대신 너는 나에게 밥을 해주고 빨래를 해줘야 해."

"발 씻을 물도 떠다 바칠게."

"요강은 누가 비우지?"

"내가 비울게. 하지만 오빠는 열심히 농사를 지어서 두 아내가 굶지 않게 해야 돼."

"나는 두 사람이 아주 잘 먹고 잘 입으면서 마흔 살을 넘어 아흔한 살까지 살 수 있게 해줄 거야."

"어른들 말로는 내년에는 흉년이 찾아와 많은 사람들이 굶어 죽게 된대."

"내가 있는데, 왜 굶어 죽어?"

"란 오빠, 무를 넣고 찐 살코기는 어떤 맛이야?"

그는 잠시 머뭇거리다가 대답했다.

"그건 나도 먹어보지 못했어."

"그럼 맛이 있는지 없는지 어떻게 알지?"

"우리 고모부가 현성에 가서 먹어봤대. 한 번만 먹어도 그 맛이 며칠을 간대."

"언제쯤 우리도 가서 먹어볼 수 있을까?"

"결혼하면 내가 허벅지 피부를 한 조각 팔아서 너를 그럴듯한 음식점에 데려가서 살코기찜을 실컷 먹게 해줄게."

그녀는 혀로 입술을 훔치며 그를 향해 한참이나 해맑은 웃음을 웃어 보였다. 유채꽃이 얼굴 위로 떨어지는 것 같았다.

이때 그녀의 언니 란지우스가 산비탈에서 그녀를 불렀다.

"쓰스, 쓰스, 어디 있니?"

아주 다급한 목소리로 그녀를 불렀다. 정말로 그녀를 잃어버렸다고 여기는 모양이었다. 두 사람은 그 소리를 듣고 놀라서 얼른 일어나 앉았다. 그녀가 대답하려고 목소리를 가다듬는 순간, 그가 손으로 그녀의 입을 막았다. 그 급류 같은 소리 속에서 두 사람은 황급히 옷을 주워 입고 소꿉놀이에서 깨어나 자신들의 부뚜막과 솥, 젓가락을 뒤집어엎고 유채밭 밖으로 뛰어나왔다.

그녀가 유채밭 밖으로 뛰어나가는 모습을 바라보는 그의 얼굴에는 아름다운 꿈에서 깬 듯한 아쉬움이 잔뜩 걸려 있었다. 그가 자신의 형제들을 찾아가려는 순간, 그녀가 갑자기 몸을 돌려 그를 쳐다보며 한마디 던졌다.

"오빠는 나를 꼭 아내로 맞아야 해. 내가 옷을 다 벗었고 오빠가 내 알몸을 보기도 하고 만지기도 했으니까."

태산이 내리누르는 것처럼 깊고 무거운 이 한마디에 그는 그녀를 향해 말없이 고개를 끄덕였다.

그녀가 또 말했다.

"흉년에도 내가 굶어 죽게 하면 안 돼. 그리고 무를 곁들인 고기찜도 꼭 먹게 해줘야 해."

그는 그녀를 향해 다시 한번 고개를 끄덕였을 뿐 아니라 입술을 굳게 앙다물기도 했다. 그녀가 나비처럼 산비탈의 언니들을 향해 날아가는 것을 보면서 그는 유채밭에서 나와 자신의 세 형과 두 동생을 찾아갔다. 해는 사람들을 따스하게 데워주면서 노란빛으로 머리 위를 비추고 있었다. 머리칼과 두피가 스스슥 밀어를 속삭였다. 그가 손으로 머리칼을 움켜쥐자 스슥 소리가 사라졌다. 그러나 그가 유채밭을 나서려 하는 순간, 앞쪽에서 또 다른 소리가 들려왔다.

"나도 다 봤어. 오빠랑 쓰스가 뭘 했는지 말이야. 그 애가 오빠의 아내가 될 거라고 말하는 것도 다 들었어."

목소리의 주인공은 사촌여동생 주추이였다. 그녀는 밭두렁에 불편한 자세로 쪼그려 앉아 있었다. 금방이라도 말라 쪼그라들 유채 꽃잎처럼 가냘프고 쓸쓸한 모습이었다.

쓰마란이 물었다.

"넌 여기서 도둑처럼 뭘 하고 있었던 거야?"

그녀가 말했다.

"여긴 우리 밭이야."

"사람들한테 함부로 떠들어댔다간 내가 그 입을 찢어버릴 줄 알아."

쓰마란은 쓰스보다 6개월 어린 주추이를 이런 말로 위협하면서 더 이상 신경 쓰지 않고 큰 걸음으로 그녀 앞을 지나쳐 또 다른 산비탈을 향해 빨리 걸어갔다. 선과 린, 무 그리고 두 동생 루와 후의 모습이 그의 시야에 들어왔다. 다섯 마리의 산양처럼 산비탈에서 메뚜기를 줍고 있었다. 그는 경쾌한 걸음으로 형제들을 향해 달려갔다. 주추이가 그림자처럼 그의 등 뒤에서 따라오면서 말했다.

"오빠, 오빠가 촌장이 되면 나도 아내로 맞아줘. 아내를 두 명 맞는다고 했잖아……."

그녀의 이 한마디에는 쓴 약 같은 애원의 맛이 담겨 있는 것 같았다. 동정심이 생긴 그가 얼른 걸음을 멈췄다.

"넌 아직 어려. 나한테 달라붙지 마."

"오빠가 아내를 두 명 맞을 거라고 하지 않았어?"

"난 그런 말 한 적 없어. 나한테 매달리지 말란 말이야."

그녀는 그 자리에 주저앉아 엉엉 울기 시작했다. 몹시 상심한 모습이었다. 너무도 억울한 것 같았다. 그녀가 우는 모습을 보면서도 그의 마음속에는 전혀 동정심이 일지 않았다. 그는 걸음을 재촉하여 산비탈을 향해 가버렸다. 혼자 남은 그녀의 울음소리가 마른 모래밭을 뚫고 흐르는 강물처럼 아주 길고 느리게 멈추지 않고 들려왔다. 그녀는 울음을 멈추지 않았을 뿐만 아니라 땅바닥에서 돌멩이를 주워 그의 등을 향해 던지면서 소리쳤다.

"오빠, 오빠는 나쁜 사람이야. 쓰스도 나쁜 애야. 둘이서 유채밭에서 남부끄러운 짓을 했잖아. 무를 곁들인 돼지고기찜을 먹고 싶다고도 했잖아."

그는 약간 겁이나 걸음을 늦췄다.

주추이가 말했다.

"오빠가 나를 아내로 맞아주기만 하면 두 사람이 남부끄러운 짓 한 거 아무한테도 얘기하지 않을 거야."

이렇게 말하면서 그에게 몇 걸음 더 가까이 다가와 말을 이었다.

"오빠가 날 아내로 맞아주면 우리 엄마가 오빠에게 진짜 무를 곁들인 고기찜을 만들어줄 거야."

31장

　이스라엘 자손의 온 회중(會衆)이 엘림을 떠나 엘림과 시내산 사이 신 광야에 이르니 애굽에서 나온 후 제 2월 15일이라, 이스라엘 온 회중이 그 광야에서 모세와 아론을 원망하여 그들에게 이르되, 우리가 애굽 땅에서 고기 가마 곁에 앉았던 때와 떡을 배불리 먹던 때에 여호와의 손에 죽었더라면 좋았을 것을 너희가 이 광야로 우리를 인도하여 내어 이 온 회중으로 주려 죽게 하는도다.

　대기근은 가을 이후부터 시작되었다. 따스하던 날씨가 점차 추워지면서 집집마다 양곡 항아리가 바닥을 드러내기 시작했다. 마을 사람들은 처음에는 밥을 지을 때 솥에 옥수수

가루나 고구마 가루를 한 줌씩 집어넣었지만 나중에는 결국 맑은 물에 채소를 삶아 먹는 처지가 되었다. 이전에는 마을에 그나마 닭 한두 마리가 길거리를 돌아다니는 것이 보였는데 어느새 좀처럼 닭을 볼 수 없게 되었고 개들도 흔적을 감춰버렸다. 전부 사람들이 잡아먹은 것이었다. 어느 집에서 밥을 지으면서 문을 닫고 있으면 그건 틀림없이 어디선가 식량을 구해 왔거나 참새나 산비둘기를 잡아 삶아 먹는 것이었다. 이웃사람들이 들어와 한입만 달라고 구걸할 게 두려워 몰래 먹는 것이었다.

입동 전에 산맥에 한차례 강풍이 불었다. 강풍이 지나간 뒤에는 마을에 참새나 쥐마저도 완전히 모습을 감춰버렸다.

누군가 두껀의 아내가 아이들에게 쥐 고기를 삶아 먹이는 것을 보고는 그녀에게 쥐를 어디서 잡았느냐고 물었다. 그녀는 밭에서 하룻밤을 새워 간신히 두 마리를 잡은 것이라고 말했다. 그 쥐 고기로는 쥐를 잡느라고 소비한 기력을 보충하기에도 부족하다고 했다. 이리하여 마을 사람들은 더 이상 쥐 고기를 생각하지 않고 그냥 끼니마다 죽은 메뚜기를 한 줌씩 삶기 시작했다. 그러면서 모두들 메뚜기 고기가 돼지고기보다 더 맛있다고 말했다. 청과나물에 곁들여 먹으면 한동안 버틸 수 있다고 했다.

며칠이 지나 집에 양곡이 다 떨어지고 메뚜기도 마침내 다 떨어지자 마을 사람들이 쓰마샤오샤오를 찾아갔다.

"촌장님, 사람들이 굶어 죽는 것을 눈뜨고 보고만 있을 수는 없지 않습니까?"

쓰마샤오샤오가 말했다.

"나라고 무슨 수가 있겠소?"

마을 사람들이 말했다.

"촌장님이 옥수수는 버리고 유채를 지키라고 했으니, 유채 종자라도 풀어서 나눠 먹게 해주셔야 할 것 아닙니까?"

유채를 나눠 주고 나서 마을에 유채 종자를 남겨둔 것은 내년에 마을 전체에 유채를 파종할 수 있도록 하기 위해서였지만 사람들의 요구에 하는 수 없이 유채 종자 절반을 꺼내 나눠 주었다. 이로써 집집마다 또다시 보름 동안은 편안하게 지낼 수 있었다. 그러는 사이에 한차례 대설이 내려 바러우산맥 전체가 은백색으로 변했다. 천지가 무릎까지 차는 눈밭으로 변했다. 사람들은 마을 이쪽에서 저쪽으로 가는 데도 몹시 힘이 들었다. 얼굴이 창백해지고 식은땀이 비 오듯 흘렀다. 이리하여 집집마다 침대 위에 누워 이불을 뒤집어쓴 채 조금도 움직이지 않았다. 그러면서 기운을 아껴야 한다고, 그래야 밥 반 공기라도 아낄 수 있다고 말했다. 아이가 침대에서 내려와 깡충깡충 뛰면 어른들은 엉덩이를 때리면서 야단을 쳤다.

"집 안에 있는 양식을 다 못 먹을까 봐 그러는 거야? 얼른 침대 위로 올라가지 못해!"

아이들은 얼른 침대 위로 올라갔다. 처음에는 어른들이 움직이지 못하게 한 것이었지만 나중에는 아이들 스스로 침대 위에서 움직이고 싶지 않을 만큼 굶주리게 되었고, 결국 침대 위에서 전혀 움직이지 못할 정도로 탈진하고 말았다. 두껀네 두챵이라는 아이가 너무 굶어서 곧 죽을 지경이 되자 부모가 아이를 다리 밑에 내다 버리고는 지나가는 사람이 주워 가기를 기다린다는 소문이 돌았다.

쓰마샤오샤오가 말했다.

"그럴 리가 없어. 두챵은 두씨네 큰아이로 얼마나 깜찍하고 귀여운데그래. 버리려면 딸을 내다 버려야지."

그러고는 다리 밑으로 달려가보니 정말로 여덟 살 난 두챵이 앉아 있는 것이었다. 아이는 진흙 더미처럼 힘없이 다리 옆에 있는 감나무에 몸을 기대고 앉아 있었다. 아이 앞에는 밥그릇 하나와 젓가락 한 벌이 놓여 있었고 탈진하여 누렇게 변한 얼굴에는 벌레가 기는 것처럼 땀이 흐르고 있었다. 앞에 사람이 서 있는 것을 본 아이는 힘없이 가는 목소리로 말했다.

"배가 고파요."

아이가 힘없이 팔을 들어 올렸다. 무언가를 잡으려고 하지만 아무것도 잡을 수 없는 것 같았다. 그러고는 눈을 감고 머리를 비스듬히 나무에 기댔다.

쓰마샤오샤오는 손을 코앞에 대보고서 아이가 아직 살아 있는 것을 확인하고는 솜뭉치를 들듯 가볍게 안아 들고 두씨네로 향했다.

"염병할, 자네가 내다 버린 게 아이인가 아니면 돼지새끼인가?"

두껀은 집 처마맡에 앉아 햇볕을 쬐면서 담배를 피우고 있었다. 비벼 으깬 담뱃잎이 가루가 되어 바닥에 흩어져 있었다. 황금빛인 걸 보니 최상급 담배인 것 같았다. 촌장과 함께 그의 집을 찾아온 사람들을 보고는 두껀이 마지못해 눈을 치켜뜨면서 말했다.

"피워볼래요? 유채 잎이에요."

쓰마샤오샤오가 말했다.

"무슨 일이 있어도 아이를 내다 버리진 말아야지. 아이를 내다 버리고도 자네가 사람인가?"

두껀이 촌장을 쳐다보지도 않고 말을 받았다.

"애를 살리려고 그런 거예요."

둘째 애는 어쩔 거냐고 묻자 두껀은 집 안을 향해 눈짓을 해 보였다. 쓰마샤오샤오가 집 안으로 들어가보니 그의 아내와 딸아이가 침대 위에 한데 엉켜 반 그릇도 채 안 되는 풀죽

708

을 한 입씩 번갈아가며 야금야금 먹고 있었다. 쓰마샤오샤오가 침대 앞으로 가까이 다가가 살펴보았다. 두씨네 딸아이는 갈수록 흉한 모습으로 변해가고 있었다. 일곱 살인 아이가 세 살 아이처럼 작고 연약한데도 흉부의 골격은 오히려 어른처럼 커서 마치 앞가슴에 대나무 광주리를 걸어놓은 것 같았다. 그릇을 힐끗 쳐다보니 풀죽은 걸쭉하고 푸르스름한 빛을 띠고 있었다. 이상한 냄새가 진동했다. 쓰마샤오샤오는 그 냄새가 무척 익숙하게 느껴졌다. 하지만 아무리 애써도 어떤 곡물의 냄새인지 도무지 생각이 나질 않았다.

다시 밖으로 나와 두껀네 마당을 훑어보았다. 담장 구석에 느릅나무가 한 그루 보였다. 껍질이 절반이나 벗겨져 있어 뼈다귀처럼 하얀 속살이 드러나 있었다. 그러자 갑자기 가슴속에서 와르르 뭔가 무너지는 소리가 나더니 방금 그 익숙하고 이상한 냄새의 정체가 무엇인지 생각났다. 다시 앞을 보니 방금 안아서 데리고 온 두촹이 자기 아비가 담뱃잎을 만들려고 가져다 놓은 유채 잎을 집어 맹렬하게 입 안에 집어넣고 있었다. 너무 게걸스레 먹다 보니 목이 메여 하마터면 눈 흰자가 튀어나올 뻔했다.

"자넨 애가 목이 메여 죽는 게 걱정도 안 되나?"

두껀이 말했다.

"정말 죽는다면 그건 그 애 복이겠지요."

쓰마샤오샤오는 잠시 말을 멈췄다.

"먹여 살릴 수 없어서 버릴 거면 닭처럼 가슴이 튀어나온 저 애를 내다 버려야지."

두껀이 눈을 하얗게 뜨고 쓰마샤오샤오를 쳐다보며 말했다.

"괜찮은 애를 버려야 혹시 누군가 데려다 키울지 모르잖아요. 장애가 있는 아이를 버리면 누가 데려다 키워주겠어요? 그거야말로 정말 죽으라고 내버리는 것이지요."

목구멍이 막힌 쓰마샤오샤오는 가슴이 쿵쾅대며 뛰기 시작했다.

"두껀 자네가 아직 사람인 줄 몰랐네. 당장 자루 하나 들고 나를 따라오게."

두껀의 집에서 나온 쓰마샤오샤오는 자신의 매부인 두옌네 집으로 향했다. 대문을 열어보니 여동생인 쓰마타오화의 얼굴에 뜻밖에도 희미하게 붉은빛이 돌고 있었다. 매부인 두옌 역시 기운이 넘쳐 보였다. 외조카인 두바이와 조카딸인 주추이는 둘 다 펄쩍펄쩍 뛰었다. 아주 오랫동안 사람을 만나보지 못한 것처럼 그를 보자마자 입술이 불에 덴 것처럼 빨개지도록 친근하게 외삼촌을 불러댔다. 그는 외조카와 조카딸의 이런 태도에 아무런 반응도 보이지 않고 허리춤에 앞치마를 두르고 밥을 짓고 있는 여동생에게도 한마디 말도 건네지 않은 채 곧장 한가하게 농가의 만년력 책을 보고 있는 매부 앞으로 다가갔다.

"이번 기근은 얼마나 더 갈 거 같나?"

"1년은 더 버텨야 할 것 같네요."

"양곡 한 자루만 빌렸으면 해서 왔네."

두옌은 서랍이 달린 책상 위에 책을 내려놓고 부엌에 있는 아내를 향해 말했다.

"자루를 하나 찾아 양곡을 잘 담도록 하구려. 애들 외삼촌이 얼른 메고 마을 밖으로 에둘러 돌아갈 수 있게 말이오."

말을 마친 그는 널찍하고 둥근 대문을 닫으러 나갔다. 하지만 문 앞에 가까이 가보니 마을 사람 대여섯 명이 보였다. 손에 자루를 들고 있는 사람도 있고 팔에 광주리를 끼고 있는 사람도 있었다. 손에 커다란 사발을 하나 든 채 그의 집을 향해 걸어오고 있는 사람도 있었다. 두옌의 얼굴이 금세 창백해지면서 재빨리 대문을 닫으려 하는 순간, 맨 앞에서 걸어오고 있던 두껀이 멀리서 형을 부르면서 말했다.

"형한테 양곡을 빌리는 셈 쳐도 안 되겠어요? 모두 같은 조상의 묘지로 갈 두씨 성 사람들이잖아요. 이대로 며칠 더 지나면 애들이 산 채로 죽게 된단 말입니다."

두옌이 집 안으로 돌아가 쓰마샤오샤오를 죽일 듯이 노려보면서 물었다.

"이게 어떻게 된 일입니까, 애들 외삼촌?"

쓰마샤오샤오가 말했다.

"난 촌장일세. 마을 사람들이 굶어 죽는 것을 보고만 있을 수 없다네."

두옌이 의자에 앉으면서 말했다.

"저희 집에는 양곡이 조금 있긴 했지만 기근이 몇 달째 지속되다 보니 며칠 전에 다 떨어지고 말았습니다. 못 믿겠으면 한번 찾아보세요. 부엌 도마 위에 누런 밀가루가 반 공기 있는 것만 빼고, 찾아내는 양곡은 전부 가져가도 좋습니다."

그때 갑자기 하늘에 먹구름이 끼면서 두옌의 집 안이 눈에 띄게 어둡고 눅눅해졌다. 대문 앞에 서 있던 쓰마샤오샤오가 얼음처럼 새파란 냉기가 도는 얼굴로 말했다.

"매부, 자네가 그렇게 나온다면 정말로 찾아보도록 하겠네."

두옌은 다시 그 만년력을 꺼내어 뒤적이면서 방 안에 다른 사람은 아무도 없는 것처럼 말했다.

"찾아보세요, 촌장님. 찾으면 다 메고 가셔도 됩니다."

하는 수 없이 그는 양곡을 찾기 시작했다.

대여섯 명의 남자들이 상자를 뒤지고 궤짝을 뒤집어봤지만 독과 항아리는 전부 텅텅 비어 있었다. 이어서 침대를 들어 옮기자 예상했던 대로 한 무더기 흙이 사람들 앞에서 반짝이고 있었다. 모든 사람들의 얼굴에 불그스름한 흥분이 일었다. 하지만 부드러운 흙을 다 파내도 양곡은 한 알갱이도 나오지 않았다.

쓰마샤오샤오가 여동생 쓰마타오화를 한쪽으로 불렀다.

"양곡은 어디 있지?"

그녀가 말했다.

"다 먹었어요. 한 집에 입이 넷인데 양곡 한 자루로 얼마나 버틸 수 있겠어요?"

그가 타오화에게 말했다.

"너랑 나는 남매지간이야. 네가 이 오라비한테 양곡 한두 자루 주지 않으면 촌장인 이 오라비는 내년부터 촌장직을 맡을 수 없게 될 것이고, 앞으로 5년 동안 유채를 심을 수도 없게 된다. 그렇게 되면 마을 사람들은 예전처럼 마흔을 넘기지 못할 것이고, 너도 단명하게 될 게다."

타오화가 말했다.

"애들 아빠가 그러더군요. 마을 사람들이 금년 재난도 넘기질 못할 텐데 5년 연달아 유채를 심고 마흔 넘게 사는 걸 기대할 수 있겠냐고요."

쓰마샤오샤오는 말문이 막혔다. 순간 뭐라고 해야 좋을지 몰라 줄곧 겁먹은 얼굴로 문가에 서 있는 두바이와 주추이를 바라보며 다가가서는 쭈그려 앉아 두 아이의 얼굴을 쓰다듬으면서 말했다.

"외삼촌한테 양곡이 어디 있는지 말해주겠니?"

이때 두바이가 입을 열려고 하는데 두옌이 기침을 한 번 하자 그는 재빨리 입을 다물어버렸다. 쓰마샤오샤오는 다시 눈길을 주추이의 얼굴에 던졌다.

주추이가 말했다.

"외삼촌, 외삼촌 집에나 양곡이 있지요. 란 오빠가 쓰스에게 무를 곁들인 돼지고기찜을 해주기로 했거든요."

쓰마샤오샤오는 이 한마디가 10여 년 뒤에 쓰마란과 란쓰스의 경천동지할 사랑의 시작을 암시하는 말이 되리라는 것을 알지 못했다. 그는 무슨 뜻인지도 모르고 이런 말을 들으면서 등 뒤에 있는 예닐곱의 누런 얼굴을 쳐다보았다. 그 두렵고 창백한 눈빛들이 정말로 쓰마샤오샤오의 집에서는 아직도 무를 곁들인 돼지고기찜을 먹을 수 있다고 믿고 있는 것 같았다. 이에 그는 두말하지 않고 짝 소리가 나도록 외조카딸 주추이의 뺨을 푸른빛이 돌도록 후려쳤다.

주추이의 울음소리가 칼로 베는 것처럼 두씨네 집 안을 가득 메웠다.

두옌이 벌떡 일어나 만년력을 의자 위로 확 집어 던졌다.

"지금 누굴 때리는 거예요?"

"왜? 내가 저 애 외삼촌인데 때리지 못한다는 법이라도 있나?"

두옌은 다시 자리에 앉았다.

이때부터 쓰마샤오샤오와 두옌은 서로 서먹서먹해졌고 원한이 온 산과 다리, 강과 바다에 가득 찼다. 여동생 쓰마타오화마저도 이때부터 쓰마씨 집안과 여러 해 동안 왕래가 없었다. 두옌의 집에서 빈손으로 돌아온 쓰마샤오샤오는 집으로 돌아오자마자 마당 한가운데 주저앉아 연신 긴 한숨과 짧은 탄식을 내뱉었다. 아내는 어떻게 됐는지 묻고는 한참을 마당에 서 있다가 처마 밑에서 대나무 광주리를 하나 들고 방 안으로 들어갔다. 얼마 지나지 않아 그녀는 속살을 벗겨낸 메뚜기 껍데기를 한 광주리 담아가지고 나왔다. 전부 허물을 벗은 매미 껍데기 같았다. 그러고는 어디서 꺼내 왔는지 밀기울 반 공기를 남편 앞에 내놓으면서 말했다.

"두껀 집에 가져다줘요. 그래도 나무껍질보다는 영양가가 있을 테니까요. 어쨌든 메뚜기도 살이 있잖아요."

쓰마샤오샤오가 메뚜기 껍데기를 내려다보면서 말했다.

"당초에 내다 버리지 않았어?"

아내가 말했다.

"이걸 내다 버렸다면 당신 여섯 아들 가운데 반은 굶어 죽었을 거예요."

쓰마샤오샤오가 메뚜기 껍데기 하나를 손에 들고 유심히 살펴보았다. 보릿겨를 들고 있는 것처럼 가벼웠다. 물에 뜰 수도 있을 것 같았다. 코에 대고 냄새를 맡아보니 풀 비린내가 났다. 아내를 따라 방 안으로 들어가 항아리 뚜껑을 열어보니 아직도 절반 이상 메뚜기 껍데기가 남아 있었다. 속으로 아내가 정말 생활력이 강한 사람이라는 생각이 들었다. 그가 물었다.

"이 정도 양식으로 봄을 날 수 있겠어?"

그녀가 말했다.

"남들에게 나눠 주지 않으면 그럭저럭 날 수 있을 거예요."

그 말에 감동한 쓰마샤오샤오는 갑자기 몸 어디에선가 기운이 솟아나는 것을 느꼈다. 몸을 돌려 주위를 둘러본 그는 갑자기 아내를 침대에 눕히면서 옷을 잡아 뜯고 단추를 풀기 시작했다. 아내가 침대에서 버둥거려 몸을 빼내면서 말했다.

"미쳤어요? 애들이 모두 마당에 있단 말이에요."

그가 말했다.

"당신이 가만히 있기만 하면 돼. 얼마 만에 이렇게 하는 건데 그래. 매일 굶어 죽느냐 사느냐 하는 데 마음 쓰느라 이렇게 힘이 나서 할 맘이 생기는 것도 쉽지 않다고."

아내도 더는 몸을 움직이지 않고 침대 위에서 순순히 그가 한바탕 난리를 치르도록 내버려두었다. 그러나 잠시 몸에 힘이 솟는 것 같더니 금세 흐물흐물해진 몸을 겨우 몇 번 움직였는데도 땀에 흠뻑 젖어 기진맥진하고 말았다. 머리가 어지럽고

716

눈이 아찔해지도록 지친 그는 비틀거리다가 탁자 모서리에 몸을 부딪치고 말았다. 스스로 얼굴을 한 대 후려친 그는 자신에게 욕을 해댔다.

"염병할, 뭐 이런 엿 같은 세월이 다 있담. 아직 젊은 사람이 이깟 일로 기진맥진하다니."

아내가 침대에서 일어나 옷과 바지를 챙겨 입으면서 말했다.

"기근의 재난을 겪으면서 누가 이렇게 힘을 쓸 수 있겠어요."

쓰마샤오샤오는 쭈그려 앉아 미동도 하지 않았다. 그렇게 탁자 다리에 등을 기댄 채 두 눈을 감았다. 이때 쓰마란이 갑자기 집 안으로 들어왔다.

"아버지, 고모네가 양곡을 집 어디에 숨겨놓았는지 알 수 있을 것 같아요."

쓰마샤오샤오가 눈을 뜨고 물었다.

"어디냐? 이 아비에게 말해주면 엄마를 시켜 네게 국수 한 그릇 만들어주마."

쓰마란이 물었다.

"비빔국수요?"

쓰마샤오샤오가 말했다.

"흰 밀가루로 비빔국수를 만들어줄게."

쓰마란이 목을 길게 빼고 침을 꼴깍 삼켰다.

"그것 말고 무를 곁들인 돼지고기찜을 해주세요."

쓰마샤오샤오가 몸을 일으키면서 말했다.

"순살로 고기찜을 만들어주마."

쓰마란은 아무 말도 하지 않고 몸을 돌려 다시 밖으로 뛰어나갔다.

때는 이미 정오 무렵이었다. 예전 같았으면 마을 전체에 밥 짓는 연기가 모락모락 피어올라 후통마다 온통 진한 밥 냄새가 가득했을 테고, 모두들 집 안에서 부지런히 움직이거나 이미 다 차린 밥상을 들고 밖으로 나왔을 것이다. 하지만 지금은 마을 전체가 하얗게 텅 비어 조용하기만 했다. 개나 닭 같은 가축도 없어져 자연스럽게 진하고 비릿한 유백색 분뇨 냄새도 사라져버렸다. 밥그릇을 들고 나와 나무 아래 바위에 앉아 그칠 줄 모르고 이야기를 나누던 사람들도 사라져버렸다. 집집마다 부뚜막 위는 티끌 하나 없이 깨끗했고 아주 오래 불을 때지 않아 연통에도 검은 재가 보이지 않았다.

집집마다 대문은 모두 굳게 닫혀 있었다. 어쩌다 어딘가에 햇볕이 들어 따스한 곳이 생기면 남자들 몇몇이 참깨 잎이나 유채 잎을 말아 피우면서 쥐 죽은 듯이 조용히 앉아 있었다. 아무도 말을 하려고 하지 않았다. 쓰마란이 마을 거리를 뛰어가는 모습이 꼭 돌멩이 하나가 텅 빈 죽통 안을 구르고 있는 것 같았다. 방금 두바이와 주추이가 마을 어귀에서 장난을 치고 있는 모습을 보았던 그는 아버지에게 뛰어가 방금 그 말을 했던 것이다. 지금은 다시 마을 어귀로 달려 나와 사촌남매를 가로막고 물으려 했다.

그는 정말로 집으로 돌아가려던 사촌동생들 앞을 가로막았다.

"주추이, 이리 와봐. 너한테 할 말이 있어."

주추이가 쓰마란에게로 갔다.

두바이가 그녀를 불렀다.

"주추이, 이리 돌아와."

쓰마란이 말했다.

"네가 안 오면 마을 사람 누구든 너랑 상대하지 못하게 할 거야."

주추이는 두바이와 쓰마란 사이에서 잠시 머뭇거리다가 결국 오빠를 배신하고 쓰마란을 향해 다가갔다. 쓰마란이 득의양양한 눈빛으로 두바이를 힐끗 쳐다보고는 주추이의 손을 잡아끌고 다른 후통에 있는 노천 절구 쪽으로 갔다. 그 두 사람은 절구판 뒤로 숨었다. 쓰마란이 사뭇 진지한 어투로 물었다.

"너 아직도 내 마누라가 되고 싶어?"

"방금 외삼촌이 내 뺨을 때렸어."

"난 쓰스를 아내로 맞지 않을 거야. 너 하나만 데려올 거라고."

그녀는 갑자기 고개를 들었다. 얼굴이 참죽나무 잎처럼 빛났다.

그가 말했다.

"내가 어른이 되면 도시에 나가 다리 피부를 팔아서 너에게 무를 곁들인 돼지고기찜을 한 그릇 사줄게. 그리고 꽃무늬가 새겨진 서양 천도 끊어줄게."

"오빠, 그게 정말이야?"

"그 대신 너는 나한테 너희 집 양곡이 어디에 숨겨져 있는지 말해줘야 해."

주추이가 잠시 망설이다가 입을 열었다.

"하지만 절대로 오빠 아빠한테는 말하면 안 돼. 우리 집 뒤 변소 옆에 있는 오래된 홰나무 동굴 안에 숨겨져 있어. 그리고 항아리 하나가 변소 주변에 묻혀 있어."

밥그릇 절반만 한 시간이 지나 마을 사람들 절반이 두엔네 집 대문 앞에 모였다. 자루와 바구니, 광주리, 쌀 됫박, 밀반죽 쟁반이 집 앞에 줄줄이 놓였다. 모든 남자와 여자들의 얼굴에 누런 굶주림의 빛이 드리워져 있었고, 따라온 아이들은 하나같이 어른들 옆에 바싹 달라붙어 곧 죽을 것처럼 아무런 움직임도 보이지 않았다. 두씨네 식구들은 마침 점심을 먹고 있었다. 황금빛 찬란한 옥수수 가루로 만든 멀건 죽 반 솥을 나눠 먹고 있었다. 마을 사람들 모두 문밖에서 천지를 뒤덮은 황금빛 향기를 맡고 있었다. 강물이 흘러넘치듯 마을 사람들의 위를 유혹하고 있었다. 바로 이때 쓰마샤오샤오가 나타났다. 그는 구세주처럼 마을 사람들 앞을 지나쳐 북을 치듯이 두옌 집 대문을 두드렸다.

문을 열러 나온 사람은 당연히 두옌이었다.

"약탈하러 온 건가요? 왕법도 없나 보군요?"

그가 말했다.

"나는 촌장이니, 내가 바로 왕법일세."

두옌이 말했다.

"무슨 짓을 하려는 겁니까?"

"양곡을 찾아야지."

"가서 맘대로 찾아보세요."

쓰마샤오샤오는 곧장 두씨네 안채 동쪽에 있는 바람길을 따라 걸어가 집 뒤의 변소 쪽으로 가서는 오래된 홰나무 앞에 멈춰 서서 이리저리 둘러보았다. 과연 사람 둘이 팔을 벌려 안아도 모자랄 것 같은 굵은 홰나무에 통 하나가 들어갈 수 있을 정도의 구멍이 하나 있고, 구멍 입구가 커다란 볏짚 더미로 막혀 있었다. 볏짚 더미를 잡아당겨 걷어내자 홰나무 향이 밴 분홍빛 옥수수 향이 확 덮쳐 왔다. 한순간 쓰마샤오샤오의 몸이 휘청거릴 정도로 강한 향기였다. 그는 몸을 한쪽으로 돌려 변소 똥통 옆에 묶여 있는 볏짚 더미를 발로 건어찼다. 볏짚 아래 덮여 있던 물컹한 흙이 드러났다. 흙은 여전히 촉촉했고 붉은빛이 감돌고 있었다. 다시 있는 힘껏 발로 누르자 발이 물컹한 흙 속으로 깊이 빠져 들어갔다. 순간 그의 얼굴이 파래지더니 앞으로 다가갔다. 그러고는 나무 동굴 안으로 팔을 뻗어 곡식 자루를 꺼내 어깨에 짊어지고 나왔다.

해가 두씨네 마당을 따스하게 비췄다. 햇빛 속에서 산싱촌 사람들의 얼굴도 빛나고 있었다. 쓰마샤오샤오가 양곡 자루를 메고 나오는 모습이 보이자 그들 옆에 놓여 있던 대나무 광주리와 버드나무 바구니가 삐거덕 소리를 내기 시작했다. 쌀 됫박의 네모난 주둥이가 둥글게 변했고 모든 사람들의 입 안에서 소곤소곤 무슨 뜻인지 알 수 없는 소리가 새어 나왔다. 늘어뜨린 손도 덩달아 덜덜 떠는 소리를 냈다. 바람길 입구에 서 있던 두옌은 갑자기 얼굴이 창백해지고 입술도 새파랗게 질렸다. 그가 쓰마샤오샤오를 가로막으면서 말했다.

"애들 외삼촌, 밤에 와서 가져다가 선과 린, 무에게 먹이도록 하세요."

쓰마샤오샤오가 말했다.

"나는 촌장일세. 내가 산싱촌 사람들을 굶어 죽게 할 수 있겠나?"

두옌이 말했다.

"마을 사람들에게 나눠 주려거든 가져가지 마세요. 내 집의 양곡이니 내가 나눠 주라고 하면 나눠 줄 수 있고, 내가 나눠 주지 말라고 하면 그대로 남겨두는 것이 당연하잖아요."

쓰마샤오샤오가 차갑게 웃으면서 낮은 목소리로 말했다.

"마을 사람들이 몰려와 변소 옆에 묻어놓은 양곡마저 짊어지고 갈 것이 두렵지도 않나?"

두옌은 아무 말도 하지 않고 쓰마샤오샤오에게 길을 내주었다.

쓰마타오화가 부엌에서 뛰쳐나와 회오리바람처럼 쓰마샤오샤오 앞으로 와서는 무릎을 꿇고 울면서 말했다.

"오빠, 저와 오빠는 한 부모님 자식이잖아요. 양곡을 메고 가시려거든 오빠의 외조카와 조카딸 목숨을 함께 메고 가세요."

쓰마샤오샤오가 양곡 자루를 어깨 반대편으로 옮겨 메면서 낮은 목소리로 말했다.

"타오화야, 내가 네 오라비가 아니었으면 겨우 이거 한 자루만 메고 가겠느냐?"

쓰마타오화는 땅바닥에 꿇어앉아 움직이지 않았다. 대나무 광주리와 버드나무 바구니, 사발과 쌀 됫박이 일제히 쓰마샤오샤오를 따라 두씨네 마당을 나왔다.

양곡의 분배는 마을 한가운데 있는 쥐엄나무 아래서 이루어졌다. 종을 치지도 소리쳐 부르지도 않았는데 마을 사람들 모두 빠지지 않고 모여들었다. 사람들의 머리가 땅바닥을 걸어 다니는 까마귀처럼 흔들렸다. 사람들은 손에 들고 있던 양식을 분배받을 그릇마저 던져버리고 양식 자루 주변으로 몰려들었다. 서로 밀치고 부딪치면서 각양각색의 소리가 났다. 쓰마샤오샤오가 나무 옆에 서서 양곡 자루의 주둥이를 풀자 마을 사람들 모두 목을 길게 빼고 그 안을 들여다보았다. 사람들의 목뼈와 근육이 삐걱대는 소리가 났다. 자루 안에는 오곡이 두루 섞여 있었다. 울긋불긋했다. 붉은빛과 검정빛, 푸른빛과 초록빛을 띠는 금은보석이 섞여 있는 것 같았다. 누군가 양곡 자루 옆으로 비집고 나오더니 손을 뻗어 양곡을 한 줌 집어 그대로 입 안에 털어 넣었다. 와작와작 누런 밀 냄새와 검붉은 완두 냄새, 축축한 초록빛 콩 냄새, 찬란한 쌀 냄새, 황금빛 옥수수 냄새, 새까만 검은콩 냄새가 나무 아래 가득 번졌다. 모든 사람이 코로 숨을 들이마시자 후통 안에 흩어지던 양곡 냄새가 다시 거꾸로 흘러들어와 마을 사람들의 위와 비장으로 역류해 들어갔다.

쓰마샤오샤오가 말했다.

"밀치지 말아요. 밀치지 말라고요. 식구가 넷인 집은 작은 그릇 하나, 식구가 다섯 이상인 집은 큰 사발 하나를 들고 줄을 서세요. 이번에 양곡을 나눠 주더라도 겨울을 나기는 어렵겠지만 절대로 이 촌장을 찾지 말아주세요. 이건 내가 매부

가족의 목숨을 빼앗아 여러분들에게 나눠 주는 거란 말입니다. 나 쓰마샤오샤오는 산싱춘 사람들에게 부끄러울 것이 없어요."

마을 사람들은 한 줄로 늘어섰다. 가장 앞에 선 집은 두껀네였고 두 번째는 란창셔우네였다. 세 번째는 란바이수이의 사촌동생네였다. 쓰마샤오샤오의 손에는 커다란 그릇이 하나 들려 있었다. 그 사발에는 양곡 두 근 반을 담을 수 있었다. 양곡 두 근을 담을 수 있는 작은 그릇도 하나 들려 있었다. 자루에서 양곡을 퍼낼 때마다 그가 말했다.

"어떻게 먹는지는 알지요? 죽을 끓여서도 안 되고 국수를 빚어서도 안 됩니다. 만터우는 생각도 하지 말아요. 우선 밭에 가서 죽은 메뚜기나 메뚜기 껍질을 주워다 불에 볶은 다음 갈아서 가루로 만들도록 하세요. 메뚜기 가루 다섯 근에 잡곡 한 냥을 섞어 죽을 끓여 먹으면 몸에 아주 좋답니다."

말을 마친 그는 자루에서 양곡을 푼 다음 줄을 선 사람에게 물었다.

"자네 내년에도 유채를 심을 건가?"

질문을 받은 사람의 얼굴에 망설이는 기색이 보이면 곧바로 양곡을 다시 자루에 쏟아붓는 시늉을 했다. 그러면 줄을 서 있던 사람이 재빨리 말했다.

"유채를 심으면 장수할 수 있다는데 제가 어떻게 안 심을 수 있겠어요."

그는 웃으면서 곧장 양곡을 바구니에 쏟아주었다. 사발에 담긴 양곡이 넓은 바구니에 흩어져 들어갔다. 해는 이미 서쪽으로 기울기 시작했고 날도 곧 추워졌다. 불어오는 가벼운 바람이 마른풀과 바짝 마른 메뚜기 사체를 마을 안으로 옮겨주어 담장을 따라 후퉁 깊숙한 곳까지 흩어져 들어오게 했다. 양곡을 분배받은 사람들은 집으로 돌아와 담장 밑에 땔감으로 쓸 만한 건초와 널려 있는 메뚜기 사체를 보고는 상태가 좋은 것이든 나쁜 것이든 가리지 않고 모조리 주워 광주리에 담았다. 여름철 길가에서 밀 이삭을 줍는 것 같았다. 양곡을 나눠 받지 못한 사람들은 일찌감치 몸에 휘감은 솜저고리를 새끼줄이나 삼밧줄로 꽁꽁 졸라매고는 한 줄로 서서 한 걸음씩 쓰마샤오샤오를 향해 다가갔다. 이때 대오 밖에 세 아이가 서 있는 것을 본 사람은 아무도 없었다. 그 가운데 하나는 쓰마란이었다. 그는 쥐엄나무 아래 한쪽 구석에 서서 미동도 하지 않고 넋이 나간 풀빛 얼굴을 하고 있었다. 다른 두 아이는 두바이와 주추이였다. 이들 남매는 동쪽 끝에 있는 후퉁 입구에 서서 외삼촌이 원래 자기 집 것이었던 양곡을 마을 사람들에게 한 그릇씩 나눠 주는 모습을 바라보고 있었다. 양곡 자루는 금세 헐렁헐렁해졌다. 분배가 거의 끝나가고 있었다. 아이들의 작은 얼굴에 새겨진 증오가 얼음처럼 굳어져가고 있었다. 마지막으로 두 사람의 눈길은 쓰마란 의 얼굴로 옮겨 갔다. 쓰마란은 좀도둑처럼 고개를 숙인 채 아무 말 없이 쥐엄나무 나무껍질을 파고 있었다. 이 순간 그 가 두씨네 남매에 대해 갖고 있는 양심의 가책은 아무도 이 해하지 못했다. 미안한 마음이 산처럼 그의 가슴을 짓눌러 천식을 앓는 것처럼 숨도 제대로 쉬지 못했다. 어쩌면 이 순 간 구름에 덮인 산과 안개에 묻힌 바다 같은 그의 마음속 죄 책감이 그의 운명에 원인이 되어 그와 주추이를 장차 부부로 맺어준 것인지도 몰랐다. 그의 발밑에 떨어져 흩어진 나무껍 질 부스러기가 이미 한 무더기나 되었다. 집집마다 분배되는 양곡보다 더 많은 것 같았다. 하지만 그는 아직도 온 마음을 다해 오래된 쥐엄나무의 껍질을 파내고 있었다. 아버지가 저 쪽에서 양곡을 퍼 줄 때마다 빠지지 않고 건네는 몇 마디가 계속 들려왔다.

"어떻게 먹는지 알지요?"

"양곡 한 냥에 메뚜기 가루 다섯 근을 섞으면 되지요."

"내년에도 유채를 심을 거지요?"

"심어야지요. 어떻게 안 심을 수 있겠어요?"

양곡을 광주리나 자루에 쏟아부어준 쓰마샤오샤오는 다 시 허리를 굽혀 또 한 사발을 퍼냈다.

"어떻게 먹는지 알지요?"

"양곡 한 냥에 메뚜기 가루 다섯 근을 섞으면 되지요."

"내년에도 유채를 심을 거지요?"

"심어야지요. 장수한다는데 어떻게 안 심을 수 있겠어요."

양곡을 됫박이나 그릇에 부어준 그는 얼른 허리를 구부려 또 한 사발을 퍼냈다.

"어떻게 먹는지 알지요?"

사발이 자루 바닥을 긁으며 내는 비명 소리를 들으면서 쓰마란이 고개를 돌려보니 양곡을 분배받을 사람은 이제 둘뿐이었다. 이때 두바이가 그를 불렀다.

"사촌형 이리 와."

쓰마란은 두바이와 주추이를 바라보면서 미동도 하지 않았다.

두바이가 말했다.

"이리 오지도 못하면 넌 개새끼야."

쓰마란이 후퉁 입구를 향해 걸어갔다. 깊은 죄책감을 느끼면서 남매 앞으로 다가간 그는 고개를 가슴에 묻었다.

두바이가 말했다.

"형, 형은 사람이 아니라 돼지 새끼야. 개새끼라고. 양 똥구멍이나 돼지 창자만도 못한 새끼야."

말을 마친 두바이는 이내 어디론가 가버렸다.

쓰마란의 눈길이 두바이의 뒷모습을 좇았다.

"나중에 내가 커서 마을 사람들 모두 피부를 팔게 할 때, 너는 팔지 않아도 되게 해줄게. 그걸로 안 될까?"

두바이는 쓰마란의 말에 대꾸하지 않았다. 하지만 두바이는 십 몇 년 후에 이 말이 정말로 현실이 되어 자신에게 가져다준 혜택이 집 안에 양곡 자루 하나가 줄어든 것보다 훨씬 더 크리라는 사실을 상상도 하지 못했다. 두바이는 고개도 돌리지 않고 가버렸다. 남아 있던 그의 여동생 주추이의 얼굴에 따뜻한 물 한 그릇 같은 따스함이 깃들고 있었다.

그녀가 말했다.

"란 오빠, 난 오빠 욕 안 했어."

그가 말했다.

"네가 날 욕하면 널 마누라로 맞아들이지 않을 거야."

"난 욕 한마디도 안 했다니까."

이때 양곡 분배가 끝났다. 쥐엄나무 아래 남아 있는 것은 쓰마샤오샤오와 텅 빈 자루뿐이었다. 쓰마샤오샤오가 집에 돌아가자고 부르자 쓰마란은 마지막으로 진심으로 고마워하는 눈길로 주추이를 한 번 쳐다보고 나서 곧 그녀와 헤어졌다. 나무 아래에 와보니 아버지의 그 작은 사발 안에 절반쯤 양곡이 남아 있었다. 초록빛 콩도 있고 검은콩도 있고 수수도 있었다.

쓰마란이 물었다.

"이게 우리 집 몫인가요? 우리 집은 식구가 여덟인데 적어도 큰 대접이나 작은 사발 두 개 정도는 차지해야 하는 것 아닌가요?"

쓰마샤오샤오가 말했다.

"이 아비가 너희 여섯 형제한테 정말 면목이 없구나. 다른 사람들에게 나눠 줄 양곡을 조금씩 줄이면 우리 집 몫으로 한두 되 정도 남길 수 있을 줄 알았는데 결국 반 사발밖에 안 남았구나. 반 사발도 그리 나쁘지 않아. 양곡 반 사발로 이 힘든 해를 넘기고 나면 이 아비의 위엄과 명망이 높아질 것이고, 마을 사람들은 아무도 감히 이 아비의 말을 듣지 않을 수 없을 테니까 말이다."

말을 마친 그가 양곡 반 사발을 들고 집으로 가는 길에 마침 후통에서 걸어 나오는 란바이수이의 아내 메이메이와 마주쳤다. 우아하면서도 가냘프고 깔끔한 그녀는 열일곱 살에 란바이수이에게 시집을 와서 11년 동안 딸 일곱을 낳았다. 이제 스물여덟이 된 그녀는 겉늙어 보였다. 쓰마씨 부자를 본 그녀는 손에 양곡을 빻는 데 쓰는 나무절구를 든 채 서서 두 사람이 가까이 다가오기를 기다렸다. 그러고는 손으로 쓰마란의 얼굴을 쓰다듬으면서 뭔가 말을 하려는 것 같았지만 끝내 아무 말도 하지 않았다.

쓰마샤오샤오가 손을 뻗어 그녀의 옷섶을 잡아당기더니

그 반 사발의 양곡을 그녀의 옷섶 안에 쏟아부었다. 순간 그녀의 눈가에 눈물이 고였다.

그가 말했다.

"어서 가게."

그녀의 손이 쓰마란의 얼굴에서 미끄러져 내렸다. 그녀는 그 반 사발의 양곡을 가슴에 품고 총총히 자리를 떴다.

쓰마란이 말했다.

"아버지, 저 집에서는 지우스 누나가 양곡을 받아 갔어요."

쓰마샤오샤오가 말했다.

"마을 전체를 통틀어 저 집이 식구가 제일 많아."

쓰마란이 말했다.

"바이수이 아저씨 말로는 아버지가 촌장을 맡는 것이 헛고생하는 거라고 하더군요. 유채를 심어도 마을 사람 열 명 중에 예닐곱 명이 예전처럼 마흔을 넘기지 못할 거라고도 했어요."

쓰마샤오샤오가 갑자기 고개를 숙여 쓰마란의 얼굴을 쳐다보았다. 방금 아들이 한 말의 진위를 확인하려는 것 같았다.

"네가 직접 들은 말이냐?"

"바이수이 아저씨 딸 쓰스가 그렇게 말했어요."

쓰마샤오샤오의 얼굴에 금세 언짢은 표정이 번졌다.

32장

저녁에는 메추라기가 와서 진에 덮이고 아침에는 이슬이
진 사면에 있더니 그 이슬이 마른 후에 광야 지면에 작고 둥글
며 서리같이 세미한 것이 있는지라. 이스라엘 자손이 보고 그
것이 무엇인지 알지 못하여 서로 이르되, 이것이 무엇이냐 하
니 모세가 그들에게 이르되, 이는 여호와께서 너희에게 주어
먹게 하신 양식이라.

음력 섣달로 들어서면서 집집마다 양식과 메뚜기 껍질 가
루가 바닥이 났다. 어느 누구도 다른 집이 무엇에 의지해 이
세상에 살아남는지 알 수 없었다. 세월은 언제나 하루하루
지나갔고 해는 떴다가 지는 게 흐르는 물과 같았다. 하지만

죽는 사람의 수는 이전에 비해 와르르 하고 크게 늘어났다. 란씨네와 두씨네, 쓰마씨네의 무덤군이 비가 온 뒤 날이 갰을 때의 버섯처럼 우르르 온 천지에 자라났다. 청량한 새 무덤의 흙냄새가 온종일 산등성이에 가득 차 흩어지지 않았다. 석 달도 안 되는 시간에 마을에는 열 명 남짓 되는 사람들이 죽었다. 20일에 세 명씩 죽어나간 셈이었다. 사람이 죽으면 먼저 혈연관계에 있는 사람들의 울음소리가 들렸고 운구하는 길가에서는 아내와 아이들이 목이 쉬도록 처량하게 울부짖었다. 울음소리는 흐르는 물처럼 그치지 않았다. 나중에는 힘이 없어 울지도 못하게 되자 아예 울음을 그쳐버렸다. 관을 메는 남자들은 길을 가면서 몸이 몹시 흔들렸고 줄곧 관에 든 사자를 욕했다.

"네가 살아 있을 때 모두들 너한테 야박하게 굴지 않았잖아. 그런데 어째서 죽고 나서는 이렇게 무거워져 쉽게 떠나려고 하질 않는 거야. 왜 모두를 힘들게 만드냔 말이야."

굶주림 때문에 목공들은 관을 만들 수도 없었다. 톱을 켤 수도 대패를 밀 수도 없었다. 사자의 집에서는 목수들의 한 끼 식사조차 대접할 수 없었고 여자들은 바늘과 실을 들 수도 없었다. 자리에 앉아서 수의를 지을 때면 자꾸 머리가 어지러웠고 눈앞이 아른대는 바람에 바늘로 제 손을 찔러 묽은 핏방울을 흘리면서 수의 옆에 혼절하기도 했다. 쓰마샤오샤오는 마을 사람들에게 어느 집이든 사람이 죽으면 더 이상 수의를 짓거나 관을 짜지 말라고 지시했다. 가볍고 정교하며 튼튼한 오동나무 관을 하나 짜고 아홉 마리 용과 아홉 마리 봉황이 수놓인 수의를 지어 누가 죽든지 모두 이 관과 이 수의를 사용하여 출관을 마친 다음에는 다시 수의를 벗기고 빈 관재를 들고 돌아와 다음 망자를 위해 사용할 수 있도록 하라는 것이었다. 어쨌든 죽은 사람들은 이렇게 호화스럽게 겉치레를 하면서 이 세상을 떠났다.

섣달 초사흘이 되자 두껀이 아침 일찍 마을 어귀에 나와 소리를 지르기 시작했다.

"촌장님, 제 아내가 죽었어요. 사람들을 모아 제 아내를 묻어주세요."

쓰마샤오샤오는 아침 식사를 위해 밥그릇을 들던 참이었다. 밥그릇 안에는 맑은 물에 삶은 고구마 잎이 떠 있었다. 물 반 그릇에 검은 이파리 열 몇 개가 전부였다. 이를 마시려는 순간, 자신을 부르는 소리를 들은 그는 그릇을 내려놓고 대문 앞으로 나갔다.

"언제 죽었나?"

"어제 한밤중에요."

"올해 나이가 어떻게 됐지?"

"서른하나입니다."

"적은 나이는 아니군. 목구멍 병 때문인가 아니면 굶어 죽은 건가?"

"목구멍 병이 있는 데다 양식이 부족했어요."

"지난번에 수의를 어느 집에서 사용했지? 자네는 우선 수의를 찾다가 망자에게 입히도록 하게."

쓰마샤오샤오가 문밖에서 다시 마당으로 돌아와보니 여섯 아들 가운데 쓰마란만 한쪽에 서서 지켜보고 있고 나머지 다섯 아이들은 잎을 끓인 그 멀건 국물 반 그릇을 서로 차지하려고 다투고 있었다. 서로 양보하지 않으면서 치고받고 있었다. 키는 작지만 기운이 놀라울 정도로 센 난쟁이 큰아들이 쓰마후를 번쩍 안아 들어 올려 곧장 바닥에 내동댕이치자 후는 나무 방망이를 들고 그의 머리를 후려쳤다. 와르르 소리와 함께 피가 솟구쳐 흘렀다. 흰 그릇이 바닥에 내동댕이쳐져 산산조각이 나면서 이파리와 국물이 바닥에 흩어졌다. 아이들 모두 놀라 입을 다물고는 국물 반 그릇을 아무도 먹지 못하게 된 것을 안타까워하면서 멍하니 서 있었다. 나무로 깎아 만든 한 무리의 닭 같았다.

쓰마샤오샤오가 말했다.

"란아, 아이들 전부 밖으로 데리고 나가 띠풀 뿌리라도 찾아서 먹게 해."

쓰마란이 모자란 형 셋과 두 아우를 데리고 마당을 나섰다. 아이들이 나가는 것을 확인한 쓰마샤오샤오는 허리를 구부려 바닥에 흩어진 고구마 이파리 예닐곱 조각을 주워 입에 넣고 씹었다. 흙과 모래 알갱이가 이 사이에서 함께 갈리면서 맷돌질하는 것처럼 찌걱찌걱 소리가 났다. 이때 그의 아내가 집 안에서 걸어 나왔다. 얼굴이 퉁퉁 부어 투명하게 빛났다. 손가락으로 콕 찌르면 물이 쏟아져 내릴 것만 같았다. 그녀가 누가 또 죽었냐고 물었다. 그는 두껀의 아내가 죽었다고 말했다.

그녀가 말했다.

"곧 내 차례가 오겠네요. 창자가 찢어지는 것처럼 아파요."

쓰마샤오샤오가 매섭게 눈을 흘기면서 말했다.

"혼자 죽어서 편안하게 가고 나면 이 많은 아이들은 어쩌라고? 흙을 먹고 풀을 뜯어 먹더라도 살아서 나랑 고생을 나눠야지."

그의 아내는 더 이상 아무 말도 하지 않고 벽을 짚고 마당의 양달로 가서는 햇볕을 쬐면서 주머니에서 밀기울을 반 줌꺼내 쓰마샤오샤오 손에 몇 알을 건네주었다. 쓰마샤오샤오는 밀기울을 입에 털어 넣고 부엌으로 가서는 냉수 반 모금을 마시고 혀로 입 안에서 섞어 풀죽을 만들어 삼켰다. 그러고는 관을 묶을 삼밧줄을 들고 사람들을 모아 출관에 나섰다.

이날은 오전에는 흐리다가 오후에는 개었다. 마을 앞 양지

바른 산비탈에는 마을 아이들이 잔뜩 모여 있었다. 쓰마씨네 형제 여섯과 란씨네 자매 몇 명 그리고 란류껀과 란양껀, 방금 엄마가 죽은 두좡이 몸을 비틀거리며 황무지에서 띠풀 뿌리를 캐내 허기를 달래고 있었다. 파낸 검은 흙 속에서 간간이 살이 잔뜩 오른 하얀 애벌레를 발견하면 극도의 굶주림에 시달리던 쓰마선은 곧장 입에 넣고 씹어 먹었다. 그의 입가에서 풀 즙 같은 푸른 물이 흘러나왔다.

"어떤 맛이야?"

"아주 맛있어."

쓰마란도 통통한 애벌레 하나를 주워 입 안에 넣었다. 처음에는 감히 씹지 못하고 있자 애벌레가 꿈틀대 더더욱 무서웠다. 그러다가 눈을 딱 감고 야무지게 씹어 꿀떡 삼키고는 눈을 크게 뜨면서 메뚜기 껍데기보다 맛있다고 말했다. 이에 모든 아이들이 애벌레를 먹기 시작했다. 큰 아이들이 괭이로 앞에서 땅을 파면 작은 아이들은 뒤에서 띠풀 뿌리와 애벌레를 줍는 식이었다. 란씨네 자매들은 처음에는 다소 역겨워했지만 나중에는 덩달아 애벌레를 먹기 시작했다. 이리하여 햇빛이 두텁게 내리쬐는 풀밭이 시끌벅적해지기 시작하더니 한순간에 검은 흙의 따스함과 띠풀의 푸른 냄새, 애벌레의 비릿한 구린내가 비탈진 풀밭에 넓게 번져갔다. 마을 안에서는 사람들이 이미 망자를 메고 집을 나서고 있었다. 그 자리

737

에서는 두쫭네 집 대문이 아주 잘 보였다. 검은 액자처럼 선명하게 보였다. 그 검은 액자 안에서 시신이 들려 나왔다. 사람의 얼굴과 몸은 보이지 않고 어지럽게 엉킨 머리칼만 커다란 문짝 위에 늘어져 있고 아홉 마리 용이 수놓인 수의가 햇빛 속에서 검고 매끌매끌한 광택을 발산하고 있었다. 어른들이 아이들을 울게 해야 할지 말아야 할지 의논하는 소리가 들렸다. 두껀이 말하는 소리도 들렸다.

"복을 누리러 간 건데 울 필요가 있겠어요? 게다가 그곳에 가면 더 이상 힘들지도 않을 텐데요, 뭘."

또 쓰마샤오샤오가 말하는 소리도 들렸다.

"그럼 입관하도록 합시다."

쓰마란은 고개를 돌려 등 뒤에 이미 갈아엎은 드넓은 땅을 바라보았다. 높고 낮은 곳 모두 짙은 색을 띠고 있었다. 검붉은 목화가 황량한 풀밭 위에 펼쳐져 있는 것 같았다. 수많은 아이들이 띠풀이나 애벌레를 씹고 있는 모습도 보였다. 몇몇 여자아이들은 바닥에 엎드려 꾸엑꾸엑 토악질을 하고 있었다. 초록색 물을 흥건하게 토해내고 있었다. 가까이 다가가보니 뜻밖에도 방금 집에서 뛰어나온 쓰스도 그 자리에서 위와 장이 뒤집혀 토악질을 하고 있고 둘째 언니 바스가 그녀의 작은 등을 두드려주고 있었다.

쓰마란이 말했다.

"얼른 띠풀 뿌리를 씹어."

띠풀을 씹자 정말로 더 이상 토악질을 하지 않게 되었다. 하지만 쓰스의 토악질이 멎자 란쓰지우와 란우스가 잇달아 토악질을 하기 시작했다. 다른 사람들은 여자아이들이 토해 놓은 축축한 초록색과 초록색 사이에 씹히긴 했지만 완전히 으깨지지 않은 애벌레의 잔해가 섞여 반짝이고 있는 것을 내려다보고 있었다. 어떤 애벌레는 분명히 씹혀서 배 속에 들어갔는데도 다시 토해내자 밝은 햇빛을 받으며 토사물 안에서 꿈틀꿈틀 몸을 움직이기도 했다. 이리하여 애벌레를 먹었던 사내아이들과 계집아이들 모두 와르르 토악질을 하기 시작했다. 온통 짙푸른 토악질 소리가 황량한 풀밭을 흥건한 국물로 만들었다. 비가 한차례 내린 것 같았다.

어른 하나가 와서 두좡의 손을 잡아끌면서 말했다.

"네 엄마가 출관을 하게 되니까 넌 울지는 않아도 엄마를 묘지까지 배웅은 해야지."

두좡이 말했다.

"배고파죽겠어요. 전 여기에서 띠풀 뿌리를 먹겠어요."

어른이 말했다.

"네 엄마 입에 만터우가 하나 물려 있어. 네가 안 가면 다른 사람이 먹게 될 게다."

여덟 살 두좡은 그 어른을 따라갔다. 이때 아이들은 그해에 굶어 죽은 사람들 모두 입관 전에 온갖 방법을 동원해서라도 입에 만터우를 하나 물려서 보냈다는 사실이 기억났다. 사후에 굶어 죽은 귀신이 되지 않게 하기 위한 조치였다. 두말할 것도 없이 이 만터우는 망자가 무덤에 들어가기 전에 망자의 자녀들이 먹었다. 이리하여 황량한 풀밭 위의 모든 남녀 아이들이 멀어져가는 두챵을 바라보면서 휘둥그레진 눈으로 뒤를 좇았다. 그러면서 마음속으로는 망자의 입에 물린 그 만터우를 자신들이 먹을 수 있으면 얼마나 좋을까 하는 생각을 했다. 하지만 출상의 행렬은 결국 아이들의 시선에서 벗어났다. 쓰마샤오샤오가 장례 전체를 관장하면서 관을 메고 운구하는 마을 사람들을 지휘했다. 두옌이 앞에서 지전을 뿌리고 란바이수이가 상복을 입을 가족과 친척들을 이끌고 검은 관을 둘러싼 채 마을 밖으로 걸어갔다. 울음소리는 나지 않았고 햇빛은 사뭇 따사로웠다. 검은 관은 허공에서 천천히 움직였다. 집 한 채가 수면 위를 떠다니는 것 같았다. 어른들이 말하는 소리가 아이들에게도 뚜렷하게 전해져왔다.

쓰마샤오샤오가 큰 소리로 말했다.

"모퉁이를 돌 때 천천히 움직이도록 해요. 관이 부딪쳐 망가지면 안 되니까."

두건이 위로하듯 말했다.

"애들 엄마, 가서 마음 놓고 복을 누리구려. 내가 굶어 죽는 한이 있더라도 아이들은 잘 키울 테니까."

두옌이 지전을 허공에 높이 뿌리면서 목소리 높여 창을 했다.

　　살아서는 가난했지만, 죽어서는 부유하리
　　저승의 거리에는 금으로 지은 집들이 즐비하네
　　명이 짧은 귀신, 일찍 세상을 떠나지만
　　내세에 환생하면 백수를 누리리

다발로 뿌려져 휘날리는 지전은 허공에 흩어져 빙글빙글 돌다가 땅 위로 떨어졌다. 그의 선창을 따라 여러 번 반복된 노랫소리는 장례 행렬을 벗어나 호수 수면 위의 하얀 꽃잎처럼 마을 아래의 황량한 풀밭을 향해 비틀대며 내려가고 있었다. 세 살쯤 되어 보이는 사내아이 하나가 하얀 지전 한 장 주워 풀밭으로 뛰어가자 누나가 아이의 뺨을 후려치면서 말했다.

"그건 죽은 사람의 돈인데 산 사람이 쓸 수 있겠니?"

아이는 날카로운 울음소리와 함께 외쳤다.

"쓸 거야. 나는 쓸 수 있다고. 이 돈으로 만터우를 살 거야. 사람들에게 진에 가서 만터우를 사달라고 할 거야."

아이는 울면서 이리저리 흩날리며 떨어지는 지전을 전부

줍기 시작했다. 이렇게 주운 지전 한 뭉치를 품 안에 쑤셔 넣었다.

아이 누나의 얼굴이 창백해졌다.

철이 든 남녀 아이들의 얼굴이 전부 창백해졌다.

모두 이 아이가 며칠밖에 살지 못한다는 것을 알았다. 아이가 이미 망자가 쓸 지전을 가로챘기 때문이다. 이리하여 아이 누나는 남동생을 끌어안고 울면서 말했다.

"누가 제 동생 좀 구해주세요. 우리 집에는 사내아이가 이 애 하나뿐이에요. 이 애가 죽으면 우리 집은 하늘이 무너지는 것이나 마찬가지란 말이에요."

누나는 울면서 슬픔이 극에 달했다. 눈물이 빗방울처럼 온 천지에 쏟아졌다. 이때 란쓰스의 큰언니 란지우스가 나섰다. 한 무리 아이들의 엄마라도 되는 것처럼 아이에게 다가간 그녀는 아이를 한쪽으로 데리고 가서 품속에 있는 지전을 꺼내 놓도록 구슬렸다. 그런 다음 지전을 풀밭 비탈 끝에 있는 벼랑으로 가지고 가서 허공에 뿌렸다. 그러면서 말했다.

"이 돈 다 가져가세요. 우리는 남의 걸 탐내지 않으니까요. 이 아이는 여든이나 아흔까지, 아니 백 살까지 살아야 해요. 제발 누구든 이 아이를 건드리지 말아요."

말을 마친 그녀는 아이들 무리가 있는 곳으로 돌아와 아이를 안아 흙더미 위에 앉힌 다음, 띠풀 뿌리를 전부 모아 세 무더기로 나눠 아이 앞에 벌여놓고는 다른 아이들을 그 앞에 앉히면서 말했다.

"내가 하는 말을 그대로 따라 하도록 해. 하늘은 늙고 땅은 황폐해지나 사람은 장수하리라."

쓰마란이 아이들과 함께 한목소리로 따라 외쳤다.

"하늘은 늙고 땅은 황폐해지나 사람은 장수하리라."

란지우스가 또 말했다.

"잘 먹고 잘 입으면서 좋은 세월을 보내리라."

쓰마란이 또 아이들과 함께 한목소리로 따라 외쳤다.

"잘 먹고 잘 입으면서 좋은 세월을 보내리라."

란지우스가 땅바닥에서 일어나 무릎에 묻은 황토를 털어내면서 말했다.

"다들 일어서. 뭣 하러 계속 꿇어앉아 있는 거야."

한 무리의 아이들이 땅바닥에서 일어나 무릎을 털면서 뭐라고 표현할 수 없는 야릇한 눈길을 란지우스에게 던졌다.

쓰마란이 물었다.

"지우스 누나, 이게 끝이에요?"

란지우스가 말했다.

"방금 내가 외운 건 장수경(長壽經)이야."

"그럼 저 아이는 장수할 수 있게 되나요?"

"어쨌든 귀신이 달라붙지는 않을 거야."

"지우스 누나, 그럼 나도 저 흙더미에 위에 앉을 테니 나에게도 장수경을 외워주세요."

"제물이 없이는 더 이상 외울 수 없어. 신에게 가장 좋은 것을 먹게 해야 하거든."

이에 더 이상 아무도 말을 하지 않았다. 산 저쪽 응달진 비탈에서 사람을 묻느라 팍팍 흙을 거칠게 파내는 소리가 들려왔다. 조금 전에 아이들이 풀밭에 토해낸 초록색 즙액과 햇볕 아래 피어오르는 초록색 숨결도 볼 수 있었다. 어른 하나가 마을 어귀에서 돌아와 사람을 묻으면서 부장품을 빠뜨렸다고 하더니 두껀네 집으로 가서 밥그릇과 나무빗 하나를 챙겨 다시 산 저쪽 묘지를 향해 걸음을 옮겼다. 양지 바른 풀밭 위에 앉아 있던 아이들은 한참 동안 아무 말도 하지 않았다. 누군가 앉아서 쉬기 시작하자 쓰마란이 갑자기 집을 향해 뛰어갔다.

란지우스가 물었다.

"너 왜 그래?"

쓰마란이 말했다.

"가서 제물을 가져오려고요."

쓰마란이 집을 향해 뛰어가는 것을 보고서 수많은 아이들이 덩달아 마을을 향해 뛰기 시작했다. 밥 한 그릇 먹을 정도의 시간이 지났을 때쯤 아이들은 모두 다시 돌아왔다. 두엔네 주추이도 함께 왔다. 어떤 아이는 손에 쌀겨를 한 줌 쥐고 있고 또 어떤 아이는 옥수수 몇 알을 쥐고 있었다. 손가락으로 콩꼬투리를 긁어모아 온 아이도 있고 메뚜기 가루 반 그릇을 담아 온 아이도 있었다. 모두들 풀밭에 서서 서로를 쳐다보고 있는 가운데 란씨네 자매 몇 명이 보이지 않았다. 한참을 애타게 기다리고 나서야 란쓰스와 란싼지우가 햇볕에 말린 산나물을 손에 들고 집에서 뛰어나오는 모습이 보였다. 두 자매는 엄마가 가지 못하게 하는 바람에 늦었다고 말했다. 란쓰스는 모두들 각자 장수신에게 제사를 지내면 된다고 말하면서 가져온 물건을 그릇에 넣어 귀신에게 바치라고 했다. 바치는 제물이 좋을수록 더 장수할 수 있다고 했다. 그러면서 자신이 방금 신에게 바친 띠풀 뿌리는 띠풀 뿌리가 아니라 장수면 몇 그릇이라고 했다.

쓰마란이 장수신에 대한 제사를 주재했다. 그는 먼저 큰형인 쓰마선을 흙무더기 위에 앉게 하고는 그의 앞에 빈 그릇 세 개를 늘어놓으면서 말했다.

"큰형은 몇 살까지 살고 싶어?"

쓰마선은 이번 기근만 넘기면 된다고 대답했다.

쓰마란이 말했다.

"그럼 마흔까지 살면 되겠네."

쓰마선은 아주 만족스럽다는 표정으로 넷째 동생을 향해

고개를 끄덕이면서 슬그머니 눈을 감았다. 쓰마란은 모든 아이들에게 무릎을 꿇게 한 다음 주머니에서 잡곡 밀기울 반죽을 꺼내 첫 번째 그릇에 몇 알갱이 집어넣으면서 말했다.

"이건 흰 만터우야."

두 번째 그릇에도 몇 알갱이 집어넣으면서 말했다.

"이건 흰 국수 국물이야."

그리고 세 번째 그릇에 나머지 밀기울을 털어 넣으면서 말했다.

"이건 기름을 넣고 볶은 채소야."

이렇게 만터우와 국물, 채소를 모두 갖춰놓고 아이들 한가운데 꿇어앉은 그는 란지우스의 경문을 큰 소리로 흉내 내 외웠다.

"하늘은 늙고 땅은 황폐해지나 사람은 장수하리라."

아이들이 일제히 한목소리로 따라 외웠다.

"하늘은 늙고 땅은 황폐해지나 사람은 장수하리라."

"잘 먹고 잘 입으면서 좋은 세월을 보내리라."

아이들이 또 일제히 따라 외웠다.

"잘 먹고 잘 입으면서 좋은 세월을 보내리라."

쓰마선이 흙무더기에서 내려오자 이어서 쓰마린이 올라가 앉았다.

쓰마란이 물었다.

"둘째 형은 몇 살까지 살고 싶어?"

쓰마린이 말했다.

"난 큰형보다 오래 살고 싶어. 마흔한 살까지 살 거야."

쓰마란이 또다시 밀기울 반 줌을 그릇 세 개에 나눠 넣으면서 말했다.

"이건 기름을 발라 구운 만터우고 이건 계란탕이야. 그리고 이건 기름에 볶은 채소가 아니라 고기를 배추와 당면을 곁들여 푹 찐 거야."

그러고 나서 아이들을 지휘하여 또다시 다 함께 경문을 외웠다.

"하늘은 늙고 땅은 황폐해지나 사람은 장수하리라. 잘 먹고 잘 입으면서 좋은 세월을 보내리라."

쓰마무가 흙더미 위에 가서 앉을 차례가 되었다. 그가 말했다.

"나는 둘째 형보다 오래 살고 싶어. 마흔 두 살까지 살 거야."

쓰마란은 그릇 세 개에 더 좋은 제물로 바꿔 담았다. 첫 번째 그릇은 계란과 함께 지진 만터우고 두 번째 그릇은 계란과 고기가 들어간 국이었다. 세 번째 그릇에는 채소는 없이 전부 고기만 담았다. 다섯째인 쓰마루 차례가 되었다. 쓰마루는 좋은 제물은 이미 다 바쳤기 때문에 마흔두 살보다 더 오래 살고 싶지만 셋째 형보다 더 좋은 제물은 바칠 수 없다는 생각이 들었다. 하는 수 없이 그는 자신도 마흔 두 살까지 살고 싶다고 말했다. 여섯째인 쓰마후 차례가 되자 상황이 달라졌다. 그는 엉덩이를 흙무더기에 대고 앉자마자 말했다.

"나는 쉰 살까지 살 거야. 쉰 살까지 머리도 새지 않고 이도 빠지지 않고 귀도 먹지 않고 살 거야."

아이들 모두 놀랍고 신기하다는 눈빛으로 쓰마후를 쳐다보았다.

쓰마란이 약간 난처해했다.

"네가 그렇게 오래 살려면 도대체 내가 어떤 제물을 바쳐야 하는 거지?"

쓰마후가 말했다.

"그릇 세 개를 전부 하얗고 큼지막한 고기로 채워줘. 아버지가 그러는데 흰 고기가 붉은 고기보다 더 맛있대."

쓰마후는 또 밀기울을 조금씩 집어 희고 큼지막한 고기 세 그릇을 만들었다. 쓰마씨네는 이미 다섯 번이나 장수의 신에게 의식을 치르면서 제물을 바쳤다. 이제 다른 집 아이들을 위해 제사를 지낼 차례였다. 쓰마란은 더 이상 고기 세 그릇보다 더 좋은 제물을 생각해낼 수 없어 다른 아이들에게 스스로 생각해내라고 말했다.

"더 오래 살고 싶으면 제물이 조금이라도 더 나아야 해. 가장 좋은 제물을 내놓지 못하면 신이 노해서 마흔을 넘기지

748

못하게 하거나 이번 대기근을 넘기지 못하게 할 거라고."

이에 남녀 아이들은 경쟁하듯 생각에 몰두했다. 어떤 아이는 신에게 바칠 제물로 통닭구이 세 마리를 생각해내고는 자랑스럽게 말했다.

"난 예순까지 살 거야."

또 다른 아이가 말했다.

"난 통닭구이 세 마리 안에 파와 마늘, 생강 그리고 팔각회향 같은 향신료를 넣을 거야."

그러면서 자신은 예순한 살까지 살 거라고 말했다.

그러자 앞서 말한 아이가 후회하면서 말했다.

"내가 통닭구이를 만들면서 어떻게 파와 마늘, 생강 그리고 팔각회향을 넣을 생각을 하지 못했지? 이런 향신료가 없으면 통닭구이 안에 소금만 있는 셈이라 쓰고 짤 텐데 어떻게 맛있을 수가 있겠어?"

하지만 아무리 맛이 없다고 해도 통닭구이 세 마리가 기름진 고기 세 그릇보다는 더 귀중하다는 생각이 들었다. 이런 생각으로 자신을 위로하는 수밖에 없었다.

란씨네 두 자매 차례가 되었다.

란쓰스는 여동생 쌴지우에게 먼저 흙더미에 앉게 하고는 그릇마다 붉은 완두 세 알씩 넣으면서 말했다.

"쌴지우, 넌 몇 살까지 살고 싶어?"

싼지우가 말했다.

"여섯째 언니, 난 언니가 살고 싶은 만큼 살고 싶어."

쓰스가 말했다.

"그건 안 돼. 넌 너대로 살고 난 나대로 사는 거야. 어른이 되면 너랑 나는 한 가족으로 사는 게 아니거든."

싼지우가 말했다.

"그럼 난 백 살까지 살래."

쓰스가 말했다.

"이 세상에 백 살까지 산 사람은 없어."

싼지우가 말했다.

"그럼 아흔까지 살게."

쓰스가 말했다.

"이 세상에 아흔까지 산 사람도 없어."

싼지우가 말했다.

"아흔까지 산 사람이 없다면 엄마랑 아버지는 왜 큰언니 이름을 지우스라고 지은 거야?"

할 말이 없어진 쓰스는 모든 아이들에게 통닭구이 세 마리보다 더 맛있는 게 무엇인지 물었다. 하지만 아이들은 서로 쳐다만 볼 뿐, 누구도 이 세상에서 통닭구이 세 마리보다 더 귀중하고 맛있는 것이 무엇인지 알 수 없었다. 하는 수 없이 란싼지우도 예순한 살까지 살게 하고 향신료가 들어간 통닭

750

구이 세 마리를 바쳤다. 자기 차례가 되자 란쓰스는 쓰마란에게 제비콩과 완두콩 몇 알을 쥐어주면서 물었다.

"란 오빠, 오빠는 몇 살까지 살 거야?"

쓰마란이 말했다.

"나는 50년 동안 촌장을 하고 싶어. 열여덟 살에 촌장이 되면 예순여덟까지 살 것이고, 열아홉 살에 촌장이 되면 예순아홉까지 살게 되겠지. 서른에 촌장이 되면 여든까지 살 거야."

란쓰스가 말했다.

"나도 오빠가 사는 만큼 살 거야. 어느 날 오빠가 죽으면 나도 그날 곧장 따라 죽을 거야."

말을 마치고 천천히 흙더미 위로 가서 앉은 란쓰스는 살그머니 눈을 감고 모두가 무릎을 꿇고서 머리를 조아리며 자신을 위해 장수경 두 구절을 외워주기를 기다렸다. 하지만 한참을 기다렸지만 아무도 무릎을 꿇지 않았다. 아이들 모두 시선을 쓰마란의 얼굴에 모은 채 그가 얼마나 좋은 음식을 제물로 내놓는지 지켜보고 있었다. 쓰마란이 고개를 들어 산등성이에 걸려 있는 해를 바라보았다. 전병처럼 둥글긴 했지만 여름날처럼 뜨겁진 않았다. 눈길을 거두는 순간, 자신과 쓰스가 유채밭에서 옷을 홀랑 다 벗고 있었던 장면이 떠올랐다. 그의 이마에 가느다란 땀이 삶아서 갈라진 계란처럼 배어 나왔다. 비가 쏟아지는 것처럼 거친 소리가 들렸다. 동시에 대나무 자로 얼굴을 후려치듯 주추이의 눈길이 자신의 얼굴을 찰싹 때리는 소리가 들렸다. 그는 쓰스 앞에서 고개를 숙이고는 콩 몇 알을 첫 번째 그릇에 떨어뜨리면서 혼잣말로 중얼거렸다.

"뭘 바치지? 뭘 바쳐야 할지 때려죽여도 생각이 안 나네."

란쓰스가 말했다.

"무를 곁들인 돼지고기찜을 바쳐."

쓰마란이 또 두 번째 그릇에 콩 몇 알을 떨어뜨렸다.

"그럼 이 그릇에는 뭘 바칠까?"

란쓰스가 또 말했다.

"무를 곁들인 돼지고기찜."

쓰마란이 또다시 세 번째 그릇에 마지막 몇 알의 콩을 떨어뜨렸다.

"이 그릇에는?"

란쓰스가 또 말했다.

"무를 곁들인 돼지고기찜. 채소도 있고 국물도 있고 고기도 있는 걸로 해줘. 나도 오빠가 살 때까지 살 거야."

서로의 얼굴을 쳐다보던 아이들은 눈길을 돌려 잡곡이 곧 가득 찰 것 같은 그 세 개의 그릇을 뚫어지게 바라보았다. 정말로 그릇 안에 붉은 줄의 하얀 고기와 국물을 잔뜩 머금고 있는 하얀 무가 한 덩이씩 담겨 있는 것 같았다. 아이들 모두 고기의 붉고 하얗고 걸쭉하고 느끼한 맛을 떠올리고 있었다. 국물을 잔뜩 머금어 즙이 아주 개운한 무를 떠올리고 있었다. 그러면서 하나같이 맛있는 음식들을 그렇게 많이 만들었지만 역시 무를 곁들인 고기찜이 가장 맛있다고 생각했다. 아이들 모두 쓰마란을 따라 무릎을 꿇고 한목소리로 장수경의 두 구절을 외웠다. 하지만 마음속으로는 여전히 무를 곁들인 돼지고기찜을 생각하면서 꿀꺽 소리가 날 정도로 침을 삼키고 있었다.

침 삼키는 소리에 놀란 란쓰스가 눈을 떴다.

두씨네 남매는 다른 사람들처럼 무릎을 꿇지 않고 있었다. 가느다란 버들가지처럼 무릎을 꿇고 있는 아이들 뒤에 꼿꼿하게 서 있었다.

란쓰스는 차가운 눈길을 두 남매의 얼굴로 향했다.

두주추이는 목을 한쪽으로 돌리면서 말했다.

"네가 우리 사촌오빠한테 시집가고 싶어 하는 것 다 알아."

그러고는 란쓰스가 그녀의 말이 무슨 뜻인지 알아차리기도 전에, 흙더미 위로 달려가 쓰스를 한쪽으로 밀치면서 말했다.

"나도 우리 사촌오빠랑 한날한시에 죽을 거야. 오빠가 살면 나도 살고 오빠가 죽으면 나도 죽을 거야. 나도 세 그릇 전부 무를 곁들인 돼지고기찜을 바칠 거야. 하얀 무와 붉은 무,

기름이 많은 고기와 기름이 없는 고기를 다 넣을 거라고."

이때 화가 치밀어 오른 쓰스의 검푸른 분노가 폭발했다. 자신의 물건을 주추이가 빼앗아 가기라도 한 것처럼 주추이를 흙더미 위에서 아래로 밀어버렸다. 상황이 부글부글 끓어 폭발하기 시작했다. 두 여자아이는 금방이라도 치고받을 것처럼 서로의 코에 삿대질을 하면서 체면 불구하고 욕을 해댔다. 하지만 정말로 치고받기 직전에 갑자기 마을 어귀에서 어른들의 발걸음 소리와 대화 소리가 들려왔다. 산비탈 저편에서 마을 사람들이 빈 관을 어깨에 지고 돌아오는 모습이 보였다. 아홉 마리 용을 수놓은 수의는 아무렇게나 관 위에 걸려 있었다. 검게 빛나는 게 마치 검은 물이 흐르는 폭포 같았다. 모든 아이들의 머릿속에서 쾅 하는 폭발음이 울렸다. 꿈에서 깬 것 같았다. 갑자기 타는 불에 찬물을 끼얹은 것처럼 흥미가 싹 사라져버린 아이들은 마을 사람들과 관을 바라보면서 아무 말도 하지 않았다.

한순간의 고요함이 너무나 신비했다. 아이들의 얼굴에 유년의 무력감이 한 겹 덮였다.

마을 어귀에서 두엔이 주추이와 두바이를 불렀다.

두바이와 주추이가 아버지에게로 갔다.

모든 아이들이 두바이가 자리를 뜨면서 띠풀 더미에서 그릇 하나를 들고 가는 것을 보았다. 그릇 안에는 눈처럼 희고 고운 밀가루가 절반쯤 담겨 있었다. 10여 쌍의 눈동자가 일제히 밀가루가 담긴 그릇을 향했다. 남매가 마을에 거의 도달할 때까지 밀가루는 햇빛 속에서 눈처럼 흰빛을 발했다. 그제야 모두들 안타까운 마음으로 눈길을 거두어 흙더미 아래 있는 세 개의 그릇을 살펴보았다. 그릇 안에는 겨와 풀 알갱이, 옥수수, 검은콩, 좁쌀, 메뚜기 껍질, 메뚜기 가루 등이 각각 들어 있었지만 밀과 밀가루는 찾아볼 수 없었다.

음산한 침묵이 풀밭 비탈에 천천히 가라앉았다.

쓰마후가 갑자기 사촌형과 사촌누나를 향해 저주를 퍼부었다.

"너희는 둘 다 마흔을 넘기지 못할 거야."

몇몇 아이들이 그를 따라 했다.

"맞아, 두바이와 주추이 남매는 마흔을 넘기지 못할 거야."

몇몇 아이들은 또 무릎을 꿇고 땅바닥에 머리를 조아리며 저주의 주문을 외웠다.

"두바이와 주추이가 마흔을 넘기지 못하게만 해주신다면 저희가 정말로 닭고기, 생선, 새우 등 모든 산해진미를 남겨놓겠습니다."

누구를 위해 남겨놓는다는 것인지는 깊이 따지지 않았다. 어쨌든 모든 아이들이 자신들의 기도가 틀림없이 효험을 발휘할 것이라고 굳게 믿으면서 자리를 떴다. 하늘은 늙고 땅은 황폐해지나 사람은 장수할 것이고, 잘 먹고 잘 입으면서 좋은 세월을 보내리라고 굳게 믿었다. 쓰마란은 무릎을 꿇지도 않았고 두바이와 주추이가 마흔을 넘기지 못하게 해달라는 저주의 주문을 외우지도 않았다. 그는 다른 아이들이 저주의 주문을 마치자 흙더미 아래에 구덩이를 세 개 파고 쓰스와 싼지우 자매로부터 잡곡이 담긴 그릇 세 개를 건네받아 그 구덩이 안에 묻었다. 그러면서 방금 어른들이 관을 이고 마을 동쪽의 외양간으로 들어가는 모습을 보고는 아이들에게 얼른 어른들을 따라 집으로 돌아가라고 말했다. 아이들 모두 흩어져 돌아갈 때, 그가 큰 소리로 말했다.

"누구든 여기 묻은 닭과 고기, 생선, 새우 등 산해진미를 몰래 파 갔다가는 절대 장수하지 못할 것이고, 이번 기근을 넘기지 못하고 굶어 죽게 될 거야."

해는 또다시 사람들 머리 위로 높이 떠올라 잘 구운 전병처럼 노랗게 마을 어귀 하늘에 걸려 있었다.

33장

이스라엘 자손의 온 회중이 여호와의 명령대로 신 광야에서 떠나 그 노정대로 행하여 르비딤에 장막을 쳤으나 백성이 마실 물이 없는지라. 백성이 모세와 다투어 가로되, 우리에게 물을 주어 마시게 하라……. 모세가 여호와께 부르짖어 가로되, 내가 이 백성에게 어떻게 하리까 그들이 얼마 아니면 내게 돌질하겠나이다. 여호와께서 모세에게 이르시되, 백성 앞을 지나가서 이스라엘 장로들을 데리고 하수를 치던 네 지팡이를 손에 잡고 가라. 내가 거기서 호렙 산 반석 위에 너를 대하여 서리니 너는 반석을 치라 그것에서 물이 나리니 백성이 마시리라. 모세가 이스라엘 장로들의 목전에서 그대로 행하니라.

정월을 잘 견디고 나니 날씨가 하루가 다르게 따스해졌다. 이해 초겨울에 한차례 눈비가 내린 것을 제외하면 작년도 그렇고 지금도 그렇고 계속 가물었다. 불에 타 전부 말라버린 것처럼 우물마저 상당 부분 말라버렸다. 원래 정월 초순이면 푸른빛이 돌아야 할 백양나무와 버드나무가 월말이 되도록 나무껍질이 전부 갈라져 누런빛을 띠고 있었다. 두말할 것도 없이 올봄에는 기근이 가장 깊은 후통처럼 길어질 것이 분명했다.

겨울이 가자 마을 사람들은 대문 밖에 나와 햇볕을 쬘 수 있었다. 이때 누군가 자기 집 대문 앞에 서서 길 가는 마을 사람에게 물었다.

"잘 견뎠군요?"

길 가던 사람이 찬란하게 웃으며 잘 견뎌냈다고 말했다. 이런 일문일답 사이에 두씨네 사람들은 란씨 성을 가진 사람들이 노소를 막론하고 전부 얼굴이 물처럼 붙어 있는 것을 발견했다. 놀란 표정을 짓고 있는 차에 란씨 성을 가진 사람 하나가 먼저 아! 하고 외치더니 역시 놀란 표정으로 물었다.

"두씨네 사람들은 왜 그렇게 전부 얼굴이 부은 거요?"

이리하여 모두들 집 안에 틀어박혀 겨울을 나는 동안 세 성씨 사람들 모두가 예외 없이 얼굴이 퉁퉁 부었다는 사실을 깨닫게 되었다. 모두들 자기 집 안에 틀어박혀 있다 보니 이런 사실을 모르고 있었던 것이다. 이처럼 어느 날 갑자기 날이 따스해져 문밖에 나와서야 모두들 부종이 이미 모든 사람들의 몸에 재난처럼 왕성하게 번지고 있다는 사실을 알게 되었다. 먹을 양곡이 있는 두엔 일가도 얼굴이 뒤룩뒤룩 살찐 것처럼 부어 있었다. 문을 나서 길을 걸을 때면 몇 걸음만 걸어도 몸이 흔들려서 지팡이를 짚지 않으면 땅바닥에 넘어졌다.

누군가 이해 겨울에 두껀의 아내가 세상을 떠나자 두껀이 그의 딸을 식량 삼아 먹어치웠다고 말했다. 처음에는 마을 사람들 모두 믿지 않았다. 사방에서 그의 이웃들이 하는 말을 듣고서야 마을 사람들 모두 봄날의 따스한 햇볕을 쬐러 마을 거리에 나와 돌아다녔지만 두껀 일가만 밖으로 나오지 않았다는 사실을 깨닫게 되었다.

모두들 그 말을 믿게 되었다.

그리하여 가서 촌장에게 보고했다.

촌장인 쓰마샤오샤오가 집에서 나오자 마을 사람들은 놀라서 혼이 나가고 심장이 떨렸다. 사실대로 말하자면 사람들 모두 지난 20일 동안 그의 얼굴을 보지 못했기 때문이다. 그러다 이번에 보니, 그는 이미 사람 꼴이 아니었다. 머리칼은 길고 푸석푸석한 것이 불에 탄 다음에 다시 녹이 슨 것 같았다. 몸은 죽은 홰나무 가지처럼 야위어 있었다. 하지만 그의 그런 얼굴은 세숫대야만큼이나 컸고 번쩍번쩍 빛이 났다. 가늘고 파란 천을 두른 맑은 물 같았다. 그가 집에서 문지방을 짚고 나와보니 마을 사람 전체가 거리에 나와 자신을 바라보고 있었다. 그는 손을 문지방에서 떼고 못처럼 문 앞 땅바닥에 뿌리를 박고 앉았다. 부어서 매끈매끈해진 얼굴 위로 땀이 비 오듯 흘러내리고 있었다.

"촌장님, 담장을 짚고 걸으세요."

그가 말했다.

"난 괜찮네."

그러면서 사람들 앞을 지나 두껀네 집을 향해 비틀비틀 걸어갔다. 걸음을 뗄 때마다 두 다리가 서로 꼬였다. 그는 마을 남자를 만나면 항상 한마디 던지곤 했다.

"이런 재난의 세월은 잘 견디기만 하면 될 걸세."

그러는 그의 얼굴에 물무늬 같은 미소가 번졌다. 두껀네 집에 가봤지만 한참이 지나도 안에서 사람이 나오지 않았다. 그가 두씨네 대문을 닫자 모여 있던 마을 사람들 모두 천천히 두씨네 문 앞으로 다가갔다. 두껀이 딸을 식량 삼아 잡아먹었다는 소문의 진위가 판별되기를 기다렸다. 사람들의 눈길이 두씨네 그 외짝 버드나무 대문 위로 모아졌다. 버드나무 문틈은 넓고 구부러져 있었다. 뱀 몇 마리가 문 위로 기어오르는 것 같았다. 그 기울어진 대문 꼭대기의 밀짚 덮개는 이미 어디로 갔는지 없고 마른 흙만 문지방 위에 얹혀 있었다. 비

760

가 조금만 내려도 흙이 빗물에 쓸려 가고 문틀도 무너져버렸을 것 같았다. 하지만 끝내 비는 오지 않았고 문도 무너지지 않았다. 시간은 병든 소가 풀을 씹는 것처럼 사람들이 마음을 다잡을 수 없을 정도로 느리게 흘렀다. 마침내 마을 사람들이 더 이상 참지 못할 지경에 이르렀을 때, 두씨네 버드나무 대문이 끼익 하고 께느른한 소리를 냈다.

쓰마샤오샤오가 문지방에 나타났을 때, 그의 얼굴에는 물무늬처럼 잔잔한 미소가 사라지고 온통 채소 이파리처럼 시퍼런 낯빛만 남아 있었다. 푸른빛은 진하고 뜨거웠다. 그는 마을 사람들을 쭉 훑어보고는 말을 거는 것 같기도 하고 혼잣말하는 것 같기도 한 어투로 말했다.

"그가 정말로 그 예쁜 딸을 잡아먹었을까? 잡아먹었다면 딸에게는 먹을 것을 주지 않고 있다가 굶어 죽은 다음에 잡아먹었겠지."

말을 마친 그는 두껀네 집 앞에 있는 바위에 주저앉아 머리를 두 무릎 사이에 묻고 땅 위에 돋아난 한 가닥 밀 줄기를 내려다보았다. 뚫어져라 내려다보면서 미동도 하지 않았다. 마을 사람들 모두 놀라 그의 앞에 둘러선 채 할 말을 잃은 표정을 하고 있었다. 사람들마다 얼굴이 죽음의 잿빛이었다. 그의 엉클어진 머리 위로 햇볕이 따스하게 내리쬐자 이 여러 마리가 쭈뼛 솟은 머리칼을 나무를 타듯 기어오르고 있었다.

햇볕이 나른하게 내리쬐는 동안 이들은 그의 머리를 휘감고 천천히 기어 다니면서 지직 지직 소리를 냈다. 그의 말 속에서 두꺼운 질책하는 어감을 감지한 사람은 아무도 없었다. 내일과 모레 마을 사람들의 세월이 어떻게 흘러갈 것인지 묻는 사람도 없었다. 그렇게 모두들 그 자리에 입을 다물고 서서 일이 벌어지기만을 기다리고 있었다. 침묵이 하늘과 땅의 어둠으로 변하기를 기다리고 있었다. 그러다가 누군가 입을 열었다.

"유채 대신 양곡을 보존할 걸 그랬어요."

입을 연 사람은 란바이수이였다. 그는 모여 있는 사람들 뒤쪽 땅바닥 위에 누워 있었다. 얼굴을 하늘로 향한 채 두 손으로 머리를 받치고 있었다. 그의 말 속에는 안개처럼 진한 원망이 담겨 있었다. 흐르는 물 같았다. 그리고 이때 또 다른 사람이 입을 열었다.

"메뚜기가 몇 날 며칠 흩어지지 않는데 자네는 농작물을 보전할 수 있겠나?"

이렇게 말한 사람은 두옌이었다. 사람들 무리에 끼어 있던 그가 말했다.

"오늘이 갑자년인데 기근이 곧 지나가리라는 보장이 없으니 앞으로 마을 사람들이 살아갈 방도를 상의해야 합니다."

여기까지 말했을 때, 쓰마샤오샤오가 고개를 들고는 천천히 담장을 짚고 몸을 일으켜 마을 사람들을 한 번 쭉 훑어보고 나서 말했다.

"다들 돌아가서 아내와 아이들을 데리고 맥장으로 집합하도록 하세요. 상황을 봐서 마을의 양곡과 채소 종자를 분배하도록 하겠습니다."

란바이수이가 땅바닥에서 일어섰다.

"양곡 종자를 분배한다는 것은 자손의 대를 끊겠다는 거로군요."

쓰마샤오샤오가 웃으면서 말했다.

"그렇다고 인육을 먹는 꼴을 눈 뜨고 볼 수는 없잖아."

란바이수이가 미지근한 어투로 말했다.

"그럼 사람 수대로 정확히 분배하도록 하세요. 식구가 많은 집에는 많이 분배하고 식구가 적은 집은 적게 분배하는 겁니다. 사람들이 다 굶어 죽으면 촌장 일도 헛수고가 되고 말 테니까요. 산싱촌에 몇 대에 걸쳐 누구나 마흔을 넘기지 못하고 목구멍 병으로 죽었지만 밥 짓는 연기가 끊기고 산 채로 굶어 죽는 일은 없었잖아요."

말을 마친 란바이수이는 뜻밖에도 먼저 자리를 떴다. 마을 사람들 모두 그를 따라 흩어져 돌아갔다. 쓰마샤오샤오와 두옌 두 사람만 남자 물처럼 부은 얼굴 때문인지 과거의 갈등은 흔적도 없이 사라진 것 같았다.

쓰마샤오샤오가 웃으면서 물었다.

"정말 이 재앙이 이삼 년이나 갈까?"

두옌이 말했다.

"만년력에는 그렇게 쓰여 있어요. 믿지 않아도 안 되지만 전부 다 믿어서도 안 되지요."

두 사람은 그렇게 헤어져 돌아갔다. 흙처럼 붉은 발걸음 소리가 나무판 위에 물 떨어지는 소리처럼 맥없이 후통 양쪽에 울렸다. 얼마 후 집집마다 똑같은 발걸음 소리가 울리더니 그대로 저벅저벅 마을 뒤편의 맥장을 향해 떠내려갔다.

겨울이 지난 맥장은 바람과 햇볕을 오래 겪은 탓인지 따스하긴 했지만 텅 빈 공터로 변해 있었다. 마을의 창고를 겸하고 있는 작은 건물은 돌을 쌓아 만든 두터운 담장에 싸여 맥장 한구석에 자리 잡고 있었다. 돌 틈새마다 회색 흙과 마른 풀이 잔뜩 끼어 있었고 가끔씩 죽은 메뚜기가 마른풀과 같은 색깔로 담장에 매달려 있기도 했다. 마을 사람들이 전부 맥장에 모였다. 막 따스해진 날씨에 약간 응달이 져 있어 이곳은 공기 중에 습기를 잔뜩 머금은 풀과 나무에 재 가루를 버무려놓은 것 같았다. 사람들은 가구별로 적당한 곳을 찾아 자리를 잡고 앉았다. 아이들은 더 이상 한데 어울려 마구 뛰어다니지 않았다. 아이들은 부모들의 다리를 베고 땅바닥에 누웠다. 말라비틀어진 콩나물처럼 축 늘어져 있었다. 종자를 분배받기 위해 바구니나 자루를 들고 온 가구는 한 집도 없었다. 친척집에 갈 때 들고 가는 작고 빨간 길상(吉祥) 바구니를 들고 온 집도 있고 부엌에서 밥을 할 때 입는 붉은 앞치마를 들고 온 집도 있었지만, 훨씬 많은 사람들이 아예 빈손으로 와서 옷자락에 양곡을 담아 가려고 기다리고 있었다. 하지만 종자는 이미 전해 겨울에 다 파종했고 겨우내 가물어 밀 종자 열 알 중에 두세 알만 싹을 틔웠다는 사실을 아무도 알지 못했다. 밀 수확 철에 종자로 쓸 만한 양을 수확할 수 있을지도 모를 일이었다. 창고에 남아 있는 것은 전부 밭 가장자리에 심을 예정이었던 통 종자였다. 유채 종자로 말하자면 알갱이 하나가 이의 똥만큼이나 작아 한 움큼이면 밭 한 무에 심을 수 있으니 80근이면 마을 전체에 심을 수 있는 양이었다. 이런 상황에서 종자를 얼마나 분배받을 수 있기를 기대할 수 있겠는가? 서너 근씩 분배된다 해도 한 집안에 굶주린 입 몇 개가 있는데 함께 섞어 먹을 메뚜기 가루도 없이 며칠이나 먹을 수 있단 말인가? 하지만 얘기는 다시 원점으로 돌아왔다. 자손이 끊기는 한이 있어도 양곡의 종자를 분배해야 한다는 것이었다. 남자들의 얼굴에는 태연한 표정이 가득했지만 마음속으로는 몹시 우울했다. 마을에 콩 종자가 없고 밀이 전체 작물의 7할을 차지하는 상황이라면 콩을 심을 시기가 되어도 더 이상 콩을 파종할 수 없게 되고, 결국 마을 전체가 산 채로 굶어 죽는 수밖에 없기 때문이다. 하지만 여자들은 너무 많은 것들을 생각하지 않았다. 여자들은 지금 당장 먹을 양식이 있으면 아이들에게 양곡 냄새가 나는 밥 한 끼 해줄 수 있고, 아이들이 오늘 하루만큼은 자신들의 몸에 매달려 울며 보채는 일이 없으리라는 것으로 만족했다. 이리하여 모두들 눈길이 맥장 한구석에 있는 창고 건물로 향했다. 모든 눈길이 창고 담장 서쪽의 오솔길을 향했다.

쓰마샤오샤오가 그 길을 따라 올라왔다. 손에는 작은 저울을 하나 들고 있었다. 저울추가 그의 다리 사이에서 찰랑찰랑 부딪쳤다. 창고 건물 앞에 이른 그는 그 자리에 가득 모여 있는 마을 사람들을 바라보면서 물었다.

"어느 집 아이가 오지 않았나요? 사람이 오지 않으면 그만큼 분배되는 몫이 줄어듭니다."

란바이수이가 사람들 무리 속에서 무슨 근거로 그렇게 정했느냐고 물었다. 쓰마샤오샤오가 웃으면서 말했다.

"오지 않는 아이는 아마 겨울에 이미 굶어 죽었을 텐데 양곡을 분배해준들 무슨 소용이 있겠나?"

란바이수이는 얼른 딸들을 데리러 집으로 돌아갔다. 류스와 우스, 쓰스, 싼지우 등 네 딸들은 침대에 누운 채 걸음을 떼기도 힘들었다. 하지만 물론 맥장에 가지 않아 양곡을 분배받지 못하는 일이 있어선 안 될 일이었다.

남자들 몇몇이 그를 따라 집으로 돌아갔다. 잠시 후 그들은 아이들을 등에 업거나 손을 잡아끌고서 다시 맥장으로 돌아왔다. 쓰마샤오샤오가 사람 수를 세어보니 다 합쳐서 121명이었다. 작년에 비해 스물아홉이나 줄어든 숫자였다.

그가 두옌에게 물었다.

"유채를 수확한 뒤로 오늘날까지 스물아홉 명이 세상을 떠난 건가?"

두옌이 말했다.

"그렇습니다. 정수에서 딱 한 명이 부족하지요."

이렇게 양곡의 분배가 시작되었다.

창고 자물쇠에 녹이 스는 것을 방지하기 위해 쓰마샤오샤오는 문틀에 범포를 대고 못을 박아 자물쇠를 덮어두었다. 그는 마을 사람들이 보는 앞에서 솜저고리를 벗고 그 안에서 헝겊을 한 조각 찢어내더니 하얗게 빛나는 열쇠 두 개를 꺼냈다. 그러나 자물쇠를 만지는 순간, 손이 문틀에 얼어붙고 말았다.

자물쇠가 이미 열려 있는 것이었다. 누군가 지렛대를 밀어넣어 비틀어 연 것이다.

부어서 반짝반짝하던 얼굴빛이 한순간에 다 사라져버리고 또다시 자줏빛이 두껍게 그의 얼굴을 뒤덮었다. 마을 사람들 모두 지렛대에 비틀어진 자물쇠 두 개가 너무 굶주려

다물어지지 않는 입처럼 열려 있는 모습을 보았다. 모든 사람들의 얼굴이 창백해지면서 일제히 멍한 표정을 지었다.

모두들 창고를 향해 다가가 에워쌌다. 쓰마샤오샤오가 말했다.

"이런 조상 대대로 염병할, 어느 놈이 대가 끊어지려고 이런 짓을 한 거야!"

그는 자물쇠를 푼 다음, 창고 문을 열었다. 반 포대의 완두와 반 포대의 녹두, 두 포대의 옥수수, 백 근이 넘는 유채 종자가 전부 완전무결하게 긴 의자 위에 나란히 놓여 있었다. 자루 입구에 달아놓은 쥐덫도 봉인된 자리에 그대로 달려 있었다. 다만 쥐덫마다 쥐의 피가 묻어 있고 쥐는 한 마리도 없었다.

두말할 것도 없이 자물쇠를 비틀어 연 사람은 창고에 들어올 때마다 덫에 걸린 쥐만 잡아가고 자루에 든 양곡에는 손을 대지 않은 것이었다. 문을 통해 비쳐 들어오는 빛줄기가 침대에 깐 하얀 침대보 같았다. 나란히 줄을 맞춰 놓여 있는 양곡 자루를 바라보던 쓰마샤오샤오가 창고 안으로 들어온 남자들을 쳐다보면서 말했다.

"어느 집에 녹두 반 그릇을 더 줘야 할지 알 것 같군."

그런 다음 창고에서 나와 마을 사람들을 훑어보았다. 모두들 창고를 에워싸고 놀란 표정을 짓고 있었지만 두건만 멀찌감치 떨어진 곳에 앉아 마을 쪽을 바라보고 있었다. 얼굴이 허옇게 뜬 채 아무 말도 하지 않고 손으로 아들 두쌍을 단도리하고 있었다.

쓰마샤오샤오가 다시 창고 안으로 들어갔다. 그가 말했다.

"이런 젠장, 두껀 형제가 마을에서 제일 훌륭한 사람인 줄 미처 몰랐군!"

그의 말뜻을 이해하지 못한 마을 사람들은 전부 멍한 표정으로 쓰마샤오샤오를 쳐다보았다. 그는 마을 사람들의 눈길에는 아랑곳하지 않고 사람들에게 양곡을 전부 맥장 한가운데로 옮겨 일렬로 늘어놓으라고 지시했다. 그런 다음 이리저리 걸음을 옮기면서 쉴 새 없이 아이들의 머릿수를 셌다. 최종적으로 숫자가 확정되자 유채 종자 자루를 들고 다시 창고로 돌아가 창고 문에 자물쇠를 채웠다. 그러고는 사람들 사이를 거닐면서 마을의 모든 아이들을 하나하나 쳐다보다가 콩이 절반 정도 담긴 자루 위에 앉아 삼밧줄처럼 길고 굵은 한숨을 내쉬었다. 두껀에게서 담뱃대를 건네받은 그는 쌈지에서 유채 잎을 꺼내 피우려고 손을 떨면서 한참을 헤집었다. 하지만 꺼내 든 담배통은 비어 있었다. 이리하여 그는 자신의 솜저고리에서 솜을 조금 뜯어 담배통에 쑤셔 넣고 불을 붙여 빨았다. 하늘은 온통 잿빛이었다. 겨울이 끝나고 봄이 시작되는 때인데도 한기가 때로는 진하게 때로는 연하게 맥장 위를 떠돌았다. 쓰마샤오샤오가 토해낸 솜 연기는 여기저기 한데 뭉쳐 좀처럼 흩어질 조짐을 보이지 않았다. 퉁퉁 부은 그의 얼굴이 청백색으로 변했다. 그렇게 연기 속에서 그는 몇 번 심한 기침을 했다. 위장 전체를 토해내려는 것 같았다. 그런데도 한 모금 또 한 모금 계속 솜 담배를 빨아댔다. 맥장에서는 아이 울음소리가 전혀 들리지 않았다. 뛰어다니는 아이도 없었다. 솜 담배 연기가 허공을 떠도는 소리가 크고 낭랑했다. 거친 침대보가 바람에 펄럭이는 것 같았다. 남자 하나가 말했다.

"촌장님, 어서 분배하시지요."

분배가 끝나면 집으로 돌아가 밥을 해서 한 달 동안 맡지 못했던 냄새를 맡아보려는 것이었다. 쓰마샤오샤오가 남자를 힐끗 쳐다보고는 두껀에게 다가가 담뱃대를 돌려주고 다시 돌아와 양곡 자루 앞에 섰다. 여자들도 더 기다리지 못하고 천 조각 같은 아이들을 한쪽에 내려놓고 양곡 포대 앞으로 걸어 나와 입구가 열린 옥수수 자루와 콩 자루 위로 눈길을 던졌다. 그 눈길에 밀려 자루 입구로 모습을 드러낸 옥수수와 콩 알갱이들이 다시 몸을 굴려 안으로 파고들어가기 시작했다. 여자 하나가 녹두 한 알을 집어 입 안에 넣으려 하자 쓰마샤오샤오가 매서운 어투로 내려놓으라고 말했다. 여자가 녹두 한 알을 다시 자루에 넣으면서 말했다.

"촌장님, 도대체 언제 양곡을 분배하실 겁니까?"

쓰마샤오샤오는 다시 한번 마을의 아이들을 둘러보았다. 두껀을 바라보고 자신의 세 아들 선과 린, 무를 바라보았다. 그러고는 옥수수 자루를 무겁게 걷어찼다. 자루에 난 구멍에서 샛노란 옥수수 알갱이가 와르르 요란하게 쏟아져 맥장 위에서 빛을 발했다. 해가 부서져 그 자리에 쌓인 것 같았다. 마을 사람들의 눈이 빙글빙글 돌면서 눈길이 일제히 그 옥수수 위로 모아졌다.

"오늘, 이 쓰마샤오샤오는 산싱춘의 죄인이 될 것 같습니다."

쓰마샤오샤오는 마을의 남자와 여자들을 바라보지 않고 아이들에게로 눈길을 던졌다. 집집마다 하나씩 꼭 있는 난쟁이나 닭 가슴, 멍청이 같은 장애아들에게 눈길을 던진 채로 거친 숨을 몰아쉬며 말했다.

"여러분이 우리 조상 팔대를 욕하고 이 쓰마샤오샤오의 다리를 부러뜨리기 바랍니다. 이 쓰마샤오샤오의 목숨을 가져간다 해도 나는 방귀 한번 뀌지 않을 겁니다. 한가한 소리 한마디도 하지 않을 겁니다."

여기까지 말하고 나서 그는 힘이 없는지 잠시 쉬었다가 이마 위에 배어 나온 땀을 닦았다. 그러고는 다시 하던 말을 이어갔다.

"내가 계산을 해보았는데 여기 두세 자루의 양곡이 있고 100개가 넘는 입이 있습니다. 봄을 넘기고 밀이 익을 때가 되면 염병할 이 100여 명의 사람들 모두 산 채로 굶어 죽게 됩니다. 하지만 집집마다 입을 몇 개만 줄일 수 있다면 아마도 밀이 익을 때까지 버틸 수 있을 겁니다. 그렇게만 된다면 절반 정도의 사람들이 이 기근을 이기고 살아남을 수 있을 겁니다. 하지만 입을 줄인다면 누구의 입을 줄여야 하겠습니까?"

그는 마을 사람들을 쳐다보다가 사람들의 눈길이 전부 자신의 얼굴에 고정되어 좀처럼 움직이지 않는 것을 발견했다. 자신이 촌장이 된 이래로 어떤 회의든지 마을 사람들이 이처럼 훌륭하게 질서를 지킨 적이 없었다. 나란히 서 있는 마을 사람들의 숨 쉬는 소리가 들렸다. 문을 닫은 다음에 문틈으로 새어 들어왔다 나가기를 반복하는 바람 소리 같았다. 반면에 자신의 숨소리는 찢어진 다음에도 할 수 없이 계속 사용해야 하는 망가진 풀무 같았다.

"먹어야 하는 입을 줄일 수 있다면 어떤 입을 줄이는 것이 좋겠는지 말씀해보세요."

그는 마을 사람들에게 묻고 나서 대답도 자신이 했다.

"모두들 어떤 사람들의 입을 줄여야 하는지 다 아실 겁니다. 열 살이나 열두 살 된 아이들은 채찍 손잡이만큼도 자라지 못했을 겁니다. 우리 집 큰애나 둘째, 셋째도 그렇지요. 그렇게 열 몇 살인데도 자라지 않는 아이 혹은 나이는 어리지만 머리가 작고 가슴이 큰 장애아들의 입을 줄여야 할 겁니다. 이런 아이들은 집집마다 한둘씩 다 있을 터이니 적게 잡아도 입을 서른 개 남짓 줄일 수 있을 겁니다. 이 서른 개 남짓 되는 입을 줄이면 마을에 남는 사람이 100명이 채 안 될 것이고, 오늘 분배되는 이 양곡으로 밀이 익을 때까지 버틸 수 있을 겁니다."

여기까지 말하고 나서 쓰마샤오샤오는 몸을 한 바퀴 돌려 모든 사람들의 얼굴을 살펴보았다. 마을 일을 주관하는 남자들은 그의 말을 잘 이해하지 못하는 것 같았다. 그의 말에 대해 아무도 분노하거나 괴로워하지 않았다. 그를 욕하거나 때릴 기세로 나서는 사람도 없었다. 통통 부은 사람들의 어두운 잿빛 얼굴마다 희미하게 푸른 채소 같은 빛이 한 겹 덮여 있었다. 그는 마을 사람들이 자신의 말을 알아들은 것이라고 생각했다. 모두가 자신이 했던 계산을 속으로 따라 했을 것이라고 생각했다. 두껀이 먼저 장애아 딸을 굶어 죽게 하거나 남들 몰래 딸을 식량으로 삼지 않았다면 그의 가족이 지금까지 살아 있었을까 하는 생각을 했다. 그는 다시 여자들과 아이들의 얼굴을 살펴보았다. 여자들의 눈길은 여전히 양곡 포대를 주시하고 있고, 아이들은 여전히 여자들의 팔과 다리에 머리를 기댄 채 정신없이 자고 있었다. 그는 자신의 아들 선과 린, 무를 찾아보았다. 선과 린, 무는 란과 루, 후와 함께 엄마를 에워싸고 어디서 났는지 모르는 무말랭이 조각 하나를 놓고 요란하게 떠들면서 다투고 있었다. 한 무리 쥐가 먹이를 다투는 것 같았다.

쓰마샤오샤오가 말했다.

"나를 욕해도 좋고 때려도 좋습니다. 나는 산싱촌의 촌장이니 하늘이든 땅이든 내가 한마디하면 모두가 따라야 합니다. 오늘 양곡을 분배하되, 장애가 있는 아이들에게는 분배하지 않도록 하겠습니다."

그러고는 뚝 하고 말을 멈췄다.

하늘에는 구름이 바러우산맥 깊은 곳을 향해 떠가고 있었다. 맥장에 또다시 빛이 들어오자 온통 부은 얼굴들이 물처럼 빛났다. 눈과 코가 달린 양초 쟁반 같았다. 사방에 황갈색으로 쭉 이어져 있는 밭도 물처럼 부은 얼굴 같았다. 희멀건 청맥 싹은 부은 얼굴 위에 가끔씩 나타났다 사라지는 퍼런 심줄과 혈관 같았다. 이때 여자들은 모두 쓰마샤오샤오의 말을 알아들은 것 같았다.

과부 하나가 물었다.

"촌장님, 장애가 있는 아이들에게는 식량을 주지 않는다는 말씀인가요?"

쓰마샤오샤오가 말했다.

"네, 그래요."

과부가 말했다.

"그 애들은 사람이 아닌가요?"

쓰마샤오샤오가 말했다.

"그 애들은 사람이 아닌 셈 칩시다."

과부가 말했다.

"그럼 그 애들을 산 채로 굶어 죽게 할 작정이신가요?"

쓰마샤오샤오가 마을 사람들을 향해 외쳤다.

"나는 그 아이들에게 식량을 주지 않을 겁니다. 어느 집이든 기근을 버텨낼 수 있다면 장애가 있는 아이들에게도 양식을 먹여도 돼요."

과부는 더 이상 아무 말도 하지 않았다. 그저 자기 다리 밑에서 누워 자고 있던 언청이 바보 아이를 품에 꼭 껴안을 뿐이었다.

아무도 말을 하지 않았다. 쓰마샤오샤오의 말뜻을 알아들은 장애아들이 눈길을 그의 얼굴로 옮기기 시작했다. 모든 눈길이 너무도 슬프고 간절했다. 이렇게 슬프고 간절한 눈길을 보내 촌장에게 호소하려는 것 같았다. 하지만 촌장은 아예 이 아이들을 거들떠보지도 않았다. 그는 양곡 자루를 바라보면서 저울을 가져다 한 그릇 담아 달아보았다. 그러더니 그릇에서 한 줌을 집어 덜어내고는 다시 한쪽에 내려놓고 나서 말했다.

"양곡 분배를 시작합시다. 우리 집부터 시작하지요. 내가 이름을 부르면 아이들은 이쪽으로 와서 서고 이름을 부르지 않은 사람은 저쪽에 서도록 해요."

그러고 나서 그는 선과 린, 무의 이름을 불렀다. 선과 린, 무는 저쪽에서 너무나 달콤한 무말랭이 조각을 씹고 있던 터라 자신들을 부르는 소리를 듣지 못했다. 그러자 그가 앞으로 손을 내밀어 요우빙(油餠) 두 개를 들듯 린과 무를 맥장 동쪽 공터로 데려다 놓은 다음 또 선을 끌고 가면서 말했다.

"너희들 여기서 꼼짝하지 말고 있어야 돼. 양곡 분배가 끝나면 엄마에게 맛있는 걸 해주라고 할 테니까 말이야."

아이들은 자신들을 이쪽에 서 있게 하는 것이 더 이상 살지 못하게 하는 것이라는 사실을 알지 못했다. 다시 말해서 자신들을 죽음 더미에 던져놓은 것이라 곧 메뚜기처럼 생명이 끊어지리라는 사실을 알지 못했다. 선과 린, 무는 맛있는 걸 해준다는 말을 듣고는 일제히 눈을 크게 뜨고서 감사하는 마음으로 생부의 얼굴을 바라보았다. 이어서 쓰마샤오샤오는 또 몇몇 아이들의 이름을 불렀지만 아무도 앞으로 나오지 않았다. 그는 아이들의 이름을 다시 부르지 않고 마을 사람들을 가구별로 불러내 확인하여 장애가 있는 아이들을 죽음의 무더기 쪽에 가서 서게 했다. 열 살쯤 된 벙어리 사내아이 하나를 끌어내자 아이의 엄마가 말했다.

"촌장님, 그 아이는 정신은 멀쩡하단 말이에요."

쓰마샤오샤오가 말했다.

"그럼 말을 몇 마디 해보라고 해요. 내가 들어보고 문제가 없으면 오늘 양곡을 나눠 줄 테니까요."

아이 엄마는 하는 수 없이 아이를 안고 가버렸다. 그다음은 란바이수이 집 차례였다. 란씨네는 셋째인 란치스부터 다섯째 란우스까지 세 딸이 모두 가슴과 등이 불룩 튀어나온 기형이었다. 더 크지 못하는 세 마리 병아리 같았다. 그가 이 세 아이를 끌어내려 하자 란바이수이가 말했다.

"치스와 류스, 우스도 사람 목숨인데 두 눈 멀쩡히 뜨고 아이들을 굶어 죽게 해야 한단 말이에요?"

쓰마샤오샤오가 말했다.

"다른 방법이 없네. 조금 있다 양곡을 분배할 때 자네가 저울을 맡도록 하게. 선과 린, 무에게도 마찬가지로 양곡을 분배하지 않네."

란바이수이는 장애가 있는 세 딸의 몸을 어루만지면서 고개를 돌려 다른 쪽을 바라보면서 말했다.

"애들을 저쪽으로 데려가세요."

쓰마샤오샤오가 란치스와 란류스, 란우스를 장애아들이 모여 있는 쪽으로 끌고 갔다. 밥을 다 먹고 난 빈 그릇처럼 세 아이를 한쪽에 놓아두었다. 세 아이 가운데 란류스의 외모가 가장 흉했다. 등과 가슴이 고르지 못할 뿐만 아니라 목에 커다란 혹이 하나 있어 걸음을 뗄 때마다 노란색과 흰색이 뒤섞인 모습이었다. 누워 있는 토끼 같았다. 하지만 그 애의 마음은 비할 데 없이 맑고 깨끗했다. 그 애가 자리로 돌아가려는 쓰마샤오샤오를 부르면서 물었다.

"아저씨, 저희를 굶어 죽게 하시려는 건가요?"

쓰마샤오샤오가 멍한 표정을 지었다. 얼굴에 한 겹 흰빛이 스쳐 지나갔다. 그가 말했다.

"하늘에는 눈이 달려 있지 않단다."

류스가 말했다.

"아저씨, 우리에게도 양곡을 좀 나눠 주세요."

쓰마샤오샤오가 말했다.

"한 사람 앞에 한 줌씩만 나눠 줘도 서른 몇 명이니까 다 합치면 한 바구니가 되겠구나."

란류스가 격하게 울음을 터뜨렸다. 눈물이 얼굴을 타고 흘렀다. 흐른 눈물은 목에 난 혹을 타고 산을 넘듯 그녀의 몸 위로 떨어졌다. 해가 높이 떴다. 햇빛이 찬란한 황금빛에서 온통 흰색으로 변했다. 어느 정도 여름의 맛이 담겨 있었다. 마을 사람들은 입고 있는 솜저고리가 확연히 두껍게 느껴졌다. 누군가 솜저고리를 벗어 던지고 맥장 가장자리에 앉아 이를 잡기 시작했다. 이가 터지는 붉은 소리가 톡톡 울렸다. 맥장에 피비린내가 떠다녔다. 장애가 있는 아이들은 한쪽에 모여서 있었다. 얼굴에 근심과 처량함이 뚜렷했다. 자신들이 들어갈 관을 바라보고 있는 것 같았다. 어떻게 된 일인지 전혀 모르는 아이들은 땅바닥에 엎드려 자거나 무슨 장난감 같은 것을 가지고 다투고 있었다. 아이 엄마들은 얼굴에 잿빛 초조함과 무력감이 가득한 채 아이들과 쓰마샤오샤오의 얼굴을 번갈아 쳐다보다가 다시 자기 남편의 얼굴에서 뭔가를 찾으려 애썼다. 하지만 남편의 얼굴에서 찾을 수 있는 것이라고는 차가운 막막함과 벽돌 같은 우둔함뿐이었다. 여자들은 서로를 쳐다보면서 아무 말도 하지 못했다. 양곡을 나눠 주지 않으니 아이들이 그냥 굶어 죽는 것을 보고만 있어야 하나 하는 생각을 했다. 옥수수 알갱이 하나만 있어도 밥을 할 수 있을 것이라는 생각도 들었다. 돼지나 강아지라도 새끼를 먹이는 것이 당연한데 저 아이들은 사람이라는 사실을 생각했다. 그리하여 여자들의 이런 생각들은 마음속에서 원한으로 변했다. 모두들 잔뜩 독이 오른 눈빛으로 쓰마샤오샤오를 노려보았다. 란창셔우의 아내가 소아마비인 아이를 다시 데리러 가서는 아이를 꼭 껴안으며 쓰마샤오샤오에게 말했다.

"쓰마 촌장, 우리 아이가 굶어 죽으면 내가 촌장 당신네 집 무덤을 전부 다 파버릴 거야."

쓰마샤오샤오가 느리지도 빠르지도 않은 어투로 태연하게 말했다.

"힘이 남아 있거든 지금 당장 가서 파버리지 그래요."

여자가 말했다.

"우리 아이는 멍청하지도 않고 바보도 아니에요. 키도 아주 크단 말이에요."

쓰마샤오샤오가 말했다.

"그 애 다리는 마 줄기 같잖아요. 그 애 키가 얼마나 되는지 물어봐요. 어느 집 딸이 그 애한테 시집을 가려고 하겠어요? 그 애한테 시집가겠다는 아이가 있다면 양곡을 깎지 않고 그대로 분배하겠소."

여자는 애걸하는 듯한 눈빛으로 마을 사람들을 바라보았다. 딸을 자기 아들에게 시집보내기를 원하는 집을 찾고 있는 것 같았다. 하지만 마을 사람들의 얼굴을 훑던 그녀의 눈두덩이 새빨개졌다.

"시집가겠다는 아이가 없지요?"

쓰마샤오샤오의 이 말은 그녀에게 던지는 것 같기도 하고 마을 사람들에게 던지는 것 같기도 했다. 이렇게 묻고 나서 여자에게 다가간 그는 품 안의 아이를 요구했다. 그녀가 아이를 안고 있던 손을 풀었다. 하지만 쓰마샤오샤오가 아이를 데려가려 하자 이 소아마비 아이가 하늘과 땅이 떠나갈 듯이 큰 소리로 울어대기 시작했다. 그 자리에서 곧장 죽어버리기라도 할 것 같았다. 아이의 울음소리에 놀란 여자가 갑자기 거친 동작으로 날듯이 달려들어 머리로 쓰마샤오샤오의 등을 받아버렸다.

쓰마샤오샤오가 담벼락처럼 넘어졌다.

여자가 다시 자신의 아이를 빼앗았다.

땅바닥에서 몸을 일으킨 쓰마샤오샤오는 문득 쓰마루가 얌전히 엄마 옆에 서 있는 것을 발견했다. 선과 린, 무, 란, 후 등 나머지 다섯 아이들은 그 여자를 향해 달려가 머리로 여자의 등을 들이받고 손으로 그녀의 얼굴을 할퀴었다. 놀란 여인은 재빨리 아이를 낚아채 이리저리 뛰어다녔다. 날카로운 비명 소리가 푸른빛과 자줏빛으로 맥장 위를 날아다녔다. 그가 황급히 다섯 아이들을 저지했다. 만월에 마구 짖어대는 강아지 새끼들을 저지하는 것 같았다.

쓰마란이 형제들 가운데 서서 멀리 달아나는 여자를 미움 가득한 눈빛으로 노려보면서 말했다.

"아버지, 저 여자 집에는 양곡을 나눠 주지 말아요."

쓰마샤오샤오는 사람들 사이에서 란창셔우를 찾았다.

"자네 딸을 보내지 않으면 자네 가족의 몫의 양곡은 없네."

란창셔우가 아무 말도 하지 않고 아내에게로 다가가 따귀를 한 대 갈기고는 아이를 맥장 동쪽 장애아들이 모여 있는 곳으로 끌고 갔다. 하지만 그가 장애아들이 있는 곳에서 몸을 돌리는 순간, 아내가 땅바닥에 쓰러져 있는 모습을 보게 되었다. 몇몇 사람들이 그녀의 이름을 부르면서 인중을 눌러 대고 있었다. 여자 하나가 란창셔우의 아내를 살피면서 란창셔우를 향해 놀란 어투로 소리쳤다.

"당신이 아내를 때려 죽였어요. 전혀 숨을 쉬지 않는다고요."

그가 아내에게 다가가 살펴보더니 큰 소리로 말했다.

"이 여자는 먹는 것만 좋아하고 게을러요. 끼니마다 옥수수를 반 개씩 먹으라고 했는데 이 여자는 항상 한 개씩 먹었단 말이에요. 이 여자가 아니었더라면 우리 집 양식이 이웃들 가운데 가장 먼저 떨어지진 않았을 거예요. 이 여자가 죽어야 나랑 아이들이 이 재난을 버텨낼 수 있단 말이에요."

여자들은 입을 다물고 아무 말도 하지 못했다.

이리하여 더 이상 쓰마샤오샤오가 장애아들을 데리고 가는 것을 막지 못했다. 서른한 명의 장애아들과 바보 어른 둘은 모두 맥장 동쪽으로 가서 곧 죽을 가축들처럼 여기저기 흩어져 앉았다. 그리고 나서 정식으로 양곡 분배가 시작되었다. 정상인들에게는 작은 그릇을 하나씩 주고 손으로 한 줌을 더해 주었다. 한 집 한 집 줄을 서서 쓰마샤오샤오 앞을 지나갈 때 그가 사람 수를 세어 여섯이라고 말하면 란바이수이

782

가 작은 그릇으로 여섯 번을 퍼 준 다음 옆에서 두옌이 여섯
줌을 더해 주었다. 쓰마샤오샤오가 셋이라고 말하면 란바이
수이가 작은 그릇으로 세 번 퍼 준 다음 두옌이 다시 세 줌을
더해 주었다. 집집마다 양곡이 다 분배되자 자루 안에는 붉
은 완두 몇 근밖에 남지 않았다. 쓰마샤오샤오가 자루를 들
고 집집마다 여자들에게 반 줌씩 나눠 주었다. 그러고는 마
지막으로 자루를 바닥에 던져놓고는 잔뜩 모여 있는 그 장애
아들을 가리키며 갑자기 큰 소리로 말했다.

"식량 분배가 끝났으니 장애아들을 데리고 집으로 돌아들
가요. 나도 마음이 아파서 저 아이들을 굶게 할 수 없을 것 같
네요. 하지만 아이들에게 밥을 먹게 하면 가족 전체가 굶어
죽게 될 겁니다. 모두가 마음을 독하게 먹고 아이들을 전부
맥장 건물 안에 가두면 어떻겠습니까."

아무도 말을 하지 못했다. 모두들 쓰마샤오샤오의 얼굴을
뚫어져라 쳐다보았다.

쓰마샤오샤오가 말했다.

"부모로서 독한 마음을 먹어야 한다는 게 아니라 하느님
으로서 독한 마음을 먹어야 한다는 겁니다."

사람들은 여전히 마른 우물처럼 침묵하고 있었다.

쓰마샤오샤오가 말했다.

"내게도 장애아가 셋이나 있어요."

하지만 쓰마샤오샤오는 바위가 무너지고 하늘이 놀랄 만한 일이 벌어지리라고는 생각지 못했다. 모두가 침묵하는 가운데 그의 한마디가 툭 하고 입에서 땅바닥으로 떨어지자 가장 먼저 움직인 사람은 줄곧 아무 말도 없고 표정도 없었던 란바이수이였다. 그는 손에 들고 있던 빈 그릇을 내려놓고는 아무도 돌아보지 않고 쓰마샤오샤오 앞을 지나쳐 맥장 동쪽으로 가서는 란치스와 란류스, 란우스를 데리고 말없이 마을을 향해 걸음을 옮겼다. 쓰마샤오샤오는 그의 뒷모습을 바라보면서, 그가 손을 잡고 가는 세 장애아들을 바라보면서 가슴이 철렁했다. 자신이 남편이자 아버지라는 사실을 상기한 그는 란바이수이를 다른 눈으로 바라보게 되었다. 야릇한 후회가 밀려왔다. 하지만 쓰마샤오샤오는 그들 부녀 네 사람을 바라보며 소리쳤다.

"바이수이, 자네는 정말 딸들의 아버지 같군. 하지만 언젠가 반드시 후회할 날이 있을 걸세."

란바이수이가 멈춰 섰다. 그가 고개를 돌려 맥장을 바라보다가 주변에 있는 절벽을 보고는 뭔가 말을 하려는 것 같더니 힘이 드는지 끝내 아무 말도 하지 않고 몸을 돌려 가버렸다.

해는 이미 맥장 위에 떠서 주변 비탈을 덮고 점차 절벽 아래로 옮겨 가고 있었다. 절벽에는 싸리나무가 연녹색 잎을 틔우고 있었다. 싸리나무 아래 붉은 절벽이 촉촉하게 젖어 있었다. 누군가 그곳을 지나가면서 젖은 흙 위에 발자국과 손자국을 남겨놓은 것 같았다. 란바이수이의 눈길을 따라 쓰마샤오샤오는 그 절벽 위로 시선을 돌렸다가 다시 맥장에 있는 장애아들을 바라보았다. 뜻밖에도 눈 깜짝할 사이에 아이들을 엄마 아버지가 전부 데려갔다.

맥장이 텅 비어버렸다. 햇빛이 뜨겁게 끓는 물처럼 천지를 데우고 있었다.

마을을 향해 가는 사람들은 양곡을 챙겨 아이들의 손을 잡고서 군대의 행렬처럼 마을을 향해 나아갔다. 유일하게 맥장에 남은 것은 쓰마씨 일가였다. 선과 린, 무 세 아들은 밭에서 쓰마샤오샤오를 바라보고 있었다. 몹시 낯설어하는 눈빛이었다. 갑자기 쓰마샤오샤오가 자신들의 아버지가 아닌 것 같았다. 맥장 서쪽에는 그의 아내가 란과 루, 후와 함께 양곡이 담긴 작은 대야를 안은 채 그를 바라보고 있었다. 그 눈빛이 너무나 처량하고 서글펐다. 그가 허락하지 않아 사람들이 감히 행동에 옮기지 못하는 일이라도 있는 것 같았다.

쓰마샤오샤오는 고독한 모습으로 맥장 한가운데 섰다. 그러다가 대부분의 마을 사람들이 가고 나자 말했다.

"란아, 세 형들을 데리고 집으로 돌아가도록 해라. 한 명이 굶어 죽으면 가족 전체가 다 죽는 거야. 한 사람도 살아남지 못하지."

그러고는 그 절벽 아래로 가서 싸리나무를 잡아당기면서 붉고 축축한 흙을 한 줌 집어 입에 넣고 씹어본 다음, 다시 한 무더기를 퍼서 솜저고리로 쌌다. 그가 절벽에서 돌아오자 그의 아내가 세 난쟁이 아이들을 끌어안고 소리 내어 울고 있었다.

그가 말했다.

"돌아갑시다. 아이들은 굶어 죽지 않아. 우리 쓰마씨 집안은 굶어 죽지 않을 거야."

34장

모세의 장인 미디안 제사장 이드로가 하나님이 모세에게
와 자기 백성 이스라엘에게 하신 일 곧 여호와께서 이스라엘
을 애굽에서 인도하여 내신 모든 일을 들으니라…… 모세의
장인 이드로가 모세의 아들들과 그 아내로 더불어 광야에 들
어와 모세에게 이르니, 곧 모세가 하나님의 산에 진 친 곳이
라…… 모세가 나가서 그 장인을 맞아 절하고 그에게 입맞추
고 그들이 서로 문안하니라.

며칠 사이에 맥장 동쪽 절벽이 파여 커다란 구덩이가 생겼
고 하얀 흙이 햇볕에 말라 가루가 되었다. 이를 잡곡 가루 반
죽과 한데 섞어 버무리면 뜻밖에도 한 덩이 한 덩이 구워 전

병을 만들 수 있었다. 그러다가 쓰마선이 똥을 누지 못하게 되었다. 결국 바닥에 눕혀놓고 엄마가 대신 젓가락으로 항문을 조금씩 파내주는 수밖에 없었다. 그제야 그 붉은 흙을 먹어선 안 되며, 많이 먹으면 굶는 것과 마찬가지로 죽게 된다는 사실을 깨닫게 되었다. 이에 쓰마샤오샤오는 맥장 옆 절벽에 가서 사람들에게 흙을 퍼 가지 못하게 하면서 흙을 먹을 바에는 차라리 나무껍질을 먹으라고 당부했다. 그러면서 나무껍질을 벗기되 어떤 아이에게는 먹여도 되고 어떤 아이에게는 먹이면 안 되는지는 알아서 하라고 말했다. 흙을 가지러 온 사람들은 절벽 주위에서 잠시 서성거리다가 결국 한 대야씩 흙을 퍼가지고 돌아갔다.

여전히 마을 사람들이 흙을 퍼 가는 것을 막을 수 없었다.

며칠 후 마을 동쪽 비탈에는 여전히 죽은 아이들이 버려져 있었다. 큰 아이는 열다섯이나 열여섯쯤 되어 보이고 어린 아이는 서너 살밖에 안 된 것 같았다. 전부 흙을 먹고 토해내지 못해 숨이 막혀 죽은 것이었다.

쓰마샤오샤오는 집으로 돌아가 괭이를 가져다가 그 벼랑으로 가는 길을 끊어버렸다. 그 뒤로 보름 동안 마을에는 흙을 파먹는 사람이 없었고 문밖에 나오는 사람도 아주 드물었다. 조용한 가운데 봄날이 찾아왔다. 나무에 새싹이 나고 풀들도 초록물이 들었다. 푸른 봄이 되면 세월을 그런대로 참고 견딜 수 있을 줄 알았는데 보름이 지나자 마을 뒤 비탈의 황량한 풀밭에 서너 구의 아이들 시신이 버려졌다. 가장 큰 아이는 다섯 살이었고 가장 어린 아이는 태어난 지 여섯 달밖에 되지 않았다. 쓰마샤오샤오의 아내가 산나물이나 찾아볼까 하고 문을 나섰다가 풀밭에 버려진 아이들 시신을 보고 돌아와 정말 이상하게도 죽은 아이들은 전부 총명하고 영리한 아이들이고 둔하고 멍청한 아이들은 오히려 굶주림을 잘 견뎌내고 있더라고 쓰마샤오샤오에게 말했다. 그러면서 직접 가보라고 했다. 시신은 오리 떼가 다 뜯어먹고 뼈는 들개들이 우르르 몰려와 물고 가고 있다고, 산비탈 위의 밭에서 그런 일이 벌어지고 있다고 했다.

쓰마샤오샤오는 느릅나무 껍질을 끓인 물을 마시고 있다가 이런 얘기를 듣고는 더 이상 마시지 못했다. 그는 곧장 문을 나서서 정신이 나간 듯 멍한 표정으로 마을 어귀에 서 있었다. 그는 마을 한가운데로 가서 청석을 한 조각 집어 들고는 쥐엄나무에 매달린 종을 몇 번 쳤다. 그런 다음 돌을 던져놓고 쥐엄나무 아래 섰다.

이미 반년이나 종이 울리지 않은 터였다. 푸르고 날카로운 종 울음소리가 마을 상공을 스쳐 지나갔다. 이내 남자들이 집에서 튀어나왔다.

"촌장님, 그 반 자루의 유채 종자를 분배하시는 건가요?"

"목숨을 나누는 겁니다. 한 집에 얼마나 있어야 하는지 살펴보세요."

"……."

"마을 앞뒤 비탈에 열 몇 구의 어린아이 시신이 버려져 있어요. 모두 총명하고 똑똑한 아이들이었습니다. 훌륭한 아이들도 함께 죽게 할 작정이라면 함께 먹고 마시고 함께 굶어 죽는 게 나을 겁니다. 그러면 대가 끊어지고 산싱촌은 이 세상에서 사라지게 되지요. 집안에 대가 끊어지지 않고 마을이 한 세대 한 세대 이어지게 하고 싶다면 제가 말한 대로 해야 합니다."

남자들은 별 반응이 없었다. 그저 쓰마샤오샤오를 에워싸고 쥐엄나무 아래 여기저기 흩어져 앉아 있을 뿐이었다. 침묵이 거대한 바다처럼 그들을 아주 깊이 삼켜버렸다. 모두들 담배만 피울 뿐이었다. 하나같이 솜 담배가 아니면 나뭇잎 담배였다. 안개와 구름이 바다를 뒤덮은 것처럼 모든 사람들의 얼굴에 그림자가 없었다. 이른 봄에는 공기가 촉촉하고 푸르스름한 물의 색깔을 띠어야 하지만 공기에 전혀 촉촉한 숨결을 찾아볼 수 없었다. 불에 타버린 것 같았다. 모두들 머리를 사타구니 아래 처박고 발밑의 땅만 내려다보았다. 란바이수이의 사촌동생인 란창셔우가 땅 위에 커다란 개미가 기어가는 것을 발견하고는 개미를 입에 넣고 씹기 시작했다.

그러고는 잠시 후에 몸을 일으키면서 말했다.

"사실 개미도 식량으로 쓸 수 있습니다."

아무도 말을 받지 않자 계속 말을 이었다.

"촌장님, 제 아내가 반나절만 집을 떠나 있게 하면 됩니다."

한 남자가 말을 받았다.

"이런 염병할, 이거야말로 아이들을 버리지도 못하고 늑대도 잡지 못하는 격이로군. 어떻게 하면 좋을지 말씀 좀 해보세요, 촌장님."

이어서 여러 남자들이 목청을 가다듬고 몸을 돌리더니 시퍼렇고 단단한 눈길로 쓰마샤오샤오의 얼굴을 때렸다. 담뱃대마저 손이나 입술 위에서 굳어져 있었다. 공기가 희박해졌다. 한 줄기 뜨거운 열기가 남자들의 핏줄을 타고 우렁차게 흘러갔다. 누군가 담배를 한 모금 빨거나 성냥불을 긋기라도 한 것처럼 모든 남자들이 갑자기 타오르기 시작했다. 모두가 한목소리로 말했다.

"어떻게 해야 하는지 말씀 좀 해보세요, 촌장님. 마누라를 때려죽여도 좋습니다."

쓰마샤오샤오가 자신의 담뱃대를 입에서 빼내 발밑에 대고 탁탁 털면서 말했다.

"내가 여자들을 데리고 동쪽 언덕으로 풀을 베러 갈 생각입니다. 그곳은 온통 황무지거든요. 산나물이 왕성하게 자라 있을 겁니다. 아이들은 전부 집에 남겨두도록 하세요. 서산 산마루에 골짜기가 하나 있습니다. 아주 편벽하고 먼 곳이지요. 아이들을 그곳으로 데려가도록 하세요."

남자들은 아무 말도 하지 않았다.

쓰마샤오샤가 말했다.

"전부 굶어 죽지 않으려면 모두들 내 말대로 해야 합니다."

말을 마친 쓰마샤오샤오가 몸을 일으키며 마을을 향해 외쳤다.

"동쪽 산언덕에 채소밭이 있습니다. 먹을 것이 부족한 집은 나를 따라 동쪽 황무지로 산나물을 캐러 갑시다."

그는 이렇게 소리치면서 걸음을 옮겼다. 마을 앞에서 끝까지, 이 후퉁에서 저 후퉁으로 계속 외치고 다녔다. 푸른 채소 냄새가 가득한 그의 외침 속에서 여자들이 벌 떼처럼 몰려나와서는 울긋불긋 생기가 넘치는 얼굴로 말했다.

"촌장님, 나물이 어디에 있어요?"

그가 말했다.

"날 따라오면 됩니다."

여자들이 총명한 아이들을 데리고 나오면 그냥 놔뒀지만 멍청하고 장애가 있는 아이들을 데리고 오면 왕복 수십 리나 되는 길에 아이는 왜 데려오는 거냐고 나무랐다. 여자들은 얼른 장애아들은 다시 집에 데려다 놓고 왔다. 이처럼 마을을 한 바퀴 돌고 나자 여자들이 전부 따라 나왔고 그는 그녀들을 데리고 동쪽 산마루로 향했다.

때는 정오에 가까운 시간이라 해는 이미 하늘 높이 떠 있었다. 산맥은 온통 갈색과 누런빛으로 덮여 있었다. 농작물도 원래 희박한 데다 사람들도 호미로 풀을 베거나 비료를 뿌릴 힘이 없었다. 밀밭은 이미 가물어 황폐해졌고 농작물들은 흐물흐물해졌다. 나물을 캐러 다니는 여자들과 아이들의 발자국이 천지를 뒤덮었다. 쓰마샤오샤오가 맨 앞에서 가면서 산언덕을 하나 넘고 또 하나 넘었다. 해가 하늘 꼭대기에 다가갔을 때쯤 그가 언젠가 소를 찾으러 왔던 골짜기에 이르렀다. 그 골짜기는 정말로 언덕 위와는 색깔이 달랐다. 골짜기 깊은 곳에서부터 샘물이 흐르고 있었다. 졸졸졸 희고 푸른 물소리가 물감처럼 귀를 초록으로 물들일 것만 같았다. 계곡물 양쪽에 무성한 풀은 무릎 위까지는 자라지 않았고 수시로 갓 생장한 나방들이 이리저리 날아다녔다. 너무나 오래 이런 색깔을 보지 못한 여자들은 우와 하고 소리치면서 굶주린 양처럼 계곡물 양쪽의 풀밭을 향해 달려가 풀을 헤치면서 꽃양배추와 조뱅이, 붉은 미나리, 야생 매실 같은 산나물과 야생 과실을 찾아다니면서 말했다.

"촌장님, 어떻게 이렇게 골짜기 가득 좋은 산나물이 있는 거죠? 아이들에게 며칠은 먹일 수 있겠네요."

쓰마샤오샤오가 말했다.

"조급해할 것 없어요. 바구니 가득 담아 햇볕에 말린 다음에 더 캐도록 해요."

그러고는 몸을 돌려 마을로 돌아왔다. 마을로 돌아오니 오후가 되어 있었다. 마을은 언제나 그랬듯이 조용하기만 했다. 마을 어귀를 곤충들이 이리저리 날아다니는 소리도 요란하게 들릴 정도였다. 이처럼 맑은 정적 속에서 갑자기 아이들의 피에 젖은 붉은 울음소리가 들려왔다. 고개를 들어 바라보니 란창셔우가 소아마비 아이를 등에 업고 후통 안을 걸어가고 있었다. 입으로는 쉴 새 없이 같은 말을 반복하고 있었다.

"아빠가 복을 누리러 갈 수 있게 해주마. 벌을 받게 하려는 게 아니야."

아이는 그의 등에 업힌 채 발길질을 하면서 울부짖고 있었다.

"아버지, 아버지, 앞으로 다시는 배고프다고 하지 않을게요. 굶어 죽어도 배고프다는 말은 하지 않을게요."

이렇게 쓰마샤오샤오 앞에 이르렀다. 그들은 서로를 바라보며 멈춰 섰다. 서로 사람 키 하나 정도 거리로 떨어져 있었다. 얼굴에 얼음처럼 차가운 흰빛이 스쳤다. 그런데도 땀이 한 겹 솟아 나왔다.

쓰마샤오샤오가 말했다.

"다른 아이들은 보냈나?"

란창셔우가 말했다.

"보낸 지 한참 되었습니다. 어쩌면 돌아올지도 모르지요. 이 아이는 죽어도 말을 듣지 않네요."

소아마비 아이는 애걸하는 듯한 눈빛으로 쓰마샤오샤오를 바라보았다.

"샤오샤오 아저씨, 저는 죽고 싶지 않아요. 전 겨우 일곱 살이란 말이에요."

쓰마샤오샤오가 아이를 힐끗 처다보았다.

"가거라, 애야. 어머니 아버지에게 효심을 다하는 셈 치려무나."

란창셔우가 아이를 업고 갔다. 몸이 구름 그림자처럼 햇빛 속에서 흔들렸다. 가까이에서 들리던 발걸음 소리가 점점 멀어져가면서 적막하게 산비탈을 향해 울리다가 결국 마른 낙엽처럼 날아 사라져버렸다.

쓰마샤오샤오는 줄곧 그들 두 사람을 바라보고 있었다. 두 사람이 산등성이 저 너머로 완전히 사라지고 나서 그가 막 집으로 돌아가려 할 때, 갑자기 란씨네 아이가 찢어질 듯 희고 차갑고 날카롭게 외치는 소리가 들려왔다.

"촌장님, 저는 이렇게 죽을 수 없어요. 촌장님은 서른다섯 살인데도 아직 버젓이 살아 있잖아요."

이어서 따귀를 갈기는 소리가 들려오더니 이내 모든 소리
가 잦아들었다.

쓰마샤오샤오는 마음속에서 붉은 피가 싸늘하게 식는 것
을 느꼈다. 마음속에서 거대하게 울리는 소리가 들렸다. 마
음속에서 산맥 하나가 무너지는 것 같았다. 약간 비릿하고
짠 검은 공기 같은 냄새가 그의 가슴에서 뭉게뭉게 목구멍
밖으로 솟아 나왔다. 그는 힘껏 그 맛을 목구멍에서 배 속으
로 다시 삼켜버리면서 산등성이 쪽 하늘을 향해 소리쳤다.

"내게 무슨 방법이 있겠니? 나는 오늘 죽는다 해도 이럴
수밖에 없어. 이렇게 하지 않으면 이 마을은 끝장이야."

여기까지 말하고 나서 그는 집을 향해 걷기 시작했다. 몇
걸음 걷다가 또다시 뭔가 생각난 듯이 고개를 돌려 산등성이
쪽 하늘을 바라보며 소리쳤다.

"나한테도 세 아이가 있단다. 선과 린, 무 세 아이 모두 내
친아들이지."

산등성이 쪽 란씨 부자가 들을 수 있는지 없는지 상관하
지 않고 그는 목구멍이 찢어지도록 소리쳤다. 애승(艾繩)*처
럼 쓴 외침 소리가 바람처럼 마을과 산등성이 저쪽을 떠돌았

* 벌레를 쫓기 위해 쑥을 말려 꼰 줄.

다. 얼마 후 몇몇 사람들이 산마루 쪽에서 점점이 모습을 드러냈다. 그의 말에 이끌려 나오기라도 한 것처럼 점 같던 사람들의 모습은 갈수록 커졌다. 모든 사람들의 얼굴이 잿빛이었다. 죽었다가 다시 살아난 사람들 같았다. 쓰마샤오샤오는 맨 앞에서 걸어오는 사람이 란씨 집안의 바이수이인 것을 알아보았다. 그가 쓰마샤오샤오를 보더니 마을 어귀에 멈춰 섰다. 피해 가고 싶었지만 이미 피할 틈이 없었다. 서로의 눈빛이 흐르는 물처럼 한데 모였다. 이리하여 그는 마지못해 얼굴을 쓰마샤오샤오에게로 향한 채 걸어왔다.

그가 정말로 약간 후회하는 듯한 어투로 말했다.

"양곡을 분배하던 날 촌장님 말을 들었으면 좋았을 걸 그랬어요."

란바이수이는 쓰마샤오샤오에게 이렇게 한마디 하고는 고개를 돌려 텅 빈 마을을 바라보았다. 얼굴의 잿빛 속에 솜처럼 부드러운 흰빛이 배어 있었다. 몇몇 남자들이 전부 서 있었다. 촌장이 살아 있는 사람들이 해야 할 다음 단계의 일을 정해주기를 기다리고 있는 것 같았다. 쓰마샤오샤오가 남자들에게 말했다.

"모두들 돌아갑시다. 나도 서둘러 세 아들이 복을 누리러 가도록 배웅해야겠네요. 아내들이 돌아오면 죽도록 우는 일이 있어도 아이들이 어디로 갔는지 말해선 안 됩니다."

남자들은 마을 안으로 들어갔다. 나무망치 같은 발걸음이 마을을 터덕터덕 두드리는 소리가 났다. 사원의 목어가 마을 맨 끝의 정적을 두드리는 것 같았다.

여자들은 황혼 무렵이 되어서야 돌아왔다. 그녀들은 마을의 이상 징후를 감지하지 못하고 내일도 모레도 골짜기로 산나물을 캐러 가기로 약속했다. 하지만 시간이 얼마 지나지 않아 어느 집에서인지 모르지만 여자의 맑고 차가운 외침 소리가 들려왔다.

"우리 아이 어디 있어요! 우리 아이 어디 있냐고요!"

이런 외침이 황혼 속에서 소가죽 채찍처럼 찰싹찰싹 사람들을 때렸다. 외침은 눈 깜짝할 사이에 거대한 덩어리가 되었다. 산골짜기와 고개마다 여인들의 푸르죽죽한 외침 소리가 자줏빛 덩어리를 이루어 울려 퍼졌다. 이어서 여자들은 마을 거리로 달려가 폐가 찢어지도록 외쳐댔다.

"우리 아이 어디 있어요! 우리 아이 어디 갔냐고요!"

수많은 여자들이 한목소리로 외쳐대면서 마을 여기저기를 미친 듯이 뛰어다녔다. 마구 뛰면서 아이들을 찾았다. 또 다시 모두들 쥐엄나무 아래로 모여들어 서로를 부여안고 울면서 남자들의 잔인한 마음을 욕하면서 아이들의 불쌍한 목숨에 울음을 터뜨렸다. 남자들은 인간도 아니고 개돼지이며, 만 번 칼질을 해서 도륙해야 할 축생이라고 욕했다.

한 아내의 울음에 짜증이 난 남편이 다가가 아내를 발로 걷어차기도 했다. 그러자 그 아내는 울음을 멈추고 깔깔깔 미친 듯이 웃기 시작했다. 놀란 여자들은 더 이상 그녀를 쳐다보지 않았다.

그녀의 남편이 쓰마샤오샤오를 찾아가 말했다.

"촌장님, 제 아내가 미친 것 같습니다."

쓰마샤오샤오가 말했다.

"미치면 미친 거지 뭐."

남자가 말했다.

"저는 밥을 할 줄도 몰라요. 아이들을 키울 능력이 없단 말입니다."

쓰마샤오샤오는 석양을 밟으며 미친 여자 앞으로 다가가 짝짝 소리가 나도록 따귀를 몇 대 올려붙였다. 웃고 있던 여자는 갑자기 넋이 나간 표정을 짓더니 정신을 차리고는 더이상 울지도 난동을 부리지도 않았다.

쓰마샤오샤오가 말했다.

"집에 돌아가 두 아이를 잘 돌보도록 하세요."

여자는 말없이 집으로 돌아갔다.

뜻밖에도 거리에서 울면서 소리치던 여자들이 이런 광경을 보고는 더 이상 울지 않았다. 그저 나무 아래 흩어져 앉아 있을 뿐이었다. 마을 위로 높이 솟아오르기 시작한 달빛이 그녀들의 몸을 씻어주었다. 쓰마샤오샤오가 다가오는 것을 보면서도 그를 향해 욕 한마디 하는 사람이 없었다.

쓰마샤오샤오가 말했다.

"울지들 말아요. 마을 사람 전체가 원래 수명이 짧잖아요. 마흔 넘어 산 사람이 없단 말이에요. 아이들이 전부 산 채로 굶어 죽는다면 이 세상에 산싱촌이 남아 있을 수 있겠습니까?"

여자들이 말했다.

"아이들이 없어졌는데 우는 것도 맘대로 못 하나요?"

쓰마샤오샤오가 말했다.

"날이 어두워졌어요. 이렇게 울다가 죽으면 남자들이 남아서 그 똑똑하고 영리한 아이들을 어떻게 키울 수 있겠어요?"

이 말에 몇몇 여자들이 울음을 그치고 말했다.

"안 울어요. 안 운다고요. 더 울다간 제가 먼저 죽을 것 같아요."

그러고는 정말로 더 이상 울지 않았다.

죽음처럼 입을 다물고 한밤중까지, 날이 밝아올 때까지, 해가 뜰 때까지 앉아 있었다.

해가 다시 노랗고 찬란한 빛으로 그녀들의 얼굴을 비추기 시작했다. 얼굴색은 일률적으로 죽음의 잿빛이었다. 일찍 일어난 참새가 그녀들의 어깨 위에 똥을 갈기고 날아갔다. 태어나 첫 비행을 시작한 나비가 그녀들의 얼굴 위를 지나갔다. 나무 판때기 위를 지나가는 것 같았다.

밥을 할 시간이 되어도 여자들은 밥을 하러 집으로 돌아가지 않았다. 남자들이 밥을 해서 아내들에게 가져다 바쳤다. 여자들은 밥그릇에 손도 대지 않고 그렇게 아무 소리 없이 침묵을 이어갔다. 서로 얘기를 주고받지 않았고 멍하니 앉아 있었다. 아이를 잃어버린 슬픔을 거론하지도 어디론가 아이를 찾으러 가지도 않았다. 심지어 그녀들이 있는 곳에서 엎어지면 코 닿을 데에 있는 맥장 건물에도 가보지 않았다. 몸을 일으켜 그쪽을 향해 눈길을 던지는 사람조차 없었다. 모두들 무력하게 쭈그려 앉아 굶주리다 잠이 든 아이들을 품에 껴안고 있었다. 몸을 조금이라도 움직였다가는 모자가 영원히 생이별하게 될 것 같았다. 이리하여 모두들 죽은 듯이 미동도 하지 않고 달처럼 먼 시간 동안 끝없이 침묵했다. 죽음 같은 고요함이 여자들의 눈앞을 강처럼 쉬지 않고 흘러갔다. 여자들이 소리 없는 강물 속에서 죽어버린 것 같았다.

이렇게 하루를 앉아 있었다.

또 하루를 앉아 있었다.

셋째 날 란바이수이가 왔다.

해는 하늘 한가운데 걸려 있었다. 해가 그녀들의 얼굴을 가을 나뭇잎처럼 태워놓았다. 조금만 건드려도 쓰러질 것 같았다. 그 순간, 란바이수이가 볏짚을 한 아름 안고 왔다. 볏짚

안에는 그의 셋째 딸 치스가 들어 있었다. 볏짚 속에서 치스의 작은 손 하나가 삐져나왔다. 말라비틀어진 오이 같았다. 그 손에는 아직도 노란 쇠비름이 한 가닥 쥐어져 있었다. 수많은 여자들 앞에 이르러 란바이수이는 조금 떨어진 위치에 서서 여인들을 살펴보았다. 나무 아래 앉아 있는 자기 아내의 모습이 눈에 들어왔다. 몸을 나무에 기댄 채 품에는 작은딸 싼지우를 꼭 안고 눈은 저 먼 곳의 가느다란 가지 끝을 바라보고 있었다. 눈 한 번 깜빡하지 않았다. 빛을 느끼지 못하는 장님의 눈 같았다. 그가 여자들 사이를 비집고 나무 아래로 가까이 다가가 볏짚에 싸인 아이를 그녀 앞에 내려놓고는 볏짚을 묶은 줄을 풀었다. 치스의 푸르딩딩하게 부은 얼굴과 북 같은 배가 드러났다.

란바이수이가 말했다.

"보라고. 치스도 죽었어."

란바이수이의 아내 메이메이가 멍한 눈길로 셋째 딸의 얼굴과 배를 바라보면서 작은딸 싼지우를 살과 뼈가 으스러지도록 꼭 껴안았다. 싼지우가 아파서 울음을 터뜨렸지만 그녀는 여전히 힘을 주어 아이를 품 깊은 곳으로 감싸 안았다. 셋째 딸을 바라보는 그녀의 눈은 여전히 죽은 물고기 같은 희멀건 눈이었다. 완전히 말라버린 눈에서는 눈물 한 방울 나오지 않았다. 셋째 딸은 그제 이곳에 와서 여자들과 함께 멍하니 앉아 있었다. 이틀을 굶고 나서 오늘 큰언니와 둘째 언니가 쓰스를 데리고 나물을 캐러 가자 자신은 집에서 햇볕에 반나절을 말린 산나물을 삶고 또 어디서 났는지 콩 한 줌과 소금을 솥에 넣고 한데 끓였다. 그 산나물은 더없이 향기롭고 맛있었다. 그리하여 배가 부풀어 올랐고 솥 옆에서 배가 잔뜩 부른 채 죽고 말았다. 란바이수이가 집에 돌아가보니 아이는 손마저 얼음처럼 차갑게 식어 있었다. 그래서 볏짚으로 싸서 데려온 것이었다. 그가 말했다.

"촌장의 말이 맞았어. 총명한 아이들도 살릴 수 없어. 불쌍한 녀석, 어리석게도 무슨 짓을 한 거야."

그녀는 남편을 거들떠보지도 않았다. 한참이 지나서야 손을 뻗어 셋째 딸의 얼굴과 몸을 쓰다듬으려 했다. 하지만 그녀의 손가락이 셋째 딸의 몸과 얼굴에 닿는 순간, 손이 그대로 굳어 움직이지 않았다.

란바이수이는 죽은 셋째 딸과 여자들을 바라보았다. 눈두덩에 붉게 핏발이 서 있었지만 여자들 앞에서 눈물이 떨어지지 않도록 굳세게 버티고 있었다. 그가 말했다.

"모두들 집으로 돌아가세요. 쓰마샤오샤오를 탓할 필요 없어요. 제가 촌장이었어도 이렇게 했을 겁니다."

그가 허리를 숙여 아내의 손을 치스의 얼굴과 몸에서 떼어내면서 말했다.

"딸 일곱 가운데 아직 넷이 남아 있는데 매일 이렇게 멍하니 정신 나간 사람처럼 있다가는 네 아이들마저 지켜내기 어려울 거요."

그러고는 란바이수이가 볏짚을 다시 말아 셋째 딸의 시신을 건초 다발처럼 어깨에 메고는 수많은 여자들의 발을 헤치며 걸음을 옮겼다.

아내의 눈빛이 밀어도 밀리지 않는 맷돌처럼 삐거덕거리며 그가 볏짚을 메고 산등성이를 내려가는 모습을 바라보았다. 그는 갈수록 더 멀어졌다. 혼령이 노란 햇빛 속으로 날아가는 것처럼 등 뒤로 한 가닥 삶은 채소 같은 푸른 냄새를 남겼다. 바로 이때, 그의 아내가 갑자기 정신이 든 것처럼 품안에 있던 싼지우를 땅바닥에 내려놓고는 자기 남편이 걸어간 방향으로 달려가기 시작했다. 후퉁 입구에 이른 그녀는 맹렬한 속도로 걸음을 옮기며 소리쳤다.

"애들 아버지, 방금 뭐라고 했어요? 치스가 죽었다고 했어요?"

란바이수이가 몸을 돌렸다.

"정신 좀 차려. 방금 눈으로 봤잖아."

그녀가 다시 그를 향해 다가가면서 물었다.

"그럼 볏짚에 말린 게 류스나 우스가 아니란 말이에요?"

그가 큰 소리로 말했다.

"이봐요, 그렇게 멍한 표정으로 뭣들 하고 있는 거예요. 우리 집 여자를 좀 말리지 않고."

이에 정신을 차린 여자들 몇몇이 쫓아와 그녀를 잡아끌고는 그가 볏짚에 말린 치스를 떠메고 황급히 자리를 뜰 수 있게 해주었다.

그의 아내 메이메이는 목이 찢어져라 울부짖었다.

"내가 셋째를 죽였어. 내가 셋째를 죽인 거라고."

이렇게 울부짖으면서 자신을 붙잡고 있는 여자들에게서 벗어나려고 몸부림을 쳤다. 갑자기 힘이 놀라울 정도로 세져 너덧 명의 여자들이 한꺼번에 덤벼도 저지하지 못했다. 찢어질 듯한 울음소리가 햇빛을 마구 흔들었다. 머리 위의 나뭇가지들도 덩달아 흔들렸다.

이때 쓰마샤오샤오가 다가왔다. 그는 채소를 끓인 국물을 쓰마란의 손에서 난폭하게 빼앗아 자신의 아내에게 먹이려다가 이런 광경을 보고는 국물을 쓰마란에게 건넸다. 그리고 몇몇 여자들을 한쪽으로 쫓아내고는 나무처럼 메이메이 앞에서 움직이지 않았다.

그녀는 쓰마샤오샤오를 보고는 갑자기 몸부림치지도 소리를 지르지도 않고 얌전한 모습을 보이면서 말했다.

"치스도 죽었어요. 우리 딸 일곱 가운데 넷만 남았어요."

쓰마샤오샤오가 매서운 눈빛으로 그녀를 노려보며 말했다.

"집을 지키고 있었으면 치스가 배가 부풀어 올라 죽는 일이 일어났겠어요?"

쓰마샤오샤오가 마을 여자들을 힐긋 쳐다보고는 다시 말했다.

"모두들 돌아가서 생활에 집중하세요. 영리한 아이들을 이끌고 무사히 이 난관을 지나가면 여러분들의 공덕이 높아질 겁니다. 멍청하고 장애가 있는 아이들에게 연연할 것 없어요."

여자들은 서로의 얼굴을 쳐다보았다. 지난 사흘 동안 죽어 있던 눈동자가 마침내 다시 구르기 시작했다.

쓰마샤오샤오가 말했다.

"계속 그렇게 멍하니 있다가 란씨네처럼 훌륭한 아이 하나를 더 죽이고 싶어요?"

이 말에 여자 하나가 집으로 돌아갔다. 다른 여자들도 우르르 집으로 돌아갔다. 장장 사흘 동안의 멍청하고 어리석은 연좌가 막을 내렸다. 여자들이 다 떠나고 메이메이만 남았다. 그녀가 여전히 쓰마샤오샤오를 바라보며 말했다.

"촌장님은 여섯 아이들 가운데 셋이 남았고 우리 집은 딸 일곱 가운데 넷이 남았어요. 촌장님 댁은 세 명이 굶어 죽었고 우리 집도 세 명이 굶어 죽었어요. 남은 아이들은 살 수 있을 거라고 생각하시나요?"

쓰마샤오샤오가 말했다.

"지우스는 열여섯 살이 되었으니 어느 집이든지 양곡 다섯 근을 내놓으면 그 집으로 시집을 보내도록 하세요. 시집을 보내면 지우스와 빠스, 쓰스 그리고 싼지우까지 전부 먹여 살릴 수 있을 겁니다."

메이메이가 말했다.

"올해 어느 집에 양곡이 남아 있겠어요?"

쓰마샤오샤오가 말했다.

"아마 두옌네 집에 양곡이 남아 있을 겁니다. 그의 동생이 스물여덟인데 아직 장가를 가지 않았어요."

메이메이가 멍한 표정으로 말했다.

"그는 바보잖아요."

쓰마샤오샤오가 말했다.

"바보든 아니든 간에 양곡 다섯 근이면 목숨을 건질 수 있잖아요."

35장

바람이 여호와에게로서 나와 바다에서부터 메추라기를 몰아 진 곁 이편저편 곧 진 사방으로 각기 하룻길 되는 지면 위 두 규빗쯤에 내리게 한지라. 백성이 일어나 종일 종야와 그 이튿날 종일토록 메추라기를 모으니 적게 모은 자도 10 호멜이라 그들이 자기를 위하여 진 사면에 펴두었더라. 고기가 아직이 사이에 있어 씹히기 전에 여호와께서 백성에게 대하여 진노하사 심히 큰 재앙을 치셨으므로 그곳 이름을 기브롯 핫다아와('탐욕자들의 무덤')라 칭하였으니 탐욕을 낸 백성을 거기 장사함이었더라.

며칠이 지나 쓰마란은 혼자서 서쪽 산등성이 아래 골짜기에서 마을에서 잃어버린 스물일곱 명의 장애아들을 찾아냄으로써 마침내 산싱촌의 미래를 책임질 중요한 인물이 되었고 평생 처음으로 사람들을 통솔하기 시작했다.

하지만 며칠 전에 아버지는 그에게 두 동생 루와 후를 데리고 강가로 내려가 물고기를 잡으다 삶으라고 말했다. 그는 그곳이 바로 선과 린, 무 등 세 형이 나란히 죽음의 세계로 건너간 문지방으로, 아버지가 형들을 위해 파놓은 묘문이라는 사실을 알지 못했다. 그는 두 동생을 데리고 문을 나섰다. 빈손으로 집을 나선 형제는 빈손으로 돌아왔다. 마당은 텅 비어 있고 나무 아래서 아버지가 담배를 피우는 소리만 10리 밖까지 아주 길게 이어졌다.

"형들은요?"

"나갔다."

아버지가 담담하고 무미건조한 어투로 말했다. 과거에 세 형들이 마을에 놀러 나갔다가 돌아오지 않는 것을 얘기하고 있는 것 같았다. 바로 그때 엄마가 광주리 하나 가득 햇볕에 말린 채소를 메고 돌아왔다. 지는 해의 마지막 잔광이 그녀의 얼굴에 희미하게 붉은빛을 남겼다. 광주리에 든 채소가 그녀의 마음속에서 불러낸 즐거움이 그녀의 얼굴 위에서 폴짝폴짝 뛰면서 나타났다가 사라지기를 반복했다. 문지방 안으로 들어서면서 그녀가 말했다.

"이 채소들은 아주 부드럽고 상태가 좋아요. 다른 양곡에 곁들이면 사흘은 충분히 먹을 수 있을 것 같아요."

아버지는 그녀를 거들떠보지도 않았다. 다가가 광주리를 받아주지도 않았다. 그저 깻잎과 유채 잎으로 만든 자신의 담배를 연기 가득 빨아대고 있을 뿐이었다.

이때 엄마는 뭔가 이상한 느낌이 들었다. 마을 어디선가 한 걸음 먼저 집에 도착한 여자의 날카로운 말소리가 들려왔다.

"내 아이 어디 갔어요. 내 아이 어디에 있냐고요?"

"내 아이 어디 있어. 이 짐승 같은 놈아, 우리 아이를 어디에 두고 왔냐고? 눈이 멀고 다리를 절어도 네놈의 혈육이잖아."

고함치는 소리는 바람처럼 불어와 마을의 산과 물을 따라 모든 여인들의 외침이 되었다. 그리고 모든 거리와 후통을 물샐틈없이 가득 메웠다. 여인들의 고함 소리 외에 다른 소리는 전혀 들리지 않았다.

쓰마란과 동생들은 이 소리에 놀라 멍한 표정을 지었다. 그들은 엄마가 마당에 선 채 몸이 굳어 있는 것을 보았다. 얼굴에 얇게 덮여 있던 부글부글하는 소리가 보이지 않았다. 대신 누런빛과 창백함이 우르르 그녀의 얼굴 위를 달리고 있었다. 그녀의 품 안에 있던 광주리가 땅바닥에 떨어져 굴렀다. 채소가 마당 가득 떨어져 흩어졌다. 두말없이 그녀는 선과 린, 무가 자던 곁채로 들어가 어둠을 더듬어 침대로 가서는 그 위를 몇 번 움켜쥐었다. 텅 빈 이부자리와 진한 오줌 냄새 외에는 아무것도 찾을 수 없었다. 얼른 몸을 돌려 마당으로 뛰어나온 그녀는 여전히 고개를 숙이고 앉아 담배만 빨고 있는 쓰마샤오샤오를 쳐다보고는 세 형제 앞으로 다가갔다. 어미 닭이 매로부터 새끼들을 보호하려는 것처럼 아이들을 품에 꼭 껴안았다. 눈물이 아이들 머리 위로 뚝뚝 떨어져 내렸지만 울음소리는 들리지 않았다. 그저 선과 린, 무가 쓰던 방문을 바라보면서 미동도 하지 않고 눈물만 흘릴 뿐이었다.

쓰마란은 엄마의 품 안에서 그녀의 가슴이 오르락내리락하는 것을 느꼈다. 산맥이 들썩거리는 것 같았다. 그는 세 형들이 이제 없다는 것을 알았다. 아버지가 어딘가에 내다 버린 것이었다. 한 줄기 두려움이 온몸을 엄습해 왔다. 자신의 몸에서 냉기를 느꼈다. 얼굴 위에 땀이 나는 것이 느껴졌다. 엄마는 형제를 금방이라도 숨이 멎을 아이들인 양 품에 꼭 껴안았다. 아이들이 머리를 움직이자 그녀는 더욱더 세게 꼭 껴안았다. 엄마의 팔과 여섯째 동생 후의 팔 사이로 아버지가 빨아들인 담배가 빨간 불꽃으로 변하는 게 보였다. 어둠 속에서 하늘에 걸린 붉은 별들 같았다. 그녀는 여섯째 아들이 하는 말을 들었다.

"엄마, 나 배고파요. 곧 큰형이나 둘째 형, 셋째 형처럼 굶어 죽을 것 같아요."

엄마는 아무 말도 없이 손을 들어 다섯째 아들 루와 여섯째 동생 후의 머리를 쓰다듬었다. 그렇게 쓰다듬어주며 더는 배가 고픈 걸 잊기를 바랐다.

바로 이때, 쓰마란이 엄마의 품에서 몸을 빼내더니 문가에 널어놓은 채소를 한 가닥 한 가닥 집어 바구니에 담았다.

바로 이때, 누군가 말했다.

"촌장님, 우리 며느리가 미쳤어요."

아버지가 곧장 문밖으로 나갔다가 금세 돌아왔다. 아버지가 말했다.

"마을에 아주 많은 여자들이 울고 있어. 그러니 당신도 가서 소리 놓아 울라고. 한바탕 울고 나면 하늘처럼 큰일도 다 지나갈 거야."

엄마가 말했다.

"아이들을 어디다 내다 버린 거야?"

아버지가 말했다.

"당신은 촌장 아내야. 가장 묻지 말아야 할 것이 바로 그런 거라고."

"당신은 정말로 그 아이들을 그만 살게 할 거야?"

"란과 루, 후는 살게 해야지."

엄마는 더 이상 아무 말도 하지 않고 한참 입을 다물고 있다가 루와 후를 손에서 내려놓고는 부엌에 가서 물을 한 대야 받아 들고 마당으로 갔다. 바구니에 담긴 채소를 박박 문질러 씻어 밥을 했다.

며칠 후, 쓰마란 혼자 길을 걸어가고 있었다. 마을을 통틀어 스물일곱 명인 장애아들을 찾아가는 것이었다. 엄마가 채소를 씻는 모습이 떠올랐다. 채소 뿌리를 잘라 한쪽에 던져놓고 잎은 물로 깨끗하게 씻어 커다란 그릇에 담았다. 엄마는 입으로 쉴 새 없이 중얼거렸다.

"장애인은 산다고 해도 평생 폐인이나 마찬가지야. 밭에 나가 일을 할 수도 없고 밥을 하거나 옷을 꿰매지도 못하지. 엄마 아버지가 마흔도 안 돼서 죽으면 장애가 있어서 결혼도 못 할 텐데 누가 밥을 해주고 옷을 꿰매준단 말이냐. 어쩌면 죽는 게 더 나을지도 몰라. 너희들 아버지도 주도면밀하게 고심한 결과 너희가 사는 것보다 죽는 것이 낫다는 생각을 굳힌 거야. 엄마 아버지가 살아 있으면서 너희가 죽어가는 것을 보는 것은 너희들에게 복을 누리게 하는 거라고. 너희들 아버지도 너희를 사랑해서 그렇게 하는 거야. 마을 전체의 장애아들 모두 그렇단다."

엄마가 이렇게 중얼거리는 동안 쓰마란은 혼자 집을 나섰다.

"란아, 어디 가니?"

"형들을 찾아 데려오려고요."

엄마가 대문 앞까지 달려 나와 문틀을 붙잡고 말했다.

"찾을 거 없어. 너희 아버지는 형들을 사랑하기 때문에 그렇게 죽게 놔두는 거야."

쓰마란은 아무 말도 하지 않고 달빛을 밟으면서 마을 어귀에 있는 창고로 가서는 그 두껍고 둔중한 문을 돌로 쳐서 열었다. 창고 안에는 아무것도 없었다.

다음 날, 쓰마란은 란씨와 두씨, 쓰마씨 세 집안의 묘지를 돌아다니며 무덤들을 살펴보았다. 새로 늘어난 무덤은 보이지 않았다.

또 그다음 날, 쓰마란은 란바이수이가 셋째 딸 치스의 시신을 등에 업고 서쪽 비탈 아래 도랑으로 가는 모습을 보았다.

그는 란바이수가 걸어간 방향으로 갔다. 가는 길 내내 버린 시신을 싸놓은 볏짚이 도로표지판처럼 그를 서산 비탈로 인도했다. 그리고 도랑 건너편의 깊은 계곡으로 인도했다. 그때 해는 이미 남쪽에 떠 있었고 산골짜기에는 습기 같은 열기가 가득 차 있었다. 도랑 쪽에서 까마귀들의 청백색 울음이 한차례 거센 빗줄기처럼 들려왔다. 그는 산골짜기를 따라 깊은 곳으로 걸어 들어갔다. 발밑에 모래와 돌이 밟히면서 적막 속에 사람들이 말을 하는 것 같은 소리를 냈다. 그가 가다가 멈추기를 반복하는 동안 협곡 양쪽 벼랑 위의 까마귀들이 그를 내려다보면서 이상한 울음을 냈다. 벼랑 위에서 작은 돌멩이나 가는 모래가 굴러 우수수 소리를 내면서 발밑으로 흘러갔다. 그가 당황하여 걸음을 멈추자 돌과 모래는 더 이상 흘러내리지 않았고 단지 까마귀 떼가 울어대는 소리만 음침하게 산골짜기를 맴돌았다. 하지만 그는 뛰지 않았다. 가는 모래가 뜨겁게 그의 신발 틈새를 파고들었다. 그가 혼잣말했다.

"넌 이미 집에서 아주 멀리 왔어. 더 가면 안 돼."

또 말했다.

"쓰스네 아버지는 이 도랑 안으로 들어간 게 분명해. 이 볏짚을 보면 알 수 있지."

그는 볏짚 한 가닥을 집어 들어 살펴보고는 그 볏짚 냄새를 맡아보았다. 푸르딩딩한 죽은 사람의 냄새를 맡을 수 있었다.

그가 이어서 말했다.

"들어가보자. 아이들은 틀림없이 이 도랑 안에 버려졌을 거야."

그는 도랑 안으로 걸어 들어갔다. 갑자기 거무튀튀한 회오리바람이 불어오는 게 느껴졌다. 고개를 들어보니 골짜기 쪽에서 하늘을 향해 검은 구름이 몰려오다가 허공에 잠시 멈춰 있더니 이내 골짜기 입구를 향해 다가왔다. 희고 날카로운 소리와 파랗고 시커먼 소리가 산골짜기를 맴돌다가 우르릉 쾅쾅 그의 주변으로 쏟아졌다. 그가 곧장 동작을 멈추자 몸에서 갑자기 똑똑 소리가 났다. 겨울에 혼자 집을 지키고 있을 때 문손잡이가 문짝을 때리는 소리 같았다. 몸의 한기가 수축되면서 머릿속이 하얀 백지장이 되어버렸다. 뭉게뭉게 피어오르는 연무만이 집이 무너진 뒤의 먼지처럼 머리에 가득 차 있었다. 좁은 도랑의 구부러진 지점에 서자 머리 위에 까마귀 떼가 하늘을 나는 개미처럼 빽빽하게 몰려 있었다. 바늘 하나 들어갈 틈도 없이 햇빛을 완전히 가리려는 것 같았다. 동전처럼 두터운 까마귀 그림자가 검정 비단 천처럼 그의 몸 위로 미끄러지다가 차갑고 섬뜩하게 깊은 물속으로 잠겨 들어갔다. 하지만 마구 떨리는 그의 두 손에는 땀이 났다. 눈앞에 온통 시신이 널려 있었다. 시신은 밭에서 썩어 문드러진 고구마처럼 도랑의 구부러진 구간의 흰 모래 위에 잔뜩 널브러져 있었다. 그보다 큰 시신도 있고 그보다 작은 시신도 있었다. 코와 눈이 없었다. 전부 새들이 쪼아 먹은 것이었다. 문드러진 살이 진흙처럼 뼈에 걸려 있었다. 마을 남쪽에 사는 사촌형이 손에 나뭇가지를 하나 쥐고 있는 게 보였다. 등나무 줄기처럼 절벽에 걸려 있었다. 한쪽 눈이 그윽하게 그를 바라보고 있었다. 사촌형은 외눈이었고 입도 약간 째져 있었다. 태어나면서부터 외눈에 째진 입이었다. 마을 사람들은 모두 그를 외눈에 째진 입이라고 불렀다. 그는 이미 열일곱 살이었다. 열일곱 살이지만 서른일곱 살처럼 늙어 보였다. 쓰마란은 방금 그 까마귀들을 그가 쫓아낸 것이라는 것을 알게 되었다. 그는 농작물을 지키는 것처럼 이리저리 누워 있는 시신들을 지키고 있었다. 쓰마란을 본 그가 빙긋이 웃었다. 그 웃음이 수면 위의 낙엽처럼 퉁퉁 부은 푸른 얼굴에 떠 있었다.

그의 목소리가 한 조각 낙엽처럼 날아왔다.

"너였구나, 란아. 나는 또 어른 하나가 다가오는 줄 알았지."

그가 또 말했다.

"란아, 넌 완전히 어린애인데 여긴 뭐 하러 온 거니?"

"우리 형 어디 있어요?"

"전부 죽었어. 만이는 아직 살아 있는 것 같더구나. 방금 한숨 자고 났어. 자기 전에만 해도 선의 입이 움직이는 걸 보았지. 손으로 죽은 사람의 문드러진 살을 집어 먹더라고."

이미 까마귀 떼가 도랑 밖 상공에 날아와 있었다. 까마귀들이 잠시 흩어지자 햇빛이 기회를 놓치지 않고 그 틈새로 투두둑 떨어졌다. 잠시 후 까마귀 떼가 다시 날아와 하늘을 맴돌면서 검은 풀처럼 하나로 엮이기 시작했다. 둥글고 긴 햇빛은 다시 도랑에서 사라졌다. 쓰마란과 그의 사촌형이 주고 받는 말소리가 까마귀 떼의 두터운 그림자 속에서 말라 시들어버린 꽃잎처럼 날아 돌아왔다. 그는 물처럼 빛나는 사촌형의 푸른 오이 같은 얼굴이 어디론가 향하는 것을 간파했다. 그의 얼굴은 벼랑 위의 나무뿌리에 걸려 있어 맑고 깨끗한 핏물이 콸콸 흘러나왔다. 그는 사촌형의 눈빛을 따라 고개를 돌렸다가 무처럼 생긴 아이의 다리가 움직이는 것을 보았다. 그 검정 솜저고리가 와락 하고 그의 시야를 가득 채웠다. 쓰마선이었다. 태어날 때부터 채찍의 손잡이 같았던 쓰마선은 열아홉 살인데도 여전했다. 아직 살아 있었던 그는 있는 힘을 다해 몸을 뒤집어 머리를 돌 위에 얹었다.

"선아, 너의 형제 란이 널 만나러 왔구나."

쓰마선의 눈동자가 갑자기 팍 하고 밝아지더니 이내 등불이 꺼지듯 어두워졌다. 그리고 물었다.

"아버지는 안 오셨어?"

쓰마란은 입술을 깨물면서 가볍게 고개를 가로저었다.

까마귀 울음소리가 창백하고 초췌하게 비처럼 쓰마선의 몸 위로 쏟아졌다. 그가 우박을 맞기라도 한 것처럼 몸을 떨었다. 그러더니 어느 시신의 어깨를 짚고 앉아 눈빛을 하얀 줄처럼 쓰마란의 얼굴 위로 던지면서 말했다.

"아버지는 늑대 새끼야. 돼지 새끼만도 못해. 아버지가 나와 린, 무를 이 골짜기에 내버린 거야."

그가 또 말했다.

"린과 무는 죽었어. 아버지한테 가서 오늘 우리 셋을 전부 묻으라고 해. 여긴 하늘 가득 까마귀가 날고 있단 말이야."

이어서 말했다.

"사촌형이 아니었다면 우리들 가운데 누구의 몸에도 살이 남아 있지 않았을 거라고."

그러고 나서 그는 잠시 몸을 움직였다가 다시 원래의 자리에 누웠다. 기력을 다 소진했는지 눈을 감았다. 까마귀 떼가 산마루 위를 날고 있었다. 그 사이로 반짝이는 햇빛이 그의 얼굴 위로 미끄러져 내렸다.

쓰마란은 골짜기 한쪽에 서서 미동도 하지 않았다. 손에 배어 나온 차가운 땀방울이 얼음처럼 땅 위로 떨어졌다. 하얀 모래와 부서진 흙이 집 처마에서 떨어진 물방울에 젖은 듯 축축했다. 그는 두 다리가 쉴 새 없이 떨리는 것을 느꼈다. 떨리는 소리가 바람 속의 버드나무 잎처럼 빽빽하게 울렸다. 하지만 그는 뭐라고 말을 해야 할지 몰랐다. 둘째 형 린과 셋째 형 무가 어디에 있는지, 그 많은 어린 시신들 가운데 어느 것이 두 형의 시신인지 묻고 싶었지만 쓰마선은 잠을 자는 것처럼 눈을 감더니 다시는 눈을 뜨지 않았다. 쓰마란은 그가 죽은 것이라 생각하고 사촌형을 찾았다. 사촌형은 이미 손에 쥐고 있던 나뭇가지를 던져버리고 절벽을 따라 미끄러져 내려가 땅바닥에 주저앉았다. 사촌형의 얼굴에는 푸른 피가 샘물처럼 흘러내렸다. 사촌형이 손가락으로 얼굴을 가리자 피가 손가락 틈새를 타고 새어 나와 까마귀 울음소리 사이로 울렸다.

사촌형이 말했다.

"란아, 그만 가봐…… 가서 너희 아버지에게…… 마을 사람들을 데리고 와서…… 우리를 전부 묻으라고 해. 더 지체하다가는 까마귀 떼가 몰려와 우리 살을 다 쪼아 먹을 거라고. 그리고 너희 아버지에게 마을 사람들 모두 잘 살아남아 마흔까지 살 수 있기를 바란다는 말도 꼭 전해줘. 하지만 나는 겨우 열여섯 살이라고……."

쓰마란은 그 자리에 나무처럼 서서 미동도 하지 않았다. 얼굴이 하얗게 굳어버렸다.

사촌형이 말했다.

"우리를, 짝을 지어, 묻어달라고 해. 우리도 가정을 갖게 해달라고 해. 내 생각에는 란씨 집안의 치스랑 가정을 이루는 것이 좋을 것 같아."

쓰마란은 뒤로 몇 걸음 물러서다가 커다란 돌에 발이 부딪치자 목이 찢어지도록 비명을 지르며 골짜기 밖을 향해 달려갔다. 피비린내 나는 하얀 비명 소리가 절벽에 부딪쳐 메아리가 되어 돌아오면서 그의 귓가에 겨울날의 얼음 알갱이처럼 알알이 부서져 떨어졌다. 비명 소리는 까마귀 울음소리와 함께 산골짜기에 메아리치면서 절벽과 가시나무, 돌과 모래,

거친 들풀과 시신들을 그물로 거두듯이 에워쌌다.

마을로 돌아온 그는 기괴한 모습으로 후퉁 안을 왔다 갔다 하다가 란쓰스를 만났다.

쓰마란이 말했다.

"너희 셋째, 넷째, 다섯째 언니가 어디 있는지 알았어. 모두들 네가 와서 묻어주기를 바라고 있더군."

그는 사촌형의 동생에게도 말했다.

"너희 형은 정말 살아 있어. 나를 따라오면 너희 형을 만나게 해줄게."

해는 가장 밝고 아름답게 빛나고 있었다. 사람들을 따스하고 편안하게 하는 햇볕이었다. 마을 아이들은 모두 마을 어귀의 거리에 나와 햇볕을 쬐고 있었다. 두좡과 두주, 두바이, 주추이, 쓰스와 싼지우가 나와 있었다. 그리고 쓰마루와 쓰마후도 있었다. 아이들은 제방 아래 말라비틀어진 파처럼 한 줄로 나란히 앉아 있었다. 쓰마란이 서쪽 산마루 골짜기 아래쪽에서 달려왔다. 얼굴은 창백하고 이마에서는 땀이 솟아났다. 하지만 달리고 또 달리다 보니 그 창백함은 점차 붉은 홍분으로 바뀌었다. 그가 발견한 것이 골짜기에 가득한 죽음이 아니라 한 무더기의 양식인 것 같았다. 아이 엄마들 몇몇이 마을 한가운데 있는 쥐엄나무 아래 앉아 있었다. 그녀들은 여전히 멍한 표정이었고 여전히 말이 없었다. 하지만 각자의 손으로 살길을 찾고 있었다. 산나물을 캐 오거나 아이들이 벗어놓은 솜옷을 개키고 있었다. 그녀들은 아이들이 이미 쓰마란을 따라 마을 뒤 산마루 아래 골짜기로 갔고 몇몇 아이들은 곡괭이와 삽을 들고 있었다는 사실을 알지 못했다.

쓰마란을 따라간 아이들은 서산마루 아래 골짜기에 이르렀다. 어떤 아이들의 얼굴에는 비밀을 눈앞에 둔 것 같은 흥분이 가득했고, 어떤 아이는 두려움에 얼굴이 창백해지기도 했다. 아이들이 산마루를 내려갈 때쯤 까마귀 울음소리가 귓가에 간간이 들려오기 시작하더니 골짜기에 이르자 등은 까맣고 배는 하얀 수천수만 마리의 까마귀들이 골짜기로 통하는 절벽가에서 날아오르다가 다시 내려오기를 반복하고 있었다. 빨리 골짜기에 내려앉아 숨을 돌리고 싶은데 뭔가에 가로막혀 하는 수 없이 그렇게 날아올랐다가 내려오는 것 같았다. 까마귀 떼는 골짜기를 가득 메우며 흘러가지 못하는 안개처럼 허공을 휩쌌고, 초조하고 어지럽게 까악까악 울어대고 있었다. 푸른 대나무가 불에 타는 것 같은 몹시 격렬하고 날카로운 소리였다. 희고 검은 깃털이 날리면서 이른 봄 버드나무 홀씨처럼 하늘을 가득 메웠다. 골짜기 입구에 도착한 아이들은 일제히 멈춰 서서 마음속으로 맙소사 하고 탄식을 내뱉었다. 그러고 나서야 조심스럽게 골짜기 안으로 들어섰다. 쓰마란이 나무 막대기를 하나 집어 들었다. 아이들도 따라 막대기를 집어 들었다. 골짜기 중간쯤 모퉁이에 이르러 걸음을 멈춘 쓰마란은 더 이상 앞으로 나아가지 않았다.

모든 아이들이 일제히 멈춰 섰다.

골짜기 전체가 갑자기 조용해졌다. 까마귀 울음소리는 바람이 가라앉고 파도가 멈춘 것처럼 잦아들었다. 길고 좁다란 골짜기 전체가 깊은 밤으로 접어든 것 같았다. 마침내 까마귀들이 전부 공중에서 땅 위로 내려앉았다. 수십 미터 밖의 골짜기 외곽까지 온통 빛나는 까마귀 등(燈)으로 새까맣게 변했다. 부패한 피와 살의 냄새가 골짜기 밖으로 퍼져나갔다. 아이들은 그 숨결을 바라보고 있었다. 손으로 코를 막는 아이도 있었다. 이어서 살을 쪼아 먹는 소리가 들려왔다. 폭우가 쏟아지는 소리 같았다. 가끔씩 청백색 까마귀 울음소리가 섞여 들렸다. 자리를 찾지 못한 까마귀들은 다른 까마귀의 등에 올라타더니 미친 듯이 머리를 쪼아댔다. 이리하여 까마귀 울음소리는 한순간에 잦아들고 바람이 불면서 구름이 몰려오기 시작했다.

쓰마란은 뒤를 힐끗 돌아보았다. 놀란 란쓰스와 란싼지우, 두주추이가 손으로 두 눈을 가리고 있었다. 다른 아이들을 살펴보니 역시 놀라움과 두려움에 휩싸여 눈을 휘둥그레 뜨고 있었다. 가지와 나뭇잎 사이로 모습을 드러낸 덜 익은 감 같았다. 그가 큰 소리로 외쳤다. 누군가를 부르는 것처럼 손에 가시나무 막대기를 높이 들고 검은 무리를 향해 달려갔다. 달려가면서 계속 소리쳤다. 목이 찢어질 것 같았다. 울부짖는 망아지 같았다. 검은 까마귀 떼 앞까지 다가간 그는 나무 막대기를 검처럼 휘두르기 시작했다. 갑자기 습격을 받은 까마귀들은 아주 잠시 멍한 표정을 짓더니 그 가운데 몇 마리가 푸드득거리다 떨어져 죽어갔다. 곧이어 눈치를 챈 까마귀 떼는 거칠게 날개를 펴고는 우르르 흰빛과 검은빛이 뒤섞인 굉음을 내면서 솜이불처럼 무겁게 하늘을 향해 날아올랐다. 일부 까마귀들이 다른 놈 배에 부딪치면서 갑자기 비명 소리가 폭발하기도 했다. 흰 털과 검은 털이 우수수 떨어져 하나의 세계를 이루었다. 까마귀들은 원래 이처럼 민첩한 아이들의 나뭇가지 공격을 받은 적이 없던 터라 갑작스러운 습격에 진흙 덩이처럼 공중에서 떨어져 죽은 것들이 적지 않았다. 다른 아이들도 덩달아 까마귀 떼를 향해 돌진하여 열 몇 개나 되는 작대기가 허공을 날면서 녀석들을 공격했다. 무수한 검은 그림자가 바닥에 떨어져 핏빛으로 남았다. 쇠 삽을 허공에 휘두르자 까마귀 머리가 무처럼 잘린 채 땅바닥 위에 떨어져 뜨겁고 붉게 펄떡거렸다. 쓰마후는 나뭇가지를 춤추듯 휘두르며 시신과 시신 사이를 마구 뛰어다녔다. 쓰마루는 세 형의 시신을 찾았다. 세 사람은 한자리에 누워 있었다. 선의 다리는 띠풀 위 동생 린과 무의 몸에 눌려 있었다. 쓰마루는 셋째 형 주변에서만 나뭇가지를 휘둘렀다. 골짜기 전체에 쉭쉭 나뭇가지가 비스듬히 스치는 소리가 가득했다. 아이들이 질러대는 소리와 까마귀 깃털이 뒤섞여 한 덩어리가 되어 굴렀다. 하얗게 썩은 냄새는 없었지만 눈 깜짝할 사이에 골짜기가 까마귀 떼가 흘린 피의 비릿하고 신선한 냄새로 가득 찼다. 그러다가 까마귀 떼가 하늘 위로 날아오르면서 날카로운 소리가 드문드문해졌다. 두촹과 두주 그리고 쓰마후는 여전히 손에 든 막대기를 미친 듯이 휘둘러대고 있었다.

쓰마란이 말했다.

"뭐 하러 그걸 여태 휘두르고 있는 거야."

모두들 갑자기 놀라 멍한 표정을 지었다. 이내 모두들 움직임을 멈췄다. 쓰마란도 똑같은 표정을 짓고 있었다. 꿈을 꾸고 있는 것 같았다. 그는 손에 나뭇가지를 쥔 채 절벽에서 미끄러져 내린 사촌형을 찾지 못했고, 다른 사람의 팔을 뜯어 먹으려다가 미처 그러지 못하고 그대로 시신들 한가운데 죽어 있는 큰형 쓰마센도 찾지 못했다. 그곳에는 시신들이 마구잡이로 누워 있었다. 살이 붙어 있는 시신은 없었다. 모든 시신의 얼굴이 엉망진창이었고 하얀 뼈가 깎인 나뭇가지처럼 밖으로 훤히 드러나 있었다. 입과 코는 흔적도 없이 사라지고 없었다. 입고 있던 옷들도 까마귀들이 마구 쪼아대 찢어져 있고 창자가 배 밖으로 삐져나와 있었다. 폐와 위, 비장이 부서진 호두나 뭉개진 대추처럼 땅바닥에 뒹굴고 있었다. 찢어진 옷과 썩는 냄새, 까마귀 깃털과 비명 소리가 하늘과 땅에 가득했다. 나뭇가지가 모든 시신의 손에 쥐어져 있거나 옆에 놓여 있었다. 팔뚝처럼 두꺼운 것도 있고 손가락처럼 가는 것도 있었다. 몸집이 큰 시신 옆에는 남자아이들 시신과 여자아이들 시신이 함께 놓여 있었다. 죽어서 썩은 까마귀 사체도 열 마리 남짓 널브러져 있었다.

그들은 굶어 죽은 것이 아니었다.

그들은 굶어 죽기 직전에 굶주림에 미쳐버린 까마귀 떼에 쪼여 죽은 것이었다.

쓰마란은 절벽 아래 있는 동굴에서 사촌형을 찾았다. 그는 유일하게 까마귀의 공격을 받지 않고 온전한 몸으로 죽어 동굴 안에 누워 있었다. 손에 거무튀튀한 만두 반 조각을 쥐고 있었다. 나머지 반 조각은 입 안 목구멍을 막고 있었다. 목이 메어 넘기지 못한 것이었다.

주추이가 말했다.

"이건 우리 집 만터우야. 우리 아버지가 큰아버지의 벙어리 오빠에게 준 거라고."

아무도 말을 잇지 않았다. 까마귀 떼는 어디로 날아갔었는지 한 무리가 다시 돌아와 허공을 맴돌고 있었다. 사람들에게 빼앗긴 고기 때문인지 몹시 거칠고 날카롭게 울부짖고 있었다. 땅 위로 내려오고 싶지만 감히 내려오지 못하고 있는 듯 그렇게 탐색만 하면서 허공에서 올라갔다 내려오기를 반복하고 있었다. 골짜기의 햇빛이 날아다니는 까마귀 떼에 가려 산산이 부서져 없어졌다가 또 금세 와르르 나타나곤 했다.

동굴 입구에 선 쓰마란은 머릿속으로 끊임없이 아까 전 사촌형과 큰형을 상대로 얘기를 나눴던 장면을 떠올렸다. 부상당한 까마귀가 발밑에서 푸득거리면서 그의 얼굴로 피가 튀었다.

수십 마리의 담 큰 까마귀들이 저 멀리 떨어진 란씨 자매들의 시신 위로 내려앉자 란쓰스가 찢어지는 듯한 목소리로 다급하게 외쳤다.

"쓰마란 오빠, 빨리 이리 좀 와요."

큰 소리로 외치던 그녀가 언니들의 시신 옆에서 토악질을 해댔다. 검은 채소 잎과 푸르스름한 즙액을 전부 토해냈다.

쓰마란이 달려가 열 마리가 넘는 까마귀들을 전부 쫓아냈다. 그가 말했다.

"묻어야 되겠군. 살아 있는 사람들이 가정을 이루어 사는 것처럼 죽은 사람들에게도 가정이 있어야 해."

그가 또 말했다.

"남녀 한 쌍씩 짝을 지어 묻어주자고."

란쓰스가 말했다.

"치스 언니랑 쓰마선 오빠를 함께 묻고 류스 언니랑 쓰마린 오빠를 함께 묻어줘요. 우스 언니는 쓰마무 오빠랑 한데 묻고요."

쓰마란이 말했다.

"치스는 우리 사촌형이랑 함께 묻는 게 좋겠어. 사촌형이 방금 죽기 전에 평생 치스를 좋아했다고 말했거든."

아이들이 눈길을 전부 쓰마란의 얼굴로 향했다. 그가 잠꼬대를 하고 있는 것 같았다.

쓰마란이 말했다.

"사촌형이 정말로 그렇게 말했어. 우리 형 선이 자기 입으로 아버지가 돼지 새끼만도 못하다고 욕하는 것도 들었단 말이야."

아이들은 더 이상 아무 말도 하지 않았다. 쓰스도 셋째 언니를 그의 사촌형과 함께 묻자고 말했다. 해는 이미 확연하게 서쪽으로 기울기 시작했다. 깊고 긴 산마루 골짜기는 절반은 어둡고 절반은 밝은 상태에서 가느다란 냉기가 유동하기 시작했다. 까마귀들은 여전히 하늘 위를 선회하고 있었고 울음소리도 여전히 빽빽했다. 다만 그 소리는 얼마 전에 비해 무척 가늘어져 있었다. 색깔도 흐릿해지고 선회하는 속도도 한결 느려졌다.

아이 하나가 시신 옆 높은 곳에 서서 피로 붉게 물든 나무 막대기를 들고 하늘 위 까마귀들을 바라보면서 미동도 하지 않고 있었다. 까마귀들이 낮게 내려오기만 하면 야야 소리를 지르면서 나무 막대기를 휘둘렀다. 하늘 가득 별들이 춤을 추는 것 같았다. 쓰마란은 크고 작은 아이들을 거느리고 절벽에서 미끄러져 내려갈 수 있는 위치의 푸석푸석한 땅에 두 자 깊이로 열일곱 개의 구덩이를 파서 사촌형과 란치스를 한데 묻고 란류스와 큰형 쓰마선, 란우스와 둘째 형 쓰마린을 한데 묻었다. 그런 다음 다른 여자아이들의 시신을 나이가 비슷한 남자아이들의 시신과 함께 묻어주었다. 그러고는 마지막으로 쓰마무와 또 다른 남자아이들을 따로따로 구덩이에 묻어주고 나서 아이들을 데리고 마을로 돌아왔다.

아이들은 황혼을 밟으면서 나뭇가지에 각자 서너 마리씩 까만 까마귀들을 매달고 마을로 돌아왔다.

36장

백성이 기브롯 핫다아와에서 진행하여 하세롯에 이르러 거기 거하니라. 그 후에 백성이 하세롯에서 진행하여 바란 광야에 진을 치니라. 곧 아름답고 광대한 땅, 젖과 꿀이 흐르는 땅 가나안에 이르게 되었더라.

그 이후의 일은 너무나 뜻밖이었다.

마을의 각 가구마다 아주 긴 식육의 나날을 보냈다. 쓰마란 등이 형제자매를 매장한 다음 날, 어른들은 서쪽 산마루 아래 그 골짜기를 찾아갔다. 그들은 돌아올 때 하루 전에 아이들이 잡은 것보다 더 많은 까마귀를 잡아 왔다.

셋째 날에도 또 가서 한 꿰미 또 한 꿰미 새까만 까마귀를 잡아 왔다.

쓰마샤오샤오는 매일 이 까마귀를 사람 머릿수대로 각 가구에 분배했다. 많을 때는 두 사람당 한 마리였고 적을 때는 한 가구당 한 마리였다. 마침내 봄이 한창이었다. 비가 부족했어도 푸르러야 할 초목은 여전히 푸르렀고 산나물도 많아졌다. 여자아이들은 수시로 집 앞뒤로 돌아다니며 산나물을 몇 줌 뽑다 까마귀 고기와 함께 음식을 만들 때 솥에 넣곤했다. 가장 넉넉한 세월이라 사람들의 얼굴에는 잔잔한 홍조가 일었다. 한 가지 애석한 일은 까마귀 요리에 소금을 넣을수 없다는 것이었다. 열흘에서 보름쯤 지나자 어른 아이 할것 없이 먹은 걸 죄다 토해내기 시작했다. 토사물이 강과 바다를 이루었다. 알고 보니 소금이 들어가지 않으면 어떤 산해진미라 해도 제맛이 날 수 없었던 것이다. 역시 무력한 인생이었다.

어느 날 황혼 무렵, 남자들이 또 산마루에서 몇 꿰미의 까마귀를 잡아 돌아왔다. 마을 어귀에 모여 이를 분배하면서 란바이수이가 말했다.

"소금이 없어선 안 되겠어요."

두엔이 말했다.

"사람이 소금을 먹지 못하면 산 채로 몸이 허해져 죽을 수도 있어요."

쓰마샤오샤오가 잠시 생각에 잠겼다가 말을 받았다.

"피부를 팔아야 할 것 같군. 몇 년 동안 피부를 팔지 않았잖아. 피부를 좀 팔아서 소금을 사다가 집집마다 나누는 게 좋겠어. 누가 가야 할까?"

지는 해가 산마루를 담담하게 비추고 있었다. 성긴 밀밭 안에는 잡초가 왕성하게 자라나 있었다. 산맥 전체가 황무지처럼 보였다. 마을의 거리와 후통은 붉은 물이 흐르는 강 같았다. 남자들이 마을 어귀에 가득 서 있었다. 죽은 것과 상처가 있는 것을 합쳐서 스물 몇 마리의 까마귀가 커다란 개미처럼 한 줄에 꿰여 나무에 걸려 있었다. 모두들 도시나 진에 가서 소금을 사 와야 한다고 말하면서 하나같이 피부를 팔아야 한다고 했다. 쓰마샤오샤오는 연장자들이 정한 규칙에 따라 가정을 이루고 출세한 사람이 가야 한다고 말했다. 아내를 얻지 못한 사람은 아내에게 멀쩡한 두 다리를 보고 만질 수 있게 해야 한다는 것이다. 이리하여 두껀과 두옌, 란바이수이, 란창셔우 등 아내도 있고 아이도 있는 일고여덟 명의 남자들이 선발되어 마을 어귀 세 칸의 초가집 뒤에 나란히 서게 되었다. 쓰마샤오샤오가 먼저 자신의 바지를 벗고 하나는 매끄럽고 다른 하나는 나무껍질 같은 절개 흉터가 남아 있는 두 다리를 노출하면서 말했다.

"모두들 바지를 벗어 다리를 보여주세요. 내 다리보다 흉터가 많은지 봅시다. 나보다 덜 팔았던 사람이 가서 피부를 팔아 소금을 사 오면 그 집에는 소금 한두 근을 더 먹을 수 있도록 하겠습니다."

남자들 몇 명이 바지를 벗었다. 한 줄로 늘어선 허벅지에 붉은 흉터가 일제히 드러났다. 붉은 진흙을 발라놓은 것 같았다.

란바이수이는 바지를 벗지 않았다. 그가 말했다.

"내가 갈게요. 제 다리에는 아직 훌륭한 피부가 많이 남아 있으니까요."

며칠 후 두껀과 란창셔우가 란바이수이를 문짝에 싣고 돌아왔다. 문짝 머리에는 소금 반 자루가 놓여 있었다. 그들은 온 천하에 기근이 만연하다고 하면서 전에는 허벅지 피부 반 장이면 소금을 반 항아리 살 수 있었는데 지금 피부 한 장으로는 소금 한 자루도 사지 못한다고 말했다. 하지만 결국 소금을 얻게 되었다. 대가족에게는 여덟 냥씩 분배되었고 식구가 적은 집에는 여섯 냥씩 분배되었다. 마침 그날은 곡우였다. 일종의 명절인 셈이었다. 이리하여 마을 어귀에 큰 솥을 세 개 걸고 물을 끓였다. 그런 다음 열 명이 넘는 남자들이 마을 밖으로 나갔다가 두 시간쯤 지나 서른 마리가 넘는 까마귀를 지고 돌아왔다. 뜻밖에 매도 두 마리 있어 마을 어귀에서 성대하고 요란하게 잔치를 벌여 배불리 먹고 마실 수 있었다. 산싱촌의 모든 남자와 여자들이 곡우였던 그날을 기억하면서 그 한 끼가 가장 훌륭한 식사였다고, 쓰마샤오샤오가 자신들에게 제공한 잔치를 영원히 잊지 못할 것이라고 말했다. 소금이 생기고 고기가 생기고 채소가 생기자 모든 사람들이 갑자기 흥분하기 시작했다. 마을에 "소금을 뿌린 고기를 먹는다" "소금 뿌린 고기를 먹게 됐다" 하고 외치는 소리가 메아리치는 가운데 집집마다 문을 닫아걸고 그릇과 젓가락을 꺼냈다. 마을 앞 맥장은 한순간에 고요해졌다. 마을 남자들은 잡아 온 까마귀와 매는 밭 가장자리에서 곧장 해체하여 털과 내장을 제거하고 전부 큰 솥에 넣고 끓였다. 고기가 익을 때쯤 집집마다 신선한 채소를 들고 나와 한 사발씩 차례로 솥에 넣었다. 불길이 왕성하게 타오르면서 타닥타닥 요란한 소리를 냈다. 마을 사람들은 여러 해 만에 이런 잔치를 벌이게 되자 장(張)씨와 리(李)씨, 란씨와 두씨 가리지 않고 전부 나와 함께 한 끼를 배불리 먹었다. 과거 태평성대의 결혼 잔치 같았다. 해는 금빛 속에 초록빛을 담고 있었다. 바람은 가는 비단처럼 마을 앞을 스쳐 지나갔다. 핏자국이 남아 있는 깃털들이 마을 어귀 밭머리에서 춤을 추다 멈추었다. 공기 중에는 느끼하고 붉은 냄새가 가득했다. 세 개의 커다란 솥이 있는 주위는 먼 곳 가까운 곳 할 것 없이 음악 소리가 넘쳤다. 어른들은 솥 멀찌감치 떨어진 곳에서 담배를 피우며 얘기를 주고받고 있고 쓰마란의 엄마와 란쓰스의 엄마 그리고 두옌의 아내 쓰마타오화가 한 사람에 하나씩 솥이 걸린 부뚜막을 지키면서 불을 때고 있었다. 아이들은 침을 삼키면서 큰 솥 주변에서 한 치도 떨어지지 않았다. 하나같이 밥그릇을 손에 들고 있었다. 그릇을 든 손이 아파 오면 다른 손으로 바꿔 들었다. 솥으로 빨려 들어갈 것처럼 눈동자를 크게 뜨고 있었다. 이때 쓰마란의 엄마가 솥뚜껑을 열고는 큰 소리로 남자들을 향해 외쳤다.

"소금을 넣어야 할 것 같아요! 솥 하나에 반 근만 넣으면 돼요."

쓰마샤오샤오가 고개를 돌렸다.

"여덟 냥이면 될까요?"

"앞으로는 이런 잔치가 없겠지만, 솥 하나에 일곱 냥만 넣어요."

저울에 달아 솥 하나에 일곱 냥씩 소금을 넣었다. 소금의 색깔은 짙은 회색이었다. 소금이 들어가자 즉시 고기 국물 안에서 흰 거품들이 부딪치기 시작했다. 국물의 물보라 속에서 까마귀 머리와 다리, 매의 날개가 선홍빛 모습을 드러냈다. 솥에 가득한 채소는 짙은 녹색을 띠고 있었다. 마을 앞의 밭이 온통 자줏빛 향기로 가득했다. 먹기 전에 먼저 란바이수이를 불러내 그를 나권의(羅圈椅)*에 앉혔다. 쓰마란의 엄마가 그에게 까마귀 다리를 하나 담아 건네면서 말했다.

"먼저 맛 좀 보세요. 가서 피부를 파셨잖아요. 어서 드세요."

그러자 란바이수이가 까마귀 다리가 담긴 그릇을 받았다. 아이들이 양 떼처럼 솥 주위로 모여들었다. 쓰마란과 쓰마루, 쓰마후, 두창, 두주, 란류껀과 란양껀 그리고 그의 집 딸들인 란쓰스와 란싼지우, 지우스, 빠스, 주추이 등이었다. 온통 새까만 눈동자들이 그의 손에 들려 있는 까마귀 다리와 막 벌리려는 그의 입을 응시하고 있었다. 그는 침을 삼키는 아이들의 가늘고 긴 목을 바라보았다. 울대뼈가 위아래로 재빨리 미끄러지면서 수레바퀴가 산둥성이를 굴러갈 때 나는 타는 듯한 건조한 소리가 들리는 것 같았다. 그는 까마귀 다리를 입에 넣고 한 번 가볍게 씹고는 아이들 등 뒤로 보이는 남자와 여자들을 향해 말했다.

"다 익었어요. 아주 부드럽고 맛있네요."

아이들은 곧장 세 개의 커다란 솥을 향해 달려들었다. 그릇과 젓가락이 서로 부딪쳤다. 징과 북이 울렸다. 하지만 이때 쓰마후는 솥 앞으로 다가오지 않았다. 그는 화살처럼 빠른 걸음으로 란바이수이에게로 달려가 그의 손에 들려 있는 까마귀 다리를 낚아채더니 사람들 주위로 도망쳐 먹기 시작했다.

* 팔걸이가 달린 중국식 안락의자.

란바이수이가 말했다.

"맙소사, 아이들이 굶주리니까 늑대나 다름없군."

란쓰스가 이를 보고는 사람들 바깥쪽에 있는 나무 밑으로 쫓아가 쓰마후 앞에 서더니 단번에 까마귀 다리를 다시 빼앗았다.

"너는 부끄러운 것도 몰라? 이건 우리 아빠 거라고."

쓰마후가 버릇없고 뻔뻔한 표정으로 웃으며 말했다.

"사람들이 그러는데 네가 우리 형수가 될 거라며? 우리 형수가 되고 싶으면 절반만이라도 먹게 해줘."

란쓰스는 피 하고 콧방귀를 뀌고는 쓰마후 앞에다 침을 뱉고 돌아섰다. 하지만 몇 걸음 못 가서 다시 몸을 돌리더니 정말로 까마귀 다리에 붙은 고기의 절반을 떼어 쓰마후에게 주었다.

중춘이라 하늘은 희고 높았다. 구름은 솜처럼 여기저기 뭉쳐 있었다. 기근으로 인해 마을에는 양이나 돼지가 없어졌고 닭이나 오리도 찾아볼 수 없었다. 마을 거리는 조용하기만 했다. 추수가 끝난 텅 빈 밭처럼 쓸쓸하고 적막하기만 했다. 유일한 가축은 한 쌍의 늙은 소였다. 두 마리 소는 마을 어귀에서 이쪽을 바라보고 있었다. 머나먼 목초지를 바라보고 있는 것 같았다.

들풀이 삼켜버린 산맥의 밑은 개연꽃 군락 사이에서 억울

한 듯 허리를 펴고 있었다. 도처에 청록이 메말라 누런 황토 빛만 무성했다. 중춘의 세상이 잔혹한 모습을 하고 있었다. 바러우산맥 전체가 전례 없이 적막하기만 했다. 마을 앞에 있는 밀밭만 곡우가 되자 평소와 달라지기 시작했다. 쓰마샤오샤오와 두옌, 란바이수이의 사촌동생인 란창셔우 등이 커다란 솥을 하나씩 맡아 관리했다. 세 성씨 사람들이 세 개의 대오를 이루었다. 쓰마씨 사람들은 쓰마샤오샤오에게 가서 까마귀 고기와 삶은 채소를 분배받았고 두씨 성을 가진 사람들은 두옌에게로, 란씨 성을 가진 사람들은 란창셔우에게로 갔다. 세 개의 대오가 천천히 솥 앞으로 이동했다. 모두가 그릇을 솥 앞으로 내밀었다. 까마귀 다리 반 토막과 날개 한쪽, 까마귀 머리 반쪽 혹은 뼈 반 조각이 분배되었다. 그런 다음 국물 한 국자와 채소 두 국자씩이 더해졌다. 국과 채소는 엄밀하게 정량을 고집하지 않았기 때문에 다 먹고 나서 본인이 직접 가서 더 떠 먹을 수 있었다. 사람들이 국과 채소를 퍼 가면 솥에 물과 채소를 더 넣고 불을 때면 그만이었다. 두 해 가까이 기근이 지속되고 나서 곡우를 맞은 이날은 회교(回敎)의 라마단이 끝난 것처럼 어디서든 신나게 먹고 마실 수 있었다. 공기 중에는 푸른 채소와 야생 조류의 고기가 섞인 느끼하고 비릿한 냄새가 가득했다. 마을 앞을 걸을 때면 그 냄새가 끝없이 늘어나는 거미줄처럼 사람들의 입 가장자리와 코

끝에 걸렸다. 깊이 숨을 들이마시면 하얀 소금 맛이 응고되어 서리처럼 목구멍을 한 겹 덮었다. 너무 굶어 음식을 먹을 힘조차 없었던 두엔네 두바이에게는 쓰마타오화가 주추이를 시켜 까마귀 뼈 반 토막과 푸른 채소 두 국자를 집으로 가져다주었다. 주추이가 마을 후통에 들어서는 순간 또다시 어딘가 숨어 있던 쓰마후에게 음식을 빼앗기고 말았다.

주추이가 말했다.

"쓰마후, 너는 체면을 무시하는 개가 되고 싶어서 그래?"

쓰마후는 아무 말도 하지 않고 까마귀 뼈를 입에 물고는 마을 한가운데 있는 맷돌 둘레 길로 도망쳤다. 쓰마타오화가 쓰마샤오샤오에게 달려가 말했다.

"오빠, 오빠네 여섯째는 사람이 아니라 늑대 새끼예요. 왜 저 녀석을 골짜기로 보내 굶어 죽게 하지 않은 거예요."

쓰마샤오샤오가 쓰마란에게 자신의 까마귀국 한 그릇을 두바이에게 가져다주라며 건넸다.

쓰마란이 그릇을 받쳐들고 두바이의 집 대문 안으로 들어가보니 두바이는 마당에 내다 놓은 침대에 누워 있었다. 손에는 햇볕을 받아 따뜻해진 한의학 책을 한 권 들고 있었다. 그는 까마귀 고기를 내려놓고 잠시 서 있다가 한마디 말도 안 하고 두바이의 집을 나왔다. 밖으로 나오니 이상하게도 다시는 까마귀 고기와 채소를 함께 끓인 국을 먹고 싶지 않왔다. 그는 자신도 모르게 두바이가 햇빛 아래 침대 위에서 읽던 그 책을 계속 생각하고 있었다.

마을 한가운데 있는 작은 건물 뒤에서 한참을 서 있던 그는 누군가 솥이 있는 쪽에서 수박을 두드리듯 배를 두드리고 있는 모습을 보았다. 아이들의 손을 잡고 그릇과 젓가락을 든 채 밀밭 밖으로 걸어가는 사람들도 있었다. 쓰마샤오샤오가 마을 사람들을 향해 외치는 소리가 들려왔다.

"소금도 생겼고 산나물도 먹을 수 있게 되었으며 매일 집집마다 들 까마귀를 한 마리씩 먹을 수 있게 되었으니 내일부터 모두들 밭에 나가 일을 합시다. 아직 살아야 할 날이 많으니 밀밭을 저렇게 엉망이 되도록 놔둬선 안 되겠지요. 내일부터 삽과 괭이를 챙겨 밭을 갈도록 합시다. 몸을 움직이기 어려운 사람들은 밭에 쭈그려 앉아 풀이라도 뽑도록 해요."

마을 사람들은 기름 묻은 입을 닦으면서 집으로 돌아갔다.

부뚜막에는 아이들 몇 명이 남아 솥에서 까마귀 뼈를 건지고 있었다. 쓰마란이 아이들에게로 천천히 다가갔다.

뒤늦게 그곳에 온 란창셔우가 아이들에게 말했다.

"배부르게 먹지 못했으면 너희들이 직접 서쪽 골짜기로 가서 까마귀를 찾아봐. 풀을 걷어내면 골짜기 바닥에 떨어져 있는 까마귀들을 찾을 수 있을 거야. 나뭇가지로 마구 때리면 쉽게 잡을 수 있어."

아이들은 솥 가까이 서서 미동도 하지 않은 채 쓰마란에게 눈길을 던졌다. 갑자기 보름 동안 마을에서 매일 나눠 준 까마귀가 어디서 온 것인지 깨달은 것 같았다. 그 까마귀들이 원래 자신들이 먼저 산골짜기에서 가져왔던 것이고, 이 때문에 어른들도 골짜기로 까마귀를 잡으러 갔던 것이었다. 아이들은 까마귀를 수십 마리 잡고 싶었지만 수십 마리를 잡은 것은 어른들이었다. 하지만 란창셔우는 풀을 들추면 떨어져 있는 까마귀를 찾아낼 수 있다고 말했다. 이는 아이들이 미처 풀지 못한 수수께끼의 해답 같았다. 아이들은 마을 사람들 모두 그렇게 많은 까마귀 고기를 먹었으면서도 까마귀 고기가 어디서 난 건지 아무도 묻지 않았다는 사실이 몹시 이상하게만 느껴졌다. 사람들은 모두 까마귀 고기가 어디서 난 것인지 알고 있었다. 하지만 그렇게 많은 까마귀들이 하늘을 날다가 어떻게 땅에 떨어질 수 있었는지를 생각하는 사람은 하나도 없었다.

쓰마란이 말했다.

"우리 가보자."

아이들은 서쪽 산마루 아래 골짜기로 향했다.

가는 길 내내 신이 난 듯 뛰었다. 둥그렇게 불러온 배를 얼른 가라앉게 하고 싶은 것 같았다. 골짜기에 도착하기도 전에 몇몇 아이들은 배가 아프다고 했다. 하지만 쓰마란은 아무 말도 하지 않고 여전히 아이들을 이끌고서 골짜기를 향해 걸음을 재촉했다. 그곳에 이르러 모두가 갑자기 멈춰 섰다. 아이들은 둘씩 짝을 지은 무덤 위에 나뭇가지와 잡초가 쌓여 있는 것을 발견했다. 그리고 그 위로 까마귀들이 미친 듯이 몰려 있다가 아이들이 가까이 접근하고 나서야 푸드득 날아올랐다. 나뭇가지와 잡초를 걷어내자 아이들은 화들짝 놀라며 움직임을 멈췄다. 한 쌍씩 짝을 이룬 시신들이 구덩이 안에서 모습을 드러냈다. 시신들에는 살이 없고 뼈만 나뭇가지처럼 흩어져 있었다. 하얀 벌레들이 흰개미처럼 무리를 이루어 시신 위를 기어 다니면서 눈두덩으로 들어가 입으로 나오고 있었다. 군대의 대오가 이 성문으로 들어갔다가 저 성문으로 행진해 나오는 것 같았다. 여자아이들은 첫 번째 무덤의 구덩이를 들춰보고는 아! 하는 비명과 함께 몸을 움직이지 못했다. 벼락을 맞은 것처럼 얼굴이 창백해지면서 호흡이 멎었다. 그렇게 멍한 표정으로 구덩이 옆에 몸이 굳은 채 서 있었다. 남자아이들은 그래도 남자들이었다. 남자아이들은 쓰마란의 등 뒤에 서서 첫 번째 구덩이를 멍하니 바라보고 있다가 나무 막대기로 구덩이의 잡초와 나뭇가지를 걷어냈다. 이어서 두 번째 구덩이의 잡초와 나뭇가지를 걷어냈다. 세 번째 구덩이의 잡초와 나뭇가지도 걷어냈다. 마지막으로 자신들의 형인 쓰마무가 묻힌 구덩이 옆에 이르러서는 역시 몸을 움직이지 못했다. 뜨겁고 칠흑 같은 검은 부패의 냄새가 미친 듯이 아이들의 입과 코를 향해 밀려왔다. 냄새의 물결이 숲처럼 아이들을 삼켜버렸다.

까마귀들이 산 절벽에서 울부짖으며 내려앉았다. 처음에는 몇 마리에 지나지 않았지만 동료들을 부르기라도 한 것처럼 금세 열 몇 마리로 늘어나더니 마지막에는 수백수천 마리의 거대한 무리를 이루었다. 세상의 모든 까마귀들이 한데 모인 것 같았다. 까마귀들은 골짜기 상공을 맴돌면서 먹구름처럼 몰려갔다 다시 몰려오기를 반복하면서 하늘과 해를 가릴 듯이 날았다. 땅에 내려앉으려 하지는 않았고 또 다른 곳으로 날아가려고 하지도 않았다. 참지 못하고 다급하게 울부짖는 소리가 모래와 돌처럼 골짜기 안을 맴돌았다.

까마귀들은 뼈다귀와 지렁이 같은 벌레에 불타듯이 유혹되었고 아이들은 하나같이 나뭇가지를 손에 들고 까마귀들이 내려오기만을 기다리고 있었다.

서로 대치하는 시간이 까마귀들의 발밑과 아이들의 머리 위에서 지지직 소리를 내면서 흘러갔다.

쓰마후가 말했다.

"우리가 숨으면 까마귀들이 내려올 거야."

쓰마란이 말했다.

"너는 아직 까마귀 고기를 배불리 먹지 못했구나."

쓰마루가 말했다.

"우리는 이 뼈를 풀로 둘둘 말아 다른 곳에 묻을 거야."

이삼 일 비가 왔다. 땅에서 호미로 풀을 뽑던 마을 사람들은 집에 있던 까마귀 고기와 채소가 다 떨어지자 다시 서쪽 산마루 아래 골짜기로 까마귀를 잡으러 갔다가 시신을 묻었던 열일곱 개의 구덩이에 뼈가 흔적도 없이 사라져버린 것을 발견했다. 골짜기 안은 극도로 고요했고 엄청나게 많던 까마귀들은 죄다 어디로 갔는지 보이지 않았다. 몇 마리만 쓸쓸하게 절벽 위에서 울고 있었다. 사람들은 마을로 돌아와 쓰마샤오샤오를 찾았다. 그들은 집에 돌아가 여자와 아이들을 전부 두들겨 패야 한다고 말했다. 여자와 아이들은 시신을 어디에 묻었는지 말하지 않았고 남자들은 그들을 믿지 않았다.

"이건 일부러 마을 전체의 양식을 끊어버린 거예요."

쓰마샤오샤오가 말했다.

"끊어지면 끊어지는 거지 뭐. 농사를 지어보고 안 되면 마을 사람들을 이끌고 구걸에 나서도록 하겠소. 더 이상 까마귀들을 먹을 수 없어요. 마을에는 이미 까마귀 고기를 먹고 죽은 사람이 있단 말입니다. 죽은 모습이 꼭 뭔가에 중독된 것처럼 검었어요."

남자들은 놀라움과 의심이 반반씩 섞인 표정으로 그를 바라보았다.

쓰마샤오샤오가 말했다.

"여러분들 모두 지난 이틀 동안 두껀이 밭을 갈러 가는 모습을 보지 못했잖아요?"

아무도 말을 하지 않았다. 모두들 두껀이 정말 나쁜 놈이라고 생각했다. 자식을 내버려둔 채 자신이 먼저 누릴 걸 누리러 갔다고 생각했다.

37장

여호와께서 모세에게 일러 가라사대, 사람을 보내어 내가 이스라엘 자손에게 주는 가나안 땅을 탐지하게 하되…… 모세가 가나안 땅을 탐지하러 그들을 보내며…… 또 에스골 골짜기에 이르러 거기서 포도 한 송이 달린 가지를 베어 둘이 막대기에 꿰어 메고 또 석류와 무화과를 취하니라. 40일 동안에 땅을 탐지하기를 마치고 돌아와 바란 광야 가데스에 이르러 모세와 아론과 이스라엘 자손의 온 회중에게 나아와 그들에게 회보하고 그 땅의 실과를 보이더라.

밭에 김을 매고 나서 쓰마샤오샤오는 산마루로 통하는 길 어귀에 탁자를 하나 가져다 놓고 두옌을 그 자리에 앉혔다.

마을 사람들이 가구별로 한 줄로 섰다. 그가 집집마다 호주의 이름을 불렀다. 이름을 부를 때마다 두엔이 종이를 한 장씩 건넸다. 종이에는 일률적으로 이렇게 쓰여 있었다.

○○○는 선량한 사람으로 바러우산맥의 연이은 천재지변 때문에 양곡과 산나물, 까마귀 고기 등 먹을 것이 전부 떨어져 수많은 사람과 가축이 굶어 죽는 지경에 이르렀기에 하는 수 없이 외지에 나가 먹을 것을 구하게 되었음. 기근이 끝난 뒤에 ○○○ 일가가 산싱촌으로 돌아와 농사를 짓지 않을 경우, 그 조상들의 묘가 파헤쳐지고 집이 전부 허물어지는 벌이 내려짐.

촌장 : 쓰마샤오샤오 (지장)
호주 : ○○○ (지장)
○○○○년 ○월 ○○일

하늘은 약간 음침했지만 구름의 빛깔은 진하지 않았다. 희미한 연무가 수시로 하늘에 떠다니는 것 같았다. 흰빛이 구름에 가려 진흙 같은 누런빛으로 변했다. 하지만 사람들 사이에는 억누를 수 없는 즐거움이 넘치고 있었다. 어른들은 세상 밖으로 나가 먹을 것을 구걸해야 하는 때가 왔다고 생각했다. 너무나 큰 치욕이었지만 아이들은 마을 밖으로 나가볼 수 있게 된 것이 화(禍) 중의 복(福)이라고 생각하며 좋아했다. 아이들은 사람들 사이를 이리저리 뛰어다녔다. 작은 얼굴들이 부어 있긴 했지만 즐거움의 홍조가 가득했다. 란바이수이가 이름을 부를 때마다 아이들이 처음 떠오른 햇빛처럼 자기 아버지를 대신해 탁자 앞에 와서 서면 두옌이 미리 써놓은 종이를 쓰마샤오샤오에게 건넸고, 쓰마샤오샤오는 촌장이라고 적힌 두 글자 뒤에 인주를 묻힌 붉은 식지를 눌러 지장을 찍었다.

아이들이 종이를 건네받으면 쓰마샤오샤오가 말했다.

"너희 아버지를 모셔 오너라."

호주가 자기 이름 옆에 꾹 지장을 찍었다. 아이들은 그 종이를 탁자 한쪽에 있는 사람에게 내밀었다.

공기 중에는 인주의 깊고 붉은 냄새가 가득했다. 지는 해의 향기가 황혼 무렵에 마을 어귀를 맴돌고 있는 것 같았다. 이른 아침부터 황톳빛 흐릿한 해가 산마루 위에 걸릴 때까지 마을 사람들은 집집마다 계약서 작성을 끝내고 대오를 이루어 이불 짐을 지고 밥그릇과 젓가락을 손에 들고서 마을 밖 세계를 향해 나아가기 시작했다.

아이들은 대부분 대오 한가운데 끼지 않았다. 아이들은 손에 붉은 도장이 찍힌 귀환 계약서를 들고 엉클어진 삼 뭉치처럼 웃고 떠들면서 어른들의 뒤를 따르고 있었다. 어른들을 따라 집단 피난을 가는 게 아니라 진의 장터에 가는 것 같았다. 지금은 죽도록 배가 고프지만 그곳에 가면 양고기내장탕을 한 그릇 먹을 수 있는 것 같았다.

쓰마샤오샤오가 큰 소리로 외쳤다.

"각자 귀환 계약서를 잘 건사하도록 해요. 아이들이 들고 있다가 분실하기라도 하면 어쩌려고 그래요?"

이어서 말했다.

"란아, 우리 집 계약서 이리 내거라."

두옌이 말했다.

"인주가 아직 마르지도 않았는데 마구 문질러 지장이 흐려지면 효력이 없잖아요."

이리하여 더 이상 귀환 계약서에 관해서는 따지지 않기로 했다. 아이들이 깃발처럼 손에 들고 있게 놔두었다. 아이들은 신바람이 나서 무리를 이루어 대오 앞에서 걸었다. 황톳빛 해가 산마루를 환히 비추어 여러 해 동안 쌓여 있던 더러운 물건들이 그대로 드러났다. 여기 한 무더기, 저기 한 무더기 검정과 잿빛이 뒤섞인 물건들이 바러우산을 뒤덮고 있었다. 이미 갈아놓은 밀밭에는 들풀은 찾아볼 수 없고 밀 싹들이 겨우 땅 위로 고개를 내밀고 있었다. 너무나 허약해서 곧게 허리를 펴지도 못하고 몸을 기탁하고 있는 산싱촌 사람들을 바라볼 면목도 없는 것 같았다. 도처에 정신을 차리지 못하고 몸도 못 가누는 새싹들 천지였다. 산마루를 넘는 발걸음이 말라비틀어진 낙과처럼 투둑투둑 소리를 냈다. 어른들은 처음에는 걸으면서 뭔가를 말했지만 나중에는 말이 없어졌다. 황토처럼 두껍고 무거운 얼굴 위의 침묵이 먼지와 흙의 냄새를 발산했다. 여자들은 여러 무리를 이루어 뭉쳐서 이동했고 쓰마란 또래의 아이들은 두세 살 먹은 어린아이들을 챙기고 있었다. 힘든 세월을 한탄하면서 그릇과 젓가락을 왼손에서 오른손으로, 오른손에서 왼손으로 번갈아 옮겨 드느라 처량한 소리를 냈다. 바로 이때, 맨 앞에서 가던 아이들 사이에서 뭔가에 놀란 듯한 자줏빛 비명이 들려왔다.

어른들이 소리쳤다.

"왜 그래?"

쓰마란이 말했다.

"빨리 와보세요. 거우얼이 넘어졌어요."

란창셔우가 말했다.

"어서 부축해 일으켜 세워."

쓰마후가 대답했다.

"죽은 것 같아요. 움직이질 않아요."

거우얼은 란창셔우의 둘째 아들이었다. 다리가 마 줄기 같았던 첫째 아들이 서산 산마루 절벽 아래로 보내지고, 홀로 남은 다섯 살짜리 둘째마저 결국 명을 달리한 것이다. 아이들의 외침 소리를 듣고 란창셔우가 얼른 달려갔다. 숨이 가빠 걸음이 느려졌다. 어느 감나무 아래까지 쫓아간 그는 무리를 이루어 둥그렇게 에워싸고 있는 아이들 틈을 헤치고 누워 있는 자신의 아들 거우얼을 확인했다. 이마에는 온통 피가 흘러나와 있고 아무런 기척도 보이지 않았다. 두바이가 어른들을 흉내 내 거우얼의 팔에 손을 대고 맥을 짚어보았다. 란창셔우는 아이를 길 한가운데서 안아 길가로 옮겼다. 두바이가 거우얼의 팔목에 손가락을 대고 맥을 짚어보았지만 맥이 뛰지 않았다.

란창셔우가 아이의 몸을 흔들며 말했다.

"어떻게 된 거니, 거우얼?"

두바이가 말했다.

"란 삼촌, 죽었어요. 맥이 뛰지 않아요."

란창셔우가 두바이를 죽일 듯이 노려보았다.

"그냥 넘어져서 살갗이 벗겨진 것뿐이라고 했잖아."

"못 믿겠으면 우리 아버지한테 물어보세요."

이리하여 마을 어른들이 뒤에서 아이들을 에워쌌다. 두엔이 앞으로 나와 아이의 맥을 짚어보고 귀를 코 가까이 대고 숨소리를 들어보았다. 그러고는 정말로 죽었다고 말했다. 아무런 소리도 나지 않고 맥이 구름처럼 흩어졌다는 것이다.

란창셔우는 멍한 표정으로 서 있었다. 그의 아내는 하늘과 땅이 울리도록 거칠게 울부짖으면서 거우얼을 향해 달려들었다. 이때 햇빛이 약간 밝아졌다. 100명 남짓 되는 산싱촌 사람들이 산마루에 어지럽게 모여 있었다. 땅바닥과 똑같이 메마른 누런빛이 가득한 얼굴로 어떻게 넘어졌기에 단번에 죽은 거냐고 물으면서 그 어떤 집 아이도 넘어져 죽은 적이 없다고 말했다.

두옌이 설명을 하고 나섰다.

"지금이 어떤 세월입니까? 대기근의 시기라 사람들 몸속의 피가 말라가는 겁니다. 때문에 조금만 피를 흘려도 죽게 되는 것이지요."

마을 사람들 모두 입을 다물고 란창셔우 부부와 한번 넘어져 죽음에 이른 그들의 아이 거우얼을 바라보면서 두옌의 말이 상당히 합리적이라고 생각했다. 이런 세월에 누구의 몸에 충분한 피가 공급될 수 있겠는가? 사람들은 도대체 어떻게 걷다가 넘어진 것이냐고 물었다. 귀환 계약서에 묻은 인주가 어느 집 게 더 붉고 더 큰지 서로 비교하다가 실수로 넘어졌다고 아이들이 대답했다.

그렇게 죽었다.

이때부터 란창셔우의 집에도 아이가 없게 되었다. 그가 울면서 말했다.

"난 이제 대가 끊어졌어요. 우리 집안의 대가 끊어졌다고요……."

그의 아내가 말했다.

"하늘이시여, 우리 집에 귀머거리 아이 하나만 남겨주셨어도 좋았을 텐데, 어째서 두 아이 다 데려가시는 겁니까?"

쓰마샤오샤오가 다가가 말했다.

"그냥 아이들을 내다 버렸다고 생각해요. 운다고 아이를 살릴 수 있는 것도 아니잖아요. 더 울다가는 어른들도 다 죽게 생겼어요. 밭이 있는 한 양곡도 있게 마련이고, 산이 있는 한 땔나무도 있게 마련이에요. 어른들이 살아남아야 또 아이들을 낳을 수 있을 것 아니겠어요."

이 말에 란창셔우의 아내가 울음을 그치고는 쓰마샤오샤오를 죽일 듯이 노려보며 말했다.

"촌장, 아이를 낳겠다고 말만 하면 다 낳을 수 있는 건가요? 지금 기근을 만나 모든 사람이 구걸에 나서고 있고 모두들 몸을 움직일 힘조차 없는데 아이를 낳을 수 있겠어요?"

쓰마샤오샤오는 과거에도 사람들이 기근을 이겨냈다고 말했다. 란창셔우의 아내가 말했다.

"기근이 한두 해 더 지속되면 거우얼 아버지도 마흔이 돼서 목구멍 병에 걸려 죽게 될 텐데 내가 어떻게 아이를 낳는다는 말이에요?"

쓰마샤오샤오는 이런 질의에 대답하지 않고 몸을 돌려 아내가 가져온 바구니를 뒤적거렸다. 바구니에 줄 만한 것이 없자 사람들을 향해 큰 소리로 말했다.

"혹시 먹을 것이 남아 있는 집 없습니까? 이 부부에게 마을에 남아서 마을 아이들을 돌보게 합시다."

그가 이렇게 외치자 마을 사람들은 처음에는 모두들 죽은 듯이 침묵하면서 한마디도 하지 않았다. 모두들 서 있는 시신들처럼 말이 없었다. 그러다가 나중에서야 란바이수이가 아내 메이메이 앞으로 가서 말했다.

"아이 엄마, 전부 내놔봐. 어쨌든 창셔우는 우리와 같은 집안 사람이잖아."

이에 메이메이가 품 안에서 누런 밀가루로 만든 만터우 반개를 꺼냈다. 두옌이 아내에게 눈짓을 보내자 쓰마타오화도 허리춤에서 손가락 굵기 정도의 허리띠를 풀어 그 안에서 좁쌀 반 사발을 털어냈다. 이어서 또 다른 여자가 주머니에서 만터우를 찔 때 까는 천으로 싼 메뚜기 가루를 꺼냈다. 햇볕에 말린 까마귀 다리와 날개를 꺼내주는 사람도 있었다. 이렇게 다양한 먹을 것들이 란창셔우의 바구니 절반을 채웠다. 이때 쓰마샤오샤오의 아내가 갑자기 바지를 벗더니 자루를 하나 꺼냈다. 그러더니 뜻밖에도 란창셔우의 바구니에 흰 밀가루 반 그릇을 털어놓았다. 이 광경에 모두들 놀라 숨마저 제대로 쉬지 못했다.

"맙소사, 아직 흰 밀가루가 남아 있었네요!"

"까마귀 뼈 가루예요."

얼마 전 마을에서 커다란 솥 세 개를 걸고 까마귀 고기를 먹었을 때, 그녀가 한밤중에 일어나 까마귀 뼈를 가져다가 햇볕에 말린 다음 빻아서 가루로 만든 것이라고 했다. 마을 사람들 모두 이 여자의 놀라운 발상에 경의를 표하면서 이런 엄마가 있으니 쓰마란과 루, 후는 기근이 앞으로 10년 더 지속된다 해도 두려울 게 없을 것이고 산 채로 굶어 죽는 일도 없을 것이라고 말했다.

하지만 쓰마샤오샤오가 앞으로 나서면서 말했다.

"당신은 어째서 이렇게 사리에 밝지 못한 거요! 나는 촌장이야. 음식이 있어도 그걸 먼저 챙겨선 안 되는 사람이란 말이오. 이러면서 내가 어떻게 촌장이라고 할 수 있겠소!"

그러고는 몸을 돌려 란창셔우에게 말했다.

"어서 마을로 돌아가게. 이걸 먹고 아내에게 아이를 갖게 하지 못하면 살아도 헛사는 셈이 될 걸세."

이리하여 란창셔우는 넘어져 죽은 자신의 아이를 안고 아내와 함께 반 광주리의 까마귀 뼈 가루와 말린 까마귀 고기, 메뚜기 가루, 누런 만터우, 검은 만터우를 챙겨 마을로 돌아갔다. 해가 머리 위에 걸려 있었지만 마을은 여전히 희미하게 보였다. 마을 사람들 모두 멀어져가는 란창셔우 부부를 바라보면서 뭔가 말을 하고 싶었지만 입 밖에 내진 않았다. 두 사람이 사람들의 눈길에서 거의 사라질 때가 되어서야 쓰마샤오샤오가 약간 높은 곳에 올라서서 두 사람을 향해 외쳤다.

"아내가 아기를 낳으려면 열 달이 걸려야 할 걸세. 품에 안긴 거우얼은 버리지 말고 양식 삼아 먹거나 까마귀를 잡을 때 미끼로 사용해도 좋을 걸세."

란창셔우가 몸을 돌려 대답했다.

"걱정하지 마세요, 촌장님. 마을에 한 가구가 모자라게 된다면 제가 무슨 낯으로 살겠습니까?"

마을 사람들은 다시 바러우산 밖을 향해 천천히 걸음을 옮겼다. 아이들은 더 이상 미친 듯이 이리 뛰고 저리 뛰고 하지 않았고, 한 가구에 한 장씩 나눠 준 귀환 계약서를 가지고 놀려 하지도 않았다. 아이들은 부모 곁에서 부모의 오른손이나 왼손을 잡고 어수선하면서도 긴 피난 행렬을 이루어 진흙처럼 누런 햇빛 속에서 마을을 버리고, 마을의 밭과 맥없는 작물들을 버린 채 걸음을 옮겼다. 발밑에 흙먼지가 일어 그들의 바지와 몸과 얼굴 위로 마구 날렸다. 누구 할 것 없이 전부 온몸이 흙먼지투성이였다. 코와 입에 마른 흙냄새가 가득했다. 갈림길에 이르자 쓰마샤오샤오가 말했다.

"여기서부터 몇 가구씩 나눠서 가도록 합시다."

이에 모두들 서로 얼굴을 쳐다보다가 란바이수이가 란씨

성을 가진 사람들을 이끌고 다른 길로 따로 가기로 했다. 또 몇 리를 가다가 갈림길이 나오자 쓰마샤오샤오가 말했다.

"두씨네가 따로 갈래요, 아니면 쓰마씨네가 따로 갈까요?"

두엔이 두씨 성을 가진 사람들을 이끌고 갈림길로 가기로 했다.

이렇게 모두 뿔뿔이 흩어졌다. 갈림길이 나올 때마다 나뉘었고 낯선 마을을 만날 때마다 몇몇이 남았다. 몇십 가구의 산싱촌 사람들이 날이 어두워질 무렵에는 바러우산 밖으로 향하는 여러 길로 나뉘어 흩어졌다. 세상에 흩어진 한 줌 회색 흙처럼 더 이상 눈에 띄지 않았다.

그러나 닷새 뒤에 쓰마샤오샤오 일가는 다시 마을로 돌아왔다.

보름이 지나자 한 가구도 빠지지 않고 전부 마을로 돌아왔다.

기근이 끝도 없이 이어져 세상이 전부 재난에 휩싸여 있을 줄을 아무도 예상하지 못했다. 바러우산 아랫마을 사람들이 말했다.

"어찌 당신네 바러우산맥뿐이겠소. 반경 수백 리가 전부 흉년이라오."

사람에게 두 다리가 있으니 백 리쯤 걸어가면 기근에서 벗어날 수 있으리라 생각했지만 진에 도착해보니 진 사람들이 말했다.

"어찌 백 리뿐이겠소. 메뚜기 떼는 천 리 밖에서 날아왔단 말이오."

그렇게 작은 메뚜기가 천 리를 날 수 있단 말인가? 의심하고 망설이면서 도시까지 가보았다. 도시에 도착하니 사람들이 전부 도시를 버리고 교외로 가고 있었다. 도시 사람들이 말했다.

"성(省) 전체, 나라 전체가 기근인데 당신들은 어디로 가겠다는 겁니까?"

쓰마샤오샤오는 끊임없이 같은 씨족 사람들을 이끌고 다니면서 콩을 파종하듯이 각 갈림길과 큰 마을을 만날 때마다 몇 명씩 남게 하고 강가 채소밭 사이의 낡은 집에서 하룻밤을 보냈다. 다음 날 정오쯤에는 현성에 도착할 수 있었다. 현성의 대로에는 언제 사라졌는지 과거의 번화했던 모습을 찾아볼 수가 없었다. 예전의 상점들도 일제히 문을 닫았고 음식점도 더 이상 영업을 하지 않았다. 그는 의아하다고 생각해 확실하게 물어보고 싶었지만 사람이라고는 그림자 하나 보이지 않았다. 현성에 대해 가장 잘 아는 구역은 교화원이 있는 곳이었다. 그는 마을 사람들을 이끌고 현성의 대로를 가로질러 도시 동쪽에 위치한 교화원을 찾아갔다. 대문 앞에 이르니 익숙한 붉은 칠 나무 대문이 굳게 잠겨 있었다. 문 앞에 노인 하나가 앉아 햇볕을 쬐고 있었다.

그가 물었다.

"교화원 사람들이 지금은 출근하지 않나요?"

노인은 이해할 수 없다는 듯한 눈빛으로 그를 한참이나 바라보더니 출근하지 않은 지 오래됐다고 말했다.

그가 또 물었다.

"그럼 사람들은 어디 가서 뭘 하고 있나요?"

노인은 더욱 놀란 눈빛으로 그를 바라보았다. 세상 밖 사람을 쳐다보는 것 같았다.

"가서 뭘 할 수 있겠소? 구리를 제련*한다고 하더군."

마침내 모든 걸 알게 되었다. 세상 전체가 한 가지 일로 바쁘게 돌아가고 있었다. 작은 용광로를 만들어 광석을 운반해 그 안에 넣고 이레 밤낮 불을 때서 돌에서 강철을 뽑아내는 것이었다.

강가 채소밭 옆에서 보냈던 밤이 생각났다. 밤하늘이 온통 붉은 불빛으로 가득했다. 불은 밤새 꺼지지 않았다. 알고 보니 세상 사람들 모두가 바삐 움직이고 있었던 것이다. 교화원 문 앞의 공터에 잠시 서 있다가 몸을 돌린 그의 시야가 새로 파낸 갈색 흙더미에 막혀버렸다. 알고 보니 전부 새 무덤

---

* 20세기 중엽 중화인민공화국 건국 후 도시와 농촌을 가리지 않고 전국적으로 진행된 대규모 강철제련운동을 말한다.

이었다. 300개 혹은 500개쯤 되는 것 같았다. 천지에 온통 어지럽게 새 흙이 쌓여 있었다. 오래된 흙더미는 찾아볼 수 없었다. 가장 오래된 무덤도 작년에 조성된 것 같았다. 황토 위의 들풀도 드문드문 몇 가닥 되지 않았다. 바람에 흩날리는 노란 줄 몇 가닥 같았다. 더 많은 무덤 위에는 띠풀 한 가닥 자라나 있지 않았다. 흙 알갱이들이 진한 추위의 냄새를 발산하고 있었다. 쓰마샤오샤오는 새로 조성된 그 무덤들을 바라보면서 한동안 실의에 빠져 멍한 표정을 지었다. 누군가 등 뒤에서 갑자기 머리통을 한 대 후려치는 바람에 머릿속이 온통 뿌옇고 흐릿해진 것 같았다. 그는 그 무덤들 앞에 서서 기괴하고 비릿한 냄새가 가슴속에서 솟아 나오다가 목구멍쯤에서 다시 안으로 되돌아가는 것을 느꼈다.

몸을 돌린 그는 누렇고 뿌연 햇빛을 바라보았다. 또 사람하나 없이 드넓기만 한 사방의 들판을 바라보았다. 쓰마샤오샤오는 가족들 앞으로 돌아와 입을 크게 벌리고 아내에게 자신의 목구멍을 살펴보라고 시키면서 말했다.

"비릿한 냄새가 나는 것 같아."

아내가 한참 살펴보고 나서 말했다.

"전부 잘 뚫려 있어요. 아무것도 없는 것 같아요."

쓰마루가 다시 살펴보고 나서 말했다.

"아버지, 약간 붉은빛이 보여요."

쓰마란이 눈을 크게 뜨고 차가운 눈빛으로 쓰마루를 쳐다보았다. 이어서 쓰마후가 다시 살펴보고 나서 말했다.

"아버지, 엄마랑 넷째 형이 아버지를 속인 거예요. 정말로 붉은 덩어리가 있어요."

쓰마샤오샤오의 아내가 발로 쓰마후의 엉덩이를 걷어찼다.

쓰마후가 엄마를 원망하며 말했다.

"정말 빨갛잖아요. 날 그렇게 걷어차다간 내가 커서 엄마를 부양하지 않을 수가 있어요."

한 가족이 교화원 앞에서 잠시 멍한 표정으로 서 있었다.

갑자기 쓰마샤오샤오의 얼굴에 한 겹 웃음기가 번졌다. 그가 말했다.

"이제 내가 복을 누리러 갈 차례가 되었구나. 마을로 돌아가도록 하자꾸나. 길가에서 굶어 죽는 것보다는 우리 산싱촌에서 죽는 게 아무래도 낫겠지."

이리하여 식구들을 데리고 다시 바러우산맥으로 돌아왔다.

곧이어 수많은 사람들이 뒤따라 돌아왔다.

이렇게 모두들 돌아왔다. 모두들 이구동성으로 말했다.

"염병할, 이제 하늘이 본격적으로 인명을 거둬가는 세월이 되었군. 외지에 나가 있는 것보다 바러우산맥 안에 있는 게 낫지. 적어도 배가 고파도 나무를 태워 강철을 제련하지 않아도 될 테니까 말이야. 게다가 외지에는 새로 생긴 무덤이

우리 산싱춘보다 훨씬 많더군. 밖에 나가 죽는 것보다 마을
안에서 죽는 게 당연히 낫지."

이때 란바이수이가 자기 식솔을 이끌고 산마루를 내려왔
다. 이불 보따리와 구걸을 위한 바구니를 끈으로 묶어 어깨
에 지고 있었다. 그의 아내가 그의 뒤에 바싹 붙어 있고 그 뒤
로 큰딸 란지우스와 둘째 딸 란바스, 여섯째 딸 란쓰스, 일곱
째 딸 란싼지우가 허둥지둥 따라오고 있었다. 얼굴에는 오는
길에 겪은 풍진이 가득했다. 란바이수이는 마을 사람들이 전
부 마을 어귀에 모여 일제히 걸음을 멈추고 고개를 들어 쓰
마샤오샤오의 목구멍을 살펴보고 있는 모습을 보았다. 그도
가까이 다가가 살펴보았다. 마지막으로 두옌과 함께 쓰마샤
오샤오를 바라보면서 아무 말도 하지 않았다. 마을에서 가장
연장자인 이 세 성씨의 남자들이 가지와 잎사귀 없는 나무처
럼 햇빛 아래 마른 기둥처럼 서 있었다. 얼굴에는 아주 두터
운 무력감과 막막함이 한 겹 덮여 있었다. 결국 쓰마샤오샤
오가 두옌을 바라보며 물었다.

"사실대로 말해보게. 내 목구멍에 그냥 염증이 생긴 건가,
아니면 죽일 놈의 그 목구멍 병인가?"

두옌이 다시 한번 쓰마샤오샤오의 아래턱을 손으로 받치
고 살펴보고 나서 말했다.

"목구멍 병인 것 같네요."

"앞으로 얼마나 살 수 있을 것 같은가?"

"아마도, 석 달 보름은 문제 없을 것 같네요."

란바이수이가 두옌을 쳐다보다가 다시 쓰마샤오샤오를 보면서 잠시 머뭇거리더니 떠보려는 듯이 말했다.

"샤오샤오 형, 날 탓하지 말아요. 솔직히 말해서 나는…… 샤오샤오 형이 죽고 나면 그 촌장 자리를 몇 년 동안 맡아야겠다고 생각했어요……."

쓰마샤오샤오가 눈 하나 깜짝하지 않고 그를 뚫어져라 쳐다보았다.

"촌장이 되면 좋은 점이 뭐가 있나?"

란바이수이가 말했다.

"내 생각에는…… 유채를 파종할 수는 있지만 다른 사람들을 장수하게 하지는 못할 것 같습니다……. 아무래도 재난이 지나가면 밭을 전부 갈아엎어 양식의 종류를 바꿔야 할 것 같아요. 모두들 몇 년 동안 유채를 먹게 해서 위장을 변화시킨 다음 마흔이 넘게 살 수 있는지 여부를 판단해야 할 것 같습니다."

쓰마샤오샤오가 차가운 눈길로 그를 쳐다보았다. 목소리가 높아져 있었다.

"내게 아직 반년의 수명이 남아 있으니 비가 오기만 하면 유채를 심도록 합시다."

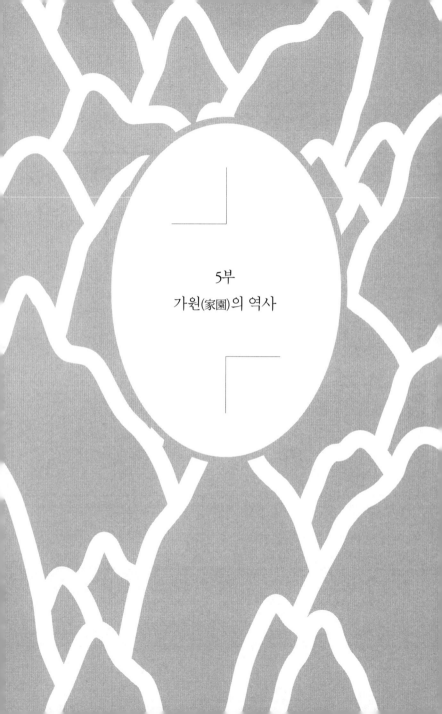

5부
가원(家園)의 역사

39장

부처가 말했다.

"대자대비시여! 성지(聖智)의 경지를 자각했음을 증명할 수
있다면 모든 법(法)이 원래 무생(無生)의 진정한 경지임을 알 수
있을 것입니다. 모든 본성은 원래 있는 성질에서 온 것이고, 따
라서 모든 법의 성(性)과 상(相)은 원래 생명이 없는 것입니다.
하지만 이는 어리석은 범부들의 망상처럼 양쪽이 상대하는 경
지가 아닙니다. 심신이 모두 성(性)은 성 자체가 만들어내는 것
이고 생존이 의존하는 심신과 세계, 의보(依報) 등도 전부 성이
성으로부터 발현된 현상에 지나지 않습니다. 장식(藏識)은 섭
취할 수 있음과 섭취함의 관계이기 때문에 전변하여 모든 현
상을 일으키는 것입니다. 어리석은 범부들은 생멸(生滅)의 두

현상 속에 떨어져 모든 법이 생멸의 성질을 갖기를 희망합니다. 유와 무를 전혀 모르는 것은 전부 망상이 발생시키는 경지로서, 성현의 경지가 아닙니다."

1

쓰마란이 괭이와 호미 자루를 뚫어져라 쳐다보았다. 호미자루가 전부 두 배 길이로 자라나 있었다. 뽕나무 갈고랑이와 써레도 들어 올릴 수 없을 정도로 커졌다. 문틀도 성문처럼 넓고 높아졌다. 나뭇가지는 구름층에서 한들거렸고 참새들은 화살처럼 빠르게 날아다녔다. 세상이 이해할 수 없게 변해버렸다. 담장 구석에 세워둔 도끼를 그는 하늘을 향해 열 번밖에 들 수 없었다. 루는 여섯 번을 들었고 후는 아예 한 번도 들어 올리지 못했다. 하지만 형 선과 린, 무는 하나같이 그보다 키가 작았지만 모두 열 번 내지 열다섯 번을 들어 올렸다.

그는 도무지 알 수가 없었다. 해가 뜨면 왜 꼭 져야 하는지, 사람들은 밥을 배불리 먹고 몸을 움직이고 오줌을 싸고 똥을 누면 왜 다시 배가 고파지는지 알 수 없었다. 특별히 더 알 수 없었던 것은 사람이 죽으면 더 이상 말을 할 수 없고 공기를 들이마시거나 내뱉지 못하며 음식을 먹고 마실 수도 없다는 점이었다. 몸을 움직이지도 못하고 문짝 위에 그렇게 사흘 밤낮을 누워 있다가 땅에 묻힌다는 것이었다. 그러면 그 사람은 시신조차 이 세상에서 보이지 않게 되었다. 물건을 하나 잃어버린 것처럼 완전히 사라지는 것이었다. 참새가 둥지가 있는 산비탈을 향해 날아가버리면 그 참새는 더 이상 그림자조차 남지 않는 것과 같았다.

쓰마란은 종종 대문 문지방 위에 턱을 괴고 앉아 쏟아져 들어오는 금빛 찬란한 햇빛을 바라보면서 건너편 산비탈에 걸려 있는 양 떼를 바라보곤 했다. 혼자 햇빛이 나뭇잎 위로 흘러내리는 소리를 듣고 있었다. 양 떼가 골짜기 쪽에서 찌걱찌걱 풀을 씹는 왕성하고 파란 소리를 들으면서 사람이 영원히 죽지 않으면 얼마나 좋을까 하는 생각을 했다. 마을 남자들의 얼굴에 흰 수염이 나고 여자들이 이가 다 빠진 노파가 되면 얼마나 좋을까 하는 생각을 했다. 산언덕의 황토가 먹을 수 있는 것이라면 얼마나 좋을까 하는 생각을 했다. 자신이 눈 깜짝할 사이에 어른이 되고, 그 뒤로는 성년의 모습에 그대로 멈춰 있었으면 얼마나 좋을까 하는 생각을 했다. 체격이 아주 건장하고 힘도 비할 데 없이 세지만 영원히 늙지 않고 죽지도 않으면 얼마나 좋을까 하는 생각을 했다. 하지만 그는 또 자신은 젊고 건장한 상태로 멈춰 있지만 아버

869

지 쓰마샤오샤오와 엄마 쥐(菊)는 곧 죽을 나이가 되어 목구멍 병에 걸린 마을 사람들처럼 영원히 울부짖고, 자신의 동생 쓰마후 같은 수많은 아이들은 영원히 어른으로 자라지 못해 기어 다니거나 비틀거리면서 문지방 하나 넘는 데도 죽을 힘을 다 써야 하는 상태로 남아 있으면 얼마나 좋을까 하는 생각도 했다. 하지만 사람은 그 나이가 멈추거나 늙지 않을 수 없었다. 쓰마란은 그렇게 되면 노인과 어린아이들이 고통스러워질 거라고 생각했다. 사람은 지금 이 모습대로 계속 살아가다가 어느 날 갑자기 목구멍 병에 걸리는 수밖에 없었다. 어느 날인지 모르지만 죽는다는 말 한마디와 함께 이 세상에서 사라지는 것이다. 해도 보지 못하고 달도 보지 못하며 바람 부는 것과 비 오는 것도 볼 수 없게 되는 것이다. 나무 위에서 참새들이 다투는 것도 볼 수 없고 마당에서 닭과 개가 먹을 것을 놓고 다투는 모습도 볼 수 없게 되는 것이다. 남들이 자신을 부르고 흔들어도 그는 빛나는 수의를 입고 관속에 누워 아무것도 알 수 없게 되는 것이다. 이는 노인이나 아이들이 그렇게 영원히 늙고 영원히 어린 것보다 더 두려운 일이었다.

쓰마란은 사람이 영원히 사는 것이 좋다고 생각했다. 먹고 입는 것이 부실하고, 매일 괭이와 삽을 메고 일을 해야 하며, 광주리와 바구니마다 흙과 퇴비를 담아 날라야 한다고 해도 살아 있는 것이 죽는 것보다 낫다고 생각했다.

사람은 왜 죽어야 하는 것일까? 쓰마란은 이런 생각을 했다.

젓가락처럼 짧은 유년에 쓰마란이 유일하게 이해하지 못해 초조했던 것은 왜 마을 사람들이 살다가 죽는 것인가, 왜 누구에게 목구멍 병이 생겼다는 말이 들리면 며칠 뒤에 마을 사람들이 관을 떠메고 산언덕으로 가서 그 사람을 매장하고, 그 뒤로는 함께 식사하는 자리에서 그 사람의 그림자를 볼 수 없고, 뭔가를 빌리기 위해 그 집을 찾아가도 그 사람의 목소리를 들을 수 없는 것인가 하는 것이었다. 이때부터 아주 오랜 세월 동안 그 집 사람들은 마을에서 입을 다물고 소리를 내지 않았다. 말도 안 하고 웃지도 않았다. 그 죽은 사람과 나이가 비슷한 어른들은 망자를 묻고 나서 산언덕의 햇빛 아래 앉아 앞에 보이는 한 무더기의 황토를 바라보면서 아무도 말을 하지 않았다. 창백하고 푸르스름한 얼굴로 죽음과 삶 사이를 오가는 것처럼 침묵했다. 그러면서 마른 담배만 천지가 연기에 뒤덮이도록 미친 듯이 피워댔다. 풀은 깊고 땅은 두터웠다.

마침내 점심을 먹게 되었다. 마을 어귀에서 어느 집 여인이 부르는 소리가 들려왔다.

누군가 말했다.

"모두들 집으로 돌아갑시다."

고양이는 가장 큰 것이 다섯 살이고 개는 아무리 오래 살아도 열 몇 살이면 끝이었다. 소나 말은 평생 피곤하게 일을 해도 십 몇 년 살면 그만이었다. 마을에 서른아홉까지 살 수 있는 사람은 어떤가?

누군가 또 말했다.

"만족할 줄 알아야 해요. 집에 돌아가 식사들이나 합시다. 밥을 먹은 다음에는 다시 밭에 나가 퇴비를 뿌려야 해요."

마을 사람들이 전부 떠났다. 발걸음 소리가 적막하면서도 어지러웠다.

등 뒤에 남은 무덤들이 서글픈 탄식을 내뱉었다. 아주 긴 탄식이었다. 방금 죽은 남자와 여자의 그 비통하고 적막한 울음 같았다.

이때부터 죽음은 쓰마란의 마음속에 뿌리를 내려 부드러운 바람과 순조로운 비를 맞으며 자라기 시작했다. 너덧 살이 되자 죽음을 생각할 때마다 밤새 잠을 이루지 못하고 고민하다가 아침을 맞기 일쑤였다. 옷을 챙겨 입고 대문 문지방에 앉으면 햇빛이 나뭇잎 위에서 와르르 움직이는 소리가 들렸다. 두려움이 그의 마음속에 산과 들판을 가득 채울 것처럼 왕성하게 번져갔다. 죽음이 몰고 온 놀라움과 두려움이 얼음 알갱이처럼 맹렬한 떨림 속에서 후두둑 몸에서 떨어져 내렸다. 세상이 온통 두려움의 알갱이였다.

2

하루는 노인 하나가 산등성이 길을 걸어가고 있었다. 일흔이나 여든쯤 되어 보이는 노인이었다. 친척들을 찾아가는 모양이었다. 걷다가 지쳐 마실 물 한 사발을 찾고 있었다. 마을 사람들이 돌아와 마을 어귀에 서서 외쳤다.

"얘들아, 어서 이리 와서 봐라. 저 사람 수염이 젓가락만큼이나 길고 눈처럼 희단다."

쓰마란은 세 형과 함께 수염을 구경하러 언덕 꼭대기로 올라갔다. 마을의 아이들이 모두 산마루에 올라와 있었다. 두바이는 두 살밖에 안 된 여동생 두주추이의 손을 잡고 있고 란씨 집안의 일곱 딸들도 키 순서대로 나란히 서 있었다. 길게 땋은 머리가 나란히 붙어 있는 것이 꼭 허공에 걸린 버드나무 가지들 같았다. 그 외에 류껀과 두좡 그리고 다른 아이들도 있었다. 아이들은 노인이 물을 마실 때 은백색 수염을 손으로 쓸어내린 다음, 입술을 그릇 가장자리에 가져다 대는 모습을 지켜보았다. 아이들은 수염이 그릇 속에서 내는 하얗고 간지러운 소리를 들었다. 노인이 물을 다 마시고 빈 그릇을 건넬 때, 누군가 그릇에 수염이 한 가닥 붙어 있는 것을 발견했다. 길이는 한 치 정도로 짧았지만 머리카락보다는 굵었다. 이런 수염이 그릇에 달라붙어 있으니 은실이 빛을 발하는 것 같았다.

　마을 사람 하나가 그 수염을 그릇 가장자리에서 떼어내 바닥에 던져버렸다.

　쓰마란은 수염이 사삭 땅에 떨어지는 소리를 들었다. 한 가닥 희게 빛나는 소리가 땅 위로 튀어 올랐다.

　노인은 바러우산 밖을 향해 걸어갔다. 아이들은 마침내 세상에 드문 보물을 구경함으로써 오래 목말랐던 안복(眼福)을 채웠다. 노인의 수염이 정말로 어른들이 말하는 것처럼 아주 오래 깎거나 자르지 않으면 불처럼 타오르기도 하고 가는 실처럼 말리기도 한다는 것을 알게 되었다. 아이들은 수염의 모양을 되새기면서 신바람이 나 마을로 돌아갔다. 쓰마란만 산마루 길가에 남아 있었다. 그는 길가의 수풀을 헤집어 잡초 위에 얹혀 있는 그 은빛 수염을 찾아냈다. 수염은 잡초 위에 얹혀 햇빛을 반사하고 있었다. 이불 홑청을 꿰맬 때 쓰는 가장 큰 바늘처럼 반짝반짝 빛나고 있었다. 그는 수염을 받쳐들고 냄새를 맡아보았다. 독하진 않지만 시큼한 땀 냄새가 났다. 찌는 듯한 여름에 식초가 흘러 그의 콧구멍으로 들어간 것 같았다.

　그는 목을 길게 빼 꿀꺽 하고 그 시큼한 맛을 삼켰다. 이때 아버지 쓰마샤오샤오가 마을에서 걸어 나왔다. 아버지의 얼굴에는 상심과 실망의 표정이 가득했다. 한창 밥을 먹고 있는데 밥그릇이 깨져버린 것 같았다.

아버지가 다가와 말했다.

"란아, 네 작은삼촌이 곧 세상을 뜰 것 같구나. 삼촌은 평생 결혼도 하지 못했고 자식도 없단다. 죽기 전에 너희 여섯 형제들을 보고 싶어 하니 네 형과 동생들을 데리고 한번 가보도록 해라."

아버지는 그렇게 말하면서 바로 앞에 섰다. 가을날의 햇빛이 비춰 그의 눈을 가느다란 선으로 만들었다. 두 눈이 꼭 방금 허물을 벗은 연약한 벌레 같았다. 그는 쓰마란이 가슴 앞에 모으고 있는 두 손을 바라보면서 물었다.

"지금 뭘 보고 있는 게냐?"

쓰마란이 말했다.

"하얀 수염을 한 가닥 주웠어요. 그 노인은 백 세가 넘었대요. 수염이 젓가락보다 더 길더라고요. 물을 마실 때 수염이 그릇 안에서 찰랑찰랑 소리를 냈어요."

아버지가 멍하니 서서 물었다.

"그 노인은 지금 어디 있니?"

쓰마란이 산마루 서쪽을 가리켰다.

아버지가 그에게 서둘러 작은삼촌을 찾아가라고 하면서 말했다. 늦으면 작은삼촌을 만날 수 없게 될 거야. 그러고 나서 아버지는 산마루 서쪽을 향해 몸을 흔들며 걸어갔다.

쓰마란은 돌아오지 않았다.

쓰마란은 줄곧 그곳에 서서 수염을 응시하고 있었다. 그는 그 수염이 사실은 은백색이 아니라는 것을 알게 되었다. 은백색 아래 아주 진하고 어두운 노란색이 한 겹 깔려 있었다. 게다가 그 노란색은 햇볕에 오래 노출되어 색이 바랜 것이라 수염의 한쪽 끝에서 다른 쪽 끝으로 물처럼 흘러내리고 있었다. 한쪽으로 흘러내리면 그 쪽이 은백색으로 변했다. 다른 한쪽으로 흐르면 그쪽 은백색이 흐려지고 이쪽 은백색은 더욱 창백해졌다. 그는 수염의 뜨겁고 시큼한 숨결 속에 진한 생살 냄새가 섞여 있는 것을 발견했다. 생살 냄새는 수염의 뿌리 부분에서 발산되고 있었다. 그는 자신의 머리카락을 한 가닥 뽑아서 냄새를 맡아보았다. 머리카락 뿌리에서 나는 생살 냄새가 물처럼 담담했다. 진하지도 않고 뜨겁지도 않았다. 그는 속으로 생각했다. 그 노인은 일흔이나 여든쯤 됐고 어쩌면 백 세가 넘었을지도 모르는데 수염이 여전히 쫀득쫀득하고 피 냄새가 남아 있었어. 그런데 어째서 나는 다섯 살밖에 안 됐고 한창 성장할 나이인데 머리카락 뿌리에 하얀 살이 붙어 있고 피 냄새가 노인의 수염보다도 진하지 않는 거지? 산싱촌 사람들 전부 머리카락을 뽑아보면 피 냄새가 없을 거야. 머리카락에 피 냄새가 없기 때문에 늙을 때까지 살지 못하는 게 아닐까? 내가 곧 죽을 때가 되면 아래턱에 은백의 수

876

염이 돋아날까?

아버지가 돌아왔다. 그가 말했다.

"삼촌을 만나러 가지 않았니? 네 삼촌이 오늘내일한단 말이다. 지금 안 만나면 앞으로는 만나고 싶어도 다시는 만나지 못하게 될지도 몰라."

쓰마란은 아버지의 머리칼을 뚫어지게 쳐다보면서 아무 말도 하지 않았다.

아버지가 쓰마란의 손을 잡아끌면서 말했다.

"그 노인은 나이가 여든넷이라고 하더구나. 그 노인도 평소에 특별한 것을 먹진 않았다고 하더라고. 여러 세대에 걸쳐 유채를 심었고 하나같이 유채 즙을 먹었고 여린 유채 줄기와 유채 기름을 먹었다더구나."

쓰마란은 여전히 말을 하지 않았다. 아버지 손에 이끌려 마을로 돌아가는 길이 마치 빨리 달리는 마차에 억지로 매달려 있는 것 같았다. 그는 눈길을 아버지의 머리칼에서 까맣고 그루터기만 남아 있는 짧은 수염으로 옮기는 순간, 집 마당에서 수문을 여는 소리가 들렸다. 갑자기 하늘과 땅을 울리는 요란한 울음소리가 터져 나왔다. 울음소리가 날아와 아버지의 얼굴에 부딪쳤다. 쓰마란은 아버지의 얼굴이 휙 하고 하얗게 변하는 것을 보았다. 아버지가 그를 품에 안으면서 말했다.

"네 작은삼촌이 세상을 떠난 모양이다. 네 삼촌은 올해 겨우 열일곱 살이야."

그러고는 비틀비틀 울음소리가 나는 쪽을 향해 달려갔다.

쓰마란이 손을 꼭 쥐었다. 그 수염 한 가닥이 그의 손바닥 안에서 철사처럼 살을 눌렀다. 손가락 사이로 식은땀이 배어 나왔다.

3

정말로 작은삼촌이 죽었다.

형제들이 삼촌이 누워 있는 돗자리를 에워싸고 있었다. 쓰마란의 마음속에 갑자기 싸늘한 아픔이 밀려왔다. 냉기가 골수를 타고 흘러내리는 것 같았다. 고개를 들어보니 세 형들이 갑자기 울음소리를 뚝 그친 뒤 얼굴이 하얘지면서 눈을 껌뻑이고 있었다. 세 개의 얼굴 위로 서리 같은 두려움이 번지더니 이내 굳어버렸다.

쓰마란은 이 순간부터 죽음이 어떤 것인지 알게 되었다.

그때 지는 해가 불그레한 모습을 드러내고 있고 마당의 나뭇잎들이 바람결에 흔들리고 있었다. 아버지와 엄마 그리고 마을 사람들이 돗자리 옆에 서 있었다. 마을 사람들은 큰아

들 쓰마선부터 시작해서 순서대로 삼촌의 시신 앞을 지나가
게 했다. 자신의 차례가 되자 돗자리 앞에 와서 선 쓰마란은
돗자리에서 삐져나온 볏짚 한 가닥을 확 뽑아 손에 쥐었다.
검고 차가운 기운이 삼촌의 몸에서 그의 손으로 전해지는 것
같았다. 그는 손 안에 차가운 물이 쥐어지는 것을 느꼈다. 고
개를 돌리자 망자의 얼굴이 굳어지는 소리가 그의 눈 속으로
밀려들어왔다. 작은삼촌의 얼굴에 며칠 전까지 보였던 붉고
생생한 기운이 이제는 보이지 않았다. 인간 세상에 그가 남
긴 것은 차갑게 굳은 채소 같은 푸른빛뿐이었다. 그 푸른빛
에는 울퉁불퉁 검은빛이 한 겹 덮여 있었다. 얇은 채소 잎이
검은 대지 위에 붙어 있는 것 같았다. 작은삼촌의 코는 아주
미세하게 비틀어져 있었다. 오른쪽 입가를 실로 당겨 오른쪽
눈가에 묶어놓은 것 같았다. 쓰마란은 왜 죽으면 그런 모습
이 되는지 알 수 없었다. 10년 뒤에 아버지가 세상을 떠났을
때가 되어서야 비로소 작은삼촌이 죽었을 때 틀림없이 목구
멍이 뒤틀리면서 폐에 통증이 몰려와 얼굴이 일그러지고 변
형됐을 거라는 생각을 하게 되었다. 그때 그는 삼촌의 추한
모습에 너무 놀라 돗자리 앞에 서서 꼼짝도 하지 못했다. 마
음속에는 한 가지 생각밖에 없었다. 나도 죽게 될까, 나도 죽
으면 저런 모습이 될까, 하는 생각뿐이었다. 등 뒤에서 두 살
난 동생 쓰마후가 밀치자 그는 그제야 두려움과 놀라움에서

깨어나 앞으로 한 걸음 내딛었다. 작은삼촌의 시신을 지나쳐 가다가 너무 놀란 그는 비명을 지르며 땅바닥에 넘어졌다.

작은삼촌의 시신이 그의 얼굴에 닿았다.

쓰마란은 작은삼촌의 시신 앞을 지나가면서 삼촌의 손이 자신의 얼굴을 만지는 것을 분명하게 느꼈다. 한 줄기 차가운 기운이 그의 얼굴에서 전신으로 번져갔다. 그의 작은 혈관 속의 혈류마저도 한순간에 막혀버리는 것 같았다. 그는 찢어지는 듯한 비명을 지르며 엄마를 불렀다. 그러고는 마른 말뚝처럼 엄마의 품 안으로 달려가 안겼다.

엄마의 품에서 정신을 차렸을 때, 쓰마란은 어른들이 하는 말을 생생하게 들을 수 있었다.

아버지가 말했다.

"오늘 만난 노인은 여러 해 동안 유채를 먹었다고 하더라고요."

란바이수이가 말했다.

"유채를 먹으면 장수할 수 있단 말인가?"

촌장 두과이즈가 이 말을 듣고는 사람들을 둘러보고서 입을 열었다.

"내가 목구멍이 좀 아파요. 이번 겨울을 넘기지 못할 것 같습니다. 약서(藥書)에도 방법이 없다고 쓰여 있어요. 여자들이 아이를 많이 낳도록 하세요. 아이들에게 어려서부터 죽은 사람과 많은 시간을 보내게 하세요."

촌장은 여기까지 말하고 나서 피가 섞인 가래를 뱉어내고는 다시 말을 이었다.

"내가 죽거든 시신을 한 달 동안 보관하면서 마을 전체 열살 이하의 아이들 곁에서 하룻밤을 보내게 해요. 어려서부터 죽음을 알게 할 필요가 있어요. 죽으면 죽는 것이라는 걸, 불이 꺼지는 것과 마찬가지라는 걸, 아무것도 아니라는 걸 알게 해야 해요. 평생 이 세상에 살면서 죽음에 대해 두려워하거나 마음 졸이는 일이 없게 해야 해요."

모두들 한동안 침묵했다.

40장

　겨울이 오자 촌장은 정말로 곧 죽을 것 같았다.

　촌장이 죽기 전 며칠 동안 그의 며느리 쓰마타오화와 아들 두옌은 끊임없이 마을의 남자들을 그의 침상 앞으로 불렀다. 집 안에 들어선 남자들은 그의 침상 옆에 파리나 모기만큼이나 짧은 시간 머물러 있다가 금세 나가버렸다. 들어올 때는 얼굴이 평안하고 조용했으나 나갈 때는 눈물을 흘렸다. 동시에 얼굴에 웃음이 걸리기도 했다. 촌장이 무슨 말을 했느냐고 물으면 하나같이 그 일을 얘기했다고 말했다. 남자들은 두씨네 마당에서 서로 어깨를 스치고 지나가면서 이 두 마디만으로도 촌장의 목구멍 병이 심해져 이 세상을 떠나기까지 길면 한 달, 짧으면 보름밖에 남지 않았다는 사실을 알 수 있었다. 그리하여 초겨울의 그날 밤, 여자들은 촌장이 남자들에게 일일이 무슨 말을 했는지 알지 못했다. 집으로 돌아온 남자들은 먼저 침대 위에 한참을 말없이 누워 있었다. 그러다가 갑자기 벌떡 일어나 앉아 느닷없이 방사(房事)를 치르기 시작했다.

초겨울의 추위 속에는 늦가을의 마지막 누런 향기가 섞여 있었다. 옥수수 줄기가 집 앞뒤로 몸을 기대고 있고 아직 완전히 마르지 못해 처마와 나무 위에 걸려 있는 황금빛 옥수수의 향기가 문틈을 통해 스르르 집 안으로 새어 들어오고 있었다. 잠에서 깬 사람들은 모두 축축하고 따뜻하게 밀려오는 노란 냄새를 맡았다. 마을 거리는 밤이 깊어 인적 없이 고요하기만 했다. 드문드문 낙엽 떨어지는 소리가 들렸다. 쓰마란은 집 안에서 무슨 일이 일어났는지 알지 못했다. 그는 잠에서 깨자마자 자신이 원래 있던 침대 위에 있지 않은 것을 알아차렸다. 원래 그는 루와 후, 엄마와 함께 동쪽 별채 침대에서 잤다. 그러나 그가 몸을 뒤집어 엄마의 가슴을 더듬으려 했지만 손에 만져지는 것은 형 쓰마선의 돌 같은 머리였다.

그는 눈을 번쩍 떴다. 그는 자신의 형제 여섯이 한 줄로 세워놓은 무처럼 서쪽 별채의 침대 위에서 한 이불을 덮고 자고 있고 아버지가 없다는 것을 알게 되었다. 왠지 모르게 쓰마란의 가슴이 뛰기 시작했다. 몸속의 광적인 열기가 혈관을 데워 사방에 균열을 일게 한 것 같았다. 당장이라도 검은 집에 흙탕물이 튀어 음침하고 붉은 연못으로 변할 것 같았다. 겁먹은 표정으로 엉거주춤 침상에서 내려온 그는 귀를 쫑긋 세우고 본채의 당옥을 향해 걸음을 옮겼다. 동쪽 곁채의 침대가 흥흥, 헉헉, 소리를 냈다. 울음소리도 섞여 있었다. 침대 다리가 상판에 눌려 신음과 울음을 토하고 있는 것 같았다. 이리하여 불길한 예감이 그의 온몸을 휘감았다. 그는 이미 한 가지 사건이 발생했다는 것을 직감했다. 요란한 소리와 함께 땀이 단번에 그를 삼켜버렸다. 그는 이미 사건이 발생하여 한창 진행되고 있다는 것을 알았다. 도대체 어떤 일인지는 알 수 없었지만 희미하게나마 짐작은 하고 있었다. 아버지가 엄마를 속였고, 엄마는 또 기꺼이 그 속임을 받아들였다는 것을 알게 되었다. 침대가 찢어지는 듯한 소리가 났다. 대나무를 칼로 쪼개는 것 같았다. 단속적으로 들리다 끊어지기를 반복하는 소리 속에 아버지의 급박한 숨소리가 섞여 있었다. 쓰마란은 그 호흡에서 전해져오는 흐릿한 땀 냄새를 맡을 수 있었다. 그는 조심스럽게 당옥을 가로질러 동쪽 곁채로 가까이 다가갔다. 인기척을 내지 않기 위해 그는 손으로 물건들을 더듬어가며 길을 탐색했다. 의자는 얼음처럼 차가웠다. 나무 걸상 다리는 수목처럼 거칠고 단단했다. 담장 아래 말려 세워져 있는 삿자리는 세로로 세워놓은 관 같았다. 집 한가운데에 이른 그는 그곳이 옥수수 알갱이가 담긴 소쿠리를 놓아두던 자리이자 엄마가 아들들을 데리고 옥수수를 까던 곳이라는 사실을 분명하게 기억했다. 엄마는 깐 옥수수가 소쿠리에 가득 차야 아들들이 침대로 가서 잘 수 있도록 허락했었다. 하지만 지금은 그 소쿠리가 만져지지 않았다. 땅바닥의 옥수수 알갱이가 밟히면서 그의 발바닥 한가운데가 간지럽고 아팠다. 그는 감히 한 걸음 더 앞으로 내디딜 수가 없었다. 갑자기 엄마나 아버지를 발로 건드려 놀라게 할까 봐 두려웠다. 그는 엄마 아버지에게 속아 동쪽 곁채에서 서쪽 곁채로 옮겨 왔다는 굴욕감을 삼키고 있었다. 도둑을 발견한 것 같은 긴장감도 함께 느끼고 있었다. 그는 지금 세상을 놀라게 할 만한 거대한 사건이 진행되고 있다는 것을 감지했다. 이 사건을 통해 그가 어른이 되고 세상이 그의 것이 될 것 같았다. 갑자기 침대가 움직이는 소리가 멈추고 사람을 유혹하는 숨소리도 현저하게 조용해졌다. 쓰마란은 갑자기 실의에 빠졌다. 도둑을 잡았다고 생각한 순간, 도둑이 다시 몸을 빼내 달아난 것 같았다.

그는 엄마 아버지가 자신을 발견했을 것이라고 생각했다.

그는 갑자기 호흡을 끊어 목구멍 속으로 삼켜버렸다.

집 안은 더 이상 아무것도 존재하지 않는 것처럼 조용하기만 했다. 어둠이 움직이는 소리가 새 떼처럼 귓가를 스치고 지나갔다.

"아이를 가질 수 있을까요?"

"있을 거야. 촌장이 초겨울은 여자들이 아이를 갖기 가장 좋은 계절이라고 했어."

"그가 정말 죽을까요?"

"겨울을 넘기지 못할 거야. 목구멍의 부종이 홍샤오(紅燒)* 조리한 쇠 같았거든."

"저는 아이를 낳다가 피를 많이 흘려 죽게 될까 봐 두려워요."

"그럴 리가 있나. 걱정하지 마. 난 아이가 여섯이야. 하나만 더 낳으면 일곱이 되지. 목숨 하나로 목숨 일곱 개랑 바꾸는 셈이지. 당신이랑 메이메이와 마찬가지지. 산싱촌에는 인구가 줄어드는 일이 없을 거야."

이어서 침대가 쿵쾅쿵쾅 울리고 가쁜 숨소리가 벤파오 소리처럼 요란하게 폭발했다. 대단히 다급하면서도 격렬한 소리였다. 부모들의 거친 숨소리도 다급하고 격렬했다. 집 안에는 마른 장작이 불에 타는 화염 냄새가 가득했다. 쓰마란은 이 열기에 타들어가 온몸이 아프고 간지러웠다. 그는 이소리들이 조금 전처럼 일시에 딱 멈추어주기를 바랐다. 그는

---

* 고기나 생선 등에 기름과 설탕을 넣어 살짝 볶고 간장을 넣어 익혀 검붉은색이 되게 하는 중국 요리법.

갑자기 도둑을 잡는 것 같은 흥분과 격정이 사라져버렸다. 엄마와 아버지가 침대 위에서 미친 듯이 몸을 움직이면 얼마 지나지 않아 여섯째 후를 이을 동생이 태어날 것이라는 사실만 어렴풋이 알 뿐이었다. 하지만 마음속의 굴욕감은 아무리 해도 물러갈 줄 몰랐다. 그는 자신이 서쪽 별채의 침대로 돌아가야 한다는 것을 잘 알고 있었다. 하지만 손발은 고양이나 개처럼 땅 위를 기고 있었다. 조심스럽게 동쪽 별채에 있는 엄마 아버지에게로 기어가고 있었다. 동쪽 별채 침대 위의 소리는 끊이지 않고 이어졌다. 엄마와 아버지의 거친 숨소리가 끊이지 않고 이어지고 있었다. 게다가 환희에 겨운 엄마의 날카롭고 간드러진 웃음소리도 섞여 있었다. 엄마의 즐거운 비명 소리가 그의 귓가를 붉은 비단처럼 미끄러져 내릴 때, 그의 콩알처럼 작은 심장이 깨알처럼 쪼그라들었다. 그는 자신의 심장이 엄마의 비명 소리에 쪼그라들어 피가 가슴팍의 모공을 통해 흘러나오는 것을 느낄 수 있었다. 그는 동쪽 별채 문까지 기어 올라갔다. 집이 아주 작아지면서 담벼락이 자신을 향해 와르르 압박해 오는 것 같았다. 그는 자신이 쪼그라들어 엄마의 벽돌 두 개만 한 침선 바구니 속으로 빨려 들어갈 것 같았다. 그는 문이 달린 벽까지 기어갔다. 심장이 선과 린, 무가 산비탈에서 돌로 관을 두드리던 때처럼 쿵쾅쿵쾅 요란하게 뛰었다. 가슴 골격까지 심하게 울릴 정도였다. 심장을 가라앉히기 위해 그는 또 그 자리에 가만히 주저앉았다. 침대에서 들려오는 비명 소리와 간드러지는 웃음소리는 그치지 않았다.

엄마가 말했다.

"당신이 날 마흔까지 살게 하든 말든 간에 나는 죽을 때까지 당신을 위해 소나 말처럼 일할 거예요."

아버지가 말했다.

"내가 촌장이 되기만 하면 마을 사람들 모두 산과 들판 가득 유채를 심게 할 거야. 모든 사람이 쉰이나 예순, 일흔이나 여든까지 살게 할 거라고."

엄마가 말했다.

"당신이 촌장을 할 수 있겠어요?"

아버지가 말했다.

"할 수 있지. 내 여동생이 촌장네 아들에게 시집가게 하면 돼."

쓰마란의 마음속에 따뜻한 물이 차오르기 시작했다. 마음이 따뜻한 물속에서 편안하게 풀어졌다. 물에 빠진 물건이 물속에서 천천히 팽창하면서 살아나는 것 같았다. 양들이 들판에서 폴짝폴짝 뛰어노는 것 같았다. 그가 고개를 들자 달빛이 버드나무 가지 창틀 사이로 새어 들어왔다. 우물물 한 대야를 침상 위에 뿌리는 것 같았다. 눈길을 침상 뒤로 던지는 순간, 그의 눈이 어둠 속에서 빛났다. 이불이 침대 밑으로 떨어져 있고 엄마와 아버지가 침대 위에서 몸을 포개고 있었다. 한 사람은 위에 있고 한 사람은 아래 있었다. 네 다리가 침대 위에서 유동하는 네 마리 커다란 방어 같았다. 땀 냄새가 섞인 비릿한 젖 냄새가 코를 스쳤다. 피 냄새와 땀 냄새가 뒤섞인 살의 향기가 서로 꼭 껴안고 있는 엄마와 아버지의 몸 사이로 새어 나와 침대 밑으로 줄줄 흘러내려 집 전체를 삼키고 있는 것 같았다. 쓰마란은 그 하얀 숨결과 빨간 숨결, 자줏빛 숨결이 뒤섞인 냄새를 맡자 목구멍이 간지러웠다. 기침을 해서 뭔가를 토해내고 싶었다. 침대 위에서의 소리는 여전히 쉬지도 않고 멈추지도 않으면서 자갈처럼 그의 머리를 때렸다. 엄마와 아버지의 방어 같은 몸이 모기에 물린 것처럼 간지럽게 그의 손을 유혹하는 바람에 가까이 다가가 만져보고 싶은 충동을 느꼈다. 그는 아버지를 마대자루처럼 엄마의 몸 위에서 들어 내던지고 싶었다. 그런 다음 엄마의 품에 안겨 두 손으로 엄마의 젖가슴을 움켜쥐고 싶었다. 이때 엄마의 머리가 그 삐거덕거리는 소리 속에서 삐져나왔다. 쓰마란은 달빛 아래 새빨갛게 드러난 엄마의 얼굴을 보았다. 물에 흠뻑 젖은 빨간 천 같았다. 아버지는 그녀를 죽도록 세게 껴안고 있었다. 엄마를 품에 안고 목을 졸라 죽이려는 것 같았다. 하지만 엄마가 말했다.

"선 아버지, 좀 더 꼭 안아줘요. 세게 안을수록 더 황홀해요."

쓰마란은 아버지가 힘껏 엄마를 껴안을 때, 엄마의 상반신에서 뼈가 부러지는 것 같은 뚜드득 소리가 나는 것을 들었다. 쓰마란은 목구멍 병 증상이 나타난 것처럼 목이 당황스러울 정도로 갑갑하다고 느꼈다. 손바닥에서 흘러나온 땀이 다리를 타고 발까지 흘러내렸다. 작은 몸의 혈맥이 물살이 센 하류처럼 쉭쉭 거세게 흘렀다. 그는 머리가 약간 어지러웠다. 침대 위에서 바쁘게 환희의 행위에 빠져 있는 엄마와 아버지를 향해 소리쳐 말하고 싶었다.

"아버지, 엄마, 집이 빙글빙글 돌아요. 탁자와 침대, 엄마와 아버지도 마구 돌고 있어요. 너무 더워요. 물을 마시고 싶어요."

하지만 그는 아무 소리도 내지 않고 땀이 난 손을 뻗어 토담을 짚었다. 몹시 차가운 토담이 지지직 소리를 내면서 그의 손에 흐른 땀을 빨아들였다. 차가운 냉기가 그의 손바닥을 타고 팔을 관통하여 몸 전체로 흘렀다.

마침내, 침대 위의 소리가 잦아들었다.

이어서 그는 자신에게 엄마와 아버지의 한밤의 실수를 용서할 것을 강요했다. 그는 그 자리에 서서 있는 힘을 다해 생각을 다른 데로 돌리려 발버둥 쳤다. 하지만 아무리 해도 다른 생각을 할 수가 없었다. 그의 머릿속이 온통 뜨겁고 붉은 생각으로 가득 찬 것 같았다. 빨갛게 달궈진 못을 나무판자에 박자 나무판자에서 탄내가 나는 것 같았다.

그는 생각했다. 엄마가 아이를 하나 더 낳겠지.

또 생각했다. 아이를 낳지 않으면 정말로 마을의 인구가 갈수록 줄어들 거야.

또 생각했다. 침대가 정말 튼튼한 것 같아. 어떻게 무너지지 않을 수 있는 거지? 그는 살금살금 손발을 움직여 침대 앞으로 다가가 침대 밑에 떨어져 있던 이불을 끌어다 침대 위에 올려놓았다.

엄마와 아버지가 놀라 쾅 소리와 함께 몸이 굳어 움직이지 않았다.

"누구냐?"

"아버지, 이불이 바닥에 떨어졌어요."

"넌 몇 째냐? 어서 서쪽 곁채로 가서 자도록 해."

"저 란이에요……. 이불이 떨어져 있어서요."

"아…… 란이었구나. 어서 돌아가 자도록 해라. 난 너희 엄마와 네게 여동생을 낳아주려고 힘을 쓰고 있단다."

쓰마란은 침대 옆에 있고 아버지는 엄마의 몸 위에서 그의 머리를 쓰다듬었다. 엄마는 아버지의 어깨 밑에서 손을 빼내 그의 얼굴을 어루만졌다. 그는 곧장 동쪽 곁채를 나왔다.

쓰마란은 서쪽 별채로 돌아와 어둠을 더듬어 옷을 챙겨 입고는 슬그머니 방문을 열고 나와 마당 한가운데 섰다. 잠을 자고 싶지 않았다. 원인을 알 수 없는 흥분이 토끼처럼 그의 몸 위를 이리저리 뛰어다녔다. 갑자기 그는 자신이 열 몇 살이라는 사실을 깨달았다. 마침내 어른이 된 것이었다. 그는 인간 세상에서 가장 신비한 한 가지 일을 알게 되었다. 그는 누군가와 얘기를 하고 싶었지만 세 형은 어린 돼지 새끼나 양처럼 정신없이 자고 있었다. 두 동생 루와 후는 너무 어려서 얘기를 해봤자 그가 본 일들을 이해하지 못할 것이 분명했다. 마당에는 달빛이 방금 직기에서 걷어낸 하얀 생 면포처럼 두텁게 깔려 있었다. 차가운 바람이 피리 소리를 내면서 불어왔다. 그는 진저리를 치면서 손을 올려 엄마가 어루만졌던 얼굴을 만져보았다. 얼굴에 돋아난 닭살이 마치 파종한 곡물 종자 같았다. 하지만 그는 그 냉기 속에서 엄마 손의 온기가 수증기처럼 얼굴에 깔려 있는 것을 느낄 수 있었다.

집 안 침대에서 나는 소리가 또 음악처럼 들려오기 시작하더니 마당에 삼사월의 봄비처럼 부슬부슬 내렸다.

쓰마란은 살그머니 대문을 열고 나와 마을 거리에 서서 달빛이 땅에 내리는 가늘고 미세한 소리에 귀를 기울였다. 하늘은 맑고 깨끗했다. 구름만 몇 송이 흘러가고 있었다. 밤이 이상하리만치 조용하게 느껴졌다. 마을 저쪽에 사람 그림자 하나가 흔들흔들 달빛을 밟으며 걸어가는 모습이 눈에 들어왔다. 알고 보니 또래 아이였다. 류껀이었다.

쓰마란이 물었다.

"안 자?"

류껀이 고개를 돌리며 말했다.

"어떻게 된 일인지 잠이 안 와."

그는 자신보다 한 살이 많은 란류껀과 함께 동쪽을 향해 걷기 시작했다. 마을 동쪽에 있는 어느 집 대문이 살그머니 열리더니 두챵이 그 안에서 나왔다. 세 사람은 함께 다시 마을 남쪽을 향해 가다가 두주와 란바이수이의 넷째 딸 란류스와 다섯째 딸 란우스, 여섯째 딸 란쓰스와 마주쳤다. 서로 얼굴을 바라보면서 잠시 묵묵히 서 있었다. 아무 말도 하지 않았다. 서로가 왜 한밤중에 잠을 자지 않고 나와 있는지, 왜 몰래 대문을 열고 거리로 나왔는지 잘 알고 있는 것 같았다. 개 한 마리가 그들 뒤를 따르면서 마구 꼬리를 흔들어대고 있었다. 반년이나 어딘가에 가 있다가 갑자기 집으로 돌아와 주인을 다시 보는 양 그랬다. 아이들은 마을 남쪽을 지나 다시 마을 북쪽을 향해 가기 시작했다. 마을을 다 돌고 나서 모든 후퉁을 하나하나 뚫고 지나갔다. 그사이에 대오는 열 명 남짓으로 늘어나 있었다. 아이들은 한데 모여 무얼 하려는 건지 아무도 말하지 않았다. 왜 한밤중에 자지 않고 나왔는지 아무도 묻지 않았다. 아이들은 마지막 후퉁에서 나와 마을 서쪽에 있는 커다란 나무 아래 섰다. 나무 그림자가 얇은 비단처럼 아이들을 감싸주었다. 마을의 개들이 아이들의 발걸음 소리를 듣고 몇 번 짖자 번개처럼 여러 대문에서 뛰어나온 다른 개들이 그들의 대오에 합류했다. 이렇게 짧은 시차를 두고 뛰어나온 환희의 발걸음 소리가 보름 전 나무 위에 걸려 있던 감처럼 달콤하고 탐스러운 붉은빛을 쏟아냈다. 대여섯 마리의 개가 아이들 주위를 맴돌면서 멍멍 왕왕 요란하게 짖어대고 있었다. 이삼 년 전에 그들이 엄마 품에서 아무것도 모르고 웃던 것과 다르지 않았다.

달이 마을 뒤로 물러가자 발걸음 소리는 3월의 버들개지처럼 가벼워졌다. 아이들은 나무 그림자가 달빛 속을 천천히 이동하는 소리를 들었다. 물방울이 깨져 사라지는 소리 같았다. 마을 밖 들판에서 밀려오는 밀의 습기 먹은 푸른 냄새가 촉촉하게 마을 거리를 덮고 있었다. 한 아이가 갑자기 귀를 떨었다. 그 소리가 다른 아이들에게 들릴 정도였다. 쓰마란이 그 아이에게 말했다.

"그만 집에 돌아가서 자."

아이가 목을 뻣뻣하게 세우고 말했다.

"난 우리 아버지가 미워. 죽어도 집에 들어가지 않을 거야."

쓰마란이 말했다.

"너희 아버지가 너의 엄마에게 네 여동생을 낳게 하려는 거야. 우리 아버지도 우리 엄마에게 여동생을 낳게 만들고 있어. 우리들 가운데 아버지를 미워하는 사람이 있으면 그는 벌레나 마찬가지야."

란류스가 물었다.

"오빠는 정말 오빠 아버지가 밉지 않아?"

쓰마란이 말했다.

"우리 아버지랑 우리 엄마가 내게 여동생을 낳아줄 거라니까."

란류스가 말했다.

"하지만 우리 엄마는 아직 침대 위에서 울고 있단 말이야."

쓰마란이 말했다.

"그건 기뻐서 우는 거야. 우리 엄마도 기쁠 때는 목청을 높여 날카로운 비명을 지르거든."

그러고 나서 그가 눈으로 아이들을 훑으며 말했다.

"못 믿겠으면 날 따라와봐."

말을 마친 그는 아이들 한가운데 끼어 달빛을 차면서 걸음을 옮겼다. 아이들은 그가 자신들을 데리고 집으로 가서 엄마랑 아버지가 침대 위에서 내는 소리를 들려주려는 것이라 생각하고는 일제히 넋이 나간 표정을 지었다. 하지만 쓰마란은 마을 쪽으로 가지 않고 가장 가까운 어느 집을 향하고 있었다.

이리하여 아이들 모두 그를 따라갔다. 모두 쓰마란이 하는 대로 귀를 그 집 담벼락에 갖다 댔다. 정말로 집 뒤 담장을 뚫고 침대 위에서 내는 소리가 들려왔다. 마르고 갈라진 소리이긴 해도 토담의 흙 알갱이들을 흔들기에 충분했다. 하지만 여인의 촉촉하고 매끄러운 웃음소리가 흔들려 느슨해진 흙 알갱이들을 다시 한데 붙여주었고 갈라진 담이 원상태로 복원되었다. 빈틈 하나 없이 완전했다. 다 듣고 나서 쓰마란이 물었다.

"이제 내 말을 믿겠어?"

아이들 모두 하얗게 웃었다.

쓰마란은 또 아이들을 이끌고 다음 집으로 가서 귀를 뒷담에 갖다 댔다. 아무 소리도 들리지 않자 아이들은 뒷담 이쪽에서 저쪽으로 왔다 갔다 하면서 자리를 옮겼다. 그러자 다시 남자와 여자가 즐거워하는 소리가 들렸다. 토담이 갈라졌다 다시 붙는 소리가 초봄의 가벼운 바람처럼 아이들의 마음에 불어왔다. 아이들은 이 집 담장에서 소리를 다 들은 다음 다시 그다음 집으로 가서 침대에서 들려오는 쉰 목소리와 쩍쩍 장작 패는 소리를 듣고 나서 그 집 침대가 틀림없이 버드나무 침대일 것이라고 했다. 침대 소리가 실처럼 가늘고 억새 바늘처럼 뾰족할 때는 그 침대가 느릅나무로 만든 것이라고 했다. 침대 소리가 느리고 둔중하여 반쯤 들리다 말 때는 감나무로 만든 침대라고 했다. 때때로 남자의 기침 소리가 불처럼 짧고 급한 반면, 여자의 비명이 가시처럼 날카로울 때면 아이들은 고막이 상하는 것을 막기 위해 재빨리 담장에서 귀를 약간 떨어뜨렸다. 이때는 소리를 듣는 시간이 약간 짧아지고 들은 뒤에는 아무 말도 하지 않았다. 그저 서로의 얼굴을 쳐다보면서 키득키득 웃을 뿐이었다. 때때로 침대 소리가 거의 안 들리고 여인의 길고 그윽한 비명만 들릴 때면 그 침대가 아마도 들메나무로 만들어졌을 거라고 했다. 목어처럼 맑고 그윽한 여인의 비명 소리와 달콤한 웃음소리가 침대 소리에 섞여 날아올 때면 아이들은 전통극을 보고 있는 것처럼 귀를 담장 가까이 대고 찬 바람이 뼈를 찌를 때까지 그대로 있었다. 추워도 담장에서 귀를 떼려고 하지 않았다. 그러다가 담장 틈새로 갑자기 정적이 전해져오면 가슴이 덜컥 하면서 목구멍을 생각하게 되었다. 그리고 침대 소리와 사람의 노랫소리가 한창 쾌락의 절정을 향해 가고 있었는데 어떻게 갑자기 바람이 멈추듯이 멈출 수 있는지도 의아해했다.

아이들은 점점 쾌락의 순간이 지나가고 커다란 막 뒤에 있는 화장대가 닫힌 것처럼 남녀가 그 광경 속에서 걸어 나오는 소리를 들었다. 흥이 싹 가시는 소리였다.

남자가 말했다.

"피곤해죽겠네. 하루 종일 밭을 간 것보다 더 피곤해."

897

여자가 말했다.

"하늘이 제게 아이를 갖게 해주겠지요. 아이를 가지면 우리 집에 여자들이 가득하겠네요."

남자가 말을 받았다.

"침대에 올라가서 잡시다. 이번에 아이를 갖게 되면 내가 당신을 위해 다시 한번 피부를 팔아 해산할 때 매일 계란을 먹을 수 있게 해줄게."

여자가 기뻐하며 말했다.

"서양 양말도 한 켤레 사 줘요. 아니면 서양 목도리를 사주든가. 어쩌면 쌍둥이를 갖게 될지도 몰라요. 쌍둥이라면 우리 둘 다 서른다섯까지도 살지 못하겠지만 우리 집 식구는 갈수록 왕성해질 거예요."

얘기를 주고받는 사이에 남자와 여자 모두 잠이 들었다. 하늘은 이미 진한 검정으로 물들어 눈앞의 다섯 손가락도 보이지 않았다. 아이들은 어느 두씨네 집 뒷담 앞에 말없이 서 있었다. 침묵 속에서 갑자기 자신들 모두 귀신에 홀리기라도 한 것처럼 남녀 한 쌍씩 나뉘어 서 있는 것을 깨달았다. 부부처럼 확실하게 나뉘어 있는 것이었다. 쓰마란은 란류스와 함께 있고 두바이는 란우스, 두쫭은 본가의 다른 여동생과 함께 서 있었다. 여자 상대를 찾지 못한 아이들은 남자끼리 서 있었고 남자 상대를 찾지 못한 아이들은 여자끼리 서 있었다. 아이들은 이렇게 알 수 없는 묵계 속에서 서로 큰 은덕을 주고받은 남자와 여자처럼 서 있었다. 아이들은 이것이 어느 정도 자신들의 인생의 예행연습 같다는 사실을 인식하지 못했다. 10여 년 뒤에 자신들의 인생이 이날 밤처럼 그대로 반복되리라는 것을 알지 못했다. 달이 밝고 별들이 드문드문한 이날 밤의 추위가 자신들의 인생의 맛과 같아진다는 것도 알지 못했다.

란쓰스가 그들 뒤에서 울고 있었다. 쓰마란이 몸을 돌려 다가가보니 모두들 짝을 이루어 손을 잡고 있는데 유독 쓰스만 혼자 떨어져 있었다. 아무도 그녀의 손을 잡아주지 않았다.

란류스가 말했다.

"란아, 네가 내 여동생 쓰스의 손을 좀 잡아줘. 나는 너보다 나이가 많지만 쓰스는 너보다 어리잖아. 어른이 되어도 나는 너한테 시집을 갈 수 없을 테니까 말이야."

쓰마란은 선 채로 미동도 하지 않았다.

란류스가 말했다.

"남자는 자기보다 나이가 어린 여자를 아내로 맞아야 하는 법이거든."

쓰마란이 다가가 란쓰스의 손을 잡았다. 손에 차가운 살덩어리를 쥔 것 같았다.

41장

　마을에는 또 많은 여자들이 임신을 했다.

　우물가에서도, 소 우리 안에서도, 연자방아 방앗간이나 강가 빨래터 바위 옆에서도 배가 불러 오른 채 바삐 일손을 놀리는 여자들을 쉽게 볼 수 있었다. 겨울 농한기라 남자들은 양지바른 비탈에 앉아서 지는 해의 볕을 쬐고 있었다. 남자들은 촌장이 아직까지 밖에 나오지 않은 걸 보고는 서로 어떤 상황인지 물어보았다. 그렇게 잠시 앉아 있다가 이내 일어나서 임신한 여자들에게 줄 붉은 멧대추를 주우러 벼랑 위로 올라갔다. 잎사귀는 떨어졌지만 열매는 아직 가지 끝에 매달려 있었다. 벼랑 아래에도 열매들이 떨어져 있긴 했지만 바람에 충분히 마르지 않은 작은 것들이었다. 어느 날, 마을 앞뒤로 멧대추도 찾아볼 수 없었다. 섣달이 한 걸음 한 걸음 다가오고 있었다. 온통 남자들만 비탈길에 쭈그려 앉아 뉘엿뉘엿 넘어가는 볕 아래서 하릴없이 서로 이를 잡아주거나 앞으로 살아갈 궁리를 했다.

남자 하나가 말했다.

"마누라가 임신을 한 데다 곧 설이 다가오네."

또 다른 남자가 말했다.

"아이들에게 새 옷도 사 주고, 마누라에게도 뭔가 사 줘야 할 것 같은데."

또 다른 남자가 말했다.

"가서 피부나 한 번 더 팔까."

또 다른 남자가 말했다.

"그래야 할 것 같군. 두 해나 가지 않았는데 교화원이 어떤 모습일지 모르겠어."

또 다른 남자가 말했다.

"아이들도 데리고 가서 견문을 좀 넓혀줘야겠어."

쓰마샤오샤오가 말했다.

"맞아. 세 살이 넘은 아이들은 전부 데리고 가서 피부를 파는 게 어떤 일인지 보여주자고. 머지않아 촌장이 죽으면 촌장 말대로 아이들을 시신 옆에서 며칠씩 자게 해야 하겠지. 그러고 나면 아이들도 어른이 될 거야."

이리하여 쓰마란과 쓰마루, 란쓰스, 주추이가 생전 처음으로 사람의 피부를 잘라 파는 일을 경험하게 되었다.

　황도길일인 11월 23일이었다. 아이들은 밤새 들것을 수리하고 약물을 조제하고 짐을 꾸렸다. 건량도 준비했다. 촌장을 죽기 전까지 보살피도록 두엔만 남겨두고 나머지 남자들은 날이 밝자마자 아이들을 이끌고 길을 나섰다. 수레를 마을 어귀에 세워놓고 이불이며 밥그릇, 솥단지 같은 자질구레한 살림살이를 벽돌 쌓듯이 차곡차곡 수레에 실었다. 서까래처럼 나무로 만든 들것 다섯 개는 수레 뒤쪽에 묶었다. 아이들은 꼬치에 꿴 빙탕후루(冰糖葫蘆)*처럼 짐 위에 끼여 앉았다. 그렇게 준비를 마친 일행은 마을 어귀에서 남은 여자들과 촌장을 향해 작별 인사를 했다.

　그때 해가 동산 위로 붉은 머리를 내미는가 싶더니 동쪽 산마루 쪽에서 가느다란 소리가 들려왔다. 수레 난간 쪽에 앉아 있던 쓰마란이 말했다.

　"무슨 소리지?"

　형 쓰마선이 해가 뜨는 소리라고 말해주었다. 해가 산봉우리 사이를 삐져나오는 소리라고 했다. 쓰마란이 동쪽 산마루를 향해 눈길을 돌렸다. 과연 형 말대로 바짝 붙어 있는 두 산

---

* 갖가지 열매를 대나무 꼬챙이에 끼워 설탕 녹인 물을 바른 중국 한족의 전통 간식.

봉우리 사이에 살짝 열린 문틈처럼 좁은 틈새로 피를 흘리
듯 해가 삐져나오고 있었다. 해는 피를 철철 흘리면서 두 산
봉우리를 순식간에 벌겋게 적신 데 이어 동쪽 하늘마저 온통
적갈색으로 물들였다. 쓰마란이 코를 킁킁거리며 냄새를 맡
아보았다. 겨울을 난 밀 새싹의 비릿한 냄새가 났다. 쓰마란
이 말했다.

"해가 어째서 핏덩이처럼 생겼지? 왜 동그랗지 않은 거야?"

수레 아래서 어른들이 차가운 눈빛으로 그를 쏘아보았다.
남자들은 말이 없었고 여자들은 뭐라고 중얼거리면서 그를
노려보았다.

아버지가 말했다.

"한 번만 더 '피'라는 말을 입에 올렸다가는 주둥이를 찢어
버릴 테니 그런 줄 알아!"

쓰마란은 자신이 뭘 잘못했는지 몰랐다. 다른 아이들도 뭐
가 잘못된 건지 몰라 어리둥절하기만 했다. 핏덩이 같은 해
에서 시선을 거둔 아이들은 제 무릎을 내려다보거나 수레 안
에 실린 아무 물건에나 눈길을 던졌다.

이른바 길일을 택하려 날씨가 좋은 날을 고르기 위한 것
같았다. 다리 밑 계곡물에서 피어오르는 옅은 안개가 수레바
퀴 구르는 소리 사이로 천천히 흩어지고 있었다. 해는 어느
새 핏덩이에서 붉은 덩어리로 동그랗게 뭉쳐 동산 꼭대기 위

로 떠올라 있었다. 처음에는 산꼭대기에 붙어 늘어져 있더니 이내 끄응 소리를 내면서 하늘로 솟아올라 산맥에서 멀어져 갔다.

세상은 갈수록 커졌다.

하늘도 갈수록 넓어졌다.

어느 진에 도착한 수레는 한 음식점 앞에 멈춰 섰다. 모두들 장면(醬面)*을 한 그릇씩 먹었다. 음식점을 나오면서 보니 벽에 붉은 종이가 잔뜩 붙어 있었다. 붉은 종이에는 사발만한 글자가 쓰여 있었다. 음식점 주인장에게 벽에 붙은 종이에 쓰인 내용이 무엇인지 묻자 주인장이 말했다.

"합작화(合作化)를 진행한대요. 인민공사(人民公社)를 만든다는 거지요."

아이들은 합작화가 무엇이고 인민공사가 무엇인지 전혀 관심이 없었지만 어른들은 음식점 대청에 멍한 표정으로 선 채 얼굴이 굳어져버렸다.

"토지를 전부 하나로 합친다고요?"

"각자 집에 있는 밭갈이 소가 전부 공동 소유가 된다고요?"

"쟁기랑 삽, 호미, 쇠스랑까지 전부 공동 창고에 한데 보관한다고요?"

---

* 녹두를 갈아 발효시킨 콩죽에 국수를 말아 먹는 허난 지방의 전통 음식.

주인장이 눈을 커다랗게 뜨며 물었다.

"다들 어디서 오셨어요? 사투리는 우리랑 다르지 않은 것 같은데 어떻게 합작화도 모르고 인민공사도 모른단 말이에요? 합작화를 시행한 지 벌써 2년이나 됐고 인민공사도 이미 활기를 띠기 시작했는데 말이에요."

어른들은 더 이상 아무 말도 하지 않았고 아무것도 묻지 않았다. 그냥 조용히 음식점을 나왔다.

가는 길 내내 남자들은 입을 굳게 다물고 있었다. 얼굴 가득 검은 하늘과 검은 땅이었다.

남자들은 가다가 이따금씩 10리 밖까지 늘어지도록 긴 탄식을 했다. 슬프고 처량해 보였다. 돌다리를 건널 때 문득 쓰마샤오샤오가 한마디 툭 내뱉었다.

"이런 염병할, 산싱촌 사람들은 이 세상 사람도 아니었네."

차갑고 단호한 한마디였다. 여러 해 동안 꽁꽁 얼어붙어 있던 시퍼런 고드름이 쿵 하고 떨어지는 것처럼 그의 입에서 툭 떨어져 나왔다. 함께 걷던 어른들 모두 갑자기 그 자리에 얼어붙어버린 것처럼 걸음을 멈추고 서서 그를 쳐다보았다. 하지만 정작 쓰마샤오샤오 자신은 아무렇지도 않은 듯이 혼자서 휘적휘적 팔을 저으며 앞으로 걸어갔다. 다른 사람들과 수레 위 아이들이 하나둘 뒤로 멀어졌다.

쓰마샤오샤오의 눈에 이미 현성이 보였다.

알고 보니 현성은 바러우산맥과는 완전히 다른 세상이었다. 이곳에는 정말로 2층 건물들이 있었다. 게다가 3층짜리 큰 건물도 있었다. 창밖 발코니에 서서 바라보면 도시의 절반이 한눈에 들어올 것 같았다. 아이들은 휘둥그레진 눈을 쉴 새 없이 깜빡거리면서 이리저리 두리번거리기 시작했다. 아이들 모두 수레 위에서 몸을 일으켜 세웠다. 너무 부릅떠서 피로한 눈을 문지르면서 성벽과 건물들, 행인, 닫힌 점포들의 문, 성벽 아래 짙푸른 해자와 등에 책가방을 메고 걸어가는 도시 아이들의 모습을 놓치지 않고 눈에 담았다. 이 모든 광경들이 아이들 눈동자 속을 정신없이 오고 갔다. 현성 동쪽에 있는 교화원이 가까워오자 먼저 도착해서 교화원 대문 앞에서 기다리고 있는 쓰마샤오샤오의 모습이 아이들의 눈에 들어왔다. 이어서 피부를 오려내는 칼질 소리가 들려왔다. 예리하고 날카로운 칼질 소리가 떨리면서 귓가를 울렸다.

피부를 오리는 일은 이달 말 26일의 서곡에 지나지 않았다. 마을 사람들은 교화원에서 꼬박 사흘을 기다렸다. 낮에는 교화원 안을 이리저리 둘러보고 밤이 되면 창고에서 잤다. 밥은 교화원 밖에 나가 무와 배추의 수확이 끝난 밭에 솥을 걸어 해 먹었다. 사흘 내내 초라한 식사로 버티는 것은 어른이나 아이들 모두에게 정말 끔찍한 일이었다. 특히 식사 때가 되면 교화원 맞은편에서 날아오는 양내장탕의 구수하고 향긋한 냄새가 기름기와 함께 공기 중에 가득 찼다. 이런 냄새를 맡는 순간, 아이들이 차갑고 딱딱한 건량과 멀건 채소 국물이 먹기 싫어지는 것은 너무나 당연한 일이었다.

그리고 이때 마침 교화원 쪽에서 부르는 소리가 들렸다. 붉고 요염한 소리가 날아와 텅 빈 채소밭을 온통 환하게 비췄다. 어찌나 밝고 환한지 쏟아지는 햇빛마저 어둡게 느껴질 정도였다. 밭에 있던 산싱촌 사람들 모두 마시던 국 사발을 입술에 댄 채 그대로 모든 움직임을 멈추고 교화원 대문 쪽으로 시선을 돌렸다. 면으로 된 하얀 가운을 걸친 의사가 이쪽을 향해 오라는 손짓을 보내고 있었다.

"들었어요? 화상 환자가 왔으니 피부를 팔 사람 한 명만 빨리 오세요."

남자들이 일제히 국 사발을 땅에 내려놓고는 동시에 벌떡 일어나 교화원 쪽으로 달려갔다.

"한 명이면 돼요. 한 치 반 정도 피부면 되니까요."

말을 마친 의사는 다시 교화원으로 가버렸다. 남자들은 일제히 걸음을 늦추고 서로의 얼굴을 쳐다보면서 눈치를 살폈다.

쓰마샤오샤오가 말했다.

"내 피부를 팔도록 하겠소. 내 왼쪽 넓적다리에 아직 성한 피부가 두 치 정도 있으니 가장자리를 고려하면 딱 한 치 반 정도 될 거예요."

란바이수이도 말했다.

"내가 갈게요. 마침 내 오른쪽 넓적다리 뒤쪽에 멀쩡한 피부가 두 치 정도 있어요. 마누라가 또 아이를 가졌기 때문에 몸보신할 만한 걸 좀 사다 줘야 하거든요."

류껀의 아버지도 한마디했다.

"내 피부를 팔 수 있게 해주세요. 우리 마누라도 아이를 가졌고 아이들 모두 내가 피부를 팔기만 학수고대하고 있거든요. 양육탕(羊肉湯)을 한 그릇 먹고 싶어서 그래요."

란창셔우도 말했다.

"이번에 내게 피부를 팔 수 있게 해주지 않으면 내가 집에 가서 마누라한테 뭐라고 둘러댈 수 있겠어요? 이번에 마누라는 아이를 갖고 싶어 하지 않았는데 순전히 내가 억지로 아이를 갖게 한 거란 말이에요."

떠들썩하게 저마다 피부를 팔아야 하는 이유를 한 보따리씩 늘어놓았다. 자신들의 다리 피부를 도려내는 게 아니라 공짜로 양고기 만터우를 한 그릇씩 얻어먹으러 가는 사람들 같았다. 각자 자기 사정을 얘기하면서 서로 한 치도 양보하지 않았다.

란바이수이가 말했다.

"촌장님이 안 오시면 안 될 것 같네요. 촌장님이 와서 피부를 팔 사람을 지정해줘야 할 것 같아요. 그런데 못 오시니 이렇게 합시다. 이 자리에 있는 사람 중에는 류껀 아버지가 나이가 제일 많아요. 올해 서른넷이니까요. 앞으로 몇 년 못 살 테니, 우선 그의 말을 들어주기로 합시다. 류껀 아버지가 정해주는 사람이 피부를 파는 걸로 하자고요."

모든 사람의 시선이 류껀 아버지에게로 쏠렸다.

류껀의 아버지가 말했다.

"그럼, 옛날 방법대로 제비뽑기로 정하는 걸로 합시다. 뽑힌 사람이 이번에 피부를 팔아 돈을 벌면 그 돈으로 여기 온 아이들 전부에게 해바라기씨랑 사탕콩을 사 주는 겁니다."

이리하여 모두가 동의했다.

류껀 아버지는 담장 근처에서 종이를 한 장 주워 여러 번 잘 접은 다음 여남은 조각으로 찢어 그 가운데 한 조각에 이제 막 글을 깨치기 시작한 두바이에게 아무 글씨나 하나 써넣게 했다. 그런 다음 종이 조각들을 한데 모아 모자에 넣고 한참을 흔들었다. 그러고는 아이들에게 모여 고르게 했다.

"한 집에 한 번씩이야. 너희 아버지를 대신해서 제비를 뽑는 거다. 이런 일로 어른들끼리 마음 상하게 하지는 말아야지."

아이들이 모자 주위를 둥그렇게 에워쌌다.

류껀의 아버지가 류껀에게 말했다.

"류껀아, 네가 먼저 뽑도록 해라."

란류껀이 모자 속에 손을 집어넣었다.

한참 동안 입을 다물고 있던 쓰마샤오샤오가 갑자기 사람들 무리 바깥으로 걸어 나와 아이들을 한쪽으로 밀쳐내며 카랑카랑한 목소리로 소리쳤다.

"굳이 따지자면 류껀 아버지가 나보다 나이가 많긴 합니다. 하지만 모두들 아시다시피 촌장이 죽으면 다음 촌장은 나예요. 지금은 촌장이 안 계시니 내가 촌장을 대신하도록 하겠소. 오늘은 제비뽑기를 할 필요가 없어요. 피부는 내가 팔거니까 말이에요. 피부를 팔아 돈을 받으면 남자아이들 모두에게 사탕콩 반 근씩 사 주는 것은 물론이고, 여자아이들에게도 비단 머리끈을 하나씩 사 주겠습니다. 그리고 어른들은 다 같이 음식점에 가서 한 끼를 배터지게 먹는 겁니다. 먹고 싶은 대로 실컷 드세요. 내 피부를 판 돈은 한 푼도 남기지 않고 우리 마을 사람들을 위해 쓰겠습니다."

모든 눈길이 휘릭 소리를 내며 그에게로 몰려갔다.

란창셔우가 말했다.

"샤오샤오 형님, 그 말 책임질 수 있습니까?"

쓰마샤오샤오가 말했다.

"책임지지 못하면 내가 피부를 팔다가 파상풍에 걸릴 것이고, 파상풍에 걸리지 않으면 새해 첫날 목구멍이 퉁퉁 붓고 말 거요."

42장

    교화원 안은 구석구석 온통 파릇한 옥수수수염이 내뿜는
소다 냄새로 가득했다. 코를 몹시 자극하는 바로 그 냄새 속
에서 쓰마란과 형들은 순식간에 자라버렸다. 란씨네와 두씨
네를 비롯하여 마을의 모든 아이들이 이번 경험으로 세상을
알게 되었다.

    어른들은 아이들을 하나하나 수술실로 데려가 수술 장면
을 보여주자고 했다. 그런 광경을 보면 담력도 커질 것이고,
나중에 자신들도 와서 피부를 팔 수 있을 것이라고 했다. 병
원의 유일한 요구 사항은 한 번에 서너 명만 수술실에 들어
올 수 있게 하는 것이었다. 수술실에서는 말을 해도 안 되고,
들어갈 때는 발소리를 죽이고 살그머니 들어가자마자 곧바

로 문을 닫아야 했다. 아이들은 수술실에 들어가 수술 장면을 지켜볼 수 있으리라고는 생각지도 못했다. 방 안에는 커다란 대야에 담긴 탄불이 네 군데 놓여 있고, 유리창은 거울로 삼아도 좋을 정도로 밝았다. 찬란하게 비치는 그 빛 속, 네 개의 대야에 담긴 탄불들 한가운데 침대가 놓여 있었다. 침대 위에는 두껍고 푹신푹신한 요가 깔려 있었다. 쓰마샤오샤오가 침대 위에 엎드려 있었다. 불 속에 엎드려 자고 있는 것 같았다. 그의 몸 위에는 흰 이불이 덮여 있었다. 하얀 서양 천으로 된 이불이었다. 이리저리 뒤져봐도 먼지 한 톨 찾아볼 수 없을 정도로 깨끗했다. 이불 밖으로 쓰마샤오샤오의 왼쪽 다리가 삐져나와 있었다. 의사들이 그 다리를 에워싸고 있었다. 하얀 거즈를 들고 있는 의사도 있고 법랑 쟁반을 받쳐들고 있는 의사도 있었다. 쟁반에는 핀셋과 가위, 섬세하게 생긴 족집게 등이 놓여 있었다. 의사 하나가 시작하자고 말하자 곧 수술이 시작되었다. 맨 먼저 들어간 아이들은 수술실 벽 아래 나란히 서 있었다. 아이들은 쟁쟁 핀셋과 가위가 허공에서 부딪치는 청량한 소리가 들리는 가운데 연신 흐르는 피를 닦아낸 거즈들이 쉴 새 없이 철제 통 속으로 버려지는 광경을 목격했다. 그 침대 위에서 피부를 절개하는 사람은 쓰마샤오샤오였기 때문에 맨 먼저 들어간 아이들은 키가 전부 똑같은 그의 다섯 아이들이었다. 쓰마선이 맨 앞에 서고,

912

둘째 런이 맨 뒤에, 그리고 쓰마란은 중간에 섰다. 수술실 안에 들어와 수술 장면을 지켜보고 나서 다섯 아이들은 일제히 그 자리에 몸이 얼어붙고 말았다. 얼굴이 전부 창백해졌다. 쓰마샤오샤오가 아이들 쪽을 힐끗 쳐다보고는 말없이 씨익 웃었다. 그 미소는 누런 낙엽처럼 한나절이나 그의 얼굴 위를 떠다녔다. 쓰마란은 온몸이 차가워지는 것을 느꼈다. 쾅쾅 소리가 날 정도로 몸이 떨렸다. 하지만 꼭 움켜쥔 두 손에서는 뜨거운 땀이 솟아 나왔다. 그는 감히 의사들을 쳐다보지 못했다. 의사들이 입고 있는 가운의 흰색을 보면 자기 가슴속에 눈이 쌓이는 것 같았다. 그가 눈을 한 번 깜빡거렸다. 피부를 절개하는 칼이 도대체 어떻게 생겼는지, 피부를 절개할 때 어떻게 조각나지 않고 한 덩어리로 오려내는지 똑똑히 보고 싶었다. 그러나 쓰마란이 다시 눈을 깜빡이자 의사 하나가 그의 시선을 가로막았다. 쓰마란은 주먹을 움켜쥐고 귀를 쫑긋 세운 채 칼이 움직이는 미세한 소리에 집중했다. 자신이 직접 칼을 들고 옥수수 잎을 한 꺼풀씩 벗겨내는 것처럼 선명하고 또렷하게 들렸다. 옥수수 껍질을 벗길 때 나는 냄새는 비릿하면서도 담백한 데 비해, 방 안에서 나는 냄새는 진한 피 비린내였다. 그는 다리에 힘이 쭉 빠지는 것을 느꼈다. 금방이라도 땅바닥에 주저앉을 것만 같았다. 베개 속에 파묻고 있는 아버지의 얼굴에 말할 수 없는 고통이 누렇게 묻어났다. 그는 아버지의 얼굴에 밀랍처럼 엷게 덮힌 누런 기운 뒤에 실처럼 가는 심줄이 얼굴 근육을 튕기듯 바르르 떨리는 것을 보았다. 아버지 이마에 맺힌 땀은 한 방울의 무게가 반 근은 족히 될 것처럼 무거워 보였다. 땀방울은 이마에 매달린 채 떨어지려 하지 않고 아버지의 얼굴을 당겨 일그러뜨리고 있었다. 창을 통해 들어오는 햇빛 속에 떠도는 먼지 알갱이들이 공기가 땅에 떨어지거나 벽과 나무에 부딪힐 때 나는 소리를 냈다. 피부를 절개하는 가볍고 예리한 칼날이 아버지의 다리 위를 파도타기하듯이 이리저리 움직였다. 그 비릿하고 붉은 소리가 쓰마란의 귓가에 뇌성벽력처럼 울려 심장을 떨리게 했다. 세게 움켜쥔 손바닥 사이로 땀이 새어나와 그의 면바지를 적셨다. 그는 손을 쫙 펴서 바지 위에 문질러 땀을 닦았다. 큰형 선과 둘째 형 린, 셋째 형 무도 놀란 얼굴이었다. 얼굴이 아버지처럼 창백하고 땀방울이 맺혀 있었다. 동생 루는 형들 등 뒤에 숨어 손으로 눈을 가렸다. 그러고는 기어들어가는 소리로 연신 형들을 부르면서 오른손으로는 선의 손을 왼손으로는 린의 손을 꼭 잡고 있었다. 쓰마선이 어른스럽게 루의 머리를 가슴으로 감싸며 말했다.

"루야, 무서워하지 마. 금방 끝날 거야."

쓰마샤오샤오가 고개를 들어 또다시 눈길을 다섯 아들들에게 던졌다.

다섯 아들들이 그를 향해 다가갔다.

쓰마선이 말했다.

"아버지, 아파요?"

쓰마샤오샤오가 말했다.

"나중에 너희들이 피부를 팔 때는 꼭 마취 주사를 맞도록 해라. 마취 주사를 맞으면 하나도 안 아프단다."

그러고는 다섯 아이들을 향해 다시 한번 환한 미소를 지어 보이면서 또 말했다.

"마취 주사를 안 맞으면 돈을 더 받을 수 있지. 더 받은 돈은 우리 집에서 설을 쇨 때 쓸 작정이니까 마을 사람들한테는 아버지가 마취 주사를 맞지 않아 돈을 더 받았다는 얘기를 절대 해선 안 된다."

다섯 아들들은 환한 얼굴로 아버지에게 약속이라도 하듯이 연신 고개를 끄덕였다.

이때 한 의사가 다가와서 말했다.

"다른 아이들을 들여보낼 차례예요. 선생 아이들 가운데 한 명은 남게 해서 얘기를 나눠도 돼요. 그러면 통증이 좀 줄어들 테니까요."

쓰마샤오샤오는 쓰마란을 남게 했다. 쓰마선이 세 동생들을 데리고 나갔다. 쓰마샤오샤오가 손을 뻗어 쓰마란의 손을 잡고는 놀란 표정으로 말했다.

"란아, 네 손이 왜 이렇게 차가운 게냐?"

쓰마란은 손에 땀이 나서 그렇다고 말했다.

쓰마샤오샤오가 말했다.

"식은땀이로구나. 두려우냐?"

쓰마란이 아버지를 향해 고개를 끄덕였다. 쓰마샤오샤오가 잠시 생각에 잠기는 것 같더니 쓰마란을 침대 가까이 끌어당기는 동시에 간호사를 침대에서 가볍게 밀어냈다. 그러고는 쓰마란을 침대와 간호사 사이에 서게 했다.

쾅 하는 소리와 함께 어린 쓰마란의 두 눈에 시뻘건 핏빛이 가득 찼다. 핏물 한 대야를 그의 눈에 쏟아부은 것 같았다.

쓰마란은 몸이 나무토막처럼 뻣뻣하게 굳은 채 수술실 침대 옆에 서 있었다.

그는 사람 피부를 벗기는 게 아버지가 집에서 토끼가죽 벗기던 것과 비슷하다는 사실을 알게 되었다. 의사는 왼손 엄지와 검지로 조심스럽게 아버지 다리에서 벗겨낸 버들잎처럼 기다란 피부를 들어냈다. 그러고는 평발처럼 납작한 수술 칼을 피부 아래로 집어넣어 바깥쪽에서부터 안쪽으로 슥슥 벗겨나갔다. 혹여 벗겨낸 피부가 찢어질세라 아주 조심스럽게 칼을 놀렸다. 쓰마란은 의사의 손놀림이 아버지처럼 투박하고 거칠지 않다는 것을 알게 되었다. 아버지는 토끼 껍질을 벗길 때 종종 살점이 껍질에 붙은 채로 대충 벗겨내곤

했다. 하지만 의사가 벗겨낸 아버지의 피부를 쳐들었을 때는 마치 붉은 비단처럼 얇았고 핏자국도 없이 반지르르한 선홍빛이었다. 아버지 다리 위 절개 부위에도 피가 철철 흐르지 않았다. 넘어져 무릎이 깨졌을 때 쓸린 자리에 피가 배어 나오는 것처럼 피가 얇게 한 층 맺혀 있을 뿐이었다. 핏방울은 새 벽돌집 담장 위에서 하룻밤을 보내면서 흘린 땀방울처럼 촘촘했다. 간호사가 거즈로 피를 닦아내면 의사는 또 재빨리 칼을 놀렸고, 간호사가 또다시 빠른 동작으로 배어 나온 핏방울을 닦아냈다. 쓰마란은 의사가 칼을 피부에 댈 때 눈을 지그시 감는 것을 보고는 이런 것이 바로 마을 사람들이 말하던 도신(刀神)일 것이라고 생각했다. 그는 눈길을 들어 위를 올려다보았다. 커다란 마스크를 쓴 도신의 이마에 주름살이 가득했고 그 속에 검은 점 하나가 감춰져 있는 것이 보였다. 쓰마란은 주름살 속에 검은 점을 가진 이 도신을 존경하게 되었다. 그는 이내 도신의 얼굴에서 눈길을 거뒀다. 때마침 햇빛이 침대맡에 놓인 절개된 피부를 비추고 있었다. 쓰마란은 햇살이 그 얇은 피부를 투과하는 것을 보았다. 피부를 통과한 붉은빛에 눈이 시렸다. 여름날 붉은 천을 눈 위에 덮고 작열하는 해를 바라보는 것 같았다. 붉은 비단 같은 피부 위로 수실처럼 가는 신경이 팔딱팔딱 뛰고 있는 것도 보였다. 거미줄이 한 줄기 바람에 이리저리 흔들리고 있는 것 같았다. 그의 한 손은 여전히 아버지의 커다란 손에 쥐여 있었다. 아버지의 손은 단단하고 뜨거웠다. 아버지의 손에 박인 굳은살이 칼처럼 자신을 베는 것 같은 느낌이 들었다. 쓰마란은 그 손 안에서 피부가 벗겨지는 고통을 느끼고 싶은 마음이 간절했다. 하지만 아버지의 손은 시리지도 않았고 떨고 있지도 않았다. 떨리던 쓰마란의 손도 더 이상 떨리지 않았다. 그는 의사의 다리 아래서 반걸음 뒤로 물러섰다. 아버지 얼굴에서 땀방울이 떨어졌다. 누런 기색도 조금 옅어진 것 같았다.

그가 물었다.

"아버지, 정말 안 아파요?"

쓰마샤오샤오가 말했다.

"한동안 아프다가 마비되니 하나도 안 아파."

그가 물었다. 남자들은 크면 전부 피부를 팔아야 하나요?

쓰마샤오샤오가 말했다.

"피부를 한 번 팔면 한 가구의 2년 치 생활비가 생긴단다. 피부 한 번 팔아서 아내를 얻을 수도 있지. 피부를 팔면 또 현성에 가서 사고 싶은 것들을 맘껏 살 수 있단다. 좋은 고객을 만날 경우, 예컨대 아주 잘사는 집 아이가 얼굴에 화상을 입어 급히 이식할 피부가 필요할 경우에는 부르는 게 값이지. 그럴 경우 네가 가로세로 두 치, 그러니까 손바닥만 한 크기의 피부를 판다면, 아마 현성의 잡화점 하나를 통째로 살 수 도 있을 게다."

쓰마란은 아버지의 얼굴을 빤히 쳐다보면서 한참을 생각에 잠겼다가 다시 입을 열었다.

"저는 양고기만둣국을 한 그릇 먹고 싶어요. 병원 바로 앞에 있는 그 음식점에서 말이에요."

쓰마샤오샤오가 말했다.

"피부를 한 번 팔면 양고기만둣국 열 솥을 살 수 있을 게다."

쓰마란의 얼굴에 분홍빛 미소가 한 겹 피어올랐다. 언제 들어왔는지 두바이와 두주추이, 류껀, 양껀이 수술실에 서 있었다. 모두들 놀라서 파리해진 얼굴에 이마 위로는 땀이 하염없이 흐르고 있었다. 쓰마란은 그들에게로 다가가 아버 지가 자신의 손을 잡아주었던 것처럼 류껀 손을 잡으면서 말 했다.

"한동안 아프다가 통증이 마비되면 안 아프대. 그리고 피 부를 한 번 팔면 현성에 가서 원하는 걸 맘껏 살 수 있대."

이어서 두쌍의 손을 잡아끌면서 말했다.

"사실 그렇게 아프진 않아. 피부를 한 번 팔면 잡화점 하나 를 통째로 살 수도 있대."

또 두바이의 손을 잡아끌면서 말했다.

"너는 글은 알지만 연필 살 돈이 없잖아. 피부를 한 번 팔면 네가 평생 쓰고도 남을 연필을 살 수 있대."

마지막으로 쓰스의 손을 잡아끌면서 말했다.

"피부를 한 번 팔면 너를 우리 집으로 시집와서 이 란 오빠
의 아내가 되게 할 수도 있어."

43장

1

집 안의 서랍 탁자가 갈수록 높아졌다. 쓰마란이 팔을 들어도 탁자 위의 기름병을 집을 수 없었다. 물 항아리도 갈수록 커졌다. 의자를 가져다 놓고 물을 뜨다가 안으로 빠지면 수영을 할 수 있을 정도였다. 시간은 딩당딩당 날듯이 흘러갔다. 해는 때로는 동쪽에서 떴다가 다시 동쪽으로 지기도 했고 때로는 서쪽에서 떴다가 서쪽을 지기도 했다. 해가 항상 문 앞쪽에 있는 저 홰나무 위로 솟아오를 때마다 쓰마란은 아예 동서남북을 구분하지 못했다.

형들은 갈수록 키가 작아졌다. 개가 커서 토끼가 되었다가 다시 토끼가 쥐로 변하는 것 같았다. 동생 루는 자라고 자라서 결국 흔적도 없이 작아져버렸다. 쓰마후는 아예 존재한 적도 없었다. 아버지는 매일 형제들에게 자신의 얼굴을 닦아주고 밥을 차려주고 변소에 데려다 달라고 했다. 거꾸로 흐르는 세월을 따라 쓰마란은 어느 생일로 돌아왔다. 그가 말했다.

"많은 사람들이 골짜기에 모였으면 좋겠어. 집집마다 알려서 아이들이 식사를 마치는 대로 전부 마을 앞에 있는 골짜기로 모이라고 해줘."

난쟁이 형들은 각자 흩어져 집집마다 돌아다니며 아이들을 불러냈다. 골짜기에서 그는 생일에나 먹을 수 있는 기름에 튀긴 꽃 모양 과자를 아이들에게 하나씩 나눠 주었다. 아이들이 그가 나눠 준 주전부리를 먹게 되면서 그의 권력은 하늘을 찌를 듯이 높아졌다. 그는 이렇게 아이들의 촌장이 되었다.

쓰마란은 아이들을 사람들의 눈길이 잘 닿지 않는 계곡 깊숙한 곳에 모아놓고 이 여자아이가 저 남자아이의 아내가 되고, 저 남자아이가 이 여자아이의 남편이 되도록 짝을 짓는 훈련을 지휘했다. 그의 말을 듣기 싫어하는 아이에게는 이렇게 말했다.

"너는 마흔까지 살지 못하고 죽게 될 거야. 목구멍 병에 걸려 고통에 시달리다가 침대에서 굴러떨어지게 될 거야."

결국 그보다 나이가 많은 아이들마저도 잠시 주저하다가 순순히 그의 말을 따르게 되었다. 이렇게 그들의 사랑 이야기가 시작되었다.

그 이야기 속에서는 그가 모든 것을 지휘했다. 아이들의 황제가 된 것이다. 그는 란쓰스와 두주추이를 백 세까지 장수하는 자신의 두 아내로 삼았다.

또 어느 날, 여전히 겨울이었다. 여전히 마을 앞이었다. 큰형과 둘째 형은 그 자리에 없었다. 그는 란류스를 셋째 형 쓰마무의 짝으로 정해주었다. 란우스는 동생 쓰마루의 짝으로 정해주었다. 쓰마 성을 가진 세 여자아이는 두창과 두주, 류껀의 짝으로 지어주었다. 마지막으로 란쓰스와 막 세 살이 된 주추이만 남게 되자 쓰스가 말했다.

"란 오빠, 나는 누구한테 시집가야 돼?"

쓰마란이 살펴보니 모든 남자아이들에게 가정도 있고 처자식도 있었다. 심지어 목에 혹이 있는 못생긴 여자아이나 난쟁이 벙어리에게도 짝이 있었다. 그는 난처하기 그지없었다. 쓰스와 주추이를 누구랑 짝을 지어주어야 할지 알 수 없었다. 이때 셋째 형 쓰마무가 갑자기 말했다.

"넷째야, 너 자신도 색시가 없잖아."

쓰마란이 풋 하고 웃음을 터뜨렸다. 얼음처럼 맑고 깨끗한 웃음이었다. 생각해보니 자신에게도 짝이 없었다. 그가 말했다.

"너희 둘 다 내 마누라 하면 되겠다."

란쓰스와 두주추이가 재빨리 다가가 자신들의 남편에게 팔짱을 꼈다.

쓰마란은 이렇게 좌우 양쪽에 두 명의 아내 란쓰스와 두주추이를 거느리게 되었다. 그는 가운데 높은 자리에 앉아 아래를 내려다보았다. 한 쌍, 한 쌍, 멍하니 앉아 자신을 바라보고 있는 부부들을 내려다보았다. 촌장이 마을 사람들을 전부 불러 모아놓고 회의를 여는 것 같았다. 그가 목이 찢어지도록 큰 소리로 외쳤다.

"마흔 넘게 살고 싶은 사람 손 들어."

아이들은 전부 일제히 허공을 향해 손을 들어 올렸다.

"쉰이 넘게 살고 싶은 사람 손 들어."

모든 손이 또다시 허공에 걸렸다.

"여든이 넘도록 살고 싶은 사람 손 들어."

남녀 아이들 모두가 더 높이 손을 들어 올렸다. 몸이 허공에 걸린 것 같았다.

"백살까지 살고 싶은 사람 손 들어."

아이 하나가 갑자기 벌떡 일어서더니 두 팔을 동시에 높이 치켜들었다. 곧 이어 아이들 모두 우당탕 퉁탕 자리에서 일어섰다. 모든 팔이 나무처럼 허공을 향해 높이 솟았다. 모든 아이들의 옷 소매가 아래로 처지면서 맨살이 드러났다.

2

엄동으로 접어들면서 촌장 두상(杜桑)이 정말로 죽었다.

이날은 날씨가 아주 이상했다. 구름은 붉은빛이었고 하늘은 놀라울 정도로 낮았다. 하루 종일 흩어지지 않은 겨울 안개가 한 가닥 한 가닥 사람들의 목을 휘감았다. 바람은 푸른빛과 자줏빛으로 모습을 바꿔가며 불어댔다. 이때 마을에 갑자기 쓰마타오화의 눈처럼 하얗게 빛나는 고함 소리가 폭발했다.

"큰일 났어요! 우리 시아버님이 돌아가셨어요."

"큰일 났어요. 돌아가실 것 같다고 하시더니 정말로 돌아가셨어요."

쓰마샤오샤오는 피부를 절개한 다리를 절룩거리며 집에서 뛰어나와 마을 어귀에서 만난 타오화의 얼굴을 뚫어지게 바라보았다.

"정말 죽었어?"

쓰마타오화가 말했다.

925

"몸이 전부 딱딱해요."

쓰마샤오샤오는 멍한 표정을 짓다가 몸을 돌려 각 집에서 나온 남자들을 쳐다보았다. 그러고는 여동생을 한쪽으로 불러 뭐라고 몇 마디 했다. 쓰마타오화의 얼굴에 아득한 표정이 번지더니 서리에 얼어붙은 종이처럼 변했다. 하지만 쓰마샤오샤오가 또 뭐라고 몇 마디 하자 서리에 얼어붙은 그녀의 얼굴이 다시 서서히 풀어졌다. 그 얼굴에 또다시 평소처럼 보일 듯 말 듯 홍조가 번지면서 아름다움을 되찾았다.

쓰마샤오샤오가 마을 사람들 앞으로 다리를 절면서 다가가 큰 소리로 말했다.

"촌장님이 돌아가셨습니다. 여러분들 모두 보셨지요? 제가 피부를 팔았는데 어째서 여러분들 모두가 돈을 쓰는 겁니까? 촌장님께서 제게 말씀하시길, 당신이 돌아가시면 제가 대신 촌장을 맡으라고 하셨기 때문이지요."

이렇게 말하고 나서 그는 헛기침을 한 번 해서 목청을 가다듬고는 더 큰 목소리로 말했다.

"촌장님이 돌아가실 것 같다고 하시더니 정말로 돌아가실 줄은 몰랐습니다. 아! 하고 한마디 외치시고는 그대로 가셨지요. 이렇게 제가 촌장님을 계승하여 여러분들의 대사를 관장하게 되었으니 누구든 제 말을 듣지 않고, 저 쓰마샤오샤오가 촌장이 되는 것에 동의하지 않는 사람 있으면 일찌감치 앞으로 나와 분명히 말씀하세요."

쓰마샤오샤오는 금방이라도 폭발할 것처럼 목청을 더 높이면서 다시 물었다.

"제가 촌장이 되는 것에 동의하지 않는 사람 있습니까?"

사람들이 갑자기 죽은 듯이 조용해졌다. 축축한 안개가 흐르는 소리마저 선명하게 들을 수 있을 정도였다.

쓰마샤오샤오가 소리쳤다.

"누구든 동의하지 않는 사람 있으면 어서 일어나서 말씀해보세요. 정정당당한 사람은 몰래 뒤에서 일을 벌이지 않는 법입니다. 일어서지 않아도 좋아요. 하지만 나중에 이 쓰마샤오샤오의 말을 듣지 않으면 마을의 규정에 따라 처리하도록 하겠습니다."

여기까지 말한 그는 잠시 멈췄다가 다시 하던 말을 이어갔다.

"동의하지 않는 사람 있어요? 동의하지 않는 사람 있냐고요?"

마을 사람들 얼굴에 침묵과 놀라움이 가득한 것을 보고서 그는 절뚝거리는 다리로 풀쩍 바위 위로 뛰어올랐다.

"동의하지 않는 사람이 없는 것 같으니 지금부터 저 쓰마샤오샤오가 촌장을 맡도록 하겠습니다. 집집마다 남녀노소, 어른 아이 할 것 없이 지금부터 모두 이 쓰마샤오샤오의 말

927

을 들어야 합니다."

여기까지 말하고 나서 그는 잠시 하늘을 바라보았다. 목청을 가장 높여 허공을 향해 외쳤다.

"두 가지 일을 말씀드리겠습니다. 첫째, 지금부터 전 촌장 두상의 시신을 마을 안에 한 달 동안 보관합니다. 집집마다 어른들이 아이들을 데리고 돌아가면서 하룻밤씩 시신을 지키기로 합니다. 고인이 된 촌장을 위한 수령이 아니라 아이들의 담력을 훈련하기 위한 겁니다. 아이들에게 산싱촌에서는 사람들이 일찍 죽는다는 것을, 사람이 죽으면 호흡이 없어지지만 두려워할 만한 일이 아니라는 것을 알게 하기 위해서입니다. 둘째, 설이 지나고 봄이 시작되면 집집마다 유채를 심도록 합니다. 저는 몇몇 장수 노인들을 만난 적이 있습니다. 그분들은 하나같이 몇 대에 걸쳐 유채를 먹었다고 하더군요. 우리도 몇 년 동안 열심히 유채를 먹으면 마흔이나 쉰, 일흔이나 여든까지 살게 될지 모릅니다. 집집마다 한 무더기씩 아이들을 낳아놓고 그 아이들이 전부 마흔을 넘기지 못하고 죽게 할 수는 없습니다."

그가 마을 사람들에게 물었다.

"산싱촌의 노인과 젊은이, 나이 든 아줌마와 젊은 아가씨 여러분, 제 말이 틀렸습니까?"

마을 사람들 가운데 그의 말이 맞는지 틀리는지 대답하는

사람은 하나도 없었다. 하지만 모든 얼굴이 환하고 매끄럽게
빛났다. 하나같이 당당하고 씩씩했다.

44장

1

달이 지는 시간을 뚫고서 마을 거리 집집마다 사람들이 쭈그려 앉아 밥을 먹던 바위들이 커졌다. 문지방도 높아지고 커지기 시작했다. 왕성하던 나뭇잎은 축소되어 새싹으로 돌아가고 건장하던 소는 송아지가 되었다. 무덤 속에 죽어 있던 사람들은 전부 세상으로 돌아왔다. 쓰마루와 란싼지우, 주추이도 모두 어머니 배 속으로 돌아왔다. 그때 쓰마란과 류껀, 양껀, 두촹, 란우스, 란류스, 두바이 등은 매일 젖을 끊고 목이 터져라 울어댔다. 그들은 거리를 걷다가 모르는 여인이 어느 집 문 앞에서 젖을 먹이고 있는 것을 보았다. 희고 매끄러운 젖이 겨울날 하늘에 뜬 해 같았다. 그 커다란 젖을 바라보고 있노라면 거대하고 붉은 대추를 바라보고 있는 것 같았다. 비릿하면서도 향긋한 젖 냄새가 희뿌옇게 큰 거리와 작은 후통을 떠돌 때면 마음속에 흠모와 원한의 감정을 동시에 품고 탐욕스러운 눈빛으로 여인의 유혹적인 젖가슴과 유즙을 가지고 놀았다. 혹은 아예 맹렬하게 달려가 젖을 먹던 아이를 한쪽으로 밀어놓고 자신이 그 순백의 젖에 매달려 게걸스럽게 빨아대기도 했다. 어쨌든 그때가 되면 젖을 가진 여인들의 부드럽고 따스한 온정을 얻을 수 있었다. 여인들은 자신의 마지막 품을 열어 문 앞 나무 아래에서 새로 짠 천처럼 새하얀 젖가슴을 드러내고 밀가루 같은 젖을 이 아이들에게 잠시 먹여주었다. 아이들이 하는 수 없이 젖을 끊은 것은 자신들의 엄마가 아이를 낳아야 하기 때문이었다. 그리고 문 앞에 있는 이제 막 배가 부풀어 오르기 시작한 여인들은 임신한 지 두 달 내지 석 달밖에 안 되었기 때문에 젖이 강물만큼 풍부했다.

그들의 삶은 종일 거리에서 유방과 젖을 찾는 것이었다.

그 몇 년의 세월 동안 젖은 100년에 한 번 쏟아지는 비처럼 마을을 온통 촉촉하게 적셔주었다. 모든 여인들이 아이를 가졌고 모든 여인들의 젖이 1년 내내 탱탱하게 부풀어 올랐으며 가슴 앞에 댄 천 두 조각이 흥건하게 젖었다. 마을 이쪽

에서 저쪽까지 아기를 배고 있거나 아이에게 젖을 먹이고 있
지 않은 여인을 찾아볼 수 없었다.

여인들의 커다란 배와 흔들리는 유방이 3년 내내 좁은 마
을을 가득 메웠다. 어느 해인가 나뭇가지에 새싹이 돋고 산
언덕의 복숭아나무와 오얏나무가 희고 붉은 꽃을 피웠다. 집
집마다 처마에 탱탱한 봄기운이 가득 쌓였다. 사삭 사삭 파
랗게 물든 밀이 자라는 소리가 들렸다. 아침부터 저녁까지
마을이 온통 초록으로 왕성하게 물들었다. 날씨는 덥지도 춥
지도 않아 1년 내내 여인들이 해산을 하기에 더없이 좋았다.
곧 아이를 낳으려는 사람들은 배를 감싼 채 문 앞 바위 위에
앉아 손에는 바늘과 실을 들고 배 속에 있는 아기를 위한 옷
과 신발을 준비하고 있었다. 배가 막 부풀어 오르기 시작한
여인들이 똥거름통과 괭이를 메고 그녀들 앞을 지나갈 때면
걸음을 멈추고 크게 부풀어 오른 배를 쳐다보면서 막 부풀기
시작한 자신의 배를 생각하며 말했다.

"얼마나 더 기다려야 해요?"

"이번 달에 낳아요."

"춥지도 않고 덥지도 않네요. 어떻게 이렇게 좋은 시기를
고른 거예요?"

"남편한테 말해봐요. 아이를 낳는 일은 월경을 멈추게 하
는 그 짓을 한 뒤로 아홉 달 후에 일어나요. 다음번에는 봄이

나 가을을 택해서 하세요. 덥지도 않고 춥지도 않으니 여자들에게는 복 받은 계절인 셈이지요."

"하지만 절름발이 촌장이 그러는데 아이를 낳고서 석 달이 지난 뒤에 그다음 아이를 가져야 한대요."

"그 말은 두 양반이 매일 침대에서 그 일을 하는데 아이가 생기지 않으니 혹시 누가 좋은 방법을 알고 있느냐 이런 뜻이지요?"

그 여자는 방실방실 웃으며 말했다.

"나는 아주 묘한 경험을 했어요. 배를 흔들면서 다녀봐요."

이리하여 그녀는 다음 달에 월경을 하고 그 이듬해 4월에 해산을 했다.

삼사월은 아이들이 가장 굶주리는 시기가 되었다. 어제만 해도 입에 엄마의 대추알 같은 젖꼭지가 물려 있어 실컷 빨아 달고 비릿한 맛을 누릴 수 있었지만 그녀들이 마을 어귀에서 의논하여 독한 마음을 먹게 되면서 절반이나 되는 젖들이 불처럼 맵고 쓸개처럼 쓴맛으로 변했다. 이리하여 마을 전체에 젖을 끊는 희고 밝은 울음소리가 가득 찼다. 아이들은 그렇게 울다가 지쳐 잠이 들었다. 잠에서 깨면 다시는 하얀 바탕에 붉은 점이 붙어 있는 그 두 개의 물체를 찾지 않았다. 집집마다 매일 먹는 소박한 밥을 반 그릇 정도 먹고서 힘 있게 문지방을 넘어 거리로 나서거나 자기 집 마당에 멍하니 서 있는 수밖에 없었다.

쓰마란은 그 잿빛 나무 위에 멍하니 서 있었다. 오후의 햇빛이 마을의 크고 작은 거리와 후통을 밝게 비추고 있었다. 골짜기와 절벽가에 있는 수십 년 된 홰나무도 유년으로 돌아와 몸 전체가 왕성한 빛을 발하고 있었다. 그는 오래된 무수한 나무들이 다시 젊어진 것을 보았다. 그 나무 아래에서 어미 돼지가 햇빛을 받으며 눈을 게슴츠레 뜨고서 누워 얼굴 가득 편안한 웃음을 짓고 있었다. 땅바닥에 배를 깔고 있는 돼지의 몸에 적어도 열 개는 넘는 젖이 반짝이고 있었다. 하나같이 찐 만터우 같은 젖에서 허연 유즙이 흘러내리고 있었다. 다른 새끼들은 전부 달이 차서 엄마 곁을 떠났는지 새끼 두 마리만 엄마 젖 사이에서 작은 눈을 감고 신나게 젖을 빨면서 즐거움에 취해 노래를 흥얼거리기도 했다. 꽥꽥거리는 붉은 소리가 땅 위에 가득했다. 쓰마란의 입에서 침이 흘러내렸다. 그는 사흘 전 엄마의 젖꼭지에서 경험했던 그 누런 닭 쓸개즙을 생각했다. 그가 말했다.

"엄마, 배고파요."

엄마는 집 안에 들어서자마자 커다란 붉은 대추 같은 젖꼭지를 그의 입에 물려주었다. 그의 혀끝이 붉은 대추에 부딪치는 순간, 바늘에 찔리기라도 한 것처럼 재빨리 뱉어냈다. 한순간 멍하니 있던 그가 다른 대추로 바꿔 물고 혀끝으로

934

대추를 빠는 순간, 역시 쓴맛이 굉음과 함께 그의 전신을 파고들었다.

그는 으앙 하고 울음을 터뜨렸다. 선과 린, 무, 세 형들은 한쪽에서 웃고 있었다. 그러자 그는 더욱 거세게 울어댔다. 목구멍으로 형들의 면전에 피를 토해 당장 웃음을 거두게 하지 못하는 것이 한이었다. 하지만 그는 끝내 피를 토하지 못했다. 그의 울음소리에 문 뒤 거미줄에 매달려 자고 있던 거미만 잠에서 깨어 황급히 거미줄 위를 뛰어다녔다. 당황한 거미를 바라보면서 그는 갑자기 울음소리를 거두고 거미를 벽에서 땅바닥으로 끌어내렸다. 갑자기 울음과 고함을 멈춘 게 바람직한 일이 아니었다는 생각이 어렴풋이 들었다.

바로 이때 아버지 쓰마샤오샤오가 말했다.

"네 엄마가 또 아이를 낳으려 하는 것이 안 보이느냐? 난 그래도 네가 세 형들보다 일찍 철이 든 줄 알았구나."

그는 더 이상 울지 않았다.

정말로 철이 든 것 같았다.

그는 엄마의 배가 맥장의 굴레 같다고 생각했다. 그는 엄마의 배가 언제부터 그렇게 부풀어 올랐는지 이상하기만 했다. 매일 밤낮으로 엄마의 배 위에 올라가 그 두 개의 붉은 대추를 빨면서 진하고 달콤하던 젖 맛이 점점 물처럼 싱거워지고 있다는 생각은 들었지만 엄마의 배가 자신도 모르는 사이에 사람들이 놀랄 정도로 커진 것은 미처 발견하지 못했다. 이리하여 그는 젖을 끊은 게 엄마의 배가 크게 부풀었기 때문이라는 것을 깨닫게 되었다. 배가 더 이상 커질 수 없을 정도로 커지면 집에 식구가 늘어나고 자신은 그 두 개의 붉은 대추와 영원히 이별해야 한다는 것을 알게 되었다.

결국 어쩔 수 없는 이별을 해야 했다.

늙은 홰나무 아래에서 두 마리 어린 돼지들이 마냥 즐거워하는 모습을 바라보니 끈적끈적한 돼지 젖이 희고 진하게 흘러내리고 있었다. 그는 꿀꺽 침을 삼켰다. 돼지 젖을 어루만지기라도 한 것처럼 손에서 땀이 났다. 그는 땀을 바지에 문질러 닦았다. 그러고는 정말로 어미 돼지에게로 다가가 쪼그려 앉아서는 젖꼭지를 만져보았다.

어미 돼지의 젖꼭지는 따뜻하면서도 단단했다. 엄마가 솥 안에 찌고 있는 고구마 같았다. 그는 맨 뒤쪽에 달려 있는 돼지 젖을 살짝 짜보았다. 두 마리 새끼 돼지와 어미 돼지 모두 아무 일도 없다는 듯이 편안한 눈으로 그를 바라보고 있었다. 그저 눈만 깜빡일 뿐이었다. 이리하여 그는 쪼그려 앉은 두 다리를 앞으로 더 구부려 어미 돼지의 젖을 입에 머금어보았다. 그가 두 마리 새끼 돼지들과 나란히 어미 돼지의 배에 올라타 한동안 젖을 빨고 있을 때, 등 뒤에서 누군가 부르는 소리를 들었다.

그는 입술로 그 대추알처럼 붉은 젖꼭지를 물고 있었다. 돼지털 몇 가닥이 그의 코끝에서 가볍게 움직였다. 돼지 다리의 털이 겨울에 잘 때 덮는 개가죽 이불처럼 그의 얼굴을 덮고 있었다.

"네가 쓰마샤오의 넷째니? 이리 와보렴."

그가 고개를 돌렸다.

"이리 오라니까."

그는 쓰스의 엄마가 자기 집 담장 뒤의 바위 위에 앉아 있는 것을 보았다. 품 안에 태어난 지 몇 개월 되지 않은 란쓰스를 안고서 옷 단추를 풀고 있었다. 그녀가 말했다.

"이리 와. 너희 엄마는 곧 아기를 낳으려 한단 말이야."

그런 다음 그녀는 왼쪽 젖꼭지를 쓰스의 입에 물리고 오른쪽 젖을 그를 향해 흔들었다.

그는 그녀가 흔드는 유방 안에서 유즙이 흔들려 물통에 물이 반쯤 찬 것처럼 출렁출렁 소리가 나는 것을 듣고는 얼른 돼지 젖을 밀쳐버렸다.

그녀가 쓰마란을 향해 말했다.

"어서 먹어."

그는 겁먹은 표정으로 그녀 앞에 서서 조심스럽게 젖을 만지면서 이제 여섯 달밖에 되지 않은 란쓰스를 쳐다보았다. 그는 그 두 개의 젖이 전부 그녀의 것임을 모르지 않았다. 그녀를 바라보는 눈빛이 마치 새끼 돼지가 다른 새끼 돼지의 먹이를 탐내는 것 같았다. 슬플 정도로 불쌍한 표정이었다. 젖을 어루만지던 손도 그저 손가락 끝으로 젖꼭지를 건드릴 뿐이었다.

그런데 뜻밖에도 장수를 위해 첫째의 이름을 지우스라고 짓고 둘째를 바스, 셋째를 류스라 지은 그 집 항렬에서 쓰스라는 이름을 갖게 된 여섯째가 그를 향해 빙긋이 웃고 있었다. 그녀가 평생 처음으로 그에게 보인 미소였다. 소리도 없이 숨결도 없이 웃고 있었다. 처음 봉오리를 터뜨린 붉은 꽃이 그녀의 물처럼 여린 입가에 피어올랐다.

이리하여 두 사람은 서로 알게 되었고, 사랑의 맨 처음 여정을 시작하게 되었다. 그는 그녀 엄마의 오른쪽 젖을 입에 머금고 있고 그녀는 엄마의 왼쪽 젖을 빨고 있었다. 두 사람의 한쪽 손이 두 젖무덤 사이를 맴돌고 있었다. 발이 여럿 달린 벌레 두 마리가 따스한 흙 위를 기어 다니는 것 같았다. 곁눈질로 서로를 가늠하다가 동시에 손을 올릴 때면 젖의 향기와 달콤한 냄새가 밴 두 사람의 눈빛이 젖가슴 앞 허공에서 부딪쳤다. 두 줄기 맑은 샘물이 하나가 되어 햇빛 속을 흐르다가 고여 연못을 이루는 것처럼 맑고 깨끗한 빛이 반짝거렸다. 이때, 두 사람의 손이 가슴 앞 공터에서 만났다. 이 세상에 와서 처음으로 상대방을 발견한 두 사람이 서로를 신기해

938

하면서 좋아하게 된 것 같았다. 둘 다 이미 묽어지기 시작한 젖의 단맛을 느끼고 있는 것 같았다. 산언덕과 마을, 집, 개와 돼지가 전부 그 달콤한 맛에 젖어 윤이 나는 것 같았다. 두 사람은 아무 말도 하지 않았다. 쓰스는 이제 막 엄마를 부르는 법을 배운 터였다. 그녀에 비해 쓰마란은 엄마와 아버지, 형과 삼촌, 개와 돼지, 양을 부를 수 있었다. 젖의 중요성을 알 뿐만 아니라 동반자의 중요성도 알고 있었고 돼지와 개, 나무와 집, 어른과 아이, 형과 동생의 차이도 통찰하고 있었다. 그가 그녀의 손을 잡았다. 삶은 콩 몇 알을 쥔 것 같았다.

그가 젖을 빨자 유즙이 가지런하게 자란 그의 치아 사이로 빨려 들어가 혀를 말아 만든 입 속 웅덩이에 잠시 멈췄다가 배 속으로 미끄러져 들어갔다. 입가에는 구름 안개 같은 향기와 냄새만 남았다. 입가의 향기가 흐려지자 그는 또 맹렬하게 젖을 빨았다. 치아 사이로 젖 한 모금이 빨려 들어갔다. 그는 자신과 쓰스가 한 모금씩 젖을 빨 때마다 평생 일곱 명의 딸을 낳은 쓰스 엄마의 몸이 줄어드는 것을 느꼈다. 하지만 두 사람은 그녀의 몸이 줄어들든 말든 아랑곳하지 않고 구름처럼 편안하게 계속 젖을 빨면서 서로를 쳐다보고 손을 움직였다. 두 사람의 얼굴에 걸린 미소가 창문에 걸린 두 장의 붉은 비단 천 같았다. 등 뒤에서 비쳐 오는 햇빛이 쓰스 엄마의 한쪽 얼굴을 자줏빛으로 바꿔놓았다. 그녀의 머리칼이 그 자줏빛 속에서 검게 빛났다. 쓰마란은 그 자줏빛을 힐끗 쳐다보다가 갑자기 자줏빛이 사라지는 것을 발견했다.

그의 몸 전체가 한 덩이 어두운 그림자에 가려져버렸다.

그가 고개를 돌렸다.

아버지 쓰마샤오샤오가 그의 등 뒤에 서 있었다.

2

지금 촌장의 시신은 마을 어귀 맥장에 있었다. 전혀 움직이지 않았다. 한 걸음도 움직일 수 없었다.

하지만 몇 년 전만 해도 촌장은 다리를 절긴 했지만 삼사월이 되면 바삐 돌아다니면서 발걸음 소리로 마을 거리를 울렸었다.

삼사월 중에 그는 하얗게 빛나는 족집게와 집게, 가위를 들고 끊임없이 뜨거운 물과 술을 데운 술병, 용담자(龍膽紫) 약물을 교체해가면서 이 집에서 나와 모퉁이를 돌아 다른 집으로 갔다. 그가 들고 다니는 긴 가위는 한 번도 마른 적이 없었다. 탯줄을 자른 다음 그 부위에 문질러 바른 약물의 냄새와 가위 표면에 남아 있던 양수의 누런빛이 저녁이 될 때까지 하루 종일 청백색 알코올 냄새와 누렇게 마른 양수 냄새를 발산했다. 나무들이 싹을 틔우고 마을에는 짙은 녹음이 왕성해졌다. 느릅나무 위의 열매들이 한 궤미 한 궤미 하늘에서 하얗게 반짝였다. 촌장의 바지통에는 항상 진흙과 버들개지가 잔뜩 묻어 있었다. 아이를 받는 두 손에서는 비린내가 코를 찔렀고 손톱 사이에는 하루 종일 자궁혈이 붉게 끼어 있었다. 생육의 계절이었다. 작년 늦봄이나 초여름에 방사를 치르면 여자들은 올해 봄에 대규모로 출산을 했다. 혹은 작년 늦가을이나 초겨울의 농한기에 미친 듯이 방사를 치르면 여자들은 이듬해 가을의 촉촉한 공기 속에서 출산을 했다. 이 두 계절에 출산하면 아기가 더위를 먹거나 추위를 타는 일이 없었다. 여자들은 해산할 때가 되어도 여전히 밥을 하고 바느질과 빨래를 했지만 다른 고된 일에서는 제외될 수 있었다. 아이를 받는 일이 밭을 가는 것처럼 익숙해진 절름발이 촌장은 태아가 엄마 배 속에 옆으로 누워 있을 경우에도 태아 머리의 무게를 이용해 자궁의 대문을 정면으로 향하도록 자세를 바꿔놓을 수 있었다.

세상이 정말로 신비하고 기묘하게 변했다. 남자와 여자 모두 아이를 낳고 싶어 했다.

하루는 쓰마란과 쓰스가 마을 어귀 외양간에서 쓰스 엄마의 젖을 먹고 있는데 쓰마샤오샤오가 밭에서 돌아왔다. 외양간으로 온 그는 탁탁 옷에 묻은 먼지를 털고 앉아서 담배를 한 대 피우면서 쓰스 엄마에게 푸른 잎과 꽃향기가 가득한 말을 건넸다. 쓰스 엄마는 두 아이를 가슴에서 떼어놓으면서 다른 아이들이 있는 데에 가서 놀라고 했다. 그러고는 쓰마샤오샤오와 함께 외양간 옆의 헛간으로 들어가 한참이 지나서야 다시 나왔다. 헛간에서 나온 그는 곧장 밭으로 갔고 쓰스 엄마는 집으로 가서 밥을 했다. 이후로도 그녀는 매일 그 시각이 되면 외양간 옆에 와서 두 아이에게 젖을 먹였고, 쓰마샤오샤오도 매일 그 시각에 그 자리에 와서 몸에 묻은 먼지를 턴 다음 땅바닥에 주저앉아 담배를 피우면서 쓰마란과 쓰스가 젖을 다 먹을 때까지 기다렸다가 둘이 함께 소에게 먹일 건초가 가득한 헛간으로 들어가 한동안 바삐 뭔가를 하고 나온 후 한 사람은 밭으로 가고 한 사람은 집으로 가서 밥을 했다. 먼저 외양간에서 나오는 사람은 항상 쓰마샤오샤오였다. 먼저 밖으로 나온 그가 헛간 앞에서 사방을 둘러본 다음 헛기침을 한 번 하면 그제야 쓰스 엄마도 밖으로 나왔다. 이렇게 열흘 내지 보름이 지난 어느 날 쓰마샤오샤오가 밭에서 돌아오자 그녀가 말했다.

"이제 안 되겠어요. 몸에 빨간 게 찾아왔어요."

쓰마샤오샤오가 말했다.

"그럼 할 수 없지 뭐."

이렇게 말하는 그의 목소리가 무척이나 낮고 침울했다. 다시 찾지 못할 물건을 잃어버린 것 같았다. 하늘과 땅이 어두워지도록 상심했다. 쓰스 엄마는 몹시 미안한 표정으로 젖을 쓰마란과 란쓰스의 입에 물려 아이들이 비가 내리고 물이 흐르는 듯한 젖을 실컷 빨게 했다. 마을 전체에 젖의 물기와 하얀 향기가 가득했다. 쓰마란과 란쓰스는 젖이 마르고 입이 얼얼해지자 머리를 그녀의 젖가슴에서 떼어내고는 아버지와 쓰스 엄마의 눈길 속에 서려 있는 어둡고 차가운 슬픔을 발견했다.

쓰마란의 아버지가 말했다.

"아기를 가질 수 있을까?"

그녀가 말했다.

"가질 수 있어요."

쓰마란의 아버지가 말했다.

"아들이어야 하는데."

그녀가 말했다.

"아들이 아니더라도 날 탓하면 안 돼요."

쓰마란의 아버지가 말했다.

"앞으로도 이러면 안 될까?"

그녀가 말했다.

"안 돼요."

쓰마란의 아버지는 이내 밭에서 몸을 일으켜 자리를 뜨려고 하다가 쓰스의 머리칼을 쓰다듬었다. 한 번도 만져보지 못한 진귀한 물건을 어루만지는 것 같았다. 아주 천천히 부드럽게 어루만졌다. 그리고 마지막으로 손을 쓰스의 얼굴 위로 미끄러뜨렸다. 쓰스는 그 손을 쳐다보다가 또 엄마의 얼굴을 쳐다보았다. 그녀의 엄마는 마음속으로 뭔가 생각난 듯 다른 곳을 바라보면서 입을 열었다.

"당신 넷째 아이의 이름에 '란(藍)' 자를 하나 집어넣어요. 그럼 여자 이름처럼 들릴 것이고, 우리의 노수부부(露水夫妻)* 놀이를 기념할 수 있을 테니까요."

아버지가 말했다.

"그럼 쓰마란이라고 부르기로 하지 뭐. 그런데 쓰스의 피부가 부드럽고 매끈할 걸 보니 앞으로 크면 아주 예쁘고 영민할 것 같아. 나중에 이 아이를 란에게 시집보내면 좋을 것 같구려."

그녀가 말했다.

"좋아요. 두 아이의 운명에 담긴 인연의 조화를 두고 보도록 해요."

여기까지 말하고 나서 쓰마란의 아버지는 손을 쓰스의 얼굴에서 미끄러지듯 거둬들였다.

---

* 정식으로 식을 올리지 않은 뜨내기 부부.

944

그 이후로 아버지는 정말로 다시는 외양간 근처에 오지 않았다. 쓰스 엄마가 그곳에 와서 두 아이에게 젖을 먹이는 일도 없었다. 쓰마란은 하늘과 땅을 뒤흔들 일을 겪기라도 한 것처럼 산과 고개를 넘듯 힘겹게 문지방을 넘을 때마다 머리가 크고 몸집이 작은 세 형을 피해 마을 어귀의 외양간에 와서는 그곳에서 뿜어져 나오는 소와 돼지, 양의 누런 냄새 속에서 한 가닥 익숙한 냄새를 맡았다. 물과 피가 뒤섞인 양수 냄새와 비슷한, 푸른빛과 붉은빛이 뒤섞인 냄새가 망망대해처럼 세상을 엄몰시키는 것 같았다. 그 망망함 속에 황혼 뒤의 적막이 보였다. 어른 란바이수이와 란창셔우 그리고 몇몇 남자들이 마을 한가운데 서 있었다. 올봄에 마을에 인구가 얼마나 늘어날지 계산하고 있는 것이었다.

두껀이 말했다.

"여러 번 셈을 해봤는데 스물여덟 명이 태어나고 기껏해야 두 명이 사망할 테니까 스물여섯이 늘어나는 셈이에요."

란바이수이가 말했다.

"내 계산으로는 스물아홉 내지 서른 명이 태어날 것 같은데."

두껀이 란바이수이를 쳐다보면서 물었다.

"그렇게 많이 늘어날 수 있다고요?"

란바이수이가 말했다.

"우리 마누라도 아기를 가졌고 우리 뒷집 여자도 배가 많이 불러 있더라고."

두껀이 그의 말을 무시하는 투로 말했다.

"그건 가을에 태어날 아이라 계산에 넣으면 안 돼요. 올 봄에 늘어날 인구를 따지는 거잖아요."

란바이수이가 다소 화난 어투로 말을 받았다.

"가을에 태어나는 아이도 사람이잖아. 금년에 뒷산 언덕의 황무지를 우리 집에 두 무 정도 더 분배해줘야 한다고."

쓰마란과 아이들이 어른들 앞을 지나갔다. 어른들의 말다 툼이 등 뒤로 멀어져갔다. 젖과 물이 뒤섞인 붉은빛과 흰빛 사이의 냄새가 아이들을 잡아당겼다. 아이들은 마을 거리를 향해 뛰어가면서 어른들의 말다툼에는 전혀 아랑곳하지 않았다. 아이들은 양 떼가 젖을 끊은 뒤에 독자적으로 풀을 뜯어먹는 것처럼 스스로 자신을 부양할 수 있게 되었다. 달빛이 물처럼 흐를 때면 달콤하고 비릿한 양수 냄새와 젖 냄새가 마을의 거리들을 적셨고 아이를 낳는 집에서 거리로 흘러나온 양수 냄새가 짙은 검정색으로 눈에 보였다. 한밤이 지나 향이 다 빠진 차 같았다. 그 양수에서 풍기는 비릿한 피 냄새가 달콤한 참외 냄새처럼 마을에 가득 찼다. 그는 그 냄새를 따라 사방으로 아기를 가진 여자를 찾아다니며 젖을 얻어먹었다. 이 망망대해 같은 양수 속에서 그들은 신발이 젖었고 양수가 가득 찬 신발 속에 거대한 강물이 흘렀다. 새로 이 세상에 온 아이들의 울음소리가 온통 푸른빛과 자줏빛으로 마을 상공을 날아다니다가 달빛에 부딪쳐 쉬지 않고 떨어져 내렸다. 때로는 적막 속에서 울음소리가 갑자기 터져 나와 여명 직전의 닭 울음처럼 하나 또 하나 이어지면서 세상 전체가 갓난아기들의 울음소리로 가득 찼다.

이때, 달은 소리 없이 마을 위에 와 있었다.

태어나면서부터 겁이 많았던 쓰마루도 이렇게 세상에 왔다.

3

보름이 지나자 고인이 된 촌장 두상을 묻어야 했다.

동쪽 산맥이 소 등처럼 붉어지기 시작하고 아기가 나오기 직전에 자궁에 비치는 첫 번째 태혈처럼 해가 두 개의 산봉우리 틈새로 솟아 나왔다. 촌장을 묻어야 할 때가 되었다. 관을 매기 위한 끈이 묶여 있고 영붕은 이미 철거된 터였다. 새로 촌장을 맡은 쓰마샤오샤오가 관을 메라고 큰 소리로 외쳤다. 여덟 명의 상여꾼이 검은 관을 어깨에 멨다. 쓰마타오화와 남편 두엔, 아들 두바이와 딸 두주추이 모두 흐느껴 울기 시작했다.

어른들이 망자를 떠메고 마을 뒤로 간 후로 마을은 아이들의 세상이 되었다. 하지만 텅 빈 마을에서 무슨 일을 해야 할지 아무도 알지 못해 멍하니 서 있을 뿐이었다. 햇볕에 말라 기력을 잃은 버섯들 같았다. 산골짜기에서 장례를 위한 볜파오가 터지는 소리가 들려오자 마을의 정적은 더욱 깊어만 갔다. 아이들은 모두 마을 어귀에 멍하니 서 있었다. 마을에 아이들밖에 없는 것 같았다. 마을이 완전히 아이들 차지인 것 같았다. 산맥과 세상에도 아이들밖에 없고 모든 것이 아이들 차지인 것 같았다. 갑자기 이렇게 적막한 세상이 되자 아이들은 어찌해야 좋을지, 누구를 따라야 할지 몰랐다.

갑자기 쓰마선이 말했다.

"우린 아직 죽은 사람을 묻어보지 못했잖아. 우리도 죽은 사람을 한번 묻어보자."

이리하여 아이들은 한동안 서로를 바라보다가 눈길이 일제히 후두둑 소리를 내며 쓰마란의 몸 위로 떨어졌다. 쓰마란이 묻어야 할 사람을 지정하면 곧바로 땅에 묻을 태세였다.

쓰마란은 한참을 진지하게 생각에 잠겼다가 입을 열었다.

"내가 촌장이 될 테니까 나를 묻도록 해."

이렇게 장례 놀이가 시작되었다. 누군가 재빨리 집에서 가 가래와 삽, 곡괭이 등을 가지고 와서는 무덤을 어디에 팔 건지 물었다.

쓰마란이 말했다.

"마을 앞 골짜기로 가자. 어른들이 와도 보이지 않게 말이야."

쓰마선이 두챵 등 힘이 센 아이들 몇몇을 이끌고 도구를 챙겨 골짜기로 무덤을 파러 갔다. 쓰마후는 집으로 돌아가 오래된 상복과 상모를 한 아름 안고 와서 말했다.

"형, 이걸 누가 입어야 하지?"

쓰마란이 말했다.

"나보다 나이가 많은 아이들은 입을 필요 없어. 나보다 어린아이들만 입으면 돼. 누가 전효(全孝)*를 입을래?"

쓰마란이 또 말했다.

"쓰스는 내 아내이니까 마대효(麻戴孝)를 입어야 해."

쓰스는 언니 우스와 류스를 바라보면서 아무 말도 하지 않고 환하게 웃으면서 마로 된 상복을 몸에 걸쳤다. 이때 류껀과 양껀이 상여꾼이 되어 어느 집에서 떼어 왔는지 모를 문짝을 하나 들고 왔다. 쓰마루는 방금 어른들이 버리고 간 지전을 다시 거둬들였다. 란우스는 향 세 개가 꽂혀 있는 향로를 안고 왔다. 란싼지우는 마른 버드나무 막대를 들고 와 장례를 알리는 상갓집 깃발을 만들었다. 있어야 할 것들이 다

* 고대 중국의 예법에서 망자와의 친소관계에 따른 상복의 종류.

갖춰졌다. 없는 것이 없었다. 장례는 아주 성대하게 시작되었다.

쓰마란이 어른들의 말투를 흉내 내 외쳤다.

"염을 하여 입관하시오."

그러고는 직접 그 검정 칠이 벗겨진 문짝 위에 올라가 누웠다.

"관 뚜껑을 닫으시오."

쓰마린과 쓰마무가 곧 관 뚜껑에 못을 박는 시늉을 했다. 문짝 주위를 돌로 두드리면서 입으로는 어른들처럼 엄숙하게 소리쳤다.

"란 아우, 관 뚜껑 못을 박을 테니 못을 잘 피하도록 하게. 먼저 동쪽에 못을 박겠네."

쓰마란은 서쪽을 향해 몸을 뒤척였다.

"란 아우, 이번에는 서쪽에 못을 박을 테니 동쪽으로 몸을 피하도록 하게."

쓰마란은 곧장 몸을 동쪽으로 움직였다. 관 뚜껑에 못 박는 일이 끝나자 쓰마란은 문짝 위에 누운 채 하늘을 향해 외쳤다.

"출상하시오."

쓰마후가 나무 아래 쭈그려 앉아 종이 뭉치에 불을 붙이고는 볜파오가 터지는 소리를 냈다. 파바박 소리가 나자 쓰마린과 쓰마무, 란류껀, 란양껀 등이 문짝의 네 귀퉁이를 잡고 쓰마란을 허공으로 들어 올렸다. 란씨 자매들은 효건(孝巾)과 상복을 모두 갖췄고 루와 후도 완전히 하얀 대효(大孝)를 갖춰 입었다. 마지막으로 상여를 들라고 크게 외치는 소리가 울렸다. 또 하나의 장례 행렬이 이렇게 거리를 가로질러 골짜기를 향해 가기 시작했다.

해는 이미 남쪽에서 마을을 따스하게 비추고 있었다. 햇빛이 부드럽게 흐르고 있었다. 허공에 누운 쓰마란은 갑자기 키가 큰 것 같은 착각을 느꼈다. 해에 더 가까워진 것 같았다. 햇빛이 그의 눈꺼풀을 스치고 지나가자 그의 온몸에서 지지직 무척 흡족해하는 소리가 울렸다.

하늘의 구름은 한 송이 한 송이 햇빛을 받아 황금빛으로 변했다. 느릅나무와 오동나무, 참죽나무, 홰나무의 가지가 그의 머리를 지나 뒤쪽으로 뻗어나갔다. 가지 위의 참새와 까치 그리고 쥐엄나무 위의 터줏대감인 까마귀의 울음소리가 빗방울처럼 문짝을 때리면서 투두둑 투두둑 요란한 소리를 냈다. 류껀과 양껀은 키가 커서 앞에서 문짝을 멨고 쓰마란의 형 린과 무는 난쟁이라 뒤에서 문짝을 메고 있었다. 쓰마란은 문짝 위에 누워 줄곧 양지바른 산언덕을 바라보고 있었다. 집집마다 대문은 굳게 닫혀 있고 마을 골목들은 한 줄기 강처럼 그 대문들을 하상에 끼워 넣고 있었다. 란쓰스는 몸에 걸친 마효가 너무 크고 비둔하여 반쯤 들어 올린 채 쓰마란의 문짝을 따라가고 있었다. 그녀는 걸으면서 계속 뒤를 돌아보았다. 얼굴에 걸린 분홍빛 미소가 햇빛 속에서 발그스레하게 빛났다. 어쩌다 망자를 보내는 부녀자들의 울음소리가 들리면 무척이나 달콤하고 부드럽게 느껴졌다. 노랫소리 같았다. 그 울음소리 속에 언니 류스와 우스, 여동생 싼지우의 웃음이 섞여 있었다. 허공에 반짝반짝 빛나는 투명하고 붉은 구슬이 던져진 것 같았다. 출상의 행렬이 마을의 어느 거리에서 다른 거리로 접어들었을 때, 가을에 태어난 강아지 두 마리가 머리와 꼬리를 흔들면서 행렬을 따라왔다. 쓰마란은 문짝에 누워 강아지들이 꼬리를 흔드는 소리와 볏짚이 바람에 흔들리는 소리를 들었다. 강아지들의 꼬리에서는 이상한 냄새가 발산되고 있었다. 한 집 한 집 처마가 이어져 있어 긴 직선을 이루고 있었다. 잘 엮은 새끼줄이 출상의 행렬을 향해 뒤로 길게 뻗어 있는 것 같았다. 나무들도 천천히 뒤로 멀어져갔다. 연자방아의 받침돌도 둥그런 전병만큼이나 작아 보였다. 양껀과 류껀 집 앞의 양 우리는 닭장처럼 작아졌다. 그가 고개를 돌려 자기 집 안을 바라보았다. 후통 틈새로 갈수록 멀어져가는 낯익은 마당이 보였다. 말라서 허옇게 변한 풀 한 가닥이 물 위에 떠 있는 것 같았다. 그는 졸음이 밀려오는 것을 느꼈다. 어제 밤새 영붕을 지킨 데다 이날 아침에는 어른들의 출상을 구경하기 위해 날이 밝기도 전에 일어났기 때문이다. 햇빛을 가리려 눈꺼풀을 만져보니 따스한 손이 눈꺼풀을 닫아주는 것 같았다.

그는 슬그머니 눈을 감았다. 세상이 다시 원초의 상태로 돌아간 것 같았다.

문지방이 갈수록 더 높아졌다. 물 항아리는 연못처럼 커졌다. 형 선과 린, 무도 거인 같아 보였다. 처마에서 빗방울이 떨어졌다. 바위가 산 아래로 굴러떨어지는 것 같았다. 세월은 서쪽에서 동쪽으로 흘러가는 물 같았다. 수많은 망자들이 다시 살아났고 가정을 이루었던 수많은 남자들이 여동생을 아내로 삼았다. 묘지는 밭으로 돌아갔다. 알지 못하는 여자 하나가 양건과 류껀을 낳자 그녀의 양수가 졸졸 침대 밑으로 흘러내려 안채를 벗어나 당옥을 거치면서 마당에 이르러서는 작은 개울을 이루어 마을 거리로 흘러갔다. 엄마는 유채를 8할 정도 심은 자기 집 밭에서 배를 받쳐들고 돌아오는 길에 마을 어귀 홰나무 아래 앉아서는 몸을 움직이지 못했다. 배가 아프기 시작하더니 이마에서 비처럼 땀이 흘러내렸다. 쓰마란이 엄마의 입술처럼 붉은 자궁 입구를 지키고 있었다. 미지근한 양수가 그의 몸을 감쌌다. 위아래 온몸이 나른했다. 마을 거리에서 몰려오는 발걸음 소리가 들렸다. 노로 수면을 마구 두드리는 것 같았다. 핀셋과 가위, 족집게, 유리병이 법랑 쟁반 안에서 서로 죽일 듯이 부딪쳐 달그락달그락 소리가 들렸다. 아주 멀리서 곡괭이로 무덤을 파는 소리가 들렸다. 둥둥 주먹으로 북을 마구 두드리는 소리 속에 부드러운 살과 단단한 뼈의 촉감이 담겨 있었다. 엄마의 간드러지는 귓속말이 들렸다. 누군가 비단을 찢는 것 같았다. 양수는 밤새 식어 향이 날아가버린 차에 더운물을 더 부은 것처럼 차갑지도 않고 뜨겁지도 않았다. 쓰마란이 양수 위로 머리를 내밀고 자궁 문 입구에서 고개를 들었다. 하지만 눈은 흰빛과 붉은빛이 섞인 젖은 천으로 가린 것처럼 흐릿하기만 했다. 세 마리 강아지 같은 세 형들의 모습이 보였다. 잠시후, 형들은 어디로 갔는지 보이지 않고 눈앞에 여러 사람의 발목이 나무숲처럼 빽빽했다. 굵은 발목도 있고 가는 발목도 있었다. 누런 발목도 있고 하얀 발목도 있었다. 붉은 발목도 있고 검은 발목도 있었다. 잡다한 나무들이 숲을 이루고 있는 것 같았다. 그의 눈에 사람들의 얼굴은 보이지 않고 말하는 소리만 들렸다.

"쓰마샤오샤오는 어디 갔어요?"

"란바이수이와 함께 무덤을 파고 있어요."

"얼른 그에게 가서 전해요. 아내가 거리에서 아기를 낳을 것 같다고 말이에요."

"낳고 나서 말해요. 또 난쟁이가 나오는 건 아니겠지요."

954

"날 믿어요. 내가 아니라면 아닌 거예요. 난쟁이가 아니기 때문에 이 아이가 자궁 문에 걸려 나오려고 하지 않는 거라고요."

쓰마란은 이렇게 미지근한 차 같은 자궁 안에서 은 바늘이 땅에 떨어지는 것처럼 아주 맑고 미세한 웃음을 지으면서 자궁 밖의 세상과 대문을 바라보았다. 그러다가 시험 삼아 머리를 세상으로 내밀어보았다.

권력과 욕망의 이중주

1.『인민을 위해 복무하라』2.『나와 아버지』3.『딩씨 마을의 꿈』4.『샤를뤄』5.『풍아송』6.『연월일』7.『레닌의 키스』8.『침묵과 한숨』.

내가 옌롄커의 작품을 번역한 순서다. 그리고『일광유년』이 아홉 번째 작품이다. 이 가운데 2번과 8번은 산문이고 나머지는 전부 소설이다. 이 순서에 어떤 특별한 의미가 있는 것은 아니다. 그저 저작권 계약 시기와 출판사의 독촉 순서대로 번역한 것일 뿐이다. 한 가지 공통점이 있다면 번역하는 동안 줄곧 어떤 강렬한 흥분을 피할 수 없었다는 것이다. 옌롄커의 소설은 전부 강렬하고 극단적이다. 옌롄커가 자신의 소설『인민을 위해 복무하라』를 영화로 제작한 장철수 감독의 작품 〈김복남 살인사건 전말〉을 보고 나서 던진 단 한 마디는 너무 극단적이고, 극단적이어서 아름답다는 것이었다. 영화는 잘 모르겠지만 소설은 극단의 예술임이 틀림없다. 인간에게 나타날 수 있는 가장 극단적인 상황과 현상들을 비현실적 재현을 통해 강렬하지도 않고 극단적이지도 않은 현실과 연결하는 것이 소설이다. 따라서 허구이지만 그 허구의 틀 여기저기에 현실의 그림자가 도사리고 있다. 눈에 보이지 않는 현실, 심지어 존재하지 않는 현실을 허구를 통해 현실로 만드는 것이 소설이다. 이러한 소설 미학을 옌롄커는 신실주의(神實主義)라고 명명하고 있다. 현실보다 더 진실한 현실의 재현을 위해 옌롄커의 소설을 관통하는 허구의 가장 두드러진 특징이 바로 강렬과 극단이다.

동서고금을 막론하고 모든 글쓰기는 두 가지 유형으로 구분할 수 있다. 쓰지 않고는 견딜 수 없어서 영혼을 담아 목숨을 걸고 써내는 이른바 '발분지작(發憤之作)'과 일정한 목적과 어젠다에 따라 독자들이 좋아할 만한 온갖 미학과 예술적 기교를 총동원하여 써내 감각에 호소하고자 하는 '무병신음(無病呻吟)'이 그것이다. 진실이 역사를 정리하듯이 문학 예술도 결국은 '발분지작'들만 살아남게 된다. 물론 나는 옌롄커가 절대적으로 '발분지작'의 작가라고 생각한다. 그는 쓰지 않으면 견딜 수 없기 때문에 글을 쓴다. 잘못 알려진 것처럼 체제에 저항하고 비판하기 위해 글을 쓰는 것이 결코 아니다. 그의 사유와 글쓰기의 초점은 정치적·사회적 현실이 아니라 원초적인 인간의 존재와 그 존재를 둘러싼 조건이다. 이 작품을 쓸 당시 그는 온몸이 다양한 질병에 점령당해 손발도 제대로 가눌 수 없는 상태였다. 그럼에도 쓰지 않고는 견딜 수가 없어서 의료용품 공장에 특별히 주문하여 제작한 특수 침대에 누워 당시로서는 얼마나 남아 있을지 단정하기 어려운 자신의 존재와 생명을 털어 이 작품을 썼다. 전형적인 '발분지작'이다. 죽음이 저만치 보일 때, 그의 사유를 이끌어준 것은 더더욱 원초적인 생명의 의미와 조건들이었을 것이다.

이 소설에는 시종 촌장이라는 하찮은 권력과 성애와 생육을 바탕으로 하는 욕망의 이중주가 펼쳐진다. 화려하고 복잡한 제도와 문명이 생략된 농촌의 삶은 건강한 자연의 법칙이 지배할 것이라는 통념을 깨고 철저하게 권력과 욕망에 지배되고 있다. 욕망은 원래 인간의 삶에 필수적인 요소이다.『공자가어기(孔子家語記)』를 비롯한 중국의 여러 경전에서도 '먹고 마시는 것과 남녀의 성애는 인간의 가장 기본적인 욕망이 자리하는 곳(飮食男女, 人之大慾存焉)'이라고 밝힌 바 있다. 하지만 권력에 지배당해 왜곡된 욕망은 죽음이나 빈곤과 마찬가지로 '인간의 모든 악이 자리하는 곳(人之大惡存焉)'이 되기 십상이다. 이 작품을 관통하는 삶의 풍경은 이처럼 권력에 의

해 왜곡된 인성과 욕망이다.

이 소설의 또 다른 특징은 서사의 전 과정에 죽음이 수반
된다는 것이다. 서사 전체가 죽음으로 시작해서 죽음으로 끝
난다고 해도 과언이 아니다. 그리고 여기서의 죽음은 생명이
끝나는 자리나 삶의 대척점에 있는 것이 아니라 삶과 함께,
삶 속에 공존하고 있다. 생명과 삶은 죽음을 전제로 한다. 죽
음이 곧 삶이고 생명은 죽음의 또 다른 이름에 지나지 않는
다. 이는 삶과 생명에 대한 도저한 부정이나 불길한 예시가
아니라 솔직한 토로이자 인정이다. 죽음의 존재와 그 의미
를 받아들이고 화해하지 않고는 우리의 삶이 철저해질 수 없
다는 아주 간단한 고백이 이 소설이 제시하는 명제들 가운데
하나일 것이다.

이 작품 뒤에 옌롄커 작품의 열 번째 번역이 나를 기다리
고 있다. 역자는 성실하고 올바른 번역에 충실하면 된다. 자
신의 생각을 늘어놓아 독자들의 상상력을 방해하는 것은 바
람직하지 못하다. 사족이 되기 십상이다. 열 번째 작품에서
는 또 어떤 어둠과 우울을 만나게 될지 기대된다. 어둠과 우
울은 우리의 삶에서 떨쳐버릴 수 없는 밑그림이므로……

옮긴이 김태성

1959년 서울에서 출생하여 한국외국어대학교 중국어과를 졸업하고 동 대학
원에서 타이완문학 연구로 박사학위를 받았다. 중국학 연구공동체인 한성문
화연구소를 운영하면서 중국 및 타이완의 문학 작품 번역과 문학 교류 활동에
진력하고 있다. 『고별혁명』『목욕하는 여인들』『딩씨 마을의 꿈』『황인수기』
『마르케스의 서재에서』『연월일』『사람의 목소리는 빛보다 멀리 간다』『레닌
의 키스』 등 130권의 중국 저작물을 한국어로 번역했다. 중국어언대학의 번역
전문 사이트인 CTTSS 고문, 『인민문학』 한국어판인 『등불』 총감 등으로 활동
하고 있다. 2016년 중국신문광전총국이 수여하는 제10회 중화도서특별공헌
상을 수상했다.

일광유년

© 옌롄커, 2021

초판 1쇄 발행일 2021년 8월 16일
초판 2쇄 발행일 2024년 11월 1일

지은이   옌롄커
옮긴이   김태성
펴낸이   정은영

펴낸곳   (주)자음과모음
출판등록   2001년 11월 28일 제2001-000259호
주소   10881 경기도 파주시 회동길 325-20
전화   편집부 (02)324-2347 경영지원부 (02)325-6047
팩스   편집부 (02)324-2348 경영지원부 (02)2648-1311
이메일   munhak@jamobook.com

ISBN 978-89-544-4745-4 (03820)